재일디아스포라문학

지은이

김환기 金煥基, Kim Hwan-gi
동국대학교 일본학과 교수이며 일본학연구소 소장을 맡고 있다.

오노 데이지로 小野悌次郎
일본 오이타현(大分県)에서 태어나 국학원(国学院)대학 문학부를 졸업하고 와세다(早稲田)대학에서 국문학을 전공했다.

이소가이 지로 磯貝治良
일본 아이치현(愛知県)에서 태어나 아이치대학 경제학과를 졸업했다. 1977년부터 '재일조선인 작가를 읽는 모임'을 주재하고 문예지『가교(架橋)』를 발행 중이다.

하야시 고지 林浩治
일본 사이타마현(埼玉県)에서 태어나 국학원(国学院)대학 문학부를 졸업했다.

재일디아스포라문학

초판발행 2025년 11월 15일

엮은이 김환기

펴낸이 박성모
펴낸곳 소명출판
출판등록 제1998-000017호
주소 서울시 서초구 사임당로14길 15 서광빌딩 2층
전화 02-585-7840
팩스 02-585-7848
이메일 somyungbooks@daum.net
홈페이지 www.somyong.co.kr

ISBN 979-11-7549-013-0 93810
정가 39,000원

재일디아스포라 문학

Korean Diaspora Literature in Japan

김환기 엮음

　민족의 이민사와 함께 출발한 코리안디아스포라는 이주·이동에서부터 현재
의 주체적인 활동상에 이르기까지 다양한 각도에서 조명되고 있다. 다소 늦은 감
이 없지 않지만 이제라도 글로벌시대에 걸맞게 이들 코리안디아스포라의 역사,
사회문화적 현상에 관심을 보이게 된 것은 다행이라 하지 않을 수 없다. 최근의
자료에 의하면 미국, 구소련권, 중국, 일본, 독일, 호주 등에서 살아가는 코리안디
아스포라는 약 740만여 명에 이른다. 이러한 수치는 자국의 총인구 대비로 보면
세계에서 가장 높은 비율이며 코리안디아스포라의 역동성을 상징하기에 충분하
다. 글로벌시대에 인구가 곧 국력이고 국가경쟁력임을 감안하면 코리안디아스
포라는 우리의 소중한 자산일 수밖에 없다. 사실 코리안들의 이국행은 자발적이
아닌 조국의 일그러진 근현대사와 함께 한 부득이한 이향離鄕이었으며 살아남기
위한 절체절명의 선택이었다. 이국에서의 한 맺힌 삶은 예견된 길이나 다름 없었
고 그래서 더욱 눈물겹다. 한 세기가 지난 현시점에서 이들 코리안디아스포라의
간고한 이주·이동의 역사를 글로벌시대의 국가경쟁력과 연계시켜 되짚어보는
일은 오늘을 살아가는 우리들에게 지극히 소중하다. 잊혀졌거나 희미해져 가는
역사적 기억을 되살리는 작업이 곧 이화異化된 민족적 정체성을 복원하는 길이기
때문이다.

　『재일디아스포라문학』은 세계 각지로 흩어진 코리안들의 삶과 문학을 조명하
면서 민속적 아이덴티티의 복원이라는 차원에서 기획되었다. 이 연구서는 코리
안디아스포라문학지형의 전체상을 다루지는 못했지만 재일코리안의 문학적 성
과들을 개괄하며 그 역사적 현장과 삶의 역경들을 살펴보았다. 특히 이 책에서
는 재일코리안의 독특한 위치성, 이방인 의식, 배타적 현실주의, 조국과의 거리

감, 민족적 아이덴티티, 월경과 혼종의 세계관 등이 어떻게 표상되는지를 조명했다. 재일디아스포라문학에 대한 개관과 분석은 이후에 구소련권의 고려인문학을 비롯해 미국, 중국, 브라질, 아르헨티나, 멕시코, 독일, 호주, 하와이, 사할린의 한인문학에 대한 연구로 이어질 것이고, 궁극적으로는 코리안디아스포라문학의 전체상을 조망하는 계기가 될 것이다.

이 책『재일디아스포라문학』은 크게 3부로 나누어져 있다. 제1부에서는 재일디아스포라문학을 개관하면서 문학사적 계보와 조국 해방 전후의 문학을 민족과 탈민족·경계와 월경·혼종과 글로컬의 관점에서 조명했다. 제2부에서는 재일디아스포라 작가론을 정리하면서 김석범과 제주4·3항쟁, 정승박과 민족, 김학영과 자기 구제, 김태생과 제주도, 이양지와 전통 '가락', 현월과 실존성의 문제를 문학적으로 짚어보았다. 제3부에서는 재일디아스포라문학의 비평적 읽기로서 김사량, 장혁주, 이회성, 유미리, 가네시로 가즈키金城一紀 등 다양한 작가들의 문학적 성과를 살펴보았다. 그리고 부록에서는 간략하게나마 과거 작품활동을 했거나 현재 활동 중인 재일디아스포라 작가들을 소개하였다. 지금까지 국내에 재일디아스포라문학에 대한 연구서가 부족했고 통시적 관점에서 다루어진 문학 지형도가 없었던 만큼 한국문학과 비교문학계의 관심과 질정을 기대해 본다.

이 책의 집필에는 총 3명의 재일코리안문학평론가들이 참여하였다. 먼저 이소가이 지로磯貝治良 선생님은 40년 이상 나고야名古屋에서 '재일조선인 작가를 읽는 모임'을 주재하면서 2006년『〈재일〉문학전집』전18권을 출간하는 등 한평생을 재일코리안문학 연구와 알리기에 매진해 온 평론가다. 오노 데이지로小野悌次郎 선생님은 김석범 문학과 제주4·3항쟁의 연계성을 집요하게 추구한 저명한 일본의 문학평론가다. 하야시 고지林浩治 선생님은 '신일본문학회' 회원으로 활동하면서 재일코리안문학에 대한 전체 지형도와 함께 개별 작가 연구에 이르기까지 폭넓게 글쓰기를 하는 현장 중심의 평론가다. 이번『재일디아스포라문학』은 이들 세 분의 문학평론서『〈재일〉문학론在日>文学論』磯貝治良,『재일조선인 일본어 문학론在日朝鮮人日本語文学論』林浩治,『전후비일문학론戰後非日文学論』林浩治,『존재의 원기 김석범 문학存在の原基金石範文学』小野悌次郎에서 선별·번역 수록했음을 밝혀 둔다. 주옥같은 글을 번역 소개할 수 있도록 허락해 주신 세 분의 선생님께 감사드리며 지면 관계상 전문을 싣지 못한 점 송구스럽게 생각한다. 이번에 싣지 못한 글들은 추후에 다른 지면을 통해 소개할 것을 약속드린다.

이번 연구서가 출간되기까지 많은 분들로부터 신세를 졌다. 특히 도쿄에서 출판사를 경영하고 계시는 신간사新幹社 고이삼 사장님께 고맙다는 말씀을 드린다. 큰형님처럼 넉넉한 마음으로 챙겨주시고 일본에서 활동중인 문학평론가 세 분의 평론서 저작권 문제를 비롯해 책 타이틀과, 번역상의 난점에 대한 조언까지 많은 신세를 졌다. 또한 동국대 일본학연구소와 인연을 맺은 이래 지금까지 변함없이 응원해주고 계시는 교토京都의 왕청일 이사장님과 제1독자로서 원고를 검토해 주신 문학평론가 유임하 교수님께도 감사드린다. 끝으로 이 책이 새로운 장정으로 다시 빛을 볼 수 있도록 해준 '소명출판'에 감사드린다.

2025년 11월

김환기

재일디아스포라문학의
비평적 읽기

제3부

제1부

재일디아스포라문학의
지도 그리기

재일코리안문학의 계보

김환기

1. 재일코리안문학의 출발

최근 국내외적으로 재외코리안문학에 대한 관심이 고조되고 있다. 이러한 현상은 모국인 대한민국의 국제적 위상이 높아졌다는 점과 재외코리안들의 문학적 활동과 영역 확장에서 비롯되었다고 해도 과언이 아니다. 재외코리안문학은 구한말 민족의 이주·이동의 역사와 함께 출발하여 한 세기를 넘기는 동안 지구촌 각지에서 다양한 형태로 표출되어 왔다. 구소련권, 미국, 중국, 일본, 독일, 호주의 코리안문학이 대표적이며 최근에는 중남미 지역브라질, 아르헨티나과 중앙아시아카자흐스탄, 우즈베키스탄 고려인문학까지 활발하게 논의되고 있다. 재외코리안문학은 국가별로 형성단계에서 문학적 성취에 이르기까지 공통점을 지니면서도 체제와 이념, 지역문화의 특성에 걸맞게 특색있게 전개되어 왔다. 예컨대 재미코리인문학은 사발석인 이민사였던 만큼 디아스포라의 자기정체성 또한 진취적이고 개척적인 의미가 강하며, 중국조선족문학은 조국의 굴절된 근대사와 관련이 깊은 만큼 이념에 근거한 민족주의적 경향이 뚜렷하다. 구소련권 고려인문학은 농업 유민, 망명 유민, 시베리아전쟁, 강제이주로 점철된 유민사의 수난을 고

스란히 간직하고 있으며, 재일코리안문학은 불행했던 한국 근현대사의 역사적 부채負債와 맞물려 있어 문학적 성격도 대체로 어둡고 저항적인 특성을 지닌다.

그러나 분명한 것은 이들 재외코리안문학이 디아스포라diaspora의 정체성을 공유하면서 문학성 자체가 대단히 치열한 형태로 전개된다는 점이다. 본래 '디아스포라'는 해외에 거주하고 있는 "이산離散 유태인"[1]을 가리키는 말이다. 우리말로는 '민족 분산', '민족 이산'으로 번역하지만, 최근에는 "한 민족집단 성원들이 세계 여러 지역으로 흩어지는 과정뿐만 아니라 분산한 동족들과 그들이 거주하는 장소와 공동체" 또는 "유대인의 경험뿐만 아니라 다른 민족의 국제이주, 망명, 난민, 이주노동자, 민족공동체, 문화적 차이, 정체성까지 아우르는 포괄적인 개념"[2]으로 사용되고 있다. 재일코리안 학자 서경식은 "근대의 노예무역, 식민지배, 지역분쟁, 세계전쟁, 시장경제 글로벌리즘 등 외적인 이유에 의해 대부분 폭력적으로 자기가 속해 있던 공동체로부터 이산을 강요당한 사람들 및 그들의 후손을 가리키는 용어"[3]로 사용하기도 한다.

디아스포라문학은 조국을 떠나 세계 각지에 흩어져 자국 아닌 이국에서 정착하며 살아남기까지 감내해야만 했던 각고刻苦의 역사적 체험, 위치성, 타자와의 타협과 비타협, 조화와 부조화의 관계를 재현하고 성찰하는 언어예술로 정의할 수 있다. 당연히 디아스포라문학은 이방인으로서의 삶, 타자와의 투쟁, 핍박의 역사로 상징되는 '한'의 정서와 자기民族 정체성 문제가 문학적 테마로 전제될 수밖에 없다. 이국·이문화와의 접촉과 생존투쟁 과정에서 동반되는 유민 민족의 불행한 체험과 역동적인 사유가 인류 보편의 가치로 확장되고 정착되기까지, 문학은 이들 디아스포라에게 간고한 역사를 헤쳐 나가는 예술적 동반자이자 증

---

1   『世界大百科事典』에서는 디아스포라를 "팔레스타인 땅을 떠나 세계 각지에 거주하는 이산 유대인과 그 공동체를 가리킨다"고 적고 있다(『世界大百科事典』, 平凡社, 1981).
2   윤인진, 「코리안 디아스포라―재외한인의 이주, 적응, 정체성」, 『한국 사회학』 37, 2003, 101쪽.
3   서경식, 김혜신 역, 『디아스포라 기행』, 돌베개, 2006, 14쪽.

인의 언어예술이다. 디아스포라문학은 '이산 민족'의 흩어진 정서를 결집시키고 자기민족 정체성을 지켜갈 의식의 거점인 셈이다.

이렇게 볼 때, 재외코리안문학의 위치와 존재성은 디아스포라의 특성과 공통적 속성[4]을 통해서도 확인할 수 있지만 확실히 디아스포라의 문학적 성격을 내포하고 있다. 이러한 공통점을 재일코리안문학의 담론적 근거로 삼아 최근 미국, 구소련권, 중국, 일본, 브라질, 아르헨티나, 독일, 호주 등지에서 진행되고 있는 창작활동을 주목해보면 코리안디아스포라문학의 위치와 개별적 특성이 보다 선명하게 드러난다. 이들 재외 한인들의 유민사에 함의된 불우성과 역동성이 문학 활동을 통해 보편적 가치로 승화 확장된다는 측면에서 '이산 민족'의 '한'은 더 이상 터부의 대상일 수 없다. 코리안디아스포라의 역사성을 감안하면 조국의 근현대사 한복판에서 유난히 가혹한 '부'의 역사를 짊어져야 했던 재일코리안문학이야말로 디아스포라문학의 전형적인 사례에 해당한다. 재일코리안의 형성사가 자의가 아닌 강제적인 유민생활에서 출발한다는 점과 그들의 문학이 일그러진 근현대사의 한복판에서 이국·이문화와의 접촉과 생존투쟁 과정에서 겪는 '한'의 정서를 다룬다는 점에서 그러하다.

여기에서 코리안디아스포라문학의 출발, 범위, 위치에 대한 문제를 총체적으로 거론하기는 어렵다. 그것은 한국문학사와 함께 거론될 수밖에 없는 거대 담론이고 광범위하게 미국, 구소련권, 중국, 일본, 브라질, 아르헨티나, 독일, 호주

---

4 사프란(Safran)은 디아스포라의 특성으로 "① 특정한 기원지로부터 외국의 주변적인 장소로의 이동, 모국에 대한 집합적인 기억, 거주국 사회에서 수용될 수 있다는 희망의 포기와 그로 인한 거주국 사회에서의 소외와 격리, ④ 조상의 모국을 후손들이 결국 회귀할 진정하고 이상적인 땅으로 보는 견해, ⑤ 모국에 대한 정치적, 경제적 헌신, ⑥ 모국과의 지속적인 관계유지"를 들고 있다. 그리고 최인범은 다음과 같이 디아스포라의 공통점을 제시하였다. "① 한 기원지로부터 많은 사람들이 두 개 이상의 외국으로 분산한 것, 정치적, 경제적, 기타 압박 요인에 의해 비자발적이고 강제적으로 모국을 떠난 것, 고유한 민족문화와 정체성을 유지하고자 노력하는 것, ④ 다른 나라에 살고 있는 동족에 대한 애착과 연대감을 갖고 서로 교류하고 소통하기 위한 초극적 네트워크를 만들려고 노력하는 것, ⑤ 모국과의 유대를 지키려고 하는 것"(윤인진, 『코리안 디아스포라』, 고려대 출판부, 2005에서 재인용).

의 코리안문학까지 포괄적으로 다루어야 하기 때문이다. 한민족 문화권의 관점에서 코리안디아스포라문학에 대한 통시론적, 문학사적 검토는 유보하는 대신 여기서는 재일코리안문학에 한정해 거론하고자 한다.

재일코리안문학은 언제, 어디서, 어떻게 출발했는가? 조국의 근현대사와 불가분의 역학 관계를 재일코리안문학사는 어떻게 기억하고 계승하고 있는가? 지극히 상투적인 물음이겠지만 이러한 질문부터 던지고 답을 구하는 형식이 순서일 것 같다. 대표적인 견해들을 짚어보면 문학평론가 가와무라 미나토川村湊의 비평이 구체적이다. 가와무라 미나토는 재일조선인문학을 한일간의 언어적 갈등을 중심에 놓고 역사적 시간대에 따라 1세대부터 3세대까지로 분류한다. 이광수 최남선 김동인, 김소월 등과 같은 근대 초기문학인들과 백철, 이상, 김용제 등 일본어를 병행한 작가들을 '재일조선인문학의 전사'로 삼는다. 또한 가와무라 미나토는 이들 전사에 대한 규정이야말로 재일디아스포라문학의 기원을 명료하게 만들어준다고 보았다.[5] 임전혜는『조선을 아는 사전』의 '재일조선인문학'이라는 항목에서 "조선인이 일본어로 창작활동을 하게 된 것은 1920년대 일본의 프롤레타리아문학 활동이 활발해지기 시작할 시기"라고 보면서 "일본 프롤레타리아문학 잡지에 작품을 발표한 정연규, 한식, 김희명, 시인에는 김용제, 백철, 강문석 등"[6]을 거론하고 있다. 다케다 세이지竹田靑嗣는『전후사대사전』에서 재일조선인문학을 "재일 한국·조선인이 쓴 문학 전체"라고 보고「빛 속으로」를 집필한 김사량을 "최초의 주자"로 보았다. 이한창은 시대를 더 거슬러 올라가 재일코리안문학의 생성과 전개 과정을 5단계로 나누고 있다. 그는 1881년부터 1920년대까지를 초창기로 잡는다.[7]

---

5   川村湊,『戰後文学を問う』, 岩波新書, 1995, 202쪽.
6   伊藤亞人 外3人,『朝鮮を知る事典』, 平凡社, 1986, 162쪽.
7   초창기 : 1881년~1920년대 초, 저항과 전향 문학기 : 1920년대~1945년, 민족현실 문학
     기 : 1945년~1960년대 중반, 사회고발 문학기 : 1960년대 후반~1970년대 말, 주체성 탐색 문학
     기 : 1980년대~현재로 구분했다(이한창,『재일교포 문학의 작품성향 연구-정치의식변화를 중

이처럼 재일코리안문학에 대한 역사, 범주, 위치에 대한 견해는 학자에 따라 너무나 다양해 명확한 기준을 제시하기란 현실적으로 쉽지 않다. 하지만 재일코리안문학은 재일코리안이 일본인 독자들을 대상으로 일본어로 창작한 작품임은 분명하다. 그런 관점에서 재일코리안문학의 기원은 본격적으로 "조선인이 일본어로 창작활동을 하게 된" 1920년대 프롤레타리아문학 활동에서 그 단초를 찾고 논의를 전개하는 것이 온당해 보인다. 그러나 일제강점기 일본에서 활동한 조선인 작가들 대부분이 유학파였다는 점, 일본어 글쓰기가 전면적이 아닌 제한적이었다는 점, '적국'의 강제된 언어로 진행되었다는 점에서 지금 논의되는 재일코리안문학의 성격과는 다소 변별된다. 해방을 전후해 일본에서 활동하던 조선인문학가들이 대부분 귀국했다는 사실 또한 최근 재일코리안문학의 문제의식이나 범위 설정과는 다소 거리가 있다. 지금까지 재일코리안문학은 "'누가'^{작가}론 '무슨 언어로'^{용어론} '무엇을'^{주제론}이라는 세 가지 문제의식의 범위 내에서 논의"되었으며 주로 "'재일조선인'이 '일본어로', '민족적 아이덴티티의 위기 속에서 그들의 고뇌와 저항'을 표현한 문학"[8]으로 정의되고 있다. 이런 점을 감안하면 일제강점기 조선인들의 일본어 글쓰기는 엄밀히 말해 재일코리안문학의 범주에서 벗어난다.

그러나 재일코리안문학을 논할 때 1920년대 후반부터 1930년대 전반에 걸친 약 10년 동안 일본 프롤레타리아 예술운동과 교류하면서 그들이 발행하는 문예지나 신문에 조선인들이 문학 작품을 게재할 터전을 마련했다는 사실은 의미가 크다. 장혁주가 1932년 「아귀도^{餓鬼道}」를 통해 처음으로 일본 문단에 진입한 것은 프롤레타리아문학운동이 해체되던 시기였다. 장혁주에 이어 김사량은 1939년 「빛 속으로^{光の中に}」를 통해 한국인으로서는 처음으로 일본 문단의 등용문 격인 아쿠타가와상^{芥川賞} 후보에 오른다. 이들은 일본 문단에 데뷔하여 일본어 글쓰

심으로』, 중앙대 대학원, 1996 참조).

8　川村湊, 앞의 책, 201쪽.

기를 통해 민족 정체성을 근간으로 삼아 식민지 현실에 대한 고뇌와 저항을 담아 재일코리안문학의 출발을 알렸다.

2. 식민지시대 두 지식인의 일본어 글쓰기

앞서 언급했듯이 일제강점기에 재일코리안문학이 점화된 실질적인 출발은 장혁주, 김사량 때부터였다. 이들의 삶과 문학은 1945년 이후 본격적인 재일코리안문학의 출발에 결정적인 역할을 했다. 이들은 재일코리안문학에 아이덴티티와 관련한 조국, 역사, 이념, 협력과 비협력 등 문학적 화두와 좌표를 제시했을 뿐만 아니라 굴욕의 역사 끝자락에서 협력과 저항 형태로 갈라선 두 지식인의 선택적 행로 역시 이후 재일코리안의 정신적 지표로 작용하기 때문이다.

장혁주는 1905년 경북 대구에서 태어나 습작 과정을 거쳐 1932년 제5회『개조改造』현상공모에「아귀도」가 당선되면서 본격적인 문단 활동을 시작한다. 그는 1945년 해방 이전까지 일본어로 중·단편 45편, 장편 16편, 희곡·방송극 4편, 단행본 30권 이상 발행하면서[9] 왕성한 창작활동을 보여주었다. 그는 해방 이후에도 많은 소설을 발표하였으며 1952년「아아 조선」을 발표하고 일본인으로 귀화한 이후에는 노구치 미노루野口稔로서 많은 작품을 남겼다. 그의 작품은 크게 초기의 프롤레타리아문학과 연계된 경향적 작품, 총력전 체제하의 협력적 친일 작품, 해방 이후의 자전적 소설과 통속소설로 분류된다.[10] 그중에서 초기의 경향적 작품「아귀도」, 식민 체제에 영합한 작품「이와모토 지원병岩本志願兵」, 해방 이

---

9 白川豊,「張赫宙硏究」, 東国大博士学位論文, 1989.

10 시라카와 유타카(白川豊)는 장혁주의 다양한 문학 작품을 "① 동반자 문학적 작품, 허구성이 짙은 작품, 체험적, 전문(傳聞)적 작품, ④ 자전적인 요소가 많은 작품, ⑤ 무인(武人) 전역(戰役) 관계 작품, ⑥ 시국, 국책영합적 작품"으로 분류하고 있다(「장혁주의 생애와 문학」,『장혁주소설선집』, 태학사, 2002).

후에 발표된 자전적 소설 「협박」 등은 그의 문학적 변모를 살필 수 있는 표본이 되는 사례들이다.

1932년에 일본어로 창작된 소설 「아귀도」는 경북 예천 지보리의 한 저수지 공사장을 배경으로 공사장 인부로 동원된 조선인 농민들에 대한 일본인 감독과 십장의 무자비한 노동력 착취, 횡포, 부정을 고발하고 있다. 소설 속 화자는 조선인 농민들은 먹을 것이 없어 "무뿌리와 마른 배춧잎, 이름도 없는 풀뿌리를 섞은 죽"으로 연명하는 빈궁한 삶을 살아갔으며, "농촌의 피폐함은 젊은 처녀와 젊은 이들로부터 아름다움과 웃음을 빼앗고 말라비틀어진 마른 잎 같은 삶"만 남겼다고 서술하고 있다. 채찍을 맞아가면서도 소처럼 바위처럼 참고 견디며 일만 해온 농민 출신의 막노동자들은 식민지 조선의 억압과 수탈의 현장을 보여준다.[11] 마침내 참다못한 조선인 노동자들은 감독과 십장의 비인간적인 처사에 분노해 궐기한다는 것이 작품의 주된 내용이다. 이 작품은 일제강점기 조선인들의 궁핍한 농촌의 실상과 비참함을 부각시킨 경향성이 짙은 작품이다.

「이와모토 지원병」은 재일코리안 이와모토가 고려 신사를 참배하고 우수한 지원병이 되기까지를 긍정적으로 묘사한 작품이다. 이 작품은 총력전 체제로 돌입한 현실을 배경으로 일제의 징병제도를 정당화하고 선전 고취한 친일소설이다. 「개간」은 일본 측의 비호 속에 만주지방을 개간하는 과정을 서사화한 이른바 '생산문학'이다. 1953년에 발표한 「협박」은 장혁주의 자전적 작품이다. 이 소설은 조선에서 태어났으나 일본식 교육을 받고 조선과 일본 어느 쪽에도 속할 수 없었던 경계인의 심경, 자신의 작품을 알아주는 일본을 선택할 수밖에 없었던 고뇌, 해방 후 독립적 민족성을 내세우지만 편 가르기에 급급한 조선인 단체에 대한 불만과 반발심, 작가 자신을 둘러싼 심경을 곡진하게 서술한 작품이다.

이처럼 장혁주 문학은 초기에 경향성 짙은 소설로 출발하여 일제강점기의 협

---

11 호테이 토시히로 편, 『장혁주소설선집』, 태학사, 2002, 13쪽.

력적 작품, 임진왜란 당시의 일본군 장수들을 미화한 작품 세계를 거쳐「박전농장」, 「쫓기는 사람들」, 「가토 기요마사(加藤清正)」 해방 이후의 자전적 소설과 통속소설에 이르는「새 출발」, 「인간의 굴레」, 「아름다운 억제」 문학적 변용을 보여주었다. 그러나 해방 조국 앞에서 일제강점기의 협력적 글쓰기에 대한 자기변명의 한계에 도달했음일까, 장혁주 는 1953년 자진해서 일본인으로 귀화하고 노구치 미노루로 살아가게 된다. 그의 문학이 조선과 일본, 조국과 민족에 얽힌 과거 역사, 이념적 대립, 가치관이 아닌 주로 일상의 신변잡기를 다룬 통속소설로 흘러든 것은 역사적 현실과 작가적 고뇌가 뒤엉키면서 일어난 심경 변화와 무관하지 않다.

김사량은 1914년 평양의 유복한 가정에서 태어났으며 1928년 평양고보에 입학한다. 학창시절 반일 학생운동에 참가하기도 했는데 그가 일본으로 건너간 것은 1933년이었다. 그는 사가佐賀 고등학교에서 수학한 뒤 1936년 도쿄제국대학 독문과에 입학하면서 『기항지』, 『제방』 등 동인을 결성하고 일본어 글쓰기를 시작하였다. 1936년「토성랑」『제방』 12은 그 신호탄에 해당하는 작품이다. 본격적인 창작활동은 장혁주의 소개로 「빛 속으로」『문예수도』를 발표하면서였다. 그의 문학은 일제강점기 창작활동을 전기로 1942년 귀국 이후 창작활동을 후기로 나눌 수 있다.[12] 범박하게 말하면 그의 문학은 민족주의적 관점에서 식민과 피식민, 중심과 주변, 강자와 약자의 대립 구도를 토대로 일제의 강압과 억압당하는 조선 민중들의 간난艱難을 천착했다.

첫 작품「토성랑」은 1933년 김사량이 고교 2학년 때 쓴 습작을 수정해서 1936년에 발표한 소설이다. 이 작품은 평양 부근의 저지대 빈민가를 무대로 일제의 식민지 공업화의 그늘에서 가난에 허덕이며 근근이 생계를 연명해 가는 최하층

---

12 추석민은 김사량의 문학을 "『제방』을 중심으로 한 초기 활동, 1939년 이후『문예수도』에서의 활동을 비롯해 1942년 귀국하기까지의 중기 활동, 조국에서의 후기 창작활동"으로 나누어 문학적 특징을 밝히고 있다(「식민지 조선 지식인의 문학적 저항」, 『나쓰메 소세키에서 무라카미 하루키까지』, 글로세움, 2003, 305쪽 참조).

조선 민중들의 참담한 삶을 고발하고 있다. 그의 대표작 「빛 속으로」는 일본인 아버지와 조선인 어머니 사이에서 태어난 혼혈아 야마다 하루오山田春夫의 복잡한 심경을 그리고 있다. 그가 아버지의 조선인 멸시를 무조건 동조하며 맹목적으로 어머니를 배척하다 마침내 '조선적인 것'을 수용하고, 친어머니에 대한 원초적인 사랑을 수용하는 일련의 과정을 감동적으로 그리고 있다. 이들 작품은 일제강점기 일본인에게 조선인이 감내해야 했던 맹목적인 차별과 멸시에 대한 부당성을 짚고 있다는 점에서 "재일동포문학의 한 전범"[13]이다.

1942년 귀국 이후 김사량은 해방 직전인 1945년 6월 중국의 태항산으로 들어가 조선의용군에 가담한 후 「노마만리」를 쓰기도 했다. 북한의 '조선문학동맹'과 '북조선예술총연맹' 등에서 활동하며 작품 활동을 해오다 한국전쟁 때 종군하여 1950년 10월 원주 인근에서 병사한 것으로 알려져 있다. 김사량의 후기 문학의 특징은 1950년 한국전쟁 때의 기록문학인 「종군기」에서 그 일단을 엿볼수 있다.

아! 울려라 우리들의 군단포!

노래하자 지스테리! 막심!

땅크들이여! 원쑤들의 가슴을 타라!

모터찌클들이여! 구름처럼 달리라!

동무들 돌격 앞으로!

우리들은 고기비늘 같은 만신의 상처들을 더듬으며 거인과도 같이 산악에서 내려가거라!

오각별 삼색기 펄럭이며 위대한 령수 노래 부르며 바다를 향하여 전진하리라!

『김사량작품집』

---

13   홍기삼, 『재일한국인문학』, 솔, 2003, 18쪽.

김사량의 후반기 문학은 문학적 감수성과는 거리가 멀어 보인다. 한국전쟁 속에 내던져진 종군 작가의 선동적인 표현이 넘쳐흐르고 있다. 일제강점기 그의 문학은 지식인의 고뇌와 저항을 서사화했으나 해방 이후에는 북한의 체제문학에 적극 가담하면서 체제 순응과 공산주의의 전령사로서 강한 이념적 정치성을 피력했다. 김사량의 문학적 궤적은 조국으로 귀국하기 전까지 「윤참봉」, 「낙조」, 「천마」, 「지기미」, 「유치장에서 만난 사내」, 귀국 후에는 「바다의 노래」, 「연안망명기」, 「더뱅이와 배뱅이」, 「태백산맥」, 「마식령」, 「차돌의 기차」, 「칠현금」, 「노마만리」, 「노래는 끝나지 않았다」를 통해 잘 드러난다.

일제강점기에 활동한 재일코리안 작가로는 장혁주, 김사량만 있는 것이 아니다. 정연규, 김희명, 김용제, 윤덕조^{윤자원} 백철 등도 있다. 이들 문학은 일제강점기의 문학에 협력·비협력 형태로 영향을 주었고 해방 이후 재일코리안문학의 토대를 다지는데 큰 역할을 했다. 일제강점기의 일본 문단이 코리안 작가들에게 문호를 개방한 것은 모국어의 철저한 희생에 따른 것이었다. 일본문학과 한국인문학 사이의 주종관계는 하야시 후사오^{林房雄}의 발언에서도 명확히 확인된다. 그는 한일 간의 문학이 "영국문학과 아일랜드문학의 관계처럼 되는 게 바람직하다"[14]라고 했다. 그의 말처럼 일제강점기는 한국인문학의 '아일본화'가 시대적 현실이자 당대 문학의 대전제였던 셈이다. 일제강점기 식민지 정책에 대한 협력이든 비협력이든 장혁주와 김사량의 문학은 해방 이후 재일코리안문학의 토대를 마련하는 중요한 계기로 작용했다. 이들의 문학은 재일코리안문학에서 정치

---

14 안우식, 「일본 사회에서 재일한국인문학의 위상」, 『재일동포 1세 학자에게 듣는다』, 한림대 일본학연구소 심포지움 요지문, 5쪽. 한편 가와무라 미나토는 『전후문학을 묻는다』에서 "지금까지 재일조선인문학은 방류의 마이너 문학에 불과했다. 이것은 일본 근대문학의 하위 장르이며 근대문학사에 부수해서 탄생된 것과 마찬가지"라고 언급했다. 또한 임전혜의 '재일조선인문학'의 역사적 기원과 연계해 "재일조선인문학은 카운터 컬처(대항문화)로서 일본 근대문학사 안에서 태어났다. 프롤레타리아문학은 그때까지의 '부르주아문학'에 대한 대항문학이고 대항하는 문화운동의 일환이며 재일조선인문학은 바로 이러한 프롤레타리아문학운동의 주변적인 부분에서 탄생되었다"고 했다.

이데올로기의 대립, 조국과 민족, 재일의 아이덴티티 문제를 깊이 인식하는 시발점이 되었기 때문이다.

3. 재일코리안문학과 '민족'

재일코리안문학의 본격적인 출발은 역시 해방 이후부터라고 해야 온당하다. 그것은 재일코리안의 위치가 이전의 일제강점기와는 확연히 달라졌고, 문학 역시 전면적이지는 않지만 주체적으로 재일과 조국, 재일과 일본에 대한 거리 조율이 가능해졌기 때문이다. 이는 곧 주체적인 선택과 인식 확장을 통한 문학적 자율성 확보에 다름 아니다.[15] 해방 이후 재일코리안 작가들은 민족의식과 자율성을 토대로 일제강점기 일본인들의 노동력 착취와 반인륜적 행위, 조국 바깥으로 튕겨 나간 자들의 향수, 남북으로 갈라진 조국의 극한적인 이념 대립, '적국'에서 살아가는 자신들의 존재성 등을 문학적으로 심화시킬 수 있었다. 해방 직후 김달수를 비롯한 정승박, 김석범, 김시종, 김태생, 허남기, 강순, 오임준, 김윤 등은 재일코리안의 달라진 정신문화적 위치를 문학적 테마로 풀어낸 작가들이다.

김달수는 해방 전후 재일코리안의 삶과 역사를 주된 테마로 삼은 작가이며 재일코리안문학의 행보를 본격화시킨 인물이다. 그의 작품은 격동기 조국의 이념적 전황을 배경으로 민중과 지식인의 갈등과 고뇌의 양상을 보여주면서 조선인의 저항 정신과 생명력을 담아내는데 주력했다. 김달수는 자신의 창작 목적을 "일본인의 인간적 진실에 호소"하는데 두었고 조선인의 민족정신이 내장한 정당

---

15 물론 정치적 덫에 걸려 귀국길이 전면적으로 순조롭게 실현되지는 못했다. 귀국 지참금(1,000엔)의 제한에 따른 어쩔 수 없는 반강제적인 일본 잔류도 많았다. 그렇지만 1945년 이후 조국의 실체가 분명했던 시대와 그렇지 못했던 식민지시대의 재일코리안의 존재성은 큰 차이가 있을 수밖에 없다. 이러한 상황 변화는 재일코리안문학에 직접적으로 영향을 끼친다.

성을 확보하는데 심혈을 기울였다. 이러한 작가적 태도는 그의 대표작 「태백산맥」에서 구체적으로 확인된다.

나는 과거 36년간 식민지시대를 거치면서 그렇게 쓰러져간 희생자들과 애국자들의 묘비를 만들고 싶어. 1905년 을사조약 전후의 의병항쟁부터 시작해서 3·1독립운동, 6·10항쟁, 광주학생사건, 그리고 저 권창욱이 몸담고 있던 항일 빨치산, 대충 이렇게 윤곽만 잡아도 엄청나게 많아. 무수히 많은 그들의 묘비명을 우리들이 어찌 다 일일이 새길 수 있을까마는 어쨌든 그렇게 우리 조선민족 한 사람 한 사람의 가슴에 새겨 넣어 앞으로 영원히 살아있게 만들고 싶어. (…중략…) 대지주인 우리 집 재산을 다 써서라도 그 일을 해야겠다고 결심했어. 아니, 우리 집 재산을 바로 그 일을 위해서 써야겠다고 생각했지.

나는 어렸을 적부터 지주의 천대를 받으며 이 논을 60년이나 지어왔소. 그래서 이 논에 관한 것이라면 나는 내 몸처럼 잘 알고 있소. 그렇지만 이것이 내 것이 되리라고는 꿈에도 생각지 못했소. 이게 바로 꿈이 아닌가 생각하면 왠지 이 논의 흙이 다 어디로 가 버릴 것만 같아서 걱정됐소. 그래서 난 이렇게 이 논의 흙에 대고 절을 한 거요.

「태백산맥」

두 인용 구절에서 전자는 「태백산맥」의 주인공 백성오가 해방 직후에 일제시대 때 헌신했던 애국 열사들에 대한 빠짐없는 조사기록을 다짐하는 장면이고, 후자는 북에서 실시되고 있는 토지개혁정책의 정당성과 성공담을 환희에 찬 농부의 곡진한 목소리로 담아낸 대목이다. 김달수문학을 정리하자면 '침략언어'를 통한 창작활동의 의미를 강조한 민족주의적 성향의 글쓰기, 사회주의적 시각에 편향된 글쓰기, 일본 내의 조선문화 찾기로 요약된다. 이러한 일련의 글쓰기는 민족주의자 시선에서 일제강점기와 해방 이후를 아우르는 광범위한 시공간을 배경으로 재일코리안의 향수, 고뇌, 저항을 '한'의 목소리로 재현한 문학적 개성이라 할 수 있다. 김달수의 민족적 글쓰기의 양상은 「박달의 재판」에서 '박달'이라는 해학적 인물상을 통해 나타나기도 하고 「후예의 거리」, 「족보」, 「반란군」, 「현해탄」, 「일본의 겨울」 등을 통해서 구체적으로 피력된다.

정승박은 1923년 경북 안동 출신의 작가이다. 그는 일제의 토지 수탈, 전통 양식 금지, 조선어 금지라는 간고한 식민지 현실 속에서 숙부를 의지해 도일한 것이 9세 때였다. 공사장 숙소의 부엌지기를 거쳐 숙부의 사업 실패로 야반도주를 반복하다가 어느 농가의 머슴을 살던 중, 1937년 여름 우연히 알게 된 구리스 시치로栗須七郎의 도움으로 5년간13~18세 학교를 다닌다. 일제강점기 도일 과정에 얽힌 전후 사정을 묘사한 「돈다강」, 「솔잎 장수」는 작가의 인생 편력이기도 하지만 한편의 역사시대 증언으로서도 손색이 없다. 정승박이 작가로서 명성을 얻기 시작한 것은 1971년 11월 『농민문학』에 「벌거벗은 포로」를 발표하면서였다.

많은 포로들이 빙 둘러싸고 지켜보는 가운데 그들은 달랑 촛불 하나에 매달려 순서에 맞춰 척척 소를 도축했다. 개와 달라서 소의 경우는 말끔히 가죽을 벗기고 뼈에서 고기를 떼어 내고 있었다. 깔개 위에 소를 눕힌 채로 능숙하고도 재빠른 손놀림에 그저 놀랄 따름이었다. 몇인가 가까이 모여들어 뼈를 누르는 자, 고기를 잡아당기는 자, 떨어져 나가는 고기를 뼈에서 잡아떼는 자, 정말이지 대단한 기량들이었다. 머리통과 뼈는 내장과 함께 벗긴 가죽에다 말아, 그 자리에서 깊게 구덩이를 파 묻어 버렸다.

「벌거벗은 포로」

어둠에 싸인 감시소를 뚫어지라 쳐다보자 왠지 가슴이 떨렸다. 하지만 단단히 마음을 다잡고 조금씩 걸어 나가기 시작했다. 돌에 걸려 넘어지지 않도록 신경을 곤두세우고 살금살금 다가갔다. 그리고 당장이라도 기관총이 불을 품을 듯한 공포감에 짓눌리면서도 무사히 그곳을 통과할 수 있었다. 다음은 완전히 무아지경이었다. 울퉁불퉁한 캄캄한 길을 오로지 내달렸다. 달리고 달리고 또 달렸다.

「벌거벗은 포로」

인용문은 수용소에서 감시를 피해 송아지를 잡는 장면과 태평양전쟁 말기 징
용으로 산중의 발전소 토목공사 현장으로 강제 이송된 승덕이 수용소를 탈출하
는 장면이다. 전쟁 말기 공습을 피해 살아남은 재일코리안 청년의 가혹한 현실
과 불안한 심리를 '도망자의 미학'[16]으로 묘사하고 있다. 절체절명의 상황을 현장
감 있게 생생하고도 차분한 리얼리즘의 필치로 얽어낸다. 이 작품은 1972년 농
민문학상 수상과 함께 제67회 아쿠타가와상 후보에도 올랐다. 그리고 정승박은
1943년부터 행상꾼, 강제노동, 인부, 선반공, 밀주 제조, 파친코 점원 등으로 점
철된 다양한 직업의 편력과 함께 결혼하여 정상적인 가정을 꾸리기까지 지난한
세월로 채워진 이력을 보여준다. 작가의 이러한 인생 편력은 소박하고 원초적인
고향에 대한 향수「어느 날의 해협」, 재일 민중들의 생활사「빼앗긴 말」, 삶의 밑바닥에서
우러나는 '한'의 소리「쓰레기장」 등을 담아내며 '도망자의 미학'에 걸맞는 문학적 개
성을 발휘한다.

김석범은 1925년 오사카大阪에서 태어났으며 교토대학 미학과를 졸업하고
1967년 「까마귀의 죽음」으로 문단에 데뷔했다. 1970년대부터 본격적인 일본어
글쓰기를 시작해 「만덕유령기담」, 「1945년 여름」을 발표했다. 그의 대표작 『화
산도』는 1976년 『문학계』에 연재를 시작해 1997년 마지막 7권이 완성되기까지
무려 20년이나 걸린 필생의 역작이다. 그의 작품은 대부분 1948, 9년의 고향인
제주도의 4·3사건 전후를 배경으로 남북한의 정치 노선과 제주도민 간의 갈등,
이데올로기의 대립, 그 틈새에서 부침하는 인간 군상을 천착한다.

「까마귀의 죽음」은 미군정청 통역을 맡으면서 고향 친구이자 빨치산 간부인

---

16 安宇植, 「逃亡者の美学」, 『人生いろいろありました』, 新幹社, 2002, 257쪽.

장용석에게 권력계층의 정보를 전달하는 스파이 정기준, 남로당에 입당해 활동하는 장용석, 용석의 여동생 양순, 밀고를 장려하는 부스럼 영감 등을 중심으로 1949년 초 제주도의 참담한 시대상을 직조해낸 작품이다. 이 작품은 좌우 진영에 속한 인물들이 각자의 입장에서 당시 제주도를 둘러싼 정치적 대립각을 대변하고 있는데, 특히 스파이로서 용석의 부모와 양순의 처형 현장에 입회하게 되는 정기준의 심리적 갈등은 절규에 가깝다. 정기준은 극한 상황에서 "애인을 구출할 수 없는 자신의 처지와 미군에 대한 증오심을 투쟁의 의지로 전환시키는 문제"[17]를 재현하는 주체이다.

이러한 '투쟁의 의지'는 대하소설 『화산도』에도 그대로 이어진다. 제1권에서 3권까지의 시대적 배경은 1948년 2월부터 5월까지이며 주로 미군정과 인민위원회, 1947년 3·1기념대회, 제9연대의 동향, 연대장 김익렬과 김달삼의 협상, 오라리 연민촌 방화사건과 5·3기습사건을 다루고 있다. 제4권에서 제6권까지는 1948년 5월부터 10월까지를 다루고 있으며 제9연대장 김익렬의 경질, 제11연대장 박진경 암살 사건, 구체화 된 전면적 토벌작전에 관한 내용이다. 제7권은 1948년 10월부터 1949년 6월까지이며 10월 정부 측의 본격적인 토벌작전, 여수·순천반란사건, 10월 무장대의 반격, 11월 제주도의 계엄령 선포와 초토화 작전이 중심 내용이다. 이 대하장편은 1947년부터 1949년의 2년간 제주도를 중심으로 한반도에 불어닥친 격동의 현실을 총체적으로 얽어내고 있다.

『화산도』의 등장인물은 일일이 거론할 수 없을 만큼 다채롭다. 대표적인 인물로는 니힐리스트로 4·3사건을 계기로 실천 운동에 깊이 관여하는 이방근과 그의 가족이태수, 선옥, 이용근, 이유원, 친구들양준오, 류달현, 한대용, 송내운, 문난설 등. 남로당에 입당하고 중학교 교원을 서쳐 게릴라가 된 남승지와 그의 가족어머니, 남말순, 남승일 등, 지인들손서방, 이성운, 김성달, 천동무, 임동무, 장동무 등, 친구들우상배, 김동진, 김문원, 윤상길 등. 미군정청 인물

17　나카무라 후쿠지, 『김석범 『화산도』 읽기』, 삼인, 2001, 57쪽.

과 군·경찰 관계자, 서북청년회원, 목탁 영감과 용백, 목포 보살 등이 있다. 등장 인물 대부분은 반정부 측 입장을 직·간접적으로 대변하거나 주도하는 존재들인데, 분명한 것은 전체적인 작품의 구도가 미군정청과 정부 측에 대한 증오심과 '투쟁의 의지'로 일관된다는 점이다.

이렇게 현해탄을 둘러싼 조국과 민족, 이념적 대립, 조직 관계, 재일의 위치에 대한 문학적 서사화는 앞서 언급한 세 작가 이외에도 김시종, 김태생, 허남기, 정승박, 장두식, 윤자원, 다치하라 마사아키立原正秋, 이오 겐시飯尾憲士, 윤학준, 여라, 김소운 등 여러 작가들의 작품에서도 확인할 수 있다. 이들 문학 역시 현해탄을 넘나들며 이념과 생존에 밀고 밀리던 혹독했던 개인사를 토대로 민족의 상흔을 서사화한다. 때로는 울분을 못 참고 강경한 목소리로 저항했고 때로는 깊은 좌절감과 니힐리즘의 형식을 빌어 '한'의 내면 지도를 조감해 갔다. 재일 1세대의 문학은 일제강점기부터 해방 이후에 이르기까지 억압과 간난으로 점철된 '한'의 역사를 들추어내면서 조국과 민족에 대한 향수, 회한, 원망이 교차하는 경계지점을 감성적 언어로 풀어냈다. 조국의 혹독한 역사적 풍파를 문학적으로 서사화하면서 본격적인 재일코리안문학의 출발을 알렸다.

이렇게 볼 때, 해방 이후 재일 1세대의 문학적 행위는 좁게는 재일 자신들의 실생활의 표상이기도 하지만, 다른 한편으로는 과거로 치부했거나 감출 수밖에 없었던 조국과 민족을 향한 애정관심을 비판적 정서로 풀어낸 목소리이기도 하다. 해방 이후 본격적인 재일코리안문학의 출발은 또 다른 의미에서 일본·일본인·일본 사회의 뒤틀린 타자의식을 준열하게 각성시켜주는 성찰 행위이기도 하다. "일본인은 우라가浦賀에 나타난 서양의 '타자'의 우월성을 승인하고 오히려 그 '타자'와 대등해지는 것을 자기 목적"[18]으로 삼고 근대화를 이룬 것과는 달리 근대 일본이 "조선을 대등한 문화를 가진 '타자'로서 전혀 인정하지 않고" 식민

---

18   渡邊一民, 『〈他者〉としての朝鮮』, 岩波書店, 2003, 6쪽.

지로 병합시키는 자기 모순성에 빠졌다. 말하자면 재일코리안문학은 그러한 제국일본의 자기모순과 근대·근대성에 안티테제antitesis로 기능하고 있다. 이는 대등한 국가간 민족간의 문화적 차이라는 '보편적 타자성'을 등가성으로 인식할 것인지 아니면 계급적 '강제'로 인식할 것인지에 대한 상식선을 일본 내부에 존재하는 재일코리안문학이 일러주고 있음을 의미한다.

4. 민족에서 탈민족으로

재일 1세대문학이 역사성과 민족성으로부터 자유롭지 못했다면 재일 중간세대의 문학은 타자의식을 더욱 확장하고 심화시키면서 실존적인 자기民族 정체성에 한층 다가서고 있다. 강한 민족적 글쓰기를 보여준 1세대문학과 일본 사회에 적응한 현실감을 토대로 개아個我 중심의 실존적 글쓰기를 보여주는 신세대문학, 그 중간세대의 문학은 내면 중심의 자기 반추라는 독특한 문학적 색채를 띤다. 이들은 민족 개념에서 탈민족 개념으로 이행하는 과정에서 표상될 수밖에 없는 조국과 자신 간의 거리 인식, 자기 정체성 확립, 길항하는 현실과 이상의 문제를 치열하게 조율한다.

그러나 이들 재일 중간세대에게는 근본적으로 '반쪽발이' 내지 '이방인 의식'이 내재된 운명적인 '불우성'이 존재한다. '자기 찾기'의 과정에서 이들은 필연적으로 전세대의 문학이 지향한 조국, 민족 문제 등 부負의 역사를 극복해야 하고 실생활에서 마주할 수밖에 없는 현실의 '벽'도 넘어야 한다. 이들 중간세대는 양쪽 세계를 동시에 써안고 살아갈 수밖에 없기 때문이다. 그러니까 이들 중간세대의 자기民族 정체성 찾기 과정에서 노정되는 좌절, 울분, 원망은 운명적 시공간의 일상이며 '반쪽발이', '이방인 의식'은 달리 대체될 수 없는 그들의 실존 그 자체다. 이들 중간세대의 문학은 확실히 "재일조선인문학'을 떠맡고 있는 허리에 해당한다. 이들의 문학은 재일조선인이라는 주체가 맞이한 민족적 아이덴티티의 위기를 고뇌하고 저항하는 일본어 글쓰기를 감행했다는 점에서 가장 '재일조선인문학다운'[19] 문학의 특색을 보여준다. 대표적인 중간세대 작가로는 김학영, 이회성, 이양지, 고사명, 양석일, 박중호, 종추월, 김재남 등이 있다.

김학영은 1938년 군마현群馬県에서 장남으로 태어난다. 1958년 도쿄대학에 입학하면서 처음으로 한국 성 '김'을 사용하였고 1963년 같은 대학 대학원 화학계열에 진학하지만 '말더듬' 때문에 많은 심적인 갈등을 겪는다. 1960년대 여동생 아대, 정애, 정순이 차례로 북송선을 탔고 1966년 대학원 졸업과 함께 자신의 '말더듬'을 소재로 한 「얼어붙은 입」을 발표하면서 문단에 진출한다. 대표작 「얼어붙은 입」은 '말더듬'이라는 개인의 사회적 결함을 철저히 응시함으로써 재일코리안의 정신적 고뇌와 '이방인 의식'의 실체에 다가선 작품이다.

나는 내가 조선인이면서 일본인과 거의 다름없는 심정으로 주위를 보고, 듣고, 경험하며 살아가고 있다. 내 안의 조선인 의식은 항상 관념으로서의 민족의식이었지 실제 느낌으로서의 의식이 아니었다. 그런데 전차 속에서 조선에 관한 책을 읽을 때마다 나는 자신이 조선인이라는 것을 새삼스럽게 느끼게 되고 생각하게 된다. (…중략…) 조선인이 일본인에게 조선인 문제를 교육받고 자신이 조선인이라는 사실을 생각하게 된다. 그것은 참 묘한 일이다. 오히려 부끄러워해야 할 일임에 틀림없다. 하지만 사실 그 기묘한 조선인이 바로 자기라는 인간이다. 이런 현상은 나에게만 한정된 일이 아닌 일본에서 태어나 일본에서 자라고, 민족교육을 받지 않고, 일본 학교를 다녔던 재일조선인 2, 3세대의 많은 사람들이 같은 입장일 것이라고 나는 생각한다.

「얼어붙은 입」

19   川村湊, 『戰後文学を問う』, 岩波新書, 1995, 204쪽.

재일 중간세대로서의 자기 정체성에 대한 고뇌의 깊이를 여실히 보여주고 있다. 여동생 3명의 북한행과 부친의 무자비한 폭력성, 그것은 김학영 문학의 원점이고 조국과 자신 사이에 가로놓인 거리 인식의 출발점이기도 했다. 작가 자신의 표현대로라면 "말더듬이를 따지고 들어가면 왜 한국인이면서 일본으로 흘러들어와 살게 되었냐는 문제에 봉착하게 되고, 그 근원을 찾다 보면 민족 문제에 이르게 된다".[20] 이러한 김학영의 발언은 그의 문학의 출발점과 확장이 어디를 지향하는지 여실히 보여준다. 개인의 콤플렉스로부터 출발한 내향적 자기 고뇌의 문학적 변용은 이후의 소설 「알콜램프」, 「흙의 슬픔」, 「유리층」, 「끌」로 이어진다. 그러나 김학영의 문학적 성취는 말더듬-아버지-조국으로 이어지는 연결고리의 해체 과정에서 조율되는 자기해방의 추구, 현실의 '벽' 허물기, 자기^{민족} 정체성의 확립까지는 이르지 못한다. 내향적 '탈각' 작업, 즉 작가의 고뇌인 "슬픔의 푸가를 질긴 반복"[21]적 표현 수단을 통해 '보편적 타자화'를 지향한다는 측면에서는 긍정적이지만, 질긴 반복적 표현 수단이나 사소설적 경향, 내향적 영역 굳히기, 과거 회상식 글쓰기는 문학적 보편성 차원에서 볼 때 부정적인 면도 없지 않다.[22]

이양지는 1955년 야마나시현山梨県에서 태어났으며 부친은 15세 되던 1940년 제주도에서 일본으로 건너와 선원 생활과 견직물 장사를 했다. 1970년 부모의 별거, 이혼 소송의 와중에 그녀는 고등학교를 중퇴하고 가출하여 교토京都의 여관에서 잡일을 하기도 한다. 그러나 이양지는 교토 시립 오키鴨沂 고교에 편입하면서 자신의 피, 민족 정체성을 의식하게 되고 1975년 와세다早稲田 대학 사회학부에 입학했다가 중퇴할 무렵부터 한국의 가야금에 빠진다. 25세 때 전통 '가락'을 배우러 한국을 방문하지만 한국어 발음 문제로 가야금 병창을 포기하고 한국

20 김학영, 하유상 역, 「자기해방의 문학」, 『소설집—얼어붙은 입』, 화동출판사, 1992, 205쪽.
21 朴裕河, 「悲しみのフーガ」, 『凍える口』(金鶴泳作品集), クレイン, 2004, 18쪽.
22 김환기, 「김학영 문학론」, 『한일민족문제연구』 9, 한일민족문제학회, 2005 참조.

무속과 전통 무용을 배운다.

이양지는 재일 중간세대로서 철저히 재일코리안문학의 전형에 다가서고 있다. 그녀의 문학적 화두는 "재일동포에게 있어서 모국이란 무엇이며 어떻게 인식되어야 하는가? 또한 자라온 나라이며 동시에 가족, 형제가 사는 일본을 어떻게 인식해야 하는가? 모국어母国語란? 모어母語란? 두 나라 사이에 사는 자로서의 정신적 주체성은 어디에 근거를 두고 확립될 수 있는가? 보다 보편적인 삶에 대한 지향은 가능한가? 만약 가능하다면 어떠한 실천을 통해서인가?"[23]라는 끊임없는 묻기와 해답 찾기였다. 「나비타령」에서 여주인공 '나'는 조국에서 전통춤을 배우며 내면에 자리 잡고 있는 '일본의 소리'와 '조국의 소리'를 조율하고자 애쓴다. 「해녀」에서 '나'는 "민족차별과 결부되어 있는 가정파탄의 문제가 한 재일한국인 여성으로 하여금 생의 욕구를 부정하게 만드는 극단적인 파탄의 예를 보여주고 있다."[24] 「각」에서 현세대는 명분상일지라도 하루빨리 한국인이 되고 싶어 하지만 신체화된 일본적 요소는 장애가 된다. 한국을 이해하고 온전히 한국말을 구사하겠다는 희망을 품지만 내재된 일본, 신체화된 일본의 벽은 높고 두텁기만 하다.[25]

이처럼 이양지 문학은 현세대의 자기 정체성 찾기라는 명제 하에 절규에 가까운 몸부림을 보인다. 이러한 문학적 화두 쫓기는 「유희」에 이르러 한층 세련되고 성숙된 모습으로 그려진다. 작중 현세대가 조국이냐 일본이냐, 한국인이냐 일본인이냐, '모국어'야 '모어'냐고 하는 이분법적 사고에서 벗어나 양자의 조화를 통해 자기民族 정체성을 모색한다. 그리고 그녀의 문학은 에세이 「후지산」에서 "있는 그대로의 모습으로 받아들이기"[26]라는 형태의 삶의 철학을 제시하며 정체성

---

23   이양지, 신동한 역, 「나에게 있어서의 母国과 日本」, 「돌의 소리」, 삼신각, 1992, 210쪽.
24   심원섭, 「이양지의 '나' 찾기 작업」, 『韓国近代文学과 日本文学』, 국학자료원, 2001, 15쪽.
25   이양지, 앞의 책, 243쪽.
26   위의 책, 242쪽.

찾기의 긴 행로를 결산하기에 이른다.

　이회성은 1935년 사할린樺太에서 태어났고 와세다대학 러시아문학과를 졸업했다. 잠시 조총련에서 조직 활동을 했으나 이후 작품의 창작에 몰두하게 된다. 그는 1969년 「또 다시 이 길을」로『군상』제12회 신인문학상을 수상하면서 문단에 등단한다. 1973년 발표한 「다듬질하는 여인」은 외국인한국인 최초로 아쿠타가와상을 수상한 작품이다. 그의 문학은 전체적으로 이국땅에서 떠도는 조선인의 유민 생활과 질긴 생명력, 조국과 민족에 대한 자의식, 현실적인 '벽' 등 역사성과 민족을 의식한 '재일성'을 천착했다고 요약할 수 있다.

　첫 작품 「또 다시 이 길을」1969은 조씨 집안의 조국-일본-사할린으로 내몰리는 유랑생활, 1950년대 말부터 시작된 북송운동에 따른 가족의 이별을 통해 '부'의 역사를 떠안고 재일로 살아가는 간고함을 보여주었고, 「우리 청춘의 도상에서」는 가출한 소년의 시선을 통해 재일의 소외의식, 조직 활동과 좌절감 등이 리얼하게 묘사된다. 「가야코를 위하여」는 재일 현세대의 결혼, 취직, 귀화 문제를 다룸으로써 일본 사회가 안고 있는 구조적인 모순·부조리, 재일코리안에 대한 차별의식을 고발하였고, 「청구의 집」역시 재일 현세대가 안고 있는 현실 속의 방황과 고뇌를 밀도 있게 다루었다. 「다듬질하는 여인」은 외국인 최초의 아쿠타가와상 수상작이란 상징적인 의미도 있지만 전통과 민족의 토속적 정서를 배경으로 조선 여인의 질긴 생명력을 감칠맛 나게 우려냈다는 점에서 독창적이다. 어머니의 "통통, 통통" 다듬이질하는 모습에서 연상되는 한국의 민속적 전통, 민족적 감성, 조모의 한 서린 '신세타령'은 독자들의 시선을 사로잡는다.

　널뛰기를 할 땐, 치마폭에 듬뿍 바람을 담아 어느 애보다도 높이 사뿐히 뛰었제. 하늘은 그 애가 귀여워 글어안고 놔 주질 않았어. 또 그네 타기는 어떻고, 줄을 꽉 쥐고 실버들가지보다도 높이 내려왔제. 꼭 제비 같았다니까. 난 조마조마한데 그 앤 걱정도 않고 말이지 (…중략…) 조숙한 애였제. 봄이 되면 꽃잎으로 살며시 손톱을 물들이기도 하고, 내게 머리를 땋게 하고 댕기의 길이가 어쩌니 저쩌니……. 그건 홀딱 반할 살결 이었어. 그렇고말고, 단옷날에는 창포물로 몸을 씻고, 해마다 때 묻지 않게 키운 술이 였제. 어미인 내가 반했는데 어찌 동네 총각들인들 가만히들 있었겠어, 이 놈도, 저 놈 도 (…중략…) 팔잔기라, 이렇게 된 것도 나라가 망했기 때문인기라. 아이고 귀신에 홀 렸제. 뭣 땜세 도둑놈의 나라에 갈 마음이 났을꼬. 나라를 빼앗고 또 딸자식마저 앗아 가고……. 차라리 화전민이 되는 게 나았을 것인디! 아이고 내 팔자야, 술이야…….

「다듬질하는 여인」

한 맺힌 조모의 '신세타령'이 귓전에 들릴 듯 생생하다. "딸의 팔자를 들먹이며 암울한 시대상을 체념 섞인 넋두리로 품어내는 조모의 입담은 처연하다 못해 한 기마저 느끼게 한다."[27] '다듬이질', '널뛰기', '그네뛰기', '창포물들이기'에서 연 상되는 민족의 전통과 토속성이 빚어내는 향수와 질긴 생명력을 통해 작가는 묻 고 있다. 왜 조선인이 일본으로 흘러와야 했는지 이국에서의 삶이 어떤 식으로 점철되는지를. 김학영 문학이 지속적으로 보여준 내향적 자기 고뇌 방식과는 달 리 이회성 문학은 향수를 불러일으키기에 충분하다. 그의 작품은 민족의 전통과 토속적 가치를 토대로 일본 사회가 안고 있는 구조적인 모순과 부조리를 한층 부각시킨다.

이처럼 재일 중간세대의 문학은 한마디로 정의하기 어려울만큼 다채로운 문 학적 변용을 보여주고 있다. 이들의 문학은 대체로 민족 개념에서 탈민족 개념 의 정서를 유지하면서도 조국과 일본 사이에 놓인 재일 현세대의 장소와 위치에 대한 자기 극복의 한계를 분명하게 드러내고 있다. 체념이든 극복이든 그 대상 을 초월할 수 있는 위치와 장소에 있지 않은 현세대에게 완전한 '개아' 찾기와 자 기민족 정체성 구축은 매우 지난한 작업이다. 이회성 문학의 조국과 민족을 앞세

---

27   김환기, 「조국과 자신간의 거리인식과 민족 문제의 제기」, 『나쓰메 소세키에서 무라카미 하루키 까지』, 글로세움, 2003, 323쪽.

운 외향적 자기 승화, 김학영 문학의 개인적 고뇌에 대한 내향적 '탈각' 작업, 이양지 문학의 '조국의 소리'와 '일본의 소리'의 조율과정에서 보여주는 자기 파탄적 행태와 "있는 그대로의 모습으로 받아들이기" 등, 이들의 문학은 재일 중간세대로서 자기 극복의 한계에서 확장되는 위치와 장소, 그곳에서 떠안고 추스를 수밖에 없는 '타자' 인식을 다양한 형태로 서사화했다는 점이 특기할 만하다. 그밖에도 재일 중간세대 작가인 고사명, 양석일, 박중호, 종추월 등의 문학이 조국과 개인 사이의 거리 인식과 '탈각' 작업, 자기 정체성에 대한 조율을 서사화했다고 할 수 있다.

5. 신세대 재일문학의 다양성

재일코리안신세대문학은 현실 중심의 다양한 일상을 착목한다는 특징을 지닌다. 조국과 민족, 전세대와 현세대의 갈등, 조국과 개인, 이념적 대립 관계 등 어두운 주제보다 '코리안 재패니즈'의 일상을 테마로 삼아 가볍고 밝은 형태의 '재일성'을 읽어낸다. 과거의 역사성 및 민족성과 일정 거리를 유지한 주체적 '개아'와 현실 중심의 실존적 글쓰기는 기존의 재일코리안문학과는 확연히 다르다는 점에서 주목받기에 충분하다. 일상에서 질곡의 역사에 함의된 어둠의 기억과 흔적들을 현실주의적 감각으로 수용하고 어두움을 밝음의 세계로 자연스럽게 되받아치는 수법은 그 자체가 과거와 현실의 조율이며 또 다른 일상의 창출이다. 그것은 재일코리안문학의 새로운 패러다임을 제시하는 징후이며 개인과 집단, 주류中心와 비주류周邊의 길항 속에서 배태되는 재일신세대문학의 특징에 해당한다. 재일신세대문학의 과거 녹이기와 새로운 패러다임 창출은 그 자체가 문학적 보편성과 맞닿아 있다. 현실주의적 관점에서 작품 활동을 하고 있는 유미리, 현월, 가네시로 가즈키金城一紀, 정윤희, 김중명, 김창생, 원수일, 후카자와 우시오深沢潮, 최실 등의 문학이 대표적이다.

유미리는 1968년 가나가와현神奈川県에서 태어났고 사춘기에 부모의 불안정한 생활로 가족은 흩어졌다. 개인적으로 가출과 자살미수를 거듭하는 가운데 심한 정신적 갈등을 겪는다. 극단 '도쿄 키드브라더스'를 거쳐 1986년 극단 '청춘 5월당'을 직접 결성하고 1993년 「물고기의 축제」를 통해 기시다구니오岸田国士희곡상을 수상하면서 문학적 출발을 알린다. 그녀의 문학은 가족의 붕괴해체, 소외된 개인의 방황과 고뇌를 통해 변주하는 현대 사회의 일그러진 자화상을 천착한다. 첫 작품 「물고기의 축제」는 흩어졌던 가족들이 새로운 삶을 모색한다는 내용의 희곡이다. 「풀하우스」는 흩어진 가정을 복원하기 위해 아버지가 빚을 내어 새집을 장만하고 가족들을 불러모은다는 형식을 취하지만, 결국 이혼한 부인과 딸들의 반응은 냉담했고 새집의 빈 공간을 다른 가족이 채운다는 내용이다. 「돌에서 헤엄치는 물고기」는 작가의 자전적 체험을 살린 가족의 이산, 안식처 없이 방황하는 현세대의 고독감, 남녀 간의 성애를 구체적으로 묘사했고, 「한여름」은 비정상적인 현대인의 고독과 일시적인 안식을 얻기 위한 만남, 일탈 공간에서 만들어지고 허물어지는 자기중심적인 짜깁기의 삶을 그려낸다.

아쿠타가와상 수상작 「가족 시네마」는 흩어진 가족이 단편영화를 찍기 위해 한자리에 모인다는 설정 하에서 가족 간의 대화와 일상을 소환한다. 가족관계의 붕괴 및 해체의 현실에서 전통적 가족상 구현은 '연기'를 통해서나 가능하다고 피력함으로써 현대 사회의 모순과 허위에 찬 도덕적 관념을 비판한다. 전통적 가족상이 현대인의 실생활에 마찰음을 일으키며 조화와 부조화로 변주되고 있는데, 그것은 작가의 실제 체험이 허구의 공간에서는 소외의식, 세대 간의 단절 등 현대 사회가 안고 있는 각종 병리적 현상에 대한 고발로 변주됨을 뜻한다. 이러한 고발정신은 작품 「타일」, 「골드러시」, 「여학생의 친구」 등에서 표상되는 10대 범죄, 원조교제, 섹스, 폭력 등의 문학적 주제와도 상통한다. 이처럼 유미리 문학의 특징은 뿔뿔이 흩어져 살아가는 가족들이 한 지붕 밑에서 살아가길 바라면서도 "떨어져 살 수밖에 없는 이 모순의 현대적 가정 붕괴와 가족 해체 현장의 비극성"[28]을 내밀하게 얽어낸다는 점에서 찾을 수 있다. 유미리 문학은 "가족 붕괴와 인간관계의 해체 이후 '재생의 이야기'를 그려낼 수 있을까"[29]라는 점이 앞으로의 과제라고 할 수 있다.

현월은 1965년 오사카의 조선인 밀집 거주지인 이카이노猪飼野에서 태어났고 고교를 졸업하고 1994년부터 오사카 문학학교를 다녔다. 그는 문학학교 재학 당시 동인지를 결성했는데 1998년 하반기 「무대 배우의 고백」이 동인지 우수작으로 『문학계』에 실리면서 주목받기 시작했다. 그의 문학은 기존의 재일코리안 문학이 견지해 온 정치역사, 민족 이데올로기 등 '다테마에문학'[30]에서 벗어나 현대 사회에서 범람하는 폭력, 욕망, 단절 등의 세계를 솔직 대담하게 그려낸다.

「무대 배우의 고독」은 갱생한 노조무ノゾム를 통하여 마약, 폭력, 살인이 난무하는 슬럼화된 청소년 집단과 악의적 행동을 리얼하게 그려낸 작품이고, 「나쁜 소문」은 '뼈다귀'로 불리는 남자를 통해 현대 사회의 병리현상이기도 한 강력한 '소문'의 폭력성을 고발한 작품이다. 「땅거미」는 오사카의 '덴진마쓰리天神祭'를 배경으로 공동체-개인-소문이 얽어내는 현대 사회의 폭력성을 풍자한 작품이다. 또한 장편 「젖가슴」은 귀화한 재일코리안 여성과 일본인 남편 사이의 일상을 그리고 있는데, 독특한 점은 조직에서 쫓겨난 '강 선생님'이 장님 딸의 퍼포먼스에 힘입어 제자들에게 학교 재직 시절의 비디오테이프를 팔러 다닌다는 처연한 현실을 보여준다. 이처럼 현월의 작품은 조국과 연계된 정치역사, 민족 이데올로기를 배경으로 현실주의에 기초한 인간 본연의 실존성을 담아내는데 충실하다. 여기에는 부身의 역사성과 민족성으로 표상되는 비교적 무거운 주제를 가볍게 풀어가는 탁월한 문체의 힘이 탄탄하게 자리잡고 있다.

---

28 김원우, 「주변문학으로서의 망향·열등감·소외」, 『재일한국인문학』, 솔, 2001, 57쪽.
29 小林孝吉, 「柳美里」, 『新日本文学-〈在日〉作家の全貌-94人全紹介』, 新日本文学會, 2003, 69쪽.
30 梁石日, 『在日韓国人文学の現状』(北村巖, 「梁石日論」, 『新日本文学』에서 재인용).

현월의 아쿠타가와상 수상작 「그늘의 집」에서는 폐쇄적인 시공간의 소외된 개인에 대한 조명, 세대 간의 단절과 가족 구성원 간의 갈등 대립, 집단주의에 내몰린 허약한 개인이 적나라하게 고발된다.

손발이 묶여 땅바닥에 엎어져 쓰러져 있는 세 남자는 그 부분만 바지가 찢어져 드러난 엉덩이와 허벅지가 보였다. 입을 꾹 다문 남자들이 번갈아 가며 펜치로 살점을 비틀어 뜯어내고 있다. (…중략…) 돌연 땅바닥에 흩어진 무수한 살점이 돌바닥을 뚫고 나온 작고 빨간 꽃들의, 아직 반쯤밖에 안 핀 도톰한 꽃잎처럼 보이기 시작하면서 온몸의 피가 빠져나가는 소리가 들렸다. 이십 년 전 숙자가 뿌린 씨가 이날 이 순간을 기다려 싹을 틔우고 꽃을 피운 걸까.

「그늘의 집」

현월문학은 집단과 개인의 거리감과 소외 현장에서 자행되는 무자비한 폭력과 같은 사회의 어두운 단면을 대담한 필치로 들추고 반추하면서 현대 사회에 필요한 모럴의 가능성을 진단한다. 또한 현대인의 일그러진 자화상을 통해 개인의 실존적 고뇌를 조명하며 인간의 보편적 가치를 모색하는 문학성을 보여준다.

이처럼 재일코리안의 신세대문학은 주제, 인물, 구성, 문체 등 다양한 소설적 관습에서 이전과는 확연히 다르다. 가족, 계층, 세대 간의 단절은 물론 현대 사회와 집단주의, 마약, 살인, 폭력에 이르는 사회적 병리현상까지 신세대문학에서는 '개아' 중심의 실존적 글쓰기에서 동반될 수밖에 없는 현실중심적인 사고가 총동원된다. 이들의 문학은 '코리안 재패니즈'로서의 삶의 군상, 그것이 어두운 세계든 밝은 세계든 있는 그대로를 가능한 현대인의 취향에 맞게 자극적인 입맛을 살려내는 방향으로 조율되고, 거기에서 대중성과 문학적 보편성을 동시에 이끌어 내고 있다. 재일코리안 작가 김창생, 김마스미, 정윤희, 이기승, 김중명 등의 문학도 다르지 않다. 이들 작가들의 작품에서도 현실주의를 천착한 현대적 감각

의 '재일성'을 확인할 수 있다. 특히 김중명의 「환상의 대국수幻の大国手」는 주목해 볼 만하다. 이 작품은 재일코리안 청년이 한국과 일본의 장기를 제재로 일제시대와 현대를 소통시키는 구도를 취한다. 「바다의 백성海の民」에서 해상왕 장보고의 전설을 살린 열린 서사구조도 돋보인다. 이는 재일코리안문학이 새로운 역사소설의 영역을 열어가는 역량을 보여주기도 하지만 수평적 등가성等価性 개념의 "동아시아 공동 공간"[31]을 피력했다는 점에서 주목된다.

6. 해체·변용하는 재일문학

세대 간에 '재일성'으로 구별될 수 있었던 재일코리안문학의 특징은 더 이상 유효하지 않다. 이는 최근의 재일코리안 작가들이 발화하는 문학적 담론에서 얻을 수 있는 결론 중의 하나다. 이전의 재일신세대문학까지만 해도 의식적이든 무의식적이든, 농밀하든 농밀하지 않든, 글쓰기 자체가 자기民族 '아이덴티티의 위기'와 맞물린 고뇌, 갈등, 저항의 몸부림을 통해 "조선인으로서의 민족어, 민족문화의 상실을 전제"[32]로 전개되어 왔다.

그러나 최근 재일코리안문학에는 '재일성' 자체가 해체·변용된 개념으로 서사화되는 경향이 뚜렷하다. '아이덴티티의 위기'의식 자체가 없거나 있어도 개의치 않는 현실주의적 개인, 이미 해체된 상태의 사회, 민족, 계층, 가족 개념이 이야기되거나 재현되고 있다. 그러니까 고뇌의 양상이 어떤 의식이나 개념에 대한 상대적인 것이 아닌 열린 일상에서 이루어지고 과거사는 의식이나 주의가 개입되지 않은 관찰자 입장의 기억으로만 잔존한다. 해체시킬 것도 해체될 것도 없는 상태, 그러한 일상의 시공간적 개념을 토대로 새로운 문학적 패러다임이

---

31 磯貝治良, 앞의 글, 65쪽.
32 川村湊, 『戰後文学を問う』, 岩波新書, 1995, 205쪽.

전개되고 있다. 사기사와 메구무鷺沢萠, 이오 겐시飯尾憲士, 이주인 시즈카伊集院静, 미야모토 도쿠조宮本徳蔵, 마쓰모토 도미오松本富生 등의 문학이 이러한 해체・변용의 문학적 범주에 속한다.

　사기사와 메구무는 1968년 도쿄에서 태어났고 조모가 한국인이었다. 그녀의 문학 활동은 1987년 「강변길」이 문학계 신인상을 수상하면서 시작된다. 대체로 재일코리안 3세는 내면에 각인되지 않은 역사성, 민족성, 재일성을 바탕으로 거침없이 자유롭게 행동하는 현실주의적 자의식을 보여준다. 그녀의 대표작 「그대는 이 나라를 사랑하는가」는 재일 3세 마사미가 주인공으로 등장한다. 그녀는 자신의 이름 두 개, 기야마 마사미木山雅美와 리 마사미李雅美를 통해 국적이 한국인임을 알게 된다. 그녀는 미국에서 유학할 때 한국인 유학생 성진이를 통해 한국에 관심을 갖기 시작했고 "한글에 감전되어" 한국으로 유학까지 결심한다. 문제는 마사미에게 한글 익히기가 핏줄이나 국적과는 상관없는 단지 한글이라는 표음문자에 대한 흥미에서 출발하고 한국인이라는 자의식과 무관하다는 사실이다.

　한글에 감전되어 한국말을 배우러 왔으면서도 일본말로 대화를 나눌 수 있는 재일 교포 친구들과 함께 있어야만 비로소 마음이 편하다. 자신 속에 내재된 그런 모순 하나하나가 마사미에게 더욱 깊은 구덩이를 파게 하는 것이었다. 고민하지 않으려고 느끼지 않으려고 애를 쓰면 쓸수록 촉수는 더욱 민감해졌다.

　　　　　　　　　　　　　　　　　　　　「그대는 이 나라를 사랑하는가」

　역사성과 민족성이 해체된 재일 현세대의 이러한 자의식은 「진짜 여름」에서도 되풀이된다. '민족성을 상실하고' 일본 이름 아라이 도시유키新井俊之로 살아가는 재일 3세 도시유키는 애초에 '민족적 아이덴티티'와 민족어 개념을 갖고 있지 않다. 그의 내면에는 "한국계 일본인이라면 한국어를 모르는 것은 있을 수 있는 일"이라는 미국식 상식만 적용될 뿐이다. 일본이냐 한국이냐, 일본어냐 한국어냐는 형태의 양자 간 조율이 더 이상 필요치 않은 현실주의적 개인의 해방된 일상만이 존재한다. 그런 측면에서 "안티로서의 재일조선인문학의 실효失效 혹은 재일조선인문학의 해체적 국면이야말로 소설의 주제"[33]라고 할 수 있다.

사기사와 메구무의 「강변길」, 「돌아가지 못하는 사람들」, 「썩어가는 동네」, 「갈매기 집 이야기」 등은 "개인의 내면 속에 흩어져 있는 추억의 파편들을 들추어내거나, 여러 인물들의 은밀한 추억들을 직조함으로써 침묵의 세계에 숨어 있는 실존의 의미를 조명"[34]한다는 점에서 일본 신세대들의 현재적 자의식을 확인할 수 있다.

이오 겐시는 1926년 오이타현大分県 다케다시竹田市에서 과묵한 '양복쟁이' 아버지와 일본인 어머니 사이에서 태어난다. 중학교 4학년 때 엘리트 코스인 해군병학교 시험을 두 번 응시했지만 모두 '엄마의 사생아'라는 호적상의 문제로 낙방하고 만다. 그는 나중에 육군 예과사관학교에 합격했고 조국 해방 후 구마모토熊本 대학 문과에 입학했지만 혼혈아로서 청년시절을 우울하게 보낸다. 그의 작품은 일찍 세상을 뜬 부모에 대한 기억하기와 황국시민 교육에서 벗어나기 위한 자기해방을 감행하며 아버지에 대한 이야기와 제국 일본의 군대에 대한 이야기를 문학적 테마로 삼는다.[35]

1980년 「서울의 위패」는 단편 「바다 건너편의 피」, 「징鉦」, 「서울의 위패」를 한 권에 모은 창작집이다. 작품집은 '사생아'라는 태생적 조건을 응시하며 "일본인 쪽에도 한국인 쪽에도 붙지 않는 박쥐"로서의 자기 정체성存在을 치열하게 반문하는 '자아의 서사'다. 작가의 자전적 입장에서 재현되는 아버지상과 어머니상

---

33 川村湊, 『戰後文学を問う』, 岩波新書, 1995, 210쪽.

34 사기사와 메구무, 김난주 역, 「침묵의 세계에서 들려오는 소리들」, 「돌아가지 못하는 사람들」, 문학사상사, 1995, 13쪽.

35 小野悌次郎, 「飯尾憲士」, 『新日本文学-〈在日〉作家の全貌-94人全紹介』 5, 新日本文学會, 2003, 44쪽.

이 창작의 주된 테마 중의 하나다. 즉 "한일합방 때, 만 13세였던 아버지는 일본에 대해 어떠한 감정을 품고 있었을까." "관동대지진 당시 신문지상에서 '조선인 폭동'에 관한 기사를 봤을 때는 어떠했을까." "결혼 후, 어머니는 조선인 아버지를 어떤 시선으로 바라보았을까"라는 질문들을 작가 자신에게 던지고 이를 '고백'조로 풀어내는 형식을 취한다.

이주인 시즈카伊集院靜는 1950년 야마구치현山口県에서 태어나 릿쿄立教대학 문학부를 졸업했다. 1989년 첫 소설집 『3년판』을 출간하고 1991년 「유방」으로 요시카와에이치吉川英治문학신인상, 1992년 「수월受け月」로 나오키상을 수상한다. 그의 문학은 국적이나 핏줄에 상관없이 과거의 기억을 회상하고 재생된 기억 위에서 개인의 실존적 조건을 탐색하는 서사구조를 취한다. 「해협」은 소년 히데오英雄를 중심으로 그의 집에 왕래하는 수많은 나그네들의 만남과 헤어짐, 협력과 교류소통의 의미를 살린 작품이다. 밀려왔다 밀려가는 조수처럼 살아남기 위해 쫓고 쫓기는 자들이 일시적으로 머물 수 있는 상징적인 시공간으로서 '해협'을 상정한다.

"그 사람들은 어디에서 왔나요?"

"바다 저편에서 해협을 건너왔지요."

"해협?"

분명히 겐조源造도 같은 말을 했었다.

"해협입니다. 조선에서 해협을 건너와, 저 부모와 아이가 왔지요."

"한국과는 다른 곳인가?"

"잘 알고 있네요. 한국도 조선도, 원래는 같은 나라인걸요."

"어째서 이름이 틀리나요?"

"전쟁이 있었지요, 같은 나라가 둘로 갈라져 전쟁을 했던 거지요."

"어느 쪽이 이겼는데?"

가사도笠戶가 히데오를 쳐다보았다. 물고 있던 담배에 불을 붙였다. 가사도는 검은 바다 저편을 보고 있었다.

"어느 쪽도 이기지는 못했지요."

"그럼 비겼다는 건가?"

"히데상, 전쟁은 야구나 스모처럼 비길 수는 없어요. 많은 사람이 죽게 되니까 말이죠. 저의 아버지, 어머니, 형님, 여동생 모두 전쟁으로 죽고 말았지요. 폭탄이 떨어져 순식간이었다 하더군요. 피난 갔던 동생과 제방을 쌓으러 갔던 저만 살아남았지요. 다카키 집에 살고 있는 사람들은 절반 가까이 전쟁에서 누군가 가족을 잃었지요."

「해협」

이주인 시즈카는 유소년 시절의 회상이라는 형태로 해협을 중심으로 흘러들고 흘러나가는 인간군상을 담담한 필치로 묘사하고 있다. 조국의 혼란상과 간난, 한국전쟁, '조선'과 '한국'이라는 국가 명에 내재된 좌우·남북의 이데올로기 등 역사성과 민족성을 의식할 수밖에 없는 묵직한 주제들도 가볍게 가로지른다. 이주인 시즈카의 작품에는 최근 재일 3·4세대가 인식하는 일종의 해체된 '재일성'이 간접적으로 반영된다. 이주인 시즈카는「유방」,「하얀 가을」,「겨울 잠자리」,「조류」등 많은 역작을 내놓았다. 그중에서도「해협」은 전세대아버지와 소년 사이의 교훈적 의미를 담아냈고「기관차 선생」은 선생과 어린이들 사이에 흐르는 잔잔한 휴머니즘을 감동적으로 얽어낸 작품이다. 이 두 작품을 통해 최근 해체·변용 개념의 '재일성'이 만들어가는 재일코리안문학의 또 하나의 장르아동문학에 대한 가능성을 보여주었다.

앞서 언급했듯이, 19세기 말 "서양의 '타자'의 우월성을 승인하고 오히려 그 '타자'와 대등해지는 것을 자기 목적"으로 삼고 근대화를 이룬 일본은 20세기 초부터 "조선을 대등한 문화적 타자로 존중하기는커녕 전혀 인정하지 않는" 자기 모순적 행태를 취했다. 그 제국·국가주의의 모순과 부조리의 행태는 정치, 경제, 사회, 문화 등 전반에 걸친 지배적인 현상이었고 그 영향은 현시대로 이어지고 있다. 이른바 일제강점기 재일유학생과 프롤레타리아 문학 활동의 영향을 받고 출발한 해방 이후 재일코리안 작가의 조국과 민족, 향수, 고뇌, 저항을 주제로 한 민족적 글쓰기는 그러한 경향을 대변하고 있다. 재일 중간세대 작가의 자기 정체성 찾기와 재일 신세대 작가의 실존적 글쓰기는 제국일본이 보여준 수직적 '강요' 형태의 '타자' 인식에 대한 투쟁의 역사이고 비판이며 일본의 '자기 모순성'에 대한 "내부로부터의 질타"에 가깝다.

이런 맥락에서 최근 재일코리안문학의 탈국가, 탈민족, 탈이데올로기적 글쓰기 형태는 문학적 관행에서 보면 새로운 차원의 문학적 변용으로 볼 수 있고, 다른 한편으로는 일본현대문학에 대한 새로운 패러다임의 제시라고도 할 수 있다. 요컨대 '해체·변용' 개념의 재일코리안문학은 경계의식을 넘어선 월경과 혼종의 지구촌 문학으로서 보편성과 세계성을 동시에 담보하는 형국이다. 또한 '해체·변용'의 재일코리안문학은 재일 사회의 경계인 심리를 잠재우며 그들의 세계관을 한 단계 끌어올리는 계기로 작용한다. 그것은 제국·국가주의를 상대화하는 '안티테제'로서 새로운 세계관에 대한 주문이고 확장이며 동시에 앞으로의 문학이 경계 없는 인물, 주제, 구성으로 한층 가속화될 것임을 예견하게 해준다. 최근 등가성을 강조한 '타자'의식에 적극적인 한국에서 동아시아적 담론이 팽배하고 학문 장르의 학제적 콜라브레이션collaboration이 강조되는 것도 이러한 '해체' 개념의 문학적 변용 현상과 무관하지 않다. 새로운 개념의 '재일성' 출현은 지구촌 개념의 보편성과 세계성을 이끌어낼 수 있는 선구적 역할을 시험 중이라 할 수 있다.

개략적이지만 필자 나름대로 재일코리안문학의 계보를 일제강점기 조선인의 일본어 글쓰기, 해방 이후의 재일 1세대의 민족적 글쓰기, 재일 중간세대의 자기 민족 정체성 묻기와 해답 찾기, 재일 신세대 작가의 탈민족적 글쓰기, 해체·변용 개념의 현실주의적 재일문학으로 구분해 정리해 보았다. 필자의 자의적 해석인

만큼 먼저 재일코리안의 시대·세대·장르별 문학적 성향에 따른 경계지점을 명확히 제시하지 못했다는 점, 그 시대의 대표적인 작가의 대표작을 중심으로 전개하면서 작가와 작품을 폭넓게 다루지 못했다는 점은 한계로 지적할 수밖에 없다. 재일 중간세대이면서도 신세대 개념의 문학적 변용을 보여준 다양한 재일코리안 작가와 작품에 담긴 '재일성'을 충분히 조명하지 못했다는 점에서 그러하다. 그럼에도 불구하고 재일코리안문학에 관한 일련의 연구를 포함해 최근 구소련권, 중국, 미국, 독일, 호주, 중남미지역^{브라질, 아르헨티나} 등지에서 생산되는 코리안 디아스포라문학은 한국문학사에서 간과해선 안된다. 그들 한인 사회가 축적해 온 문학적 성과들은 한국문학의 저변 확대와 세계문학으로의 유효한 기반을 제공해줄 것이기 때문이다.

식민 제국과 재일조선인문학의 조망

이소가이 지로

1. 재일조선인문학의 변천

단순한 '반영'론을 채택할 생각은 없지만 재일조선인문학 50년의 변용은 '외부 세계'의 변화와 2인 3각처럼 여겨진다. '외부 세계'라 함은 재일조선인 사회의 정치와의 긴장 관계이고 조국과의 관계 양상이다. 생활과 의식의 양태이며 세대의 변화 상황이다. 그리고 재일조선인 사회에 적지 않은 영향을 끼쳐온 일본 사회의 정치, 생활, 문화에 걸친 가치관의 변용이고 일본문학계의 변화 현상이다. 물론 애초부터 '외부 세계'와의 길항 관계에 의해 구성되는 것이 문학인만큼 재일조선인문학만이 그러한 변화의 물결에 휩쓸렸던 것은 아니다. 일본문학 50년도 마찬가지다. 다만 재일조선인문학은 한층 직접적으로 정치, 사회, 조국 _{조국과의 거리}, 생활, 세대와의 변화를 비추고 있는 것 같다. 이는 재일조선인문학이 '외부 세계'와의 관계를 보다 강요당하면서 꿈같은 이야기를 허용하지 않는 '리얼리즘'을 문학적 태생으로 삼아왔기 때문이다.

조선의 해방 후^{패전} 50년 동안 재일조선인 사회의 분수령은 크게 세 시기로 나눌 수 있다. 첫 번째 시기는 '정치의 계절'로서 1960년대 초반의 조국 귀환사업이 정점이었던 시기까지다. 이 시기는 일본의 패전 직후에 결성된 재일본조선인연맹조련, 1945년 10월 15일 결성부터 재일조선민주주의통일전선민전, 1951년 1월 9일 결성을 거쳐 재일본조선인총연합회총련, 1955년 5월 25일 결성에 이르기까지 활발한 민족운동이 일어났다. 한편 이 시기는 한신阪神교육탄압사건민족학교 폐쇄령과 조련해산명령단체 등에 관한 규정령에서 알 수 있듯이, 미 점령국과 일본 정부의 압제에 맞선 '조련'의 싸움→한국전쟁하에서 '민족'의 무력 투쟁→'총련'으로 탈바꿈하면서부터 해외 공민으로서 사회주의 조국건설운동 등이 전개되었다. 이와 같은 상황에서 재일조선인 사회는 '정치의 계절' 한복판에 있었고 일본에서의 생활까지도 모조리 정치로 덧칠되어 있었다.

시점을 바꿔 말한다면 일본 제국주의의 식민지 지배 체험에 따른 억압과 굴욕에서 해방되고자 하는 투쟁의 시대였다고 할 수 있다. 따라서 일본에서의 생활은 '임시거주'이며 조선반도는 아무런 과장과 완충장치 없이 귀속해야만 할 조국이었다. 이로 인해 재일조선인의 문학 활동도 대부분 모국어로 이루어져, 필자의 인식으로는 일본어문학을 가리키는 재일조선인문학이라는 호칭도 찾아볼 수 없었다. 조선인의 언어 표현으로 조선인이 쓴 문학 작품이 존재한 것에 불과하다. 뒤집어 말하면 일본문학계에서는 김달수를 제외하면 이들 문학의 존재를 인지하지 못했던 것이다.

'정치의 계절'의 문학적 출발, 즉 전후해방 후 재일조선인문학의 출발은 1946년 3월에 창간된 잡지『민주조선』에 김달수의「후예의 거리」가 연재되기 시작하면서부터였다. 그 후 김달수는 왕성한 창작력을 보여주었는데 한국전쟁 중 집필한「현해탄」『신일본문학』, 1951.1과 남북한을 무대로 미군정 하의 민중상을 훌륭하게 형상화한「박달의 재판」『신일본문학』, 1958.11은 모두 아쿠타가와상 후보작에 올랐다. 김달수와 거의 같은 시기, 시 분야에서는 허남기가 줄곧 시집을 간행하며 출발했다.「현해탄」과 마찬가지로 한국전쟁 중 발표한「화승총의 노래」『인민문학』, 1951.5는 동학농민혁명 이후의 조선 민중의 저항사를 노래한 서사시로 세간의 이목을 집

중시켰다. 허남기 외에도 장편소설 「탁류」의 이은직, 시 창작의 강순과 김시종 같은 인물들의 활동이 있었지만 이들이 재일조선인문학이라는 문학파를 확립한 것은 아니었다.

거기에는 일본문학계 및 독자가 타당한 문학적 평가를 부여하지 않았다고 하는 외재적 요인도 있지만 대부분의 조선인 작가들이 '재일문학'을 '임시문학'으로 생각하고 '일본어문학'의 권역으로 편입되는 것을 떳떳하게 여기지 않는다고 하는 주체적 요인도 있었다. 이 시기의 문학은 각각의 작가와 시인들이 개인적인 식민지 체험과 직접적으로 연계된 해방 후의 현실을 민족 전체의 역사체험, 현실, 운명으로 보편화시켜 그린다고 하는 특징을 갖고 있다. 이는 조국의 문학과 일체화한 '민족문학'으로 의식하고 있었던 것처럼 보인다.

재일조선인문학이라고 하는 호칭이 알려지고 일본어문학의 독자적 장르로 자리 잡기 시작한 것은 1960년대 중반부터다. 시대 상황으로 본다면 '정치의 계절'의 열기가 식고 귀국의 꿈이 사그라질 무렵과 괘를 같이 한다. 그리고 재일조선인 사회의 생활 실태와 가치관은 1965년 한일조약과 일본 사회의 고도경제성장과 대중 사회화의 영향을 받아 변화의 조짐을 보인다. 1970년대 이후 공공연히 거론되는 '정주화 의식'의 싹도 보였다. 여전히 재일조선인에게 일본의 국가와 사회는 법제도나 정신풍토 상에서 전전·전후적인 차별과 억압의 양상을 계승하고 있다 하겠지만 민족운동은 총체적으로 후퇴기로 접어들고 있었다. 그런 가운데에서도 일본의 문단 저널리즘과 독자들에게는 변화가 생긴다. 1966년 김학영의 「얼어붙은 입」이 문예상을 받은 것을 시작으로 1969년 이회성의 「다시한 번 이 길을」이 『군상』 신인문학상에 입상하면서 재일조선인문학은 갑자기 세간의 이목을 끌게 된다. 그 이전에도 1964년 후반 이오 겐시飯尾憲士의 아쿠타가와상 후보, 1965년 다치하라 마사아키立原正秋의 「하얀 양귀비白い罌粟」가 나오키상을 수상하였지만 이들 일본명 작가의 문학은 재일조선인문학으로 의식되진 않았다.

1971년 후반기 이회성의 「다듬질하는 여인」은 외국인으로서 처음으로 아쿠타가와상을 수상했다. 재일조선인문학은 이 무렵부터 1970년대를 거쳐 1980년대 중반까지 왕성한 활동 시기를 맞는다. 이회성, 김학영, 고사명 등을 포함해 그들 '재일'2세대문학의 특질은 재일조선인의 불우한 역사성과 현재를 입각점으로 민족적 자아의 갈등과 주체의 탐구를 실존적으로 주제화하는데 있었다. 그것은 식민지 체험과 그 연장선상에서 투쟁한 '정치의 계절'과는 직접적으로 어울릴 수 없는 지점으로 '재일'의 난제와 격렬하게 대응하는 것이었다. 그러한 '재일'2세대문학이 일본문학계와 독자들에게 수용된 것은 무엇보다 이들 작가들의 문학적 질량에 힘입었다 하겠지만, 사회적 배경에서 보면 시대 상황의 변화에 따른 '재일' 사회가 일본 사회의 일부가 되었다고 하는 '오인'에 근거한 부분도 있지 않았을까. 재일조선인문학이 그동안 완전히 배제해야만 할 타자의 문학이 아니고 일본문학 속에서라고 하는 단서가 붙은 '이질의 문학'이라는 '안심감'이 수용자 측에 있었던 것이 아닐까.

물론 당시 재일조선인문학은 '일본문학'이냐 '조선문학'이냐 라는 논의도 있었지만형태를 바꾸어 현재도 계속되고 있다 그것을 명백히 하지 않고 넘어가기까지는 일본 사회와 그 사회의 반영이기도 한 일본문학계의 '오해'와 '안도감'이 지배적이었다. 그러한 일본 사회와 문학계의 의식에는 재일조선인 사회의 가치관 변화의 전조, 그것과 한 쌍의 관계로서 싹을 틔우기 시작했던 정주화재일지향 의식도 영향을 주었을 것이다. 필자가 재일조선인문학에 매달리기 시작했을 무렵, 총련에서 활동하고 있던 지인으로부터 몇 번씩이나 "일본어로 쓰여진 작품은 동포문학이 아니"라고 하는 말을 들었지만 그 인식은 보편화 되지 못했다.

재일조선인문학은 1970년대로 접어들면서 전성기를 맞는다. 이 시기 재일조선인 사회는 일본 사회의 영향으로 생활 실태와 가치관의 변질 = 정주의식재일지향과 민족적인 귀속 이념은 길항 관계에 있었다. 그것은 현상적으로는 일본 사회에서 권익 획득, 제도적·의식적 차별의 철폐, 인권 확립이라고 하는 '시민권 운동'적인 주장, 그리고 본국 정치 체제의 변혁, 민주화와 통일의 싸움으로의 제휴 — 이 굵은 두 개의 선에 의해 재일조선인 사회는 표현되었다. 물론 그것이 완전히 갈라져 재일조선인 사회를 둘로 이분한다는 것은 아니다. 비집고 들어가거나 때로는 변환하거나 갈등하면서 재일조선인 사회의 전진과 후퇴, 탐구와 주저, 어둠과 광명 속에서 생활과 사상의 영위를 이루고 그 사회를 성립시켜 에너지를 창출한 것이다.

1970년대 '재일'을 살아가는 개개인에게는 10인 10색의 얼굴이 있다. 그것은 '제3의 길'이라고 단순히 구분되는 것이 아니고 '제1의 길', '제2의 길'로 비집고 들어가거나 서로 변환하면서 재일조선인의 삶을 성립시킨다. 재일조선인문학은 그러한 삶과 사상의 에너지를 배경으로 성립되었다. 이러한 재일조선인문학은 소설과 시 분야에 김석범과 김시종이 쌍벽을 이룬다. 김석범은 1971년 상반기에 「만덕유령기담」이 아쿠타가와상 후보에 오르면서 일본문학계에 등장한다. 환상의 명작이라 불리는 「까마귀의 죽음」은 그보다 훨씬 이전인 1957년 12월 『문예수도』에 발표되었고, 1967년에 세상에 알려지지 않았던 동포출판사로부터 간행되었다. 김시종은 훨씬 늦은 1978년 『이카이노 시집』이 간행되면서 '문단적'으로 주목받기 시작했는데 첫 번째 시집은 이미 1955년에 간행되었다. 두 작가는 일본문학계에서 보면 무시할 수 없는 존재로 접근해 왔는데 그것은 곧 『화산도』와 『들판의 시』라는 결실로 이어졌다.

1970년대부터 1980년대 중반까지 많은 재일조선인 작가가 일본 문단의 문학상 후보에 오르지만, 사실 재일조선인문학을 지탱하였던 것은 문단 저널리즘 영역 밖에 있었던 사람들이다. 이들은 거의 두 케이스로 갈라져 있었다. 하나는 이전부터 창작활동을 하다가 이 시기에 작품을 "세상에 내놓은" 작가이고, 다른 하나는 이 시기에 새롭게 등장한 작가이다. 전자에는 김태생, 성윤식, 오임준, 정승박, 정귀문 등이 있고, 후자에는 종추월, 박중호, 성율자, 여라, 양석일, 이양지, 원수일, 이기승 등이 있다. 이들 작가의 문학 작품은 제각기 개성이 있고 다양한데 주제와 작품 면에서 '일본문학'과는 이질적인 재일조선인의 일본어문학의 특질을 잘 간직하고 있다.

이들 중에서도 양석일은 가장 활발한 집필 활동을 하고 있는 작가이다. 1981년 택시 기사의 세계를 소재로 재일조선인의 신세를 그린 「광조곡」1981, 지쿠마서방 이후 재일조선인문학의 주제와 작풍을 일관되게 보여주었다. 그리고 1994년 「밤을 걸고」를 통하여 1950년대부터 1960년대에 걸친 재일조선인 사회의 공동체와 그 싸움의 원형을 그렸음은 의미하는 바 크다. 이것은 가이코 다케시開高健가 「일본 서푼짜리 오페라日本三文オペラ」에서 그린 '아팟치족'을 조선인 자신이 그린 것인데, 여기에서는 전후 오사카 조병창 터에 묻힌 방대한 국유재산 철괴를 약탈한다고 하는 '생활 투쟁'을 통해 일본 제국帝國의 망령과 일본의 경찰 권력에 도전한 재일조선인의 '전쟁'을 그리고 있다. 이는 오무라大村 강제수용소를 형상화하여 일본의 전후 재일조선인 정책의 부당성을 고발한 것이다.

「밤을 걸고」는 재일조선인 작가 한 사람의 원체험이 투영된 작품이지만, 여기에는 재일조선인의 생활공동체와 출입국관리국 반대 투쟁, 권익 투쟁, '지문거부 투쟁'으로 이어지는 일련의 투쟁의 원형이 그려져 있다. 1990년대 한복판에서 이러한 문학의 탄생은 큰 의미가 있다. 1980년대 중반 이후에는 재일조선인 문학에 새로운 현상이 줄을 잇는다. 재일문학으로 불릴 수밖에 없는 문학적 현상이다. 재일조선인문학이 재일조선인 작가에 의해 쓰여진 일본문학과는 다른 재일조선인 특유의 주제와 작풍을 갖는 문학이라고 한다면 그것과는 취지를 달리한다. 이 '재일문학'의 현상이 재일조선인 사회의 변용과 밀접하게 관계하고 있음은 말할 것도 없다.

재일조선인 사회는 1980년대에 들어서서 분명한 변화를 보여 왔는데 그것이 1985년경을 경계로 급격히 가속화되었다. 간략히 말하면 일본 사회로의 동질화다. 이것은 세대교체에 따른 민족의식이 희박해짐에 따라 서서히 진행되었던 것인데, 공교롭게도 지문날인 거부 투쟁이 절정이었던 1985년, 일본의 국적법이 부모 양계주의로 개정되면서 한층 영향을 받게 된다. 실제로 1995년 '재일'의 일본 국적 취득자는 약 40만 명. 이른바 귀화자는 약 18만 명인데 일본인 남성의 처가 약 8만 5천 명, 한국·조선인 아버지의 자식이 약 4천 5백 명, 한국·조선인 어머니의 자식이 약 17만 명이 있어 실질적으로 일본 국적 취득자는 40만 명이 넘는다. 일본인과의 결혼은 '재일'의 결혼 중 80%에 이르고 그들은 본인과 자식들 대부분이 일본 국적을 선택하게 될 것이다. 또한 재일 한국·조선인의 아동 중 90%가 일본 학교에 다니고 있고 고등학교 입학 시 민족학교에서 일본 학교로 전학하는 학생도 적지 않다.

'재일문학'이라는 상황은 그러한 '재일' 사회의 현상과 인과의 관계에 있다. 그리고 '재일문학'의 또 하나의 현상은 일본명 작가의 문단 등장이다. 그렇다고 해서 일본명 작가의 등장이 1980년대 후반에 시작된 것은 아니다. 오히려 그 이전부터 활약해 왔던 사람들이 많았다고 해야 할 것이다. 거기에는 노구치 미노루野口稔 : 장혁주, 다치하라 마사아키立原正秋, 이오 겐시飯尾憲士, 미야모토 도쿠조宮本德藏, 쓰카 고헤이つかこうへい, 마쓰모토 도미오松本富生, 다케다 세이지竹田青嗣와 같은 작가와 비평가가 있었다. 노구치의 경우는 전쟁 전과 전쟁 중에 작품 활동을 하면서 「아귀도」와 같은 작품을 남겼고 다치하라는 「쓰루기가사키剣ヶ崎」, 「겨울을 기념해서」, 「여름의 빛」 등을 남겼다. 이오는 「서울의 위패」, 「가이몬산開聞岳」, 미야모토는 「호포기虎砲記」, 쓰카는 「히로시마에 원폭이 떨어지던 날」, 다케다에게는 「'재일'이라는 근거」 등이 있다. 그러나 그 민족적 근원을 표출하는 작품은 있지만 일본문학계에서 재일조선인 작가와 비평가로서 대접받은 것은 아니었다.

재일조선인문학의 변용과 더불어 일본명 작가의 존재가 강한 인상을 풍기게 된 것은 이주인 시즈카伊集院静, 사기사와 메구무鷺沢萠, 오쓰루 기탄大鶴義丹, 후카사와 가이深沢夏衣 — 이들 작가의 문학성은 앞서 언급한 세 작가와 어울리지 않지만 — 와 같은 작가들이 등장하면서였다. 그리고 일본명 작가는 아니지만 유미리의 등장도 '재일문학'이라는 새로운 '문학 현상'을 인상지었다. 일본명 작가의 존재에도 채색된 '재일문학'의 특징을 대충 언급해보면, '민족', '국가', '조선인·한국인', '재일성'이라는 것이 거의 대부분 아이덴티티의 근거가 되지 못하고 있는 것 같다. 또한 최근의 김석범과 이회성의 작품이 표출하고 있듯이 재일조선인문학의 독자적 세계를 기저로 '보편성'을 지향하는 것도 아닌 듯하다. '나' 혹은 '사람'과 '사람'의 관계성을 키워드로 문학적 아이덴티티가 장치되어 있는 것은 아닐까 한다. 그러한 특질을 가진 '재일문학'이기에 재일조선인문학의 특질과는 단절되지 않고 문단 내에서 줄곧 존재해 왔던 것이 이양지이며 이기승이다. 특히 이양지의 존재는 대단히 컸다. 이상한 표현일지 모르겠지만 이양지는 "문단 내 재일조선인문학"을 성립시킨 작가로서 마지막 세대의 사람일지도 모른다. 그리고 지금은 이기승의 행보에 주목하고 싶다.

그러나 현재의 '재일문학' 세대에서도 재일조선인문학으로서의 '재일문학'을 지탱하고 있는 것은 사실 일본문학계^{문단 저널리즘}와는 다른 권역에서 창작활동을 하는 사람들이다. 김석범, 이회성, 양석일, 김시종과 같은 기성 작가와 함께 '피의 운명'으로서가 아닌 '문학의 질'로서 재일조선인문학권에 있는 문학 활동을 주시한다. 생각나는 대로 적어보면 「이카이노 이야기」의 원수일, 「잃어버린 도시」, 「바람이 달린다」의 이기승, 「개의 감찰犬の鑑札」의 박중호, 「곱창 문화」「우리 생활」과 같은 '재일' 잡지를 통해 창작활동을 하는 정윤희, 「환상의 대국수」의 김중명, 「봉선화 노래」의 김재남, 「불가사리」의 김수길, 「붉은 열매」의 김창생, 「밤의 아이」의 후카사와 가이 등의 소설 분야, 「이카이노 타령」의 종추월, 「이조 백자」의 유묘달庾妙達, 「담장 부락樹の部落」의 조남철趙南哲, 「새는 울었다鳥はうたった」의 최용원崔龍源, 「서울」의 이용해李龍海 등의 시 분야, 그리고 단카短歌에 「봉선화 노래」의 이정자, 평론·논픽션으로서 「동포들의 풍경」의 성미자와 같은 사람들의 문학 활동이다. 오늘날 '재일문학' 시대를 맞아 재일조선인문학의 '본류'는 이들 작가, 시인, 가인들을 통하여 계승되고 있다고 할 수 있다. 이상에서 재일조선인

사회와 문학의 관계를 정리해 보았는데 이러한 문학적 비평은 일본 사회와 문학의 변천과도 무관하지 않다고 본다.

2. 재일조선인문학의 변용과 계승

재일조선인문학의 전후 47년간을 살펴보면 그 변용은 놀랄 만하다. 물론 일본 문학에서도 마찬가지로 적용되겠지만 재일조선인문학의 경우 훨씬 현저한 것 같다. 그 변용이 재일조선인 사회의 변질, '재일' 사회와 조선반도를 잇는 거리의 변화, 그것들이 초래하는 '재일' 의식의 변용 등에 상응하고 있음은 틀림없다. 그리고 일본 사회에 대한 '재일'의 관계 양상의 변화도 재일조선인문학의 변용에 적지 않은 영향을 끼쳤다고 할 수 있다.

1) 전후 재일문학의 출발

일본의 패전 후, 재일조선인문학은 「후예의 거리」, 「고국인」, 「현해탄」으로 시작해서 「박달의 재판」, 「태백산맥」 등 장편소설을 봇물 쏟아내듯 쏟아낸 김달수, 「조선 겨울이야기」를 시작으로 장편 서사시 『화승총 노래』, 『일본 시사 시집』, 『거제도』, 『조선해협』 등의 시집을 간행한 허남기를 효시로 한다. 「현해탄」은 『신일본문학』^{1952.1~1953.11}에 연재된 작품인데 김달수는 1953년 12월 지쿠마서방 筑摩書房출판 후기에서 다음과 같이 적고 있다.

나는 일본 도쿄의 한 귀퉁이에서 이와 같은 조선인의(일본 제국주의에 의해 단련된 조선인의) 에너지로 다다른 곳이 어디인가, 그것은 결코 우연한 것이 아니라고 하는 역사적 뒷받침을 조금이라도 하려는 생각에서 이것을 쓰기 시작했다. 심야 머리 위로 미국군 항공기가 날아가는 폭음을 들으면서 신음하는 기분으로 글쓰기를 이어갔다. (…중략…) 그리고 이것을 직접 받아든 일본인에 대해서는 민족의 독립을 상실한 제국주의 치하의 식민지라고 하는 것이 어떠한 것인지를 보여줄 생각이었다. (…중략…) 내가 지금까지 일본어로 글을 써온 절반의 대부분은 이 두 가지와 관련이 있다.

또한 허남기는 1952년 7월의 『화승총 노래』^{아오키 문고} 후기를 통해 이 서사시에서 읊고 싶었던 것을 이렇게 적고 있다.

하나는 오늘날 우리 조국 조선의 전 국토에서, 그리고 일본에서조차 전개되고 있는 조선 인민의 영웅적인 조국해방투쟁^{6·25조선전쟁}은 (…중략…) 조선 인민 자체 속에 축적되어 온 많은 폭압으로부터 오는 눈물의 누적과 누적에서 자연히 발효된 결의의 집적이라는 것. 특히 동학당의 농민봉기¹⁸⁹⁴와 3·1봉기¹⁹¹⁹ 사이에, 그리고 이후에 계속해 일어났던 수많은 조국의 자유와 독립을 위한 투쟁이, 결코 개별적으로 흩어진 독립된 즉흥적인 것이 아닌 조선의 독립, 조선민족의 해방이라고 하는 하나의 커다란 역사적 흐름 속에서, 그 흐름을 올바르게 계승하고 한층 더 강력한 것으로 발전시키기 위한 개개의 축으로 일어났다는 것.

그리고 "식민지 국민, 망국의 국민으로서 고통의 시련을 일본보다 먼저 겪어온 조선 인민의 한 명으로서, 조국 조선이 일본 제국주의의 독수에 걸려 조국의 독립이 완전히 상실되어 가는 과정을 일본의 독자 제군에게 알릴 필요성, 말하자면 오히려 의무감에 가까운 것을 느꼈다는 것"을 집필의 동기로 적고 있다. 전후 재일조선인문학의 출발을 알리는 대표적인 소설과 시가 한국전쟁이 한창일 때 혹은 그것을 계기로 쓰였다는 사실은 뭔가 상징적인 의미가 있다. 재일조선인문학의 출발 주제는 민족·역사적 요청과 작가 개인의 경험이 함께한 식민지 체험에 있었다. 그 수난과 저항의 양상을 개인적 체험을 넘어 민족사의 관점에서 그린 것이 이은직의 장편소설 「탁류」를 포함해 가장 중요한 주제였다.

이 세대의 또 하나의 재일조선인문학의 특징은 그 주제를 일찍이 침략자인 일본인을 향해 쓴다고 하는 목적도 있었다. 일본어로 창작하는 이유는 일본인에게 주제를 명확히 전하고자 하는데 있었다. 이른바 내면의 굴욕을 넘어서 일본어 글쓰기를 기능·사명으로 받아들였다는 것이다. 식민지 체험을 창작 모티브로 수난과 저항의 역사를 그린다고 하는 것은 재일조선인문학 입장에서 조국과 밀접하게 해방 후의 내일을 향해 민족의 복원·탈환에 전적으로 참가한다는 것이었다. 그 이후 47년간 재일조선인문학의 변용이라는 것을 생각할 때 필자의 뇌리에는 사기사와 메구무라는 작가가 떠오른다. 이 작가는 1968년 출생이다. 참고로 허남기는 1918년생이고 김달수는 1919년에 태어났다.

재일조선인문학은 '일본명' 작가와 비평가의 존재가 문학의 범주를 형성하고 있다. 다치하라 마사아키를 비롯해 이오 겐시, 미야모토 도쿠조는 전쟁 전 출생이지만 전후에 출생한 쓰카 고헤이, 다케다 세이지, 이주인 시즈카, 사기사와 메구무 등이 일본 문단에서 잘나가는 존재로서 활약했다고 할 수 있다. 이는 일찍이 이회성의 아쿠타가와상, 김학영의 문예상 수상과 가깝게는 김석범의 오사라기지로大佛次郎상, 김시종의 마이니치출판문화상, 이양지의 아쿠타가와상 등이 있긴 하지만 그들의 문학적 변용 현상을 여실히 대변하고 있다. '일본명' 작가, 특히 전후 세대의 문학을 그 내질까지 포함해 재일조선인문학 속에 포함시킬 수 있을지 어떨지는 논의를 요하는 부분일 것이다. 더구나 재일조선인문학의 '정통'과는 아주 동떨어진 작품을 발표하고 있는 사기사와의 소설을 변용의 샘플로서 제시하는 것이 타당한지에 대한 의문은 남는다. 그러나 광의적으로 볼 때 이들 문학은 '재일'문학임이 틀림없다.

앞서 언급한 「해협」으로 야마모토슈고로山本周五郎상 후보에 오른 이주인 시즈카와 나란히 일본 젊은 독자들에게 잘 읽혀지고 있는 사기사와 메구무의 작품 「진짜 여름」『신쵸』, 1992은 같은 시기에 미시마유키오三島由紀夫상 후보에 오른 소설로 작가가 처음으로 '재일'을 표현한 작품이 아닐까 한다. 주인공 아라이 도시유키新井俊之는 전형적인 일본 사회의 보통 가정에서 생활하면서 일본인 여자 친구와 친구들, 자동차와 같은 판에 박힌 모양새로 '일본인 얼굴'로 대학생활을 한다. 그가 그나마 한국과 접촉하게 되는 것은 일본인 가정에서 흔히 볼 수 있는 소원한 관계의 아버지가 어떤 기회에 보여준 태도와 민단계의 민족학교를 졸업한 여자 친구 순자, 미국에 유학하고 있는 사촌형 희로, 서울에 유학하고 있는 정수와 같은 존재에 지나지 않는다. 그들 역시 강렬하게 민족을 의식하고 있는 것은 아니다. 오히려 그 경계에서 흔들리고 있다. 도시유키에게 유일하게 한국인을 보증하는 것은 면허증에 있는 "국적 한국, 이름 박준성"인데 그는 자신의 이름을 한국어로 어떻게 읽는지도 모른다.

하지만 그는 일본 사회에서 생활하면서 이런 저런 이질적 체험을 통하여 가슴속에서 항상 "찡하는 소리를 내며 빠져나가는 화살표"를 느끼고 있다. 작품은 어디를 향하고 있는지 알 수 없는 불투명한 화살표 감각과 어린아이가 호기심에서 하나씩 지혜를 얻어 가듯 한국을 접촉해 가는 모습을 그리고 있는데, 그것은 의식적이나 이념적으로 깨어난다고 하는 것이 아니다. 차별에서 오는 충격으로 깨닫는다는 내용도 아니다. 결국 결말에서 일본인 여자 친구와의 관계 복원과 도시유키의 마음 설레임이 잘 보여주고 있듯이 민족 감정은 조금도 없고 감성의 수비 범위에서 정직하게 살고 있다.

개략적이지만 「진짜 여름」의 줄거리를 소개했는데 여기에서 김달수, 허남기 문학과 이 소설의 차이를 구체적으로 지적할 필요는 없을 것 같다. 애초부터 문학작품을 만들어내는 모티브인 작가의 원체험이 전혀 다르기 때문이다. 조국 민족과의 거리가 현격하게 벌어져 있고 작가가 서 있는 사회적 현실 환경이 전혀 다르다. 그러한 객관적 소건의 변화는 47년이라는 세월의 흐름, 혹은 질적으로는 그 이상의 차이에 상응하기에 그것은 '재일' 사회의 변화에 대응하는 형태로서 '재일' 의식의 변화를 명백하게 보여준다. 동시에 「진짜 여름」에서 주인공의 가정환경이 경제적으로나 인간관계에서 일본인의 시민생활로 오인할 정도로 동질화되고 있듯이 그 변화는 일본 사회의 그것을 반영하고 있다. 그러한 토대의 변화는 어느 쪽이 원인이고 결과라고 단정할 수 없는 상승작용에 의해 문학에서 변용을 초래한다. 그것은 재일조선인문학의 생명이기도 했던 문체의 변질에서 확연히 나타난다. 「진짜 여름」의 문체에는 민족냄새 따위는 일체 느껴지지 않는다. 일본의 현대 젊은 세대의 감각 그대로 담백, 경박, 일상적이다. 재일조선인문학의 문체적 특징이라 할 수 있는 농밀, 중후, 반사 소설적인 것과는 대조적이다.

그 이유는 간단한데 「진짜 여름」의 작가 세대가 선조의 나라말을 모어로 처음부터 갖지 못하고 태생적으로 일본적 감성의 일본어를 '모어'로 하고 있기 때문이다. 이렇게 단언해 버리면 지나치게 노골적이라 하겠는데 보다 본질적인 이유는 왜 쓰는가 하는 자세의 차이에 달려 있다. 「진짜 여름」의 작가는 일본인에게 전하고 알리기 위해 쓰는 것이 아니다. 창작의 동기가 조국, 민족, 역사와 같은 것을 묘사하는데 있지 않다. 주인공＝작가의 있는 그대로의 개인을 표현하고 싶은 것이다. 타자와의 관계성이 작품을 독백이 아닌 소설답게 만들고 있다 해도 자기 표현임에는 틀림없다. 따라서 왜 일본어로 쓰는가 하는 설문設問도 거기에서 생기는 갈등도 상관이 없다.

분명 일본인에게 전하고 알리기 위해 쓴다고 하는 수단론은 재일조선인문학의 흐름 속에서 일찌감치 의문시되었다. 일본인에게 전하기 위해 일본어로 쓴다고 한다면 쓰는 쪽의 주체는 어떻게 되는 것인가. 우리들은 식민자 일본에 의해 일본어를 강요받았다, 그러나 일본어를 표현의 수단으로 삼고 있는 우리들에게는 손수 주체적으로 일본어를 선택하고 있다고 하는 분명한 현실도 있지 않은가 — 1960년대 후반에 그와 같이 제기한 것은 많은 '재일'론을 남긴 시인 오임준이었다. 이와 같은 일본어에 대한 언어 의식은 김석범과 김시종, 이회성, 양석일의 문학 저변에 깔려 있으며, 그것은 훨씬 뒤 세대인 종추월, 원수일의 문학으로도 이어진다. 이전의 언어침략자 측의 말을 표현의 수단으로 삼으면서도 그것을 초월한 문학적 보편성에 이르려는 것이 서로 대립하는 가운데, 긴장으로 가득한 문체와 주제의 강인한 리얼리티가 생겨난다. 그것이 재일조선인문학의 특질이고 힘인 것이다.

「진짜 여름」의 문체와 문학적 성격은 그들 재일조선인문학의 특성과는 전혀 다르다. 그 변용은 개인의 체험을 창작 모티브로 하면서도 그것을 초월해 민족과 역사라고 하는 관점 속에서 문학작품을 형상한다고 하는 재일조선인문학의 '정통'으로부터의 이탈을 의미한다. 개인에 대한 집착과 감각 신앙의 현상을 나타내고 있다. 그것은 일본 사회의 시민의식 현상에 대응하고 있으며 그 현상에 알맞은 형태로 진행되고 있는 '재일' 사회와 의식의 변화를 나타내고 있는 것이 아닐까. 김달수, 허남기의 문학과 사기사와 메구무의 작품을 비교하고 '재일'문학의 변용을 이야기한다는 것은 지나치게 당돌하고 극단적일지도 모르겠지만 가까운 장래에 예측되는 사태에 대한 복잡한 기분도 담겨 있다.

2) 전형기의 재일문학

김달수, 허남기와 이주인 시즈카, 사기사와 메구무와의 낙차는 극단적인 예라고 해도 '재일'문학 47년간이 몇 가지 전환점을 거쳐 오늘날 재일조선인문학이라는 영역을 형성하고 있는 것은 분명하다. 그러나 오늘날 재일조선인문학이 분명하게 존재한다는 사실은 그 같은 변용이 필연적인 의미를 지니면서 적극적으로 재일조선인문학을 계승해 왔다는 것이기도 하다. 재일조선인문학의 최초의 전환점은 한국전쟁이 끝난 후부터 조국 귀환사업을 거쳐 한일조약에 이르는 1950년대 중반부터 1960년대가 아닐까 한다. 이 시기는 조국으로의 귀속의식, 민족운동, 생활문화의 계승 모두 '재일' 사회가 조우한 전형기轉形期였을 것이다. 열정과 혼돈의 전형기를 거쳐 문학적으로는 1960년대 중반경 일본어가 재일조선인의 일본어문학이라는 형태로 '재일'문학의 '아이덴티티'가 되었다. 물론 그 아이덴티티가 개개의 작가, 시인 안에서 치열한 내적 격투를 거쳐 획득된 것임은 말할 것도 없다.

창작활동이 시작된 것은 그 이전이라 하더라도 이 시기에 재일조선인문학의 제1세대로서 김석범, 김시종, 김태생, 성윤식과 같은 인물들이 등장했다. 이들의 공통점은 일본어로 쓰면서도 모어와 일본어의 격투 흔적이 선명한 "또 하나의 일본어 표현"이다. 그것은 김석범의 농밀하고 구축적인 이야기 수법과 구성력, 김시종의 일본적 서정을 날려버리는 선명하고도 강렬한 시어 표현, 김태생의 인생 관조의 응시력에 뒷받침된 밝고 맑은 문체 등으로 요약될 수 있다. 또한 문학적 주제는 제주4·3봉기를 축으로 하는 김석범, '재일'의 사상적 생존적 근거를 탐구하는 김시종, 역사의 한 쪽 구석에서 살았던 무명 생활자의 생사를 그려온 김태생과 같이 다양성을 지니면서도 그들 문학의 모형^{母型}인 조선을 살리고 있었다.

1950년대 후반부터 1960년대를 '재일'의 전형기라고 한다면 그 시대에 청춘을 보낸 사람들이 재일조선인문학의 제2세대를 형성하고 있다. 일본 사회의 고도경제성장이 본격화된 1960년대 후반에 등장한 이 세대의 문학가로서는 이회성, 고사명, 김학영이 대표적이다. 우선 작가 개개인의 개성은 차치하고라도 문학적 주제로 본다면 이회성이 보여주듯이 이념적이든 감성적이든 민족적 주체를 어떻게 되돌릴 것인가에 있었다. 문학 문제를 제외하더라도 이것은 '재일' 세대가 1970년대에 걸쳐 여러 분야와 형태로 영위된 하나의 방향이었다. 그것은 제2세대의 정치적 문화적 민족운동의 앙양^{昂揚}이 말해주고 있다.

이 시기는 일본 사회의 고도경제성장이 '재일' 사회에 영향을 끼쳐 그 변화를 '재일' 세대가 의식하기 시작한 때이며 '정주^{定住}' 지향이 싹트기 시작한 시기에 해당된다. 그 시대적인 현실인식과 민족적 위기감이 합쳐져 '재일'의 아이덴티티가 활발히 탐구되었다고 할 수 있다. 현재 재일조선인문학 세계에서는 제2세들이 역동적으로 충실히 작품 활동을 하고 있는데 양석일, 박중호, 김재남, 종추월이 그들이다. 양석일은 소설 외에 시집 『몽마의 저쪽으로』, 평론집 『아시아적 신체』를 내는 등 폭넓게 활약한다. 소설로는 작품집 『광조곡』 이후 활동이 잠잠한데 최근 수년 사이에 장편 「족보의 끝」, 「밤의 강을 건너라」, 「자궁 속의 자장가」를 연이어 발표하였다.

양석일의 특징은 신주쿠新宿를 무대로 돈과 성의 욕망으로 덧칠된 어둠의 세계를 질주하며 살아가는 '재일' 젊은이들을 묘사한 「밤의 강을 건너라」가 좋은 예이다. '재일'의 저층에 착목해서 혼돈도 사악도 거뜬히 집어삼키며 '재일'의 에너지를 그리고 있다. 그런 의미에서는 정치, 민족, 조국과 같은 높은 곳의 앵글로부터 문학을 성립시켜 온 재일조선인문학에 강렬한 바람구멍을 내고 있다. 바람구멍을 내면서 그 문학의 질은 한층 재일조선인문학 그 자체로 표현된다. 박중호는 양석일과 대조적으로 단정한 작풍의 정통 리얼리즘 작가다. 『개의 감찰』, 「영목」과 같은 단행본과 함께 선창船倉의 청소 노동을 배경으로 '재일'의 삶의 현장과 민족운동의 갈등을 그린 중편 「회귀」와 「아득한 자에게」를 통해 작가적 특질을 발휘하고 있다.

종추월은 시집 「이카이노·여자·사랑·노래」에서 일본어를 약동적으로 소생시켜 독자들을 놀라게 했는데, 그 후 이카이노의 사람과 일상생활을 무대로 민족 표현에 성性의 해방을 겸한 소설을 발표한다. 이는 '재일'문학의 변용의 하나이겠지만 지금까지 남성 사회였던 재일조선인문학 세계에 여성 작가가 등장하게 되는데 종추월이 그 선두에 서 있다. 이상의 3명보다는 약간 연배이지만 김재남도 「도랑 속에서暗渠の中から」, 「어둠의 박暗やみの夕顔」, 「도가리 고개戸狩峠」와 같은 중후한 구상력을 갖춘 소설을 내놓았다. 해방 직후 조선반도의 정치 상황, 히로시마에서의 원폭피폭, 강제연행 등의 역사를 현대의 시점에서 추구하였다.

또한 장편 「몽환포영夢幻抱影」, 「사천풍경泗川風景」, 시소설 「황괴유록黃魁遊錄」 등에서 특이한 재능을 보인 최석의崔碩義도 있다. 앞서 1950년대 후반부터 1960년대의 '재일' 상황의 전형기에 청춘을 보냈던 인물을 제2세대 작가라고 했는데 그 체험과 시대를 비평적으로 소설화하는 움직임이 나오기 시작했다. 구체적으로는 '재일'의 생활 현실과 민족운동의 괴리를 묘사함으로서 당시의 정치 투쟁을 비평하는 양석일의 「족보의 끝」과 민족 조직의 양상과 조국 귀환사업을 비판하는 박중호의 「영목」이 그것이다. 기성의 민족운동에 대한 비판적 시점은 이회성의 작품을 비롯해 단편적으로 보이긴 했지만 작품의 성립을 좌우하는 설정으로 전면에 대두되기 시작한 것은 새로운 움직임일 것이다.

하여튼 이들 작가가 제각기 개성과 특질을 가지면서 작풍, 제재, 문학 정신에서도 재일조선인문학의 '정통'을 유지하고 있는 것은 분명하다. 현재 가장 새로운 '재일'문학 지도를 형성하고 있는 것은 1980년대 초반 무렵부터 등장한 제3세대 작가들이다. '재일' 상황에서 본다면, 조국과의 거리가 분명하고 민족적 아이덴티티를 조부모·부모 세대로부터 직접적으로 계승받지 못했는데 그것을 전혀 새로운 양상으로 탐구한 세대라 할 수 있다. 뒤집어 보면 '정주' 의식이 기정 사실화 되고 일본 사회와의 관계가 여러 면에서 깊어진 현상을 의미한다. '재일'로서의 아이덴티티를 기성의 조국 관념과 민족 이념에 의해서가 아닌 개아 의식과 인간적 해방의 의사로 확립하려는 것이었다. 기성의 민족운동과는 전혀 이질적 형태로 전개되고 있는 외국인등록법 반대운동反外登法 등이 그 현상일 것이다.

문학적으로 말한다면, 다케다 세이지가 언급하고 있는 '재일의 불우성'이 강화되면서 개아 의식과 정념, 감각 등의 격한 갈등을 통해 '불우성'을 표현한다. 그와 같은 '재일'문학은 1985년에 자살한 김학영에 의해 펼쳐졌다 하겠는데 그것은 일본 문단에 등장한 두 작가에 의해 대표적으로 나타난다. 그중 한 명은 지난 1992년 5월 22일, 37세의 나이로 아깝게 요절한 이양지이다. 그러한 문학적 특질은 「해녀」, 「각」, 「오빠」, 「Y의 초상」을 거쳐 제100회 아쿠타가와상을 수상한 「유희」에 이르러 현저하게 나타난다. 이양지는 아쿠타가와상 수상 후 인터뷰『문학계』, 1989.3에서 "한국이나 일본의 문제가 아니고 일개의 인간으로서의 감성의 폭과 길이를 시험하고 있는 것이라 생각합니다", "인간에게 귀속하는 곳이 있을까요. 진정 그것은 자신밖에 없지 않을까요"라고 했다. 거기에는 조국이라든가

민족과 같은 문제를 개인에게 환원하는 자세가 잘 나타나 있다. 이양지와는 뉘앙스가 다르지만 「잃어버린 도시」로 군상신인문학상을 수상하고 아쿠타가와상 후보로 오른 이기승도 「바람이 달린다」, 「온화한 바다優しさは、海」 등의 작품을 통해 '불우성'과 민족과의 괴리 의식을 신선한 감성과 맑고 깨끗한 문장으로 묘사하고 있다.

이들 두 작가에 비하면 한층 재일조선인문학의 분위기를 계승하고 있는 동시대 작가들이 있다. 원수일은 이카이노를 무대로 조선을 사는 1세들의 삶의 희로애락을 줄곧 그렸다. 대표적 소설집 「이카이노 이야기」에서 볼 수 있듯이 이카이노어방언 표현은 일본어를 강렬히 이화하고 '재일'문학의 새로운 가능성을 보여준다. 그리고 「촉촉한 거리潤の町」의 시나리오 작가 김수길은 소설 「불가사리」에서 민족의 전승을 현대문학에 살려 뛰어난 풍자와 페러디의 재능을 보여준다. 또한 정윤희는 최근 '재일'의 일상성을 사소설적 작풍으로 그리고 있는데 필자가 처음으로 읽은 「어둠 속에서부터」 무렵은 향토성 짙은 한국 현대소설을 접하는 듯한 정취가 있다. 그리고 가장 주목해야만 할 대형 작가로서 장기의 세계라고 하는 이색적인 제재로 일제시대와 '재일' 세대의 현재를 중첩시켜 쓴 「환상의 대국수」의 김중명이 있다.

이들은 재일조선인문학의 영역을 새로운 문제의식과 작풍으로 계승하는 작가들이라고 할 수 있다. 조금 전 여성 작가의 대두라고 말했는데 종추월 외에 1970년대부터 소설 「이국의 청춘」, 「이국으로의 여행」 등을 발표하고 『조선사의 여인들朝鮮史の女たち』을 저술한 성율자, 「붉은 열매」, 「세 자매」의 김창생, 소년소녀를 위한 문학 『우리 학교의 회오리바람』의 원정미, 『가부키쵸 찐따라 행진곡』의 성미자, 「여름 모습」의 신윤성, 『이카이노 뒷골목 지나가서猪飼野路地裏通りゃんせ』의 김향도자金香都子, 그리고 50세 넘어서 소설을 쓰기 시작했다는 1세대 조규우曺圭祐 등이 있다.

또한 기록 분야에서 『바다를 건넌 조선인 해녀』의 김영, 양징자梁澄子, 『아버지

KOREA父·KOREA』의 곽조묘郭早苗를 들 수 있다. 이들 여성의 등장도 '재일'문학의 새로운 가능성일 것이다. 마지막으로 최근의 성과로 900페이지에 육박하는 김시종의 집성시집 『들판의 시』와 800매에 이르는 이회성의 장편 「유역」『군상』, 1992.4, 『문학계』에 연재를 끝내고 문예춘추사에서 전7권으로 간행된 김석범의 초장편 『화산도』1997를 들 수 있다.[1]

3. 재일조선인문학의 아이덴티티

1) 아이덴티티의 탐구

한마디로 재일조선인문학이라고 해도 작가 개개인이 고유의 주제성과 작풍을 갖고 있어 그 성격은 다채롭고 다양하여 간단하게 개괄할 수는 없다. 오히려 개괄할 수 없는 점이 매력이고 그러한 경향은 근래 한층 현저해지고 있다. 그래서 궁여지책으로 재일조선인문학을 특징짓는 하나의 굵직한 뿌리로서 '아이덴티티의 추구'를 둔다. 아이덴티티라는 말 자체는 유행어 경향을 띠고 있고 반드시 엄밀하게 사용되는 것이 아니다. 사회학과 정신병리학 분야에서는 엄밀한 개념이 있는 것 같은데 우리들은 일상생활 속에서 편의적으로 사용하고 있다. 직역하면 자기동일성. 알기 쉽게 말하면 '나는 나다'라고 하는 확증을 뒷받침하는 근거라고 할 수 있다. 재일조선인과 관련지어 말한다면 조선인으로서의 자기를 존재 증명하는 그 근거라고 해야 하지 않을까. 그 아이덴티티가 직면하는 위기의식과 아이덴티티 탐구의 여러 방향 규정이 재일조선인문학의 적극적인 주제로 특징지어진다고 생각한다.

일제시대에 일본 땅에서 일본어로 창작된 문학에서부터 오늘날 '재일' 2·3세

1 　'재일'문학의 시 분야에 대해서는 『계간 청구』(1991년 9호)의 「'재일' 세대와 시」를 참조해 주길 바란다.

대문학까지를 전체적으로 훑어보면 거기에서 여러 양상의 아이덴티티 탐구와 그 변용이 부상한다. 식민지 지배의 역사를 주제로 하고 그것을 고발함으로서 추구되는 '저항적 아이덴티티', 조국祖國의 상황으로의 귀일歸一 감정과 통일 지향에 따라 규정되는 '민족적 아이덴티티', 일본 국가와 사회가 초래하는 부조리에 대항함으로서 방향지어지는 '재일적 아이덴티티', 인간 존재를 내면적으로 추구함으로서 찾게 되는 '실존적 아이덴티티' 등. 그러한 아이덴티티가 일본 국가와 사회로의 민족적 동화와는 대항 개념이라는 것은 말할 것도 없다. 따라서 재일조선인문학의 '문학적 아이덴티티' 탐구는 '문학적 동화'에 대항하는 영위일 터이다.

그런데 새로운 문학 세대—편의적인 연령으로 말한다면 20대부터 40대에 걸쳐 형성되는 재일조선인 작가들의 라이프 스타일은 급속히 분극화하고 총체적으로 대항성을 잃어가고 있다. 예를 들면 조국의 현실에 대해서도 '재일'과 등거리로 공유감각을 갖고 '민족적인 것'을 '재일' 상황에 대치시키는 라이프 스타일이 존재하는 한편 '민족적인 것'도 '재일' 상황으로의 대항성도 표면화하지 않고 오로지 '나'를 근거로 내부 세계의 존재를 시험해 보는 '초탈적 아이덴티티'를 지향한다. 또한 '재일'을 근거로 해서 조선인도 일본인도 아닌 재일조선인으로서 살려고 하는 '틈새의 아이덴티티'를 엿볼 수 있다. 이러한 라이프 스타일에는 각자의 방식으로 제각기가 의지하는 둘도 없는 소중한 삶의 현장이 존재하며 그것을 가치 서열화하는 따위는 도저히 불가능하다. 그러나 분명한 사실은 지금 재일조선인문학이 커다란 기로에 서 있고 위기에 직면하고 있다는 것이다.

2) 탈일본적 일본어 문체

그럼 재일조선인문학이 재일조선인문학으로서 존재하는 고유의 가능성, 바꾸어 말하면 문학적 동화를 거부하고 문학적 아이덴티티를 탐구하는 방향은 어떠해야 하는가? 우선 문체에 대해서 생각해 보자. 재일조선인문학의 문체라고 할 때, 먼저 떠오르는 것은 일본어 글쓰기이면서도 조선의 마음, 민족의 호흡을 체현하고 그것을 구체적으로 타자에게 전하고 타자에게 경험시킬 수 있는 문체라고 하는 이미지이다. 역설적으로 말하면 탈일본적 일본어 문체이다.

제1세대문학에서 전통적으로 있었던 그러한 문체의 명료한 현상을 새로운 문학 세대에서 발견하는 것은 무척 어려운 일이다. 요즘 유행하는 일본문학의 문체 —서구 중심의 '세계문학'의 일본적 리사이클이지만— 로 떼려야 뗄 수 없을 만큼 일반화되었다. 현저한 예로서 소설의 이양지와 평론의 다케다 세이지를 들 수 있다. 이양지의 경우 데뷔 당시의 「나비타령」, 「해녀」, 「오빠」에는 동시대의 일본인 작가와 비슷하나 다른 재일조선인문학의 독특한 에너지가 있었는데 「각」에서부터 「Y의 초상」에 이르러 융화되어 버린다. 그 변화는 작가가 '재일'과 민족의 갈등 쪽으로 향했던 창작 모티브를 회피해 가는 과정, 혹은 외부 세계로 풀어놓으려 했던 시선을 내부 세계로 닫아가는 과정과 대응한다. 그것은 재일조선인문학에서 주제성과 문체^{作風}와의 관련을 시사하고 있어 흥미롭다. 제1세대의 문학에 일본문학과는 이질적인 일본어 문체가 흘러넘치고 있는 것은 작가 개개인의 성장, 입장, 조국과의 밀착도, 일본 사회와의 관계방식 등, 그 역사성에서 보면 당연하다고 할 수 있다. 제2세대 이후의 문학이 그 역사성 때문에 일본문학의 문체로 융화되어 가는 것 또한 '재일'의 시류를 반영하고 있는 것인지도 모른다.

그러나 문학이 훌륭한 상상력의 뒷받침에서 이루어지는 창작행위인 이상 각각의 문학 세대가 속하는 역사성과 시류의 틀 속으로 문학의 특질을 해소시켜 버릴 수는 없다. 사실 제2세대 이후의 작가 중에 우리들은 '탈일본어 문체'의 표출을 볼 수 있다. 「광조곡」의 양석일, 「이카이노·여자·사랑·노래」, 「이카이노 타령」의 종추월, 「이카이노 이야기」의 원수일, 재일 문예 계간지 『민도』^{3호}에 「붉은 열매」를 실은 김창생이 그들이다.

이들 작가들의 공통된 문체는 일본적 지^知 혹은 정서의 표출 작용으로서 일본어<small>그것을 '아름다운 일본어'로 말하는 자도 있다</small>를 해체시켜 '재일'의 신세를 벗어나 도출한 육체언어다. 투쟁 속 삶의 현장에서 태어나 비애와 아둔함과 같은 부^負의 정념을 웃음

과 떳떳함으로 살아내는 정신의 방위로 되받아치는 말이다. 그것은 '일본의 언어 和の言語'로서 특질지어지는 일본어와는 대립하는 것이다. 그와 같은 역공의 몸짓과 결부해서 일본어지만 일본어가 아닌 또 하나의 언어표현이 새로운 문학 세대 속에서도 생겨나고 있다.

예를 들면 원수일은 「이카이노 이야기」에서 그와 같은 또 하나의 말을 아주머니들의 입을 빌어 선열하게 표현하고 있다. 가와무라 미나토는 그것을 「크레올 クレオール로서의 일본어」『도쿄신문』『주니치신문(中日新聞)』, 1987.7.15라고 한다. 다음은 가와무라 미나토의 인용 예이다.

제주도에 추월의 병신 아들이 있었다. 일제시대가 끝나고 곧바로 추월은 제주도로 돌아갔다. 그런데 재수 없게도 선거반대, 선거반대라고 하는 자는 빨갱이라 해서 제주 사람과 육지 사람이 서로 죽였다는 이야기는 너도 알지. 그런 혼잡한 틈에 태어난 병신 자식을 고모님한테 맡기고 추월은 일본으로 도망치지 않았더냐.

「물마루」

가와무라 미나토는 인용문과 같은 언어를 차별과 멸시에도 굴하지 않고 씩씩하게 살아온 '재일' 사람들의 생활감 넘치는 '모어'가 아닌가 라고 했다. 그리고 「이카이노 이야기」가 보여준 '이카이노어'는 일본어 크레올화가 어느 정도 가능한가 하는 문제와 '복합민족국가'로서 일본의 언어적 미래를 시사하는 것일 수도 있다고 했다. 그 두 가지는 '일본어' 가능성의 귀중한 일면이라고 했다. 대단히 흥미로운 관점이다. 특히 단일민족국가라고 하는 환상에 의해 초래된 일원적 일본어관을 푸는 것과 '일본이' 가능성을 연계시켜 미래를 조망하고 있어 시사하는 바 크다.

하지만 나에게는 가와무라 미나토의 논지에 한 가지 유보가 있다. 재일조선인문학의 탈일본어적 언어문체라는 영위를 갑자기 크레올이라고 하는 다성적 복합적인 언어 현상 쪽으로 일반화해도 괜찮은가 하는 점이다. 그렇게 됨으로써 표현하는 자 = 표현 주체제주도 사람의 이카이노 여인들의 고유의 존재성 — '재일'의 역사와 신세, 그것들과 끊을래야 끊을 수 없는 관계의 조국에 대한 희구 — 그와 같은 고유의 생활과 정신 세계도 일반화되어 사상捨象해 버리게 될지도 모른다. 태평양 지역과 아프리카, 라틴 아메리카에서 현지어에 유럽어를 섞어 변형된 형태의 언어생활를 표현 수단으로 삼고 있는 사람들과 재일조선인과는 그 존재성에 차이가 있기에 언어 표현상表現象의 레벨을 동급으로 다룰 수는 없다.

더구나 「이카이노 이야기」에서 일본어도 조선어도 아닌 '이카이노어'를 말하는 아주머니들에게는 일본어의 크레올화가 어느 정도 가능한가라든가 일본어의 가능성이라는 것은 아무런 의미도 없다. 일본어의 가능성은커녕 일본어를 거절하려는 투쟁 속에서 재일조선인의 또 하나의 말이 생겨났다. 모어를 향한 친화와 일본어에 복종하는 것을 떳떳하게 여기지 않는 행위의 틈새에서 깔끔하고 간결한 '민중의 지知'의 표현이 도출된다. 원수일은 지문에서도 "한라산 현무암처럼 응고한 선희의 혀"라든가 "선문대 할망의 한쪽 발만큼이나 되는 거대한 굴뚝"과 같은 비유를 사용했다. 그것은 일본어가 되지 않는 아주머니들의 일본어가 생겨나오는 연유와 동질화하려고 하는 작가의 동기에 재촉된 것에 틀림없다. 바꿔 말하면 어쩔 수 없이 일본어를 표현 수단으로 삼으면서도 조선인문학의 아이덴티티를 구하려고 하는 제2세대 작가의 의사 표현으로 보아도 좋을 것이다.

이처럼 조국에 대한 친화와 일본어를 거절하려는 틈에서 창조되는 또 하나의 언어를 나는 재일조선인문학의 문체로 보고 싶다. 그리고 재일조선인에 고유의 존재성을 근거로 만들어지는 또 하나의 언어표현은 문학적 동화를 거부하고, 재일조선인에게 모든 언어는 권력적이라고 하는 일반론 이상의 한층 더 권력적인 언어인 일본어를 골탕 먹일 수 있다. 그것은 분명히 체제 질서의 '제도로서의 문화'에 복종하지 않는 '민중적 표현'이다. '민중적 표현'이라고 한다면 원수일은 소설 속에서 흥미진진한 스타일을 꾀하고 있다. 예를 들면 「운하」라는 작품에서 주인공 소년의 고모님이 햅프 샌달 공장 여인들과 돗단배를 타고 장고를 치며 제주도 해녀의 노래를 부르면서 활기차게 운하를 내려오는 장면이 있다. 그 장면은 제주도에서 건너온 이카이노 여인들의 체면을 생생히 시각 이미지화하는 장면인데 그런 일종의 연극적 공간을 통해서 조선 민중의 해방적 이미지가 환기된다.

민중의 해방적인 연극성을 한층 의식적이면서도 선명하게 소설의 표현 스타일 속으로 끌어들인 장면이 「물맞이」라는 작품에 있다. 정말로 제주도 여자의 장본인이라 해야만 할 주인공 두기斗基가 여동생 삼은 재순在順을 데리고 물맞이瀑布근처에 갔을 때의 정경. 두 남자 '내복'과 '사이비 두루마기'가 두기에게 참견을 하면서부터 시작되는 담판과 난투극 장면이다. 소설의 '미학' 따위는 뒷전으로 돌린 요란한 활극 속에 한없는 유머가 분출되고 있다. 내가 말하고 싶은 것은 이 장면이야말로 탈춤의 문학 표현으로의 도입 그 자체라는 점이다. '사이비 두루마기'가 양반, '내복'이 그 동생뻘인 사람이고 두기가 작부, 재순이 말뚝이 혹은 배후 인물과 같은 배역으로 전개되는 연극 공간은 탈춤과 다르지 않다. 또한 '사이비 두루마기'와 재순 사이의 넘쳐흐르는 풍자적 담판은 재담에 다름 아니다.

탈춤뿐만이 아니라 민족의 소산인 여러 가지 '민중적 표현'을 현대문학의 스타일 속으로 대담하게 살리고 재생시켜 문학 표현의 폐쇄성을 부수는 것도 재일조선인문학의 가능성이 아닐까. 물론 전통을 그대로 직수입한다는 것은 아니다. 조국의 같은 세대에 호응해서 '재일'의 새로운 세대 속에서 민족문화운동이 자라나고 있듯이, 마당극과 같은 형태를 통해 현대가 추구하는 문제의식을 표현한다 — 그와 같은 재창조를 거친다는 것이다. 재일조선인문학의 아이덴티티로 이어지는 스타일을 거기에서 발견할 수 있지 않을까.

그리고 종추월의 문체도 일본문학 혹은 일본어의 규범을 타파하려 하고 있다. 그것이 '민족적인 것'과 맞닿아 있는 '민족적 표현'으로 가능해졌다는 것은 말할 것도 없다. 종추월은 "나의 일본어는 어설픈 사이비 일본어似本語"라고 한다. 이카이노 여인들의 생활어를 귀로 먹고 획득한 말이라는 것이다. 공교육 장에서 체제적 질서로 주입되고 제도화된 '일본어'가 아니다. 육체 속에서 넘쳐나 육체로 여과되어 육체를 통해 발설되는 '원초적 지知'로서의 말＝파롤[2]이다. 독자의 감성을 열게 하는 그 충격의 힘과 리듬, 유유한 저력. 쓰루미 준스케鶴見俊輔는 종추월의 시를 "시인에게는 시인다운 제복이 있다. 종추월의 시는 그러한 말의 제복을 입지 않고 쓰여졌다". "문단의 제복을 입지 않은 말로 쓰여진 시詩"라고 한다. 정말이지 쓰루미다운 평이며 적확한 표현이다.

　하지만 나는 파롤의 극치라고도 해야만 할 종추월의 육체 언어를 문학가의 언어 혹은 현대 문단시와 비교라는 문맥이 아닌 재일조선인문학의 가능성이라는 문맥에서 다루고 싶다. 종추월의 언어표현은 '재일'의 부조리와 여자로서 성性의 정념 바닥에서 항변, 몸부림, 자비심, 육체를 파열시켜 도출되는 왕성함인데, 그 영위와 서로 감응하는 자장磁場에서 조국에 대한 친화력이 강하게 작용하고 있음에 틀림없다.

　종추월의 시가 현대 일본어 시의 말과 표현 양식을 타파하려 한다는 것은 분명하지만, 그것은 "말의 제복을 입지 않는다"고 하는 네가티브한 몸짓에 의해서가 아닌 민중 노래로 이어지는 동적인 해방감을 가짐으로써 이루어지는 것이다. 종추월의 시 표현에는 민중 노래의 리듬과 말이 맥동하고 있다. 「이카이노・여자・사랑・노래」가 나왔을 때 "언어표현의 샤먼"이라 불렸는데 그것은 조선민족의 '민중적 표현'과 관련된 말이었다. 종추월의 '니혼고似本語'는 '일본어'를 골탕 먹인다. "제도로서의 일본어"를 용해시키는 것과 문학적 동화를 거부하는 양면적인 행위로 가능케 한다. 이렇게 말하면 일본어에 반항해야만 얻을 수 있는 재일조선인문학의 아이덴티티라 함은 오늘날 시류에 맞지 않는 너무나도 편협한 문학론이 아닌가라는 반론이 나올 수 있다.

2　사람이 구체적인 경우에 행하는 한번 한번의 언어적 행동을 말한다.

그러나 문학이 문학으로서의 보편성을 확립하기 위해서는 우선 고유의 라이프 스타일과 아이덴티티를 확립해야만 한다. 그것은 각각의 위상은 달리하면서도 아시아, 아프리카, 라틴 아메리카 등의 문학에 한결같이 적용된다. 아니 구미문학과 탈아형脫亞型 일본문학에서도 예외가 아니다. 이른바 괄호가 붙은 「세계문학」은 있어도 세계문학은 없다. 굳이 말한다면 고유의 라이프 스타일과 아이덴티티를 갖춘 문학이 다면적, 다층적으로 수평적으로 존재하고 있어 그 현실이 세계문학을 형성하고 있는 것에 지나지 않는다. 세계문학이 앞을 내다보는 보편적 규범으로서 존재하는 것은 아니다.

3) 민중을 그리는 문학

재일조선인문학의 특질로서 "민중을 그린다"고 하는 것이 있다. 민중상과 그 삶의 상태를 선명하고 강렬하게 형상화하는 것이 재일조선인문학의 전통이라고 해도 좋다. 초기의 장혁주와 김사량을 비롯해 김달수의 「박달의 재판」, 허남기의 「화승총의 노래」, 김석범의 「만덕유령기담」 등이 대표적이다. 김태생도 자신의 개인사를 포함해 이향 땅에서 살다 죽어간 무명인들을 줄곧 썼다. "민중을 그린다"는 것은 재일조선인문학에만 현저한 것이 아니고 조선문학의 특징이기도 하다. 그것은 조선민족에게 '민족적인 것'이 '민중적인 것'과 따로 떼어내기 어렵게 공통분모를 이루고 있기 때문이기도 하다. 그것은 조선민족의 수난과 투쟁의 역사를 관통해 봐야 취할 수 있는 사실이다.

이러한 시점에 대해서 민중이란 뒤처진 존재라고 하는 원천적인 단정에 근거해 조선 사학의 '정체론停滯論'에 가담하는 것이라는 견해가 있을 수도 있지만 그것은 잘못되었다. 분명 현대 일본어의 성신적 사회적 풍토 속에서는 '민중'은 부당하게도 사어死語가 되었다. 문학 속에서 "민중을 그리는" 것은 촌스럽다. 그것은 문학적 인간상일 수 없다는 풍조가 있다. 새로운 세대의 재일조선인문학에도 '나'를 추구하는 경향이 강해지고 "민중을 그린다"고 하는 전통은 옅어지고 있다.

앞서 소개한 원수일과 종추월 문학에서 확인할 수 있는 '민중적 표현'과 '민중상'도 이카이노라고 하는 전형적인 장소와 그곳에서 살아가는 사람들의 한복판에서 생겨난다는 일종의 제약이 있다. 분명 이카이노 만이 '재일'이 아니기 때문에 재일조선인 사회에서도 '대중 사회화 상황'은 진행되고 '시민화 현상'은 일어나고 있다.

그렇지만 역시 재일조선인문학은 "민중을 그리는" 문학이라는 특질을 잃어버릴 수는 없는 것 아닌가. 현재의 과제에 입각해서 보면, 민족과 공통분모를 이루는 민중이야말로 분단 극복의 주체임과 동시에 통일의 방법적 기반이기도 하다. 이른바 민족통일의 원기原基이기 때문이다. '민중'이라고 할 때 우선 두 가지 이미지가 떠오른다. 개념화가 불가능한 사실로서의 존재인 민중과 능동적인 행위와 표현을 통해 형성된 변혁의 주체적 집단으로서의 민중. 우리들이 한국을 비롯해 아시아, 제3세계의 민중의 이미지를 떠올리는 것은 후자이다. "민중이란 누구인가"라든가 "당신은 민중인가, 민중이 아닌가"와 같은 물음만큼 넌센스는 없다. 우리들에게는 삶의 현장이라는 역사 지표의 국면에서 "민중이 된다"라는 영위가 가능한 것이고 그것은 '민중'의 두 가지 이미지가 분리되어 있지 않기 때문이다.

'재일' 상황에 입각해서 말한다면 '민중'은 '민족적인 것'과 깊은 공통점을 가지면서 일본 국가, 사회와 날카롭게 대치한다. 민족적 동화를 거부하고 아이덴티티를 확립하는 그 원기가 될 수 있다. 그러한 의미에서 보면, 새로운 세대의 재일조선인문학은 제1세대의 전통 속에 있었던 '민중' 혹은 '민중적 표현'을 — 종추월과 원수일이 일종의 제약 속에서 한층 획득하고 있는 '민중', '민중적인 표현'을 — 소신蘇新하는 형태로 스스로 '민중적인 것' 혹은 '민중적 표현'을 창조해야만 할 것이다. '민중'은 문학 속에서 되살아나야만 한다. '인민'이 '시민'이 되거나 '민중'이 '대중'이 된 시대이니까 '민중'은 문학적으로도 의미를 잃어가는 단계의 문제가 아니다. 더구나 '격세유전'이 아니다. 그것은 해방과 창조를 향한 토탈 이미지인 것이다.

아마도 문학 속의 '민중'이라는 장치는 '근대적 자아'라든가 '시민적 개인'이라든가 '내부 세계'로의 집착과 같은 폐쇄된 문학적 범형範形과 표현 양식을 풀어준다. 근대 문학적인, 전후 문학적인 언뜻 그것들의 해체를 지향하고 있는 것처럼 보이는 포스트 모던적인 '지의 세계'는 부득이하게 무효화된다. 다케다 세이지 등이 '지知의 세계' 그 자체가 아닌 '지의 세계'의 재해석, 이른바 읽기의 개변改變에 치우침으로서 안티테제 제출만의 '지의 유희'에 빠져있는 정황은 극복해야만 한다.

4) 민족성 탈환의 문학

재일조선인문학의 아이덴티티를 규정하는 것으로 '주제성'이 있다. 새로운 문학 세대는 이에 대해서도 커다란 기로와 위기에 직면해 있다. 그것이 제1세대 문학의 경우에는 무척 명료하다. 일본에 의한 식민지 침략이라는 역사적 경험을 토대로 고뇌와 저항을 그렸고, 해방 후에 제재를 취한 작품에서도 민족분단이라는 조국의 상황에 대한 일체적인 시선을 잃지 않았다. 구체적으로 조국의 상황을 그리지 않은 작품조차 조국에 대한 귀속 감정과 희구를 농후하게 품고 있다. 제2세대 작가에게도 조국은 추체험으로 농밀하게 살아있고 조국에 대한 심리적, 이념적인 귀속의식이 '반쪽발이'로 살아가는 자의 콤플렉스와 떠돌이 감각을 극복하는 탄력이 된다. "조선인이 된다"라는 민족성 탈환의 이른바 '민족적 아이덴티티'의 근거가 되고 있다. 이회성의 초기 작품이 좋은 예이다.

그러나 바야흐로 '민족' 혹은 '민족적 아이덴티티' 의식은 다양한 소리를 내며 삐걱거리고 있다. 분명 새로운 세대의 재일조선인 의식의 양태와 정신풍토, 가치관은 교육敎 체험의 변화, 나소 안정된 경제생활, 흔히 말하는 정주의식의 진행, 민족적 커뮤니티로부터 시민적 커뮤니티로의 이행집단에 대한 공유감각을 기반으로 한 공동체 의식에서 개인個의 주장을 기반으로 한 공동체 의식으로의 이행, 문화 체계의 변용 — 그와 같은 여러 가지 변화를 반영하면서 급격히 변화하고 있다. 그 변용은 1965

년에 시작되는 '한일조약체제' 이후 서서히 진행되다가 1980년대로 접어들어 현저해졌다. 조국과의 격절감_{조국과의 왕래가 보다 자유로워짐으로써 반대로 그것을 타자로서 의식하게 된다는 격절감도 포함해서}과 그것과 짝을 이루는 의식으로서의 '재일 지향'을 초래한다. 동시에 그것은 1990년대 중엽 이후의 고도경제성장 체제 속에서 형성되어 온 일본 사회의 의식 양태, 정신 상황, 가치관의 변용과도 무관하지 않다. 재일조선인에게 일본 사회는 여전히 배외적인 억압의 틀을 불식하지 못함에도 불구하고 '공생'이라는 구미 당기는 말이 선행한다는 도착倒錯된 상황도 나타나고 있다.

그러한 상황 속에서 진행되고 있는 '민족'에 대한 의식의 분산화를 동등하게 민족성의 풍화라고 할 수도 없고, 제3세대 내에 독자적 형태로 움트고 있는 '민족'을 실감할 수도 있다. 그러나 '재일' 세대에게 '민족'은 기로에 서 있음이 분명하다. 교 노부코姜信子의 『극히 평범한 재일한국인』을 예로 들어보자. 한마디로 교 노부코의 라이프 스타일은 한국인도 일본인도 아닌 재일조선인으로서 극히 평범하게 행동하고 자연스럽게 살고 싶다는 것이다. 그리고 공감하는 가운데 타자_{일본인}와의 관계를 찾아내고 싶어 한다. 아이덴티티의 문맥에서 보면 '틈새의 아이덴티티' 혹은 '나는 나다'와 같은 '초탈적 아이덴티티'로의 지향을 읽을 수 있다. 그러한 그녀의 감성은 특히 민족을 공공연히 말하는 것에 위화감을 느낀다.

그러면 교 노부코에게 민족성이란 어떤 것인가. 모어이고, 이름이고, 역사이고, 식사이고, 일상·생활습관, 예의범절이고, 한국인의 성격적 특질이다. 극히 평범한 재일한국인인 그녀에게는 그러한 민족성도 마음대로 되지 않고 일본적인 것 사이의 틈에 있다는 것이다. 그녀_{많은 사람}가 말하는 이러한 민족성은 확실히 원질적인 것이 분명하지만 또 하나의 민족성이 있는 것이 아닐까. 그것은 동족-조국의 사람들이건, 중국, 일본, 소련연방, 미국, 독일, 프랑스, 중동의 제 국가 사람들조차도 동족 사람들과 '조국'으로 향하는 공유감각인 것이다. 조국의 운명과 동족 사람들의 기쁨, 고난, 분노, 슬픔에 역력히 감응하고 그것을 공유하는 감성과 사상을 가질 수 있을지 어떨지 그것이 민족성의 척도가 아닐까. 민족성의 원질이 배양되면서 공유감각도 생겨나기 마련이지만, 극단적으로 말하면 모국어로 말하지 않고 일본명을 따라도 그러한 공유감각에 의해 길러지는 민족성도 있는 것이 아닐까. 예를 들면 광주사태라든가, 옥중 정치범이라든가, 민주화와 통일을 요구한 학생의 죽음이라든가, 노동자의 경우라든가, 사할린에 남겨진 사람들의 비원悲願이라든가, '재일'의 부조리와 싸우는 사람들의 분노, 슬픔, 기쁨에 얼마나 감응할 것인가라고 하는 공유의식이다.

예를 들어 종추월의 「내 윤회의 5월わが輪廻の五月」에 표상되는 일련의 시와 「사랑해」에서 선명하게 지속되는 관점은 광주사태를 조우한 종추월의 조국에 대한 공유감각에 의해 표출된 민족성이다. 거기에는 '재일' 때문에 생겨난 장벽과 초조를 넘어서 조국과 거기에서 살아가는 사람들의 운명에 감응해 가는 회로가 트여있다. 중요한 것은 종추월이 5월 광주의 경험을 심정적으로만 집착하지 않고 거기에서 '윤회사상'이라고 불러야만 할 무언가를 찾아내 그것을 민족통일을 요구하는 관점으로 갖고 있다는 것이다. 그녀가 억지로 "지복至福의 죽음을 선택한 자들"이라고 부르는 동시대를 살다 죽은 광주 사람들. 그 동족의 삶과 죽음에의 공유의식이 그녀에게 다시 한번 여성 스스로 다음 세대로 이어지는 생명의 윤회를 눈뜨게 했다. 계승되는 생명은 반드시 민족통일의 그날에 이르는 증거일 것이라고. 물론 여기에서 윤회전생은 불교적 편견이 아니며 종교적 기원도 초월한다.

통일이라는 민족적 과제는 현실 생활의 장에서 '재일'의 어머니들 사이에 언급되는 경우는 차치하더라도, '공적 장소'에서는 툭하면 민족적 아이덴티티라는 일종의 '남자의 논리'와 시대성에 제약된 시점에서 언급되는 경우가 많았다. 종추월은 통일에 대한 지향과 확신을 페미니즘과 강하게 연계시켜 표출함으로써 새로운 세대로 계승되어야만 하는 가능성을 본다. 그 가능성은 3세 이후 세대의 '민족'에 새로운 시야를 넓히게 될 것이다. 그 민족성은 공유의식에 의해서 유지되는 것이고, '윤회의 사상'으로 말한다면 그것이 '원초적 지'의 표출로서 통일로의 지향과 연계될 때 '재일'을 살아가는 근거일 수 있다.

교 노부코의 『극히 평범한 재일한국인』에는 공유의식으로서의 민족성이 결여되어 있다. 민족의 분단이라든가 통일 문제와 관련된 말은 나오지 않는다. 일본인과 일본 사회 쪽으로 향해 있다. 과연 그녀가 표방하는 재일한국인은 극히 평범한 것인가. 확실히 새로운 세대의 심리적, 정신적, 생활적 환경과 민족성에 대한 망설임을 대변하고 있다. 그러나 그것을 극히 평범하다고 공공연히 말하는 것에 일종의 '조작'이 느껴진다. 나에게는 종추월의 민족성과 지문거부라고 하는 행위를 '민족'의 탈환으로 의미 부여하는 사람들의 민족성이 극히 평범해 보인다. '민족' 혹은 민족성을 추구하는 주제는 재일조선인문학의 아이덴티티를 확립함에 있어 결코 약하지 않다. 그것이 자연스러웠던 제1세대보다도 한층 더 새로운 문학 세대에서는 여러 싸움의 장에서 각각의 '민족' 혹은 민족성을 표현해 가는 것이 요구되고 있다.

5) 신세대 문학의 가능성

새로운 세대의 재일조선인문학의 작품을 읽고 느끼는 것은 거기에 일본인과 일본 사회의 상황이 등장하고 그려지기 시작했다는 점이다. 제1세대의 문학에는 일본인이나 일본 사회를 그리는 일이 드물었다. 조국, 민족, 식민지 지배의 역사적 상흔 등이 그들 문학의 아이덴티티를 보증하는 주제였다. 일본인과 일본 사회를 그리는 것 자체가 문학적 동화가 될지도 모른다고 하는 '암묵적 양해'가 작용했는지도 모른다.

새로운 문학 세대가 일본인과 일본 사회를 그리기 시작했다고 하는 것은 그만큼 일본인 사회와의 관계가 깊어지고 스스로의 아이덴티티재일적 아이덴티티라고 불러야만 할까를 탐구하는데 그 과제를 그냥 지나칠 수 없게 되었음을 뜻한다. 『민도』2호의 특집인 '신인단편소설'과 3호의 정윤희 작품 「한여름의 꿈」을 읽어보아도 느낄 수 있다. '재일'의 경우와 거기에서 초래되는 심리상황을 가탁하면서도 조선의 '조'자도 등장하지 않는 작품이 나오고 있다. 거기에 재일조선인문학의 확장과 가능성이 있다고 하겠는데 한편으로는 문학적 동화로의 위기감도 느껴진다.

　일본 국가와 사회의 부조리에 대항하는 자세를 소홀히 한 채 일본인을 그린다고 한다면 그 앞에는 '공생'이라는 듣기 좋은 동화만이 기다리고 있을 것이다. 일본 국가와 사회의 동화주의적 성격은 예컨대 다음과 같은 것이다. 지난 1984년 9월 13일에 나고야名古屋 지방재판소에서 열린 한기덕 씨 지문날인 거부재판 공판에서 가메이 이부요시龜井精嘉 증인의 증언이다. 가메이는 전 법무성 출입국관리국 등록 과장으로서 일본 국가가 주장하는 지문제도의 필요성에 대한 "이론적 리더"격 인물이다. 그는『외국인 등록』1983.1에 "외국인과 내국인을 구별하는 기준은 궁극적으로 그 충성도에 있습니다. 개인의 충성에 보답하는 것이 국가의 보호입니다"라는 에세이를 실은 적이 있다.

　변호인이 그 에세이를 언급하면서 "그러면 당신이 이해하고 있는 나라에 대한 충성이라는 것은 구체적으로 어떠한 것인가"라고 심문했을 때 가메이는 다음과 같이 증언했다.

　　가장 간단하게 말씀드리면 위급 존망할 때 철포를 갖는다는 것이라 생각합니다.

　가메이가 말하려 했던 것은 외국인조선인에게는 본국이라는 것이 있어 본국에 대한 충성심과 생활하는 지역일본에 대한 충성심은 자연히 다르다. 이른바 재일조선인에게는 일본 국가에 대한 충성심이 아예 없거나 본국에 대한 충성심과는 다르다. 따라서 일본 국가에 모반을 일으키지 않도록 항상 관리하고 지배해야만 한다. 외국인 등록증과 지문은 그것을 위한 칼이다. 여기에서 일본 국가라 함은 말할 것도 없이 친황제을 통합의 정점으로 하는 국가다. 이것은 가메이 이부요시라는 국가 관료 개인의 신조임과 동시에 가메이 이부요시라는 기호를 통해 표출된 재일조선인에 대한 국가 권력 사상이다. 이와 같은 사상이 동화 정책의 근저에 깔려 있어 재일조선인이 민족적으로 살려고 하는 의지를 억압해 왔다.

동화를 강요하는 사상은 1985년 5월 10일, 당시 오사카부 경찰 외사과장 도미타 고로富田五郎의 발언에서도 확인할 수 있듯이 추방의 사상과 짝을 이루고 있다. "개인적인 생각인데 일본의 법치 체제가 외국인에게 자꾸만 비웃음당하고 있다는 생각이 든다. 일본에 거주하고 싶다고 한다면 법률을 준수해야만 한다. 그러한 법 체제가 싫다고 한다면 자기 나라로 돌아가면 된다. 일본에서 태어나 일본인과 똑같이 자랐다고 생각하는 사람은 일본으로 귀화하면 된다."^{아사히방송 계열 텔레비전 뉴스 인터뷰} 이와 같은 동화와 추방의 사상은 재일조선인을 향한 일본 국가와 사회의 부조리라고 하는 전체 상황을 표상하고 있다.

　물론 국가에 대한 충성을 근간으로 하는 국가적 동화는 재일조선인뿐만이 아니라 일본인에 대해서도 마찬가지다. "위기급 존망할 때 철포를 갖는" 충성심은 천황제를 정점으로 하는 일본 국가의 가치 서열 체제를 유지하는데 일본 사회 전체의 관리 지배의 근간을 이룬다. 재일조선인에 대한 동화와 추방의 사상이 일반 일본인의 의식으로 뿌리 깊게 침투해 완전히 불식시킬 수 없는 것도 하나의 원인이라 할 수 있다. 오히려 우리들에게 중요한 것은 국가의 사상과 제도이기 전에 일반 일본인에게 뿌리내리고 있는 그와 같은 제도화된 편견과 배외 의식이다. 문제는 그것을 어떻게 극복할 것인가이다. 나는 그 단서로 국가적 동화를 거부함으로써 획득할 수 있는 일본인의 아이덴티티라는 것이 뭔지를 탐구하고 싶다. 그를 위한 프로세스로 '민족적 책임'이라는 행위가 있고 '재일' 일본인이 된다고 하는 경험이 있다. 한마디로 말하면 일본인의 해방이다. 이 문제는 단순한 언설이 아니고 실질적, 구체적으로 전개해야만 하는데 본론과 벗어나는 관계로 제기하는 정도로 해 둔다. 하여튼 재일조선인의 민족적 동화를 거부하는 것과 일본인의 국가적 동화 거부, 이 두 동화에 대한 거부 행위가 맞닿는 곳에서부터 '공생'의 길은 시작될 것이다.

　이야기를 다시 재일조선인문학으로 돌려 보자. 새로운 문학 세대 중에 일본인 혹은 일본적 상황을 그리는 작품이 서서히 나타나고 있다고는 하지만 거기에서 문학적 동화라는 함정에 빠지지 않기 위해서는 무엇이 필요한가. 하나는 재일조선인문학의 아이덴티티의 원기로서 민족성의 대극 문제가 있다. 이는 그 민족성을 저해하는 '외부 세계'예를 들면 일본 국가 사회의 부조리라든가, 일본인의 의식 양태라든가에 대항하는 예리한 의식을 모티브로 그것을 구상화하는 주제와 문학적 방법, 작품의 구조를 어떻게 창조할 것인가를 의미한다.

지금 새로운 세대의 문학을 보면 '재일'의 불우성과 심리적 사회적 경우를 표출하는 작품과 민족적 고향 상실자deracine 상황이 초래하는 위기의식을 '외부 세계'로부터 박리해 내향화시켜 가는 작품 경향이 엿보인다. 그것 자체가 '외부 세계'를 역으로 비추고 있는 것이라고도 할 수 있는데, 어딘지 모르게 처한 환경을 고집하고 그곳으로부터 빠져나갈 길을 잃고 매몰되고 있는 듯한 느낌이다. 새로운 '재일' 세대의 일종의 신세타령 같은 인상을 받는 것은 이 때문이 아닐까. 어둡다. 어두운 주제의 약간의 갈라진 금을 재빨리 취하거나 어둠의 피막을 물어 찢고 그곳으로부터 분방한 것, 삶에 대한 에너지, 인간의 근원적인 그리움 등을 분출시키는 것이 재일조선인문학 혹은 문학의 특기가 아닐까.

새로운 세대의 재일조선인이 그러한 방향으로 향하는 데에는 갖가지 삶의 현장에서의 투쟁이 다양한 문학적 방법으로 추구되어야만 한다. 솔직히 일본 국가와 사회의 부조리를 제재로 해서 그것과의 싸움을 주제로 하는 문학작품이 등장해도 좋지 않을까. 예를 들어 지금 일본 국가와 사회적 부조리의 상징적 현상으로 지탄받고 있는 '지문 문제' 하나를 보아도 그것을 솔직하게 주제로 한 작품은 내가 아는 바로는 정윤희의 「상실」『나그네』 3호 정도다. 물론 주제의 솔직함만이 문제인 것은 아니고 그것을 어떻게 문학적 리얼리티 속에 녹여 승화시킬 것인가인데 우신은 주세의 문제로 해두고 싶다. 새로운 세대의 재일조선인이 동시대에 직면하고 있는 사회적, 민족적, 인간적 갖가지 위기가 있고 현실적 상황이 소용돌이치고 있다. 그것들을 문학의 주제로 삼고 극복하는 표현방법을 추구해 가는 가운데 '재일' 세대의 문학적 가능성은 분명히 열리고 있다.

한층 분방하게 상상력의 날개를 펼쳐보면, 예컨대 이노우에 히사시#上ひさし의 『기리키리인吉里吉里人』[3]과 당당히 맞서 국화문양 상징의 일본 국가에 대항하는 '재일 코리아 공화국' 창건 드라마라든가, '재일'과 조국의 결합과 남북통일의 낭만을 젊은이의 연애담이라는 알레고리비유에 의해 장대하게 이야기한다든가, 그와 같은 "분단되지 않은 조선"일 터인 재일조선인문학만이 할 수 있는 '꿈'도 생겨나지 않을까.

6) 김수길의 「불가사리」

앞서 언급한 것과 관련해 『민도』 2호 '신인단편소설'에서 독자적 주제와 수법, 표현력을 가진 작품 가운데 김수길의 「불가사리」에 주목한다. 소설 작품의 레벨에서 본다면, 김종백의 "문자반 없는 시계"처럼 번득이는 표현이 돋보이는 것도 아니고 양순우의 「추억과 함께」에서 엿볼 수 있는 불가사한 리얼리티, 조규우의 「약속」처럼 현실의 무게와도 대조적인 작품이다. 그럼에도 불구하고 매력적이다. 작품은 대담한 해학과 알레고리를 통해 이코노믹 애니멀경제적 동물 일본인의 '신식민지주의'와 일본 사회의 관리적 상황을 1910년에 중첩시켜 희화화하고 있다. 히로히토 천황, 이완용, 기생관광, 관리 사회 = 병원 — 후지타 씨의 텔레비전 출연 등등, 충분히 아로새겨진 패러디의 수수께끼 풀이는 생략되지만 자칫 잘못하면 만화 그 자체가 될지도 모르는 포복절도의 작풍은 '재일'문학의 게샤쿠戯作 혹은 엔터테인먼트 출현을 예감케 한다「촉촉한 거리」 이미지와는 맞지 않지만.

허구라는 소설의 맛을 살린 수법의 분방함은 그렇다 치더라도 주목한 것은 그 풍자의 모티브로 작용하고 있는 비판 정신 뒤에 다소 부끄러워하면서도 작가의 '우리 조선'의 뿌리를 되찾으려는 의지가 숨은그림처럼 움직인다는 것이다. 그 의지의 상징화가 조선의 전설상의 동물로서 쇠 말고 '재일'도 잘게 씹어 한입에

---

3   동북지방에서 소수의 마을이 일본으로부터 독립을 한다는 이야기이다.

들이키려는 불가사리다. 불가사리로 변신하고자 하는 작가의 탈피에 대한 희구는 '재일'의 입장에 대한 도전이고 민족의 바람과 서로 겹쳐진다고 할 수 있다. 불가사리로 변신하는 것이 소설적 이미지로서 완전히 형상화했다고는 생각지 않는다. 이러한 방법만이 재일조선인문학의 새로움이라고는 할 수 없지만 하나의 가능성인 것은 분명하다. '의지'의 소재라는 점에서 보면 『민도』 3호의 김창생의 「붉은 열매」에도 암담한 삶과 심상의 단면을 그리면서 조국을 향한 여자라고 하는 '성의 의지'가 흐르고 있다. 특히 눈에 띄는 것은 주인공 옥녀와 시어머니의 관계다. 같은 성, 같은 민족, 같은 '재일'의 신세를 서로 나누어 가진 자로서 옥녀＝작가는 자신이 연루된 것을 시어머니를 통해 찾고 있다. 그 의지가 작중에서 시어머니의 이미지도 선명 강렬하게 나타났다고 할 수 있다.

이 작품에는 재일조선인문학이 아니거나 여자라고 하는 성이 아니면 불가능한 떳떳한 신체적인 표현이 도처에서 확인된다. 그뿐만이 아니다. 나는 설명과 정념으로 흐르는 것을 가까스로 막아내는 긴밀한 문체의 리얼리티에 주목했다. 그 문체가 사소설이나 심경소설로 빠질지도 모르는 제재를 되살려, 작가의 '의지'와 함께 자칫하면 작가가 말하는 '재일'의 신세타령에 빠질지도 모르는 분위기를 불식하고 있다. 훌륭한 레벨을 획득하고 있는 문체 외에도 작가의 메르헨^공상적, 신비적 정신 등 나는 이 작품을 높이 평가하고 있다. 여기는 작품론의 장이 아니기에 염려되는 것 한 가지만 언급해 두기로 한다. 시작 장면의 활달한 필체와 마지막 장면의 서정적인 필치의 낙차에 대해서다. 결말 — 어린 딸이 노트에 쓴 한글, 그 이응° 문자로부터 상자 가득 담겨있는 크기가 들쭉날쭉인 사과를 연상하는 장면은 시어머니가 지켰던 조국에 대한 것들, '재일'의 신세에 대한 의지가 계승되는 것으로서 딸을 향해 가탁 된다는 의미를 표상하는 것 같다. 소설 속의 이미지로 말한다면 선명한 단편이지만 거기까지 그려진 옥녀의 불길한 삶의 현장을 살려내는 데에는 너무도 예정적이고 조화적이며 정적이지 않은가. 일본의 문단 소설에 친숙한 깔끔한 솜씨라고까지 할 거야 없지만 재일조선인문학이 품어내는 해방적인 감흥이 그 수법에서 닫혀있는 것은 아닐까.

『민도』에 실린 또 다른 작품 하나를 생각해 보자. 창간호에 실린 박중호의 「회귀」이다. 박중호는 새로운 문학 세대라고 할 순 없지만 이미 『북방문예』 등을 무대로 많은 작품을 발표했다. 「회귀」를 읽어보아도 여러 해 동안 수련된 작가임을 금방 알 수 있다. 시각적인 정경 묘사, 노동 장면의 현장감, 어부와 여인들, 등장인물의 분명한 성격, 주인공 김명수의 시점, 구성 등 정말이지 사실적인 힘이 관통하고 있다. 「게공선蟹工船」을 떠올리게 하는 작풍으로 다소 고풍스런 인상을 씻어버릴 순 없지만, 정통파 리얼리즘의 수법이 소설을 강하게 만들고 있다. 리얼리즘의 승리! 라고 해야만 할까. 근래 재일조선인문학의 수확임은 분명하다.

이러한 재일조선인문학의 수확을 확인하면서 나름대로 몇 가지 의문을 제기하고 싶다. 재일조선인문학의 아이덴티티와 연관된 사항이다. 제목 「회귀」와 관련해 말한다면 작품 주제는 삶의 현장으로 회귀할 수 있다. 구체적으로 작품에 입각해 말한다면 민족·조직 운동의 장으로서 이는 이상이나 이데올로기의 장으로부터 생활자의 뿌리의 장으로 되돌아온다는 것이다. 그 작가의 주제의식이 어부들의 벌거벗은 삶의 분위기를 선명하게 그려내고 '북'으로 돌아간 옥순의 편지를 통해서도 간접화법으로 보여주고 있다. 삶의 현장에 서서 살아간다는 의사는 '재일 대중'의 삶의 현장으로부터 벗어난 민족운동을 향한 비판으로 이어진다. 그러나 민족·조직 운동 = 정치의 장과 삶의 현장과의 괴리를 원초적인 것으로 받아들인다고 한다면 의문이다. 그 괴리를 극복하는 것이야말로 민족·조직 운동 그 자체를 본래의 모습으로 다시 세우는 길이며 이율배반적으로 삶의 현장을 절대화하면 민족·조직 운동으로부터의 이탈을 무규칙적으로 '자기 정당화'하는 것이 되지 않는가. 창작의 문제로서 「회귀」의 경우는 어떠한가.

솔직히 말해 민족운동 속에서의 김명수와 조직의 관계가 회상적, 경험주의적으로 그려져 있어 그곳에 머물러 있는 인상이다. 모순을 추방하는 방법이 회상적, 경험주의적 영역에 머물러 있기에 조직에 대한 비판이탈의 이유도 포함해서이 심정적이다. 명수가 홋카이도로 돌아오고서 찾아온 지부 간부와 대면하는 장면에서 기부 운운하는 발언을 계기로 폭발하는 대목이 그러하다. 그의 분노가 뼈아프게 전해지긴 하지만 뭔가 감정적이고 모럴리스틱하다. 한 인간의 경험적 사건으로서 깊이 동정할 정도의 리얼한 장면이긴 하지만 말이다.

문학이 모든 부조리와 싸우는 것인 이상, 인간을 얕보는 것, 자유를 억압하는 것을 그 자체로 그리는 것도, 등장인물을 통해 그것에 대한 분노를 문학화하는 것도 필연이다. 그러나 문학작품이 고유의 힘을 발휘한다고 한다면, 작가의 경험을 초월해 조직이나 그 운동의 모순을 근저에서 양성하고 있는 것을 설령 조금이라 하더라도 도려내는 장면이 그려져야만 하는 것 아닌가. 모순의 근저에 있는 것은 분명 사람의 성격과 인간관계라고 하는 현상은 아닐 것이다. 재일조선인문학이 창조해야만 할 과제로 '재일의 통일'이라는 비전이 있다고 생각한다. 민족·조직 운동을 향한 비판이 그 비전을 문학화하는 시점에서 바라보았으면 더 좋았을 것이다.

두 번째 문제는 고용주이자 조선인인 김명수와 사용인이며 일본인 어부들 간의 교차적 관계가 거의 형상화되어 있지 않다는 것이다. 이 관계에는 고용주-사용인, 조선인-일본인이라는 이해 관계가 뒤얽혀 있어 서로 용납할 수 없는 사건과 상황이 생길 터인데 이러한 장면이 그려지지 않는다. 명수와 어부들이 살고 있는, 육체 전체가 위험에 직면하고 있는 듯한, 이치가 배제된 삶의 현장에서는 대립적 관계성이 지양된다고 하는 것이 작가적 입장일 것이다. 그리고 가장 중요한 것은 삶의 현장으로의 회귀가 김명수의 조선민족으로서 아이덴티티 프로세스와 어떻게 연계되고 있는가 하는 것이다. 작가 자신에게는 자명한 일이지 모르겠지만 작품의 문제로 생각한다.

예를 들면 조직에 대한 지탄, 북조선 선박 코미셜과 선장, 한국 선박의 1등 항해사와 랑 보슨의 위화감, 처의 동생과 옥순 가족이 보낸 편지를 사이에 놓고 벌이는 공화국에 대한 불신 등이 명수 자신의 조선인으로서 아이덴티티를 구하는 싸움과 맹렬히 맞부딪치지 않는 것 같다. 분명히 이국일본 항구에서 남북 선박이 제각기 조국의 깃발을 올리고 정박해 있는 정경을 보는 명수, 그것을 묘사하는 작가 내면에는 분명히 '재일'의 회상, 통일의 생각이 뒤섞여 하나가 된 깊은 것이 있다. 틀림없이 옥순의 편지를 읽는 명수 내면에는 억누를 수 없는 생각이 있다. 하지만 삶의 현장을 살아가는 명수의 확신이 조선인으로서의 주체를 묻는 과정을 대신해 그 물음을 융화시켜버린 것처럼 보인다.

7) 주체성의 확립과 공생

민족적, 민중적 주체의 확립이라든가, 그것을 저해하는 일본 국가와 사회를 향한 대항성이라든가를 재일조선인문학의 아이덴티티의 근거로 하는 견해에 대해서는 문학이 갖는 풍부한 영역을 지나치게 편협한 세계로 가두는 문학관이 아닌지, 현대 문학에는 가장 범세계적인 인류의 과제가 구현되고 있다. 인간은 그 존재 내부로부터 위기에 휩쓸리고 있기 때문이라는 반론이 나올지도 모른다.

또한 재일조선인문학은 '고발의 문학'이라는 틀로부터 '훌륭한 문학'의 창조라는 식으로 발전하고 있다. 바야흐로 재일조선인이라는 한정을 넘어서 문제는 문학 그 자체의 레벨에 있는, 예컨대 흑인 문학이 리차드·라이트 부근에서 '항의문학'의 틀을 완성시켜 제2차 세계대전 후의 작가들이 '흑인 것'이라는 제약을 걷어치우고 '문학'에 중점을 두기 시작했던 것과 같다는 의견도 있을 것이다. 그것을 부정할 수는 없다. 분명 재일조선인 및 그 문학의 사상적 레벨은 이미 1960년대 후반 무렵부터 현저하게 전개되기 시작해 오늘날에는 피해 = 가해의 도식과 표리관계였던 '고발문학'의 틀을 극복하고 있다. 자기 성찰을 과격화함으로서 자생적 주동적인 아이덴티티 탐구로의 길을 걷고 있다. 그러나 그러한 자기 변혁의 길은 갑자기 '보편적인 아이덴티티'로 초탈해 가는 것이 아닌 '민족'의 탈환이나 표출과 뗄 수 없는 '외부 세계'와의 대항 속에서 달성해 가는 것이라고 본다.

일본인과 일본문학에 대해서도 마찬가지라 할 수 있다. 인류사의 위기와 관련한 주제에 직면했을 때 우리들은 재일조선인 혹은 제3세계 민중과의 관계에서 아직도 내셔널적 과제를 정확히 안고 있다. 지면 관계로 자세히 언급할 수는 없지만, 오늘날 상황에서 '민족적 책임'이라는 행위와 일본인으로서의 아이덴티티＝인간적 해방과 같은 내셔널적 과제를 정확히 빠져나가야만 인터내셔널적 관점을 찾아낼 수 있다. 발판을 정비하지 못하고 손쉽게 인터내셔널리즘과 보편성을 표방할 수는 없다. 재일조선인문학과 일본문학의 '공생'도 이러한 시점에서부터 이야기되어야 한다.

4. 천황제와 재일조선인문학의 연관성 조선을 둘러싸고

1) '문인보국회'와 황민화

일본의 식민지 침략과 동반되는 조선민족 '황민화' 과정을 살펴보면 몇 개의 단계가 있다. 우선 천황을 태생으로 하는 동조동근론同祖同根論을 논거로 '내선융화'가 제창되고, '융화'는 점차 황도정신의 앙양을 골격으로 하는 '내선일체'로 불리며 마침내 태평양전쟁의 돌입과 함께 대동아공영권 건설을 표방하는 전의 발양戰意發揚, 성전완수를 향해 내달렸다.

'황민화'문학도 거의 같은 과정을 걸었다. 동조동근론, 황도정신을 근거로 하는 '내선일체'의 '국민문학일본어문학' 제창에서 '대동아의 문예부흥'으로 그리고 '성전완수'를 선전하는 '전쟁문학'이라는 여정이다. '황민화'운동의 중심은 1938년 7월에 결성된 국민정신총동원조선연맹이다. 비가 줄기차게 쏟아지는 서울운동장에서 열린 결성식에는 700여 단체와 3만 명 이상이 동원되었다. 미나미 지로南次郎 조선총독부 총독과 고이소 구니아키小磯国昭 군사령관차기 총독이 참석했다. 그리고 "동양평화를 확보하고 팔굉일우八紘一宇의 대 정신을 세계에 앙양하는 것은 제국 부동의 국시다. 우리들은 일치단결로 국민정신을 총동원하고 내선일체 전 능력을 발양하여 국책 수행에 협력한다. 그리고 성전의 궁극적 목적을 관철할 것을 확신한다"는 선언을 발표했다.

'총동원연맹'은 1940년 10월, '국민총력조선연맹'으로 개명, 개조했는데 그 '총력연맹'에 문화부가 설치된 것은 문학의 '황민화'에 커다란 영향을 끼쳤다. 야나베矢鍋 문화부장관이 『매일신보』 인터뷰에서 '내선일체', '동아신질서의 건설'은 처음에는 무력을 수단으로 하지만 그것을 영구적인 것으로 만들기 위해서는 문화의 힘이 크다고 했듯이, 그것은 한층 문화침략을 진척시키기 위한 지령부였다. '총력연맹'은 1942년 5월 징병제 발표 직후 "황송한 성려에 감동하지 않을 수 없다. 우리들은 한층 더 내선일체 진충보국盡忠報国을 실질적으로 정전관철征戰貫徹에 매진하고 반드시 황은에 보답할 것을 확신한다"라는 선서문을 채택했지만, 이 '총동원연맹' 및 '총력연맹'이 상위에 군림하는 형태로 조직된 것이 황민화문학단체 '조선문인협회후일 조선문인보국회'였다.

1930년대 말, 소위 사상범 전향자들을 중심으로 '시국대응전선사상보국연맹時局對應全鮮思想報国聯盟'이 만들어져 '황군위문작가단'이 중국으로 파견되는 정세 속에서 '조선문인협회'는 1939년 10월 서울의 부민관府民館에서 결성되었다. 발기인으로는 이광수, 정지용, 김동환, 임화, 유진오, 이기영과 같은 쟁쟁한 문학가가 모였고, 일본인으로는 가라시마 다케시辛島驍, 쓰다 다카시津田剛와 같은 사이비 문화인이 이름을 올렸다. 회장으로 추대된 이광수는 "반도 문단의 새로운 건설은 내선일체로부터 출발하지 않으면 안 된다"고 취임 인사를 하였고 문인들은 잇달아 성명을 발표했다. "반도인은 폐하의 적자가 되어 명예로운 황군으로서 충의를 다할 수 있게 되었다. 낡은 조선인의 껍데기를 벗어버리고 야마토혼大和魂으로 살 수 있는 일본인이 되었다."1941.7.5 "우리들 반도문인 일동은 안으로 황민단결의 정신적 지주가 되고 밖으로 대동아 제민족의 선구적 역할을 다하는 것을 우리들의 영광이요 책임임을 통감한다."1942.9.12

'문인협회'의 실천요강은 ① 문단의 일본어화 촉진, 문학가의 일본적 단련, 작품의 국책협력, ④ 증산부문 현지·전쟁지로의 작가동원을 주장했다. 그 실천으로서 회원 50여 명이 호국신사에서 근로봉사, '황군'의 무운장구武運長久 기원, 총후정신銃後精神 수련을 위한 '내지'의 '성지' 순례, 결전決戦 하의 문화대강연회 개최, 애국백인일수전람회 등 생생한 활동을 수행했다. '문인협회'는 1943년 4월 다른 문화단체와 합쳐 '조선문인보국회'로 발전 해소되었다. '문인보국회'의 방향은 '문인협회'의 그것을 답습하면서 "대동아전쟁의 결전단계"를 반영하고 영미세력을 철저하게 격멸하고 "조선에 세계 최고의 황도문학을 수립코자 싸우는 문학가로서의 굳은 결의"로서 "성은에 보답해 드리는 것을 맹서한다"는 것으로서 전쟁문학에 대한 지지를 노골적으로 드러냈다. 그 활동은 앞서 언급한 '문인협회'의 그것을 한층 추진하는 것이며 목욕재계 심신단련을 위해 작가들을 외금강에 파견하기도 했다.

'문인보국회'는 1944년 6월 '결전태세즉응·재선문학자총결기대회決戰態勢即應在鮮文学者總決起大會'를 주최했는데 대회는 "황국신민의 서사"의 제창으로 시작되었다. 당시 이런 종류의 이벤트에서 궁성요배宮城遥拜와 천황폐하 만세삼창은 있기 마련이었다. 결기대회에서 일본 정부로부터의 자문에 부응해 이루어진 다섯 개 항목의 답신은 다음과 같다.

① 우선 문학가가 솔선해서 심신을 단련하고 교양을 쌓는다.
② 민중의 적개심 앙양을 위해 계몽운동을 적극적으로 추진한다.
③ 민중에게 전쟁목적을 관철시켜 대동아공영권 내의 문학 교환交歡을 거듭한다.
④ 징병 주선을 위해 민중에게 순국성신을 고양시킨다.
⑤ 군·관·문학가의 협의를 밀접히 한다.

'조선문인보국회'는 이렇게 "황도 세계관을 현현顯現하는 일본문학을 수립"하

기 위하여 해방의 날일본의 패전까지 분주했다. '대동아문학가 대회'가 열린 것도 '문인협회', '문인보국회' 시기이다. 이것은 3회에 걸쳐 열렸는데, 제1회는 1942년 11월 4일 도쿄 마루노우치丸の內의 대동아 회관에서 개최되었고, 조선으로부터 이광수, 유진오를 비롯한 대표 5명이 출석했다. 대회에서는 "대동아공영권의 문화확립", "대동아의 문예부흥", 문학을 통한 "대동아전쟁완수" 등이 목청껏 표방되었는데 '대동아'의 중심은 어디까지나 '황국 일본'이었다.

제2회 대회는 1943년 8월 25일부터 27일까지 도쿄제국극장에서 열렸다. 유진오 외 5명의 조선 대표쓰다 다카시 포함는 궁성요배, 신궁 외원外苑에서 심신단련 수련水練대회 견학, 메이지신궁明治神宮과 야스쿠니신사靖国神社를 참배한 후 대회에 참석했다. 최재서는 대회에서 「조선문화운동의 보고」라는 타이틀로 발언했다. 조선 문학에는 2대 전환이 있는데, 하나는 1941년 12월 8일의 '선전포고'이며 이를 통해 일본적 세계관으로 되돌아왔다, 또 하나는 징병제 실시이며 이를 통해 조선어의 구태를 일소하고 일본어에 의한 문학을 수립할 것이다, 1억 동포를 대상으로 하는 문학으로 발전한 것이라는 내용이었다. 조선문학의 '국민문학'으로의 전환을 강조했던 것이다.

일찍이 프롤레타리아 시인으로서 옥중 비전향으로 일관했던 대표의 한 사람 김용제는 서울로 돌아온 후의 보고회에서 「신성神性 문학에의 비원悲願」이란 타이틀로 신궁 참배를 통해 일본이 신국임을 통감했다. 이를 결전문학이라 일컫는데, 이겨낸 문학 다음에 이어지는 영원히 계속되는 문제로서 신에게 비원하는 문학에 이르러 처음으로 대동아문학가의 사명은 달성될 것이라고 발언했다.

제3회 '대동아문학가대회'는 1944년 11월 12일부터 14일까지 남경南京에서 열렸고 '대동아문예원' 설치를 결정했다. 이상 3회에 걸친 대회에서는 모두 육·해군 보도부장이 출석했고 '황군감사결의'의 긴급동의가 이루어졌다. '조선문인협회' 시기 "조선 문단의 혁신을 도모하기 위한 새로운 의도와 구상"으로 문예잡지 『국민문학』을 창간1941.11하고 황도 문학과 일본어 창작 추진은 전면적으로 빈틈없이 추진되었다. 잡지 『동양의 빛』, 『녹기綠旗』, 『대동아』와 신문 『매일신보』도 민족의 독자적 문화 활동을 빼앗겼다. 그 배경에는 국가총동원법에 근거한 신문·출판 사업령과 조선 총독의 문화지배와 연관된 절대적인 권한이 있었다. 또한 '내선일체'의 추진을 목적으로 한 '국어문예총독상' 등 포상제도를 제정했는데 이 선고위원에는 총독부의 총무국장을 포함한 관료, 군보도부장, 무관 등이 이름을 올렸다.

2) 『국민문학』과 '대동아'

위에서 조선에서 진행된 문학 '황민화운동'의 극히 일단을 짚어보았다. 당시 일본의 문학가들도 같은 맥락에서 말할 수 있는데, 일제의 문화침략이 아무리 교묘하고 폭력적이었다 하더라도 조선의 문학가들 내부에 뭔가 일어나지 않았을까. '내선일체'화의 문화면에서 영도적인 역할을 수행한 자는 자주 거론되듯이 이광수와 역사학자 최남선이다. 이광수는 1919년에 재도쿄 조선인 유학생들이 일으킨 2·8독립선언문 기초起草에 참여했다고 일컬어지고 최남선은 같은 해 유명한 3·1독립선언문을 집필했다.

이광수는 1922년 「민족개조론」에서 조선민족의 '결점'을 나열하고 이를 극복하지 않으면 조선의 근대화는 불가능하다고 하는 취지의 근대화론을 전개한 것을 계기로 입장을 바꾸었다. 마침내 '근대화'와는 상반되는 천황을 향한 귀의와 같은 신비주의로 빠져들던 것은 왜일까. 또한 최남선이 「조선문화의 당면 문제」 속에서 오로지 통치 한 길만이 있을 뿐이고, 신에 대한 귀일에 의해서만 '내선일체'를 성취하고 조선문화의 진실 충만한 일본화를 기대할 수 있다 라는 함정에 빠져든 것은 왜일까. 이광수의 칭씨명 '가야마 미쓰로香山光郞'가 진무천황神武天皇이 즉위했다고 하는 지역 가시하라橿原에 있는 가구산香久山에서 따온 것이고, 광수의 '광'에 일본식의 '로郞'를 붙였다는 것은 익히 잘 알려져 있다. "이광수라고 하는 이름도 천황의 신민이다. 하지만 나는 가야마 미쓰로 쪽이 훨씬 천황의 신민으로서 어울린다고 믿는다"「창씨와 나」라고 말한다.

이와 같은 '천황의 신민'의 근거로서는 양 민족이 2천 년 전에는 하나의 민족이었다는 것, 이후 일본으로 건너간 백제의 자손이 일본인과 결혼하고 후에 완전한 일본인이 되었다는 것, 그리고 황실에도 진구황후神功皇后가 신라의 천일창天日槍의 후예이고, 간무천황桓武天皇의 모후母后가 백제 성왕의 증손녀여서 두 번에 걸쳐 조선의 피가 섞였다는 것 등을 들었다. 지금 이광수의 발언에 입각하면 최근 항간에서 들리는 "일본인과 한국인은 원래 형제자매 사이였다"라든가 "천황의 태생은 한국에 틀림없다"라는 한국 붐에 부수附随하는 일종의 우호론은 대단히 경계해야만 한다고 새삼 생각한다. 동조동근론을 논거로 이광수는 과격한 '일본인 선언'을 되풀이한다. 조선인을 천황의 적자로 생각하지 않고 조선인이라는 단일한 것으로 생각했던 것이 근본적인 잘못이었다. 조선인은 조선인이라는 것을 완전히 망각하고 피와 살과 뼈가 몽땅 일본인이 되어버려야만 한다 라는 식이었다. 그러한 이광수의 확신을 뒷받침한 것은 '일본정신'이야말로 진리라는 관념＝천황 귀일사상이었다.

따라서 이광수는 '국민문학'에 대해서도 "결정적인 요소는 그 작가가 '천황의 신민'이라는 신념과 감정을 가지는데 있다. 그 신념과 감정을 가진 작품이 국민문학이 되는 것"「국민문학 문제」이라고 정의한다. 그리고 그는 "시나토의 바람[4]이 하늘의 구름을 흩날리는 것처럼, 아침 안개 저녁 안개를 아침바람 저녁바람이 흩날리는 것처럼" 모든 조선적인 기분을 없애버려야만 한다. 마지막에 남은 민족의식의 잔재를 "오쓰베大津辺에 있는 큰 배, 뱃머리 축로 풀고 넓은 바다로 밀어내는 것처럼" 밀어내야만 한다. 조선의 "사방에는 오늘부터 비로소 모든 죄가 없다"라는 상태가 될 때까지 죄와 부정을 씻어버려야만 한다고 노리토祝詞를 인용해서 '일본인'이 되기 위한 목욕재개론까지 늘어놓기에 이른다. 이광수 자신의

---

4   바람의 별칭(科戸の風)이다.

「고백」에 의하면, 이와 같은 조선민족 말소론은 일제의 독아毒牙로부터 조선 민중을 지키기 위함이었다는 것이 되는데, 그것은 면종복배面從腹背의 영역을 일탈하여 한층 깊숙이 내부를 침식해 갔다고 생각한다. 천황제의 마력은 정말이지 오싹한 것이었다.

또한 이광수를 비롯한 친일문학가들의 사상 전향은 논리의 방기, 즉 '신념'과 감정에의 망언에 의해 비약적으로 이루어졌다. 『국민문학』에 대한 전위를 보아도 그것은 서구적 지성합리주의으로부터 태도나 신념정신주의에 대한 회귀로 이루어져, 자아·자유·고유의 민족성을 철저히 부정하고 예술지상·형식의 부정·계몽주의·전체주의의 선양을 향해 일직선으로 변용해 갔다. 천황제 이데올로기에 따른 문학의 자율성 자립성의 파괴였다. '신념'이라든가 '태도'와 같은 비논리적인 정신주의만으로 '국민문학', '황도문학'을 정당화할 수 없었다면, 거기에는 문학적 민족적 필연이라기보다 강제와 의태擬態가 작용했음을 증거하는 것이다. 사태는 천황제와의 관계에서 초래된 것이 틀림없다. 『자본론』이었든가, 마르크스의 "어떤 사람이 왕인 것은 다른 사람들이 그에게 신하로서 행동하기 때문임에 불과하다. 그런데 다른 사람들은 반대로 그가 왕이기 때문에 자신이 신하인 것이라고 굳게 믿고 있다"라고 했던 것을 떠올린다.

'국민문학' 운동이 '황도문학'과 합쳐 표방한 '대동아문예부흥' 또한 '대동아건설구상'으로의 몰이성적인 영합이었다. '대동아공영권' 꿈을 향한 일부 조선인문학가들의 열중도 이데올로기화 된 관념의 심취로 덧칠되어 있다. 아시아의 세기적인 여명은 왔다 / 영미의 독아로부터 / 일본군은 마침내 싱가포르를 탈취했다고 읊는 노천명의 시와 김용제의 『아세아시집』은 그 일단이었다. 한편으로 강제가 있었나고 하지만 다른 한편으로는 '대동아'라는 국가를 초월한 '공영권'으로 사라지려 하는 민족에 대한 기사회생의 사랑과 구국을 의태擬態한 것인가. 그러나 '대동아공영권'이란 '황국 일본'을 종주로 하는 동양 내셔널리즘에 지나지 않고 '국민문학'이 표방한 '대동아의 꿈'은 천황에 대한 귀일과 일본주의로의 예속

에 다름 아니다. 1942년 9월호부터 10월호 『문학계』에 게재되어 서구적 지성의 전면 부정으로부터 '신국 일본' 중심의 팔굉일우 세계질서와 같은 구도를 보여 준 심포지움 「근대의 초극近代の超克」이 그것을 여실히 말해주고 있다.

오늘날 아시아에서 일본의 경제 침략은 이미 반세기 전의 '대동아공영권구상' 을 능가하고 있다. 지금 대두하고 있는 '아시아 지향'이 일찍이 천황제 일본주의 를 중심으로 한 '동양 내셔널리즘'의 전철을 밟지 않기 위해 우리들의 문학은 어 떻게 존재해야만 하는가. 아시아에 대한 천황제는 다양한 얼굴을 갖지 못한 매 스로서 민중을 일망타진함으로써 '동양 내셔널리즘'의 통합축이 될 수 있었다. 따라서 민중을 보지 않는 관념적·이데올로기적인 아시아 상찬賞讚은 배제되어 야만 한다. 민중 개개인의 얼굴을 볼 수 있는 아시아. 그 개개의 얼굴을 갖는 민 중과 수평적으로 존재할 수 있는 우리들 일본 민중의 얼굴을 창출하는 문학 그 것을 어떻게 만들어낼까. 바꾸어 말하면 민중을 억압하는 원기로서의 천황제와 대치할 수 있는 문학을 어떻게 만들어낼까이다.

3) '황민화' 이데올로기

'국민문학'은 태평양전쟁이 말기적 증상을 보임에 따라 "가라! 아들이여. 군 깃 발 아래로! / 신국 일본의 황민이 되었다면 / 동아 10억 전위가 아니냐 / 불발의 의기, 필승의 신념은 너의 것이다"김팔봉 「가라! 군 깃발 아래로, 부모 대신에」와 같은 한층 과격 한 '성전완수' 문학으로 내달렸다. 징병제를 예찬하고 민중에게 '지원'을 선동하 는 소설도 쓰여졌다. 그것들은 소위 조작으로 조선문학으로서의 필연성은 물론 문학으로서 아무런 필연도 갖지 못했다. 천황에 대한 귀일이라는 지주를 빼버리 면 뿌리부터 성립할 수 없는 문학이었다. 이들 조선 문학가의 경사傾斜에는 말할 것도 없이 일본 지식인 문학가의 그림자가 붙어 다니고 있었다. '조선문인보국 회'를 마음대로 주물렀던 가라시마 다케시辛島驍, 쓰다 다카시津田剛가 있었고, '대 동아문학가대회'를 프로듀스 한 기쿠치 간菊池寬을 비롯한 하야시 후사오林房雄,

구사노 신페이草野心平, 고바야시 히데오小林秀雄, 히노 아시헤이火野葦平, 다나카 히데미쓰田中英光가 있었다. 오늘날 이들 문학가에 에토 준江藤淳, 미우라 슈몬三浦朱門, 이시하라 신타로石原愼太郎 등이 오버랩된다.

조선의 지식인 문학가들이 '황민화' 이데올로기로서의 역할을 강요받았다고 한다면 민중의 레벨에서는 어떠했는가. 한 병사로 제국 군대에 지원하고 특공대원으로 사지로 떠난 무명인들 안에서는 무슨 일이 일어난 것일까. 김태화의『특별해군지원병』은 1944년 1월 조선인 특별해군지원병으로 입대하여 19세의 나이로 일본 패전을 맞은 저자의 체험을 그린 작품이다. 거기에서 주인공은 군 입대에 관한 지원동기를 밝히고 있다. "징용되어 가면 완전히 노예취급이고 탄광 같은 곳은 목숨이 아무리 있어도 부족하다는 것입니다. (…중략…) 목숨을 잃을 위험이 있다면 깨끗이 군대에 가는 것이 낫겠지요. 좀 더 위대해지면 늘 차별하던 놈에게 으스댈 수도 있습니다." "피차별 감정의 울적함"으로부터 해방되고 싶다고하는 욕구가 지원하게 만든 것인데 "일본 제국의 우량한 신민에의 길에 무조건적으로 찬동하고" 있었던 주인공 입장에서는 '황국신민'의 환상을 믿고 행동했다고 할 수도 있다.

이오 겐시의 「가이몬 산」은 논픽션인데 조선인 특공병사들의 가슴 속에 있었던 동기 추구를 밝히고 있다. 그리고 찾아낸 것은 "내선일체라지만 거짓이다. 일본은 거짓말쟁이다. 나는 조선인의 배짱을 보여주겠다"라는 말이고 작가의 추찰에 의하면 "조국 독립은 강대한 일본의 슬하에서 절망에 가까웠다. 영리한 20대 청년의 가슴에 분노의 감정이 있었다. 그 감정을 폭발시키고 싶다. 그 누구의 일본인도 할 수 없는 임무를 해치워 보이겠다. 조선인의 명예를 위하여"라는 격정이었다. 만약 작가의 인식이 옳다고 한다면 그 얼마나 잔혹한 도착된 명예를 조선 젊은이들에게 강요했던 것일까. "피차별 감정의 울적함"에서 해방되고 싶다는 욕구라고 해서 "조선인의 배짱을 보여주겠다"라고 하는 분노와 긍지가 착종된 격정이라 해도, 민족을 구하기 위함이라는 사명감과는 달리 한층 직접적인 심인心因이 작용하고 있다. 그런 의미에서 일제 폭압으로부터 조선 민중을 구하기 위해서는 '내선일체', '황민화'를 추진하는 수밖에 없었다며 '민족 해소론'을 외친 이광수를 비롯한 지식 계급의 '굴복'과는 양상이 다르다.

여기서 떠오르는 것이 오임준의 '문제'다. 오임준은 그 자신의 체험에 철저히 집착하며 조선과 일본의 관련성을 척결하는데 애쓰며 많은 저서와 시집을 남겼고 1973년 9월 3일 미명 심근경색으로 죽은 시인이다. 오임준은 소년 병사로서 '천황의 군대'에 입대했다. 그 동기는 조선에 머무르는 군대에 들어감으로써 고향 땅을 밟고 싶다는데 있다. — 그는 1930년 4세 때, 양부모와 함께 일본으로 건너갔다 — 열등감을 제거하고 행복해지는 길은 완전한 일본인이 되는 수밖에 없었다. 자진해서 입대하는 것이 동포를 위하는 것이기도 하다는 생각이 착종해 있었다. 그것이 식민자의 나라에서 살아가는 고독한 조선 소년의 가슴에 길들여진 정의情意였다 하더라도 해방 후 오임준이 주체적으로 짊어지고 갈 수밖에 없었던, 자기를 초극해 가야만 했던 깊은 상흔이었다.

일본의 패전이 가까워 오면서 그가 소속된 관동군 노흑산老黑山 부대는 출격하지만 오임준은 잔류를 명받아 유기되었다고 생각한다. 그리고 맹렬한 사적인 제재도 받는다. 그는 그때 일을 「조선인 속의 '천황'」에서 "나는 일본인이 아니었던 것이다. 일본인은 되지도 못했고 아무도 되게끔 해주지도 않았던 것이다"라고 적고 있다. 오임준은 전후 이 말을 어떠한 생각에서 썼던 걸까. 천황의 군대로 입대한 행위에 대한 원망과 한탄에서 적은 걸까, 동화함으로서 행복해지고자 한 의제擬制의 꿈조차 배신당했다는 것에 대한 고발로서 적은 걸까, 아니면 "조선인을 자기 탈환해 가는" 출발점에서의 의사意思로서 새겼던 걸까. 이러한 물음에 대한 '회답'을 명확히 하기 위해서는, 오임준은 일제의 지배 역사와 전후 책임의 부조리를 지탄함과 동시에 스스로의 내면에 있는 '황민', '천황제'를 극복해야만 했다.

조선 민중을 구하기 위함이라 믿고 '내선일체'에서 '성전완수'로 질주해 갔던 지식계급의 '극복'이든, 민족의 긍지를 보여주겠다며 특공해 갔던 청년의 '용기'

든, "피차별 감정의 울적함"으로부터 벗어나기 위해 어쩔 수 없이 지원한 민중의 '착오'든, 그 행동에는 의제의 의사 = 해방 환상이 끼어 있었을 것이다. 그리고 의제·도착·환상을 초래하는 작용이 천황제를 성립시키고 있다. 실제로 천황이라는 하나의 인간 — 1946년 1월 1일의 '인간선언'에도 불구하고 제도적으로는 현재에도 '비인간'이지만 — 은 아무런 개인적 매력도 업적도 갖추지 못하고 있다. 천황신이라는 추상적인 존재이 보여주듯 이 실체 없는 것이 천황제를 권력화한 것에 불과하다. 실체가 없기에 무한의 권력이 부가되고 무한한 정치적·문화적·육체적 폭력을 휘두른다. 억압된 것이 해방 환상으로 빠지는 것은 그 구조와 동전의 양면이다.

김윤식은『상흔과 극복』아사히신문사에서 한국의 '황민화' 세대의 의식 구조에 대해 비판하고 있다.

그들의 불행은 일제하에서 그들의 어린 시절이 모두 불행했다고 하는 점에 있지는 않다. 반대로 분명 일제시대였는데도 불구하고, 그들의 어린 시절이, 모든 시대와 사회의 어린 시절과 마찬가지로 '행복'했다고 하는 사실에 있다. 그것은 에디푸스적 성격을 띠고 있다. 마치 빼앗긴 들일지라도 그곳에 찾아드는 봄은 생애 다시는 만날 수 없는, 도저히 말로는 표현할 수 없는 애착과 향수를 느끼고 있는 것이다. 이 때문에 황국신민 세대는 의식분열이고 인격상실이라 말하지 않을 수 없다. 그 결과, 대낮 동안은 입으로는 일제의 과거를 열렬히 규탄하면서도 밤이 되어 술 한 잔이 들어가면 일본 대중가요의 그리운 멜로디의 감상 속으로 빠져들고 만다. 이처럼 일본 체험이 무의식의 심층에 침투하고 있는 한, 이 세대가 안고 있는 문제는 정말로 위험한 것이라고 말할 수밖에 없다. 언젠가 기회가 있으면 이 무의식 부분이 어떤 일본풍인 것과 결합할 지도 모르기 때문이다. (…중략…)

이른바「황국신민 세대」속에 어린 시절의 추억과 일상이 소멸되지 않는 한 그들의 무의식의 세계는 지금도 일본의 식민지가 되어 있는 것이다.

침략한 민족과 침략당한 민족의 차이를 근거로 말하고 있는데 여기에서 언급된 '황국신민 세대'의 문제는 위치를 달리해 일본의 '황국신민 세대'와 공통하고 있다. 그들의 내면 의식은 지금도 조선의 식민자가 되어 있다. 그리고 히로히토의 죽음을 둘러싼 1·7사태가 여실히 보여주었듯이 일본의 '황국신민 세대'는 전쟁 전과 전쟁 중의 세대뿐만이 아닌 치장을 바꾸어 전후 세대, 신인류로 일컬어지는 젊은이부터 소년소녀에 이르기까지 연면히 이어지고 있다. 초관리·국가주의 사회의 망막으로서 깊숙이 박힌 피억압의 내면 의식이 통치하는 사람을 의제의 해방 축으로 삼아 끊임없이 '황국신민 세대'를 배출하고 있다.

우리들이 한 나라 민주주의의 기만을 공격하지 못하고, 전후의 민족적 책임을 철저히 자기추급하지 못하고, 그로 인해 자생의 아이덴티티를 획득하지 못했기 때문에 이 사태는 확대 재생산되고 있다. 이 패전을 극복하기 위해서는 민중의 자생적 아이덴티티를 천황이라는 의제의 아이덴티티로 대치시켜 가는 수밖에 없다. 조선·아시아·제3세계의 민중과 연결되는 '탈천황제'를 향해서 말이다.

4) 윤동주의 「서시」

'내선일체·황민화' 정책에 의해 조선의 문학가가 참담한 상황을 강요받았다 하더라도 그러한 상황만은 아니었다. 그들은 심한 증오의 눈총을 받고 있었다. 다음과 같은 에피소드에서도 알 수 있다. 전쟁시를 쓴 김팔봉이 수필 속에서 스스로 쓴 부분에 의하면임종국, 『친일문학론』, 고려서림, "오랜만에 친구로부터 전화가 걸려왔다. 너 요즘 뭐 하고 있냐?"라고 물어, 그가 문인 보국회의 일을 하고 있다고 대답했다. "그러자 문인보국회라고! 죽어라! 뒈져 버려라!"며 문학을 하고 있는 친구가 외쳤다는 것이다. 이효석이 총독부 경찰국 검열계에 취직한지 얼마 안되어 광화문 거리를 거닐다가 이갑기李甲基라는 문학청년을 만났다. 이갑기는 갑자기 "너도 개가 되고 말았구나"라며 백주대로에서 면박했다. 이갑기의 형상은 금방이라도 칠 것 같은 기세였다고 한다.

그리고 김사량의 「천마」의 한 장면이 떠오른다. 광대 짓을 하면서 자학적으로 '일본인'이 되고자 하는 주인공 현룡이 젊은 문학가들의 회합에 얼굴을 내밀었을 때였다. 참석자들은 조선어로 된 저술과 조선 문화에 대해서 열심히 토론을 하고 있었다. 그런데 현룡은 그 자리를 얼버무리려는 태도로 끝내는 조선어를 코웃음쳐 보인다. 참다못한 혈기왕성한 평론가 이명식은 현룡에게 접시를 던진다. 그 회합은 조선문학을 부흥시키려는 진지한 문학가들의 모임이면서 '국민문학'파에 대한 비판회였던 것이다.

이들 문학가들의 분노는 '황민화'운동에 분주한 친일 분자에 대한 민중의 분노와 상통하는 것이었다. 예를 들면 허원택許元澤이 「지리산 빨치산의 시」에서 기술한 8·15를 기회로 일본의 천황에 따라붙어 다니는 '어진영御眞影'과 신사 등, 일체를 모조리 불태우고 파괴했던 민중의 분노.^{총독부 통계에 의하면 8월 16일부터 8일간 파괴·} ^{방화는 136건} 그리고 천황·황족의 폭살을 계획한 '정략결혼식장 사건'¹⁹²⁰, '니쥬바시 사건二重橋事件'¹⁹²⁴, '사쿠라다몬 사건櫻田門事件'¹⁹³², 또한 '진충애국'을 선동하는 대의당大義堂의 '아시아민족분노대회'^{1945.7.24} 때 2개의 폭탄을 던져 대회를 분쇄시키고 감쪽같이 자취를 감춰버린 열사들의 사건을 상기한다. 무릎 꿇지 않았던 저항 문학가, 양심적인 문학가들의 광맥도 「님의 침묵」의 한용운 이래 오늘날 민중·민족 문학가에 이르기까지 면면히 역사를 관통하고 있다. 여기에서 시집 『하늘과 바람과 별과 시』를 남기고 세상을 뜬 윤동주를 살펴보자. 훌륭한 문학과 함께 일본과의 관계도 깊고 무엇보다도 천황의 국체호지國體護持를 외친 치안유지법 때문에 죽음으로 내몰렸기 때문이다.

1925년 5월에 공포된 치안유지법은 근대 세계사에서도 보기 드문 탄압 법이라 일컬어진다. 일본 공산당의 창건 등, 배후에는 혁명운동, 노동운동의 앙양이 있었다. 이로 인해 일본의 '주의자'가 남김없이 탄압을 받은 것은 주지하는 대로이지만, 신채호의 '조선혁명선언'에서부터 조선공산당 설립이라는 기운 속에서 공포된 그것은 조선인 '주의자'를 표적으로 할 목적도 있었다. 사실 초기 단계에서 '위반사건'이 적용된 건수는 조선인 쪽이 많았다. 치안유지법은 2번에 걸쳐 개악되고 그 적용범위를 넓혀 형량을 무겁게 했는데 벌의 대상으로는 '국체' 변혁과 사유재산제도를 부정하는 것이었다.

1917년 중국 동북지구 간도성에서 태어난 윤동주는 서울 연희전문학교에서 수학한 후 1942년 일본으로 건너갔다. 나이 25세였다. 릿쿄立敎대학, 도시샤同志社대학에서 수학하면서 고독한 삶 속에서 시를 썼다. 그 시는 일관되게 조선어로 읊어졌다.

죽는 날까지 하늘을 우러러
한 점 부끄럼이 없기를,
잎새에 이는 바람에도
나는 괴로워했다.
별을 노래하는 마음으로
모든 죽어가는 것을 사랑해야지
그리고 나한테 주어진 길을
걸어가야겠다.
오늘 밤에도 별이 바람에 스치운다.

이 시는 「서시」로 제목 붙여진 너무도 유명한 시다. 윤동주 시에는 청렬淸冽한 서정과 고독한 비애가 영혼의 울림처럼 밑바닥에 흐르고 있다. 그리고 그가 자신을 응시하는 시선에는 어딘가 감미롭고 염세적 그늘마저 감돌고 있다. 그럼에도 불구하고 팽팽히 퍼지는 예리한 의지가 세계를 쏘아보듯 빛의 첨탑尖塔과 닮은 정신으로 우뚝 서 있다. 그것은 인간적 희구의 강렬함이 발하는 빛이 아닐까. 윤동주는 시 속에서 결코 이념으로 민족주의를 칭송하지 않았다. 큰 소리로 일제의 식민지 침략을 지탄하는 일도 없었다. 스스로를 아플 정도로 응시하고, 작게 살아있는 모든 것의 생명을 노래했다. 친구와 이야기하듯 꽃, 별, 바람에게 이야기했다. 윤동주는 스스로 자신의 성격을 "나는 세계관, 인생관과 같은 아주 큰 문제보다 바람과 구름, 태양 빛, 수목, 우정과 같은 것에 훨씬 더 많이 고뇌해 왔는지도 모른다"라고 했다.

윤동주의 문학적·민족적 저항의 원기는 거기에 있었던 게 아닐까. 아무리 작은 살아있는 모든 것과의 교감이라 하더라도, 아니 그렇기 때문에 그가 이렇게까지 말할 수 있었던 것이 아닐까. "이상이견빙지履霜而堅冰至 : 악의 움직임은 처음에는 작아도 내버려두면 큰 악이 된다 — 서리를 밟으면 얼음이 딱딱해짐을 각오하라는 것이 아니라 우리들은 서릿발에 흩어진 낙엽을 힘껏 밟으면서 저 멀리서 봄이 온다는 것을 믿습니다"라고. 근원적인 인간의 희구가 윤동주의 시 속에서, 영혼 속에서, 삶 속에서, 부조리를 강요받은 조국에 대한 회상, 그리고 부조리를 강요하는 것에 대한 분노가 보편적인 지평에서 융합했다.

1943년 7월 14일 윤동주는 여름방학을 이용해 귀국 길에 오르기 직전 일본 헌병에 의해 체포되었다. 12월 6일 검찰로 송치되고 이듬해 1944년 2월 22일 기소되었다. 그리고 3월 31일 교토 지방법원에서 치안유지법제5조 독립운동 위반을 이유로 징역 2년의 실형 판결을 받고 후쿠오카 형무소로 투옥되었다. 윤동주의 죽음에 대한 의문을 추적한 김찬정金贊汀의 『저항시인 윤동주의 죽음』이 자세히 밝히고 있듯이, 윤동주는 옥중에서 매일 이름도 모르는 주사를 맞고생체실험! 1945년 2월 18일 미명, 해방을 얼마 남겨두지 못하고 죽고 만다.

조선어라서 무슨 말인지는 모르지만 큰 소리로 외치며 절명했습니다.일본인 간수의 증언

치안유지법의 재판은 정상적인 심리 따위는 일절 없이 경찰의 조서를 그대로 받아들인 예심 조서만을 토대로, 그것도 이들 복사물에 불과한 내용의 판결을 내리는 것이 일반적이었다. 이른바 윤동주는 사법 권력의 권력 범죄에 의해

투옥되었고 그 결과로 살해되었다. 일본의 사법 권력은 전후 그에 대한 자기비판이 있었는가. 없었다. 자기비판이 없었을 뿐 아니라 아직도 윤동주의 아들이자 손자인 사람들을 "지문을 날인하지 않았다"라며 재판하고 있다. 도대체 재판을 받아야 할 쪽은 어느 쪽인가. 나는 어떤 지문날인거부 재판의 공판장에서 방청석에서 재판관을 향해 그것을 물었다. 대답은 '퇴정'이었지만 나는 그것을 내 자신의 전후 책임 = 민족적 책임의 추급이라는 측면에서도 계속해 묻지 않을 수 없다.

치안유지법에 따른 탄압의 사례는 한이 없지만 1942년에 일어난 '조선어학회 사건'도 치안유지법 위반이 구실이었다. 이 사건에서도 언어학자 2명이 죽음으로 내몰렸다.

5) 김사량의 「천마」

윤동주와 거의 같은 시기에 일본에 있었던 김사량은 일본어로 창작활동을 하면서도 문학적 민족적 저항을 보여준 작가였다. 그에 대해서는 졸저『시원의 빛』에서 논했는데 여기에서는 김사량과 '내선일체'의 관련성에 대해서 마음에 걸리는 점을 지적해 두기로 한다. 잘 알려진 바와 같이 「천마」는 주인공 현룡김문집. 오에 류노스케를 모델로 삼았다는 것이 정설의 행상을 통해 '황민화' 정책하에서 '일본인'이 되고자 했던 찢기어진 조선인문학가의 모습을 통렬히 풍자한 작품이다. 당시 '내선일체' 정책을 좌지우지하고 있던 일본인에게 체면이고 뭐고 내던지고 아양 떨던 현룡에게도 이런 일면이 있다. 노상에서 슬피 외치며 복숭아 꽃가지를 팔면서 취해 곤드라진 백성에게 통행인들의 조소에도 아랑곳없이 그것을 팔아준다. 그리고 꽃이 핀 복숭아 가지에 올라타 "나는 하늘로 올라간다. 하늘로 올라간다. 현룡이 복숭아에 앉아 하늘로 올라간다"라고 외치면서 힘차게 길을 걷는다.

「천마」에는 나팔 부는 악대를 선두로 각반을 두른 학생들, 국방복을 입은 선생, 현룡에게 낯익은 신문 잡지사의 인간, 문인들이 길게 줄을 지어 신사참배를 가는 장면도 묘사되고 있다. 그 행렬과 마주했을 때 현룡은 돌연 발길을 되돌리고 왜 그런지 반대쪽으로 내달리기 시작한다. 그리고 유곽 인근 길로 잠입하여 대문을 일일이 두들기고 돌면서 외친다. "이 일본인을 구해 줘", "이 일본인을 구해 줘", "이제 나는 조선인이 아니다! 겐노가미 류노스케다, 들여보내 줘." 작가는 광대 짓을 하는 모습을 사정없이 그리고 있는데 그 가슴 속에는 비애가 소용돌이치고 있다는 생각마저 든다. 김사량 자신은 「조선문화통신」에서 「천마」에 대해 현룡과 같은 인물을 생산하는 사회일본의 식민지통치를 저주하고 그러한 인물을 보고 조선인 전체를 판단해서는 곤란하다는 것을 암시하고 싶어 썼다고 적고 있다. 그러나 김사량의 분노가 '저항'으로서 표현되는 것은 아니고 '비애'의 표출일 수밖에 없었던 점에 계략이 있었던 것이 아닐까. 그러니까 김사량에게는 '내선일체' 그 자체는 용인하는 면이 있었다.

예를 들면 「광명光冥」은 울적한 일본내지 생활을 그리면서 '내선융화'에 흔들리는 시미즈淸水 일가의 고민을 그린 소설인데, 거기에는 일본인 처를 둔 한 집안의 가장이 이런 말을 내뱉는 대목이 나온다. '문'이라는 조선 청년이 경찰서로 연행되었을 때의 일이다. "저런 패거리는 결국 내선융화에서도 증오해야만 할 암적 존재다." 이에 대해 '나'는 "내선융화, 내선융화라고 말하지만 그것은 진정 당신들 가정 속에서 완수해야만 한다"고 반론한다. 그리고 일본인과 조선인 사이의 차별에 가슴 아파하면서 "한 쪽이 자신을 부정하는 것부터 출발하려고 하는 정신이 잘못된 것이다. 결코 한 쪽이 부정됨으로써 다른 한 쪽의 긍정이 강화되는 것은 아니다. 긍정적인 것과 긍정적인 것이 뒤섞여 하나 되는 가운데서 그것이 결국 강해져야만 하는 것이다. 그렇지 않는 한 이러한 환경을 어떻게 살아갈 수가 있겠는가"라고 술회한다. '나'는 '내선일체'를 부정하는 것이 아니고 그 속임수를 지탄하고 있는 것으로 이해할 수도 있다.

「향수」에는 작가의 괴롭고 쓰라린 심상이 한층 예리하게 나타나 있다. 1938년 일본군의 대륙 침공, 상하이의 대한민국임시정부의 분열, 독립운동의 혼란과 같은 시대배경이 영향을 주었을 것이다. 주인공 이현은 20년 만에 조국의 해방을 꿈꾸며 중국으로 망명한 누나의 일가를 찾아간다. 그러나 거기에서 발견한 것은 끔찍한 현실이었다. 누나 가야伽倻는 빈곤 때문에 마약 밀매를 직업으로 삼고 의형은 일제의 관헌에 체포된 동지의 아내 밀로 도망쳐 행방불명이며, 누나의 아들은 일본군 통역을 지원해 전선으로 갔다고 한다. 암담한 세계로 작가의 망해 가는 조국에 대한 애석함과 '내선일체'의 그림자가 뒤섞여 나타나는 작품이다.

작품에는 옥상렬이라는 인물이 등장한다. 의형의 직제자이고 일찍이 중국대륙을 두루 돌아다니며 용명을 떨친 행동 대장이었는데 지금은 일제의 특무기관에서 일하고 있다 한다. 그는 이현에게 변절의 동기를 말한다. 그는 조선의 독립이야말로 동포들에게 가장 좋은 일이라 생각해 그 운동에 죽음도 마다않고 충성을 바쳐왔다. 그러나 만주사변이 터지고 일본 군대의 기세당당한 나팔 소리가 한층 고조되면서 그의 생각은 바뀌게 된다. 사랑하는 우리 조선인을 위해서는 어떤 길이 올바른가를 고뇌하면서 거듭되는 비참함을 견딜 수가 없었다는 것이다. 더욱이 '중국·만주'로 이어지는 수백만 동포가 행복하고 명랑하게 살 수 있도록 노력해야 하지 않은가 라는, 언뜻 보기에 '팔굉일우', '동양평화'의 슬로건에 굴복했다고도 할 수 있는 언사를 내뱉고 "나는 혁명운동에 혈침을 내뱉고 싶어졌던 것입니다. 혈침을……"라고 신음하며 말문을 닫는다.

이 같은 인물을 묘사하는 김사량의 작풍에는 오갈 데 없는 분노라고도 비애라고도 할 수 없는 격렬함을 띠고 있다. 그러나 그 현실과 대치하는 주인공 이현은 어떻게 묘사되고 있는가. 결코 대항적 존재라고는 말하기 어렵다. 이현은 가끔씩 노상에서 재회한 일본인 장교 친구의 눈부실 만한 모습을 보고 "예전의 근심과 회의를 씻어버리고 멋지게 청징한, 그것이야말로 속박에서 벗어난다고 해도 좋을 정도로, 멋진 군인이 된 새로운 이토伊藤를 보고 화려함을 느낌과 동시에 마음속 깊이 안도했다"라고 한다. 마지막 부분의 독백에서도 이현은 귀국을 앞두고 "나는 이렇게 훌륭한 동아의 한사람, 세계의 한 사람이 된다"라고 결의한다.

이현 내부에 위태롭게 찢어진 의식의 상을 보지 않을 수 없다. 소설의 주인공과 작가를 동일시하는 것은 적절치 않다 하겠지만 그렇다고 완전히 무관하다고 할 수도 없다. 초기 소설 3편에서 엿볼 수 있는 '내선일체' 용인의 그림자는 김사량의 평론에서도 읽을 수 있다. 그는 「조선문학 풍월록」과 「조선문화통신」을 통해 '국어국문' 선전에 이의를 주장하고 조선어로 창작하는 것의 의의와 필연성을 강조했다. 사실 후에 일본어에 의한 창작을 자기비판하고 실제로 조선어로 썼다. 그러나 "이것^{내지어의 보급}은 내선융합일체를 위해서도 반드시 필요한 일이다", "진정한 정신적인 내선일체도 문학을 통해서만 잘 이루어지는 것이다"라는 언설에서 알 수 있듯이 '내선일체' 자체를 비판할 수는 없었다.

이상에서 김사량과 '내선일체'의 관련성을 살펴보았는데, 김사량이라는 저항 작가가 어쩔 수 없이 타협했다고 한다면 '황민화'의 폭압이 어떠한 것이었던가를 역설적으로 보여주고 있다. 당시 상황을 당연히 참작해야겠지만, 현재의 일본 문학 상황을 보아도 현재를 통해 미래를 알 수 있듯이 김사량과 '내선일체'의 연관성은 다시 되물을 필요가 있다.

6) '황국신민'의 서사

재일조선인문학 속에서 천황^{천황제}은 어떻게 그려지고 있는가? 지금 되돌아보면 서슴없이 천황^{천황제}을 비판하면서 주제로 삼은 문학작품은 의외로 적다. 어떤 의미에서 일제시대를 제재로 한 작품은 모두 천황제와 연관되어 있다고 할 수도 있는데 거의 직접적으로 묘사되지는 않고 그림자처럼 작품의 배경을 지배하고 있다.

천황제에 대한 저항의 일단을 그린 작품으로는 먼저 김달수의 「현해탄」을 들 수 있다. 「현해탄」의 등장인물 조광서는 누구든 붙잡아 「황국신민의 서사」에 대해서 가르치고 있기에 「황국신민의 서사」로 작명되고 있는데 그는 매력적이고 생생한 인간상으로 그려진다. 그는 먼저 "첫째, 우리들은 황국신민이고 충성으로 군국에 보답한다. 둘째, 우리들 황국신민은 서로 믿음과 사랑으로 협력하면서 군건히 단결한다. 셋째, 우리들 황국신민은 인내 단련력을 키우면서 황도를 선양한다"라고 암송한 후 '서사'의 진정한 의미를 가르친다. "'군국', 즉 일본에 보답한다. 우리들이 일본에 대해서 보답해야만 한다는 것이죠. 여러분들은 이러한 점에서 잘못하는 것 같아요. 곧바로 왜, 무엇을? 이라고 생각한다. 이치라든가 도리 따위는 일체 생각할 필요가 없어요. 알겠죠? 그리고 어떤 이는 다른 말을 일체 침묵으로 생략하고 '서로 믿음과 사랑으로 협력하면서 군건히 단결한다.'와 '인내력과 단련력을 키운다'는 것만 기억하고 있는 것으로 알고 있는데, 이것도 안 됩니다. 안 되는 증거로 그는 아직 서대문 형무소에서 나오지 못하고 있어요. 알겠죠?"

또한 어느 때는 대로에서 언변 좋은 약장수처럼 연설한다. "그래서 여러분, 문제는 말이죠, '우리들은 황국신민이다'라고 하는 이 '황국'이라는 것인데 이것도 같은 발음의 일본어에는 '광고'라고 말하는 경우도 있어요. 그렇지만 이것은 결코 전신주에 붙어있는 광고라고 하는 의미는 아니다. ……" 조광서는 이러한 연설을 하고서는 막걸리 한 사발을 바라는데 「황국신민의 서사」를 선전하는 행동을 하면서 실은 그것을 풍자하고 이면의 의미를 가르친다. '서사'를 일본 제국주의에 대한 보복과 독립정신의 단련, 민족단결 호소로 환언해 읊조리는 민중의 의식을 대변했다. 조광서의 정체는 유치장에 연행되는 것을 "잠깐 여행했다"고 거침없이 말하는 강한 독립운동의 배후 '열사'인 것이다.

여리麗羅의 「오호 산하여」는 1943년부터 8·15에 이르는 시기의 일본에서 조선인 지식 청년을 주인공으로 한 작품으로 시대의 사실史實을 근거로 '내선일체'의 실상을 그리고 있다. 예를 들면 조선인 특별지원병 제도의 실태, 군사 교련, 「반도 동포의 시국인식에 관한 간담회」[1943.11.8], 조선의 '朝'라는 글자를 분해하면 10월 10일이 된다는 데서 이름 붙여진 독립운동 조직 「10월 10일 학생동지회」 등이 등장한다. 또한 1943년 11월 15일 메이지明治대학에서 개최된 유명한 「반도학도출진 총궐기대회」의 장면에서 '일선동조동근론'을 설파한 최남선, '조선민족말소론'을 설파한 이광수가 그려지고, 존경하는 두 선배의 변절에 절망한 주인공이 무의식중에 항의하는 장면이 나온다. 체포되어 감금된 주인공의 취조 과정에서 가혹한 고문을 가하는 경위가 실은 조선인이라는 것을 알게 된 주인공의 증오가 작가의 그것으로서 표출되고 있다.

천황에 대한 증오를 상당히 직접적으로 토로한 소설이 이오 겐시의 「군가軍歌」다. 작품의 무대는 육군예과사관학교의 30회 동기회다. "짐의 육·해군 장병은 전력을 다해 교전하라"라고 명령하고, "죽어도 혼백을 남기고 필사감투必死敢鬪, 황토皇土를 침범하는 자 모조리 살육하고 한 명의 생존자도 남기지 말아야 한다"는 격문을 띄운다. 그리고 "짐은 너희들을 믿음직한 신하股肱라 믿고 너희들은 짐을 우두머리로 받들라"라고 한 천황 히로히토裕仁는 일말의 자기비판도 하지 않는다. 주인공 나시지梨地는 몹시 "교활한 사람"이라며 불쾌하게 생각한다.

주연이 달아오르고 군가 합창이 시작될 무렵 나시지는 생각한다. "그 '대군大君'의 명령으로 이웃국은 합병되었고 백만 정보의 전답과 천백이십만 정보의 산림을 수확했다. 관동대지진 당시 학살된 조선인은 6천 수백 명, 강제 연행된 자는 약 70여만 명인가 100만 명 이상이라는 이야기도 있다. 일본 이름으로 바꾸는 것을 창피하게 여겨 자살한 사람도 있다. 반대로 일본에서 조선 이름을 숨기며 살아온 자도 있다. 아버지도 그 중의 한 사람이었다. 이 자리의 사람들은 그런데도 천황의 위광 아래서 배운 행복을 목소리 높여 부를 생각인가." 나시지는 군가 합창을 거부하고 양복점 직원이었던 조선인 아버지가 재봉틀 앞에서 허리 굽혀 바느질하고 있는 모습을 떠올렸다.

제2세대 이후 문학에서는 이회성이 천황을 제재로 소설 두 편을 썼다. 한 편은 「증인이 없는 광경」이다. 초등학교 5학년 때 사할린에서 일본의 패전을 맞은 김문호金文浩는 어떤 일본인 급우에게도 지지 않겠다던 황국 소년이었다. 일본인 급우 앞에서 교사로부터 "보라, 가네야마金山를. 가네야마의 태도가 얼마나 당차냐 말이다. 야마토 정신을 익히려고 열심히 노력하지 않느냐"고 칭찬받으면 "선생님, 저는 아직 황국정신이 부족합니다. 저는 폐하의 적자로서 일시동인의 마음에 보답하고 더욱……"라며 결의를 피력해 보인다.

24년 후, '동화소년'이었던 그는 과거의 자취가 겁나기도 했지만 조선인으로서의 자부심을 갖고 살아가려고 한다. 그에게 '파시스트 소년'이었던 당시의 친구 야다 오사무矢田修로부터 편지가 온다.^{사실 소설은 여기에서부터 시작된다} 편지에는 패전 1개월 후쯤 김문호와 함께 학교 뒤쪽의 신궁산神宮山에 올랐던 추억이 기술되어 있다. 상세한 묘사와 함께 산의 호박밭에서 일본군 병사 한 명의 시체를 목격한 장면이 그려져 있다. 그런데 김문호에게는 그러한 기억이 도저히 되살아나질 않는다. 둘은 편지를 계기로 재회하지만 문호에게는 역시 그 광경이 기억나질 않는다. 일본인 '파시스트 소년'이 본 광경을 조선인 '동화소년'은 보지 못했다. 일본인 이상으로 '황국신민'을 위장했던 조선 소년의 존재는 허망했던 것이다.

한편 히로히토 암살을 꿈꾸는 귀화 청년의 모습을 그린 것이 『추방과 자유』다. 전쟁 중, 대본영 본부大本營本部와 피난소를 만드는 터널 공사에서 강제징용된 조선인이 많이 죽은 마쓰요松代. 거기의 '삼각병사三角兵舍'에서 태어난 주인공 석시웅石時雄은 채 게바라チェ・ゲバラ에 심취하는 심정적 테러리스트로서 미국내 일본 대사관의 참사관 전용 운전사로 일하며 천황의 원유회園遊會에 가게 된다. 히로히토 암살의 몽마에 씌어진 그를 조국통일 운동의 활동가 설태룡薛泰龍이 나무라게 되는데 자신의 계획이 일본인이 씌운 올가미임을 알고 실행에 옮길 결의를 한다. 천황암살은 미수에 그쳤다. 시웅은 마쓰요로 돌아와 거기에서 일제시대 그의 아버지가 동포들에게 천황숭배를 강요하고 가혹한 노동을 강제했던 사실을 알게 된다. 아버지의 유언은 분명 '왜놈'에 대한 원념怨念이었을 터인데. 시웅은 많은 동포들의 피를 빨아먹은 터널 속에서 히로히토를 향하고 있었어야 했을 니토로 글리세린을 덮어쓰고 자살을 시도하지만 죽음에 이르지는 못했다.

이 소설의 주제는 천황암살 미수에 이르는 줄거리만을 내세운 것은 아니다. 귀화 소년의 굴절된 심리 행동을 쫓아 일본인 처와의 '보편적인' 사랑도 모색하고 있다. 이른바 실존적인 과제와 천황암살에 대한 집착을 착종시키면서 민족을 찾는 방황을 그려낸다. 자살 미수로 중상을 입은 석시웅이 퇴원하면 처와의 신뢰관계를 회복해야만 하고 환적^{조선 국적으로 돌아온다} 운동을 결의하는 결말은 천황에 대한 테러리즘의 부정 = 민족으로의 회귀라고 하는 작품의 방향을 보여주고 있다.

한편 쓰카 고헤이는 이회성과는 전혀 다른 측면에서 천황을 그리고 있다. 일본인 속에서 '일반 천황제'를 절절한 비평정신으로 그리고 있는 희곡 「전쟁에서 죽지 않은 아버지를 위하여」와 「히로시마에 원폭이 떨어지던 날」이 그것이다. 「전쟁에서 죽지 않은 아버지를 위하여」는 고도경제성장과 '쇼와 겐로쿠^{昭和元禄}'를 화폭에 담은 듯한 어느 날, 오카야마 하치타로^{岡山八太郎}가 복원 군인의 모습으로 요코스카선^{横須賀線}을 타고 입대하러 가는 장면부터 시작된다. 경찰서장, 우체국장과 같은 당시 지방에서의 전쟁수행 우두머리를 등장시켜 철저한 풍자와 해학으로 전중파의 아나크로니즘과 전후 민주주의의 '허구'를 공격하고 있다.

「히로시마에 원폭이 떨어지던 날」은 조선 왕가의 후예로서 참모본부의 해군 소령인 주인공 이누코 곤이치로^{犬子恨一郎}가 순정적이고 상냥한 히틀러에게 미국에 대한 선전포고를 시키기 위해 미인계 공작에 나서는 자객 일가의 딸과 사랑하는 사이였다거나, 제국 군대 내부의 민족차별에 정나미가 떨어져 일본을 탈출하고, 마지막에는 에노라게이^{히로시마에 원자 폭탄을 투하한 미군 폭격기의 B-29의 애칭}로 올라타고 히로시마에 원폭을 투하한다고 하는 기상 천외, 대담 분방, 극화 풍 '태평양 전사'의 패러디다. 그리고 사실 이누코 곤이치로는 천황의 사생아라는 것이 암시되어 있다. 어쩌면 '동조동근', '내선일체'를 야유하고 있는 것인지도 모른다.

정승박의 3부 연작 「벌거벗은 포로」가 있다. 이 작품은 태평양전쟁 말기 징용으로 산중의 발전소 토목공사현장으로 보내지고 그곳에서 탈출, 공습을 피해 살아남은 조선인 청년의 '청춘'이 양질의 리얼리즘으로 생생하게 묘사된다. 무엇보다도 특기할 만한 것은 거기에 묘사되고 있는 무명인들의 접촉이고 그것을 취하는 작가의 문학성이다. 주인공 승덕承德이 연행되어 갔던 발전소 공사현장은 밀짚모자에 팬티 한 장으로 일을 시키고 있는 팔로군 포로수용소이기도 했다. 중국인 포로들은 군인과 감독관의 눈을 피해 들개와 송아지를 밀살하고 중국식으로 요리한다. 승덕이 그것을 남몰래 함께 나눠 먹는 장면에서는 민중의 유대 같은 것이 전해져 온다. 나는 중국인 포로의 모습으로부터 「하나오카사건花岡事件」에서 걸기한 항일 전사들의 모습을 상기할 수 있고, 만약 승덕이 고독한 몸이 아니었다면 일제하에서 끊임없이 일어난 조선인 노동자들의 싸움 속에 있었을 것임을 예측할 수 있다. 그리고 양자가 중국 동북지방의 어딘가에서 총을 잡고 함께 항일전을 펼치고 있는 모습에 대한 상상도 무리는 없을 듯 싶다.

문학 작품은 아니지만 재일조선인에 의해 쓰여진 천황天皇제에 관한 저서를 아는 대로 거론하면 다음과 같다. 박경식『천황제 국가와 재일조선인』사회평론사, 오임준『조선인 속의 〈천황〉』변경사, 김일면金一勉『박열朴烈』합동출판,『천황의 구내와 조선인 위안부』3·1서방,『천황과 조선인과 총독부』다바타서점, 안우식『천황제와 조선인』3·1서방 등이다.

7) 천황제의 주박

요즈음 일본 문단에 '기이'한 현상이 일어나고 있다.『문학계』,『중앙공론』의 신인상에 이어 제100회 아쿠타가와상을 재일조선인이 수상했는데 이들 작가들이 모두 일본 국적으로 귀화했다는 사실이다. 물론 수상 작가가 외국인이건 일본 국적 취득자이건 전혀 상관없다. 더구나 건곤일척의 작품을 보낸 작가 자신은 수상과 귀화의 관계는 별개라고 말할지도 모른다. 예를 들면 현재 서울에 살면서 가야금과 민족 무용을 배우면서 소설을 쓰고 있는 아쿠타가와상 작가에게 일본 문단의 형세 따위는 전혀 상관없는 일인지도 모른다.

그러나 이것은 작가 개인의 문학 태도 문제를 초월하고 있다. 일본의 국가, 사회, 국민 감정^{이들은 문단 감정에도 반영되고 있다}에는 일본인^{일본 국적인} 것이 바람직하다고 하는 일방적인 '정책'이 작용하고 있는 것은 아닌가. 나는 신문의 인물 소개란에 이 양지에 대해 군이 '본명 다나카 요시에^{田中淑江}'라는 일본식 호적 명이 첨부되어 있다는데 깜짝 놀랐다. 말하자면 창씨개명을 본명으로 내세우는 매스컴의 상식에도 그것이 여실이 나타나고 있다.

현재의 문학 상황은 1930년대 말기 이후의 시대와 맞물려 있다. 김사량의 「빛 속으로」가 아쿠타가와상 후보에 오른 것은 1939년 후반기이다. '내선일체' 정책이 과열화되던 시기다. 「빛 속으로」의 문학적 질량에서 보면 아쿠타가와상 후보에 오른 것은 전혀 이상할 것이 없다. 사무카와 고타로^{寒川光太郎}의 수상작 「밀렵자」보다 우수하다고 할 수도 있다. 그러나 이 획기적인 문학 사건에는 '국책'이 작용했다는 것도 사실이다. '내선일체'의 배경은 조선민족의 말살을 겨냥한 동화에 있었던 것인데, 그 겨냥은 전후 일관되게 재일조선인에 대하여 일본 국가가 계속 취해 왔던 것이다. 그것을 지탱하는 토양으로서 사회의식 전체가 가담해 왔다. 그것은 오늘날 포장을 달리해 '국제화'인 공염불^{空念佛}을 방패막으로 한층 강화하고 있다. 잇따른 귀화자의 수상과 '본명 다나카 요시에'로 특필하는 매스컴의 신경은 그와 같은 일본적 상황의 주구적^{走狗的}인 문학적 현상이다.

자세히 논할 자리는 아니지만 '이질적인 것'을 철저하게 무화 혹은 배제해 가려는 것이 일본 국가의 사상과 제도이고 사회 계층의 기층을 이룬다. 출입국 관리, 외국인등록법의 체제와 지역·직장·교육과 같은 유무형적 '제도'가 그것을 증명한다. '제도'의 부조리와 싸우는 사람들에 대한 '일본인'의 반응이 이를 대변하고 있다. 이들 일본적 체제의 근간을 이루고 있는 것이 단일민족 사회라고 하는 허구의 틀이요 심정이며, 그 히에라르키^{신분계층}가 수렴해 가는 정점에 있는 것이 천황제에의 귀일이라는 해방 환상이다. 히로히토의 병과 죽음으로 새롭게 노출된 '황민'의 재생산이라는 사태는 이를 표현한 것에 다름 아니다. 히로히토가 아들에게 보낸 편지를 증거로 삼아 "그것은 엄청났다. 그것으로 전후의 문학은 거의 뒤집힌다"며 감격해 보인 나카가미 겐지中上健次와 국민총동원 수준의 X데이 상황을 개탄하고 조선 침략을 반성해 보였던, 그 혀끝이 마르지도 않았는데, 약삭빠르게 "천황에게 책임은 없다"라고 단언하는 후루야마 고마오古山高麗雄의 언설 따위는 '황민'의 오피니언 리더이론적 지도자를 착각한 문필가의 권력 추종에 지나지 않는다.

지금 일본적, 문학적 상황을 돌파하고 천황제를 거부해 가는 문학의 키워드는 무엇인가. 천황제의 부정을 스스로의 행위로서 말할 때, 우리들은 민족적 책임의 추급을 포함한 전후의 비판적 재구축 혹은 탈일본·국가, '재일 일본인'과 같은 복종하지 않는 자에 대한 실천을 삶의 방향으로 잡는 것인데, 이때 묻게 되는 것이 '민중의 주체'를 어떻게 획득할 것인가이다. 일찍이 '대동아 건설'을 표방하는 황국 일본에 의해 2천만 아시아인들이 살해되었다. '성전'의 대의 아래 3백만 일본인이 죽었다. 모두 천황제의 범죄였음은 말할 것도 없다. 이들로 이어지는 민중이 식민지 지배로 각인된 민족 모순과 싸우는 조선을 비롯해 필리핀, 중국, 태국, 인도네시아에서 해방투쟁이 계속되고 있다. 이 땅에서는 먼저 들어온 재일조선인, 중국인이 외국인등록법 위반사건의 '은사恩赦'를 거부하고 천황제과 싸우고 있다. 나중에 들어온 아시아·제3세계의 노동자는 일본인 업자로부터 '가토加藤', '스즈키鈴木', '야마다山田' 등으로 창씨개명 당해 일하게 되고 열악한 노동, 임금 미지급, 폭행, 매춘을 강요받았다. 노동부장관의 사적 자문기관 '외국인노동자연구회'의 견해는 "아시아로부터 단순 노동자를 받아들이면 그들이 일본에 정주하고 가족을 형성하게 되니까 곤란하다"라고 말한다. 천황(제)을 근간으로 한 단일민족의 환상에 대한 고집, 그것에 근거한 배외주의가 관통하고 있다.

지금 동시대를 살아가며 아시아 각지, 제3세계 각지에서 싸우고 있는 사람들, 그리고 일본에서 생활하는 '오래된 자', '새로운 자', 그들 그녀들과 수평적으로 공생하고 싸우는 민중들과 공생할 수 있을까. 의제擬制의 아이덴티티와 해방 환상을 거부하고 천황(제)의 주박呪縛을 풀어가는 민중을 우리들 속에 창조할 수 있을 때, 우리들은 천황(제)에 대항할 수 있다. 그와 같은 민중의 주체에 의거하고 동시에 그것을 창조하는 문학이 아시아·제3세계와의 공생을 맞이할 수 있다. 그때 우리들 문학은 필연적으로 천황제의 해체로 향할 수밖에 없다. 천황에게 '특별사면'은 없다. 천황제의 죄업은 '일반사면'될 수는 없다.

5. 재일 1세대의 문학 약도

엄밀히 조사해 본 것은 아니지만 일반적으로 재일조선인문학이라는 호칭을 사용하게 된 것은 1960년대 초반부터가 아닐까 한다. 그것이 일본에 거주하는 조선인에 의해 일본어로 표현된 전후 작품을 범주로 하고 있다는 것은 분명하지만, 1950년대까지는 특별히 재일조선인문학으로 불리는 일은 없었던 것 같다. 일본어로 쓰여진 조선인문학이었다. 오늘날의 상황에서 보면 정말 극소수에 지나지 않는 그들도 조선어와 일본어 "양쪽을 사용"하며 글쓰기를 했지만, 생각이나 노력은 모국어를 사용한 창작 쪽에 집중되어 있었다. 조선어 = 모국어에 의한 창작에 한층 열정적이었던 것은 민족운동 차원에서 이루어진 측면도 있겠지만 지향적志向的으로는 작가 개개인이 모국어와 조국과 곧바로 이어져 있다. 자기표출과 생활의 장으로서 '재일'은 확정된 개념을 갖지 못하고 임시적인 시간과 공간에 지나지 않았음을 의미한다.

그러니까 재일조선인문학이라는 범주의 탄생은 재일조선인 사회가 임시적인 시간과 공간이 아닌 현실적, 이념적, 세대적으로도 형성되기 시작했던 사실과 관련이 있다. 현상적 측면에서 보면 1960년대에 김시종, 김석범, 이회성, 고사명, 김학영과 같은 작가들의 일본어 작품이 등장하고 일본어문학권에서 무시할 수 없는 문학 지도를 그리기 시작하면서 재일조선인문학으로 불려지게 된다. 김달수의 소설과 허남기의 시에서 일본어문학권의 지도를 그릴 때 빠뜨릴 수 없는 작품은 전후에 곧바로 나왔지만, 그것은 '일본어로 쓰여진 조선인문학'이었지 범주화된 '재일조선인문학'은 아니었다. 지나친 표현인지 모르지만 일본어문학에 대한 "한 마리 늑대의 행패"였다. 내가 이처럼 성가시게 서론을 읊는 이유는 재일조선인문학은 선견적先見的으로 부여된 개념을 바탕으로 창출된 것이 아니라 선구적인 토양 다지기가 있었다는 점을 지적하기 위함이다. 그리고 땅을 뚫고 올라오는 힘으로 형성되고 시대와 함께 변용하여, 때로는 소멸의 쓰라림조차 겪어야 할지도 모르는 전환기 속에서 창조되었다는 점을 밝히기 위함이다.

단도직입적으로 말해 재일조선인문학이라는 호칭도 그렇게 불린 지 30년밖에 되지 않은 오늘날, 재일조선인이 쓰는 일본어문학의 전체 상황에 대한 호칭으로는 어울리지 않게 되었다. 재일조선인문학이 아닌 '재일문학'으로 부르는 것이 자연스럽다. 재일조선인문학이라는 범주는 역동적으로 변용하고 있다. 물론 일본 명 혹은 일본 국적의 필자가 많이 등장했다든가 '조선', '한국'이라는 호칭으로 나누어 사용된다는 현상적, 세대적인 변천만을 말하는 것은 아니다. 제각각의 작가적 자세, 문학적 모티브, 주제, 문체, 작풍 등과 같은 내질적인 측면에서 재일조선인문학은 '재일문학'화 하고 있다. 재일조선인문학의 호칭이나 범주가 형성되었을 때의 '중심 세력'은 문학적으로 제2세대였다 하겠는데 그런 의미에서는 제3문학 세대의 대두라고 할 수 있다. 이는 희망적으로 보았을 때의 이야기이긴 하지만, 재일조선인문학의 총체를 문학 세대론적으로 분석하거나 위치 부여하는 것이 범주화나 국경화조차 무효화 되어 문학이 본질로서의 '보편'에 이르는 첫울음이 넓게 보면 소리라고도 할 수 있다.

지금까지도 재일조선인이 쓴 일본어문학을 어떻게 받아들일 것인가에 대한 논의는 그렇게 활발하지는 않았지만 존재했다. 조선문학 혹은 한국문학의 일부인 것인가, 민족문학의 한 분야인 것인가, 일본어권 문학인 것인가, 일본문학의 일부인 것인가, 혹은 이들 어디에도 소속되지 않는 제3세계 문학인 것인가. 개괄적으로 말해 이러한 것이었다. 그렇다면 재일조선인이 일본어를 표현 수단으로서 창작하는 의미는 무엇인가? 일본인 독자들에게 호소한다고 하는 효용성 때문인 것인가, 일본어를 주체적으로 선택한 결과로서의 일본어문학인 것인가. 이러한 문제는 이전에는 김사량, 김달수가 제기했고 1960년대에는 오임준 등이 거론했다. 개인적인 관심을 말한다면 그러한 논의와는 조금 거리를 두고 재일조선인이 일본어로 쓴 구체적인 작품 하나하나에서 특질을 추출하고 재일조선인문학이란 무엇인가를 받아들이는 방법을 취해 왔던 것 같다. 어쨌든 재일조선인문학은 무엇인가라는 표준 축을 갖고 받아들이는 것은 가능했다.

그런데 '재일문학'의 새로운 양상은 그러한 논의 자체를 무의미화시켜 버릴지도 모르는 국면으로 우리들을 내몬다. '재일문학'의 비범주화와 다양·복잡화는 오래 입어 마음에 드는 낡은 코트를 벗으라고 때때로 추파를 던지며 다가온다. 이는 재일조선인문학의 위기적 국면임과 동시에 한편으로는 무엇이 출현할 것인가, 어떤 방향으로 갈 것인가라는 상대에게 기대를 갖게 하는 자극적인 의미도 있다. 나는 우선 언제든지 고쳐 입을 수 있도록 코트의 한쪽 어깨만 벗고 '재일'의 일본어 표현 전체를 받아들여 그 자체가 재일조선인문학이라는 '수법'을 소중히 여긴다. 하여튼 '재일문학'은 아직도 변화하고 있으므로 재일조선인문학의 토양을 다진 사람들의 문학 지도를 그려두고자 한다.

재일조선인문학의 제1세대라고 할 때 그것은 대략 '재일' 1세대와 중복된다. 조선에서 태어나 일본으로 건너간 사람이고 조국에서 유아체험밖에 없었던 사람부터 그곳에서 이미 인간 형성을 이룬 사람도 있겠는데, 어쨌든 그들은 조국을 태어난 고향으로 삼고 있다. 그러나 문학 세대가 그대로 '재일' 세대의 정의와 같지 않은 것은 이를테면 김석범처럼 제주도에서 어머니 뱃속에서 임신되어 오사카에서 태어난 작기도 있기 때문이다. 문학 세대로서의 제1세대는 그 문학의 주제, 작풍, 문체 등의 특질과 관련된다. 간략히 말하면 일제시대의 체험과 해방후의 조국과 '재일'의 상황을 제재로 해서 지배자의 언어인 일본어와의 긴장 관계로부터 생겨난 문체를 가지고 민족 냄새를 그 작풍에 농밀하기 표출시키고 있는 문학이라 할 수 있다. 또한 개개인의 체험과 사유·감정이 민족의 수고受苦와 저항, 조국의 운명이나 역사와 같은 '세계'와 긴밀하게 일체화한다는 특징을 갖는다. 물론 개개의 작가와 시인에게는 제각기 명확한 개성이 있다.

내가 재일조선인문학을 필생의 업으로 삼게 된 것은 제1세대문학을 접하게 되면서부터였다. 그렇다 하더라도 최초에는 정말 몇 명의 작품을 읽었을 뿐이었다. 나의 '문학인생'은 1950년대 후반 20세 전후에 동인잡지를 발행하는 것으로부터 시작되었지만, 그 무렵은 도스토옙스키, 사르트르, 카뮈, 카프카, A. 말로, 생텍쥐페리, 도스 파소스와 같은 구미 물로 뒤덮여 있어 일본 책은 '문고판 하루 한 권 독서'라는 식으로 일과를 자신에게 부과해 1년 정도 지속했다. 나중에는 거의 관심을 기울이지 못했지만 소년시절부터 조선인 친구와 교제가 있긴 했지만 재일조선인문학은 전혀 무지했다. 중학교 1학년 때 한참 라디오 야구방송도쿄대학교 대학야구였다고 생각한다을 듣고 있는데 갑자기 임시 뉴스에서 한국의 6·25전쟁 발발을 알렸다. 그때 아나운서의 생생한 소리가 묘하게 머릿속에 남아있을 정도였다.

일본문학을 본격적으로 읽기 시작한 것은 1960년대에 접어들어서부터인데 제1차 전후파 문학과 이를 계승하는 작가들의 작품이었다. 전후문학을 부지런히 읽으면서 나름대로 새로운 '조선 체험'도 하면서 만난 것이 첫 번째 문학 세대의 작품이었다. 전후문학 세대와의 관계 속에서 재일조선인문학을 만났다는 것은 확실히 사도邪道인데, 생각해 보면 일본과 조선의 따로 떼어 낼 수 없는 역사의 연장선에서 일본의 전후를 다시 파악하는 가운데 조선이 통째로 시야에 들어와 재일조선인문학을 접하게 된 것은 당연했던 것 같다. 어쨌든 나의 제1세대 문학과의 관계는 '뒤따라가는' 형태로 1945년 방향으로 거슬러 올라간 것에 지나지 않고, 동시 체험으로서 해방 후의 제1세대문학을 읽었던 것은 아니다. 따라서 내가 그리는 지도는 엉성한 약도에 지나지 않는다. 일반론적 입장에서 김달수, 허남기를 재일조선인의 전후 제1세대문학의 효시로 보는 것은 타당할 것이다. 같은 시기에 창작활동을 했던 '개척자'는 그밖에도 있겠지만 그 작품이 일본어

문학권에 끼친 충격과 영향의 강도로 보았을 때 그렇게 말해도 좋다. 물론 두 작가의 문학 활동이 해방 후에 시작된 것이 아니라는 것은 미리 언급해 둔다.

김달수문학에 대해서는 1980년 간행된 『김달수소설전집』 전7권에 「행기의 시대」, 「고국까지」를 더하면 거의 그 전모를 알 수가 있다. 그중에서도 「현해탄」을 축으로 한 「후예의 거리」, 「고국인」, 「태백산맥」의 장편 연작은 재일조선인문학의 출발과 형성에 있어 결정적인 역할을 하고 있다. 일제시대부터 해방 직후의 민족과 조국의 운명을 등장인물들의 저항과 배신, 고뇌의 양상까지도 생생히 묘사하고 추구했다. 민중적 풍자와 풍부한 유머는 제1세대문학의 특질이기도 한데, 이는 가혹한 시대를 다룬 작품에도 괴롭게 살아 숨쉬고 있지만 「박달의 재판」에 이르러 민중적 저항과 풍자의 형상화는 멋지게 결실을 보았다 할 수 있다. 미군정 하의 민중 '박달'의 투쟁 속에 웃음이 일본의 전후문학에는 희박한 민중정신을 떠올리게 해, 그 점이 내가 재일조선인문학에 빠져든 하나의 요인이기도 하다. 그중 김석범의 「만덕유령기담」은 결정적이었다.

허남기의 장편 서사시 「화승총의 노래」는 김달수의 현해탄이 그렇듯이 한국전쟁이 한창일 때 쓰여지고 발표되었다. 이것은 민족의 수난과 저항의 역사를 상징하는 세 시대, 즉 갑오농민봉기[1894], 3·1독립운동[1919], 6·25전쟁[1950]의 싸움을 3대에 걸쳐서 어머니가 아들에게 이야기한다고 하는 서사시다. 해방 직후의 재일조선인의 생각을 치열하고도 높은 시적 레벨에서 전한 것이었다. 장편 서사시의 분야가 빈약한 일본어문학권에서 신선한 놀라움을 주었다.

김달수가 「현해탄」 후기에서 "한밤중에 미군 항공기가 머리 위로 날아가는 폭음을 들으면서 끙끙 신음하는 듯한 기분으로 썼다"고 적었고, 허남기가 「화승총의 노래」 후기에서 "오늘, 우리 조국 소선의 전 국토에서, 그리고 이곳 일본에서도 전개되고 있는 조선 인민의 영웅적인 조국해방 투쟁……"이라고 기술했듯이, 6·25가 한창일 때 필연적인 정황 속에서 창작된 두 작품은 오랫동안 계속되는 민족분단의 현대사에 항거하는 것이었다. 그리고 부負의 측면에서도 재일조선인 역

사의 출발점이 되고 말았다. 허남기의 일본어 시집에는 그밖에 『조선 겨울 이야기』, 『일본 시사 시집日本時事詩集』, 『거제도』, 『조선 해협』, 『서정시집』 등이 있다. 그리고 시인으로는 『나루나리なるなり』의 강순이 허남기와 나란히 중요한 존재이다.

　이상에서 거론한 3명과 거의 같은 시기에 창작활동을 했던 사람을 거론해 보면 이은직, 장두식, 정귀문, 강위당과 같은 인물들이 있다. 이은직은 장편소설 「탁류」를 통해 해방 전후의 역사를 배경으로 청년 주인공의 심리와 행동의 궤적을 대하소설 풍으로 그렸는데 「현해탄」, 「화승총의 노래」와 나란히 특필해야만 할 작품이다. 그 외에도 「살아 있으면」, 「탈주병」, 「폭풍전야」 등이 있다. 장두식은 「운명의 사람들」, 「어느 재일조선인의 기록」을 남겼고, 정귀문은 1980년대로 접어들어 오랫동안 써온 중·단편을 소설집 『고국 조국』, 『투명한 거리』로 정리하였고 그 밖의 『우리 나그네』 등을 통해 재일조선인의 모습을 그렸다. 이들 모두 1910년대에 출생했는데 여기에서 1901년에 태어난 강위당을 기술해 두자. 강위당은 도요토미 히데요시豊臣秀吉가 조선을 침략했을 때 연행되었던 도공의 자손으로 알려진 인물인데 그에게는 선조의 가슴 속의 외침을 그린 작품집 『살아 있는 포로』가 있다.

　여기에서 첨부해 둘 작가로서 김사량, 장혁주, 김문집이 있다. 장혁주는 전쟁 전 「아귀도」를 통하여 일본 문단에 데뷔하고 김사량 등과 나란히 거론되고 있는데, '친일적'인 작품도 많이 남겨 일제시기 조선인의 일본어문학의 자세를 둘러싸고 커다란 과제가 되었다. 전후인 1952년에 일본 국적으로 귀화하여 노구치 미노루로 개명하였고 창작활동은 자전적인 작품을 쓴 것 외 특별히 화제를 불러일으키지는 못했다. 김문집은 김사량의 작품 「천마」 속에서 불쌍한 친일 작가 현룡으로 등장하면서 풍자적으로 형상화된 인물로 그려지는데 전후에는 해학적인 작풍의 단편집 『아리랑 고개』를 남겼다. 그 밖의 작가에 대해서는 잘 모르겠지만 근래 간행된 『신일본문학복각판』에서 1950년대에 발표된 것으로 읽을 수 있는 단편 두 작품을 소개하면 성말주成末珠의 「진흙탕」과 윤자원의 「박근태 이야기」가 있다.

이상에서 살펴본 인물들 이후의 세대인 1920년대 이후의 문학으로 옮겨보자. 제1세대 문학가 중에서 오늘날 '현역'으로 활약하고 있는 작가와 시인이 이 시기의 인물들임은 말할 것도 없다. 그중에서도 특히 풍부한 문학 활동으로 앞서가고 있는 인물이 김석범임은 이미 잘 알려져 있다. 김석범의 저서는 소설집, 평론집을 합쳐 알고 있는 것만으로도 1993년 현재 21권이고, 그 밖에 『문학계』 연재중의 대하장편소설 『화산도』 제2부와 단행본 미수록 근작 소설 3편과 한국 기행문 등이 있다.

김석범 문학의 작품군을 형성하는 것은 그의 평생에 걸친 작업으로서 너무도 잘 알려져 있지만 제주도4·3민중봉기를 그린 작품이다. 나를 재일조선인문학의 링 위에 앉혀놓은 결정적인 KO펀치였던 소설집 「까마귀의 죽음」을 비롯해 『만덕유령기담』, 『화산도』가 그것이다. 그리고 재일의 신세를 「왕생이문」, 「제사 없는 축제」, 「속박된 세월」, 「유명의 초상」에서 농밀한 문체와 구성으로 형상화한다. 최근에는 평론집 『전향과 친일파』를 통하여 일제시대부터 현대 한국에 이르는 '친일파'의 실태와 계보를 명확히 하고 민족 주체와 통일희구의 시점에서 날카롭게 비판하고 있다. 김석범의 문학 정신은 어디까지나 강직하고 의연한 상모相貌이다.

김석범의 중후한 상상력과는 대조적인 작풍의 작가로 김태생이 있다. 그는 1986년 환갑을 목전에 두고 젊은 나이에 세상을 떠났다. 김태생은 과작寡作의 작가로 단행본으로는 「동화童話」, 「소년」, 「뼛조각」, 「어느 여자의 일생」을 수록한 주옥같은 중단편집 『뼛조각』과 자전적 기록소설 『나의 일본지도』, 『나의 인간지도』, 『나그네 전설』이 있다. 그리고 가작佳作 「붉은 꽃紅い花」, 「천식 컵痰コップ」, 「이연실 씨의 일」 등을 수록한 문고판 『붉은 꽃』이 전부다.

그러나 김태생의 치열한 주제에도 불구하고 잘 단련된 문체와 청징淸澄한 작풍은 무거운 작풍이 많은 제1세대문학 가운데 단연 눈에 띈다. 그의 작품은 모두 개인적 기록과 육친의 삶과 죽음, '재일'을 살아온 반세기 동안에 만난 사람들의 이야기를 적고 있다. 그런 의미에서 사소설적 색채가 강하다. 그럼에도 불구하고 무명 인물 한 명 한 명의 생사를 매우 소중한 존재의 증거로 묘사함으로써 '재일'의 역사 자체를 완전하게 그려낸 작가다. 낡은 표현이지만 "휴머니즘의 극지極地"에 서 있었던 작가다. 김태생의 "촉촉한 오징어 눈동자 바다를 향해 말라간다"는 '재일'의 신세를 표출한 한 구절이다. 김태생과 비교적 계통을 같이 한 작가로 정승박이 있다. 정승박의 「벌거벗은 포로」는 1971년에 농민문학상을 수상하고 이듬해 아쿠타가와상 후보가 되어 속편 연작을 포함해 「벌거벗은 포로」로 출판되었다. 그런데 작가가 수수한 존재라는 점도 있지만 그 후 독자들에게 선보이지 않았던 터라 이른바 "환상의 명작"이 되었다. 재차 「벌거벗은 포로」를 읽을 수 있게 된 것은 신간사新幹社에서 『정승박저작집』이 간행되면서였다. 이 전집은 전 6권으로서 소설집, 시집, 평론, 에세이를 총망라한다.

1932년 나이 10세 때 일본으로 건너간 정승박의 문학은 일제시대부터 해방 이후 현재에 이르는 정말이지 '재일'의 밑바닥을 살아 온 사람의 증언이다. 「벌거벗은 포로」는 전쟁 중에 강제로 노동현장에 징용된 청년 주인공作가이 그곳에서 일하는 중국인 포로와의 민중적 교감을 그린 소설이다. 소박하지만 강인한 리얼리즘과 '흙냄새'를 느끼게 하는 청명한 인간관이 그의 문학의 특질이고 제1세대문학에서도 가장 중요한 위치에 자리매김 되어도 좋을 작가다. 성윤식도 놓칠 수 없다. 중·단편소설집 『조선인 부락』, 『어머니의 항아리』, 장편 『바다를 건너면 나의 고향』이 대표작이다. 제재가 조국이건 '재일'이건 그의 작품에는 민족 냄새가 진하게 표출되고 있다.

최근 군대 '위안부'를 제재로 연애를 그린 청춘소설 「봉선화의 노래」를 발표해 세평을 얻은 김재남은 1932년에 전남 목포에서 태어났으며 시대적으로는 제2세대문학에 가깝다. 문학적 주제는 일제시대부터 해방 후의 조국과 민족의 역사를 현대적 차원에서 조망한다는 점에서 공통적이다. 해방 직후의 정치와 사회

상황을 추구한 「어두운 도랑에서」, 재한 피폭자가 받는 고통을 그린 「어둠 속의 박」, 강제 연행을 주제로 한 「도가리 고개戸狩峠」 등, 모두 역사와 현재를 잇는 관점에서 구성되었고 재일조선인문학의 전통인 장편의 자질을 가진 작가다. 다소 '성격'을 달리하는 작가로서 여리麗羅가 있다. 『사쿠라코는 돌아왔는가櫻子は歸ってきたか』, 「오행도 살인사건五行道殺人事件」, 「죽은 자의 관을 흔들지 마라死者の柩を揺すり動かすな」, 「도산회로倒産回路」, 「내 주검에 돌을 쌓아라わが屍に石を積め」 등 미스터리 물로 알려진 인물로서 이 분야에서는 확실한 위치를 차지하고 있다. 그러나 나는 「오호 산하여」를 대표작으로 추천한다. 엔터테이너 작품에는 틀림없지만 일제 시기의 사실史實을 재현시켜 민족 운명에 대한 의사를 잘 그려냈다. 조규우는 60세 넘어 소설을 쓰기 시작했는데 「언덕에 모이는 사람들丘に集う人びと」 등 단편 세 작품을 재일 문예 계간지 『민도』에 발표했다.

시인 쪽으로 시선을 돌려보자. 제일 먼저 거론할 수밖에 없는 시인은 역시 김시종이다. 김시종은 1955년에 처녀 시집 『지평선』을 간행한 이후 『일본 풍토기』, 장편 시집 『니가타新潟』, 『이카이노 시집』, 『광주시편』을 내면서 재일조선인 일본어시의 선단을 개척해 왔다. 아니 재일조선인이라는 한정에서 벗어나 일본 시의 선단을 개척해 왔다. '재일'의 정념과 신세를 노래하는데 있어 신세타령을 배제하고, 일본적 서정을 배제하고, 관념의 주박呪縛도 풀어놓고 리듬과 어법의 독특한 약동을 표출하고 있다. 그 약동에 저절로 민족의 시적 혈맥이 흘러넘친다. 아마도 김시종의 시는 일본의 근대가 형성되는 과정에서 서정성조차도 억압의 언어로 왜곡해 온 일본어를 해체하려 했던 드문 예이다.

앞서 언급한 다섯 작품에 빠진 것을 보충하면 집성시집 『들판의 시』가 있다. 또한 김시종은 일찍부터 '재인'이 지립과 삶의 근거를 묻는 논의를 동시에 해온 시인인데 그것은 『'재일'의 틈새에서』로 집성된다. 김시종과 여러 가지 의미에서 '동지적' 시인이었던 인물이 오임준이다. 그는 거의 10년 사이에 11권의 평론집을 내고 1천 매의 백지 원고용지를 책상 위에 남긴 채, 쓰지 않고는 배길 수 없는 한을 삼키고 1970년대 초 세상을 떴다. 원래 그의 본령은 시인이었다. 시집『바다와 얼굴』과 장편서사시편집성「해협」에는 그의 망향에 대한 사념과 '재일'의 외침이 굴절되어 독특한 일본어로 표현된다. 시인의 심상풍경이 그대로 드러난 난삽한 일본어임에는 틀림없지만 그것이야말로 지배자의 언어인 일본어와 처절하게 싸우는 제1세대의 일본어문학 표현의 근원적인 양상이었다고 할 수 있다.

　이상의 두 시인 외에 제1세대 시인으로서『계간 삼천리』의 창간호부터 33호까지 한 호만 제외하고 매호에 시를 발표하였고 심상을 서경에 의탁해 평이하게 노래했던 이철이 있다. 그리고「고향」을 비롯한 청징한 시풍의 김윤. 나병과 '재일'이라는 이중의 고통을 반짝일 듯한 구승시 수법으로 읊은「구사쓰 아리랑草津アリラン」,「꾀꼬리 우는 지옥 골짜기鶯の啼く地獄谷」의 가야마 스에코香山末子, 단카短歌의 김하일이 있다. 한 편 재일조선인문학에서 비평 분야가 희박함은 때마다 지적되는 부분이지만 그런 가운데서도 김학현은 뛰어난 존재다.「황야에 부르는 소리荒野に呼ぶ聲－한과 저항으로 살아가는 한국시인 군상」,「민족·삶·문학－조선 문화론 서설」이 그것이다. 평론에는 변재수卞宰洙가 있다. 그리고 한구용은 시대적으로는 제2세대이지만 아동문학 분야에서 중요한 인물이라 여기에 기술해 둔다. 그 밖의 제1세대문학과 연계되는 작풍의 작가로는 김병두, 조남두, 최석의와 같은 이름이 떠오른다.

　이렇게 제1세대의 개략적인 문학 지도를 그려보았는데 이것은 겨냥도에 지나지 않는다. 거론한 작가, 시인의 문학적 특질과 구체적인 작품 내용에 대한 논구는『시원의 빛』창수사,「재일조선인문학의 세계」『삼천리』20,「김태생의 작품 세계」『삼천리』49,「재일조선인문학의 아이덴티티」『민도』5,「천황제와 문학－조선을 둘러싸고」『민도』7와 같은 졸저와 졸문 외에 하야시 고지의『재일조선인 일본어문학론』신간사 등을 참조해 주길 바란다.

해방 이후 재일조선인문학과
민족분단 비극의 인식

하야시 고지

1. 식민지 지배의 주박 전후 초기 재일조선인의 일본어문학

1) 해방 직후 재일조선인 문학

1945년 일본의 패전은 문학 표현의 자유를 가져왔다. 그때까지 억눌리고 '성전' 수행에 이용당하고 군국주의의 깃발 역할을 할 수밖에 없었던 많은 작가들은 스스로의 양심을 바탕으로 집필의 자유를 얻었다. 그러나 오랫동안 식민지 지배하에서 어머니로부터 물려받은 말을 빼앗기고 제국주의 언어인 일본어 사용을 강요받은 조선민족은 간단하게 복권을 이룰 수가 없었다. 조선에서 1941년 조선어 잡지 『문장』과 『인문평론』이 폐지되고 일본어 문예지 『국민문학』이 창간되자 그때까지 조선어로만 글쓰기를 해왔던 대부분의 문학가들도 일본어로 집필하게 되었다. 이른바 일본 제국주의 조선인 황민화정책에 굴복했다. 아니 '굴복'이라 간단히 말해버리기에는 너무도 치밀하고 잔인한 탄압이 있었다는 사실을 전제로 하고 이야기를 풀어가야만 한다.

마침내 1945년 8월 일본의 패전으로 조선이 식민지 지배에서 해방된 것은 모어를 통한 집필을 되찾은 것에 다름 아니다. 그러나 일본에 남겨진 조선인들의 문학은 일본어로 시작되었다. 전후 곧바로 김달수를 위시한『민주조선』^{46년 4월 창}간이 발간되면서 많은 재일조선인 작가와 시인들이 모여들었고 이를 무대로 활약하였다. 한편 나카노 시게하루^{中野重治}를 비롯한 프롤레타리아문학계의 작가들 중심으로 만들어진『신일본문학』에도 김달수, 허남기 등은 등장하였다. 말하자면 이들이 전후 초창기의 재일조선인문학가들이었다. 1945년 8월부터 한국전쟁이 시작되던 1950년까지 발표된 조선인의 일본어 작품을 살펴보면 다음과 같다.

1946년 12월   장혁주, 『고아들^{孤兒たち}』, 만리각

1947년 12월   장혁주, 『사람의 좋음과 나쁨』, 단쵸서방^{丹頂書房}

1948년 3월   김달수, 「후예의 거리」, 조선문예사

1948년 12월   장혁주, 『우열한^{愚劣漢}』, 부국출판사

1948년 12월   이은직, 『신편 춘향전』, 극동출판사

1949년 3월   장혁주, 『은혜 갚은 제비』, 하네다 서점^{羽田書店}

1949년 5월   김달수, 「후예의 거리」, 세계평론사

1949년 9월   허남기, 『조선 겨울 이야기』, 아사히서방^{朝日書房}

1950년 3월   장혁주, 『비원의 꽃^{秘苑の花}』, 세계사

1950년 5월   김달수, 「반란군」, 도가서방^{冬芽書房}

1950년 11월   허남기, 『일본시사시집』, 아사히서방

1950년 11월   윤자원, 「38도선」, 하야가와서방^{早川書房}

그밖에도 장두식의 「중매쟁이」, 「퇴거^{立退き}」, 「귀향」, 「운명의 사람들」, 김원기의 「누이의 결혼」, 「봉구의 혼」, 「어머니 상^{母の像}」, 이은직의 「단층」, 「탈주병」, 「에다가와 1동^{枝川町一丁目}」, 박원준의 「잃어버린 영혼」, 「김양^{金孃のこと}」, 「마늘을 씹는 남자」, 김달수의 「족보」와 같은 소설과 윤자원, 강현철, 허남기, 이금옥의 시가

『민주조선』에 발표되었다. 그리고 김달수의 소설 「8·15 이후」, 「대한민국에서 온 남자」와 허남기의 시는 『신일본문학』에 발표되었다. 많든 적든 전쟁 시기부터 글을 썼던 사람들이지만 그들 중 이름이 알려진 것은 장혁주와 김소운 정도이고 그 밖은 무명의 신인 입장이나 다름없었다. 다만 윤자원만이 '윤덕조尹德祚'라는 이름으로 와카집 『월음산』을 발행하였다.

2) 『민주조선』과 재일 작가들

『민주조선』에 기대어 작품을 쓴 다수의 작가들도 전쟁 전부터 일본어 글쓰기를 지향하고 있었다. 김달수의 「쓰레기塵芥」, 「잡초처럼」과 같은 초기 단편은 전쟁 중에 쓰여진 작품이다. 1944년경 김달수, 이은직, 김성민金聖珉, 장두식 4명이 회람잡지 『계림』을 만든 것은 김달수의 글을 통해서도 잘 알려져 있는데 그의 초기 대표작 「후예의 거리」도 회람잡지[1]를 통해 소개되기 시작했다.

그리고 장두식의 전후 최초의 소설은 1946년 5월 『민주조선』 2호에 게재된 「중매쟁이」였다. 「중매쟁이」는 일본의 패전으로 출옥한 투사를 맞이하는 연설회 회장 풍경에서부터 시작된다. 형무소에서 해방된 독립운동 투사 이원용李元龍을 사위로 삼으려는 남자의 이야기다. 물론 이야기는 잘 진행된다. 이른바 조선민족의 해방을 노골적으로 기뻐하는 소설이다. 반가운 소설이다. 전후 재일하는 조선인의 일본어 소설 첫머리에 이와 같은 작품이 위치하고 있음은 기념비적인 의미가 있다. '전후'는 해방 전에 문학가로서 두각을 나타낼 수 없었던 젊은 조선인 작가들에게는 해방구였다. 그들은 탄압이라는 기분 나쁜 압력이 배제된 시기에 당당히 민족독립을 외칠 수가 있었다. 그들은 또한 좌익이었고 제로 상태에서 문학으로 승부할 수 있었다. 아니 좌익 조선인에 입각한 그들은 전후의 공산당원

---

1   회람잡지 『계림』에 대해서는 『나의 아리랑 노래』(中公新書, 1977)와 「후예의 거리」(東風社, 1966)의 「후기」에 상세하다. 또한 김달수는 『계림』 이전에도 『부르짖음(雄叫び)』이라는 회람잡지를 2호까지 발행한 사실을 역시 『나의 아리랑 노래』에 적고 있다.

에게 해방적인 분위기 속에서 오히려 유리한 위치에 있기까지 했다.

이 시기 『민주조선』에 기대었던 젊은 작가들의 대표적 작품은 김달수의 「후예의 거리」이다. 김달수는 『민주조선』을 1946년 3월에 창간하고 곧바로 「후예의 거리」를 연재하기 시작했다. 연재를 마친 후, 이 작품은 1948년 조선문예사로부터 첫 단행본 「후예의 거리」로 출판되었고 1949년에는 세계평론사로부터 같은 제목으로 재차 출간되었다. 이 작품은 일본으로부터 미나미 지로南次郎 총독 지배하의 '경성'으로 돌아간 청년 고창윤을 주인공으로 식민지 지배하의 인텔리의 번민을 주제로 하고 있다. 조국을 지배하는 일본에 대한 반발심을 느끼면서도 실제로 조국에 와 보고서는 조국의 실생활 감각으로부터 동떨어져 있는 자신을 발견하게 된다. 모국어조차 자유롭게 구사하지 못하는 실정이다. 주인공은 매일 사촌동생에게 민족어의 읽고 쓰기와 발음을 배워야만 했다. 스스로 노력해서 학습하지 않으면 조선인이 될 수 없다. 일제의 식민지 지배하라고 하지만 일본에서 자란 고창윤과 조선 사람들과는 위화감이 있었다.

> 깜깜한 어둠 속에서 창윤은 한층 더 조선인이라는 것을 생각했다. 그것은 창윤에게는 발을 들여놓지 않을 수 없는 장소인 것처럼 여겨졌다.

민족을 의식적으로 사유할 수밖에 없다. 그렇게 하지 않으면 민족일 수 없다. 창윤은 번민하면서도 서서히 민족의식을 강화하게 되는데 민족 언어의 부자유라는 것을 포함해 조국의 문화에 익숙하지 않은 자기를 발견하게 된다. 이는 훨씬 이후인 1988년에 발표된 이양지의 「유희」까지 통하는 모티브다.

김달수의 「후예의 거리」는 전후 조선인의 일본어문학을 상징하는 작품이기도 했다. 그것은 사건이었다. 장혁주와 김사량을 비롯한 전쟁 전의 조선인 일본어 작가들은 조선어를 통한 글쓰기가 자유로웠으며 실제로 조선어로 작품을 남겼다. 이광수, 이무영과 같은 조선 문단 작가들에게는 당연한 일이다. 그들이 일본어로 쓸 수밖에 없었던 것은 주로 조선이 식민지 지배하에 있다고 하는 정치적 조건에서 기인했다. 그런데 조선 출생이라지만 소년시절에 일본으로 건너가 일본어로 일상을 보내며 정상적으로 조선어 교육을 받지 못했던 김달수는 조선어로 문학작품을 남길 능력을 갖추지 못했다. 이른바 조선어 글쓰기가 강권에 의해 금지되었던 시대와 확연히 달랐던 전후에는 이미 조선어 글쓰기가 불가능한 세대에 의해 일본어 작품이 시작되고 있었다.

물론 전후문학가의 대부분이 조선어 글쓰기 능력이 결여되었다는 것은 아니다. 오히려 많은 1세대 문학가들은 그러한 능력을 갖추고 있었다. 시인 허남기는 번역도 하였고 강순은 조선어로 시를 썼다. 김석범도 조선어 창작을 시도한 적이 있다. 조선민주주의인민공화국 계열 조직에 속해 있던 많은 문학가들은 지금도 조선어로 글쓰기를 하고 있으며, 북조선 계열이 아니라 하더라도 시인 김윤처럼 과감하게 조선어로 문학 활동을 하고 있는 작가도 있다. 최근에는 뉴커머에 의한 한국어 문학도 있다. 그러나 여기에서 짚고 넘어가야 할 점은 전후 재일조선인 일본어문학의 시작에 이미 2세, 3세 문학이 안고 있는 것과 동일한 조선어로 쓸 수 없다고 하는 조건이 존재한다는 것이다. 그리고 또 하나, 재일조선인 문학의 신흥세력이며 이후의 조선인 일본어문학을 개척했다고도 할 수 있는 사람들은 주로 좌익적 경향의 사상을 갖고 있었다는 점이다.

3) 장혁주와 「고아들」

한편 김사량과 나란히 장혁주는 대표적인 전쟁 전의 조선인 일본어 작가로서 일찌감치 「고아들」을 출판하였다. 장혁주는 일찍이 일본 제국주의에게 대지를 빼앗긴 조선 농민들의 비참함과 반항을 「아귀도」, 「쫓기는 사람들」과 같은 작품을 통해 그려냈으며, 「춘향전」과 같은 작품을 통해 조선의 문화를 일본에 전하고자 하는 노력도 했었다. 그러나 「가토 기요마사」와 같은 역사소설에서 일본에 영합하기에 이르고 나아가 조선 청년들을 일본의 침략전쟁으로 몰아가기 위한 선전소설을 쓰게 된다. 전후 장혁주의 첫 작품은 「고아들」이다.

「고아들」은 도쿄 공습으로 고아가 된 소녀를 주인공으로 패전 후 우에노上野 일대에 모여 있는 참혹한 소년소녀들의 군상을 그리고 있다. 졸때기며 불량배 집단도 등장하는데 그다지 능동적인 드라마는 아니다. 그다지 재미있는 소설은 아닌데 작가는 이렇게 말한다.

사실을 있는 그대로 그린다는 것이 도저히 불가능하고 설사 가능하다 하더라도 결코 진실성을 구현하지 못한다는 것은 그 후 15년 작가 생활을 통하여 잘 알고 있다. 나는 역시 「고아들」에서 사실을 있는 그대로 그리고 싶은 충동을 금할 길이 없었다.

우에노와 그 밖의 지역에서 유랑자와 특히 전쟁재앙 고아들과 마주쳤을 때 나는 자신의 아들이 유랑하는 것과 다름없는 애통한 슬픔으로 이들 유아들의 심정을 헤아릴 때 견딜 수 없는 고통을 느꼈다. 그리고 그 애들이 전쟁재앙이라는 돌발사건으로 인해 지금과 같은 경우에 처해진 만큼 지금까지 보아온 일반 고아들에게 볼 수 없었던 비참함을 느꼈다. 나는 몇 번이나 시선을 돌리고 그들로부터 도망치고 싶었는지 모른다. 그런 관계로 나로서는 그들의 심정을 그리지 않고서는 견딜 수가 없었다.

장혁주는 「아귀도」를 집필하는 기분으로 「고아들」을 그렸다고 말한다. 작품의 후기에서 작가 스스로 언급하고 있듯이 「사실」을 그리는데 머물고 있지만, 전쟁을 일으켜 인류를 비참하게 만들고 전후에 황폐한 청소년의 마음을 기르고 씨를 뿌리는 군벌에 대한 비판은 조금밖에 없다. 그 역시 전체적으로 비평적 요소는 크지 않다. 일반론적 전쟁 죄악을 외치고 있는 것에 지나지 않는다.

어쨌든 패전 직후 장혁주는 전쟁재앙 고아들의 군상을 지켜보며 가슴 아파했다. 장두식 일행이 일본의 패전에 환희했던 것과는 반대로 장혁주는 공습으로 상처 입은 일본인을 보고 슬퍼한다. 불과 몇 줄 등장하는 조선인 가족은 전후 그쪽이 생활하기 쉬울 것 같다며 조선으로 귀국해 버린다. 그 후 일본인 '노구치 가쿠추野口赫宙'로서 일본에서 작가 활동을 계속하는 장혁주로서는 당연했는지도 모른다. 비참함으로부터의 부흥이야말로 전후 일본의 폐허에서 일본인의 테마이고 군국주의의 반성은 그 다음 문제였던 것이다.

전쟁의 비참함을 주장하는 데에는 전후 50년이 지난 지금도 두 가지 사고가 있다. 하나는 일본의 침략전쟁이라고 하는 근원적 사실에 대한 비판을 기저로 하는 생각이다. 다른 하나는 원폭과 공습이라는 일본인이 받은 고통만을 중시하고 슬퍼하는, 하물며 중국과 조선, 동남아시아 여러 국가를 향해 침략자로 나갔으면서도 현지에서 맛본 쓴맛조차 수난이라 생각하며, 자기가 죽이고 침탈했던 사실은 거들떠보지도 않거나 거들떠본다 하더라도 일본인이 맛본 고통 때문에 일본인이 침해한 전쟁범죄에 대한 은폐를 괜찮다고 보는 생각이다. 후자는 '일본인'에게는 진정 편리한 사고방식이고 조선인으로서는 분명 받아들일 수 없는 것이었다.

왜냐하면 조선민족은 일본 제국주의에게 침략 당했기 때문이다. 토지를 빼앗기고 언어·이름·관습·민속까지도 빼앗긴 조선인으로서 일본의 패전이라는 비참함을 그리는 심정은 가질 수 없었던 것이다. 그러나 장혁주는 그것을 그렸다. 「고아들」은 그러한 의미에서 특이하면서 현대의 무절조한 '전쟁피해론'으로까지 통하는 보편성을 갖고 있다. 이어서 장혁주는 단편집『사람의 좋음과 나쁨』을 상재했다. 이 단편집에서도 조선과 조선인에 대한 민족적 공감은 희박하다. 조선인이 주된 역할을 담당하지 않은 단편이 많고, 그렇지 않다 하더라도 동포에 대한 공감과 민족문화에 대한 자랑은 존재하지 않는다. 장혁주가 1948년 발행한「우열한」은 전쟁 전에 발표했던 단편을 모아 1권으로 엮은 것이고, 1949년 발행한『은혜를 갚은 제비』는 조선 민화의「은혜를 갚은 제비」,「호랑이를 사로잡은 토끼」,「도깨비 방망이」,「용궁의 어머니」를 수록한 소년들을 위한 읽을거리다.

1950년 발행한『비원의 꽃』은「이조왕가비사李王家秘史」라는 부제에서도 알 수

있듯이, 이조 최후의 왕인 은垠과 은에게 시집간 일본의 황족 방자方子와의 반생을 한일의 역사 속에서 그런 읽을거리다. 표지에는 "이 책을 다사다난한 생애를 보내온 이왕은님李王垠さま과 방자 여왕님方子女王さま께 바친다"라고 적고 있다. 속표지에는 이은李垠의 자필 단문 감상이 게재되어 장혁주가 이 소설을 집필하는 데 이은이 자료를 제공했다. 오늘날에는 멸망해 가는 이씨 왕가로 시집간 방자의 이야기는 "역사에 농락당한 비극의 황녀"로 불려지고 있다. 은과 방자를 바싹 다가서 보게 되면 확실히 비극이고 동정을 금할 길 없다. 하지만 그렇다고 해서 일본의 조선 침략, 식민지 경영의 죄가 소멸되는 것은 아니다.

장혁주는 일본과 조선에 대등한 위치로 자리하려 했던 것 같은데, 침략자 측의 책임을 묻지 않고 양쪽 모두 군국주의의 피해자였다고 자못 어른스럽게 규정하는 것은 결국 제국주의를 이롭게 할 뿐이라는 사실을 알아차리지 못한 것은 아니었을까.

4) 허남기와 『조선 겨울이야기』

1948년 12월 발행된 이은직의 『신편 춘향전』은 "서점에 충분히 모습도 드러내지 못한 사이에" 출판사인 극동출판이 도산해 버렸기 때문에 초판본은 거의 알려지질 못했다. 1960년에 조선문화사에서 "체제를 일신해" 재발행 했다. 이는 18세기경에 만들어진 조선의 대표적인 고전소설인 『춘향전』의 개작이다. 『춘향전』은 판소리로 불리는 노래 이야기歌物語로 상연되는 기회가 많다. 전쟁 전에는 장혁주의 『춘향전』도 있는데 무라야마 도모요시村山知義가 이끄는 '신협극단新協劇團'에서 일본과 조선 양쪽에서 상연되었다. 전후에도 문화좌文化座 같은 곳에서 상연되는 기회가 있었던 것 같은데 이은직은 이를 보고 불만을 느껴 스스로 써볼 생각을 했던 것 같다. 『춘향전』 후기, 조선문화사 이은직은 훗날 해방 직후의 어지러운 조선을 그린 장편 「탁류」 3부작을 완성한 실력자인데 작가로서보다 재일조선인 자녀의 민족교육에 크게 공헌한 것으로 알려진다.

김달수는 2권의 「후예의 거리」 출판 후, 「반란군」도 상재하면서 한층 의기왕성해졌고 1953년에는 초기의 대표작 「현해탄」을 『신일본문학』에 연재하게 된다. 김달수와 나란히 대표적인 좌익 문학가이자 시인인 허남기는 1949년 『조선 겨울이야기』와 1950년 『일본 시사 시집』을 각각 출판했다. '조선 겨울이야기'라는 타이틀은 하이네Heine, Heinrich, 1797~1856의 『독일 겨울 이야기』를 연상시킨다. 이 책은 「조선풍물시」로 『민주조선』에 연재한 장편시를 중심으로 재편한 것인데 뒷날 허남기는 이렇게 적고 있다.

나는 1945년 가을부터 1960년경까지 주로 조선어 시작詩作과 함께 일본어 시작도 병행해 왔다. 일본어 시는 조선이 놓인 위치와 상황을 가능한 한 많은 일본인에게 알리기 위해 쓴 것이다. 따라서 조선어 시의 경우도 그렇지만, 일본어 시의 경우 시 자체의 이른바 '예술성'을 도외시한 작품이 많다.

시의 예술성보다도 정치성을 중시하고 있다는 고백인데 이 발언은 허남기의 시의 예술성을 부정하는 것은 아니다. 허남기의 시는 높은 예술을 바탕으로 한 언어예술로 확립되어 갔다. 그러나 시인이 일본어로 시를 쓰는 것에 대해 부채감을 갖고 있는 것은 이 발언에서도 분명하다. 이는 정치성을 우선시하는 작가의 의식을 엿보게 하는 발언이다. 장편시 「조선 겨울이야기」의 첫머리 '상처투성이의 시에게 주는 노래'는 허남기라기보다 입을 봉쇄당한 조선인 스스로가 시를 읊는 마음을 그리고 있다.

너희들
상처투성이의 내 시들
수척해진 두 깃털과
장난에 힐끔힐끔 거리는

두개의 촉각을 가진

붕대 투성이의 내 시들

입에는

이국제의 단단한 재갈이 물리고

손발 하나하나에는

수갑과 족쇄

철커덕 철커덕

쇠사슬 소리도 삼엄하게 삐걱거리는 내 시들

너희들

상처투성이의 내 시들

이제야말로 일어나라

이제야말로 어깨동무하고

한 줄로 서라

우리들 상처받은 자

우리들 학대받은 자의

시대가 오고 있다

이제야말로 쇠사슬을 울리며 일어서라

　　조선어로는 쓰는 것도 떠드는 것도 금지한다는 정말이지 '단단한 재갈'을 물린 것은 일본 제국주의이다. 조선의 시는 일어나고 어깨동무해 동트기 전의 거리로 나간다. 그러나 상처받고 쇠사슬로 수족이 붙들려 감금된 수척해진 조선의 시인 것이다. 허남기는 무조건 해방의 기쁨을 노래하기보다 오랜 일본의 지배기간 동안 잃어버린 민족의 문화라고 하는 곤란한 현실을 놓치지 않았다. 조선은 해방되었지만 여전히 쇠사슬을 질질 끌고 있다. 좌익 시인 허남기는 의외로 냉정하게 정치를 받아들여 해방되지 않는 조선민족의 문학해방을 위해 싸웠다.

허남기의 활약은 한국전쟁 시기에 무척 화려하다. 그의 대표작은 1952년 아오키문고靑木文庫에 수록된 「화승총의 노래」일 것이다. 허남기는 자신의 일본어 시작을 떳떳하게 여기지는 않았다. 그것은 민족 시인으로서 당연한 선택이었을 뿐이다. 빼앗긴 조선어의 해방, 조선 문학을 일본인에게 소개하는 것이라면 분명 다른 방법이 있을 것이고, 허남기는 조기천과 같은 조선의 혁명 시인의 시에 대한 번역도 다루었다.

5) 윤자원의 「38도선」

허남기, 김달수와 같은 좌익 문학가들의 대두가 눈에 띄는 전후 초기에 좌익적이 아닌 작가 윤자원은 특이한 존재인지도 모른다. 그렇다 하더라도 조선민족으로서의 의식을 지워 없애려하는 시점에서 시작한 장혁주와도 다르다. 윤자원은 김달수와 같은 좌익 작가들과 마찬가지로 역시 조선인으로서 자기 인식에서부터 시작하고 있음은 틀림없다. 윤자원은 일본이 패전하기 전까지 윤덕조라는 이름으로 『월음산』이란 와카집을 상재하고 있다.

크나 큰 시대의 움직임은 내 영혼에
만연하는 관념을 걷어차 버렸느니라.

자신의 심정을 일본어의 전통적인 문학 형식으로밖에 표현할 수 없는 윤덕조의 『월음산』에는 당연히 일본 제국주의의 침략전쟁에 가담하는 노래도 수록되어 있다. 그리고 윤덕조 즉 윤자원에게도 해방은 찾아왔다. 해방 후 『민주조선』에 시와 평론을 몇 편인가 발표한 후, 「38도선」을 상재했다. 윤자원의 「38도선」은 해방 직후의 조선에서 사람들이 현실과 마주하는 방황과 불안을 그리고 있다. 1945년 가을, 북조선의 염이포에서 고향을 목표로 남쪽으로 향하는 주인공 가족의 고난 과정에서 공식적이 아닌 인간적 삶의 말로 본심을 털어 놓는다. 대체로 김달수를 중심으로 한 좌익 문학적 이미지가 강했던 전후 초기 재일조선인 문학 중에서도 이채롭다.

주인공 유복수柳福樹는 전쟁 말기에 도장업을 운영하는 형을 따라 처를 데리고 북의 염이포읍으로 간다. 그리고 그곳에서 형의 일을 도우며 간신히 생계를 이어가고 있는데 사소한 일로 경찰에 체포되고 경찰에서 구타를 당해 건강을 해치고 만다. 일본이 항복했다는 소식이 전해지자 읍내는 '조선독립'의 환희로 들끓는다. 친구인 허신성許新星은 노동인민당의 활동가로 눈부신 활약을 하게 되는데 유복수는 그다지 일거리도 없고 허신성처럼 공산주의자로 운동할 생각도 없다. 그러던 사이 소련군이 정식으로 염이포로 진주해 와 일본인에 대한 가택 수사가 이루어진다.

그토록 일본에 혹독히 당했음에도 오히려 미처 달아나지 못한 일본인을 동정하곤 한다. 결국 유복수는 형들과 함께 남조선으로 갈 결심을 하고 처 화순花順은 허신성에게 마음을 빼앗기면서도 남편을 따르기로 한다. 이렇게 그들의 남쪽행 고난은 시작된다. 조선은 북위 38도선을 경계로 미·소가 남북을 분할 점령하고 있었다. 남조선으로 내려가는 사람들의 무리와 북조선으로 올라가는 사람들의 무리가 끊임없이 이어지고 있다. 높게 우뚝솟은 가로수 포플러를 따라 마치 시장이 파했을 때 행상인들의 무리처럼 그들은 제각각 짐을 짊어지고 석양 길을 서둘렀다. 이른바 남과 북으로 갈라져 「38도선」 쪽으로 가까이 다가서 갔던 것이다. 올라가는 사람이든 내려가는 사람이든 있는 힘을 다해 지혜를 동원해 자신의 몸, 아내, 아들, 남편, 아버지를 지키지 않으면 안되는 『국경선』으로 다가갔던 것이다.

소설 「38도선」의 첫머리는 조선반도를 남북으로 분단하는 38도선 부근에서 남과 북으로 제각기 이동해 가는 사람들의 행렬을 그리고 있다. 분단은 마침내 미국의 신탁통치 제안과 소련의 수탁을 거쳐 반영구화 된다. 1950년 발행된 이

소설 도입부는 분단 속에서 착종하는 민족적 상황을 상징적으로 보여주고 있다. 이 책의 서문은 좌익 작가 미요시 주로三好十郎, 1902~1958가 썼는데 거기에서 "나는 윤씨의 정치적 의견에 반드시 찬성하지는 않는다. 그렇지만 이미 윤씨는 현재 상태로 조선민족이 그의 탄생을 자랑으로 생각해도 좋을 작가의 한 사람이라고 생각한다"고 칭찬하고 있다. 현시점에서 윤자원이 어떠한 정치적 의견을 갖고 있었던가는 알 수 없지만 미요시 주로가 특별히 "윤씨의 정치적 의견에 반드시 찬성하지는 않는다"고 적고 있다는 점에 양쪽의 정치적 자세의 차이를 엿볼수 있다. 또한 미요시는 이렇게 적고 있다.

'38도선'은 오직 조선에만 있는 것이 아니라고 말할 수 있지 않을까. 그것은 세계의 도처에 있다. (…중략…) 게다가 때가 되면, 이 38도선은 우리들을 향하여 반드시 결정적인 대결을 재촉할 문제이다. 왜냐하면 이것은 오직 좁은 의미에서의 '정치'상의 현상이 아니고 훨씬 깊은, 말하자면 개인·집단·사회 등의 "어떻게 살아야 하는가"의 문제로 강하게 연계되기 때문이다.

미요시 주로는 '38도선'의 의미를 조선민족의 역사 자료적인 의미를 초월한 인간에게 보편적인 것으로서 받아들이고 있다. 북조선에서 살아가는 것이 고통스러워 남으로 향하는 가족과 친구들 6명은 소설의 마지막 부분에서 개성의 거리로 들어선다. 남조선은 미군정 하에 있어 조선인에게 자유가 없다.

"역시 마찬가지다. 결국 기댈 수 있는 곳은 자신들뿐이다. 같은 피가 흐르고 있는 조선인 이외에 조선인을 살려줄 자가 달리 있을 리 없다." 그렇게 복수는 깊이 느끼고 생각했다. 그렇게 느끼는 것이 조선민족의 미래에 행복한 것인지, 불행한 것인지, 올바른 것인지, 잘못된 것인지, 복수는 알 수가 없었다…….

이러한 주인공의 말은 작가의 생각에 의탁하고 있는 것으로 여겨진다. 유복수는 북조선에 있을 때에는 공산주의자인 허신성이 민족주의를 넘어선 계급적 이해관계를 주장하는 것에 강하게 반대했다. 그렇다고 해서 남조선을 좋게 생각하고 있었던 것은 아니지만 어쨌든 현상 타개를 위해 남으로 가려고 했다. 어쩌면 당시 조선 민중의 우왕좌왕은 이와 같은 이유에서 비롯된 것이었다고 할 수도 있다.

문예잡지『문예수도』를 발행하고 전쟁 전부터 조선인 작가들을 세상에 내보내고 스스로도 조선에 대한 동정을 「길」과 같은 소설로 내놓은 작가 야스타카 도쿠조保高德藏는 다음과 같이 적고 있다.

> 기다리고 소망하던 독립이라는 보물이 조선민족에게 떨어졌다. 자력 타력을 물을 때가 아니다. 보물을 주운 환희로 조선 땅 전체의 민중은 열광했다. 그리고 그 민족적 열광의 상태는 윤자원의 장편 「38도선」에 박진감 넘치게 그려져 있다. 하지만 자력으로 얻은 보석은 생각대로 장식할 수 있지만 타력으로 얻어진 보물은 그렇게는 안된다. 그토록 갈망했던 독립도 얄타협정에 의해 38도선을 경계로 남과 북이 서로 용납지 않는 국가로 두 동강 나고 말았다. 그리고 거기에서는 새로운, 지금까지보다도 한층 심각한 고뇌가 이 민족을 뒤덮기에 이른다.
>
> 『작가와 문단』, 고단샤(講談社), 1962

조선민족에게 해방은 현실에서는 분단을 재촉하는 일이 되고 말았다. 김달수, 허남기와 같은『민주조선』에 기대었던 좌익 문학가들이 북측 = 조선민주주의인민공화국 지지를 명확히 하고 있었던 것에 비해 윤자원은 반드시 북조선을 지지하지 않았다. 물론 남쪽의 이승만 정권과 미국을 지지한 것도 아니었다. 이 단계에서 열광적인 북조선 지지에 편들지 않고 조선민족의 비극을 비극 그 자체로서 현실적으로 받아들인 작가로서의 윤자원이 존재한다. 윤자원은 분명 민족주의적 입장을 취하고 있었던 것이다. 윤자원은 그 이후 『문예수도』와 『신일본문학』에 작품 몇 편을 남긴 것으로 알려지지만 그 이후의 소식은 알 수 없다.

6) 식민지 시대의 주박

조선은 1945년에 해방되었지만 그것은 분단이라는 새로운 파국을 향한 서곡으로서 역할을 다했다. 일본에 남겨진 조선인의 일본어문학 작품은 김달수, 허남기, 장두식과 같은 『민주조선』에 기대었던 사람들을 통해 엿볼 수 있듯이 해방의 기쁨을 표출하고 일본 지배시대로의 반정립을 표현한 것이 다수였다. 동시에 장혁주의 활약에서처럼 일본지배의 잔재로서의 영향력, 조선인의 '일본화'를 직접적으로 입은 표현도 있었다. 그러나 현상적으로는 대체로 일본 사회가 민주화하는 개방적인 분위기 속에서 재일조선인문학은 상당히 좌경화되어 갔다고 할 수 있다. 그 속에서 윤자원처럼 조선의 분단에 시점을 두고 일방적인 정치적 감정으로 흐르지 않는 민족 제일주의적인 감각을 가진 작가도 나타났다.

이처럼 전후 재일조선인문학은 초기에 이미 다양한 전개를 보여주고 있다. 지금까지의 김달수를 선두로 해서 전후 재일조선인문학을 북조선 지지의 좌익문학인 것처럼 받아들이고, 그 후계로서 김석범, 이회성과 2세 작가들의 등장을 설명하는 방법은 크게 잘못되었다고 할 수는 없다. 하지만 실제로는 그렇게 도식적으로 정리할 수 있는 단순한 구도는 아니다. 모어인 조선어를 통한 창작이 금지되어 있었던 조선인에게 1945년 8월은 문학 해방의 날이었는데, 재일하는 조선인에게는 일본어를 강요받던 시대의 주박이 강하게 남아 있었다. 그들은 좋아서 일본어를 선택한 것이 아니고 일본어로 쓸 수밖에 없었다. 전후 재일조선인문학의 발생은 식민지시대의 주박呪縛으로 일어났다. 이 주박이 다양성을 낳은 것이다. 그리고 전후 재일조선인문학의 발생기의 다양성은 그 이후 조선의 상황 변화의 복잡함과 맞물려 한층 복잡하게 개성화해 간다.

2. 대치하는 남북한 1950년대 전반의 재일조선인문학

1) 1945년 이후의 문예지

1945년 일본의 패전으로 문학 표현의 자유를 얻은 재일조선인은 김달수를 중심으로 잡지 『민주조선』을 발행하고 재일조선인 지식인의 작품과 의견발표의 장으로 삼았다. 더욱이 김달수, 허남기는 프롤레타리아문학의 후계지로 생겨난 『신일본문학』에도 시와 소설을 발표했다. 그리고 김달수의 「후예의 거리」와 허남기의 「조선 겨울이야기」가 출판되었다. 한편 전쟁 전부터 일본어 작가였던 장혁주도 신작 「고아들」과 이전의 단편을 재정리한 「우열한」을 출판하는 등 작가로서의 명맥은 단절되지 않았다.

『민주조선』과 『신일본문학』 등의 좌익에 동반적 입장이었던 윤자원은 이채로운 「38도선」을 출판했다. 전후의 일본 지식인 중에는 어쩐지 북조선을 지지하는 좌익적 입장으로 기운 분위기가 있었는데 윤자원은 조선의 남북 어느 쪽에도 명확한 지지를 표명하지 않고, 이 소설에서는 해방 후 혼란으로 농락당하는 조선민족 그 자체를 그렸던 것이다. 여기에서는 한국전쟁이 시작되는 1950년 후반부터 1955년까지의 재일조선인문학에 대해서 고찰한다. 「38도선」은 1950년 11월에 발행되었는데 이 작품에 대해서는 다른 원고[2]를 통해 다루었으므로 더 이상은 다루지 않기로 한다.

2) 『민주조선』과 『문예수도』

잡지 『민주조선』은 1950년 7월 제33호를 마지막으로 막을 내렸다. 그 대신에 오사카 조선인문화협회라는 일본 공산당계열의 문화 단체에서 1951년 2월 잡지 『조선평론』이 창간되어 1954년 8월까지 9권이 발행되었다. 이 잡지에는 이

---

2   필자는 『우행(愚行)』 10호(1996.11)에 「식민지 지배의 주박」으로서 1945년부터 1950년까지의 조선인에 의한 일본어문학 작품에 대해서 발표하였다.

은직의 소설과 허남기의 시 외에 김시종과 오임준의 시도 게재되고 김석범도 다른 필명으로 작품을 발표했다. 당시 젊은 세대의 출발점 역할도 담당했다고 할 수 있다. 또한 1954년에는 『새로운 조선』이라는 잡지가 발행되어 1955년 9월까지 8권이 발행되었다. 그 밖의 『신일본문학』도 김달수의 「현해탄」을 비롯해 조선인의 작품이 많이 게재되었다. 1951년에는 김일성의 평론 「조국해방운동과 문학예술의 창조」가 번역 게재되었고 김달수와 같은 조선인문학가의 영향은 정치적으로도 적지 않았다.

이 무렵의 재일조선인운동은 1951년에 결성된 재일조선통일민주전선통칭「민전」이 리드하고 있었는데 '민전'은 일본 공산당의 강력한 영향력 아래 있었다. 이는 1955년 5월에 재일조선인총연합회가 생기고 일본 공산당에서 조선인이 당을 떠날 때까지 계속되었다. 따라서 1950년 6월에 시작되는 한국전쟁을 계기로 재일조선인 투쟁은 일본 공산당의 지배하에 있었다고 해도 과언이 아니다. 또한 이 무렵, 신일본문학회 역시 일본 공산당의 정치적 영향하에 있었고 이러한 관계는 1965년경 결별할 때까지 이어졌다.

1950년 일본 공산당이 코민포름에 비판받게 되면서 분열하자 신일본문학회 내에서 당의 주류파를 지지하는 에마 슈江馬修, 후지모리 세이키치藤森成吉는 잡지 『인민문학』을 발행하고 『신일본문학』과 대립했다. 허남기 등은 이 잡지에서도 활약했다. 『인민문학』은 1950년부터 1953년에 걸쳐 총 36권이 발행되었다. 한국전쟁의 시작부터 1951년 연합국 대일강화조약체결, 1953년 7월의 한국전쟁의 정전을 거쳐 1955년까지는, 일반적으로 재일조선인문학은 일본 공산당을 중심으로 한 일본의 좌익과 깊은 관계에 있었다고 할 수 있다.

그렇지만 『문예수도』와 깊은 잡지도 부흥하였다. 『문예수도』는 전쟁 전 프롤레타리아문학의 유행 시기 순수문학을 기반으로 야스타카 도쿠조가 창간하고 장혁주, 김사량과 같은 유력한 조선인 작가를 배출한 잡지이다. 이 잡지는 일단 야스타카 도쿠조의 손을 떠났는데 1950년 신년호에 복간이라는 명목을 내세워

다시 야스타카의 발행으로 돌아갔다. 야스타카는 원래 조선에 동정심을 갖고 있었기 때문에 『문예수도』는 재차 조선인 작가들의 하나의 근거지가 되었다. 1957년 6월호『문예수도』에는 김태생과 김달수의 왕복서간이 게재되었다.

김달수 씨.

일전에 빌렸던 문예수도[1942.3]는 뜻밖에도 창간 10주년기념 제2호로 이름 붙여진 특집호였습니다만, (…중략…)

지금 바로 옆의 그 10주년 기념호를 펼쳐봅니다. 도다 후사코[戸田房子] 씨의 「무라이씨의 트렁크」와 나란히 당신의 「위치」, 「잡초처럼」에 이은 제3작 「쓰레기」가 실려 있는 것, 그 역시 문예수도가 걸어온 세월의 아득함을 가리키는 하나의 사실입니다. 또한 이 특집호에는 노구치가 아닌 장혁주 씨가 「그 무렵의 추억」이라는 창간 당시를 회고한 단문을 싣고 있는 것이 시선을 끕니다.

김태생, 「무관문처럼」

김태생 씨.

편지 잘 받아보았습니다. 그리고 같이 보내 주신 여기에 쓰여 있는 오래된『문예수도』[1942.3]를 손에 들고, 와아, 25주년, 그렇겠다며 나도 생각했습니다. (…중략…)

그러나 결코 당파[セクト]적인 혹은 민족적인 의미로 말하는 것은 아닙니다만, 만약 우리들 조선인과『문예수도』라는 관계에서 본다면, 그것은 이미 이때부터 혹은 그 이전부터 시작되고 있었던 것입니다. 그것은 당신이 여기에 인용하고 있는 장혁주 "그 무렵의 추억"이라는 문장으로 분명해집니다. 그리고 계속해서 김사량, 김달수로 연계해 생각해 보면 당신은 4대째가 되는 것이겠지요. 어쨌든 이렇게 해서 우리들 조선인과『문예수도』와의 관계에서 본다면 그것은 연면히 이어져 오고 있는 것입니다.

김달수, 「16년 전」

『문예수도』에는 여기에 거론된 장혁주, 김사량, 김달수, 김태생 외에 전쟁 전의 이석훈, 전후에는 윤자원, 김석범, 김용환의 이름이 보인다. 그리고 『문예수도』는 전쟁 전 장혁주, 김사량이라는 전후의 재일조선인문학으로 연계되는 대표적인 조선인 일본어 작가에게 지면을 제공하였고, 전후 재일조선인문학의 출발을 장식한 김달수의 초기 작품을 전쟁 전에 게재한 잡지이기도 하다. 또한 전후에는 김태생의 문학적 요람으로서 역할을 다하면서 김석범의 일본어 작품의 출발점이기도 했다. 그러나 전후 『문예수도』가 김태생, 김석범과 같은 재일조선인문학의 발표장으로 역할을 다한 것은 1957년 이후로서 전후 최초의 시기에는 큰 역할을 하지 않았다. 윤자원의 단편이 실린 정도였다.

그리고 1950년대부터 1955년 사이에는 허남기의 「화승총의 노래」, 김달수의 「현해탄」이라는 재일조선인문학의 대표작이 발표되는 것 외에, 전쟁 전 사토 하루오佐藤春生를 닮은 훌륭한 격조로 조선의 근대시를 번역하여 『조선시집』으로 상재한 김소운의 수필과 동화집이 출판되었다. 또한 장혁주는 「아, 조선」을 쓰고 전화戰火의 고향 조선을 생각하는 마음을 표출했는데, 성을 노구치로 바꾸고 『편력의 조서遍歷の調書』를 발표하고 과거의 자신을 청산해 버린다. 윤자원은 『문예수도』, 『신일본문학』, 『계림』과 같은 잡지에 여러 편의 단편소설을 발표했는데 그 이후는 알 수가 없다.

3) 허남기의 장편 서사시 「화승총의 노래」

허남기의 장편 서사시 「화승총의 노래」는 1951년 8월에 최초로 출판되었는데 우리들에게 잘 알려진 것은 1952년 8월에 발행된 아오키 문고판이다. 허남기는 이 시에서 조선의 역사에 면면히 이어지는 민족독립과 인민해방투쟁을 그렸다. 이 서사시는 1894년 동학당의 난, 1919년 3·1독립운동, 그리고 이 시가 집필될 당시 전쟁 중이었던 한국전쟁이라는 세 가지 해방투쟁을 벌인 3세대를 응시하는 조선 여인의 입을 통해 이야기하고 있다.

이 시의 속표지에는 "조선의 슬퍼하는 수많은 아내, 어머니, 딸들에게 보낸다"고 적고 있는데 3세대의 싸움을 지켜보았던 조모가 싸움에 나가는 손자에게 이렇게 이야기한다.

> 준아
> 너는 지금
> 총을 손질하고 있다,
> 너는 지금
> 문경 조령의 떡갈나무와
> 충주 산간의 무쇠로 만들어진
> 그 옛날의 백냥의 총
> 그 조모가 혼수로 가져 온
> 옷가지 일체와
> 은반지, 은수저, 싸게 팔아 버리고
> 마침내 할아버지에게 들려줄 수 있었던
> 그 화승총을 손질하고 있다

「화승총의 노래」는 조국 해방을 드높여 노래하고 고상한 싸움을 위하여 귀중한 목숨을 잃어간 조선의 아버지들, 자식들, 그리고 그들을 계속해 내보내야 했던 조모들, 어머니들, 딸들을 노래한 웅대한 서사시다. 이 시는 재일조선인의 많은 젊은이들 뿐만이 아니라 양심 있는 일본인으로부터 강한 지지를 받는다. 지금도 재일조선인이 노래한 일본어 시로서 가장 훌륭한 문학 작품으로 거론할 수 있다.

허남기는 1952년 9월 장편 서사시 『거제도』^{이론사}도 출판했다. 이 책은 시와 산문으로 구성된 극히 정치색이 짙은 작품으로 당시 발발한 한국전쟁에 대해 북조선측 지지와 김일성 숭배적 입장에서 쓰여졌다. 그것은 허남기 뿐만이 아닌 당시 일본의 지식인들 대부분도 반미 = '북지지' 태도를 취하고 있었다. 『거제도』는 침략자에 대한 단적인 분노의 표현으로 평가되고 있지만 「화승총의 노래」 만큼 문학적으로 세련된 강력함을 갖추지는 못했다.

4) 김달수의 「현해탄」

김달수 역시 인민공화국을 지지하는 입장을 취하고 있었다. 그간에 출판된 김달수의 작품으로는 1952년 단편집 『후지가 보이는 마을에서』, 1954년 「현해탄」, 1955년 『전야의 장前夜の章』이 있다. 「현해탄」은 1953년 『신일본문학』 1월호부터 11월호까지 연재되고 이듬해 출판되었다. 이 무렵 김달수의 작품은 순박, 성실, 왕성한 서민의 생활력을 그려서 강력하게 민중상과 재일조선인의 좌익운동과 조국 조선민주주의인민공화국을 연계한 걸작이 많다. 그러한 작품으로서 「번지 없는 부락」, 「야노쓰 고개矢の津峠」 등을 들 수 있다.

그 가운데서 「안색眼の色」, 「후지가 보이는 마을에서」의 연작은 전후 『민주조선』을 발행하고 재일조선인의 문화운동을 리드한 김달수의 내면 알력을 잘 묘사하고 있어 흥미롭다. 시간적 공간은 『민주조선』이 폐간을 맞이하고 한국전쟁으로 들어가는 1940년대 말이다. 소설 속에서 『민주조선』은 잡지 『M·C』, 신일본문학회는 『S·N·B』로 되어 있다. 조선인 문화잡지에 일본인으로부터 투고 소설이 들어온다. 그 남자는 이와무라 이치타로岩村市太郎라 해서 피차별 부락출신자의 곤란을 극명하게 그린 사소설 종류인데 사실의 기록으로 훌륭한 것이었지만 '우리'들은 조선인 잡지에 어울리지 않는다며 취급을 주저하고 있었다. '우리'들은 잡지 경영을 위한 오거나이즈 여행을 갔고 그곳 여행지에서 이와무라를 만난다. 이와무라는 공산당원 소학교 교원인데 이 소설에 유난히 집착하며 수십 회를 고쳐 썼다. '나私'는 이와무라의 끈질김에 질리지만 '특수부락민'으로서 차별의 시선을 받아가며 공산당원으로 싸우고 있는 이와무라에게 동정을 금할 길 없

어, 어쨌든 『M·C』지에 그 소설을 게재하기로 약속하는데, 이번에는 이와무라가 중앙의 대표적인 잡지에 소개해 줄 것을 요구한다. 결국 조련 해방이라는 정치적 반동의 부채질로 『M·C』지도 정간되어 버리면서 이와무라 소설은 게재가 불가능해지고 만다. 이와무라 역시 교직을 해고당하게 되는데 집요한 그의 잡지 소개에 대한 부탁은 여전히 계속된다. 물론 '나'에게는 그와 같은 힘이 없다.

'우리들' 조선인 문화 활동가는 이와무라의 권유를 받아들여 그의 집과 생가를 방문하게 되고 거기에서 이와무라의 생활의 실제를 발견하게 된다. 그는 '보통민普通民' 아내의 생가에서 장모와 함께 생활하고 있었는데 이와무라의 처에 대한 태도는 의외로 가부장적이었다. 이와무라는 장모를 비난하고 처갓집의 친척이 옛 군인의 장관급과 지주, 현회縣會 의원 등 지배계급이 많다며 밉살스럽게 이야기하지만, 오히려 그것을 자랑삼고 있는 듯한 점이 엿보인다. 생가에 도착하기 전에 '우리'들은 조선어로 떠들지 말아달라는 부탁을 받는다. 이와무라는 '특수부락민'인 생가의 가족에게 '우리'들을 유명한 작가이고 시인이고 사회학자라고 자랑하지만 이름은 소개하지 않는다. 이와무라의 여동생의 요청으로 '우리'들은 여럿이 함께 쓰게 되는데 거기에 쓰여진 조선명을 보고 여동생과 모친은 놀라며 노골적으로 태도를 바꾼다. 말할 수 없는 노여움에 사로잡힌 '나'는 다음 날 아침, 엽총을 들고 산에 올라 후지를 향해 계속해서 방아쇠를 당겼다.

대체로 이러한 내용인데 피차별·피압박 계급으로서의 동정을 선명히 배반당한 초조함을 그리면서, 김달수는 민족적 문제와 계급적 문제의 괴리를 느끼고 있었던 것으로 보인다. 시각에 따라서는 부락 문제에 대한 몰이해로 읽을 수도 있지만 오히려 한국전쟁을 맞아 조선인이 대탄압을 정면으로 받고 있다고 생각하는 시기에, 사상적으로 배반당한 동지적 연대에 대한 초조감이 훌륭하게 표현된 걸작이다.

주지하다시피 「현해탄」은 김달수의 출세작이다. 소설가 김달수는 이 작품을 통해 세상에 알려졌다고 할 수 있다. 이 작품의 시대적 배경은 이탈리아가 항복한 1943년경이며 일본이 식민지 통치하던 조선이 무대다. 주인공의 한 명은 도쿄 근교의 지방신문 기자였던 서경태이고 오이 기미코大井公子라는 일본인과의 연애에서 도망치듯 조선으로 건너와 운 좋게 경성일보에 채용된다. 경성일보는 일본의 어용신문이었다. 한편 주인공 백성오는 중추원 참의원 시라카와 세이히쓰白川世弼의 아들로서 부자집 출신이면서 공산주의 운동과 조선의 독립을 지향한다.

일본 통치하의 조선인으로서 피차별적 입장으로부터 빠져나와 대신문사 사회부 기자로서 출세를 노리는 서경태와 마침내 체포되어 고문을 받으면서도 입을 열지 않는 백성오를 대비시켜가며 이야기는 진행된다. 서경태는 백성오를 비롯한 많은 중학생들이 '불령선인不逞鮮人'으로 투옥되도록 어용신문 기자로서 조선인 청년의 강제적인 출정지원을 추진하는 기사를 쓰지 않을 수 없다. 자기혐오에 빠진 서경태는 투옥된 백성오를 면회하게 된다. 이 소설에서는 당시 조선인의 여러 가지 인간상과 번뇌가 그려져 있다. 후의 「박달의 재판」의 박달의 형상으로 이어지는 혁명가 "황국신민 즉 조광서"도 등장한다. 특히 일본에서 온 인텔리 서경태의 인물상은 김달수가 자신을 모델로 삼고 있는 면도 있어 잘 형상화 했다고 할 수 있다. 거기에는 피차별적 입장으로부터 빠져나오려는 출세 의욕과 민족적 양심이라고도 해야만 할 의식과의 갈등이 존재한다.

그런데 이 무렵의 김달수가 김일성을 단연코 지지했음은 이 소설을 읽어보면 잘 알 수 있다. 예를 들면 이렇다. 만년의 김달수라면 이렇게는 쓰지 않았을 텐데 이 시기의 김달수를 비롯한 『민주조선』에 모였던 조선인들과 신일본문학회 등의 일본 지식인층 대부분은 조선민주주의인민공화국을 지지하고 김일성을 경애하고 있었다.

김일성! 그 이름은 그들에게 있어서는 '전설'이었다. 그것은 살아 있는 전설이었다. 우물가의 아줌마들도 주변을 살피면서 그를 이야기하고, 노인들은 '지금에 김일성이……'라고 말하였던 그 이름이었다. 소학교 생도들조차 학교에 갖고 가지 않는 노트에는 그의 이름을 살짝 적어놓았으며, 학생, 인텔리들은 암묵적으로 그 존재를 서로 수 궁하고 있었다.

백성오가 관계하는 혁명운동도 김일성의 지시 하에서 이루어지는 것이다. 정 말이지 조선에서 이루어지는 모든 독립운동이 영명한 혁명가 김일성의 지도하 에 있는 것처럼 묘사되고 있다.

5) 한국전쟁 그리기

전쟁 전의 조선인 작가로서 제1인자였던 장혁주가 전후에 재차 주목받게 된 것은 「아, 조선」을 출판하면서였다. 「아, 조선」은 1950년 6월 25일에 시작된다. 한국전쟁을 '6·25동란'이라 부르는데 이 전쟁이 1950년 6월 25일에 터졌기 때 문이다. 주인공은 미국유학을 희망하는 중류 가정의 아들 성일聖一이다. 성일은 서울 자택에서 어머니, 여동생과 함께 전란에 휩쓸린다. 인민군의 침공으로 유 복한 기독교 신자였던 성일의 가족은 몰락하고 거꾸로 하녀 순이順伊는 '해방'을 의식한다. 성일은 강제적으로 인민공화국의 의용군으로 징용되어 전전하는 동 안 연합군의 산속 부락민에 대한 학살도 접하고 신뢰할 수 있는 소대장의 영향 을 받아 인민군 병사로서 적극적으로 활약하게 된다. 그러나 한편으로는 반동파 로 내몰린 포로의 학살에도 가담하고 만다. 나중에 여동생이 인민군에게 살해당 했다는 것도 알게 된다. 연합군의 반격으로 인민군이 패주하자 성일은 살짝 도 망쳐 서울의 집으로 향하지만 도중에 한국 측에 체포되고 만다.

중국군의 참전으로 연합군 측이 패주하기에 이르자 성일은 국민방위군이라 는 이름뿐인 국군부대로 박혀들어 남하한다. 국민방위군은 모두 성일과 비슷비 슷한 경우인데 거기에서 만난 원교사元教師는 성일에게 이렇게 말한다.

내 제자 한 명은 반동분자라 해서 총살되었다. 9월이 되고 패색이 짙어졌을 때에는 그 발버둥질을 보고 있을 수 없었다. 연합군이 왔을 때 난 솔직히 말해 안심이 되었다.

여기저기를 전전하는 동안에 인민군 측에 협력한 부락을 불질러 소탕한다는 잔인한 사건의 한복판에 서고 만다. 그렇게 혼잡한 때에 인민공화국 측을 혐오하는 원교사마저 한국 정권을 미워하고 인민군 측에 투항한다. 성일은 어느 쪽도 따르지 않고 도망친다. 성일은 어머니를 찾아다니지만 어머니 역시 고아들이 모여 있는 집에서 죽고 말았다. 성일은 고아들을 돌보며 살아갈 결심을 한다.

"절망하면 나는 죽는 수밖에 없질 않는가. 그 절망을 막아주는 것은 이 일이다." 구씨具氏와 마찬가지로 성일도 이 나라에 절망해서는 안된다고 생각했다. 이승만도 김일성도 없는 어디론가 먼 곳으로 떠나 살 수 있다면 얼마나 좋을까 하는 생각을 종종하곤 했다.

그러나 인민군에게 협력한 '부역자'로서 성일은 재차 체포되고 외로운 섬 포로수용소에 수감된다. 거기에서는 포로들이 김일성을 찬양해 노래를 부르기도 하고 단결해서 한국 정권에 항의 행동을 하곤 한다. 성일은 그들의 스파이 노릇을 하도록 명령받지만 그것도 못하고 그들과 행동을 함께하지도 못하고 오로지 고아원으로 돌아가고 싶다는 생각밖에 없다.

이 소설은 한국전쟁이라는 역사적 대사건과 그 한복판에서 일어난 사실을 모델로 해서 구성되었다. '방위군사건'으로 불리는 사령관의 오직汚職과 강제징용당한 국민방위군에 대한 학대. 인민군 소탕을 명목으로 한 마을의 남녀노소 백명 이상을 학살한 '거창사건'. 항상 주인공은 그와 같은 역사적 사건의 한복판에 있다. 장혁주는 한국전쟁 사실을 취재하고 그 비극 자체의 복잡성을 그렸다. 따라서 어떠한 정치적 입장도 취할 수가 없었다. 장혁주는 김달수, 허남기와는 다르다. 김일성과 조선민주주의인민공화국을 지지하는 태도는 취하지 않았다. 그렇다고 이승만 정권을 지지하는 입장도 취하지 않았다. 조선인으로 일본에 살며

전쟁 중에는 일본 제국주의에 협력했던 장혁주로서는 해방 후 남과 북 어느 쪽 정권도 지지할 수 없었다.

장혁주는 1945년 9월 소설 『무궁화』를 통해서도 한국전쟁을 그려 남북간의 조선 대립의 비극을 호소하였다. 그러나 『무궁화』는 이미 장혁주의 작품이 아니었다. 장혁주라는 조선 이름으로 상재된 마지막 작품은 「아, 조선」이다. 『무궁화』는 '노구치 가쿠추'라는 이름으로 발표되었다. 이것은 어쩔 수 없는 일인지도 모른다. 장혁주의 귀화는 단순히 전쟁 중의 친일행위로부터 완전히 벗어날 수 없었기 때문이라고 비난할 수만은 없다. 그는 남북이 대립하는 조선의 틈에서 그 어느 쪽도 지지하지 못하고 분명 양쪽에서 비난받았음에 틀림없는데 그러한 장혁주 앞에 '귀화'가 있었던 것이다.

노구치 가쿠추는 계속해서 1954년 11월 자전적 장편 『편력의 조서』를 발행하지만 전후 장혁주 문학은 여기에서 끝났다고 할 수 있다. 이후 장혁주는 순문학에서 시작해 시대의 유행에 맞춰 추리소설과 역사소설 등 여러 작품을 발표하지만, 결국 '노구치'라는 이름으로 특별히 훌륭한 작품을 남기지는 못했다.

6) 김소운의 활약

이 시기에는 전쟁 전부터 거장 김소운도 활약을 시작했다.

1953년 6월   『임금님 귀는 당나귀 귀』, 고단샤

1953년 12월   『파를 심은 사람』, 이와나미서점

1954년 11월   『은수 30년恩讐三十年』, 다윗사

1955년 12월   『희망은 아직 버릴 수 없다』, 가와데서방

김소운은 전쟁 전부터 조선의 동화를 번역 소개한 것으로 알려져 있는데 전후에도 이와 같은 동화 소개와 수필가로서 활약했다. 그는 민족에 대한 신념이 강

해 대한민국계의 민단에 가까운 곳에서 문필가로서 활동했다. 김소운은 장혁주와 달라서 전쟁 중에 심한 친일활동은 하지 않았다. 한국의 평론가 임종국은 그의 저서 『친일문학론』에서 일본 군국주의를 도운 친일파 문학가를 망라해서 비판하고 있는데 김소운에 대해서는 다음과 같이 평가하고 있다.

결론적으로 말하면 일본통치 말엽의 조선어 작품의 일본어 번역도 일본어 작품의 조선어 번역도 실로 내선內鮮의 문화교류·국어보급 문제로 직결되는 것이다. 따라서 그것은 친일작품은 아니지만 그 방조적 역할을 한 것만큼은 부정할 수 없을 것이다.

이른바 김소운은 막다른 골목으로 내몰리지는 않았다. 또한 신흥의 김달수처럼 무명의 빈곤에서 일어선 것도 아니었기 때문에 사회주의를 신봉하는 일도 없었다. 한국어와 일본어를 구사하는 한국의 문필가로서 그의 활약은 후에도 이어졌다.

7) 김시종과 『지평선』

한국전쟁 시기에는 김달수보다도 한층 젊은 세대가 싹트기 시작했다. 1955년 12월 김시종이 제1시집 『지평선』을 발행했다. 그의 나이 27세 때의 일이다.

땅을 기어 바다를 건너
산을 이루고 언덕을 이뤄
세계의 산맥은 면면히
당신의 분노의 숨결을 옮긴다
미제米帝의 수욕獸慾을 막는다
그리운 모국이여
당신 가슴의 푸근함에야말로

가난한 자의 꿈은 살아 있다

(…중략…)

하지만 나는 여기에 있다

바다를 사이에 두고 미제의 발판인 일본에 있다

제트기가 날고 탄환이 제조된다

전쟁 공범자의 일본의 땅에 있다

눈을 부릅뜨고 올려다 보는 하늘 저편

모국의 분노는 격분의 불길을 뿜어 올리고 있다

나를 잊지 않는 당신을 믿고

나는 당신의 숨결에 섞이자

맹세를 새롭게 눈물을 새롭게

나의 혈맥을 당신만의 가슴에 바치자

『지평선』에 수록된 이 시는 1953년 5월 잡지 『조선평론』에 발표되었다. 조국 조선의 반미제국주의 해방투쟁에 일본 땅에 있으면서 연대하자고 하는 강한 의지를 느끼게 한다. 김시종은 1949년 20세로 일본 공산당에 입당했고 이 시를 집필할 무렵은 재일조선통일민주전선^{민전}의 상임활동가였다. 김시종 외에 김석범, 오임준, 박수남 김태생과 같은 뒷날 유명해진 많은 조선인문학가들이 당시는 아직 젊은 좌익의 활동가로 활동하면서 시와 평론, 수필과 같은 분야에서 문학 세계로 등장해 왔다. 그들 대부분은 한국전쟁을 조국해방투쟁으로 인식하고 조선민주주의인민공화국과 김일성을 열렬히 지지함과 동시에 일본 공산당의 당원인 경우도 많았다.

그런데 1955년 김시종이 제1시집을 발행한 해에 좌익 조선인 활동가들에게 대사건이 일어난다. 그때까지의 일본 공산당계열인 '민전'이 운동을 직접 조국 조선민주주의인민공화국의 지도하에 두고 재일조선인총연합회^{총련}로 개조되었다. 이른바 정치적으로는 일본 공산당의 지도하에서 벗어났으며, 문학적으로는 그때까지 일본어로 쓰고 있던 그들 좌익문학가들에게 조선어를 통한 창작을 장려하여 일본어 창작은 서서히 제한을 받게 된다.

1950년부터 1955년까지의 한국전쟁 시기 재일조선인문학가의 주류는 인민공화국 지지라는 정치적 입장을 취했다. 이 시기에 전후 좌익문학의 수준 있는 작품으로서 김달수의 「현해탄」과 허남기의 「화승총의 노래」가 있다. 전쟁 전부터 활동을 해온 김소운은 한국을 지지하는 입장을 취했다. 장혁주는 남과 북 어느 쪽도 지지하지 않고 조선인으로서의 마지막 작품 「아, 조선」을 통해 전쟁의 비극을 호소했다. 그러나 그 이후의 '재일조선인문학' 전개에 큰 영향력을 미친 것은 공화국 지지의 좌익 문학가들이고, 그들의 영향 아래 김시종과 같은 젊은 문학가들이 두각을 나타내기 시작했던 것이다.

3. 『일본의 겨울』 시대 김달수문학의 전개와 신세대

1) 『민주조선』과 김달수

일본의 패전 후, 재일조선인문학가로서 가장 주목받은 인물은 김달수였다. 김달수는 1946년 창간된 『민주조선』과 『신일본문학』을 무대로 활동했으며 한동안 조선인의 대표적 일본어문학가로 자리매김한다. 김달수는 「현해탄」과 같은 작품을 통해 조선민족의 독립투쟁을 굵은 골격의 터치로 묘사해 주목을 받았으며 그 이후에도 김일성이 이끄는 조선민주주의인민공화국을 지지하는 좌익적 입장에서 정치적인 소설로 뛰어난 기량을 발휘했다. 한국전쟁으로 인해 조선의 남북분단 상황이 고착화된 후에도 김달수는 변함없이 재일조선인에 의한 일본어문학을 견인한 인물이다.

『민주조선』은 1950년 7월호로 종간 되었지만, 그 후에도 전후 일본을 대표하는 좌익 문학지였던 『신일본문학』을 통해 김달수는 소설, 에세이, 평론 등을 여러 차례 발표했다. 그리고 『신일본문학』 지상에는 윤자원, 허남기, 안우식과 같은 조선인문학가가 활약했다. 그리고 주지하는 바와 같이 전후의 동아시아가 백색국가 테러에 습격당했다. 우선 조선에서는 1948년 미국을 배후로 한 이승만 정권은 제주도에서 도민대학살을 전개하고, 1950년부터는 조선민족을 남북으로 분단하는 전쟁과 미군의 폭격 살육이 개시되었다. 일본에서도 1950년부터 공산당원의 공직 추방, 기관지 『적기赤旗』의 발행 정지와 같은 탄압이 가해졌고, 같은 해 9월에는 마침내 레드퍼지 방침이 각의 결정되기에 이른다. 1952년의 피의 메이데이 사건은 그러한 정부의 인민탄압의 발로였던 것인데 이러한 움직임이 미국의 한국전쟁 체제와 연동하고 있다고 하는 것은 말할 것도 없다.

그런데 그 사이 일본 공산당은 분열하고 주도권 쟁탈에 몰두하여 결국에 무모한 무력투쟁에 돌입한다. 일단 1955년 공산당의 당내분쟁은 종식되지만 조직이 안고 있던 근본적인 체질 문제는 해결되지 않은 채였다. 이 시기, 소위 한국전쟁 때의 역사가 문학작품의 모티브나 주제로 다루어지는 것은 주로 1956년 이후이다.

2) 한국전쟁과 「고국인」

일찌감치 한국전쟁을 그린 작품은 1952년 5월 장혁주의 「아, 조선」이지만 김달수 역시 민족적 대사건을 모티브로 삼고 있다. 1956년 9월 「고국인」이 그것이다. 이 소설은 대한민국 경찰관이 된 주인공 이인종이 한국전쟁에 휘말리는 비극을 그리고 있다. 이인종의 친구 천문계는 비밀 공산주의자로서 형무소를 폭파하고 정치범들의 탈주를 돕는다. 그 여동생 역시 당연하다는 듯이 오빠를 지지한다. 이인종은 그들 남매와의 애증에 시달린다. 정의감에서 경찰관이 된 이인종은 미국 측 입장에서 동포에게 총을 겨눔으로써 번뇌를 증폭시킨다.

「고국인」은 장혁주의 「아, 조선」처럼 리얼리즘은 갖고 있지 않다. 장혁주는 어쩔 수 없이 역사의 비극으로 한국전쟁에 휘말려든 사람들을 극명하게 그렸다. 그 것은 정치적으로 어느 쪽을 지지하는 입장을 취하는 것이 아니었기에 당시 조선 인 조직으로부터 호의적인 평가가 이루어졌다고는 생각지 않는다. 하지만 정치 에 농락당하면서 필사적으로 살아가는 인간상은 조선민족의 수난을 충분히 비 추고 있다. 또한「고국인」은 경찰관 이인종과 공산주의자 천문계라는 두 인물의 수기 형태로 구성되어 있다. 김달수로서도 같은 조선인으로서 장혁주의「아, 조 선」발표의 그림자를 떠안지 않을 수는 없다. 정치적으로 치우치지 않았던「아, 조선」의 뒤를 이어받아 다원적인 시점에서 한국전쟁을 보려 했음에 틀림없다.

그러나 김달수는「고국인」에서도 어디까지나 좌익으로서의 정치적 입장을 충 분히 발휘하였다. 이인종은 감정적이고 사려 깊지 못한 패배자이지만 천문계는 곤란에도 냉정하고 사려 깊고, 우정 또한 두터운 공산주의자로서 묘사되고 있 다. 김달수는 분단된 조선에서 한국 측 입장에 선 인간이 민족을 배반해 가는 자 각의 과정과 파탄을 수기로 묘사함으로써 일방적인 좌익문학으로부터 한발자 국 탈피하려 했던 것인지도 모른다. 그러나「고국인」은 작품으로서 그다지 성공 하지 못했다. 지금까지 김달수문학이 갖는 거칠면서도 굵은 골격의 구성, 디테 일로 번민하는 인텔리 등장인물을 배치하면서 역사 속에서 살아가는 사람들을 그려내는 강력한 필치의 문학적 매력이 여기에는 없기 때문이다.

3) 문제작 「일본의 겨울」

김달수는 1957년 4월 문제작「일본의 겨울」을 상재한다.「일본의 겨울」은 일 본 공산당 기관지『적기』에 1956년 8월부터 12월까지 연재되었다. 이 작품에 첨 부된「안내서」에 따르면,「일본의 겨울」에 대해서는『적기』연재중일 때부터 독자 의 찬반양론이 있었고 거기에는 게재를 즉시 중단할 것을 요구하는 것도 있었던 것 같다. 분명 공산당 당원과 지지자의 목소리였음에 틀림없다. 그것은「일본의 겨울」에서 다룬 것이 1950년대의 공산당의 분열이라는 내부 문제였기 때문이다.

그러나 이것은 단순한 내부 문제라고만 치부해버릴 수 없는 역사적 문제이고 또한 인간 해방의 사상성의 문제이다.

공산당의 50년 문제를 다룬 전후문학은 오늘날 망각되고 있지만 이노우에 미쓰하루井上光晴의 「쓰여지지 않은 1장」, 고바야시 마사루小林勝 「단층지대」, 고사명 「밤이 시간의 걸음을 어둡게 할 때」 등이 있다. 「일본의 겨울」은 이들 작품에 뒤처지지 않는다. 오히려 그러한 틀로부터 벗어났다 하더라도 전후의 일본 문제를 다룬 심오하면서도 훌륭한 문학 작품의 하나라 할 수 있다.

1950년 문제는 그해 초기 코민포럼이 일본 공산당 노사카 산조野坂參三의 평화혁명론을 비판한 것으로부터 시작된다. 일본 공산당은 그러한 비판에 대한 「소감」을 발표하고 그것을 이미 극복했다고 했지만, 비판을 적극적으로 받아들이려고 했던 시가 요시오志賀義雄·미야모토 겐치宮本顯治 그룹과 「소감」을 발표한 도쿠다 큐이치德田球一 그룹으로 분열하였다. 전자는 「국제파」, 「반주류파」, 후자는 「소감파」, 「주류파」로 불리며 서로 대립했다. 김달수가 속해 있던 신일본문학회는 공산당과의 조직적 관계는 없다지만 구성원으로 미야모토 유리코와 나카노 시게하루와 같은 당원 작가가 많다는 것도 있어 이 문제와 무관하지 않았다. 객관적으로는 국제파로 간주되는 경향이었다.

1955년 일본 공산당은 제6회 전국협의회를 개최하고 일단 당내 분쟁을 종료시킨다. 그리고 같은 해 재일조선인운동에도 대전환이 일어난다. 그때까지 일본 공산당의 강한 영향력하에서 일본혁명 방향으로 향하기 일쑤였던 운동이 조선민주주의인민공화국의 직접적 지도 아래로 들어가 조선민족해방혁명 쪽을 지향하게 된다. 조직적으로도 그때까지의 '민전재일조선통일민주전선'이 해산되고 '총련재일본조선인총연합회'이 결성되었다. 재일하는 조선인 공산주의자들은 일본 공산당으로부터 조직적으로 벗어났던 것이다.

따라서 소설 「일본의 겨울」이 『적기』에 연재되기 시작한 1956년에는 김달수를 비롯한 다른 조선인들은 일본 공산당원이 아니었다. 공산당의 내부 대립이

'해결'된 것, 조선인이 일본 공산당의 직접적인 통제권에서 벗어난 것, 이러한 두 가지 조건에 따라 일단 소설은 완결되고 출판되기에 이른다. 김달수의 「일본의 겨울」은 소감파所感派에 의해 제명된 조선인 활동가 신삼식辛三植, 당원의 딸이면서 신삼식을 동정하는 시마 도모코志摩共子, 공산당 지구위원이고 실은 법무부 특심국 스파이인 쓰지이 쓰구오辻井次夫, 그 부하로서 신삼식에게 다가서는 야마키 게이스케八巻啓介, 특심국 과장 부인이면서 야마키를 밤마다 유혹해 놀고 다니는 아사코朝子 등 다채롭고 개성적인 존재로 구성된다.

소설은 한국전쟁이 한창이고 남북간 공방이 치열했던 시기를 다루고 있다. 신삼식은 일본을 기지로 삼고 조선 폭격을 나서는 미제국주의에 반대하는 운동을 조직하려 하지만 주류파의 당원들에게 비판받고 저지당한다. 그 가운데는 특심국 스파이로서 공산당 지구위원인 쓰지이 쓰구오도 포함되어 있다. 공산당 안에는 몇 갈래의 스파이망이 둘러쳐져 서로 공을 세우려 경쟁하고 있다. 그 같은 '공작선' 말단에 야마키 게이스케도 가담하고 있다. 야마키는 원래 스파이라는 자신의 직분에 혐오감을 느끼고 있던 터에 순진하고 청결한 시마 도모코를 만나면서 그녀에게 호감을 느끼게 되고 자학적이 되면서 점점 술과 여자에게 빠지게 된다.

당은 국제파가 자기비판 위에 통일하지만 적의 스파이로 내몰리며 괴로운 나날을 보냈던 신삼식으로서는 납득이 가질 않는다. 신삼식은 메이데이 집회에 도모코와 함께 참가하고 데모 대열에 동참한다. 데모행진 도중 신삼식은 인민광장으로의 전진을 선동하는 쓰지이를 목격한다. 스파이 쓰지이는 당내 움직임을 상위에 보고함과 동시에 내부교란도 도모하고 있었다. 데모대는 경찰 포위망 안으로 내몰리고 신삼식과 도모코는 미처 도망치지 못했고 도모코의 탈출을 도우려던 신삼식은 경찰에게 구타당하고 상처 입게 된다. 마지막은 신삼식의 자택에서 부상 입은 삼식에게 도모코가 몸을 감추도록 권유하고 있는데, 낮부터 술에 취한 야마키가 찾아와 쓰지이와 자신이 스파이라는 사실을 폭로하고 사라진다.

등장인물의 전형화가 성공하면서 제각각의 고민이 잘 묘사되었다. 스파이가 당조직 내에서 출세하고 진지한 활동가가 배제되어 간다. 한국전쟁에도 유효하게 반대 투쟁을 전개하지 못한 채 당은 무모한 무력 투쟁으로 빠져 들어갔다. 국가 권력에 의한 탄압의 폭풍은 조직 내외로부터 몰려 왔다. 정말이지 세계적인 백색테러시대의 곤란을 제각각의 인물상으로 그려낸 걸작이다. 유감스럽게도 역사적인 사실 파악에 부족함이 있었을 것이고 당시 작가를 둘러싼 불리한 상황 때문일까 최초의 의도대로 종결되지는 못한 것 같다.

나의 이 주제는 한마디로 말한다면 「인간과 조직의 발견」이라는 것이다. 그리고 나는 무모하게도 그것을 목표로 캄캄한 터널로 돌진해 갔다. 돌진한 것은 좋았다지만 그 도중에 멈춰서고 말았다. 그것이 이 작품이다. 처음 쓰기 시작했을 때에는 역시 이후의 두 장[9, 10]도 준비했었는데, 지금 나는 도저히 더 이상 고쳐 쓰거나 더 쓸 수가 없다.

「후기」

그래도 "인간과 조직의 발견"이라는 의도에서 쓰기 시작했던 이 소설의 존재 의의는 지금도 결코 적지 않다. 김달수는 1957년 7월 『신일본문학』에 이 작품과 관련해 다음과 같이 적었다.

인간이 조직으로부터 소외되면 그 조직이 부정적으로 보이기 시작하고 동시에 그 인간이 낙하하기 시작한다. 이른바 인간은 조직사회라는 의미이기도 하다으로부터 벗어나 살수는 없다고 하는 것을 이 작품의 주제로서 추구해 보고 싶었다. (…중략…) 나의 이 작품은 완전한 실패는 아니라 할지라도 이 주제를 관철시키지 못한 채 끝나버리고 말았다. 그것은 여러 가지 사정이 있지만 어쨌든 작품은 그렇게 끝나 버리고 말았다. 처음부터 『적기』에 그것을 하려고 했던 것이 무리였던 것이다. (…중략…) 모든 것이 미숙했던 것이다.

「사실을 사실로서」

김달수는 일본 공산당 운동이 갖는 병소病巢를 폭로하는 작품을 때마침『적기』에 연재했던 것이다. 그것은 김달수가 공산당 조직의 자세에 비판적 시각을 갖고는 있었지만 동시에 신뢰감과 동정심을 버리지 않았음을 보여주는 것이기도 하다. 그리고 이 작품은 분명 미숙한 점이 있긴 하지만 결코 실패작은 아니었다.

4) 「박달의 재판」과 민중

「일본의 겨울」과 「고국인」은 1950년대 초기라는 거의 같은 시간대를 다루고 있다. 그리고 긍정적 부정적인 인물을 통한 이원적인 시점에서 표현한다는 점에서 닮아 있다. 그러나 일본에서 재일조선인의 투쟁의 어려움을 그린『일본의 겨울』은 한국전쟁이 한창일 때 조선에서의 운동을 그린 「고국인」과 비교하면 훨씬 독자들 속으로 파고드는 현실적인 힘을 지니고 있다. 공산당이라는 경직된 조직과 갈등하고 근심憂悶하는 청년상은 김달수에게는 친근한 문제였다. 때문에 절실한 부분이 실감나게 전해진다. 이와 반대로 북조선 측을 지지한다는 정치적 입장을 문학적으로 지양할 수 없었던 「고국인」은 그다지 좋은 결실을 맺을 수 없었다. 한국전쟁 하의 인민의 고민은 그의 상상의 틀을 초월하고 있었던 것이다. 김달수는 그 후 1958년 9월 이와나미신서에『조선-민족·역사·문화』를 정리했고 소설 이외에도 활약의 발판을 구축하였다.

1950년대 후반, 김달수의 대표작은 역시『신일본문학』에 발표한 「박달의 재판」일 것이다. 해방 후 남조선의 해방투쟁을 소재로 민중성을 지닌 혁명가라는 특이한 주인공 = '박달'을 만들어낸 것은 문학사의 하나의 지표를 세웠다고 해도 과언이 아니다. 박달이라는 형상은 루쉰의 아큐阿Q상을 계승 발전시킨 것으로 볼 수도 있다. 기본적으로 다른 점이 있나면 박달은 전형적 민중상으로 그려졌고 혁명가라는 것이다. 박달은 표면적으로는 관헌에 굴복하고 평신저두平身低頭 하지만 진정 굴하지 않는 강한 혁명가인 것이다.

「박달의 재판」은 그 후 희곡화 되어 각지의 극단에 의해 상연되고 또한 러시아어로 번역되어 모스크바에서 간행되면서 재일조선인문학의 대표작으로 인정받게 된다. 이 소설에 대해서는 이미 「혁명적 민중상을 그렸는가-김달수의 『박달의 재판』 다시 읽기」에서 거론했으므로 여기에서는 피하기로 한다. 이러한 작품 외에도 김달수는 『번지 없는 부락』1959.5, 『밤에 온 남자』1960.1, 「밀항자」1963.6, 『중산도中山道』1963.10, 『공업이문公業異聞』1965.9과 같은 작품을 1960년대 중반까지 상재하고 있다.

5) 김달수의 「밀항자」

「밀항자」는 1960년대의 대표작임과 동시에 김달수의 이후와 결탁 되는 의미 있는 작품이다. 두 주인공은 이승만 정권 하의 남조선에서 도망쳐 나와 일본으로 건너간 본래 빨치산 게릴라다. 그 중의 한 명인 서병식은 체포되어 오무라수용소로 이송되는데 임영준은 도피에 성공해 도쿄로 갈 수가 있었다. 도쿄에는 임영준의 소학교 시절 친구 하성길이 살고 있었는데 그는 일본인 처를 얻고 귀화해 사업에도 성공한 인물이다. 그러한 하성길의 도움으로 임영준은 일본인 등록증을 입수해 대학까지 다닐 수 있게 된다. 그리고 마쓰키 쇼보松木昌房라는 도요토미 히데요시시대에 일본으로 들어온 조선인 자손과 알게 되면서 마쓰키의 역사 연구를 접하게 된다. 그 과정에서 지금까지의 역사관을 뒤집는 듯한 조선과 일본의 고대로부터의 깊은 관계를 알고 스스로 공부하게 된다. 이 한일 고대사의 기술은 김달수의 뒷날 「일본 속의 조선문화」 시리즈로 이어지는 출발점으로서의 의미를 갖는다.

한편 나가사키長崎 오무라수용소에 수감된 서병식은 파쇼정권 하의 남조선으로의 강제송환을 싫어하고 조선민주주의인민공화국 귀국희망 자치회를 결성하고 운동을 일으킨다. 갖가지 항의활동 끝에 과감히 단식투쟁으로 싸워 결국에는 석방을 쟁취하기에 이른다. 임영준은 서병식의 투쟁적 모습에 촉발되어 한층 더 힘든 투쟁의 길로 매진하기 위해 남조선으로의 역 밀항을 결의한다. 주인공들은 사회주의 조국 건설과 남조선의 해방이라는 두 정치적 목적을 향해 나아갔던 것이다. 이 작품은 1950년대 조선의 투쟁, 재일의 운동이라는 현재형의 과제로부터 고대의 한일관계까지 거슬러 올라 종횡적으로 그 소재를 살리면서 역사적으로 재일조선인 문제와 한일 관계에 대해 깊이 파고들고 있다. 물론 그 정치적 입장은 이전과 마찬가지로 조선민주주의인민공화국을 지지하고 있다.

예를 들면 민주주의 인민공화국 북조선은 그 전쟁의 폐허에서 일어나 눈부신 건설을 이루고 있었는데 그러한 사실이 남조선에서는 전혀 알려지지 않았던 것이다. 따라서 그쪽에 있는 사람들은 전혀 알 수가 없었다. 그 남조선은 지금도 미국 군대의 점령 하에 놓여 있어 그것을 배후로 삼은 이승만 정권이 제 마음대로 하고 있었다. 조금이라도 자기에게 반대하는 자가 있으면 모조리 반공이란 이름으로 탄압하고 죽였다. 그리고 거리에 넘치는 실업자 무리, 거지. 또한 봄이 되면 나무껍질과 풀뿌리를 구하려 산과 들을 떠도는 양식이 떨어진 농민들의 무리.

이처럼 묘사되고 있는 조선은 당시의 현실을 상당 부분 반영하고 있다고는 하지만 지나치게 일방적이다. 현재에는 남북한 조선의 상황이 완전히 역전되었음은 주지하는 바이다. 재일조선인을 한국으로 강제 송환하기 위한 오무라수용소의 문제는 최근 1994년 양석일의 「밤을 걸고」에도 묘사되고 있는데 「밀항자」는 오무라수용소와 북조선으로의 귀국운동을 다룬 최초의 소설이라 할 수 있다.

이 시기는 김달수 외에도 1959년 허남기의 『조선해협』, 1960년 이은직의 『신편 춘향전』, 전쟁 전의 작가 김문집의 『아리랑 고개』[1958.6] 등이 출판되었다. 김문집은 김사량의 소설 「천마」의 모델이었으며 선대미문의 자기 파탄적 소설가이며 평론가로 활동했다. 이 책은 전쟁 전에 낸 책의 개작이다.[3] 전체적으로는 김달

---

3   김문집에 대해서는 가와무라 미나토의 「하나부타 다다시전(花豚正傳)」(『문학계』, 1996.3, 『제주붕괴』, 문예춘추, 1997년 재수록)이 있다.

수의 단독무대 같단 느낌이 든다. 그러나 일본에서 조선인 작가라고 할 때 김달수를 떠올릴 만한 시대는 종말을 고하게 되고, 1950년대 후반부터는 후일 대활약하는 신인들이 등장하게 된다.

6) 김시종과 『진달래』

1955년에 제1시집 『지평선』을 상재한 김시종은 1957년에도 『일본 풍토기』를 발행한다. 김시종은 1929년 태어났으며 1919년에 태어난 김달수와는 정확히 10살 차이였고 허남기와는 11살 차이였다.

자신만의 아침을
너는 바라서는 안된다.
밝은 곳이 있으면 어두운 곳이 있는 법이다.
질서정연한 지구의 회전을
너는 믿고 있으면 된다.
태양은 너의 발밑에서부터 올라온다.
그것이 커다란 활을 그리고
그 정반대의 너의 발밑으로 가라앉는다.
낯선 곳에 지평이 있는 것은 아니다.
네가 서 있는 그 지평이 지평이다.
진정한 지평이다.
저 멀리 그림자를 늘어뜨리고
기울어진 석양에게는 안녕을 말하지 않을 수 없다.
아주 새로운 밤이 기다리고 있다.

김시종은 1953년부터 오사카에서 『진달래』라는 저항시인 그룹의 시 잡지를 발행하였는데 조직의 비판을 받고 1959년에 폐간한다. 같은 해 새롭게 '카리온회'를 양석일, 정인鄭仁과 함께 결성하고 시와 에세이를 발표했다.

「진달래」가 폐간되고 동인지 「카리온」을 창간했던 무렵 김시종에 대한 조직의 비판은 최고조에 달했다. 요컨대 일본어로 쓰는 것은 반민족적이고 몰주체적이므로 모국어로 쓸 것. 모국어로 쓰는 한 동인지 따위는 필요치 않고 그것은 분파활동으로 간주된다.

양석일, 「시간의 개시(時の開示)」, 『문학학교』, 1979.8~9

앞서 언급했듯이 1955년에는 재일조선인운동에 대전환이 일어났고 김시종의 『진달래』는 비판받는다. 조직 활동가였던 김시종은 1958년경부터 조직을 이탈하기 시작해 폭음의 날들을 보내면서 1959년 잡지 『카리온』을 창간했다. 김시종의 조직 비판은 고고하며 일본어를 통한 시 운동을 계속 고집했다.[4] 그리고 문학운동을 포함한 재일조선인의 운동 전체가 일본 공산당으로부터 이탈함과 동시에 그들이 뿌리내리고 살고 있던 일본 그 자체로부터 이탈해 갔던 것이다. 앞서 언급한 김달수의 「일본의 겨울」에는 다음과 같은 내용이 실려 있다.

후년, 조선인이 이렇게, 여전히 일본의 정당 내에 있는 것은 잘못임이 분명해졌다. 지금의 조선은 일본의 지배로부터 벗어났기 때문에 독립된 자기의 국적을 가지고 있는 이상, 그것은 타국에 대한 내정간섭에 해당된다. 재일조선인을 일본 안의 소수민족으로 삼는다면 이야기가 달라지겠지만, 그렇지 않는 한 그것은 평화공존의 정신에 반하는 것이 된다.

이렇게 해서 '총련'계의 운동은 모두 조국 조선민주주의인민공화국으로 직결

---

4   「특집 김시종-사람과 작품」, 『문학학교』 8·9 합병호(1979); 野口豊子, 「金時鐘 年譜」, 『原野の詩』, 立風書房에 수록됨.

되고 모든 의미에서 일본을 살피지 않는 경직화 현상을 일으켜 갔다. 일본어 작가 김달수조차도 이 시점에서는 그와 같은 생각을 적어도 공식적으론 지니고 있었다. 이렇게 볼 때, 1950년대 후반은 재일조선인의 문화운동이 민족주의적, 고립주의적으로 변해가는 시기라고 해석할 수도 있다. 그러나 김시종이 그랬던 것처럼 일본어 시인, 일본어 소설가들은 곤란한 활동을 멈추지 않았다. 공화국·총련 조직의 멍에로부터 이미 벗어나기 시작했던 것이다.

7) 김석범과 김태생

이 시기는 김시종에 이어 젊은 김석범, 김태생 등이 문단에 데뷔하고 있었다. 1957년 전쟁 전부터의 문예지로 장혁주, 김사량, 김달수, 윤자원 등 조선인 작가를 배출한『문예수도』에 김태생과 김석범이 등장한다. 김태생은 전후 폐병을 앓고 요양 후『문예수도』의 야스타카 도쿠조를 찾아 문학 수업에 들어간다. 1957년부터는『문예수도』의 중심적인 멤버의 한 명으로서 '수도월평', '수도합평' 등의 작품 비평 코너를 담당했다.

이 무렵 김태생이『문예수도』에 발표한 작품은 「심력心曆」1957.4, 「E급 환자」1957.9, 「동화」1958.2, 「경사스런 이야기」1958.2, 「세월의 저편에」1958.5, 「거울鏡」1958.8, 「시모카모에서下賀茂で」1958.9 등이 있다. 김태생의 소설은 「뼛조각」이『인간으로서』1972.10에 게재된 이후의 소설만이 조금 읽히고 있는데 그의 초기 작품은 오늘날 거의 알려져 있지 않다. 이들 초기 작품 중에서 유년기 어머니와의 이별을 그린 수작 「동화」는 훗날 그대로『계간 삼천리』1977·가을에 다시 게재되었다. 모두 사소설적 수법으로 쓰여진 완성도 높은 작품이긴 하지만「심력」을 「뼛조각」, 「세월의 저편에」을 「소년」『계간 삼천리』, 1975·겨울으로 각각 고쳐 발표했다. 그 때문에 이 시기는 김태생에게 습작의 역할을 다한 시기라고도 할 수 있다.[5]

---

[5] 김태생에 관해서는 하야시 고지,『재일조선인 일본어문학론』, 신간사 및 「김태생과 재일조선인 문학의 전후」,『여러 가지의 전후』1, 일본경제평론사 참조.

1956년부터였던가요, 그것「심력」을 읽은 후 편집위원을 해 보라고 해서 그때 나다 이나다라든가 기타 모리오라든가. 김석범은 오사카에 있으면서 원고만 보내 왔던 게지요.

「좌담회 · 일본지도에 대한 또 다른 견해」, 『조선인』

『문예수도』동인 김태생의 놀랄만한 일驚異은 오사카에서부터 찾아든다. 오사카에서 투고한 김석범의 소설 「간수 박서방」이 1957년 8월호에 이어서 「까마귀의 죽음」이 12월호에 발표되었다. 이들 소설은 1948년 제주도에서 일어난 민중 대학살 사건을 제재로 하고 있다. 그 해 미국과 이승만 정권은 남조선에서 단독선거를 강행하려고 해 남조선 노동당을 중심으로 한 집요한 반대투쟁에 직면한다. 그리고 제주도에서는 마침내 빨치산 무장투쟁이 전개되기에 이른다. 그런데 미국과 이승만 측은 이에 대해서 철저히 학살로 보답했던 것이다.

제주도 출신의 김석범은 여기에 눈을 감을 수가 없었다. 대장편 『화산도』로 이어지는 김석범 문학은 여기에서 시작되었다. 동시에 이것을 후일 한국의 작가들이 끊임없이 형상화한 '제주도4·3사건'을 제재로 한 문학 작품의 시작이기도 했다. 기념해야만 할 첫 작품 「간수 박서방」은 이렇게 시작한다.

철망에 이마를 억눌리어 굽은 허리의 간수가 '이히히히' 추잡한 소리를 내며, 등 뒤에서 열쇠다발 묶음의 철렁거리는 소리를 낸다. 감방가득 뒤섞여 자는 여자 죄수들의 체취로 숨이 박힌다. 숨을 막고 있다. 냄새가 지독하다. 군침을 몇 번이고 삼켰다.

한 간수의 모습에 대한 묘사다. 간수 박은 여자 죄수 명순에게 마음을 두면서 고문과 살육이 살벌한 환경 속에서 인간다운 바보스러움을 발휘하게 된다. 처형장으로 향하는 명순을 뒤쫓아 간 간수 박은 어쩔 수 없이 처형되었던 것인데, 그 마지막 말은 "난 말이야, 아무래도 ─ 대한민국이 어울리지 않는다니까"였다. 이 소설의 주인공 박서방은 이름 없는 민중의 한 사람이며 아무런 혁명성도 지니지 않고 역사의 비뚤어짐과 인간적인 성애 사이에서 가혹하게 농락당하고 만다. 이것 역시 아Q의 후예일 것이다. 그러나 '박서방'은 김달수의 '박달'처럼 혁명성을 갖고 있지 않다. 그런 만큼 한층 리얼하게 다가온다. 그리고 마지막 말에서 서민적 행복과 대한민국과의 위화를 나타내고 있어 묘한 느낌을 자아낸다.

다음에 발표된 「까마귀의 죽음」은 미군정청의 통역으로 근무하면서 실은 산 속의 게릴라와 통하는 빨치산의 동지 정기준을 주인공으로 자산가의 아들로서 허무주의자인 이상근, 게릴라의 머리를 들고 돌아다니는 부스럼 영감 등 개성적인 인물상으로 구성된다. 특히 부스럼 영감에 대해서는 후에 작가 자신이 "선악을 초월한 세계에 견딜 수 있는 존재"라고 평했듯이 작품 세계를 안정시키는 민중상의 하나로 중요한 역할을 담당한다. 작품은 제주도민의 투쟁과 학살의 역사 무대라고 하는 궁극적 세계에서 무도함으로 인해 배반자라는 오명을 뒤집어쓰면서 연인조차도 버리고, 스스로 역사적 사명을 다하려는 정기준의 심리적 공허감을 덧씌우듯이 그려간다. 정기준의 갈등은 달리 그 예를 찾아 볼 수 없을 정도로 특이하다. 고바야시 다키지는 혁명을 위해 개성도 사랑도 버린 남자를 「당생활자」에 그렸는데 그것은 너무도 강인하여 연약한 인간상인 정기준의 모습과는 달랐다.

그 이후 김석범은 「이제부터」를 『문예수도』[1958.11]에 「똥과 자유」를 같은 문예지 1960년 4월호에 발표했다. 김석범의 등장은 김태생에게 경이로움이었다. 김태생은 1958년 1월호 『문예수도』에서 김석범의 「까마귀의 죽음」에 대해 나다 이나다[なだいなだ]의 발언을 받아서 다음과 같이 언급했다.

아까 나다 씨가 말했던 인식부터 말하고 싶은데 인식하는 방법을 문제로 하는 것이라면 물론 다른 것이라고 생각한다. 또한 우리들은 다르지 않으면 안된다고 할 수 있는 조건을 갖고 있는데, 그것이 어떻게 다른가 하면 나의 경우 어떻든 자기 자신의 문제로 되돌아오는 것입니다. 여기에 묘사되어 있는 사실을 단순히 소설에 그려진 소재로만 치부해 버릴 수 없다는 것, 그 사실이 직접 나라면 나의 육체로 전해진다는 극히 소박한 상태의 반응을 하고 만다.

　그러한 점이 나로서는 곤란한 것입니다.

　사소설적 방법으로 글쓰기를 하고 있던 김태생도 다소 방법론에서 수정을 가
하지 않을 수 없게 된다. 김태생은 1958년 11월에 발행된『계림』창간호에「후
예」라는 소설을 발표하였는데 이는 분명히 김석범에게 촉발되어 쓴 제주도에 관
한 것이다.「후예」는 제주도에서 빨치산의 투쟁과 처참한 탄압을 소년의 눈으로
그린 작품이다. 역사적인 학살 사건을 소년 의 눈으로 포착해 빨치산 측에 달라
붙어 공포를 극복하려는 성장 이야기이기도 하다. 그런데 이 작품이 발표된 잡
지『계림』은 1958년 11월에 창간하여 이듬해 11월 제5호를 마지막으로 종간된
다. 창간의 말을 보면『민주조선』의 후계를 의식해 창간되었음을 알 수 있는데 1
년간이라는 기간이었다.『계림』에는 그 밖에 허남기, 장두식, 김달수, 조규석, 홍
윤표, 강위당, 윤학준, 윤자원, 황인수, 박춘일, 변재수 등이 작품을 발표하였다.
　전쟁 전부터 재일조선인이 일본어문학작품을 발표하는 공간으로 제공되었던
『문예수도』는 1969년에 종간되는데 1960년대에는 거의 조선인의 작품은 보이
지 않는다. 재일조선인문학 전체를 부감해 보면 1966년 김학영의「얼어붙은 입」
이 문예상을, 1969년 이회성의「또다시 이 길을」이 군상신인문학상을 수상하는
데 이를 계기로 재일 작가들은 상업적인 문학잡지로 발표를 늘려갔다.

4. 혁명적 민중상은 그려졌는가 김달수「박달의 재판」다시 읽기

　김달수의「박달의 재판」은 1958년 11월『신일본문학』에 발표되어 아쿠타가
와상 후보가 된다. 이듬해 자리를 옮겨『문예춘추』에 게재되고 지쿠마서방에서
같은 이름으로 작품집에 수록되어 발간되었다. 당시 나는 3살이었다. 조국이 해

방된 후, 작가 김달수는 계속해 해방 전후의 조선을 그렸다. 전후 재일조선인의 문화잡지 『민주조선』의 발행에 진력하고 거기에 「후예의 거리」와 같은 소설을 발표하면서 활약했다. 1953년 『신일본문학』에도 이미 장편 「현해탄」 연재를 마쳤고 상재한 단행본도 『후예의 거리』, 『반란군』, 『현해탄』, 『후지가 보이는 마을에서』, 『고국인』, 『일본의 겨울』 등 다수가 있다. 말하자면 재일조선인문학가의 대표선수일 뿐만 아니라 일본 전후문학의 일각을 구축하는 위치에 있었다.

　최초의 출판인 장편 『후예의 거리』를 내놓고 정확히 10년, 나는 완전히 하나의 전기를 맞고 있는 것 같았다. 그것은, 나는 처음으로 자신의 방법에 대해서 심각한 생각을 해야만 했던 것이다. 그것은 하나의 도달점이기도 했는데, 동시에 그것은 어떻게 해서든 타파해야만 하는 커다란 벽이었다. 작가에게 방법이란 현실은 인간을 어떻게 할 것인가라고 하는 수단이지만, 나는 이 『박달의 재판』으로 그 중 하나인 돌파구를 열었다고 본다.

김달수가 「후예의 거리」와 「현해탄」에서 그린 것은 주로 고뇌하고 번민하는 지식인이었다. 그러나 「박달의 재판」에서는 강인한 정신을 가진 민중상을 그리고자 했다. '朴達'이라 쓰고 '박달'이라 읽는다. 본래는 박달삼이 본명이다. 해방 전은 "남조선에서 으뜸가는 대지주, 유가柳家의 머슴"이었고 주인만은 '달삼'으로 그의 이름을 정확히 부르고 있었다는 설정이다.

1945년 8월 박달은 20세가 되었다. 인민위원회가 만들어져 대지주의 토지는 소작인과 머슴에게 나눠 분배된다는 이야기도 전해졌다. 일본의 공무원들과 사이좋게 지냈던 유씨 집안의 주인은 당황했지만, 미국 군대가 마을로 진입해 오자 주인은 일본을 대신해 미국과 사이좋게 지내게 된다. 하지만 그 주인도 빨치산 부대가 그 지방에 출현하게 되자 박달과 같은 머슴들과 아래 것 종들에게 저택을 지키게 하고 가족을 데리고 도망치고 만다. 박달은 빨치산과 통했을 것이라는 이유로 체포되었는데 물론 그 무렵의 박달에게 그런 지혜가 있을 리 없기에 사실무근이다. 엄한 취조로 고문을 받아도 어릴 적부터 체벌에 익숙해 있던 박달에게는 대단한 고통이 아니었다. 오히려 "유치장에서 처음으로 사회라는 것을 접한" 박달은 석방되고 싶지 않았다. 유치장에는 그의 선생님이 되어야만 할 빨치산 전사들이 많이 있어 진기한 이야기로 많은 교육을 받기엔 더없이 좋은 곳이었다.

눈을 뜬다는 것은 이런 경우를 두고 말하는 것일 게다. 박달에게는 그 유치장이, 지금까지는 전혀 몰랐던 온갖 지식의 보고처럼 여겨졌다. 그는 거기에서 처음으로 조선이 38도선을 경계로 분단되었다는 사실이 무엇을 의미하는지를 배웠고 빨치산이 무엇인가도 배웠다. 지주라는 것도 알았다. 그가 유치장에 들어가기를 지원한 것은 이때부터다.

이렇게 박달은 "미국 앞잡이가 말하는 것을 듣지 말라"고 외치기도 하고 사회주의에 대해 이야기도 하면서 반미 운동을 전개하게 된다. 그리고 유치장에 들어가고 싶어 하지만 잘 되지 않았다.

박달은 거기에서 여러 가지를 배우게 되는데, 그것도 점점 수준이 높아져 국가란, 민족이란, 사회주의·공산주의란, 자본주의·제국주의란, 전쟁이란 식으로 발전하게 된다. 그리고 그는 세계의 역사, 조선의 역사, 김일성, 이승만 등등에 관해 열심히 귀 기울였고, 어떤 부분에서는 더 자세하게 뿌리가 어떻고 잎이 어떤지를 나지막한 목소리로 캐묻기도 했다. 박달은 거기에서 처음으로 글을 배웠다. 모음·자음 합해서 스물 네 자인 조선 문자는 두 구 정도로 남세 익힐 수 있었다.

그런데 소설은 남부 조선의 K라는 읍의 형무소에서 박달이 출소하는 장면부터 시작된다. 1955, 1956년 이승만 정권하의 남부 조선에 있는 읍을 무대로 한다. 조선에서는 1950년 6월 25일, 남북을 갈라놓는 전쟁이 일어나고 미제국주의가 세운 이승만 정권이 남조선을 강권 지배하고 있었다. 변혁기시대 배경과 박달의 인물상은 루쉰의 아Q를 방불케 한다. 박달은 아Q처럼 어떤 의미에서 역사의 거친 파도 속에서 살아가는 민중의 한 사람이기도 하다. 그러나 결정적으로 다른 점이 있다. 박달은 아Q처럼 시대의 알력에 농락당하지 않고 적극적으로 변혁하는 주체적인 입장에 있다.

박달은 영웅적인 혁명가처럼 비전향으로 일관하고 살해당하지 않고 곧바로 사죄 전향한다. 그리고 또 삐라를 붙이거나 스트라이크를 조직하곤 했다. 그리고 또 "붙잡히면 경찰과 검사에게 굽실굽실 머리를 조아리고 '전향'한다." 하지만 박달은 무척이나 완강한 혁명가다. 아Q를 가장하고는 있지만 매우 의식이 높은 사회주의인 것이다. 박달이 태어나 처음으로 쓴 문자는 "북도 남도 똑같은 조선 사람이다, 전쟁을 하지 말라!", "정치범을 모두 석방하라!", "일본 미국이 말하는 것은 들지 말라"는 것으로 한글로만 공들여 적었는데 틀림없는 좌익적 내용이다. 지식을 얻는 것, 특히 문자를 쓰는 행위의 시작이 박달로서는 투쟁의 시작이기도 했던 것이다. 그리고 마침내 기지 노동자를 선동해 스트라이크를 일으키고 재차 체포된다. 박달을 취조하는취조라야 때리고 차고 채찍질하는 고문에 지나지 않지만 김남철 검사는 도대체 정체를 알 수 없는 남자 앞에서 주체를 못한다.

박달의 범죄 사실은 명백하다. 박달이 그 사실을 부인하는 것도 숨기는 것도 아니다. 특별히 이렇다 할 배후 관계가 있는 것 같지도 않다. 이른바 뿌리가 깊지 않다.

이 "뿌리가 깊지 않다"라는 사실이야말로 중요하다. "뿌리가 깊지 않다"에서 강인한 혁명적인 힘을 표현하려 했다는 것인데 이 시점에서의 작가적 사상 경향을 엿볼 수 있는 대목이다. 그것은 한편으로는 민중주의이고 다른 한편으로는 전위당주의前衛党主義에 대한 회의다. 김달수는 「박달의 재판」으로 작가로서의 수단에 돌파구를 열었다고 적고 있다. 어떤 벽에 구멍을 뚫은 걸까. 김달수는 무엇을 초월하려 했던 것일까. 김달수는 박달 앞에 대면시킨 인텔리 김남철 검사를 사뭇 깔보며 표현하고 있다. 다만 이것은 아무래도 제도권 측의 인간에 대한 비판정신의 표현만은 아닌 것 같다. 일반적으로 인텔리들이 통솔하는 관료 조직에 대한 불만이 문학 정신의 근저에 깔려 있었다.

「박달의 재판」이 수록된 소설집 『박달의 재판』^{지쿠마서방, 1959}에 함께 실려 있는 단편 「위원장과 분회장」은 재일본조선인총연합회의 지부위원장을, 그가 새롭게 분회장으로 뽑은 문자도 제대로 모르는 남자가 윽박지른다는 식의 내용이다. 지부장 이상봉은 교양이 있고 외모에 신경을 쓰며 훌륭한 집에 살고 있는데 그 자금은 캬바레 등을 경영하는 부르주아 김일수로부터 나온다. 이상봉은 집회장의 건설자금을 모으기 위해 쓰레기 수집으로 약간의 돈을 모으고 있는 서만덕을 분회장으로 지명하지만, 만덕이 김일수로부터 5만 엔을 징수했던 관계로 김일수로부터 이상봉에게 건네져야할 돈은 줄어들고 만다.

김달수는 이 소설에 그려진 조직의 상황을 예를 들면 「위원장과 분회장」에 그려진 것과 같은 우리들의 동맥경화도, 이와 같은 하층계급에 의해 그것이 타파되고 갱신되어 가기에, 나는 기쁨과 희망을 갖는다 라고 적었다. 김달수는 이 시점에서 최하층 민중의 혁명성과 경직된 조직을 비판하려 했다. 때문에 「박달의 재판」에서도 스트라이크를 조직하는 것은 전위당의 당원이 아니고 무식한 하층민 박달인 것이다. 그리고 사람들은 박달을 사랑하고 있다.

김달수는 아Q적 민중상의 연장선상에서 박달을 만들어내려 했다. 그러나 이 민중상에서는 반드시 혁명적 민중상을 표현해 내지는 못했다. 박달은 어디까지나 혁명가의 아류였지 아Q적 민중성으로부터는 벗어나 있다. 박달은 민중의 강한 성질을 가진 혁명가였지 민중 그 자체는 아니다. 이러한 캐릭터의 창조가 의외로 조직 비판으로 이어지고 있는지도 모른다. 이 소설은 원칙적으로 한국전쟁에서 북측＝조선민주주의인민공화국 지지라는 입장에 섰던 소설이다. 그러나 내면 깊숙한 곳에는 회의의 그림자도 보였다 안보였다 한다.

「박달의 재판」은 재미있는 소설이다. 여기에는 반론의 여지가 없다. 일본의 전후문학에서 차지하는 위치는 적지 않다. 필자는 이전에 어딘가의 술좌석에서 이 작품을 "김달수의 단편……"이라고 말했던 적이 있는데, 옆에 있던 김태생이 내 말이 끝나기도 전에 "단편이 아니야! 대작이다"며 끼어들었던 것을 기억한다. 1958년이라는 해가 신일본문학회에 있어 어떤 해였는지 자세히는 모른다. 하지만 정치조직과 문학이라는 명제는 초기의 신일본문학회에서도 결코 사소한 과제는 아니었을 것이다. 최하층 민중의 강한 성질을 그리려 했던 이 무렵의 김달수의 기개는 좋았다. 이것은 그 이후의 김달수의 행보와는 별도로 평가하지 않으면 안된다.

5. 『금단추의 박』과 전후 재일조선인문학의 종언

야스타카 도쿠조의 『작가와 문단』이라는 에세이집에 「북과 남」이라는 단문이 실려 있다. 본문을 보면 어쩐지 1960년 9월 발행의 『도쿄신문』에 게재된 것 같다는 느낌이다.

김Y군은 「금단추의 박」이라는 작품에 게재된 『문예수도』와 구면인 한설야 씨 앞으로 보낸 나의 편지와 그리고 아름다운 일본인 부인을 데리고 돌아갔다.

야스타카 도쿠조는 자신도 소설가이지만 그 이상으로 그가 한 역할은 전쟁을 전후해서 많은 작가를 배출시킨 잡지 『문예수도』의 주재자로서다. 『문예수도』는 일본인 작가뿐만이 아니라 장혁주, 김사량, 윤자원, 김태생, 김석범과 같은 조선인 일본어 작가를 세상에 내보낸 잡지로도 잘 알려져 있다. 글 가운데 '김Y군'

이란 『문예수도』[1960.4]에 소설 「금단추의 박」을 실은 조선인 작가 김용환을 일컫는다.

일제 지배하에서부터 해방 후에 걸쳐 금단추의 학생복 차림으로 사기를 일삼았던 박영우와 4살 연상의 '나' 사이의 묘한 증오심과 우정이 뒤섞인 관계를 그리고 있다. 금단추의 박은 일본에서 돌아온 교복 차림으로 조선의 시골에 나타나 딸들을 마음대로 농락하고 있었는데 '나'는 농사일을 하면서 이따금씩 마을의 야간학교를 다니는 정도였다. '나'는 박이 마을에서 부유한 집 딸을 희롱하며 돈을 우려내고 도쿄로 데리고 가 마구잡이로 돈을 빼앗으려는 것을 보고 두들겨 패지만, 한편으로는 근대적 박영우의 모습에서 일본을 꿈꾼다. '나'는 일본에 건너갔지만 유쾌하지 못한 노동의 굴레로부터 해방되지 못하고 도일 3년째에 검지를 잃었다. 박은 '나'를 "형님, 형님"이라 부르면서 따랐고 '나'는 손수 돈을 벌어 학문까지 실현하는 박을 존경했는데 공장에서 스트라이크 중인 틈을 타 왕창 돈을 사기쳐 도망가고 말았다.

나는 그때 어떤 증오심 가득히 그 남자를 관찰하고 있었다. 둥글고 뭉실하게 솟은 코가 차가운 겨울바람 속에서 붉게 부풀어 있다. 굵은 검은 테 안경이 그 콧대에 박히듯 딱 달라붙어 있었다. 그러한 것이 일종의 생리적 불쾌감으로 다가왔다.

소설 첫머리에서 날품팔이로 그날그날을 살아가는 주인공은 금단추의 박과 재회한다. 과거 몇 차례인가의 만남과 박의 악행을 회상하는 형태로 소설은 진행된다. 박은 막 출소한 시점에서 가짜 학생임을 고백한다. 박의 금단추는 도금이다. '나'는 박을 냅다 두들겨 패지만 결국 가진 돈을 내주고 만다. 우직하다기보다 부조리마저 감지되는 결말이다. 그러나 그들의 관계가 부조리한 것은 아니고 그 부조리에는 깊은 의미가 느껴진다. 제국 일본의 지배하에서 조선인들의 박탈된 삶은 해방 후의 일본에서도 꿈이 없는 날품팔이 생활로 지속되었다. 부조리한 사회에서 교활하게 살았고, 살려고 했던 박을 보고 슬픔도 분노도 굴욕감도 던져버렸다.

야스타카 도쿠조의 글에서 알 수 있듯이 작가인 김용환은 북조선 조선민주주의인민공화국으로 귀국했다. 귀국선에 몸을 실은 것은 이 소설이 발표된 1960년 4월부터 9월 사이다. 일본이 패전하고 15년, 해방되고 만세 3창을 불렀을 재일조선인에게 절망감을 주고 조국으로 향하게 한 것은 무엇일까. 그것을 단순히 혁명 조국의 건설에 참가하려는 민족정신의 발양이었다고 할 수 있을까. 그 사이에 한국전쟁을 거치면서 조선반도는 격동했다. 식민지 지배로부터 해방된 지 얼마되지 않는 이 시기는 재일 1세대의 시대였다.

결론적으로 말한다면 1945년의 패전은 재일하는 조선인에게는 결코 '해방'을 부여하지 못했다. 이 소설의 주인공처럼 많은 재일조선인은 일본 사회의 모순과 부조리와 불확실함에 농락당했다. 그것이 어떤 현실적 벽에 부딪쳤느냐는 접어두더라도 귀국운동은 꿈이 없는 타향생활로부터의 탈출이었다. 전후 조선인의 일본어문학은 우선 김달수 등이 창간한 잡지 『민주조선』을 중심으로 전개되었다. 『민주조선』은 김달수, 김원기, 장두식 등에 의해 1946년에 창간되어 김달수의 소설 「후예의 거리」를 비롯해 쓰고 싶어도 쓸 수 없었던 민족의 마음을 주제로 문학 작품과 평론을 많이 게재했다. 1950년 7월호까지 총 33권을 발행했다. 1945년 이전에는 조선인 작가들의 활동이 매우 엄격히 규제되었다. 특히 1941년에 조선어 잡지 『문장』, 『인문평론』이 폐지되고 일본어 문예지 『국민문학』이 창간되면서 실질적으로 일본어에 의한 창작 이외는 발표가 불가능했다. 그래서 거의 대부분의 작가와 시인들은 일본어로 작품을 썼다.

그러니까 전후, 조선인의 손으로 『민주조선』과 같은 일본어 잡지가 창간되었다는 것은 두 가지 측면에서 그 의미를 생각해 볼 수 있다. 하나는 해방 후에도 일본에 사는 조선인문학가들이 일본어 글쓰기를 함으로써 일본에 사는 독자에게 호소할 수가 있다는 것이다. 김달수는 "조선인으로서 왜 일본어로 소설을 쓰고 계시는 겁니까"라는 질문에 이렇게 대답하고 있다.

민족은 사람은 평등해야만 합니다. 그리고 우리들은 상호간에 서로 이해하지 않으면 안 됩니다. 일찍이 나는 이 불평등 때문에 일본어를 이처럼 '능숙하게' 외울 수가 있었습니다. 그러나 나는 이 일본어를 뭔가 다른 것에 활용할 생각은 없습니다. 그것을 우리들 민족의 평등, 인간끼리의 이해를 돕는데 유용하게 쓰고 싶습니다.

취지는 일본인과 조선인의 평등을 위하여 일본어로 쓴다는 것인데, 거기에는 일본어 글쓰기를 함으로써 조선민족의 문제를 올바르게 일본인에게 전달할 수 있다는 의미를 내포하고 있다. 그러나 이 대답 속에는 또 하나의 의미도 숨겨져 있다. 그것은 조선어로는 쓸 수 없다고 하는 중대한 문제다. 재일조선인 1세라고는 해도 유아시절부터 일본어를 강요받고 스스로도 일본어문학을 배운 자로서 조선어로 문장을 쓸 능력은 갖추지 못하고 있다. 일본에 살며 일본어문학 능력이 조선어 문학 능력과 비교가 될 수 없을 정도로 높은 사람에게 일본어 글쓰기를 하는 것은 자연스러운 현상이었다.

김달수와 함께 「조선 겨울이야기」, 「화승총의 시」 같은 시집으로 알려진 혁명시인 허남기는 『민주조선』 외에 『신일본문학』에도 활발하게 작품을 발표했다. 『신일본문학』은 전후 곧바로 나카노 시게하루, 미야모토 유리코를 비롯한 구 프롤레타리아문학계의 작가들에 의해 결성된 신일본문학회가 발행한 잡지다. 앞서 언급한 김달수의 「현해탄」은 『신일본문학』에 게재된 작품이다.

김달수의 「현해탄」, 「박달의 재판」과 허남기의 장시 「화승총의 시」처럼 식민지시대의 민중과 인텔리의 민족독립을 위한 싸움을 그린 문학작품이 잇달아 발표되는 가운데, 전쟁 전부터 일본어로 작품 활동을 했던 장혁주 역시 활동을 멈추지 않았다. 장혁주는 일찌감치 일본어로 쓰고 일본 문단에서 활약한 작가다. 초기에는 프롤레타리아문학의 영향을 받아 수탈당하는 조선 민중의 모습을 그린 소설로 주목받았다. 하지만 전쟁 국면의 '악화'와 군국주의의 흉악화에 따라 조선인의 민족성을 비판하는 수필과 조선인 지원병을 미화하는 소설 「이와모토 지원병」을 발표하면서 친일파로 지목받게 되었다. 그는 후에 일본으로 귀화해 성을 노구치로 바꾸고 순문학, 역사소설, 추리소설 등 다방면에서 기치를 발휘하면서 활발히 소설을 발표했다. 장혁주는 1946년 12월에 일찌감치 「고아들」을 상재했다. 이것은 전쟁재앙 고아의 비참함을 가능한 현실로 충실하게 그리려 한 것으로 조선의 민족 문제를 그린 작품은 아니었다. 그는 조선의 독립을 위한 투쟁을 그리진 않았지만 한국전쟁의 발발 때에는 「아, 조선」을 썼고 또다시 비극 속으로 내몰린 조선민족의 비참함을 호소했다.

전쟁 전, 윤덕조란 이름으로 와카집 『월음산』을 발표한 윤자원도 1950년 소설 「38도선」을 상재했다. 그 밖에 조선 시집의 번역을 통하여 전쟁 전부터 알려진 김소운도 잇달아 수필집을 발표했다. 그렇긴 하지만 해방 직후 재일조선인의 문학 활동을 담당한 것은 김달수를 중심으로 한 좌익이고 『민주조선』, 『신일본문학』이 주된 작품 발표의 무대였다. 이들의 문학은 대체로 해방을 목표로 민족의 독립을 위해 싸우는 문학이면서 김일성의 조선민주주의인민공화국을 지지하는 입장을 취하고 있었다. 이것은 일본의 지식인 전체의 상황이 북한을 지지하고 남한에 대한 비판적 경향을 보인 것과 무관하지 않다. 이러한 경향에 김용환을 적용시켜 볼 수도 있다. 「금단추의 박」에서 알 수 있듯이 이 작가는 약간 굴절되어 있다. 해방 후 15년, 조선반도를 갈라놓은 한국전쟁도 일단 끝나고 이 작품은 조선에서의 혁명이라기보다 일본에서 조선민족의 민족적 좌절을 그리고 있다고도 할 수 있다. 그것도 사회적 능동적인 측면을 그린 것이 아니고 식민지시대의 굴절된 심정과 전후의 허무함, 황폐한 정신적 번뇌를 그려 성공했다고 할 수 있다.

발표지 『문예수도』는 원래 순문학 잡지였다. 『문예수도』는 고바야시 다키지小林多喜二와 도쿠나가 스나오德永直를 비롯한 프롤레타리아문학의 전성기에 전혀 관심을 끌지 못했던 잡지『개조』의 현상소설 입상자들이 모여 발행한『문학 쿼털리』가 모체다. 프롤레타리아문학에 대항해 만들어진 순수문학 잡지였다. 발행자 야스타카 도쿠조는 소년시절을 조선에서 보내고 "조선은 마음의 고향이다"고 말했을 정도니까 장혁주을 비롯해 많은 조선인 작가와 교류를 가졌고 그들의 작품을 채용했다. 전후에도 야스타카의 조선에 대한 동정은 변하지 않고 윤자원, 김태생, 김석범 등의 작품을 게재했다.

전후 재일조선인에 의한 일본어문학 제1기는 전쟁 전부터 활동했던 작가^{장혁주,김소운} 등를 제외하면『민주조선』,『신일본문학』,『문예수도』에서 나왔다고 할 수 있다. 김용환은 그 마지막 작가로서 단편 하나를 남기고 조선민주주의인민공화국으로 들어갔다. 참고로 전쟁 전의 대표 작가 3인은 전후 제각각의 운명을 걸었다. 김사량은 북조선에서 작가로 활동하였는데 한국전쟁 때 북한군을 종군하다 죽었다. 그리고 김소운은 한국으로 돌아갔고 장혁주는 앞서 언급했듯이 일본으로 '귀화'해 노쿠치 가쿠추라는 이름의 문필가로 살아가게 된다.

「금단추의 박」의 주인공이 번뇌하는 모습은 다음 세대 작가들, 즉 김학영과 이회성이 그리는 난폭한 아버지상과 닮아 있다. 그들은 일본의 문예잡지 신인상에 응모해 당선하고 화려하게 데뷔한 작가들이다. 그들의 작품에는 김용환이 조국으로 돌아간 '귀국' 문제 그 자체를 소재로 다룬다. 양석일의 작품에는 귀국운동에 휘말린 이카이노 조선인상이 그려진다.

재일조선인문학은 1960년부터 1967년의 귀국운동기를 전환점으로 크게 변화해 갔다. 혁명 시인 허남기와 소설가 김달수가 초창기 공화국 지향의 혁명문학을 뒤로하고 재일조선인 청년의 번뇌와 현실 참가를 그리게 된다. 또한 이회성처럼 한국에서의 사회주의 혁명을 상상했어도 거기에 제시된 것은 김일성주의와 명확한 차이가 있었다. 김석범도 제주도의 혁명 투쟁을 그리지만 공화국의 주도권과는 전혀 상관없는 시점에서 그리고 있다. 김학영은 북조선으로의 귀국을 비판적으로 그려 한국에 대한 동정을 보였다. 이보다도 훨씬 젊은 작가들, 이양지, 이기승, 원수일, 김창생의 뇌리 속에는 조선민주주의인민공화국은 전혀 빛을 발하지 못했고 처음부터 결핍되어 있었는지도 모른다.

어떤 종류의 민족적, 정치적 이상이 조선민주주의인민공화국에 기대었던 시기를 전후 재일조선인문학의 제1기라고 할 수 있다. 일본문학사에서 '전후문학'이라는 말이 있는데 거기에서 재일조선인에 의한 일본어문학을 이야기한다면 정확히 제1기가 해당된다. 그리고 김용환의 「금단추의 박」을 전후해 끝났다고 할 수 있다.[6]

6. 제주4·3문학의 원점

그 까닭은 잘 알려진 바와 같이 1945년 8·15해방이 미군이 남조선을 점령함에 따라 변화된 것으로부터 시작한다. 일본 대신에 식민지 정책을 실시, '적색 위협'의 구호처럼 말을 듣지 않는 '놈'은 닥치는 대로 처넣었다. 그리고 전근대적 초전제국가가 아니면 할 수 없는 공포정치를 시작한 것으로 문자 그대로 남조선은 암흑지대가 되어버렸다. 자신의 국가를 또 다시 빼앗긴 인민이 가만히 있을 리 없다. 들고 있어났다. 그것은 한두 번에 그치지 않았다. (…중략…) 1948년 4월에는 남쪽만의 '단독선거' — 이른바 '대한민국수립'에 반대하고 조선의 통일을 요구하며 제주도에서 일제히 무장봉기가 일어났다. 제주 도민이 손수 만든 무기를 손에 들고 섬 한복판에 솟아 있는 한라산에서 굳게 버티며 남조선 최초로 빨치산 투쟁의 봉화를 올렸던 것이다. 놀란 미국과 이승만도 이를 철저하게 탄압 말살하기 위해 일어났다. 제주도민은 모두 '빨갱이'가 되어버렸고 감옥은 넘쳐흘렀다. 감옥을 짓기보다도 죽이는 편이 빠를 정도로 감옥은 '대만

---

6   전쟁 전 야스타카 도쿠조의 『작가와 문단』에 의하면 김용환은 귀국 후, 제철소에서 근무하고 있었는데 직장에서 추천받고 평양대학을 시험쳤다. 그 후, 작가 동맹에서 불러 당시 작가동맹위원장이었던 한설야와 만난다. 현재는 그 이후의 자세한 소식을 알 수 없다.

원'이었다.

1948년 4월 3일, 미군 점령하에서 남조선의 남단 제주도에서 도민이 봉기하고 섬 전체가 빨치산 투쟁으로 발전했다. 조선반도의 남쪽에서 강행하려던 '5·10단독선거'와 단독정권수립에 대한 반대투쟁이었다. 분단 국가의 영구화로 이어지는 미국과 이승만의 반동에 대한 민족적·민중적 대운동이었다. 햇수로 8년에 걸친 이 투쟁은 불행하게도 20여만 명의 도민 중 5, 6만 명으로 일컬어지는 엄청난 수의 인명이 학살되고서야 종지부를 찍는다. 그것은 직접적으로 게릴라와 상관없는 어린이에 이르기까지 처참한 것이었다.

근래 10여 년 동안 한국에서는 제주도4·3사건을 다룬 문학 작품이 여러 편 나왔다. 오성찬, 현길언, 김석희 등의 소설이 있으며 이산하의 장편시 「한라산」은 일본에도 소개되었다. 1987년 4월 일본의 대학원에 유학하던 중, 지문날인을 거부하고 한국으로 떠난 시인 김명식도 그러한 흐름 속에 포함된다. 이러한 작품군 속에서 가장 이른 시기에 집필된 것은 현기영의 「순이 삼촌」, 「도령 고개의 까마귀」일 것이다. 그러나 이러한 현기영의 작품은 고작해야 1979년경에 발표되었다. 오랫동안 제주도4·3사건이 터부시되어 왔던 탓이다. 제주도4·3사건이 갖는 역사적 의미의 크기는 이승만, 박정희, 전두환으로 이어지는 대한민국 정권의 부당성을 증명하는 사건으로서 권력에 의해 말살되었다 할 것이다.

재일조선인 작가 김석범은 이 사건을 일찌감치 작품화 했다. 외우 김태생에 따르면 『강화신문講和新聞』이라는 신문에 "김석범이 제주도4·3사건에 관한 어떤 소설을 발표"하였다는 것인데「좌담회·일본 지도에 대한 별도의 견해」, 『조선인』, 1983.3 일반적으로 우리들이 알 수 있는 4·3사건에 대한 김석범의 최초 소설은 1957년 『문예수도』 8월호에 발표된 「간수 박서방」이다. 김석범은 이어 『문예수도』 12월호에 「까마귀의 죽음」을 썼고, 이후 「화산도」로 이어지는 단편군을 잇달아 썼다.

김태생은 1958년 11월에 창간된 『계림』에 「후예」를 발표하고 20년이 지난

1977년 4월 『문예전망』 봄호에 「보금자리를 떠난다」를 발표했다. 그러나 계속해 '4·3문학'[임시로 제주도4·3사건 전후의 민중투쟁과 그 탄압을 소재로하거나 배경으로 삼은 문학작품을 이렇게 부른다]을 쓴 김석범과 김태생을 같은 레벨에서 나열할 수는 없다. 한국에서도 현기영은 다른 작가들보다 이른 시기에 문제의식을 가졌고 작품수도 많다. 사소설적 작품이 많은 김태생이 제주도 4·3문학을 쓴 것은 김석범의 영향이 절대적이었다. 현기영 역시 김석범의 작품에 은근히 영향을 받았다고 한다.

김석범은 고단샤 문고 「까마귀의 죽음」 「후기」에서 다음과 같이 적고 있다.

나는 젊었을 때 작가가 되겠다고 하는 명확한 의사를 갖고 있었던 것이 아니다. 우여곡절의 생활을 거치면서 실제로 작가 생활로 들어선 것은 40년대가 되면서부터였다. 그리고 「까마귀의 죽음」을 집필하고 약 30년이 지난 지금, 새삼 생각하는 것은 이 처녀 작품이 나의 그 이후의 창작 전체를 지배해 왔고 이른바 원점이 되었다고 하는 사실이다.

김석범 문학의 원점이라는 것은 단적으로 말해 '4·3문학'의 원점이기도 하다. 「간수 박서방」에서 간수 박백선은 결코 강하다고 할 수 없는 오히려 우매한 민중의 한사람이다. 그 민중성 때문에 간수 직에 긍지를 가졌고 결국은 처형장의 이슬로 사라진다. 박 간수는 죄 없이 처형되려 하는 죄인 명순에게 연심을 품고 "제기랄, 이놈의 세상은 좀처럼 맘대로 되질 않아.' 도대체 어째서 저토록 온순한 미인 명순이 죽어야만 한단 말인가"라고 고뇌한다. 박 간수는 트럭에 실려 처형장으로 떠나가는 명순을 뒤쫓으며 외친다. "기다려 줘! 명순아! 나다, 여름 밀감이란 말이야 (…중략…) 용서해 줘라, 기다려 줘, 명순!" 어쩔 수 없이 처형된 박 서방이 남긴 최후의 말이야말로 민중적 저항을 상징하고 있다. "난 말이야, 아무래도 (…중략…) 대한민국이 잘 어울리지 않는다니까." 이 말에는 사치스런 사상성은 보이지 않는다. 민중의 삶 속의 말인 것이다. 이러한 아Q적 민중상의 전형화는 「까마귀의 죽음」의 부스럼 영감, 「똥과 자유」의 용백, 「만덕유령기담」의 만덕으로 이어진다. 당연히 장편 「화산도」에도 그러한 형상은 등장한다.

　김석범이 그린 또 하나의 형상인 지식인의 냉철한 모습은 「까마귀의 죽음」의 정기준에게 전형화되고 있다. 정기준은 제주 미군정청의 통역인데 실은 빨치산의 극비 임무를 맡은 스파이다. 그와 빨치산을 잇는 유일한 끈은 빨치산의 간부이자 그의 친구인 장용석 뿐이다. 정기준은 사명을 위해서는 동료도 죽이지 않으면 안되는 고독을 강요받는다. 연인이자 장용석의 여동생인 양순 앞에서조차 민중에 대한 배반자이며 미군의 개 행세를 하지 않으면 안된다. 그 뿐만 아니라 양순이 처형장의 이슬로 사라지는 것을 말없는 돌처럼 지켜볼 수밖에 없다. 정말로 "항상 거울 앞에서 살고 거울 안에서 잠자지 않을 수 없는" 입장인 것이다. 정기준은 연인 양순을 위해 임무를 포기하지는 않는다. 「간수 박서방」의 박백선처럼 처형장으로 끌려가는 여인을 뒤쫓아 가는 것은 불가능하다. 싸우는 지식인의 극단적인 전형인 것이다.

　또한 「까마귀의 죽음」에는 부자집 방탕아 이상근이 등장한다. 미군 측과 빨치산 측 어느 쪽에도 붙을 수 있을 것 같은 인물상은 모라토리엄moratorium 인간으로 불리는 현대 일본의 많은 청년상과 닮아 있다. 방탕한 점에서도 그러하다. 그럼에도 불구하고 이상근은 뭔지 모르게 매력적이다. 이상근의 알 수 없는 매력은 물론 작가가 애정을 갖고 썼기 때문이다. 거기에서 행방이 정해지지 않은 자에 대한 희망을 엿볼 수 있다. 이상근이 어떻게 살아갈 것인가는 일본의 젊은이들이 어떻게 살 것인가와 통할지도 모른다. 아니 이상근의 인물상과 상관없이 「까마귀의 죽음」의 충격은 사람을 움직인다. 「까마귀의 죽음」과 만나게 됨으로써 재일조선인문학과 깊숙이 교제를 할 수 있게 된 오노 데이지로小野悌次郎는 이렇게 적고 있다.

　우리들은 활자의 홍수 속에서 삶을 누리면서도 실은 굶주리고 있는 것은 아닌가. 거대한 권력 구조의 벽 속에서, 손바닥 위에서 발버둥 치다가 언제든 질식사하게 되는 위치에 있는 것은 아닌가. (…중략…) 자신도 모르는 사이에 몸도 마음도 물로 채워져 버려 내면 부식이 심해 쓸모없어지게 된 것은 아닐까. 인간성 그 자체의 박탈은 아주 깊숙이 침공하여 우리들의 신경은 마비되고 감동도 무서워할 수도 없게 되어버린 것은 아닐까. 그러한 마비감, 일상의 무감각을 뒤흔드는 것으로 우리들은 「까마귀의 죽음」을 인식했다고 생각한다.

오노 데이지로, 「김석범 문학에의 접근 ─ 「까마귀의 죽음」에서」,

『풍문』15호, 1976.1

모티브의 무게라는 것이 있다. 조선의 반영구적 분단으로 이어지는 제주도 빨치산 투쟁에 대한 철저한 탄압을 배경으로 한 4·3문학은 최초로 김석범이라는 얻기 어려운 작가를 얻었고 일본의 젊은이들에게 강한 영향을 끼쳤다. 그리고 현기영을 통해 한국의 젊은이들에게 침투해 갔다. 처음에 「까마귀의 죽음」이 있었다. 정치성 강한 모티브의 무게를 문학적으로 훌륭하게 승화시킨 김석범 문학이 있었고 그에 연이은 작품군이 나왔던 것이다.

7. 『까마귀의 죽음』의 도입부 풍경

김석범은 『까마귀의 죽음』^{고단샤} 「후기」에서 이렇게 적고 있다.

이 작품집 속의 「까마귀의 죽음」은 20대 후반의 내가 오랫동안 가슴에 품고 있었던 것으로, 이른바 나의 청년시절 위기 속에서 생겨나 그 위기를 빠져나감으로써 내 삶을 겨우 유지할 수 있었다고 할 정도로 자신이 구원받았다는 생각이 드는 작품이다. (…중략…) 그리고 「까마귀의 죽음」을 집필하고 약 30년이 지난 지금, 새삼 생각하는 것은 이 처녀 작품이 나의 이후 창작 전체를 지배해 왔고 원점이 되었다고 하는 사실이다.

김석범은 「까마귀의 죽음」 연작 외에, 「만덕유령기담」, 「밤」, 「제사 없는 축제」와 같은 중단편을 발표했다. 특히 1983년에 상재한 대장편 『화산도』는 오사라기지로상을 수상하여 주목받았다. 이 작품은 전3권 발행 후에도 재차 잡지 『문학계』에 게재를 시작했으며 1997년 문예춘추사에서 전7권으로 완결되어 간행되었다.[7] 김석범은 이들 작품의 원점을 「까마귀의 죽음」으로 본다. 말하자면 「까마귀의 죽음」에 표출된 것이 김석범 문학의 기저를 이루고 있다. 「까마귀의 죽음」이 갖는 풍경, 그것은 곧 김석범 문학의 원초적 사상을 반영한 것임에 틀림없다.

비는 그쳤다. 무수한 자국으로 지면이 주름 잡힌 채 신작로는 얼어붙어 있었다. 트럭과 엄청난 군화에 짓밟힌 채 도로는 처참한 모습으로 완고히 가로누워 있었다. 신작로가 동서로 관통하고 있는 성내城內까지 울릴 정도로 바다는 거칠었다. 구름은 묵직하니 무겁게 사람들의 이마를 덮쳐누르고 있는 듯했다. 그러나 이따금씩 두터운 구름의 갈라진 틈새 사이로 은백색 햇살이 새어나왔다. 바람은 잦아든 듯했다. 속까지 파고드는 쌀쌀한 날이었다.

「까마귀의 죽음」의 첫 머리 풍경 묘사에는 이 나라의 역사와 마주 대하는 김석범의 무거운 의사가 비춰지고 있다. 제주도는 중앙에 높이 솟은 한라산과 그 기슭으로 이루어진 섬이다. 바야흐로 독자의 시점은 군부郡部에서부터 읍내 안쪽으로 신작로라 불리는 간선도로를 따라 이동하면서 제주도라는 섬의 역사를 들여다보고 있다. 오랜 일본 제국주의의 식민지 지배로부터 해방된 조선의 최남단 화산도. 비가 그치기는 했지만 일제 지배의 상흔은 얼어붙은 무수한 자국처럼 고통스럽게 흔적을 남기고 있다.

바다는 거칠고 두툼한 구름은 도민을 압박이라도 하듯이 온통 하늘을 뒤덮

---

7   『화산도』는 1996년에 연재를 끝내고 1997년 7월 『문예춘추』에서 전7권으로 발행되었다.

고 있다. 미제국주의와 조선 남부에 세워진 그들의 괴뢰정권 이승만 파쇼정권의 압제 하에 조선의 인민은 학대받고 있다. 그리고 1948년 남조선에 이승만을 수 반으로 하는 독립정권을 세우기 위한 선거가 실시되려고 한다. 후일 조선반도 의 반영구적 분단으로 이어지는 이 선거를 저지하고 미국의 손에서 조국을 해방 시키고자 하는 운동은 전국적으로 확대되었다. 특히 제주도에서의 투쟁은 처참 한 탄압에 대한 영웅적인 게릴라전이었다. 그것이야말로 두터운 구름의 갈라진 틈새로부터 새어나오는 은백색 햇살이었다. 전망이 없을 리 없지만 이 드라마 에 등장하는 사람들의 인간성을 얼어붙게 할 듯한 추운 싸움을 첫 머리 풍경은 암시하고 있다. 이 제주도의 풍경에 김석범은 집착했다. 그것이 그의 사상이었 다. 김석범은 1972년 「제주도에 관한 것」으로 제목을 붙인 에세이에서 제주도를 '고향'으로 삼는 사상에 대해 다음과 같이 적고 있다.

조선 최남단의 화산도 제주도로 일본에서 태어나 그곳에서 자란 내가 최초로 간 것 은 13세 때인데. 그것은 태평양전쟁이 시작되기 바로 전 해였다. 조선을 본 적이 없는 내 앞에, 그 험악하고 아름다운 한라산과 풍성한 감벽의 바다가 펼쳐지는 웅대한 대자 연의 분위기와 어눌한 인간의 모습으로 나타난 제주도는 완전히 나를 압도하고 말았 다. 그것은 지금까지 '황국' 소년이었던 나의 내부 세계를 때려 부수고 나를 근본적으 로 바꾸어 버리는 계기가 될 정도의 힘을 갖는 것이었다고 할 수 있다. 반년정도 체재 하고 일본으로 돌아온 나는 곧바로 작은 민족주의자로서 눈떠갔고 이후에도 몇 번인 가 조선 왕래를 거듭하게 되는데 제주도는 그러한 나의 '조선인'의 자아 형성의 핵을 이루는 것이었다. 제주도는 정말로 그런 의미에서 나의 고향이고 조선 그 자체였다. 그 리고 제주도는 그때부터 지리적 공간으로서의 그 실체를 초월하기 시작해 나에게 관 념적 존재가 되어간다. 나의 '고향'은 이렇게 해서 만들어졌다.

제주도에 대한 김석범의 강한 집착은 그곳이 '제주도4·3사건'으로 불리는 도민 전체를 대상으로 한 살육의 현장이었다는 것에 유래한다. 「까마귀의 죽음」의 주인공 정기준은 스파이다. 미군정청에서 통역으로 근무하면서 사실은 한라산에 틀어박혀 게릴라전을 펼치는 빨치산의 일원으로서 정보를 흘리고 있다. 정기준은 그 임무상 사랑하는 사람에게조차 자신의 본래의 사상과 모습을 밝히지 못한다. 이른바 자신이 개죽음 당하지 않기 위해서는 자기편도 죽여야만 했다 연인에게 하등 남자라고 경멸당하고 게다가 그 연인과 가족이 눈앞에서 살해당하는 것을 냉담하게 지켜볼 수밖에 없다. 애정뿐만 아니라 모든 감정을 가면의 표정 속에서 숨기고 살아가고 있다.

「까마귀의 죽음」의 도입부 풍경묘사에 이어 "에에야, 호오이, 에에야, 호잇……"이라고 읊는 부스럼 영감이 사람들에게 알리는 소리와 함께 고독한 혁명가 정기준이 등장한다. 부스럼 영감은 어깨에 걸치고 있던 대바구니에 방금 자른 사람의 목을 넣고, 잘린 목 임자의 정체를 알고 있는 자를 찾고 있다. 이른바 전사한 빨치산과 포로가 되었지만 고문에도 입을 열지 않고 신원을 알 수 없는 빨치산의 배후 관계와 가족을 밀고에 의해 조사하고 테러 대상으로 삼으려는 것이다. 이 불길한 노인의 소리는 주인공의 건조하고 고독한 표정과 대조를 이루는 풍경으로 구성되어 있다.

일본 제국주의시대로부터 미국과 이승만의 테러 지배와 그것에 대한 싸움인 현재1948년까지의 역사와 제주도의 풍토를 동시에 표출한 도입부, 첫 머리 다섯줄의 훌륭한 풍경 묘사에서 독자의 시점이 부스럼 영감이라는 특이한 존재로 이동하면서 이 소설은 움직이기 시작한다. 그리고 이 미묘한 시점이 김석범 문학 전체의 시점으로서 절묘한 역할을 담당하고 있다.

나는 제주도를 테마로 몇 작품을 써 왔다. 내가 제주도를 쓰는 가장 큰 이유의 하나는 나 자신 또한 그 피투성이가 된 고향섬의 눈물조차 말라버린 인간들 속의 한 사람이라고 하는 것에 있다. 문학이 인간의 존재, 전체라고 하는 한없는 여러 상황과 서로 관계하는 가운데서 '인간'을 쫓는 것이라고 한다면, 나는 그것을 제주도라고 하는 것을 구체적으로 다루어 그 상황과 맞물리게 하면서 작업을 이어가려한다. 이것이 모든 것을 그 안에 애써 감추려고 하는 어둠의 힘과 그것을 파헤치려고 하는 것과의 싸움 속 한 줄기 빛이라도 되었으면 한다.

제주도의 풍경 속에서 떠오르는 니힐리스트 정기준과 방금 자른 목을 들고 돌아다니는 부스럼 영감의 균형 잡힌 묘사 속에는 제주도 4·3사건을 그릴 수밖에 없는 김석범의, 실은 정치적인 문제의식과는 별도로 극히 섬세한 인간 존재의 근원을 물어보려는 문학적 의식이 명멸明滅하는 것이다.

제2부

재일디아스포라
작가론

제주4·3항쟁과 역사인식의 전개상
김석범론

오노 데이지로

1.「까마귀의 죽음」과 제주4·3항쟁

1) 김석범 문학과의 만남

　우리들이 김석범 문학과 만난 것은 1971년 고단샤판「까마귀의 죽음」이었다. 젊은이들은 한 권의 책을 돌려가며 읽었다. "한 권의 책"을 거론하기가 곤란할 만큼 활자의 홍수 속에 있는 우리들에게 그것은 보기 드문 일이었다. 그것은 확실히 충격적인 작품집이었다. 왜일까. 전쟁 체험이 없는 세대인 우리들에게 그 세계제주도 빨치산전투, 또는 전시 하의 징용, 조선인의 실상가 미지의 것이라는 것, 작품의 내적 에너지로 움직여지는 것, "밀도密島의 학살"이 당시의 베트남전쟁에서 제국주의의 실상에 부합되고 있다는 것, 현재의 상황, 박정희 정권의 실상과 오버랩된다는 이유가 있다고 본다. 우리늘은 활자의 홍수 속에서 태어나 실은 굶주리고 있는 것이 아닌가. 거대한 권력구조의 벽 속에서 손바닥 위에서 놀아나며 언제라도 질식사 당할 입장은 아닌가. 허망한 전후 '민주교육'에서 많이 알려진 듯하지만 실은 아무것도 알지 못한 채, 모든 것이 포박되어 권력의 자의대로 조종당하고 있는 것은 아닐까. 자신도 모르게 몸과 마음이 상처입고 심한 내면 부식으로 불모가 되어버린 것은 아닐까. 깊숙이 파고든 인간성 자체의 박탈은 우리들의 신경을 마비시켜 감동할 수도 두려워할 수도 없게 만들어버린 것은 아닐까.

그러한 마비감과 일상의 무감각을 뒤흔들게 만든 것이 「까마귀의 죽음」이었다. 로컬 룸에 비닐로 싼 영아를 집어넣고 그 질식사와 썩어가는 냄새에 아랑곳않고 거리를 활보한다. 수 십 건째 영아유기사체라고 보도하는 것을 사건이 아닌 일상으로 지나쳐간다. 아시아를 착취하여 비대해진 일본 제국주의의 부산물, 흡혈귀의 퉁퉁한 후예에게 김석범 문학은 예리한 칼을 들이대고 있다는 느낌이다. 모든 것이 어둠 저편으로 사라져 버릴 것 같은데 김석범의 날카로운 성찰을 허공에 메아리치게 해서는 안 된다는 생각에 사로잡혀 이 글을 쓴다.

첫 번째 작품집 「까마귀의 죽음」은 다섯 작품으로 이루어져 있다.

「간수 박서방」, 1957년 8월, 문예수도, 초출

「까마귀의 죽음」, 1957년 12월, 문예수도, 초출

「관덕정」, 1962년 5월, 문화평론, 초출

「똥과 자유」, 1960년 4월, 문예수도, 초출

「허몽담」, 1969년 8월, 세계, 초출

작품집 「까마귀의 죽음」은 세 종류가 있다.

신흥서방판 1967년

고단샤판 1961년

고단샤 문고판 1973년[1]

---

1 초출 시기를 보면 분명히 알 수 있는데 「허몽담」(고단샤)부터 수록된 것으로서, 이것은 작가 김석범의 「재차 일본어 소설을 쓰기 시작」에서 인용한 것이다. 이 글의 텍스트는 고단샤 문고판을

「까마귀의 죽음」의 다섯 작품 중 앞 3편은 연작이라 할 수 있으며 오늘날에는 권력 측의 자의에 의해 터부시되고 희미해져 가는 '제주도 사건'을 배경으로 하고 있다. 그리고 이들 작품의 연결고리는 「만덕유령기담」『인간으로서』1970. 12 4호 초판. 1971년 11월 지쿠마서방에서 가필 수정해 단행본으로 출간된다. 또한 이 중 편소설의 주인공 만덕은 전쟁 중에 홋카이도 크롬광산으로 강제 징용되어 엄청난 혹사로 백치화한 용백龍白을 원형으로 한 인물로서 4편째 작품 「똥과 자유」의 연결고리이기도 하다.

사실 김석범의 제1기로 불러야만 할 일본어소설 시기는 4편까지이며 그 이후 10년은 일본어소설의 공백기다. 니시다 마사루西田勝의 "그『까마귀의 죽음』로부터 3년, 김석범은 연사추고練思推敲 그의 재능을 마음껏 발휘하여 곧바로 「만덕유령기담」을 세상에 내놓았다"라는 서술은 김석범의 일본어소설의 재출발까지가 3년이라는 오해를 불러일으킬 수 있기에 덧붙여둔다. 작가 자신이 "처녀작이라고 말할 수 있는 「간수 박서방」과 「까마귀의 죽음」을 『문예수도』라는 동인지에 발표한 것은 31세1957 때였다. 그로부터 두세 편의 작품을 썼을 뿐, 약 십년 정도 나는 창작으로부터 벗어나 있었다"라고 회상하고 있기에 확인해 둔다. 이처럼 작가가 일본어 소설의 창작에서 일시적으로 멀어졌다가 다시 복귀한 경위에 대해서는 작가 스스로도 언급한 적이 있다. 그 투영이 1970년대에 들어서 그의 작품에 나타난다고 생각하지만 여기에서는 다루지 않겠다.

작가는 표제작 「까마귀의 죽음」을 "문학의 시작"이라 하고 이 한 편을 통해 자신의 "정신적 위기"를 극복했다고 말한다.

「까마귀의 죽음」1957을 쓴 것은 이른바 제주도4·3사건의 충격이었다. 물론 그것은 외적 요인이며 동시에 나의 내면에 니힐리즘을 불러일으켰다. 그러한 내면적인 것은

사용했다.

아마 센티멘탈한 감상적인 것이었는지도 모르지만, 그럴수록 그것을 죽이지 않을 수 없었다. (…중략…) 제주도사건 그 자체가 아닌 가공의 픽션에 의탁함으로써 나는 자신의 내적 위기를 보다 명확히 하며 자신을 넘을 보다 명확한 반응을 그 속에서 구하고 싶었던 것이다. 당시의 나는 「까마귀의 죽음」으로 구원되었다고 할 수 있다.

「까마귀의 죽음」

이처럼 김석범에게 「까마귀의 죽음」은 모티프가 절실한 자기 구제의 작품이었다. 그러나 그에게 '나의 해방', '자기 구제'는 그것도 허구일 수밖에 없다. 김석범이 보고 있는 것은 '해방'이며 권력의 '자의'로서 국경이고 탄압 하에 있는 사람들이다. 게다가 '풍화'에 대한 두려움이 항상 밀려오고 있다. 더욱이 일본어의 주박이라는 질곡 속에서 상황을 어떻게 타개해 갈 것인가, 라는 과제 또한 무척이나 무겁다. 나는 「까마귀의 죽음」을 시작으로 작가가 조형한 세계의 다양성을 보면서 김석범 문학에 접근해 보고자 한다.

2) 「까마귀의 죽음」의 서사적 공간

「까마귀의 죽음」은 7장으로 구성되었으며 5일간의 시간적 공간 속에서 전개된다. 1장에서는 주요 인물을 모두 등장시켜 시간적 공간으로 보면 2일째에 해당한다. 주인공 정기준은 미 군정청의 통역을 하고 있는 빨치산 스파이다. 그는 빨치산 섬멸작전이 임박한 고향 제주도에서 본토 광주로 갑작스런 전임 발령을 받는다. 경찰서 앞에 선 그의 눈에는 얼어붙은 신작로에 고목의 모습을 띤 벚나무 가로수가 "황민화 정책의 일단" "옛날 조국 상실의 어두운 날의 총검의 동반자"로 비친다.

"에에야, 호오이, 에에야, 호잇"의 목소리는 절름발이 부스럼 영감이다. 그는 남들의 부스럼 고름을 빨고 다니기에 이런 호칭이 붙었다. 장날 사람들의 눈에는 카키색 미 군복차림의 남자 정기준과 바구니에 현상금이 붙은 잘린 빨치산의 목을 넣고 돌아다니는 부스럼 영감은 모두 미군의 앞잡이로 비친다. 군중의 눈초리에는 "하얀 어금니의 적의"가 담겨있다.

> 아까 그는 군정청 사무실에서 전임 통고를 받았다. 본토 광주로의 전임, 그것은 그를 포위하고 있는 사람들의 쌓이고 쌓인 적개심에서 해방되는 것을 의미했다. 바꿔 말하면, 가장 다사다난하고 격화된 이 섬의 정세에서 도망칠 수 있는 하나의 기회이기도 했다. 동시에 그것은 그가 섬사람들의 적개심보다 더욱 예민하게 눈치 채 왔던 동지들의 뜻을 저버리는 일이기도 했다.
>
> 「까마귀의 죽음」

여기에서는 협격狹擊된 위치성을 가진 정기준이 있다. 그는 '전임'으로 해방을 느끼는 자신의 심정을 '비열하다', '비겁'하다고 생각한다. 또한 장날 거리에는 1, 2년 전에는 "서양과자 보이콧운동"으로 모습을 감추었다고 생각한 초콜릿, 껌, 사탕이 미군 방출물자와 함께 범람하고 있다. 게다가 군중들 중에는 현상금이 붙은 잘린 목에 "밀고하고 싶은 욕망"으로 사로잡힌 사람들조차 있어 '비열함'을 느끼지 않을 수 없었다. 이것은 1947년 3·1절 기념일의 소년학살사건을 계기로 미군 당국과 정면으로 대적한 섬 전체의 모습에서 보자면 정기준의 심정과 함께 보기 흉한 퇴폐적인 모습이었다. 밀집한 군중들 사이에서 목청 높여 "오오, 알고 있어. 내가 잘 알고 있지. 하하하…… 돈은 필요 없어"라며 어깨너머로 등장한 것은 키가 큰 이상근이었다. 그는 이 소설에서 정기준을 위협하는 존재로 여러 번 등장하는 권력가의 아들이다.

2장은 정기준의 전날 밤에 대한 회상 형태로 시작한다. 작품의 시간적 공간은 1일째다. 정기준과 친구인 빨치산 간부 장용석의 숨막히는 비밀연락 장면이다. 장용석은 또한 정기준의 연인 양순의 오빠이기도 하다.

생각하면 위험한 일이었다. 군정청 내부에서의 긴장은 제쳐놓고라도, 가령 지금 장용석 외의 빨치산이라도 우연히 만난다면 (요즘은 정세가 악화되어 빨치산이 이 언저리까지 내려오는 일은 없었지만), 기준은 그 일의 성격상 자신의 신분을 밝힐 수가 없었다. 즉 자기가 개죽음을 당하지 않으려면 자기편이라도 죽이지 않으면 안 된다.

「까마귀의 죽음」

이러한 긴장감으로 터져버릴 것 같은 정기준은 자그마한 소리 그림자 하나도 방심할 수 없다. "자신이 개죽음을 당하지 않으려면 자기편이라도 죽이지 않으면 안 된다." 이것이 정기준의 명확한 위치성이다. U악의 동굴에서 두 사람이 만나는 여울은 신선한 감동으로 그려진다.

부엉부엉 하는 올빼미 울음소리가 났다. 용석의 목소리가 분명했다. 기준은 몸을 내밀었다. 그 울음소리에 세 번 답하면서 기준도 올빼미가 되었다. 상대가 용석임을 알자 기준은 조금 익살스럽게 이런 때에 사람의 목소리가 잘도 나왔다.

「까마귀의 죽음」

작가는 이처럼 따뜻함이 담긴 묘사를 하고 있다. 독자의 긴장을 풀어주는 배려라고도 할 수 있다. 장용석의 모습은 스케치지만 빨치산 전사로서의 낙천성과 늠름함, 용의주도함이 생생히 그려지고 있다. 두 사람은 심적 대화를 주고받는데 깊은 사념이 뒷받침된 뜨거운 우정이 행간에 용솟음치고 있다.

3장은 작품의 시간적 공간이 3일째. 열성적인 몸으로 확실히 만나는 이유를 드러내지 않은 채 정기준은 과거의 여자 양순의 모습을 찾아 고향 마을로 지프를 몬다. 그러나 백주대낮 마을은 무인부락이었다. 제멋대로 집 안을 날뛰며 돌아다니는 돼지 한 마리. 빨치산이 많았던 부락 사람들은 관헌의 소탕을 예측하고 새벽에 한라산으로 올랐던 것이다. 그것도 장용석의 가족인 양순과 양부모의 체포로 인해 그 시기가 앞당겨졌다. 엄청난 피로와 현기증, 귀 울림에 시달리고 있던 정기준은 마을의 이런저런 것들이 '예각적'으로 보이는 가운데 '하얀 그림자'인 양순의 환영을 보았다.

4장은 작품의 시간적 공간이 4일째. 정기준은 포로의 공개처형을 시찰하기 위해 "××집단생활수용소"로 향한다. 그리고 5일간에 걸쳐 행해지는 공개처형 보고가 전임轉任까지 남은 10일 동안에 맡겨진 일이었다. 수용소의 8백 명은 3분의 2가 여자다. 5일 동안 절반을 처형한다고 하는 사형 광장의 약간 높은 언덕으로 아이를 업은 주부나 노인이 "사형 집행의 의의"를 강조하는 확성기 소리에, 억지로 휘몰리듯 떠밀려 올라간다. 그러한 광경을 흘겨보며 집행하는 쪽 사람들은 여자의 맛이니 사용하는 실탄이 아깝다느니 하는 투의 대화를 나눈다. 시니컬하며 해학이 담긴 필치에서 작가의 투철한 비평정신을 보는 것은 어렵지 않다. 독자는 지금 '한국'의 실상을 생생히 떠올리고 만다. 남자수용소 시찰 중에 정기준은 뜻하지 않게 장용석의 아버지를 만나 애원과 탄원, 그리고 신랄한 비난을 듣게 된다. 철망을 사이에 두고 생목처럼 경직된 정기준은 아무 말이 없다.

5장은 남자수용소에 장용석의 아버지가 붙잡혀 있는 것을 보고 직감적으로 양순의 체포를 알게 된 정기준은 무의식중에 처형 광장을 가로질러 여자수용소로 간다. 그리고 처형 장면. 정기준의 양순에 대한 마음은 복잡한 고민과 죄악감이 있다. 그것은 기준의 "내계內界와 외계의 단절"에 의한 것으로 조직으로부터 극비 임무를 맡은 그는 "스스로 충실한 미군의 사도"가 될 수밖에 없었고, 그래서 양순에게도 비밀을 고백하지 못한 채 애정을 배척해야만 했다. 그럼에도 불구하고 기준은 양순에게 "영원한 손톱자국"을 남겼던 것이다. 감옥 속 양순의 기준을 향한 시선은 "정감적인 것이 일체 배제된 물질을 응시하는 눈"이었다.

양순은 영원히 죽어간다. 동시에 자신도 죽지 않으면 안 된다. 그녀 속에서 죽지 않으면 안 된다. 개처럼 죽지 않으면 안 된다. 그는 머리 위에서 하나의 진리가 요란한 소리를 내며 두 쪽으로 쪼개지는 것을 들었다. 이제 그녀에게 증명할 수 있는 기회는 영원히 사라졌다. 그러나 그녀는 사람을 저주하고 나를 타고 넘어 죽어간다. 차라리 내가 정말로 배반자였다면 얼마나 행복했을까? 배반자가 아닌 배반자 ─ 드디어 그 생명의 극점에 선 그녀가 지금 나의 마지막 숨통을 끊었다. (…중략…)

무서운 양심의 평안을 위하여, 그는 자기의 인간성을 죽이고 양순의 양심을 죽였다. 그렇다면 그 사이에 끼어든 것은 도대체 무엇일까? 그 이름 때문에 양순의 마음을 죽인 당도 조국도 그녀의 눈물 한 방울만한 값어치조차 없지 않은가? 기준은 장용석을 미워하고 당을 증오했다. 그리고 조국을 증오했다. 그리고 웃음소리를 내는 옆의 두 사람을 당장에라도 찔러죽이고 싶었다.

「까마귀의 죽음」

긴 인용이지만 당장이라도 파열할 듯한 굴절 속에 정기준의 위치성을 극한적으로 보여주고 있다. 아울러 주제와 관련된 부분으로 중요한 대목이라 생각한다. 정기준은 양순과 그 부모의 처형 장면을 차에다 위스키를 탄 술을 마시면서 똑똑히 지켜본다. 큰 소리로 "죽고 싶지 않다"며 울부짖는 노파의 목소리가 광장 구석까지 들려왔다.

"아이구, 자식 놈 때문에, 네 썩어빠진 '연장'이 만들어낸 자식 놈 때문에 내가 죽는 거야. 이 빌어먹을 늙은이의 빌어먹을 연장 때문에 죽고 싶진 않아. 싫어. 난 싫어!"

(…중략…)

"이 계집년이! 네 썩어빠진 구멍은 뭐야. 용석이는 거기서 나온 놈이잖아. 그놈 때문에 내가 죽는 거야. 난 죽고 싶지 않아. 이 빌어먹을 할망구야!" 양순은 입술을 깨물고 고개를 숙인 채 조용히 눈 위를 걸어갔다. (…중략…) 수십 정의 카빈총이 눈을 흩날리며 요란하게 불을 뿜기 직전이었다. 기준은 사형대에서 "아이고 이놈의 자식아! 우리 불쌍한 용석아!"하고 자식을 부르는 노부부의 처참한 목소리를 띄엄띄엄 들었다. 그 순간 기준은 누군가에게 감사했다. 그리고 양순도 불렀을 그 용석의 이름 그늘에 담겨 있는 자기에 대한 끝없는 저주의 목소리를 들었다. 그는 그것으로 좋다고 생각했다.

「까마귀의 죽음」

무수한 시체는 마을 사람들에 의해 밭에 묻힌다.

인간의 피를 먹은 밭은 곡식이 잘 자란답니다. 농사꾼들은 그래서 좋아하고 있지요.

5장은 마지막 장과 함께 이 작품의 클라이맥스다.

6장에서는 처형장을 입회하고 돌아오는 길, 우연히 들른 가게에서 이상근과 마주치는데 그로부터 일방적으로 스파이에 관한 이야기를 듣는다. 공개처형 첫날의 긴 하루로 극도로 피로해진 정기준의 신경을 한층 자극한다.

7장은 「까마귀의 죽음」의 마지막 장으로서 시간적 공간이 5일째. 경찰 서장실에서 비밀회의 전의 긴급회의에 임한 정기준은 이승만 대통령과 국방장관이 제주도에 온다는 사실을 알게 된다. 그것은 "빨치산 섬멸작전" 30만 도민의 '몰살' 포고의 집행을 의미한다. 서장실을 나온 기준은 갑자기 울어대는 까마귀 소리에 벗나무 가로수 밑에 내팽개쳐진 대여섯 구의 시체를 보았다. 마른 벗나무 가지로부터 날카로운 눈초리와 윤택한 깃털을 자랑하는 야무지고 힘찬 커다란 체구의 까마귀는 17, 18세 가량의 가슴이 벗겨진 소녀의 시체를 노리고 있었다.

기준은 자신도 모르게 발을 멈추고 까마귀를 쳐다보았다. 까마귀는 그를 내려다보고 있었다. 까마귀는 마른 나뭇가지를 침착하게 콕콕 쪼아대더니 다시 울기 시작했다. 집요하게 계속 울어대며 침입자에 대한 적개심을 노골적으로 드러냈다. 갑자기 기준은 그 무인부락의 길가에 내버려진 죽은 까마귀를 떠올렸다. 마른 나뭇가지를 콕콕 쪼는 부리소리가 그 맑은 구둣발 소리를 되살렸다. 양순의 하얀 그림자가 소녀 위에 나부

껐다. 차가운 것이 기준의 등줄기를 꿰뚫고 지나갔다.

기준의 손은 무의식적으로 안주머니의 권총에 닿아 있었다. 그 손동작을 보고 까마귀는 화가 나서 어깨를 흔들었다. 까마귀가 하품이라도 하듯 날개를 천천히 펼치는 순간, 요란한 총성이 울렸다. 화약 냄새가 코를 찌르고 까마귀가 떨어졌다. 까마귀는 소녀 위에서 검은 날개를 뒤틀 듯 커다랗게 펼쳐졌다 오그라뜨리며 파닥파닥 발버둥쳤다. 그리고는 소녀 위에서 미끄러져 물웅덩이로 굴러 떨어졌다. 인간처럼 새빨간 피가 검은 몸에서 솟아나왔다.

「까마귀의 죽음」

"하하하, 이건 정말 멋진데요"라며 어깨를 두드리며 말하는 김부장의 목소리에 정신이 든 기준은 "지금 자신이 저지른 실수"를 깨닫는다. 그리고 "항상 거울 앞에서 살고 거울 속에서 잠잘 수밖에 없는" 그는 "커다란 분노가 팽배해 온몸에 넘쳐나는" 것을 억지로 참았다.

또한 기준은 귀여운 소녀의 젖가슴에 불행한 탄환 세발을 연속적으로 쏘았다. "모든 것이 끝나고 모든 것이 시작되었다"라고 의식한 기준은 호쾌하게 웃고 있었지만 비애가 치밀어 올랐다. 비틀거리며 문을 나선 기준은 '신작로'에서 "거리의 숨결"을 느낀다. "짐수레가 지나가고 어린애가 달리고 주부가 바구니를 짊어지고 빗속을 걸어간다." 평범한 극히 일상의 광경을 "자기와 멀지도 않고 가깝지도 않게 유리창을 사이에 두고 그곳에 있다"며 신선하게 의식한다. 그는 '충실'을 깨닫고 '고독'을 극복한다. 그리고 그는 이 땅에서 함께 "살아갈 수밖에 없"는 것을 '의무'로써 절실히 깨닫는다. 관덕정 언저리에서 부스럼 영감의 떠들며 돌아다니는 목소리가 여기저기서 들리고, "복잡한 잔학"을 본 이상근은 신작로를 걷는 빗속에 흐려진 정기준의 뒷모습을 바리게이트 너머로 가만히 지켜보고 있다. 얼어붙은 신작로 풍경으로 시작된 「까마귀의 죽음」은 이렇게 막을 내린다.

5일간의 응축된 이야기 전개 속에서 우리들은 사건의 충격성은 물론 극한 상황 아래 놓여진 인간의 존재성을 아련히 환기하게 된다. 이것은 1948년 4·3제주도 빨치산 봉기 이래 봄, 여름, 가을을 보내고 난 겨울의 이야기로 사태는 계절과 함께 진행된다. 도청의 지붕에는 성조기가 휘날리고 미 군정청이 들어서 있었다. 미군의 물량 작전 앞에서 제주 삼다여자, 바람, 돌 가운데 사람들의 마음에는 '비열한' 심정이 머리를 처들고 황폐와 폐쇄가 밀려들고 있다.

미군과 이승만은 한편으로는 당근으로 '귀순공작'을 펼쳤고 다른 한편으로는 '공비' 섬멸작전을 개시한다. 겨우 시마네현島根県 정도의 섬에 본토로부터 경찰과 군대, 서북청년회라는 반공 그룹을 대량 투입하고 마침내는 공군과 구축함까지 동원했다. 문자 그대로 남김 없는 '몰살' 작전을 펼쳐 8년에 걸쳐 20여만 도민 중 8만여 명을 학살했다. 학살의 양상은 귀순한 빨치산을 그 가족에게 죽창으로 찔러 죽이게 하거나 톱으로 머리를 자르고 생매장하거나 손발을 전부 잘라 몸통만을 남긴다. 눈알을 도려내고 두개골을 뜯어내고, 음부에 뱀을 집어넣고, 유방을 도려내고, 임신부의 배를 찢는 등, 무의식중에 구역질을 일으킬 수밖에 없는 그야말로 말로 표현할 수 없는 무참함의 극치였다 한다. 예를 들면 게릴라 지도자 이덕구의 처형이 그러하다. 시내에서 사체를 질질 끌고 다니며 오랜 시간 십자가에 매달아 놓은 다음 목을 자르고 다시 매달아 놓는다. 또한 친척 20명 정도를 역적의 끄나풀들이라며 몰살시킨다고 하는 잔학 행위였다.「제주도4·3사건과 이덕구」,『입 있는 자는 말하라』참조

이와 같은 잔학 행위는 태고 적부터 있었기에 놀랄 것이 못된다는 사람이 있을지도 모르겠다. 로커에 영아를 처넣는 무리에게는 어떠한 아픔도 없을 지 모른다. 하지만 이러한 퇴폐성에는 전율이 일어날 수밖에 없다. 무고한 백성에 대한 학살은 오늘날에도 계속되고 있다. 예를 들면 1975년 4월 9일의 '인혁당사건'과 관련한 8명의 처형은 암암리에 행해져 그 유체는 유족에게 건네지지도 않았다. 겨우 화장 직전에 얼핏 볼 수 있었던 시체 한 구는 얼굴이 뭉개져 형체는 알아볼 수도 없었고 손가락은 절단되었다고 하지 않는가.「한국으로부터의 통신」(『세계』 1975년 6월)

이것은 제주도의 학살 모습이 과거의 일이 아니라 오늘의 일이며 미래의 일이라는 정말 하나의 예에 불과하다. 오늘날 '한국'에는 권력의 앞잡이가 백 명에 한 사람은 있다고 하는데 40만 명의 KCIA라면 밀도密島 학살의 하수인은 서북청년단을 비롯한 본토에서 보내진 사람들이다. 물론 배후에는 미 제국과 그 괴뢰정권 이승만이 있을 터이다. 남쪽으로 옮긴 반공조직을 친위대로 여겨 행정기관의 상부로부터 도민을 배척하고, 서북청년단과 본토 출신자가 권력을 장악한다고 하는 권력시책의 반영이 「까마귀의 죽음」에서는 섬멸작전 전야의 제주도 출신 서장과 정기준의 '당돌한' 본토로의 전출이라는 형태로 나타나고 있다. 본토 출신의 반공주의자는 내재적으로 왕성한 섬멸시 의식이 있고 지배자 제국주의자는 차별구조를 이용해 항상 대립과 분열을 획책한다. 연인 양순을 수용소 철망 너머로 지켜보며 통역·스파이로서의 위치성을 망각할 듯한 정기준에게는 "그래가지고서는 제주도에 살 수 없다"는 주술이 되살아난다.

왜, 미국과 이승만은 섬멸작전에 기를 쓴 것일까. 그것은 말할 필요도 없이 빨치산 전쟁이 육지로 확대되어 북조선과의 호응을 두려워했기 때문이다. 또한 이 섬이 일본과 연합을 위해서도 중요한 전략거점이었기 때문이다. 게다가 이 섬은 옛날부터 유배지였으며 특히 정치범이 많았고 반권력적 전통과 권력에 대한 비타협성이 강했다는 점에서 빨치산 전쟁의 귀중한 토양이었다.

이 투쟁의 기원은 미 제국이 획책한 조선의 분단공작, 즉 일본군의 무장해제의 편법에 지나지 않았던 '38도선'을 국경으로 고착화시키려는 것에 대한 민중의 분노였다. 1910년 '한일'합병 이후 일제의 가혹한 식민지 지배에 허덕이고 있던 조선인들은 3·1독립운동의 역사가 있었고 1945년 8·15에는 한순간 해방의 환상이 있었다. 그러나 민주주의의 가면을 쓴 미 제국은 결코 해방군이 아니었다. 정기준의 비애의 원인도 근본적으로는 자신의 비천한 영어실력을 도민과 '해방'군을 연결하는데 도움이 되었으면 하는 순간적인 환상에 있었다. 미 제국은 감옥에서 나온 사람들이 '인민위원회'를 결성하는 것을 보자, 곧바로 이를 해산시켜 공용어로서 일본어 대신 영어를 강요했다. 그리고 일제의 통치기구^{조선총독}부를 그대로 이어받아 일찍이 미국에 망명했던 이승만을 앞잡이로 이용했다. 인민항쟁을 탄압하고 남조선에 파시즘의 길을 열어가는 미 제국은 총검으로 위협하며 남조선만의 단독선거, 정부수립이라는 책모를 꺼낸다. 그리고 유엔이라는 근대기구는 이에 가담한다. 이에 대한 인민항쟁은 2·7총파업, 제주도4·3사건 등으로 나타난다.

한라산과 측화산의 봉화를 신호로 심야에 일제히 경찰서 등의 권력기관을 습격, 미 제국과 이승만의 군대를 상대로 과감한 전투를 감행했다. 섬에서는 낮에는 미국의 지배, 밤에는 게릴라의 지배라는 공세 속에서 강행하려던 5·10비리 선거 전야는 투표소를 모조리 파괴하여 남조선에서 유일하게 제주도만이 선거를 파탄으로 몰고 갔다. 이런 쾌거는 미 제국을 당황하게 만들었고 남조선에서 혁명적인 투쟁을 근원적으로 뿌리 뽑으려는 미국이 본심을 드러내면서 물량 작전과 초토화 작전으로 나온다. 1948년 8·15에는 결국 '대한민국'이 날조된다. 일본군이 한라산에 묻은 무기나 죽창을 손에 넣은 빨치산의 필사적인 항쟁이 전개되었음에 틀림없건만 거의 1년 사이에 도민의 3분의 1이 학살되고 만다.

「까마귀의 죽음」은 소위 권력의 3월 공세^{1949년 3월}로 불리는 미국의 군사고문과 국방장관 나아가 이승만도 가담한 '몰살' 작전의 전야를 배경으로 한 정말이지 일부의 이야기에 불과하다. 사체를 쪼며 포식하는 때갈 좋은 까마귀 천지가 되었던 시기였다. 그 후 1950년부터 53년까지는 6·25전쟁이 일어났고 6백만여 명의 무고한 백성이 죽었다. 이 섬에서의 한라산 해금은 1956년 그러니까 4·3봉기 이래 무려 8년이 지나서였다. 빨치산의 집넘이 어떠했는지 분명 땅속 깊숙이 피가 배어들었을 것이다.

이러한 배경 속에서 작품이 전개되는 양상을 줄거리로 정리해 보지만 작가의 생각은 언어의 모든 것을 관통한 것이었다. 후에 작가가 회상하듯이 "어깨에 힘을 주며 썼다"라고 하는 긴장감이 표현의 틈새로 그침 없이 전해져온다. 문학은 분명 표현된 작품만으로 승부하는 것이겠지만 역시 작품 속에 포함된 것은 엄청난 무게로서 우리들의 무지는 그것에 강렬한 자극을 받는다. "사형대 위의 유머"라고 말해버릴 수 없는 앙금 같은 것이 묵직이 남는다. 이 제주도사건은 뿌리 깊게 묻혀 있어, 예를 들면 시바타 쇼柴田翔는 "만일 제주도사건에 대해 더욱 알고 싶은 사람이 있다면 그것을 읽으면 된다. 그것은 역사서든가, 보고서든가 다양하다고 할 수 있다"「만덕유령기담」의 서평대담, 『인간으로서』 8호라고 아주 간단히 말해버리고 있지만, 실제로는 제주도 빨치산 투쟁의 사료는 없다고 해도 좋을 만큼 '한국'에서는 금기다. 이러한 현황에 작가의 작품에 건 의도가 솔직히 엿보인다고 생각한다. 덧붙여 제주도 빨치산 투쟁에 대해 무지한 나에게 여러 가지 가르쳐준 것은 모름지기 김석범 씨가 쓴 글이다.

　물론 사실을 초월해 작품이 가지는 매력은 강하지만 작품에 촉발되어 뭔가 인간으로서의 기본적인 것에 눈을 돌린다고 하는 힘이 있다. 그러한 역사적, 사회적, 정치적 확대를 함의한다는 점에 김석범 문학의 특색이 있다고 생각한다. 이 작가에게는 근본적인 원점이 권력의 자의로서 '38도선', 국경의 책정을 묻고 있다. 그것이 역사의 금기에 대한 문학으로써의 도전이 되고 있으며 오늘날을 묻는다는 현대성을 갖게 한다. 작가는 상상력에 의한 승리를 여기에 배양하고자 했다. 그러한 의미에서 김석범 문학은 "저항의 문학"에서 "혁명의 문학"이라는 가능성을 내재하고 있다고 할 수 있다.

3) '잿빛 세계'의 한라산

　제주도 빨치산 투쟁의 상징인 한라산 기슭에서 전개되는 작품 세계는 흑과 백, 그리고 잿빛 세계다. 그것은 작가의 날카로운 어휘와 함께 판화적인 조각 음영미를 만들어내고 있다. 일본적인 정서 세계와는 전혀 이질적인 세계다. 그것은 작가에게 관념으로서의 고향에 대한 심상풍경이다. 작가의 마음도 신작로처럼 얼어붙은 것은 아닐까. 달콤한 정서나 영탄을 거부하는 무서운 강인함이 있다. 단어 하나하나에 담긴 작가의 생각과 기백이 전해져 오기 때문이다.

　일찍이 바다를 건너 '황민화' 정책의 일환으로 심어진 묘목이 이제는 옹이투성이인 고목의 모습까지 보이며 찬 공기 속에 마른 나뭇가지를 쭉 뻗치고 있었다. 집들 처마 밑에서 차갑게 웃고 있는 군중이 있었다. 사나운 엄니를 드러내고 웃고 있는 듯했다.
　바람은 찬 칼날을 세우고 기준의 빰을 때렸다.
　바다는 음울한 하얀 엄니를 내보이며 꿈틀거리고 있었다.
　엔진 소리가 그치자 갑자기 주위의 집 돌담과 나무들의 모습이 날카롭게 보였다.
　집들은 공동空洞처럼 어두운 입을 쫙 벌리고 기준의 목소리는 깊은 구멍 속에서 공허하게 메아리쳤다.
　숙취의 중압감을 떨쳐버리듯, 기준은 몇 번이나 고개를 흔들며 앞 유리창 가득히 다가오는 하얀 그림자를 털어냈다.
　침묵의 덩어리 같은 하얀 군중이 있었다.
　세계가 눈앞에서 하얀 섬광을 낸 것 같았다. 그 한없는 작열의 빛 정사에 하얀 그림자가 춤췄다.
　거기에는 태양도 없고 달도 없다. 밤과 낮 사이에 끼인 모호한 빛, 그 빛조차 흐려진 커다란 잿빛 하늘, 그 밑에 길게 뻗은 채 방심한 탁한 홍수.

「까마귀의 죽음」

　생각나는 대로 작중의 말을 열거해 보았는데 표현 하나하나에 심적인 것이 투영되어 추상적인 의미부여가 이루어져 있다. 작가의 팔레트에는 흑과 백밖에 없는 듯, 단순한 대조이지만 그런 만큼 한층 단적으로 인상이 선명해진다. 그것은 마치 오구치 이치로小口一郎의 「들판에서 외치는 사람들」의 목판화집이라도 보는 듯하다. 인간 세계의 어둠과 빛 부분이라는 대비 가운데 2중 존재로서 정기준의 모습을 보아도 좋은 것이다. '어둡다', '하얗다'고 하는 형용의 잦은 사용은 긴 암흑의 저편에 밝은 여명을 확인하고 싶은 놓쳐서는 안된다고 하는 작가의 절실한 바람의 투영이다.

13세의 소년 김석범이 일본에서의 공포심으로 부모의 출신지 제주도를 처음 방문하고, 그곳을 '고향'으로 의식한 이래 마음 속으로 길러왔던 '고향'은 제3장의 정기준이 지프차를 달렸던 대목에서 구체적이다. 이른바 고향은 한 마리의 돼지만이 남겨진 검은 돌계단이 날카롭게 다가오는 무인부락의 풍경으로 심상화 되고 있다.

> 그 부락은 Y리 변두리에서 조금 더 올라간 2백호 남짓한 외딴 마을이었다. 바다에서 멀고, 한라산 동쪽으로 완만히 흘러내린 산기슭에 가까웠다. 여름이면 그곳으로부터 불타오르는 듯한 푸른 초원의 녹산 목장이 바라다보이고, 방목하는 말과 소떼가 풀을 뜯는 모습이 검은 꽃처럼 점점이 보이곤 했다.
>
> 기준은 양순네 집의 검은 돌담에 기대어 넋나간 듯 담배를 피웠다. 이 골목을 사이에 두고 비스듬히 맞은편에 있는 집이 기준이 태어난 집인데 이미 오래전 어머니가 돌아가신 뒤에 팔아버렸다. 자주 기어 올라갔던 늙은 감나무는 아직 그대로 서 있었다. 마치 어머니 같다는 생각이 들었다. 그러나 항상 어린 기준을 자기 나뭇가지에 올려놓고 장난을 치게 해준 감나무는 비록 늙기는 했지만, 어머니처럼 죽지 않고 그 자리에 꿋꿋이 서 있었다. 기준은 아버지의 얼굴을 모른다.
>
> 「까마귀의 죽음」

작가에게 고향이란 정기준과 마찬가지로 상실된 것, 잃어버린 것으로서의 관념으로 밖에 존재하지 않는다. 그것이 이 작품의 풍경이다. 또한 젊은이의 목에 동백꽃을 꺾어 건네는 부스럼 영감, 주인공을 위협하는 그림자로 불현듯 나타나곤 하는 이상근, 술집의 소상塑像처럼 말없는 노파와 같은 인물들도 나에게는 "작품의 풍경"으로 비친다. 이런 점에서도 관념의 형상화로 관념소설로 김석범 문학의 한 측면을 보았으면 한다.

4) 스파이 정기준의 위치성

정기준이 이중 존재의 비극을 떠안게 된 것은 8·15해방 후, 일본에서 제주도로 돌아와 비록 중졸 정도의 영어실력이지만 도민과 해방군의 다리역인 통역이 되었기 때문이다. 그것은 지극히 순수한 의지였다. '마음'과 '행동현실'의 이율배반에 의한 팽창하는 위기감은 본토인 광주로의 '전임轉任'을 알게 됨으로써 "비열한 심정"조차 생길 것 같았다.그 '전임'은 토착 서장과 함께 제주도의 요란에 대처하기에는 너무도 긴박했다고 하는 정책적인 것이었다 이러한 극한적 상황 하에서의 내적 위기를 극복시키는 것이 장용석과의 관계이다.

> 빨치산 제1연대의 간부이며 어릴 적부터 친구인 장용석은 정기준과 한라산을 잇는 유일한 끈이었다. 성내나 마을에 지하조직이 있어도 그것들은 기준과 아무런 관계가 없었다. 용석은 말하자면 투명한 병의 좁은 입 같은 존재였다. 그것을 통해서만 기준은 간신히 유리병 속에서 대기의 세계와 접촉할 수 있었다. 그렇지 않았다면 그것이 기준의 임무라고는 해도 마개를 닫은 병의 진공 속에 서식하는 기계에 불과했을 것이다.
>
> 「까마귀의 죽음」

위 서술에서처럼 분명 기준에게 '일상'이란 "역전한 세계"이며 병 속의 일상이라는 것은 '비일상'일 수밖에 없다고 하는 인식이다. 이러한 기준의 위치성은 협공받는 것으로써 상징적이다. 그것은 재일조선인의 재일성, 권력의 자의로 빼앗긴 조국 상실자의 "민족의 고통"을 상징한다고 할 수 있다.

그러면 분해 직전에 "불행한 탄환"을 발사한 후, 유리창 건너편에 '일상'이 있다고 의식하고 "모든 것은 끝나고 모든 것은 시작되었다. ─ 그는 살지 않으면 안된다고 생각한" 정기준이었지만 과연 미래에 대한 이미지를 지속하면서 살아갈 수 있을까. 광대한 장편소설의 절실한 모티프를 간직한 채 이 소설은 존재한다고 생각한다. '부스럼 영감'은 우직하지만 사람들에게 혐오 받는 존재로 제복 편의 사람으로서 정기준에 접근한다. 그것은 점점 더 기준의 긴장감을 자극하지만 쌀쌀하게 거절할 수만도 없는 존재다. 이 '부스럼 영감'의 조형은 작품「관덕정」에서 보다 명확히 승화된다. 이 작품에서는 "사람들의 웃음거리가 되는 것에 보람을 느낀다 — 그 웃음거리만이 관심을 자기에게 연결할 수 있다고 생각하는 부질없는 확신 —"으로 살아가고 있는 노인으로서 동백꽃을 사자에게 바치는 심정의 소유자다.

「관덕정」에서 주인공으로 등장하면서 존재감이 두드러지는데 거기에서 부스럼 영감은 태생을 알 수 없는 존재, 고향과 어머니를 상실한 자, 여자를 동경하면서도 함께할 수 없는 운명의 소유자다. 여기에는 작가의 상징적 의도가 있는 듯하며 그것은「간수 박서방」의 박백선,「만덕유령기담」의 만덕을 봄으로써 추상화된다.

〈박서방^{박백선}〉

(…중략…) "마누라 없는 노총각

어릴 적부터 돌아다니며 일을 하고 노비로 팔린 박씨 댁에서 "백선"이라 불리었다.

「간수 박서방」

〈부스럼 영감〉

"이미 육십을 넘겼다고 여겨지지만 그의 과거를 아는 사람은 없다."

60여 년의 독신의 운명은 한 몸이어야 할 여성과 남성과의 — 결국 노인과의 사이를 찢어온 것이다.

〈만덕〉

　　법명. 속명이 없다. 개똥이라는 별명. 공양주라고도. 출생불명. 비근한 이름에서 알

　수 있듯이 더욱이 그의 출신지나 연령같은 게 확실할 리가 없다.

「만덕유령기담」

　　이들 등장인물이 공유하는 '무성無姓', '무적성無籍性' "어머니-모성 상실"은 '고

향'의 상실을 상징하고 있으며 거기에서 발생하는 물음은 필연적으로 '빼앗긴

것은 무엇인가', '조국상실'의 원인을 묻는 것으로 귀착한다. 그러한 물음은 나아

가 권력의 자의로서 '국경' 문제에 부딪쳐 필연적으로 그 질곡과 주박으로부터

의 해방은 가능한가 라는 것으로 귀결된다. 나는 이러한 우직하고 여린 인물들

의 창출에 작가의 깊은 바람을 보고 싶다.

　　또한 니시다 마사루의 루쉰 「아Q정전」, 김달수 「박달의 재판」, 그리고 「만덕유

령기담」을 비교 검토한 「제주도의 까마귀─김석범의 『만덕유령 기담』을 읽고」제

2차 『문학적 입장』 4호가 있다. '이상근'은 권력가의 방탕아로 항상 취기를 띠고 있다. 아

버지는 식산은행의 중역으로서 본토의 토지와 권력기관에 영향력을 행사하고

있지만 명확한 것은 아니다. 이 인물의 위치성은 스파이인 정기준을 위협하는

그림자─불안에 빠뜨리게 하기 위한 어둠의 존재로 여겨진다. 장용석이 '양지'현

실은 역전된의 존재라고 한다면 이상근은 '음지'의 인물이다. 나는 웬일인지 「청년의

고리」노마 히로시에 등장하는 다이도 이즈미大道出泉를 떠올린다.

　　작가로서는 6장에서 이상근이 정기준과 얽혀드는 것 외에도 여러 곳에서 얼

굴을 내밀게 해 중요한 의미부여를 하고 있는데, 오다기리 히데오小田切秀雄는 "또

한, 이상근이라는 애매한 인물이 처음부터 주인공과 얽혀 있고, 끝까지 나타나

만 주인공의 거울에도 분신에도 대극화되지 않는 이 인물의 애매한 묘사가 작품

의 약점이다. 그러나 이러한 약점도 작품 전체의 선열한 인상을 조금도 방해하

지는 않는다."제2차 『문학적 입장』 7호 "'내향의 세대'와 이질적인 것"이라 지적한다. 과연

그럴까? 확실히 작가의 생각대로는 되지 않았을지 모른다. 하지만 부스럼 영감과 함께 정기준의 극한감을 도출하기 위해 중요한 위치를 차지한다고 생각하기에 '약점'으로 치부해서는 인물조형의 절실한 모티프를 간과하는 것이 아닐까.

덧붙여서 말한다면 『문예수도』의 초출에서는 마지막 부분에 바리게이트에 기대어 정기준을 바라보는 이상근은 "네 발의 굉음 속에 비극을 느끼고 사려져 가는 남자의 불행을 느꼈다", "기준의 복잡한 잔학성에 우정을 느꼈다"라고 한다. 단행본에서는 퇴고로 빠져 있지만 이러한 점에서도 작가가 이상근의 형상화에 걸었던 의도가 보인다. 하지만 "이 야만적인 원색의 사회에서 내 영혼이 고뇌로 발버둥치다가 정말 둘로 쪼개져 있는 줄도 모르고"라는 서술에서 엿볼 수 있는 "야만적인 원색의 사회"라는 인식을 이상근에게 심어준다. 여기에서 작가는 무엇을 말하려고 했던 것일까. 명확하지는 않다.

어쨌든 해방의 환상에서 깨어 3·1사건, 4·3봉기의 막다름으로 내몰리는 사람들의 좌절 속에서 이와 같은 반민중적인 퇴폐상이 등장하는 것은 있을 수 있는 일이다. '장용석·양순'의 조형은 빨치산의 하나의 전형이라 할 수 있다.

용석은 바지자락에 모래나 작은 돌멩이를 잔뜩 넣고 복숭아뼈 위에서 끈으로 졸라맸다. 일어서면 바지 속의 모래에 정강이가 완전히 묻혀서 마치 수렁 속을 걷는 것처럼 무거워 발도 마음대로 떼어놓을 수 없다. 용석은 우선 발로 걷는 연습을 했다. 그리고 돌담을 뛰어넘기 시작했다. 서서히 모래의 양을 늘려갔다. 그렇게 낮은 돌담을 뛰어넘을 수 있게 되자 바지에서 모래를 털어냈다. "내 발에는 날개가 달렸다구."

양순은 웬지 어릴 적부터 신발 신기를 싫어했다. 신발이라 해도 짚신이나 까만 고무신밖에 없었지만, 마을의 부잣집 딸이 헝겊 운동화를 산 뒤부터 양순은 맨발로 다니기 시작했다.

「까마귀의 죽음」

위의 짧은 인용문은 두 사람의 성격을 명확하게 보여주고 있다. 다만 5장에서 회상으로서 삽입된 기준이 양순에게 "영원의 손톱 흔적"을 남긴 충격적인 장면은 있을 수 있지만, 두 사람의 심리적 갈등은 지나치게 일방적인 것 같기도 하다. 치밀한 계산을 가진 기준의 행동으로는 당돌하게 비치긴 하지만 그의 인간적인 나약한 측면이라고 할 수도 있다. 하지만 나로서는 신경이 쓰이는 부분이다.

그 외의 등장인물로 장용석의 노부모, 수용소장, 김부장과 같은 인물이 있는데 대화 속에서 인간성이 잘 드러나 있다. 특히 제복 측 인간의 사고는 전형적으로 다루어지고 있어 묘하다. 이들 인물들은 모두 정기준의 위치성을 보다 명확히 하는 입장인데 인물조형의 밀도가 그에게 집중되고 있음은 분명해 보인다.

5) 문체의 밀도와 긴축감

문장의 스타일은 짧은 문장으로 "……다" 식의 문체다. 주입시키듯이 굴절하면서도 쇄상鎖狀히 진전된다. 그 중에서 이따금씩 묵직하고 찌를 듯한 함축된 문장이나 말을 접할 수 있다.

> 엄니를 드러내고 웃고 있는 듯하다.
>
> 노인의 웃는 얼굴은 엿가락처럼 굽기 시작했다.
>
> 바람은 찬 칼날을 세우고 기준의 뺨을 때렸다.
>
> 짙은 눈썹 밑에서 빛나는 산의 냉기에 단련된 눈이 늑대 눈처럼 이글이글 타오른다.
>
> 돌담이나 나무들의 모습이 갑자기 날카롭게 보였다.
>
> 알코올인지 가솔린인지 모를 냄새가 되살아나 위장을 쿡쿡 찔렀다.
>
> 전신의 피부가 한 번에 수축되었다고 생각했다.
>
> 그는 담배를 질겅질겅 씹어서, 침을 머금은 채 담배를 땅에 탁 뱉었다.
>
> 갑자기 건물 안의 술렁거림이 움츠려 들었다.
>
> 김 부장은 뒷짐을 지고 "이건 좀 품이 들겠군"하고 창고정리를 앞둔 주인처럼 말했다.

양복에 감싸인 육체는 통나무처럼 뻣뻣하게 굳어 있었다.

마치 무수한 벌레가 매달려 있는 것처럼 철망을 움켜쥔 사람들의 손가락이 철망 표면에서 꿈틀거렸다.

새가 부리로 꼭꼭 쪼아대듯 서로 싸웠다.

해체된 인간이 얇은 피부로 흐늘흐늘 매달려 있다.

끊임없이 전율에 시달린다.

자신의 독 같은 팽창감에 그는 견딜 수 없었다.

위와 같이 임의적으로 거론한 리얼한 추출이나 비유에는 완고함과 생리감을 자극하는 듯한 질긴 에너지가 느껴진다. 에너지가 있는 비유는 이 작가가 갖는 하나의 특색일 것이다.

뇌락磊落, 벽력霹靂, 초췌憔悴, 냉렬冷冽, 공고鞏固, 복사뼈踝, 방척放擲, 발꿈치踵, 부리嘴, 굉연轟然, 절뚝발이跛, 섬멸殲滅

이것도 임의적으로 거론해 본 한자이지만 '까마귀'를 제주 직박구리라든지 집오리라 읽은 부류의 수험생들에게는 난해할 것이다. 이들 한자·한어에는 이미지가 압축되어 짙은 밀도와 긴축감을 느끼게 한다. 그렇지만 잦은 사용은 작품의 경질성을 증폭시키고 난해함을 초래하는 것이기도 하다. 또한 웃음소리에서도 그 인물의 특성을 포착하는 세심한 배려가 있다.

부스럼 영감　'이히히' '헤헤헷'

이상근　　　'하핫'

김부장　　　'핫하핫' '하핫'

소장　　　　'하하하'

그리고 정기준은 지문地文에서도 웃지 않는다는 점에서 작의가 엿보인다. 기준은 언제나 소리를 내어 웃을 수 없는 것이다. 그 밖에 2에서 인용한 문장에서처럼 반어적인 말, 상반하는 것의 공존, 폭발 직전의 팽창감이 굴절된 표현으로 나타나고 있다. 그것은 억압된 분노의 마음이고 괴로움과 내부 모순의 표출이다. 또한 말·표현의 상징성은 현대의 상황을 응시하여 인간 존재의 보편성이란 무엇인가를 묻는 작가의 심상 투영일 것이다.

3·1운동, 4·3봉기, 서북청년회 등의 해설적인 지문은 역사의 표현과 작품 세계픽션와의 관련 속에서 풍화되어가는 제주도 사건이 무엇이었던가를, 어떠한 형태로 표현해야만 한다는 작가 의식의 반영이라고 본다. 민중정신이라는 것은 웃음이다. 웃음도 하나의 인식이라고 여기는 작가에게 '웃음'을 기반으로 작품을 창출하려는 의도가 있다. 그러나 초기의 연작은 역시 작가 내면의 긴장이 앞서작가 자신이 어깨에 힘을 주고 썼다고 한다유머의 표출도 굳어 있는 것 같다. 그러나 작가의 투철한 비평정신의 분출은 말할 것도 없다.

종합하자면 표현과 문체상의 특색은 경질성, 힘이 있는 비유, 굴절된 문장, 반어적, 상반된 것의 공존, 상징성, 해설적인 지문, 절망을 관통하는 '웃음'을 기조로 하고 있다.

6) 내적 니힐리즘과 자기구제

작가의 "내적인 니힐리즘"을 떠보고 '자기구제'의 글이 되었다고 하는 「까마귀의 죽음」을 극히 소박하게 읽어보았다. 현재 김석범 씨의 「까마귀의 죽음」 외에 단행본으로 출판된 작품은 다음과 같다.

① 「만덕유령기담」, 1971년 10월, 지쿠마서방

② 『말의 주박』, 1972년 7월, 지쿠마서방

③ 『밤』, 1973년 10월, 문예춘추

④「1945년 여름」, 1974년 4월, 지쿠마서방

⑤『사기꾼』, 1974년 7월, 고단샤

⑥『입 있는 자는 말하라』, 1975년 4월, 지쿠마서방

(②, ⑥은 평론·수필집, 그 외는 창작소설)

내적으로 재일조선인의 '재일'의 의미를 끊임없이 묻고 그 주체성을 어떻게 획득하고 구축할까. 그것을 염원하며 통일을 향한 이미지를 담아 무거운 발걸음을 내딛는 김석범 문학은 지금 하나의 장편을 향하고 있다. 그것은 무엇인가. '제주도'를 원점으로 하면서도 김석범의 일본어 소설 10년의 공백을 묻는 것은 아닐까, 감히 예상해 본다. 1항에서 가령 제1기라는 표현을 썼지만 아직 김석범 문학을 종합하여 논하는 것은 성급한 일이다. 지금까지의 작품 경향으로는 1항에서 초기 4편의 연결고리로 「만덕유령기담」을 언급했다.

그리고 또 다른 경향으로서는 '허몽담'적인 작가의 사적 체험, 말하자면 "'나'의 사회화"를 지향하는 작품 계열로써 장편 「1945년 여름」이 있다. 또한 30대 전반에 일본어 소설을 그만두고 조직·정치와 긴밀하게 연계해 가는 가운데 작가적 체험이 투영된 「취우驟雨」계간『삼천리』2호와 같은 계열이 있다. 나에게는 「까마귀의 죽음」 초기의 작품이 가장 감명 깊었고 그의 원점은 여기에 집약되어 있다고 해도 틀리지 않다. 우리에게 다소의 발견과 고발을 초래할 김석범 문학은 극히 중요한 위치와 궤적을 가진다 하겠는데 그 원점이라고 할 만한 것을 메모하며 접근해 보기로 한다.

① '풍화'에 대한 우려 — 동화되어 가는 것에 대한 두려움. "타민족을 황민화 하고자 생각한 나라"에 산다는 것의 의미. '고향' 상실자 — 빼앗긴 자에게 그 회복의 추구. '협공된 위치' — 재일조선인의 위치를 묻는다.

② '국경'이란 무엇이었는가. '38도선'이란 애당초 무엇이었는가. 권력을 가진 인간

에 대한 오만한 자의성과의 투쟁.

③ 베트남 학살의 원형으로서의 '제주도 사건', 아우슈비츠와의 대비. 제주도의 현실
— 일제의 관광지, 그것의 상징적 의미를 묻는다.

④ '근대'에 의해 빼앗기는 것. 민주주의 — 과연 인간 존중이란 무엇인가.

⑤ 조직·체제와 개인·자유의 문제. 사회주의와 개인숭배, 관료성, 경직화의 문제

물론 이들은 상호 밀접히 관련된 것으로서 인간의 삶, 굳이 말하자면 인간 해
방으로 수렴된다. 정말이지 깊고 무거운 과제를 응시하면서 원점을 추구한다.
그러한 작가의 진지한 자세는 우리 인간 모두에게 무거운 것이다. 웬일인지 「하
이파에 돌아와서」의 가산 카나파니Ghassan Kanafani와 「팔레스타인 연인」의 마흐무
드 다르위시Mahmoud Darwish와 같은 작가들과도 공통의 지평이 떠오른다.

그런데 2항에서 작품의 배경으로 보았던 "밀도의 학살"은 전후 처음의 '아우
슈비츠'이며 남베트남 초토화 작전의 원형이었다. 그러나 권력이 민중의 투쟁학
살의 역사를 금기로 매장하고자 하는 노력은 예나 지금이나 변함없다. 그것이야
말로 김석범과 함께 우리들이 묻지 않을 수 없는 사건의 본질이다. "백 명의 죽음
은 비극이지만 백만 명의 죽음은 통계에 지나지 않는다"아이히만, Adolf Eichmamm라고
하지만 통계조차 말살된 섬사람들의 원한은 골프장의 잔디 밑에 호텔의 콘크리
트 속에 묻혀 있다. 지금 그러한 제주도 땅을 아무렇지도 않게 돌아다니는 것은
누구일까, 일본 제국주의의 망자들이다. 일제로부터 해방되었다고 의식한 것도
잠시, 압정과 착취는 "오늘날에도 상황은 전혀 변함없다"고 작가는 말한다. 오히
려 상황은 가혹함을 더 해갈 뿐이다. 게다가 현실은 우리들의 빈곤한 이미지를
초월해 더 한층 존재하는 것이다.

그것은 한낮에 '일본국'에서 '한국'으로 한 인간의 손발을 묶고 눈을 가린 채
수갑을 채워 선박 밑바닥에 감금해 운반한 사실이나, 잡지 『풍문』13호에 투영된
아스카明日香와 야마나시 겐山科健의 시 「1975년 4월 9일」이 있다. 나아가 한 시인

이 펜을 잡는 것, 말하는 것, 읽는 것조차도 박탈된 채, 감옥 깊숙이 유폐되어 죽음에 이르는 것 등, 지금도 너무 많아 일일이 셀 수조차 없는 막혀버린 진공지대에 우리들의 삶이 있다. 정기준의 협격된 위치성은 작가의 그것과 겹쳐지는 것 같은데 어떠한가. 장용석·한라산의 세계로 이어지는 병의 입구는 닫혔거나 쪼개져 있는 것은 아닐까. 유리창 너머에 있다고 생각한 것은 과연 잡을 수 있는가. 그렇다고 한다면, 일상성에 매몰되기 쉬운 우리들에게 현대에 대한 물음을 거듭 날카롭게 던져주는 작품 세계가 김석범 문학에는 있다.

2. 「만덕유령기담」과 제주4·3항쟁

우리들은 "21세기 속의 노동노예의 경우"를 이미 김석범의 초기 작품 「똥과 자유」에서 확인했다. 일본 제국주의의 조선침략, 식민지 지배, 극한적 수탈은 2차 세계대전이 막바지로 접어들면서 그 전형화를 보게 된다. 1910년 소위 한일합병조약의 강요 이래 조선의 토지를 수탈하고 무고한 국민을 노동현장으로 내몰았던 구조는 한층 더 심해진다. 예를 들면 1939년부터 1945년까지만 보더라도 일본으로 징용된 자는 100만여 명, 조선 국내에서 동원된 자가 450여만, 군인·군속자 37여만 총 600여만 명에 이른다고 한다. 이는 정말이지 "죽음의 강제노동과 침략전쟁의 방패"였다.[2]

납득한 상태에서 응모를 받았다면 그러한 숫자는 도저히 채울 수 없다. 그래서 군과 면 단위의 노동담당계가 심야나 새벽에 돌연 남자의 필적이 있는 집을 덮치거나 한창 논밭에서 일하고 있는 곳을 트럭으로 돌면서 무조건 태웠다. 그렇게 그들은 집단을 편

---

2 朴慶植, 『朝鮮人强制連行の記錄』, 未來社.

성해 홋카이도나 규슈의 탄광으로 보내고 책무를 다한다며 난폭한 짓을 했다.

가마다 사와이치로鎌田澤一郎, 「조선신어」

이러한 일은 일제 권력의 말단 담당자들이 행한 "조선인 사냥"의 극히 일부다. "조선인은 일본 법률에 복종하든지 아니면 죽든지"라는 것은 초대 조선총독 데라우치 마사타케寺內正毅의 공언이었다. 천황제 지배구조를 관철시키기 위해 취한 수단은 '황국신민의 서사'[1937], '창씨개명'[1939], '강제연행'[1939] 더 나아가 조선에 대한 징병제 적용[1944]이었다.

우리들은 지금도 김씨라든가 다니야마ㅁ山 씨라 부르고 있는데, 왜놈들이 도리에 어긋나는 것은 이웃 민족의 국토를 빼앗았을 뿐 아니라 우리들의 성씨를 빼앗고 이름을 일본식으로 강요했던 것이지요. 토지를 빼앗는 것도 그렇지만 남의 성씨를 없앤다는 것은 (…중략…) 세상에 이렇게 악랄한 게 왜놈이라구요.

김석범, 「입 있는 자는 말하라」

이 문장은 노인이 조선어로 말한 것을 작가가 일역한 것이다. 일제 지배의 깊은 상흔은 치유될 수 없다. 오늘날 재일조선인과 재일 작가가 일제시대에 그 뿌리를 두고 있음은 말할 것도 없다. 「똥과 자유」에서는 전쟁 말기 홋카이도 오지의 N크롬 광산이 배경으로 설정된다. 징용으로 끌려온 조선인 노동자는 "문어마냥 자신의 손발을 잡아떼서 살아가는" 상황에 처한다. "너 결국 지옥까지 왔구니"히는 말이 환영 인사였다.

일찍이 부산거리에서 지게꾼이었던 이명식은 오히려 "가끔씩 딸의 화장 냄새를 맡으면서 뛰어다닌 지게꾼 시절의 자유노동"이 그리웠다. 무모하게도 탈주한 이명식은 동포에게 감쪽같이 걸려들어 비국민의 무참한 본보기로 "희생의 의식"을 당한다. 자신들이 살아남기 위해 동포들은 속내를 감추고 이명식에게 자작나무 봉을 내리칠 수밖에 없다. 배후에는 "쫓아다니는 역"의 견봉 세례가 기다리고 있다. 밤하늘 저편으로 광명을 찾으려는 성태일은 초죽음 상태의 이명식에게 결정적인 한방을 퍼부음으로써 위기를 모면한다. "후미에踏絵[3]의 과거를 가진 일본인이 강제로 일본역사를 주입시킨 조선인에 대해 무고한 죄업을 강요한" 것이다. "망명자를 비국민으로 보는 적개심"—"천황과 황국에 대한 충성심"— '애국심'이 일제 권력의 앞잡이에 의해 고무된다.

이 "희생의 의식"에 종지부를 찍은 것이 얼간이 용백이다. 용백은 이명식을 치는 것을 자연력으로 거부한다. 우러나오는 힘은 강하다.

"이건 아저씨한테 돌려드릴게요."
"아이고, 왜 나를 때려. 내가 무슨 죄를 지었다고. 나는 형제를 칠 수 없다. 죽어도 못 친다. 난 싫다."

죽어도 '형제'를 칠 수 없다고 하는 솔직한 힘은 정수리로 내리꽂히는 견봉의 힘보다도 강하다. 우직한 용백은 무엇보다도 자신의 내면에 충실 했다. 성태일은 심리적으로 완전히 패배한다. 견봉 세례로 백치화된 용백이지만 그는 유례가 드문 체력으로 살아간다. 일찍이 용백은 '창씨개명'의 폭력이 가해졌을 때도 "난 공양주 용백"이라며 우러나는 자연력으로 거부했었다.

「똥과 자유」는 그 이후 성태일의 탈주행 미수의 비극을 둘러싸고 전개 된다. 어쨌든 여기는 「똥과 자유」를 논하는 장이 아니다. 어디까지나 용백의 소생을 「만덕유령기담」의 만덕으로 보고 싶을 뿐이다. 「똥과 자유」로부터 10년 후 일본 어문학의 작가로서 재생한 김석범은 「만덕유령기담」을 발표했다. 환상의 명작으로 불리었던 「까마귀의 죽음」을 집필한 작가는 결국 가슴 속의 제주도로부터

---

3   후미에(踏絵) : 에도시대에 기독교 신자를 색출하기 위해 사용했던 그리스도·마리아상을 새긴 긴 목조판이나 금속제판.

벗어나지 못한다. 제주도 빨치산 투쟁의 원령이 작가 내면에 횡행하다 마침내 '만덕'으로 형상화해간 것이다. '아Q'의 자손이 '박달'을 거쳐 불완전연소의 경향이 있던 '용백'을 거쳐 '만덕'으로서 작가 내면에 소생하게 된다. 이 소생은 작가의 재생과 다르지 않다.

「만덕유령기담」은 잡지『인간으로서』에 처음 실렸고 약간의 가필수정을 거쳐 지쿠마서방에서 단행본으로 나왔다. 그리고 소년소녀용으로 수정되어『만덕이야기』로도 간행되었다. 전자가 9장이고 후자가 13장으로 구성되었다. 일본 소년소녀들이 후자를 한층 더 알아주길 바란다는 작가의 희망과 그에 부합되는 노력의 흔적이 묻어나는데 본질적으로는 변화가 있을 리 없다. 경질중후硬質重厚하고 예리한 문체가 '정다움'을 기조로 만덕의 때묻지 않은 무구無垢한 인간상을 떠올리게 한다.

작가를 의식하면 1970년의 첫 작품, 1971년의 단행본, 그리고 1978년의 '만덕'을 비교 검토해 보는 것도 흥미로운 일이지만 여기에서는 1971년판을 텍스트로 삼는다. 만덕은 개똥이라는 이름 없는 존재였다. 벙어리나 다름없는 어머니가 오사카의 조선인 취락의 조선사라는 절에서 공양주를 하고 있을 때 누군가로부터 반침 속에서 임신한 아이다. 어머니는 고향 제주도 한라산의 깊은 산속에 자리한 관음사에 늙은 스님을 찾아 부처님의 힘으로 훌륭한 인간을 만들고 싶다는 간절한 소원을 남기고 소식을 끊는다. 하지만 '만덕'이라는 고귀한 법명을 얻은 소년은 개똥이라 불리며 절간 일을 돕는 불목하니로서 그의 삶을 살아간다.

매미 등 대자연과의 교감 속에서 성장해 가는 만덕을 "아픈 기억으로 사랑했던" 늙은 스님은 타계한다. 늙은 스님은 '서울 보살'이라 불리던 절간 여 관리인에게 "어머니처럼 부처님처럼 살라"고 유언했다. 그 여성은 보살이란 이름뿐이지만 정말이지 보통내기가 아니었다. 닳고 닳은 서울에서 여관 지배인을 했었다는 이유로 서울호칭이 붙고 신심이 깊다해 보살이라 불렸지만 신심보다는 돈에 빈틈이 없는 배후에 정치적 영향력마저 느끼게 하는 여자다. 히스테리로 사디즘 경향이 있는 그녀는 만덕을 날마다 이유도 없이 대나무 작대기로 후려치고 그 비명소리를 듣고 한층 지독히 학대함으로써 쾌감을 얻는다. 6척 덩치에 길쭉한 코의 만덕은 정직하게 서울 보살의 어깨와 허리를 주무른다. 보통 사람과는 다른 괴력으로 여자의 몸을 공들여 주무르면 서울 보살은 성적인 엑스터시로 들어간다. 만덕은 서울 보살에게 "어머니 체취"를 맡고서 때로는 돈에 속박되고 때로는 황홀감에 빠져 희한한 세계로 빠져든다.

　본토의 영산 지리산이 있는 명찰 고승은 "암! 진정 그 눈에야말로 불심을 지니고 있구나!"라며 만덕의 불성을 갈파하고 불법을 심어주기 위해 본토로 데려가려 했다. 그러나 이미 완전한 관음사의 '공양주'가 되었던 만덕은 "관음사의 공양주를 포기하는 것은 자신이 둘로 쪼개지는 것"이라 생각하여 완강히 거부한다. 어느 날, 볼일이 있어 관음사에서 지게를 지고 성내로 내려온 만덕은 '인간 공출'로 불리며 두려워하고 있던 징용에 걸려들어 홋카이도의 N크롬 광산으로 보내졌다. "오장육부를 싼 몸 전체의 구조자체가 조선 수분으로 이루어져 있던" 만덕에게 어떠한 제재를 가해도 "황국신민의 서사"는 머리에 들어올 리 없다. 창씨개명 되어 '만토쿠이치로万德一郎'로 불려도 그것은 남의 일로 여기고 그는 끝까지 '만덕'일 뿐이라고 버티었고 그럴 때마다 폭압을 받는다. 만덕이 눈앞에서 지켜본 "희생의 의식"은 앞서 용백이 본 그것이었다.

　8·15해방 후 고향 제주도로 돌아간 만덕은 온몸으로 해방의 환희를 느끼면서 절간의 불목하니로 돌아와 절 일에 열중한다. 그러나 평온은 그렇게 길지 못했다. 4·3사건 이후 빨치산의 한 거점으로 간주된 관음사는 정부의 소각 작전을 피해갈 수 없게 된다. 만덕은 빨치산 청년들과의 수수한 심적 교류의 기록을 남겨두고 어쩔 수 없이 하산한다. 온몸이 찢어 질 것 같은 만덕은 흡사 "비통에 미친 야수의 포효"처럼 대지를 흔들 것 같은 기세로 통곡한다. 그것은 어기찬 서울 보살도 압도한다. 서울 보살은 "얼간이의 깊은 내면의 여태껏 표출되지 않고 웅

크리고 있던 구지레한 것"을 의식하고 자신도 모르게 도망친다. 하지만 지배자도 위협하는 자연력은 만덕의 자각에서 비롯된 것이 아니다.

"어머니의 체취"에 이끌려 서울 보살의 뒤를 쫓아서 만덕은 S구사ᴴᴴ에 정착하게 된다. 폐사나 다름없는 작은 절은 지금은 빨치산 경계로 인해 경관파출소로 사용된다. 우선 만덕에게도 보초역이 부과되었다. 만덕의 마음에는 관음사 소멸이 '절간의 불목하니'와 자신 사이의 균열로서 남는다. '균열'의 심층에 내재된 것은 이후의 만덕에게 커다란 의미를 갖는다. "만덕은 왠지 모르게 마음이 갑갑하다." 이 '갑갑한 마음'은 슬픔으로 젖어있다. 만덕 자신은 자각하지 못하고 있는 이 마음의 변용은 길가의 풀을 밟는 것조차 신경 썼던 자연애가 떠나고 초봄에 싹틔우기 시작한 청초靑草를 초혜草鞋로 짓밟고 있다. 만덕은 이것을 갑갑한 마음과 균열이 초래한 멍청한 마음의 상태라 여긴다. 관음사 멸각滅却이 그의 마음·혼에 구멍을 뚫어버린 것이다.

특히 한 여신도가 "불타오른 절의 춤을 춘다"고 발광한 것이 마음에 박힌다. 폐허가 된 불타버린 마을로 뛰쳐나온 임신한 여자는 일가친척이 공비로 관가에 멸족되어 버린 것을 저주한다. "아침 일찍부터 울어대는 새는 배가 고파 우는 것이고, 저녁 일찍부터 울어대는 새는 신랑이 그리워 우는 거야,…… 탕, 탕, 탕…….." 그녀 또한 경관의 M1 소총 한방에 쓰러졌다. 하룻밤 보초를 선 만덕은 "늙은 감나무 가지에 목매 죽은 오 노인의 며느리" 이야기를 하리촌의 노인으로부터 듣는다. 만덕은 일찍이 오씨 집 툇마루에서 얻은 감 맛과 함께 다른 사람들처럼 '얼간이'로 부른 적이 없는 아름다운 젊은 며느리의 모습을 쫓는다. 젊은 며느리가 감나무에 목을 맨 여유는 남편이 빨치산으로서 한라산으로 들어갔기 때문이다. 경찰은 집요하게 추궁했는데 그 중에는 젊은 며느리를 성폭행하려던 콧수염의 경사가 있었다. 일가일촌의 연명이냐 수용소행이냐의 기로에 서게 된 젊은 며느리는 그 정절을 지키고 감나무에 목매 자살하고 말았다. 관헌의 악랄한 수법은 가족과 동네사람들 사이를 교묘하게 균열로 몰고 간다. 이는 「까마귀의 죽음」에서도 친숙한 관헌의 수법이다.

만덕은 지게를 지고 하리촌으로 향한다. 젊은 며느리의 공양을 하고 싶었던 것이다. 그 코스의 바위 앞에서 만덕이 회고하는 누이동생의 슬픈 이야기 — 취우 속, 앞서가는 누이의 젖은 치맛자락을 통해 보이는 허리선에서 성욕을 느낀 동생이 자신의 성기의 발기로 죄와 수치를 느끼고 스스로 성기를 바위에 문질러 돌로 두들겨 뭉개버렸다 — 는 이야기 속 하나의 메르헨Märchen, 작은 이야기이다. 이는 또한 평생 여자를 모르고 지냈던 만덕에게 성을 생각하게 하고 젊은 며느리의 정절에도 상승효과를 준다. 작가는 여기에서 이조 유교사상의 비타협적인 실천적 성격, 봉건 지배층의 그늘과 조선 여인들의 왕성한 에너지를 서민의 소리로 반영하는 것도 잊지 않는다. 만덕은 젊은이의 피를 빨아들인 바위 앞에서 독경을 끝냄으로써 자신의 몸을 진정시키고 하리촌으로 내려온다.

그런데 만덕이 젊은 며느리의 장례식 인파들일 것으로 착각했던 것은 오 노인이 빨갱이 집안의 어른으로서 관헌에 연행되고 있을 때였다. 인파의 군중을 밀어제치고 앞으로 나오려는 만덕의 귀에 들린 것은 늙은 부인의 비통한 외침이었다.

"나를 죽여라! 나를 죽여 달라! 죽이고 고기를 먹어줘라, 노인네를 잡아가지고 무슨 죄가 있어?……."

이상한 자태의 만덕의 출현에 혀를 찔린 경관 2, 3명이 만덕에게 덤벼든다. 만덕이 가볍게 어깨를 흔들었을 뿐인데 경관들은 나가떨어진다. 격분 한 경관은 만덕에게 총을 겨눈다.

"손들어!"
"손을 들고, 뭘 어쩌려는가?"

S구사의 공양주 만덕이라 설명했음에도 불구하고 만덕은 오 노인과 함께 경찰지서로 붙잡혀 간다. 거의 광란 상태와 다름없는 노인의 저주의 외침은 지프의 엔진소리와 함께 흩어진다.

"음― 음―, 살인마, 귀여운 며느리를 죽이고, 그것도 부족해, 나의 소중한 할아버지를 채어가는 살인마!"

만덕의 죄명은 '공무집행방해'. 오 노인에게는 대한민국의 국시와 이승만 대통령을 향한 충성을 서약하게 하고 포박된 '공비'의 자식을 사살하라는 명령이 떨어진다. "부모가 자식을 물어 죽이는" 잔혹한 의식. 아들을 관통했을 탄환은 오 노인의 목구멍 밑을 통과했다. 경관들이 익살맞은 엄숙한 의식에 몰두하고 있을 때였다. 이러한 작가의 묘사력과 블랙 유머를 기조로 한 비판정신은 언제나 탁월하고 고양되어 있다. 만덕은 이 잔학한 의식을 놓치지 않고 본다. 그리고 작가는 배 멀미와도 닮은 의식 속에서 쓴다.

두 개의 바다를 건너간 일본의 끝 홋카이도의 정경이 라이트에 비추어지듯이 그의 뇌리 속에 분명하게 끼어들었다.
만덕의 뇌리에 그 동포를 서로 죽이는 학살의 의식이 오버랩 된다.
"꼬마 중, 이번엔 네가 하는 거다!"
총을 건네받은 만덕이지만 그는 총에 압도되지 않았다.
"난, 싫다!"

이 단적인 부정·거부의 말은 "철 칼"이 되어 고조된 그 자리의 긴장을 베어버린다.

"총은 돌려 드릴게요."

이렇게 아무런 비장함도 없는 극히 자연적인 거절. "이 우직한 인간의 뇌수와 내장을 간직한 육체 속에 한번 뿌리를 내린 사상이라는 것은 좀처럼 무너질 수 없을 것 같다"라고 작가는 표현한다. 나는 이것을 "만덕의 힘"이라 부르고 싶다.

"사람 죽이는 게 싫다고? 그건 빨갱이다. 빨갱이는 인간이 아니라는 거 알지!"
"하지만, 내 눈에는 인간으로 보이는데요."

만덕은 이승만 대통령과 대한민국에 대한 '반역죄' 그리고 '빨갱이 투사'로 꾸며져 본서로 이송되고 '사형'에 처해지게 된다. 하지만 S구사의 공양주임을 알게 된 본서는 "뇌물을 주고받음을 그 일의 중요한 방편으로 삼고 있는 이 나라 경찰의 예외가 되지 않기 위해서라도" 서울 보살과의 흥정을 호재로 삼고자 한다. 그냥 단순히 사람을 죽이지는 못하겠다는 것인데 작가의 필치는 항상 아이러니, 독을 잊지 않는다. 사람의 생명이 거래의 재료가 된다. 이것은 오늘날 형상에 비춰보더라도 그 예가 필요 없다.

그러나 현세를 강하게 살아온 서울 보살도 보통내기가 아닌지라 "인간이 죽는다는 것은 재차 저쪽 세상에 사는 일, 윤회법의 세계는 모두 전세前世의 인과로 돌고 도는 것이니까"라며 교섭을 거절한다. 공개처형 조에 포함된 만덕은 엉덩이를 들이밀 공간도 없는 초만원의 감방에서 3일을 보낸다. 그리고 그는 "왠지 세상의 윤곽이 분명히 보인다"며 너무나도 선명한 만덕적 자각을 한다. "보초를 직업"이라 주장하는 "절간 일을 돕는 불목하니"를 직업으로서 결코 인정하려 들지 않는 만덕에게 베테랑 살육자들은 어찌할 바를 모른다. 사형선고에도 빙긋이 웃는 만덕 앞에서 귀심사鬼審査계장도 압도된다. "묵묵히 빙긋이 웃으며 죽는다." "죽음의 공포와 절대적 권위의 확립이 없는 곳에 사형의 존재 근거는 있을 수 없다"고 작가와 함께 우리들은 만덕적 역전의 승리법을 보게 된다. 이미 만덕에게 사형은 무의미한 것이다. 만덕은 감방 안에서 절명해 가는 사람들을 위한 공양을 잊지 않는다.

사형은 집행되었다. 침착하게 어쩔 수 없이 죽었을 만덕은 무리의 까마귀 떼로 인해 눈을 뜨게 되었다. 총성과 함께 쓰러진 만덕이지만 일찍이 만덕으로부터 자비를 받았던 이가 달려들어 가려움 때문에 흔들린 찰나에 탄환이 묘하게 만덕의 긴 코로 겸손히도 비켜갔던 것 같다. 그렇지만 재생한 만덕은 이 세상의 존재를 용서할 리 없다. 이렇게 '기담奇譚'은 시작된다. 만덕과 자살한 젊은 며느리의 유령 소문은 사람들, 특히 관헌 측 사람들을 떨게 했다. 축 할머니는 일찍이 마을과 모두를 구제하기 위해 은근히 정의 눈빛을 보내는 골맨 수염 경사에게 오씨 집안의 젊은 며느리를 인도해준 그 사람이다. 축 할머니는 성내의 돌아오는 길에 마을입구의 다리 위에서 "새빨간 저고리와 새파란 치마로 발밑까지 완전히 감춘 여자" 납관 때의 수의 차림의 젊은 며느리를 마주하고 기겁을 한다. 무녀의 주문, 무가, 검무를 병행한 기도가 3일간 이어지고 축 할머니는 젊은 며느리의 영혼에 홀린다. 광란의 춤시위 끝자락에 젊은 며느리의 주구呪句를 남기고 축 할머니는 승천한다.

한편 "안녕들 하시냐"며 한밤중에 S구사에 나타난 만덕의 유령은 파견 경찰대의 대장들을 소스라치게 놀래킨다. 만덕에게 있어 주부呪符라고도 해야만 할 서울 보살이 가진 빗에 이끌려 S구사로 돌아온 것인데 이미 유계의 인간에게 머무를 곳은 없다. 그는 본당의 불단 아래로 숨는다. 심신 모두 궁색한 만덕의 사고가 소년시절 관음사에서 받은 산에서 활동하는 부대 사람들의 정다움으로 향하는 것도 자연스런 흐름이다. 산에서 활동하는 부대 사람들은 결코 그를 '얼간이'나 '바보'로 부르지 않았다. 오히려 온몸으로 번지는 백선치료까지 해 주었다. 특히 "둘로 갈라진 자신의 나라를 통일시키기 위해서는 외국의 부대를 추방해야만 한다"고 언급했던 한 소년의 말이 지금 만덕의 가슴을 울리고 있다. "산에서 활동하는 부대들은 귀신 적에 등록을 마친 유괴와 다름없지 않은가"라는 생각이 만덕의 뇌리를 스친다. 대낮에 걸을 수 없는 어둠속에 있는 자신과 같은 운명의 공유에 대한 자각이다. 이것은 만덕에게 있어 중요한 발견이다.

만덕의 유령에 대해서 서울 보살이 취한 방법은 주문의 기도에 의해 젊은 며느리의 영혼과 함께 모조리 태워버린다는 것이었다. 제물이 수북이 쌓인 불단 앞에서 귀신의 얼굴로 서울 보살과 예전의 허영심의 수염을 깎은 대장들이 신기한 표정으로 나란히 앉아 있다. 만덕의 유령은 사람을 꾀는 요괴로 단정되어 절로부터의 영원한 추방이 주문에 담겨진다. 만덕의 마음에 마침내 분노의 불기둥이 솟아오른다. "도둑이 매를 치켜든다"는 것이 이런 경우가 아닐까. 자신에 대한 저주에 대한 분노보다도 젊은 며느리의 영혼에 대한 처사를 용서하지 않겠다는 것이다. 만덕의 분노는 온몸에 충만해 불단을 뒤흔들고 본당조차 뒤집어 놓을 듯한 기세인데 그는 마음을 떨며 필사적으로 억누른다. 그런 와중에도 서울 보살로부터 "만덕이, 만덕아"로 불리고 싶단 생각이 만덕에게는 애절하다.

이 기도 의식이 한창일 때, 빨갱이를 배출한 마을 하리촌에는 관헌의 손에 불이 붙는다. 지옥 업화의 불기둥을 담장 사이로 본 만덕은 불단 아래에서 "흉폭해 가는 온몸의 기력을 지그시 눌러 참는다." 갑자기 "이 절도 말이지, 결국 불타버릴 거야"라는 이 노인의 소리가 되살아난다. 그날 밤의 일이다.

만덕은 불단 아래에서 분노의 마음으로 그 쇼크를 견뎠다. 동시에 무릎을 꼬고 쭈그리고 앉아 있자 이상하게도 자기가 자신의 주인이라는 기분이 들었다. 그는 어둡고 휑뎅그렁한 본당으로 목을 내밀고 불단으로 손을 내밀어 제물의 과실을 집어 들면서, 독립선언, 이른바 절과 서울 보살로부터의 독립을 생각했다.

이렇게 절과 서울 보살의 주박으로부터 해방과 자립을 의식한 만덕은 이 노인의 말에 촉발되어 더러운 관헌의 손에 절을 내맡길 순 없다고 생각한다. 무디고 시간이 걸리지만 일단 마음을 결정하면 지렛대에도 꿈쩍 않는 만덕적 자각이다. "스님은 부처와 함께 네 마음속에 있다"는 관음사 노 스님의 말이 지금 계시적으로 만덕의 마음에 되살아난다. 만덕은 지혜를 짜 가솔린으로 관음사와 하리촌이 소각된 것에서 힌트를 얻고 내부 사정을 알고 있어 용의주도하게 절의 석유와 참기름을 준비한다. "어린이와 같은 잔혹함으로 경관들이 도망칠 수 없도록 계산"을 하고 마침내 한결 고요히 잠든 S구사에 불을 붙인다.

"만덕이! 만덕아!"라는 외침은 환청이었는가. "개똥! 개똥!"이라 부르는 자신을 버린 어머니의 목소리와 중첩되어 만덕은 불기둥이 휘감기는 서울 보살의 방 쪽으로 되돌아갔다. 짊어진 자세의 만덕에게 에잇! 탁! 기압을 넣고 주문을 걸려고 하던 서울 보살은 곧바로 기절하고 만덕의 도움으로 구원받았다. 그에게는 태어나 처음으로 품는 여체의 감촉이었다. 불길이 미치지 않는 길가에 뉘어진 서울 보살의 가슴 위에는 일찍이 훔쳐낸 몸에 지니며 부적처럼 간직하던 빗이 놓여졌다. 불기둥에 감싸인 절을 뒤로 하고 만덕은 느린 걸음으로 산속 숲으로 향한다. 소문은 천리를 달린다.

어떤 마을에서는 만덕의 유령이 경찰차 속의 경관을 뒤에서 꼼짝 못하게 주리를 틀고 경찰모를 벗기고 총을 빼앗고 사라졌다 한다. S구사가 불탄 자리를 오 노인의 젊은 며느리의 유령과 함께 산보하고 있었다 한다. 마침내 그 유령의 활동 무대는 이 마을 저 마을에서 한라산 일대로까지 번졌다. 산속 깊은 골짜기의 관음사가 불탄 자리에서는 밤마다 만덕의 유령이 흐느끼는 소리가 들리고 염불소리가 흐른다.

작가는 작품의 마지막 장에서 이렇게 표현하였다. 독자는 나카지마 아쓰시中島敦「산월기山月記」의 호랑이가 된 이징의 포효의 슬픔을 떠올릴지도 모른다. 만덕, 총을 든 만덕의 유령은 당국을 떨게 하고 사람들에게는 용기와 힘을 주며 지금까지 살아있다.

이상에서 시간적 흐름대로 만덕을 좇아 작품을 개략해 보았다. 안이한 소개가 농밀한 작품 세계의 맛을 해치지나 않을까 걱정도 되지만 필자로서는 '얼간이', '우직'한 만덕의 마음의 변용과 발전이 필요했다. 출생에 얽힌 만덕의 무적성은 김석범의 초기 작품 「간수 박서방」의 '박백선', 「까마귀의 죽음」, 「관덕정」의 '부스럼 영감'과 통한다. "여편네 없는 노총각" 박백선은 어린 시절부터 여기저기 떠돌며 일하다가 박씨 집안에 노복으로 팔려가 '백선'으로 명명되었다. 또한 부스럼 영감은 "이미 60을 넘겼다고 생각되는데 그의 태생을 아는 사람은 없으며," "60여 년에 걸친 독신의 운명은 그 한 몸이어야만 할 여성과 남성과의 즉 노인과의 사이를 줄곧 찢어놓았던 것"이다. 무성, 무적성, 모성 상실로 그려지는 결코 하나 될 수 없는 성性은 둘로 갈라진 비극으로서 확실히 재일조선인의 재일성을 상징한다. 생각해 보면 김석범은 조선의 최하층 민중을 작품의 중심에 놓음으로써 찢겨진 것을 재일의 비극을 떨떠름한 유모 필치로 그것도 말의 주박 구조 속에서 묘사함으로서 어디론가의 출구를 찾고자 했던 작가다.

박백선은 "난 말이야. 왠지 대한민국이 딱 마음에 와 닿지가 않아"라는 유언을 남기고 "어쩔 수 없이" 처형되었다. 권력의 최말단 간수의 말로였다. 부스럼 영감은 만년에 "인간이란 무슨 일이 있어도 '경찰'로 근무해서는 안된다"고 사람들에게 타일렀다는 말로 작품을 종결짓는다. 일찍이 빨치산의 잘린 목을 바구니에 넣고 떠들며 돌아다녔던 노인, 말하자면 권력의 앞잡이를 자각하지 못했던 자가 마지막에 도달했던 자각이었다.

간수를 맡고 있던 박백선은 "딱 마음에 와 닿지 않는" 대한민국을 의식 하고 부스럼 영감은 마지막으로 "경찰로 근무해서는 안된다"라는 말을 남기고 사라진다. 자타 모두 인생의 희비극을 빠져나온 끝자락에서 느끼는 자성 또는 각성이었다. 만덕 역시 권력 측의 비인간성을 구체적으로 지켜본 끝에 얻은 각성이었다. 무적성, 무학, 우직, 우둔한 여자와 인연이 없는 '아Q'적 인물들이 마지막에 각성한다. 이는 물론 작가의 의도적 작의지만 김석범이 이들 최하위층 사람들에게 상징성과 휴머니티, 인간의 피를 관통시켜 얻어낸 것이라는 점에서 작가의 탁월한 조형력이 엿보인다.

그럼 여기에서 만덕의 내면적 궤적으로 돌아가 보자. 유아로 문맹의 어머니에게 버려진 만덕은 관음사와 절 주변의 자연 속에서 사는 것이 그의 삶이었다. 따라서 본토의 고승이 데리고 가려했을 때에도 관음사의 공양주를 그만둘 생각은 할 수 없었다. 공양주를 그만두는 일은 "자신이 둘로 갈라지는" 일로 의식했다. 강제연행으로 창씨개명을 강요받았을 때에도 '만토쿠이치로'를 완강히 거부했다. 공개 처형되기 전에는 "보초가 직업"이라고 주장하며 귀심사 계장을 애먹였다. 만덕에게는 '직업'을 타자로부터 강요받은 것으로 보는 내적 인식이 있다. 공양주, 절간 일을 돕는 불목하니야말로 그의 삶 자체였다. 만덕은 그 순진한 무구성, 우직하고 자기의 내면에 충실했기에 그 솔직한 자연력으로 압도적인 권력에도 굴하지 않았던 것이다. 필자는 이것을 무구성의 우직함, 만덕적 자연력이라 부른다.

만덕에게 "금이 가는" 의식은 관음사가 관헌의 손에 멸각되던 때부터 시작된다. 이 "금이 가는" 감각은 그에게 "마음의 궁핍함"으로 의식된다. 작가는 이 "금이 가는" 감각, "마음의 궁핍함"을 점층법적으로 깊게 파고든다. 젊은 며느리의 자살과 오 노인의 비극, 그리고 만덕 자신도 빨치산 투사와 빨갱이로 꾸며져 처형의 운명을 면치 못한다. 무고한 백성을 덮치는 비극, 만덕 자신에게도 끊임없이 가해지는 재난이 점차 만덕에게 인간적 각성을 심화시켜 저주의 의식을 접하고, 하리촌의 업화를 보게 되면서 마침내 극에 달한다. 금이 가고 폭발하고 궁핍한 심정이 분노의 마음으로 발전해 결국에는 파열한다. 그리고 만덕은 제주도 빨치산 투쟁의 상징인 한라산으로 회귀해 간다.

일찍이 초기 빨치산 관련물에서 보았던 제법 허무적인 종말로서 어느 정도의 인간적인 자각은 있었다. 그런데 예지에 불과했던 그것이 자연스럽게 혁명적 각성에 이르면서 여기에서 만덕의 탄생과 김석범 재생의 의의를 보게 된다.

내 생각으로는 중국이 만약 혁명하지 않았다면 아Q도 혁명하지 못한다. 중국이 혁명했다고 한다면 아Q도 혁명할 수 있다. 나의 아Q도 그런 것일 수밖에 없다.

여기에서 이러한 인용은 지나친 진부함일 수도 있다. 만덕은 분명히 '아Q'의 피를 이어받을지 모르지만 '아Q'처럼 한漢민족의 후예다운 높은 자존심을 지닌 것도 아니고 타자로부터의 굴욕에 대한 독특한 정신적 승리법에 의해 자존심을 돌보며 평정을 되찾는 것도 아니었다. 또한 '박달'처럼 냉정과 교지狡知로 이기고 지는 승리법도 계획성도 외발적인 구경꾼 기질도 없다. 만덕이 지닌 것은 두들겨 맞고 쓰러져도 정직하게 참아내는 힘과 내적인 성질에 따르는 완미頑迷할 정도의 고루함, 순진 무구성, 한없는 다정함이다. 그리고 어쩌면 '아Q'와 박달에게는 부족했던 인간의 피가 관통하고 있다.

하지만 주인공들이 최하층 민중이고 그 우둔 무지몽매로 인하여 혁명 운동의 소용돌이 내지 혼란 속으로 휩쓸려가고 기구한 운명을 걷는 것은 정말이지 '아Q'의 계보에 있는 것이다. 유모를 기조로 한 비평정신과 묘사수법도 궤를 같이 한다고 할 수 있다. 필자는 김석범의 문체, 사상, 주제, 방법 등에 대해서는 앞서 거론했기에 피하기로 한다. 다만 김석범 속에 '아Q'가 소생하고 취식하고 있다는 것을 언급하고 싶다. 그리고 김석범은 '만덕'에 이르러 확고한 자립을 획득하였다. 「아Q정전」에서 「박달의 재판」을 거쳐 실제로 반세기의 역사적 시간이 흐르고 세 개의 원환 구조가 있다. 그럼에도 불구하고 '만덕'에게도 어둠으로밖에 존재를 허락할 수 없다는 점에 오늘날의 한계가 있음을 지적하고 싶다. "재일조선인의 일본어 작가"와 같은 말투가 불필요하게 되었을 때야말로 이 원환 구조도 타파되지 않을까.

다케우치 요시미竹內好는 "유머 필법을 가지고 비참한 사건을 그리는 것은 고고리와 센키위치가 내세우는 점이고 『아Q정전』의 성공 원인도 여기에 있었다"루쉰라고 적고 있다. 그렇다고 한다면 "우리들은 모두 고고리의 '외투'로부터 나왔다"라고 도스토옙스키가 언급했던 것처럼 김석범도 고고리의 '외투'에서 출생했는지도 모른다. 고고리의 사적 배경은 제정帝政 러시아의 세기말적 상황이었다. 루쉰은 신해혁명을 거쳐 중국혁명 전야를 살았다. 찢겨진 민중의 운명을 살았던 재일조선인 작가들은 지금 존재한다. 그것도 "말의 주박" 구조 속에서 '풍화'를 의식하며 그것에 대항하는 길을 모색하는 재일 작가들의 출구는 한없이 멀다. "니힐리즘을 추구"하면서 작가적으로 출발한 김석범에게 "절망은 허망한 것이다. 희망이 그러하듯이"라는 루쉰의 말이 자라고 있음은 두말 할 것도 없다. 루쉰이 그가 낳은 아Q와 투쟁했다고 한다면 김석범은 '만덕'과 싸우며 살아갈 수밖에 없는 운명이었다.

필자는 김석범의 작품 「유방 없는 여인」, 「유명의 초상」에 약간 그의 사소설 거부 의지의 후퇴를 두려워한다. 1925년 출생의 김석범이 점점 더 곤란한 상황, 구조적 고정화 현상과 내부 모순 속에서 점차 회고적 감상적으로 변해가는 것은 어쩔 수 없는 일인지도 모른다. 그러나 김사량이나 무명의 제주도 빨치산의 유지를 잇고 있는 김석범이다. 강인한 탄력이 느슨해질 리도 없다. 다소 이야기가 옆길로 흘렀지만 마지막으로 한 번 더 이야기를 「만덕유령기담」으로 돌려보자. 일찍이 『인간으로서』의 자작에 대한 서평 대담에서 김석범은 "하나의 조선 문제를 상징적으로 그리고 있다"고 했다. 그 상징성은 무엇인가. 나는 그것을 만덕에게 "금이 가 갈라지고"와 그것의 확대 폭발의 과정으로 보아왔다. 「까마귀의 죽음」에서 정기준은 소녀의 시체를 덮치려는 까마귀를 향해 권총을 쏘고 죽은 소녀의 가슴에 3발을 발사함으로써 간신히 마음의 균형을 유지할 수 있었다. 정기준은 위태로운 균형 속에 있었다. 그러나 만덕은 정기준적 지능 감각을 지닌 소유자가 아니었다. 작가 자신이 말하듯 "육체적으로 인식해 가는 남자" "절을 태웠을 때 그는 처음으로 하나의 행동 세계를 보게 되었던" 것이다.

여기에서 필자는 작가의 원기적 민중상에 의탁한 '자립' 염원의 상징성을 본다. 그것은 무의식중에 산에서 활동하는 부대·빨치산과의 간절한 '합체' 염원으로서 자연력으로 내세워지는 것이었다. 총을 든 유령의 출현은 당국과 사람들에게 각각 내용이 다른 충격을 주었다. 제주도 빨치산 투쟁으로부터 30여 년, 만덕을 얻고 10여 년, 우리들은 불행하게도 "총을 든 유령의 출현"을 듣지 못했다. "안녕하신지요"하고 누군가가 총을 내 가슴에 들이댔을 때, 우리는 만덕에게 답할수 있을까?

3. 「제사 없는 축제」와 제주4·3항쟁

작가 김석범은 「까마귀의 죽음」이후 문학적 재출발로 근래 10여년 동안 많은 작품을 내놓았다. 그에 답해야 할 우리들의 읽기는 안타까움이 있다. 일본 자본주의 사회의 부산물, 그 느슨하게 풀어진 피부감각에 예리한 칼이 되어 꽂히는 작품을 되받아넘기는 일은 어려운 일이지도 모른다. 피상적인 감상과 비평을 완고히 거부하는 견고한 벽이 있다. 그것은 작가가 재일조선인으로서의 재일성을 언어적 측면에서도 그 주박 구조를 추궁하고 일본어로 생각하고 일본어로 쓰는 것에 대한 부성을 어떻게 역전시킬까 라는 언어적 자의성에서 오는 것이라고 본다.

작가의 인물 조형의 매력은 '부스럼 영감'에서 '만덕'으로 이어지는 '아Q'적 연결고리 속에 있고 출구도 거기에서부터 오는 것이라 보고, 일찍이 시론을 제기했다. 그러나 그 이후 작품 조형의 흐름은 반드시 필자의 예견과 일치하지 않았다. 그렇다고 해서 한층 더 곤란한 상황에서 신음하는 재일조선인 작가의 일본어문학을 거론하지 않는 것은 우리들의 태만이라고 본다. 쇠퇴의 절정에 있는 오늘날 일본의 '문단' 문학의 안티테제로서 그들 재일조선인 작가의 작품이 돋보인다고 생각하지만, 유감스럽게도 정당한 평가는 충분히 이루어지지 못하고 있다. 먼저 1925년 출생의 김석범이 구축한 언어 세계의 벽에 어떻게 구멍을 낼 것인지에 대해 짚어보기로 한다. 그의 문학적 족적과 행보를 간단히 메모해 보면 다음과 같다.

1957년 8월   「간수 박서방」, 문예수도

1957년 12월   「까마귀의 죽음」, 문예수도

1958년 11월   「이제부터」, 문예수도

1960년 4월   「똥과 자유」, 문예수도

1961년 5월   「관덕정」, 문화평론

(이후 8년간은 일본어문학작품이 끊어진다. 1968년에 조선총련 조직을 탈퇴했다.)

1969년 8월   「허몽담」, 세계

1970년 12월   「만덕유령기담」, 인간으로서

1971년 4월   「장화」, 세계

1971년 9월   「멀리서 온 사람」, 인간으로서

1971년 11월   「밤」, 문학계

1971년 12월   「고향」, 인간으로서

1972년 5월   「트럭 도둑」, 문학계

1972년 12월   「방황」, 인간으로서

1973년 6월   「이 훈장」, 문학계

1973년 12월   「사기꾼」, 군상

1974년 4월   「밤의 소리」, 문예

1974년 5월   「도상」, 바다

1975년 5월   「취우」, 삼천리

1975년 9월   「남겨진 기록」, 문예

1976년 11월   「우아한 유혹」, 문예

1978년 8월   「지존의 아들」, 스바루

1978년 11월   「결혼식 날」, 삼천리

1979년 8월 　「왕생이문」, 스바루

1981년 1월 　「제사 없는 축제」, 스바루

　　결코 다작이라 할 수 없지만 1969년 재차 작가적 행보를 시작한 김석범은 때
마침 재일조선인 일본어 작가들의 등장 활약과 궤를 같이 하면서 끊임없이 작품
을 내놓는다. 김사량, 장혁주와 같은 작가를 그 선종先蹤이라고 한다면 70년 전후
의 시점을 재일조선인 작가의 르네상스라고 할 수 있다. 그러한 르네상스성은 2
세 작가 이회성, 김학영, 고사명 등 점점 폐쇄성을 띠기 시작한다는 느낌도 들지
만……. 김석범 문학은 그의 문학적 원점인 1948년 "제주도 빨치산 투쟁"을 소
재·주제로 한 작품을 시작으로 장기 연재를 마친 「해소」까지 비교적 무거운 작
품이 많다. 그의 작품은 재일조선인으로서 재일의 의미를 묻는 민족통일 염원을
담으면서도 그것이 실현되지 못하는 현재의 상황에 초점을 둔다. 어쩔 수 없이
경직되어 가는 '조직'의 관료성 문제, 재일 2, 3세가 과반을 차지하는 현재 상황
속에서 심화되는 재일조선인 민족의식의 '풍화' 균열 등을 집요하게 다룬다.

　　여기에서 거론하고자 하는 「제사 없는 축제」는 1958년 8월의 '고마쓰 가와小松
川 여고생 교살사건'을 소재로 한 작품이다. 사건 자체는 이미 4반세기를 넘기고
있어 멀어진 저쪽 세계의 일인지도 모른다. 필자는 그 사건의 범인 이진우보다
는 1년 늦게 태어났다. 그리고 텔레비전과 비디오는 물론 신문조차도 없었던 규
슈 산간지역에서 혼자 자취생활을 하며 가난하게 살아가던 나고교 1년생로서는 매
스컴을 통해 홍수처럼 쏟아지는 사건을 접할 수가 없었다. 애매한 기억이 작품
을 통해 상기될 정도다. 자신의 자식을 콘크리트로 매장하거나 부모를 금속배트
로 때려죽인다고 하는 사건이 잇따르는 가운데 우리들의 감성은 정말이지 마비
되고 말았다.

　　얼마 전, 고교 수업에서 이따금씩 다음과 같은 단카를 접하곤 했다.

소녀답게 귀환의 결의를 알린 날

가네시로 준코金城順子도, 바다 건너 갔네.

"가네시로 준코라 함은 물론 이곳에서 태어난 조선인 소녀의 이름이다"라는 곤도 요시미近藤芳美의 해설기사에 교실 구석에서 웃음소리가 들렸다. 나는 생도의 '웃음'의 근원을 금방 밝혀낼 순 없었지만 자신도 모르게 얼굴과 귀가 붉게 상기됨을 느꼈다. 어느새 '한일 관계사'에 대해서 열을 올려 설을 풀고 있었다. '무감각', '무감성', '무관심'의 대명사처럼 불렸을 정도로 소외되어 있던 현대 고교생의 감성 속에서 '조선인 소녀'가 초래하는 입 다문 채 웃는 웃음의 소용돌이가 나로서는 두려웠다. '차별'의 심화는 O소년과 H소년 젊은이들의 자살로 이어져 우리들 눈앞에 있고 동시에 오도카니 신문 구석에 있는 다음과 같은 기사에서 지금부터 있을 고뇌를 예견할 수 있었다.

"뱃속의 애기, 한국의 피여."

난생 처음 새로운 생명을 수태한 사실을 안 날로부터 3개월. 당신은 내 몸속에서 나날이 성장하고 있는 것 같다. 내년 이른 봄에 세상에 태어날 당신. 당신은 틀림없는 한국의 피를 받아 태어나는 것입니다.

당신의 아버지와 어머니 역시 일본에서 태어나고 자란 재일한국인. 자신의 말조차 만족스럽게 구사할 수 없는 우리들에게, 당신에게 말할 수 있는 조국은 없는지도 모릅니다. 그렇지만 왠지 이국땅에 몸과 마음을 맡길 순 없는 우리들입니다. 그것은 이치가 아닌 우리들의 피가 그렇게 만드는 것이지요.

당신도 언젠가는 나의 어린 시절처럼, 나에게 "난 왜 한국인이냐"고 묻게 될지도 모릅니다. 처음 외국인등록을 마치고 내가 그랬었던 것처럼. 내게 해결할 길 없는 의문으로 다가올지도 모릅니다. 그때, 나는 당신의 물음에 충분히 대답할 수가 있을지. 당신에게 한국의 역사, 민족의 마음을 자신 있게 설명할 수 있는 나이고 싶습니다. 하지만 이국

땅에서 부딪치는 여러 가지 차별로 당신이 고민할 때 우리들은 무엇을 할 수 있을까. 당신의 고민에 손을 내밀 수는 있겠지만 아무런 해결책을 제시할 수 없는 우리들입니다. 우리들이 할 수 있는 것은 다만 당신이 자신의 날개로 차오를 날을 위해 용기와 힘을 전해주는 일뿐입니다.

　자신이 한국인이라는 사실을 받아들이고 자신의 길을 찾아갈 것인가. 잔혹한 것 같습니다만 그것은 당신이 결정해야 할 문제입니다. 고민해 주세요. 반드시 뭔가 앞길이 보일 겁니다. 당신의 부모와 조부모들이 왜 한국 피를 고집하고 고향을 버리지 않았는지, 고향을 사랑할 수밖에 없는지. 그것만은 우리들 피를 받고 태어나는 당신만큼은 알아주었으면 합니다.

오타구(大田区), 주부(26세), 『아사히신문』, 1981.10.6.

"이치가 아닌 피"의 문제는 여전히 존속한다. 우리들은 재일 2세 젊은 어머니의 통절하고 애정어린 외침에 귀 기울일 수 있는 감성을 키우는 것부터 시작해야만 한다. 거기에서부터 연대의 끈을 키워갔을 때 비로소 어디에서인가 구멍이 뚫리고 한 줄기 광명이 비춰올 것이기 때문이다. 이른바 우리들이 단번에 김석범 문학의 출구를 찾는 일은 어렵다.

「제사 없는 축제」의 소재가 된 '고마쓰가와 사건'에 대해서는 박수남 편 『이진우전서간집李珍宇全書簡集』에 자세하다. 매스컴 보도, 법정진술, 수기, 이진우 단편소설 「나쁜 놈」, 박수남에 의한 해설 그리고 왕복서간 등이 수록되어 있다. 1962년 11월 16일 22세로 '처형'되기까지의 경위가 민감히 다가오기에 압권이다. 이 사건을 소재로 한 일본 작가의 작품은 이 서간집 앞에서 빛이 퇴색되고 만다. 김석범 문학과도 관련이 있는 '조직', '국가' 문제를 생각함에서도 참고가 될 것 같아 그 위업을 완수한 박수남의 말을 약간만 인용한다.

　'고마쓰가와 사건'은 나에게 눈앞이 캄캄해지는 것과 같은 충격이었다. 체포된 '극악

무도한 살인마'가 정체를 알 수 없는 괴물이 아닌 또 한 명의 나였는지도 모른다. 이른바 나의 반쪽이었기 때문이다. '조센진'으로 지명되고 정면으로부터 발가벗긴 가면 아래로 나타난 것은 이미 조선인 자신조차도 아닌 반쪽발이였기 때문이다. 쪽발이, 발굽이 갈라진 짐승, 인간이 아닌 쪽바리를 흉내낸 그 순진한 모습은 자기 자신을 보는 눈조차 도려내어진 두리뭉실함이었던 것이다. 나는 소년의 살인을 자살로 생각했었다. 남을 죽임으로써 죽으려했던 것이다.

서간집 『죄, 죽음, 사랑』에 절판絶版을 요구한 것은 10년 전입니다. 이 비극적 사건 — 반쪽바리의 부의 전형이라고 해야만 할 이진우 존재의 모순이 시작된 것은 당시 내가 속해 있었던 국가 — 집단의 권위로부터 금기시되었던 말이었던 것입니다. 결국 나의 발언은 집단의 권위 밖으로 망명함으로써 비로소 표현될 수 있는 것이었습니다. 그것은 식민지 체제로 생겨난 사생아라고도 해야만 할 우리들의 존재를 부인하는 집단의 국가주의 이념과의 갈등과 싸움을 끊임없이 하며 사는 것이었습니다.

위 인용문에서처럼 2세 박수남에게는 "이진우는 나"로 의식되었다. 또한 집단 속에서 터부 만들기, 거기에서부터 생겨나는 소외는 나가야마 노리오永山則夫의 옥중 노트 「무지의 눈물」이 세간에 나온 것과는 겹겹이 다른 의미를 갖는다. 예를 들면 이진우 구명탄원운동의 발기인이었던 오오카 쇼헤이大岡昇平가 "현재 소년구명탄원운동에는 재일조선인 사이에서 일지 않는 것이 특징이다"라고 지적하는 것과 근원적으로 맞닿아 있다. 그것은 한마디로 말하면 "민족의 수치" 감각이라고 할 수도 있다. 근원의 추궁을 밝기하고 '치부'로 은폐한다는 자세로는 어떠한 의미의 해방도 생겨날 수 없다고 생각하는데 많은 금기를 만들어 온 것도 역사적 사실이다. 김석범이 처음 작품에서 이룬 것은 "제주도 빨치산의 투쟁"이 한국에서 '터부'시 되고 '풍화'해 가는 것에 대한 도전이었다.

서간집 재생에 건 박수남의 열정이 터부에 대한 도전이고 풍화에 대항 하는 증언이라고 한다면 김석범 작품은 재일 1세의 감각에서 차세대를 향한 내부로 부터의 발언이라 할 수 있다. 그것은 또한 필연적으로 우리들이 인식하고 공유 해야만 할 문제이다. 앞서 "이 사건을 소재로 한 일본 작가의 작품은 이 서간집 앞에서 빛이 퇴색되고 만다"고 했는데 일본인 작가들이 어떤 대응을 했는지 잠 깐 짚고 넘어가는 것은 김석범 작품과의 위상 차이를 생각함에서도 도움이 될 것 같아 거론해 둔다.

후카자와 시치로深澤七郎, 「현란한 의자」, 『부인공론』, 1959.11

기노시타 준지木下順二, 「휘파람이 겨울 허공으로」, NHK 텔레비전 시나리오, 19613

미요시 도루三好徹, 「현란한 의자」, 삼일서방, 1962.5

오에 겐자부로, 「부르짖는 소리」, 군상, 1962.12

오시마 나기사 감독大島渚監督, 「교수형」영화, 창조사·ATG, 1968

후카자와의 작품은 실제 사건의 도식을 풍속적 터치로 답습한 것이기에 작품 으로서의 심화는 대단히 미흡하다. 이 작가는 보기 드물게 시의時宜 편승적이다. 기노시타의 작품은 작가 자신에게도 불만이 있는 것 같은데 얼마나 감상적인 지 도저히 심리의 심층에는 파고들지 못하고 있다. 기노시타도 '구명탄원운동' 의 일원이었음을 밝혀둔다. 미요시의 작품은 읽을거리로서는 관점의 착목점이 수사관 측이기도 하고 매스컴 측이기도 해서 전직 저널리스트다운 재미가 있는 데 지나치게 모조품 같아 보인다. 오에의 작품은 그의 상상력이 구축한 유니크 한 작품으로서 이후 작가의 행보와 맞닿아 있다. 성, 범죄, 폭력과 등장인물 개개 인에 부여한 전형이 너무도 오에다운 변죽이다. 영화「교수형」은 대단히 실험적 인 역작이었다. "강간 살인사건을 일으킨 조선인의 처형이 실패했다!"를 메인 테 마로 재판 측의 살인을 추궁했다. 지금 다시 읽어도 저절로 "사형대 위의 유머"를 기억하게 하는 비평 정신이 돋보인다.

그 외에도 작품이 있을지 모르지만 내가 본 것들을 대략 훑어보았다. 외관적으로 전하기 어려울지도 모르겠지만 아마도 사건이 사건이었던 만큼 작가들에게 창작의 욕구를 일게 했을 것이다. 하지만 역시 모티브의 절박함에서 혹은 '피', '민족'의 문제를 묻는다는 점에서 박력이 부족하다. 이것은 김석범 자신이 지적했던 것처럼 민족 문제를 '사상事象'한 것이라 할 수 있다. 어쩌면 일본 작가에게는 끊을 수 없었던 과제인지도 모른다. 김석범이 「제사 없는 축제」에 건 모티브의 절실함은 이 점에 있었다고 생각한다.

「제사 없는 축제」는 다음과 같은 구조로 이루어진다.

　① 주인공 김붕남은 오사카로 가출한 지 석달만에 귀경한다. 천식을 앓고 있던 어머니의 골절사고를 이유로 아버지가 편지로 불러들인 것인데, 그 아버지의 "환영 인사"는 술에 취해 변소 맨홀 입구에 쓰러져 오줌으로 뒤범벅된 모습이었다.

　② 다음날 신문기사에 "신원불명자 철도 전락사"가 눈에 들어온다. 그것은 전날 전차 안에서 흥미를 끈 구마노 산타로熊野三太郎를 직감케 한다. "안녕 바이바이"의 구마노 이미지가 뇌리에 박힌 김붕남은 '신원불명'이라니 말도 안된다며 신문사로 전화를 걸어 항의한다. 수화기를 들고 있는 김붕남의 내면에 꿈틀거리는 검은 덩어리, 미궁에 빠져 있는 반년 전의 "하숙집 부인 살인사건"이 머리를 처든다.

　③ 취직 벽은 중학교 시절에 이미 경험했다. 일자리 찾기도 뜻대로 안 되는 일요일, 이따금씩 이전의 직장 동료인 모리시타 요코森下葉子를 만난다. 그가 호주머니에 쑤셔넣고 있던 책 「이방인」 멀스가 화제가 되곤 했다. 제방 풀숲을 뒹구는 모리시타 요코에게 "검은 덩어리"가 작용하여 깜짝 놀라는 김붕남이다.

　④ 모리시타 요코의 권유를 받아들이는 형태로 김붕남은 이전 직장으로 복귀한다. 이 작은 동네의 공장 경영자는 "한원봉·통명 니시하라"다.

　⑤ 공장을 다니기 시작한 지 10일째 무렵 왼쪽 손에 부상을 입는다. 이는 김붕남이 갈망하던 휴식을 가져다준다. 그가 이전부터 쓰고 있던 단편 응모소설 「어느 때」에 집

중할 수 있는 절호의 기회다. 방황이 있다. 그리고 우연히 만난 여고생이 그의 "검은 덩어리"의 '희생'이 된다.

⑥ 그가 기대하는 '홍수'는 일어나지 않는다. 재차 사건이 '소재불명'이 되는 것을 참을 수 없어 결국 신문사에 전화를 건다. "동기 없는 살인"으로 선전되고 '홍수'의 도래가 있지만, 거기에 가짜 범인이 등장하게 됨으로서 '완전범죄'를 자부하는 김붕남은 전화와 편지로 신문사, 경찰, 세상에 도전한다.

6장으로 구성된 소설 전개는 실제 사건을 덧그린 것으로서 그 줄거리는 평범하기조차 하다. 하지만 점착력이 있는 문체로 인한 작품조형의 매력은 역시 김석범의 것이다. 구마노 산타로의 우화가 갖는 의미, 꿈관념의 문제, 인물조형, 조선부락, 김석범 문학을 지탱하는 문체 등, 여기에서 잠깐 검토함으로써 실제 사건의 무게로부터 작품이 어떻게 자립해 가는지 알 수 있다. 전차 속에서 위스키를 병 채로 마시는 부랑자 풍의 남자 구마노 산타로에 대한 김붕남의 관심은 구마노에게 자신의 아버지, 자기 자신조차도 닮아 보이는 중첩적인 감정에서 비롯된다.

어쩔 수 없는 남자. 머무를 곳 없는 낙오자이고 쓰레기 같은 인간이야. 이런 나도 정말이지 완전히 아버지를 닮아 싫어한다. 어디에도 다다를 곳 없는 구렁텅이로 빠져버린 인간, 막다른 종막.

'쓰레기', '막다른 종막', '구렁텅이로 빠진다'는 심층에서의 자각은 김 소년의 내부에 형성되어온 것이다. "신원불명의 어둠으로부터 구마노 산타로"를 현실로 끌어내려는 행위, 그를 위한 집요한 집착은 "미궁에 빠져있는 반년 전의 하숙집 부인 살인사건"을 꿈속에서 소환해 되돌리고자 하는 충동이 되어 "저주받은 듯한 존재"의 일상 감각이 된다. 여기에서 도입부의 구마노 산타로 우화의 복선으로서 의미가 유효하게 살아난다. 더욱이 "여교생 교살사건"이 행방불명될 듯한 때의 내부 불안의 팽창감으로 이어져 온다. '구마노 산타로'의 우화적 의미는 일본 자본주의 사회의 틀 밖으로 불거져 나오는 최하층민이 3면 기사 구석에 소재 불분명한 기민의 한 전형을 작가가 의식한 것이라 할 수 있다.

이진우가 소설의 주인공 김붕남이 아님은 말할 것도 없다. 하지만 '이진우'와 '김붕남'의 부성을 비교 검토해 보는 것은 작가가 인물조형에 건 열의를 엿볼 수 있는 의미 있는 일이다. 이진우는 이렇다.

가정은 통칭 우에시노자키上篠崎의 조선부락이라 불리는 가운데 가건물의 6조 단칸 방 집. 아버지는 일용 노동자, 어머니는 벙어리, 한 방에 어린 동생 5명을 포함한 8명 생활. 근처 사람들과 교제는 없고 아우와 여동생들은 어머니가 벙어리라는 열등감 때문일까, 항상 형제들끼리만 논다.

신문기사는 어머니가 '벙어리'라는 열등감으로 인해 '조선부락'에서의 고립을 암시케 한다. 김붕남의 가족 상황은 아버지는 절도 전과 3범에 알콜중독 주정뱅이인 편벽자 김봉길, 어머니는 합숙소에서 얻은 천식환자 이순남, 두 명의 형제자매로 여동생 순자는 4년 전 11세로 치료도 제대로 받지 못한 채 급성폐렴으로 죽었다. 그래서 부락 내에서는 '도둑놈 가족'이라는 낙인이 고절감과 소외감을 심화시키고 있다. 여기에서 작가가 '벙어리'로서의 어머니를 피한 것은 차별 용어의 증식을 걱정했기 때문일까. 김석범은 김붕남의 이중 존재성을 다음과 같이 적고 있다.

내 이름은 가나자와 도모오金澤朋男, 김붕남金朋男, 김봉남金鋒男. (…중략…) 그는 몇 개의 이름이 세탁거품처럼 부글부글 떠올랐다 사라지는 것을 느꼈다. 그 세 문자 쪽이, 그 세 문자 중 하나가 조선인으로서 그의 본명이었다. 그는 세 문자의 성명이 싫었다.

그 중에서도 '김'자가 싫었다. 철이 들 무렵부터 '김'자 에는 일본인들이 싫어하는 쾌쾌한 냄새가 배어있다는 느낌이 들기 시작했다. 그러나 외국인 등록, 이른바 일본에 사는 '호적' 대용이 되는 등록증에 기록되어 있는 '김붕남'이 본명이었다. 그 본명은 자신에게는 전혀 익숙하지 않은 저주스러운 이름이다.

이러한 그들이 결국 부딪치는 취직 차별의 '벽'은 '이' 소년에게도 '김' 소년에게도 마찬가지였다. '쾌쾌한 냄새', '저주스러운' 김붕남에게 작가는 '조선 새'의 이미지를 부여하고 '고름 인간'으로서의 자각을 갖게 한다.

이쪽은 개와 고양이, 그리고 쥐와 같은 시체와 섞여있는 쓰레기 더미에서 언제나 음침한 악취가 풍겨 자연히 격리 지역이 되었다. (…중략…) 가드를 넘어 놀러 가면 안 된다. 저쪽은 조선인이라는 인간이 살고 있으니까……. 개와 고양이의 시체에 꽃이 핀다……. 나는 요새를 넘는 조선인 새다.

어린 시절부터 키운 요새 이미지는 김붕남의 내면에서 부풀어 오른다. 여기에서 보이는 '조선 새'의 자각이야말로 김석범이 조형한 김붕남의 특질이다. '조선 새'는 요새에서 벗어나는 것을 추구하는 게 아니라 '1억 인구'의 목을 단숨에 베려는 괴물성, 폭력성을 띠고 있다. 이 김붕남의 내부에 자란 꿈이 기조가 되고 심화 팽창해 '조선 새'의 공포, 증오, 복수가 '살인' 범죄를 형성해 간다. '조선 새'를 낳은 조선부락은 도대체 무엇인가.

이 부락은 전쟁 중에 비행기장 건설로 현해탄 건너 본토에서 연행된 조선인 거주용 노무자 합숙소의 흔적으로, 십 여채의 바라크 집이 늘어섰거나 혹은 독채 건물로 논밭 옆의 광장 같은 공터 한 곳에 모여 있었다. 김붕남은 그리움이 솟구칠 정도로 비참함에 익숙한 집과 생활이었다. 도둑놈 집안이다. 이번엔 살인이라도 하지 않으면 관심을 보일 리가 없질 않겠는가.

'조선부락'이야말로 텅 빈 상태의 번영, 아시아 지역으로부터의 착취 위에 책상다리를 한 현대 일본의 치부다. 김시종의 『이카이노 시집』이 여실히 말해 주듯이 "없어도 있는 마을. 그 자체로 없어진 마을"이다. 김석범은 '징용선인'이라는 차별용어는 신중히 피하고 있는데 '대일본제국'이 연행한 흔적으로서 '조선부락'임을 잊어서는 안 된다. 역사의 치부 어두운 부분이야말로 공격받아 마땅하다. 김붕남의 아버지 가나자와 호키치金澤奉吉도 그 '창씨개명'의 산물이다. 철도원 모집에 휩쓸려 일본으로 건너간 그는 해저탄광으로 보내졌다. 더욱이 항만 노동자, 조선부락으로 이동하면서 일본의 기민정책의 한복판에서 살아왔다. 부락민들로부터 '도둑놈 집안'으로 배척당하는 김씨 일가는 차별 속 차별이라는 냉담과 고절함에 휩싸인다.

김석범 작품은 조선 부락의 인간 동정과 냄새를 묘사하는데 심혈을 기울였다. 그것은 작가 특유의 관념의 전형화 만들기일 것이다. 부정적으로 말하면 도식화이기도 한데 시니컬한 터치로 실존감을 살린 게 특징적이다. 그러한 특징을 주변 등장인물을 중심으로 살펴보자. 인물들도 작품의 중요한 배경, 풍경적인 뉘앙스를 띤다는 것도 당연한 일이다. 노모토野本는 "손해 보는 일에는 말참견도 안하는" 작은 운송회사 경영자로서 소시민적 성공자인데 항상 정원수를 손질하면서 얼굴을 내민다. "술에 취한 전과자는 조선인의 수치니까 이곳을 떠나든지 빨리 죽어라"고 김붕남 집안에 대한 멸시감을 노골적으로 보여주는 남자다. 가나자와 호키치 입상에서 보면 '사기꾼'으로 "큰 도둑은 도둑이 아닌" 것으로 보이는 인물이다. 김붕남 입장에서는 "여자처럼 마음보가 나쁜 삭뚝삭뚝 가위 노모토"다. 노모토는 일본의 권력자에게는 아첨하는 인간으로서 마지막 장면에서 김붕남을 강제 연행해 가는 형사들을 향해 "안녕하십니까. 아침부터 수고가 많으십니다"라고 인사를 한다. 어쩌면 권력에의 밀고자인지도 모른다.

미야모토宮本는 여자에 빠져 폼을 잡는 남자다. 파친코의 경품교환 일을 하는 두 아이 어머니의 기둥서방 같은 생활을 하고 여자를 설득하는 방법을 김붕남에게 가르쳐주곤 한다. 막걸리 아줌마는 조선부락의 냄새를 자아내는 전형이다. 최하층 밑바닥 생활자로서 생생히 살아간다. "아들이 돌아왔다고 하길래 삶은 족발을 가지고 왔다"는 아줌마인데, 실은 아버지가 아들로부터 훔친 술값을 돌려받고자 온 것이다. 이 대목의 함축은 생활자의 냄새가 우러나 제법 좋은 창출이다. '권'은 어떠한가. 고물상인 권은 호키치와 짜고 훔친 장물을 취득하고 그것이 발각되자 호키치를 납득시켜 형무소로 보낸다. 게다가 복역 중인 호키치의 처를 빼앗으려고까지 한다.

이들이 조선부락의 점경적点景的 인물들로 김붕남의 정신적 배경을 형성하는 효과를 낸다. 역사의 부성負性으로서 조선부락이 자아내는 분위기는 상징적 의미에서 '이카이노'를 공유하는 사람들의 것이라고 본다. 재일조선인 그것도 1세 작가들은 생활의 냄새를 전하는데 무척 민첩하다. 그 방법도 똑같지 않은 각자의 세계를 가지는데 김석범은 문체와 함께 겹겹이 굴절된 인간상을 창출하는데 수완을 발휘하고 있다. 이는 김석범의 의식 내면에 자리 잡은 재일성에 대한 물음이라 할 수도 있다.

다음은 문체다. 앞서 언급한 "조선 새" 외에 "괴기한 구름", "사정을 끝내지 못한 영원한 간통의 영위", "꿈의 양수", "꿈의 누에고치", "빵에도, 여자에게도, 철학에도 짐승처럼 굶주린 청년", "성스러운 고름" 등 동의어의 집요함이라고도 할 수 있는 반복은 작품의 기조음을 형성하고 작품 내부로부터 에너지를 갖고 다가온다.

그러나……가……어쩌면……. 그러나, 그렇다고는 하지만……. 그렇지만 또한……. 그래서……. 이와 같은 접속어의 남발에 따른 굴절감은 줄곧 이어지는 연쇄 형태로 문체에 점착력을 가져온다. 일견 어색하게도 느껴지는 이 문체는 자칫하면 정서에 포박당할 것 같은 일본어가 갖는 애매성에 대한 저항으로 받아들일 수도 있다. "우연이었는데 우연이 아니었다"처럼 긍정하고 부정하는, 어쩌면 부정하고 긍정하는, 그러한 측면에서 작가의 문체에 대한 의식을 읽을 수 있다. "불안이 의식의 구멍을 팠다." "황홀감이 그것을 증명한다." "태양이 지켜준 살인사건." "현실 세계가 범행의 존재를 인정했다." "범행의 존재는 위대한 힘이 되어 부풀어 오른다." "쓸쓸한 감정이 순간 예리한 칼을 세워 가슴을 쳤다"와 같은 추상어, 혹은 무생산 주어가 형성하는 형이상학적 관념의 조형 역시 작가의 의식성과 사상성을 뒷받침하는 것으로 단순한 테크닉의 문제가 아니다. 더욱이 김석범의 문체를 배후에서 지탱하는 것으로 일본적 서정의 의식적 거부를 들 수 있다. 예를 들면 "새가 섞은 똥처럼 찰싹 달라붙은 협죽도 꽃잎", "개 꽃, 고양이 꽃, 쥐 꽃, 지렁이 꽃", "꿈속의 꽃향기는 내장요리의 냄새뿐만 아니라 젊은 정액이 풍기는 냄새였는지도 모른다"와 같은 형태다. 이러한 작가의 고발적 문체는 우리들 독자들의 감성에 냉엄히 다가온다.

또한 등장인물이 읊는 조선 속담. "방귀 뀐 놈이 성낸다." "마음 한번 잘 먹으면 북두칠성이 굽어보인다." "바늘 도둑이 소도둑 된다." "소 잡아먹은 흔적은 없어도 개 잡아 먹은 흔적은 있다"를 비롯해 "조선인은 말이지, 싸움을 할 때도 일본인처럼 칼 따위 사용하지 않는다, 조선인은 칼 같은 걸 싫어하거든. 너는 인간의 자식이 아니냐……"와 같은 언급은 작품의 의미를 깊게 한다. 그리고 지금은 풍화 위기에 직면해 있는 조선적인 윤리나 민족적 분위기를 전하려는 것으로써 작가의 비평정신을 뒷받침하는 것이라 할 수 있다.

재일조선인의 일본어문학을 의식하는 김석범이 '말의 주박' 속에 있고 그 주박에서 예리하게 해빙을 묻는 것은 그이 초기 작품 이래 지속되는 본심이다. 그러한 작가적 의식은 평론집 『말의 주박』과 『민족·말·문학』에서 엿볼 수 있다. 김석범은 일본어에 의한 조형이 의식마저 일본적인 것으로 빠져들게 하지 않을까 극도로 두려워했다. 그것은 재일로부터 오는 내부의 풍화를 어떻게 억제시킬 것인가에 대한 작가 자신의 물음이기도 하다. 그의 물음이야 어쨌건, 여기에 그 일단을 전기해 두는 것은 김석범 문학에 대한 접근으로서 의미가 있다고 할 수 있다.

　　재일조선인 작가가 일본어를 갖는다는 것은 일본어에 내재된 본래 속성인 일본적 감성을 그대로 몸에 익힌다는 것을 의미하진 않는다. 말의 주박을 느끼지 못하는 작가는 없을 테지만 재일조선인 작가는 그것을 이중으로 갖는다. 나는 우선 일본어와의 관계에서 주박당하고 있다는 생각에서 자신을 완전히 풀어내지 못하고 있다. 그리고 그러한 모순된 의식의 지속은 자신을 주박하는 것으로부터의 자유, 주박당하면서 동시에 그것을 초월한다고 하는 작업의 지속이기도 하다. 이른바 재일조선인 작가가 작가로서의 자유를 자신의 것으로 만들기 위해서는 우선 일본어와의 관계 틀 속에서 자유 유무를 확인해 가야만 한다. 그것은 단순한 말의 메카니즘의 논리적 문제로만이 아닌 윤리적 문제로서 취할 수밖에 없는 것이기에 그러하다. 이것이 일본인 작가의 경우와는 다른 하나의 전제인 것이다.

『말의 주박』

　　김석범에게 말과 문체론 문제는 작가의 의식성, 사상성, 그 놓여진 위치성 등의 연계로서 한층 더 추궁하지 않으면 안된다. 과연 일본어로 쓰면서 일본적 감정을 불식시킬 수 있는가, 언어의 메카니즘 속에서 윤리 문제를 어떻게 취급하려 하는가와 같은 김석범의 고뇌의 흔적을 작품에 입각해 다소나마 짚어보았다. 그런데 소설 속 주인공 김붕남은 무섭게도 관념적인 꿈을 꾸는 소년이다. 꿈·관념을 먹는 김 소년은 환상과 현실의 벽이 사라져버릴 것 같아진다. 그것은 망상의 포로라 해도 과언이 아니다.
　　그 첫째는 '홍수' 염원이다. 도쿄역의 "괴기한 구름" 아래 "천둥이 치고, 번개가 하늘을 찢어놓고, 땅을 두드리는 피와 같은 비를 뿌리면 좋겠다. 지상에 홍수를 몰고 왔으면 좋겠다"고 바라는 것이다. 이 '홍수' 염원도 소설의 기조음이 되어 마지막까지 이어지는 것 중의 하나다. 둘째는 '꿈의 양수'다. "질척질척한 꿈의 양수 속에서 꿈틀거리는 것은 새로운 강간 살인의 현실을 추구하기 때문이다. 꿈 밖의 것으로의 실현"인 양수가 마침내 파열한다. 양수의 파열에 의한 '홍수'의 도래, 이것이 '조선 새'가 원했던 염원은 아니었을까. 작가는 이것을 "내부의 형이상形而上적인 요청을 기조로 이루어진 범행"으로 자리매김한 것이라 생각한다.

김붕남은 '형이상'성을 확인하는 관념적인 작업으로 「어느 때」라는 단편소설의 노트에 힘쓴다. 「어느 때」는 "악마는 신의 게으름에 대한 유일한 도전이다"라는 에피그라브epigraph를 갖고 시작되었다. "빵에도, 여자에게도, 철학에도 굶주린" 청년이 "상상과 현실의 놀랄만한 일치를 지켜봄으로써 주인공은 이렇다 할 목적도 없이 살인을 범하고 만다"는 모티브 설정이다. "꿈속의 그는 자작소설이 결국 현실과 합체된 감각으로 전율하면서"처럼 상상과 현실의 일종의 '합체' 염원이 살의를 형성하고 사건을 낳는 결과로 이어졌다고 해도 좋겠다. '조선 새'의 비상은 고사하고 비참한 추락이 되고만 것이다.

여기에서 김석범의 의도는 무엇일까. '합체' 염원이야말로 찢어진 조국의 통일을 꿈꾸고 현실에서는 한층 더 견고해져 가는 경계선의 벽, 더구나 감금된 이국에서 풍화에 두려워하는 재일조선인의 심층의식의 반영이라고 해도 좋을 것이다. 김붕남은 풍화조차 의식화 하기가 곤란한 2세, 3세, 혹은 4세의 장래에 하나의 부負의 전형을 보여주고 있다. 김붕남 내부에 형성된 "불거져 나오는 의식", 이른바 빈곤과 차별, 차별 속의 차별로부터 오는 소외 감각이 "현실 세계의 예외자", "인류의 사생아", "섞은 부분", "고름 인간"으로 관념화되어 간다. 그리고 관념의 포로가 된 김붕남은 '합체극'을 다했지만 "무언가에 의해 함정"에 빠지게 된다. 이 '무언가'가 한층 더 의식화되어 '바른' 방향으로 향하면 어떨까. 『이진우전 서간집』에서 볼 수 있는 옥중에서 '민족적 자각'의 심화과정과 '사랑'은 시사적이다. 나는 갈라진 벽 안에는 터무니없는 함정이 있다고 본다.

일찍이 '김희로 사건'이 세상을 뒤흔들었을 때, 김석범은 다음과 같은 문장 하나를 썼는데 일부 인용한다.

재일조선인은 누구나 그렇다고 생각하겠지만, 그 중의 한 사람인 나는 날마다 일간지의 범죄기사 주인공에게 일본인 독자와는 다른 반응을 일으키며 활자 속의 범인, 용의자의 이름을 쫓았다. 그렇게 해서 그것이 만일 조선인이었을 경우, 그 이름은 갑자기 아픔을 띠며 마음으로 번져 마침내 "조선인이었던가"라는 푸념이 되어 내 입 밖으로 새어나온다. 그 결과, 그렇지 않을 경우는 그 범죄의 성질을 분명히 하기 전에 철렁 가슴을 쓸어내리기부터 하는데 그것은 완전히 버릇이 되어버렸다.

셋방살이하는 사람의 그것과도 닮은 이러한 심정은 재일조선인이 놓여진 역사적 환경의 토대에서 무의식적으로 몸에 익힌 소극적인 자기방위와 아마도 이향에서 사는 자의 감상주의의 일단이라 할 수도 있다. 그것은 때때로 범죄사건과 함께 부각되어 오는 조선인상의 공격적 성격으로 불리어지는 것과는 반대의 수동적 성격을 나타내는 것이기도 하다. 그리고 수동적 방위적 성격이 기조를 이루거나 혹은 잠재적이기 때문에 그것이 범죄와 연결되면 억압되었던 것으로부터 급격히 공격적인 것으로 바뀌는 것이다.

『교토신문』, 1968.2.26

위 인용문에서 볼 수 있는 '범죄'에 대한 재일조선인의 '아픔' 혹은 '셋방살이하는 사람'의 감정은 「제사 없는 축제」에서 공장의 부인 '니시하라'의 말, 즉 "나는 범인이 우리나라 사람이 아니기를 기도하고 있다"에 통절히 반영되고 있다. 이것은 김석범 혹은 재일조선인의 공통적 감각이다. 일본인 측의 "또 조선인인가"라는 차별 감각을 뒤집는 것이기도 한데 여기에는 겹겹이 굴절된 것이 있다. 일본 제국주의의 역사와 민족의 환경을 빼놓게 되면 일체를 놓치고 만다. 더한 문제는 민족의 '수치' 감각이 터부를 낳는다는 것이다. 이 점은 조금 전 서간집의 박수남의 말이 여실히 보여주고 있다.

김석범은 계속해서 이렇게 말한다.

　김희로는 라이플총 방아쇠처럼 자기 파탄적인 고독한 공격을 충동이 향하는 대로 내질렀다. 본질적으로 이 사건과 공통성을 갖는 고마쓰가와 고교사건의 일본 출신 소년 이진우는 당시 18세이고, 그는 부모의 나라 조선을 알지 못하는 사형수 생활 속에서 조국에의 사랑을 타자에 대한 연대를 자기 내면에 싹틔웠다.

　세대의 문제를 추궁하는 문맥이지만 이진우 사건을 통해 "식민지시대의 깊은 상흔"을 보게 된다. 여기에서 「제사 없는 축제」의 배태가 이미 사건 당초부터 있었고 더욱이 김희로를 직면하고 쓸 수밖에 없는 것으로 팽창해 갔음이 명확해진다. '민족'의 피의 아픈 깨달음에서 작품이 쓰여진 내부의 아픔을 뚫고 작품의 자립을 도모하고자 했기 때문에 일본인 작가가 취급한 것과는 다른 작품의 무게감이 느껴진다. 작가에게 '조선인 사회'의 '상처', '갈라진 틈'을 응시하는 것은 자신의 오장육부를 파내는 작업이었다. 깊은 절망 속에서 스스로의 '니힐리즘'을 비판하면서 쓴다고 하는 점에서 김석범의 절실한 모티브를 보게 된다. 그것에 대한 우리들 측의 읽기가 다소라도 도출되었다면 이 시론의 목적은 이루어졌다고 본다.

　일반적인 의미에서 반드시 '범죄 심리'의 추궁이 이 소설의 목적은 아니었을 것이다. 분명히 카뮈의 「이방인」과 도스토옙스키의 문제도 작가 내부적으로는 의식화되어 있다고 본다. 여기에서 그것은 의장적衣裝的인 의미의 영역에서 벗어나지 못하는 것이 아닌가 한다. 그것은 나의 미숙한 읽기이겠지만 이 작가에게 도스토옙스키, 카뮈, 사르트르와 같은 문제는 이 작가 전체를 논하려고 할 때 필연적으로 직면할 수밖에 없는 문제이다.

　김석범의 대표작을 「까마귀의 죽음」과 「만덕유령기담」이라고 한다면 괜찮겠지만 「제사 없는 축제」를 그의 대표작으로 내놓으라고 한다면 망설이게 될 것이다. 그것은 앞서 짚어보았듯이 김붕남은 확실히 이진우로부터 자립했다고 생각하고 작가의 관념화도 이 사람의 것이라 여기기 때문이다. 그러나 실사건의 잔상이 너무나도 크다. 구성도 실제 사건을 초월하기엔 잔재주가 부족하다. 전서간집을 손에 넣은 자의 입장에서는 그 문학적 감동에 질질 끌리게 된다. 작품의 대상화에 매우 어려움이 있었을 것이다.

그러나 지금 왜, 이것을 묻지 않을 수 없는가라고 한다면 그것은 명확하다. 과거사를 다른 세계로 떠밀 수 없는 커다란 과제가 있기 때문이다.「해소」가 9장까지 완성되어 마침내 우리들 앞에 전모를 나타냈을 때 김석범 문학의 원환 구조도 한층 명확해질 것이라 생각한다.「제사 없는 축제」는 "동기 없는 살인" 사건의 동기를 민족의 '피', 찢겨진 '한'의 역사의 틈새로 응시한 작품이다. 그것은 뜻밖에도 재일조선인의 현재적 과제를 응시하며 역으로 조명했다. 동시에 그것은 우리들 측 "1억 인구"의 퇴폐를 "조선 새"의 부리로 예리하게 찌른다는 것으로 귀결되고 있다. 그러한 의미에서 나는 이 작품을 아직 출구가 미완성인 도상의 작품으로 인식하고 싶다.

4.『화산도』와 제주4·3항쟁

「까마귀의 죽음」을 원점으로 재일 일본어문학의 착실한 문학 산맥을 형성한 김석범이 마침내 대표작『화산도』전7권를 완성했다. 절해의 고도 제주도 한라산 정상을 향해 한걸음씩 다가서는 착실한 업적이다. 충분히 준비해서 장편소설 제1장을「해소海嘯」란 제목으로『문학계』에 연재하기 시작한 것은 1976년 2월호부터였다. 1981년 8월호로 제1부를 완성했고 1983년 제목을『화산도』로 개명해 세 권으로 간행했다. 이 작품으로 제11회 오사라기지로상을 수상했다. 59세의 김석범은 "그 장편을 읽어주신 것에 감사한다. 상을 타게 된 것에 대해 현재 일본의 문학 문화의 깊은 도량이 느껴져 엄숙한 기분입니다."『아사히신문』1984.10.1 라고 했다. 아직껏 "일본의 문학상을 외국인에게 준 일은 없다"라는 일본문학계 인물아쿠타가와상 선고위원의 망언이 있어 김석범의 감상은 비아냥으로도 들린다.

나는 한 독자로서 그때의 감상을 다음과 같이 적었다.

환상의 명작이라고 불리는 「까마귀의 죽음」이 고단샤에서 재간행1971.3 되었을 때, 나는 눈이 번쩍 뜨이는 기분이었다. 역사적 금기에 문학적 상상력으로 도전, 훌륭한 조형으로 우리들을 압도했다. 인간 해방을 문학의 기점에 놓은 김석범에게 고향 제주도의 알려지지 않은 비극은 모든 존재를 걸고 몰두할 수밖에 없는 과제였다.

그 후, 「만덕유령기담」지쿠마서방, 1973.10은 조선 본래의 민중상 조형과 아Q적 블랙 유머가 일본적 문학 토양에서 아주 드문 것으로 이 작가의 특이한 재능이 유감없이 발휘되었다고 생각했다. 「까마귀의 죽음」은 중앙공론신인상의 후보에 올랐고 「만덕유령기담」은 아쿠타가와상 후보에 올랐다. 작가인 그가 모든 에너지를 투입한 『화산도』세 권을 놓고, 이것은 노마 히로시『청년의 고리』, 오니시 교진大西巨人『신성희극神聖喜劇』에 견줄만한 대작이라고 내심 생각하고 있었다. 『드레퓌스 사건』, 『파리 불타다パリ燃ゆ』와 같은 명작을 남긴 작가를 기념하는 오사라기지로상을 이번에 김석범 씨가 받은 것은 정말 걸맞은 일이다. 일본문학의 상황이 피폐해 있다고 생각하던 차에 이 장편이 평가받은 것은 한층 의미 있는 일이다.

『아사히신문』, 1984.10.13

『화산도』제2부는 1986년 1월부터 1995년 9월호까지 110회에 걸쳐 『문학계』에 연재되었다. 그 후, 대폭적인 가필수정이 이뤄져 1997년 9월에 제7권까지 간행되었다. 실로 25년 남짓 김석범은 『화산도』에 모든 열정을 쏟아부었다. 일본 제국주의의 언어의 주박, 언어의 벽을 부수고, 그것은 또한 국경의 벽도 초월해 20세기 최후를 장식하는 금자탑이 되었다. 그러나 비원의 조국통일은 반세기가

지난 오늘날에도 이루어지지 않고 작가의 정신은 여전히 갈기갈기 찢긴 채 남아
있다.

　'국경', 이 허구이면서 실효가 있는 것. 제주도, 나는 과거를 추억하기 위해, 이곳, 내
　마음 속의 제주도 위에 선 것이 아니다.

『세계』, 1997.4

　"허구이면서 실효가 있는 것"으로서의 국경이 얼마나 엄연히 존재하는가. 베
를린 장벽과 함께 제2차 세계대전 후에 남겨진 '38도선'이 지금도 '휴전선'인 것
은 새삼 적을 필요가 없을지도 모른다. 그러나 제국주의 일본군의 무장 해제의
잠정 경계선이었던 것이 '잠정'에서 '국경'으로 고착화 되었던 역사적 배경을 잊
어서는 안된다. 김석범이 『화산도』에 모든 정열을 쏟아 부어 써내려갔던 모티브
도 여기에 있다. 그런 의미에서 이 작품은 현대 그 자체를 묻는 전체소설이다.
　"분단된 조국, 조선의 모순, 그것에 대한 가장 집중적인 표현이 제주도 사건"
이었다. "오늘날 일컬어지는 제3세계에 있어 민족해방투쟁"의 원형이다. 작가의
"왜, '4·3사건'에 집착하는 것인가"[고국행] 수록라는 말이 작품의 근저에 흐르는 시
점이다. 재일조선인 작가의 부자유스러움은 "민주화라는 것은 인간이 자유롭게
인간답게 사는 것"이라는 당위성이 소외되어 있다는데 있다. 김달수[1919~1997]가
「태백산맥」의 속편을 쓰려했지만 「대마도까지[対馬まで]」, 「고국까지[故国まで]」를 남기
고, 결국 「태백산맥」의 속편을 쓰지 못하고 끝낸 원통함도 따지고 보면 "허구로
서 실효가 있는 것" 때문이다. 김석범이 역사의 금기에 여러 가지 '부자유'에 속
박당하면서도 '4·3'에 끊임없이 집착한 높은 뜻은 경이롭다고 하겠다. 오로지
'인간 해방'이라는 높은 뜻이 있었기에 상상력에 의해 전7권의 작품 세계 구축이
가능했다고 본다.
　김사량, 김소운, 김달수와 같은 선배 작가들의 일본어문학을 생각할 때면 일

본 근대문학의 여명기 「소설신수小說神髓」를 생각하게 된다. 그리고 「일독삼탄 당세서생기질─読三歎当世書生気質」을 내놓은 쓰보우치 쇼요坪内逍遥, 그 영향 하에 후타바테이 시메이二葉亭四迷의 「소설총론」과 「뜬구름浮雲」이 있다. 모리 오가이森鴎外와 쇼요 사이에는 「몰이상 논쟁」도 있었다. 오가이는 후에 「그와 같이」의 사상소설 시도 끝에 「역사 그 자체와 역사초탈」이라는 역사소설 창작론을 주장했고 실제 작품도 있다. 이시카와 준石川淳에 이르러서는 "한 점의 흠도 없는 문장"으로서 '시부에 추사이澁江抽齋'를 평가하고 있다.

이렇게 문학사의 상식을 제기한 이유는 김석범의 높은 뜻인 윤리성과 사상성에 접근해 보고 싶어서다. 가까운 예로 사르트르를 마주 대하고 "전체 소설과 상상력"의 논고 끝에 「청년의 고리」를 4반세기에 걸쳐 구축한 노마 히로시가 있다. 일본 제국주의가 침략전쟁을 시작한 것이 청일전쟁1894~1895임을 생각하면 100년 일본의 역사와 조선의 '한'의 역사를 조명한 작가로서 김석범과 앞선 작가들의 발자취가 있음을 알 수 있다. 내가 "20세기 최후를 장식한 금자탑"으로 『화산도』를 평가하고 싶은 것은 이런 생각이 있었기 때문이다.

김석범 문학과 만난 것은 「까마귀의 죽음」 때문이었다. 1971년 고단샤 책을 동인지 『풍문』 모임에서 읽고 눈이 번쩍 뜨이는 느낌의 독후 감상문인 「김석범 문학에 대한 접근─「까마귀의 죽음」으로부터─」『풍문15호』를 발표했다. 이 감상은 신일본문학회의 관심을 받으며 "해설적인 난점이 있지만 김석범 문학의 원점이라 할 만한 제주도 빨치산 투쟁의 의의를 중심으로 일상성과 비일상성의 교착, 인물상의 조형, 문체, 용어 등에 대한 적확한 분석이었다."하리우 이치로(針生一郎) "한층 문제의 중심으로"나카노 시게하루라는 평가를 받았다.『신일본문학』, 1977.2 그 무렵 김석범으로부터 직접 "꼼꼼히 읽어줘서 고맙다"는 전화를 받은 일을 하나의 에피소드로 기억한다. 벌써 30년 전의 일이다. 당시 김석범은 가와구치川口의 목조 2층집 문의 여닫이 상태가 좋지 않은 오래된 셋집에 살고 있었다. 작가가 고양이를 다룬 작품에 자주 등장하는 그 집이다.

그리 멀지 않은 연립주택에 「뼛조각」의 작가 김태생1925~1986이 살고 있어 후에 사이타마埼玉 문학학교를 함께 하면서 두 사람과 교류를 다질 수 있었다. 두 작가 모두 제주도 출신으로 같은 해 김석범은 어머니의 뱃속에서 일본으로 건너왔고, 김태생은 5살때 밀항하여 일본에 들어 왔다. 소문난 「시든 꽃 장식처럼」에는 김태생이 "이것은 굉장한 걸물이다"라고 뚜렷하게 묘사했는데 두 사람은 『문예수도』야스타카 도쿠조 편집의 문예잡지, 1933~1969에서 함께했다. 언급할 필요도 없지만 김사량은 이곳에서 일본어문학을 썼고 「빛 속으로」『문예수도』, 1937.10로 아쿠타가와상 후보가 되어 주목받았다. 김사량은 한국전쟁이 한창일 때 뜻을 이루지 못하고 아깝게 죽고 만다.

김석범의 작품 「이제부터」가 『문예수도』1958.11에 실려 사실은 『재일조선인 일본어문학론』신간사, 1990의 저자 하야시 고지를 통해서 알게 되었다. 「이제부터」는 후에 「밤의 소리」『문예』, 1974.4로 개작되어 『사기꾼』에 수록되어 있다. 32세부터 33세의 김석범은 「간수 박서방」, 「까마귀의 죽음」, 「이제부터」, 「똥과 자유」와 같은 제주도 4·3을 모티브로 한 작품을 발표했다. 김석범은 오사카에 살고 있는 지방회원으로 뛰어난 재능을 보여주기 시작했다. 그 후, 조직운동을 하는 한편 조선어로 장편소설 『화산도』를 시도하지만 도중에 중단한다. 위 수술로 입원한 적도 있었다. 조직을 떠나고 「허몽담」을 쓴 것은 44세. 「만덕유령기담」이 45세. 「똥과 자유」부터 「허몽담」까지 10년간은 김석범의 괴로운 투쟁의 시대였다고 생각할수 있다. 김태생이 그린 「두 사람의 만남」의 한 문장은 실로 인상적이다.

태평양 전쟁이 시작되던 해인 6월 어느 날, 나는 한 달에 2번 정기적으로 실시하고 있던 「교화회僑和会」의 군사교련에 결석을 했고, 그로 인해 호출장을 받고 이쿠노生野경찰서에 출두했다. 특고과 내선계内鮮係 앞에 선 내 뒤에는 나처럼 불려온 젊은이들이 10명 이상 있었다. 그리고 바로 앞줄 맨 앞에 서 있었던 자는 동네에서 자주 본 적이 있는 녹색 학생복의 소년이었다.

소년의 수난은 그곳에서 일어났다. 비록 본보기였다곤 해도 건장한 남자 형사가 저항할 방법도 없는 무방비의 청년에게 과연 그토록 고문을 가할 필요가 있었던 것일까. 우리들은 다만 정렬한 채, 목조바닥에서 형사의 발길질을 피해 양손으로 머리를 감싸고 이를 악물며 고통을 참고 있던 한 소년의 모습을 보고 있을 뿐이었다.

『지쿠마현대문학대계』 95권 월보, 1977

15세의 김석범 소년이 "이를 악물고 고통을 참고" 있는 모습이 떠오른다. 반항의 의지가 내선계 특고형사를 날카롭게 노려보고 있다. 후일, 강인한 반제국주의 사상을 구축한 작가의 원질이 드러난다 하겠다. 또한 관찰하고 있는 사람 김태생의 본질도 거기서 엿볼 수 있다. 1984년 4월부터 5월까지 오미야시大宮市에서 '재일조선인문학을 어떻게 읽을 것인가'라는 6주 연속 시민강좌를 기획했을 때, 김석범, 김태생, 이회성을 강사로 초빙할 수 있었던 것은 지금 생각하면 획기적인 일이었다. 이 기획을 위해 가와구치의 김태생을 방문해 여러 가지로 도움을 받았다. 김태생은 2년 후 연말에 세상을 떴다. 결국 고향 제주도는 한 번도 둘러보지 못한 채 이국땅에서 잠들고 만다.

촉촉한 오징어 눈동자 바다를 향해 말라간다.

시민강좌 때의 색지가 김태생의 유언으로 생각된다. 이 강좌 후 하야시 고지를 중심으로 '오미야 재일조선인문학을 읽는 모임'이 생겨났다. '동행자 대세同行者大勢'를 슬로건으로 자주 운영된 사이타마 문학학교의 조언자도 맡아주었는데 거기에는 '국경'의 벽이 없었다. 김석범을 포함해 같은 제주도 출신 양석일도 여러 번 사이타마 문학학교를 방문해 '설국'이라는 '밀주'를 내놓는 육교 아래의 대폿집에서 거침없는 담론을 나누며 밤을 새웠다. 김석범이 말한 "역사의 금기에 도전"은 우리들에게 쓴다는 것의 의미를 솔선해 보여주었다. 다섯 살의 김태생이 담배 심부름을 하며 가게 보던 일본인 아저씨의 입술 움직임으로 일본어를 습득해 갔다는 이야기는 자연스럽게 표현하는 자의 각오를 암시하고 있었다. 8개의 늑골을 떼 내고 한 쪽 폐로 살아온 김태생은 사이타마 문학학교와의 교제를 통하여 산다는 것의 의미를 보여주었고 61세로 이국에서의 삶을 마쳤다. "선한 사람은 인도한다. 악한 사람은 나무란다"는 경구는 김태생이 남긴 말이다. '뼛조각'이 되어 가와구치의 가납골되어 있는 위령 앞에 『붉은 꽃·어느 여자의 생애』사이타마 문학학교 문고, 1993가 '동행자 대세'의 사람들 손으로 바쳐졌다.

김석범은 『화산도』의 집필 과정에서 1988년 11월과 1996년 10월 두 번에 걸쳐 고국행을 실현한다. 「고국행」1990과 「다시 찾은 한국, 다시 찾은 제주도-『화산도』에의 길」『출세』, 1997.2.4에 그 동정이 기록되어 있다. 특히 후자는 피를 토할 듯한 에세이인데 "'국적', 이 허구로서 실효가 있는 것"이란 말은 뼈저리게 울린다. "유원의 주소를 정하기 위한 취재" "그녀가 오빠의 자살을 알았던 것은 밀항하고 1년도 되지 않은 아직 6·25전쟁 전이다. 이방근 34세 유원 23세였다. 오빠의 죽음이 그녀를 오래 동안 일본에 머물게 했다고 말할 수 있겠다"라고 작가 자신이 작품의 등장인물의 미래에 대해 언급하고 있다. 『화산도』의 청년들, 즉 남승지, 강몽구, 문난설의 미래 이야기는 어떻게 될 것인지, 아마도 작가의 뇌리에는 계속 저울질되고 있을 것임이 분명하다.

작가는 "50년 후의 소설 무대는 현재의 서울과 제주도이며 여기 등장인물 몇 명은 이 땅에서 살아가고 있는 것이다"라고 했다. 작가는 정치 상황에 휘둘리면서 『화산도』의 세계로부터 자유롭지 못하다. 소설의 시간적 공간은 1948년 봄부터 1949년의 6월까지지만 농밀한 문체로 구축된 세계는 과거를 비추고 4·3항쟁의 상황을 상상력을 구사해 파악하며 세계의 미래를 향해 쏜다. 김석범의 평론과 에세이집에는 『말의 주박-「재일조선인문학」과 일본어』, 『입 있는 자는 말하라』, 『민족·말·문학』, 『'재일'의 사상』, 『전향과 친일파』가 있다.

이 평론집에는 김석범의 자기 형성사와 그의 윤리, 사상, 철학이 응축되어 있다. 일본어로 쓴다고 하는 의미를 자문하고 자기의 문체를 구축해 가는 강제된 재일조선인으로 살아간다는 것에 대한 의미를 묻는다. 망국민의 아들로서 작은 민족주의자가 되고 반제국주의자가 되어 마침내 국경의 벽을 뛰어넘어 '무적자 無籍者'로서의 자기 인식에 이른다.『화산도』가 인간 해방의 과거·현재·미래를 비추는 작품으로 우뚝 솟아있는 이유는 김석범의 엄격한 사상투쟁의 과정이 있었기 때문에 가능했다.

내가 5, 6세 때라고 생각한다. 지금 도쿄에 있는 큰 형은 (당시는 떠나기 전이었지만) 이쿠노에 많았던 고무공장에서 일하면서 전협일본전국노동조합협회에 소속되어 노동운동에 매달렸기에 집에 접근하지 못했다. 그래서 형을 쫓아 7, 8인의 사복 입은 사람들이 이른 새벽 밤 깊은 시간에 신발을 신은 채 집을 덮친 것을 목격한 적도 있다. 당시는 노동운동이 고조되어 일본 노동자와의 연대가 공고했던 때였다. 1929년에는 이쿠노 고무공장의 조선인 노동자 수백 명이 조합탄압에 항의하여 쓰루하시鶴橋 경찰에 몰려와 데모를 하곤 했다. 도쿄에서도 몇 번인가 체포당했던 형은 오사카로 돌아간 후에도 자주 나카모토中本경찰이나 쓰루하시 경찰에 체포당해 어머니를 탄식케 했다. 형사라 하면 그에 대한 증오심으로 어머니를 몸서리치게 만들었다.

아들의 석방을 위해 돈을 구해 잘 알지도 못하는 도쿄까지 가곤 했던 어머니는 당시 하숙집을 하고 있었다. 유복하지 않은 우리들의 생활이었지만 빈번하게 출입하는 조선인과 일본인 노동운동가들에게 가능한 한 물심양면으로 원조를 하고 있었다. 주요 멤버는 거의 우리 집에 묵곤 했었는데 어머니의 별명을 '와타마사渡政 어머니'라고 부르며 따랐있다. '와다마시 어머니'라 한은 조선의 '와타마사의 어머니'라는 의미가 있고, 그것은 대만에서 일본 관청에 사살된 일본 공산당의 지도자 와타나베 마사노스케渡辺政之輔의 어머니가 그 자식과 동지를 위해 헌신적이었음을 연관시켜 아마 경애의 뜻도 담아 그런 별명을 붙인 것이라 생각한다.

어느 날 아침, 그 어머니가 파출소에서 난동을 부린다는 소식에 어린 나는 달려갔다. 이미 구경꾼에 둘러싸인 파출소 안에서는 어머니의 울부짖는 소리와 순사의 욕설이 들려왔다. 남들 앞으로 머리를 내밀 수 있었던 그곳에서 내 눈에 들어온 것은 바닥에 주저앉아 머리칼이 헝클어진 어머니가 걷어차는 순사의 발목을 잡고 조선어로 이 개자식아! 이 왜놈들아!를 외치며 울부짖는 반 미쳐버린 무서운 모습이었다. 어머니는 "내 아들을 내놔라"며 일본어로 소리치며 조선어로 비속한 말을 반복해 외쳐댔지만 경관들은 알아듣지 못하는 조선어였다. 어머니는 살인자도 도둑도 아닌 아들에게 무슨 죄가 있는지, '주의자'(사상운동을 하는 것을 「사상가」라고 부르곤 하는데, 거기에는 존경의 뜻이 들어있다)에게 무슨 죄가 있는 것인지, 조선 여인들이 그렇듯이 양 주먹으로 바닥을 치며 난동을 부려 가슴과 머리를 발길질당한 것이다. 아들은 이미 본서에 연행된 후였지만 말이다. 사복 경찰을 포함해 4, 5명의 경관들이 마구 밀어내는 가운데 둥글게 웅크리고 앉아있을 뿐인 어머니의 모습이 있었다. 나는 무슨 일인지 알 수 없었다. 혹은 그때, 어머니가 죽었다고 생각했을지도 모르겠다. 기억에 없다.

이미 돌아가셨지만 문득 예전의 어머니를 떠올린다. 어머니가 혼자 오사카로 연고를 찾아 온 것은 1925년 봄 무렵이고 나는 얼마 안 있다 그해 가을에 태어났다. 어머니는 조선옷과 재봉, 조선 떡을 만들어 생계를 유지하다가 나중에 집을 한 채 빌려 하숙을 시작했지만, 내가 소학교 3학년 무렵 큰형의 결혼과 거듭되는 체포에 따른 지출 등으로 집의 권리를 다른 사람에게 넘기고 일가는 흩어져버리고 만다.

나는 소학교를 나와 곧바로 들어간 일당 50전의 칫솔 공장을 시작으로 간판 집 견습공, 철공소, 가장 오랫동안 신문배달과 같은 일을 했다. 처음 제주도에 간 것은 그 무렵 14세 때의 여름이었다. (유아 때 갔었다고는 하는데 내 기억에는 없다) 처음으로 고향이 베일을 벗고 내 마음에 실체를 드러냈던 것이다. 광대한 자연은 나라는 소년의 영혼을 압도했다. 한라산이 타향에서 어머니와 고향 사람들이 신격화 하여 말하던 한라산이 나를 뿌리째 흔들어댔던 것이다. 고향의 색은 바다도 산도 숲도 그림물감처럼 선명했다. 고향의 과묵하고 늠름한 인간을 아우르는 자연은 이후의 내 인생에 결정적인 영향을 줄 수밖에 없을 만큼 강렬했다. 이렇게 나는 고향을 되찾고 조국을 되찾고자 하면서 마침내 작은 민족주의자가 되어 갔다. 만주를 침략한 일본 제국주의는 포만鮑滿을 위한 포만을 추구하며 중일전쟁을 일으켜 그것을 확대해 가는 시기였다. 이미 1939년부터 조선인 노동자의 강제 연행이 시작되고 있었다. 조선 국내에서 징집에 의해 일본에 연행된 70만의 조선인은 일본의 탄광과 군사시설 건설장에서 혹사당했고 반항에는 학살로 노예적인 강제노동에 처했다.

「한 재일조선인의 독백」, 『말의 주박』

'주의자'인 큰형과 어머니상을 의식하며 '작은 민족주의자'로 성장해 간 김석범 소년의 자화상이 떠올라 일부러 길게 인용했다. 작가 자신이 '한라산'을 언급하는 대목에는 결국 4·3으로 집약되는 수난의 고향을 되찾으려는 원초가 있다.

오랜 옛날에는 조선인이 여명黎明 일본의 문화 담당자로서 일본에 건너왔다. 천 수백 년간 그러한 의미로서의 관계가 돈독한 토지에, 20세기에 들어서면서 조선인은 피식민지의 인간으로, 예컨대 "침목 하나에 조선인 노동자 한 명"이라 일컬어지는 희생과 노동력 제공자로서 부득이하게 일본으로 건너왔다. 나는 그러한 과거 재일조선인을 생각하고 있었다. 그리고 나라가 망한 것이 이렇게까지 사정없이 인간의 존재를 근원적으로 부정당해야만 하는가 하고 새삼스레 생각한다. 그러나 나는 지금 조국이 있으니까 이렇게 말할 수 있는 것. 만약 그렇지 않다면 이는 푸념에 지나지 않는다.

「한 재일조선인의 독백」, 『말의 주박』

"인간의 존재를 근원적으로 부정당해야만 하는" 시대의 자식으로서 재일조선인의 존재는 역시 말로서 정착을 도모할 수밖에 없다.

어두운 시대였다고 생각한다. 격앙을 겉으로 드러낼 수 없어 침묵과 속삭임으로만 자신을 관철시킬 수 있었던 시대였다. 그리고 나는 한편으론 염세적이었다. 나는 남들과는 반대로 15세를 지나서 한글과 옛날 조선에서는 데라코야 식寺子屋式 서당이라는 곳에서 어릴 적부터 고향에서 배운 한문 「천자문」, 「동몽선습」을 통해 조선어 공부를 시작했다. 그리고 조선의 역사를 더듬어 그 속에서 과거의 영광을 구했고, 또 내 족보를 더듬으며 과거의 피 속으로 파고드는 흥분에 사로잡혔다.

1944년 조선인에게 징병령이 내려지고 이듬해 1945년에 나는 기류지인 오사카에서 검사를 받아야만 했다. 지금 생각하면, 그것은 어린애의 꿈같단 생각도 들지만 당시 일본을 탈출해 중국에 가려고 했던 나로서는 엄격한 도항제한 속에서 그 기회는 어떻게든 징병검사를 본적지에서 끝내는 수밖에 없다고 판단했다. 그리고 전년도 여름, 일 년 만에 고향에서 막 돌아왔지만 나는 이번에야말로 마지막 일본이 될 것이라 결심하고 또다시 조선으로 향하게 됐다. 쉽지는 않았지만 결국 경찰서에서 그 허가를 받았다. 이른바 창씨개명에 즈음해 아마 조선에 있었다면 불가능했을 거라 생각하지만, 그 신고를 하지 않았던 관계로 본명 그대로 제주도에서 검사를 받을 수가 있었다. 즉 조선으로 건너갈 수가 있었던 것이다.

검사장에서는 일본 군인에게 많이 얻어맞고 곧바로 제2을종으로 합격하여 조제·난방반에 들어가게 된 나는 우선 일본에서 직행해 거처를 정하고 있던 서울 선학원으로 돌아갔다. 나는 이런 방랑 속에서 처음으로 장용석과 같은 존재의 친구와 부딪쳤다. 항상 일본에서 벗어나려고 안달하면서 나는 또다시 되돌아와 1945년 8월 15일을 동경에서 맞이하게 된다. 이렇게 결국은 일본에 남아 재일조선인의 한사람이 되고 그러면서도 마음은 언제나 비상하려고 한다. 개개인의 걸어 온 길은 다르더라도 나는 이것이 대부분의 재일조선인의 심정일 것이라 생각한다.

「한 재일조선인의 독백」, 『말의 주박』

김석범의 징병검사와 선학원 체험은 「1945년 여름」에 집약되어 작품화 되었다. '장용석'상은 「유명의 초상」으로 '1945년 8월 15일'은 「허몽담」으로 우리들 곁에 있다. 이러한 작품들은 모두가 자기 응시로부터 나온 것이다.

'자유'란 것은 대단한 테마이기는 하지만 나의 최초 인식은 빼앗긴 자에겐 자유가 없다는 것이다.

김석범은 젊은 시절 염세적이 되기 쉬운 자신을 채찍질하여 언어와 역사를 되찾는 노력을 한다. 혁명 지향의 청년이었다. '비상'의 의지가『화산도』의 남승지를 조형시켰다고 본다. 그런 의미에서 남승지는 작가의 청춘 자화상이다. 남승지와 이방근이 마더 콤플렉스가 강한 것은 작가 자신의 어머니상이 있었기에 그러하다.『화산도』의 마지막 장에는 서산대사의 시를 정착시키고 있다.

生也一片浮雲起	생이란 한 조각 뜬구름이 일어남이요
死也一片浮雲滅	죽음이란 한 조각 뜬구름이 스러짐이라.
浮雲自体本無実	뜬구름 자체가 본래 실체가 없는 것이니
生死去來亦如然	나고 죽고 오고 감이 역시 그와 같다네.

이러한 서산대사의 시는 이방근의 감개感慨라기보다 인생 70년을 살아남은 작가 자신의 감개라고 할 수 있다. 이방근의 조형에 작가 자신을 투영한다는 것은 당연한 일인가. 이방근에게 자리잡은 니힐리즘은 작가의 서울 선학원 체험과 관음사 체험이 있었기 때문이다. 김석범은 자필 연보에서 이렇게 말한다.

여름까지 제주도에 체재한다. 제주도에서는 숙모 집과 한라산 관음사에 체재한다.[19세]

『지쿠마현대문학대계』, 5권

이러한 대목은 김석범과 '제주도'를 생각할 때의 힌트가 된다. 이방근과 남승지가 한라산 기슭의 동굴에 사는 목탁 영감에게 마음을 둔 것도 작가의 선적인 것에 경도된 마음을 표현한 하나의 사례다. 「똥과 자유」의 용백은 「만덕유령기담』의 만덕이 되어 『화산도』에서도 만덕의 묘사는 생기가 돈다. 14세 때의 제주도 체험, 19세 때의 서울 선학원 체험과 관음사의 기숙 생활은 작가의 본질 형성에 큰 영향을 끼쳤다고 생각한다. 『화산도』의 등장인물에는 청년 시절 김석범의 굴절된 마음이 겹겹이 투영되어 있다. 뜻의 지속과 강인함에 외경을 느끼는 이유다. 『화산도』를 낳은 배경에 스스로의 본질과 상상력에 의한 비상이 있다.

"과거는 현실을 속박하지만 이 부자유스러움은 그것을 인식하고 미래를 향한 비약적인 행위를 통해 자유롭게 전환한다." "재일조선인의 미래는 항상 조국과 함께 있다. 이는 재일조선인은 조선민족의 일부분이기 때문이다."

「한 재일조선인의 독백」, 『말의 주박』

이것은 작가의 과거·현재·미래관을 단적으로 보여준다. 『화산도』의 세계도 이러한 사상으로 지탱된다.

"남조선에서 미군을 철퇴시킨 사회의 민주화와 조국 통일을 위해 싸우는 애국자에 대해, 즉 인간에 대해 비인간이 사형을 선고하고 학살하는 사태가 지금 일어나고 있는 것이다." "우리들은 인간의 분노와 이성의 힘을 보여주어야만 한다."

「한 재일조선인의 독백」, 『말의 주박』

위의 내용은 1969년 당시 박정희 정권의 파시즘에 대한 신음 같은 독백이다. 작가는 "인간의 분노와 이성의 힘"을 확실히 선언하였다. 항상 현대와 마주한 곳에 『화산도』의 테마인 현대성이 있다. 야만적인 '학살'의 사상에 분노와 이성으로 대결한다. 이것이 김석범의 작가적 자세이자 반테러 사상이다.

민족어로서의 언어 특성 — 개별성과 상상력을 통한 보편화의 기능. 언어^{작가}주체의 와 자유. 재일의 입장에서는 구체적으로 일찍이 지배자의 언어인 일본어가 일본어의 개별성을 초월해 상상력의 공간픽션을 형성하는가의 과정에서 어떻게 언어는 민족어의 주박을 넘어설 수 있을까.

『세계』, 1997.4

말하자면 김석범 스스로 부과한 언어관이다. 인용을 거듭해 왔는데 작가는 일본어로 "자기를 초월할 수 있었는가." 드디어 『화산도』 입구에 도착한 느낌이다. 정상을 지향하는 자는 한 걸음 한 걸음을 소중히 한다. 한라산에는 측화산이 많다. 게릴라 훈련의 장이며 동네 마을은 산에서 활동하는 부대에게는 식량의 보급기지이기도 하다. 작가는 소년 시절의 기억을 더듬어 금기의 역사에 도전한다. 고향 땅을 밟는 것은 금지되어 왔다. "유방이 없는 여자"로 상징되는 역사의 한은 해방되어야만 한다.

단편 「까마귀의 죽음」과 「만덕유령기담」, 「밤」, 「남겨진 기억」, 「왕생이문」, 「유명의 초상」, 「속박된 세월」과 같은 작품군, 그리고 앞서 언급한 평론집은 화산도의 산봉우리 한라산을 넘기 위한 워밍업으로 여겨진다. 작가는 깊은 절망으로 인해 니힐리즘에 빠지는 것을 끊임없이 두려워했다. 자신의 사상을 검증하면서 한 걸음 한 걸음씩 나아간다. 그런 의미에서 김석범은 극히 금욕적이고 윤리적인 작가다.

아주 먼 몽고 대륙 쪽에서 불어온 계절풍은 조선 남단의 제주해협을 건너서 섬의 절벽과 산들에 부딪친다. 바람은 백악의 등대가 있는 표고 백 수십 미터의 사라봉 단애에 머리를 부딪치고 미처, 바다를 다시 도려내면서 사라봉 위를 빠져나간다. 그리고 바람은 밭과 언덕과 광야를 넘어 섬 중앙에 우뚝 솟은 한라산1950미터을 향한다.

사라봉은 한라산을 주봉우리로 해서 이 섬 곳곳에 솟아 있는 400여 측화산 중의 하나였다. 이 땅의 언어로 '오름'이라 불리는 이들 측화산 정상에서 한 눈으로 바다를 바라보면 파도 사이로 가물거리는 작은 배라도 분간할 수 있다. 측화산과 측화산 사이에는 반드시 해안 부락이 형성되어 있는데 이들 오름에서는 먼 옛날부터 자주 봉화가 올랐다. 이 섬을 최후의 거점으로 몽고원 침략군과 그에 굴복한 고려 정부군을 맞아 싸웠던 삼별초군 ─ 고려시대, 최씨 정권이 만든 강대한 가병, 야별초의 좌우 부대와 신의군의 통칭. 후에 원의 침략에 맞서는 강한 저항군이 된다 ─ 의 고사도 물론이겠지만, 칠흑 같은 한밤중에도 마을 사람들은 손수 만든 무기를 들고 집을 뛰쳐나왔다고 한다.

인용문은 『화산도』의 첫 대목이다. 몽고 침략과 왜구로부터 강요당했던 수난의 섬의 역사를 먼저 그린다. 작가는 수난의 섬의 영상을 결코 감상적이거나 정서적으로 그리지 않는다. "바다를 건너온 바람이 한라산에 부딪혀 눈을 내린다. 돌 밑으로 불어들며 돌을 뒤집고 모래를 날린다는 '주석 비사走石飛砂'의 바람이 휘몰아친다." 『화산도』의 원제목은 「해소」였다. 남승지는 거기에 등장하는 인물이다. 산 부대의 르포 임무를 띠고 있는 전 중학교 교사이자 남로당남조선 노동당 당원이다.

깨진 창 버스 안에서 농부와 여편네들의 이야기에 귀 기울인다. 그들은 성안의 시장으로 보리를 운반하여 현금 벌이를 하고 있다. 왜구의 후예, 일본 제국군은 오키나와 전쟁 후 제주도를 본토 결전의 전위기지로 삼는다. 백성들이 동원되어 사라봉의 풀을 베고 연병장비행장 확장 공사에 '근로봉사'를 하게 된 고생담에 남승지는 귀를 기울인다. 노동력 공출에 곡물 공출. 그 연병장에는 지금은 게릴라 토벌을 위해 국군의 토벌대와 미군이 집결해 있다. 남승지는 일본 오사카 이카이노에 어머니와 여동생을 남겨놓고 수난의 섬의 운명을 짊어져야 할 고향에 있다. 일찍이 혁명을 꿈꾸며 중국행을 생각한 적도 있는 작가의 청년 시절의 뜻을 가탁한 인물이다. 「1945년 여름」은 작가의 청춘 자화상이다.

섬에서는 1948년 1월, 대대적인 단속으로 빨갱이 검거 선풍이 불어 한 서린 일본으로의 탈출자도 잇따랐다. 성 내에는 "이승만 왕통파의 참수 관리인의 앞잡이" '서북'이 활보하고 있다.

　'서북'이란 원래 '서도'북조선의 황해도, 평안남북도 와 '북관'북조선의 함경남북도 지방, 소위 북조선의 호칭과 같은 것이지만 지금 남조선에서는 '서북청년회'를 가리키고 있다. 1945년 8·15 조선해방 후 38도선을 넘어 남조선으로 넘어온 그들, 즉 구 지배층에 속한 자와 그 봉건적 신분 관계에 얽힌 일족 가신, 새로운 사회제도에 반대하는 자들이 철저한 반공 테러단체 '서북청년회'를 조직해 이승만의 가장 충실한 심복이 된 것이었다. 그들은 서울을 거점으로 특히 반미, 반이승만 세력이 강한 이 섬을 폭력과 테러의 장으로 바꾸어 갔다. '서북'이라면 울던 아이도 번쩍 눈을 뜨고 숨을 죽일 정도였다.

제1장 제1절

　남승지가 가장 경계해야만 하는 존재는 '서북'이다. 정부 측이 4·3사건의 진상규명을 금기시해 온 이유는 한국 정부의 근원을 묻는 것이기 때문이다. 기억에 새로운 광주사건의 테러도 이승만미제국의 꼭두각시 정권이었지만 후예들의 소행이었다. 김석범의 문학에 자극받은 것인지 4·3진상규명의 기운이 일기까지는 역시 긴 세월을 기다릴 수밖에 없었다. 『고국행』에 적혀 있듯이 국시로서 '반공'을 줄곧 내세우는 정권에게 김석범의 「입 있는 자는 말하라」 사상은 기피되기 마련이다. 장편 작품 속에 앞의 인용과 같은 해설문을 넣은 것은 알려지지 않은 역사를 조명한다고 하는 작가로서의 사명감이다. 독자로서 김석범이 쓴 세계에 충격을 받은 것은 나의 무지를 깨우쳐 주었기 때문이다.

　「화산도에 대하여」『신일본문학』, 1997.9라는 졸문에서 제주대학 학자의 말 "김석범 씨 문장에는 내 피가 꿈틀거립니다. 피가 서로 통하는 것을 느낍니다"를 적어둔 이유는 김석범의 언어적 충격성이 제주도 사람들의 공감을 불러일으킨다는 것을 말하고 싶었기 때문이다. 조국 해방의 의지에 불타는 남승지 같은 많은 청년들이 학살되어 오늘날 제주공항 아스팔트 아래에 묻혀 있음은 아직 천황제를 극복하지 못하고 있는 일본인으로서 최소한 인식해야만 하는 일이다. 그리고 제주도가 제2의 오키나와의 강제된 운명을 안고 있는 것도 그러하다.

'서북' 청년에게 굴욕을 당한 남승지는 도청 건물에 펄럭이는 성조기를 본다. 1945년 8·15 조선해방 후, 일제의 통치기구를 그대로 활용해 남조선에 반공의 울타리를 구축해 왔다는 것은 주지의 사실인지도 모른다. 세계 제패를 기도하는 미제국의 의지는 이곳 외로운 섬에까지 미치고 있다. 4·3은 미제국을 배후로 한 토벌대와의 항쟁이라는 구도가 형성된다. GHQ 군정청에는 통역을 하고 있는 친구 양준오가 있다. "통역 비밀당원으로서 조직에 선을 댄다"는 것이 남승지에게 부과된 임무다. 일찍이 김석범은 「까마귀의 죽음」에서 정기준을 조형했다. 권력 기구의 안에서 일할 수밖에 없는 인간이 다른 한편에서 혁명에 뜻을 품는 이율배반은 인간이라면 있을 수 있는 일이다.

양준오는 마침내 산에서 활동하는 부대에 몸을 맡기게 되지만 이 작품에서 남승지와 함께 중요한 위치를 차지한다. 이방근의 게릴라 낙관주의 비판을 이해할 수 있는 젊은 친구다. 섬의 현실로부터 '허무'의 심정을 드러내는 남승지는 해방 후 김석범의 심상을 가탁하고 있다고 해도 좋을 것이다. 일제 지배 36년 동안의 해방은 환영에 지나지 않았다. 이 깊은 절망은 남승지의 마음 속에 '허무'를 채워가지만 니힐리즘을 혁명, 진정한 해방을 구하는 의지와 연대하면서 몰아내야만 한다. 작품 「유명의 초상」은 김석범에게 사상투쟁과 자기회복을 위한 영위였다.

그러나 사람들이 조국에 찾아온 '해방'이 사실은 환영이라는 걸 깨닫는 데에는 그리 오랜 시간이 걸리지 않았다. 돈 있는 자들이 물자를 매점하고 모리배들이 쌀이나 그 밖의 식량을 일본으로 밀반출하는 바람에 재차 결핍되기 시작했다. 그리고 하룻밤 지나 눈을 떠보니……(남승지가 온 것은 이미 잠을 깨고 있던 참이었지만) 당연히 '해방자'이어야 할 미국이 구 일본 제국의 강력한 후임자였던 것이다. 해방에 들뜬 조선인을 향해 조선총독부는 아베 노부유키阿部信行 총독의 명령에 복종할 것을 강요했지만, 이번에는 미국이 군정을 펴고 이승만을 자국에서 불러들여 8·15 해방 이후 도망가 숨어있던 일본제국의 협력자, 즉 '친일파'들, 민족주의자와 좌익 진영의 국민통일전선체인 '민전'민주주의민족전선이 민족반역자로 규정한 사람들의 부활을 서서히 완수한 것이다. 오히려 구 조선총독 아베 노부유키와 조선총독부 정무총감 엔도 류사쿠遠藤柳作에 대해 미군정청이 취임을 요청했다는 것이다. 그것은 실현되지는 못했지만 남조선 점령군 사령관 하지 중장이 "내가 일본인 통치기구를 이용하고 있는 것은 그것이 현재 가장 효과적인 운영 방법이기 때문이다"고 밝힌 바와 같이 이렇게 군정은 조선총독부의 기구를 그대로 인수하는 형태로 이루어졌다. '민족반역자'의 복권의 무대가 일단 제공된 것이었다.

제1장 제3절

긴 인용문이다. 내가 굳이 설명하기보다 작가의 해설적 지문을 그대로 인용하는 것이 알기 쉬울 듯하다. 미국의 정책과 친일파민족반역자의 관계를 잘 알 수 있기 때문이다. 김석범은 『화산도』의 집필 과정에서 『전향과 친일파』 문제를 정면으로 바라보지 않을 수 없었다. 다음은 『전향과 친일파』에 대한 작가의 견해다.

　여기에서 한마디, 일본의 전후 책임은 일제 지배하의 조선인 대일협력자들 '친일파'와 관련이 깊은 문제임을 덧붙여 둔다.

　전후 일본의 대남북조선정책과 재일조선인에 대한 정책과 조치는 전후 일본의 헌법정신의 권외에 있었다. 전쟁 전 조선 지배의 사상이 그대로 전후로 이어져 온 것은 1947년에 실시된 외국인 등록령에 따라 재일조선인을 치안 대상으로 간주한 관리와 규제, 전쟁 전의 '황국신민'화 정책을 재정비했을 뿐인 동화정책을 보아도 분명하다. 일본은 재일 마이너리티에 대해 전쟁 책임을 떠안은 패전국이 아니라 스스로 과거에 대한 도의적인 반성을 하지 않았다. 그야말로 전승국과 같은 행동을 취해 왔다고 할 수 있다. 전쟁 전의 제국주의적 지배 사상이 거의 재일조선인 정책 속에 그대로 남겨져 확장, 구체화 된 사실은 민주주의 사회에서 놀랄 만한 일이다. 나는 「'친일'에 대하여」를 쓰면서 정말 한심하고 참담한 생각에 견딜 수가 없었다.

해방 후, 새로운 민족국가 건설의 중요 과업인 '친일파' 숙청을 방치하고, 게다가 더러움 속에 푹 잠겨 그 더러움을 역사의 대도에 흩뿌리면서 이 나라는 전후를 걸어왔다. 전쟁 전과 마찬가지로 '친일파'의 지배 아래에서. '반공 국시'를 '애국'의 기치로 내건 '친일파'가 남북분단 고착화에 기여하고 해방 후 사회의 민주주의를 침식해 온 것에 대해서는 한국의 역사가들도 지적하고 있다. 그들은 통일국가가 완성됨으로써 '친일' 반민족행위가 단죄되고 일제시대 이래 많은 기득권의 상실을 극도로 두려워했다. 본문에서 언급하고 있지만 '친일'이 단순히 일제시대의 과거가 아닌 것은 그들이 해방 후의 역사에서 또다시 매국과 반민족행위를 해온 역사적 현실을 우리들이 지켜 보고 있기 때문이다.

「후기」, 『전향과 친일파』

전쟁의 최고책임자인 천황을 면책하고 A급 전범을 수상에 앉히고 미일 안보라는 군사동맹을 강화한 나라. A급 전범의 남동생은 후에 노벨평화상을 수상한다고 하는 역사의 아이러니도 있는 일본이다. 전쟁 책임을 다하지 않고 재차 아시아에 군림하려고 한 이 나라에는 천황의 통수권을 계획하는 개헌파 세력이 힘을 휘두르고, 자본가 계급을 배경으로 "자유주의 사관"을 따르는 무리가 멋대로 행동하고 있다. 이것이 오늘날 일본국의 현황이다.

김석범은 화산도에서 류달현과 정세용을 조형하여 '전향과 친일파'의 정신 궤적을 쫓는다. 류달현은 중학교 교원으로서 남로당의 성내 지구 책임자를 맡고 있다. 소설 속에서 또 한 명의 주인공 이방근과는 중학교 시절의 친구다. 과거 내선일체운동으로 경시청에서 표창받은 이력이 있다. 그들이 게릴라 편에 섰다는 것은 '전향'이다. 류달현은 권력기구 안에 있는 제주도 경찰의 경무계장 정세용과 통하고 또다시 민족반역자의 길로 전락해 간다. 최후에는 일본으로 밀항을 꾀하지만 이방근에 의해 밀항선에서 단죄된다. 정세용은 이방근의 모계 쪽 먼 친척으로 설정되었고 스스로를 지키기 위해 게릴라 토벌의 음모를 꾸민다. 정세용과 이방근의 대결은 제7권에서 결정적 장면을 맞는다. 그도 민족반역자로서 게릴라에 납치되어 살해된다. 단순하게 정리할 수 없지만 작가가 4·3의 세계를 구축함에 있어 등장인물의 조형에 의미를 부여한 것은 당연한 일이다.

그러면 두 명의 민족반역자에 살의의 핵을 가진 이방근은 누구인가.「까마귀의 죽음」에서 정기준을 위협한 그림자와 같은 존재로 등장하는 이상근의 재등장이다. 단편에서는 단숨에 끝냈는데 장편의 구축에서는 그럴 순 없다. 작가가 장편 속에서 남승지의 세계와 이방근의 내면 세계를 구성해 갔던 것은 소설 세계를 중층화 하고 4·3의 총체적 상황을 만들어내기 위한 필수조건이었다. 이방근은 제주도 식산은행과 남해자동차를 경영하는 실업가의 차남으로 돌아가신 어머니의 유산도 있다. 류달현에게 "소파의 주인"이라 조롱당하듯이 낮에는 집에 틀어박혀 있고 밤에는 술집을 돌아다니는 방탕 무뢰한 생활을 하였다. 큰형 하타나카 요시오畑中義雄는 동경에서 개업의를 하고 있지만 이씨 집안과는 전혀 교제가 없다. 여동생 이유원은 괜찮은 재원이다. 아버지 이태수의 후처인 기생 출신 선옥에게는 마음을 주지 않지만 오빠 이방근에게는 경애와 신뢰를 갖고 있다. 이방근은 소학교 5학년 때 봉안전奉安殿에 오줌을 누어 퇴학 처분을 당한다. 13세의 나이로 '불경죄'를 떠안은 소년은 섬에서 추방당해 목포에서 고독을 달랜다.

봉안전 소변 사건인가……. 지금은 '봉안전'도 일본 제국주의의 지배도 지나간 일이다. 꿈같을 뿐이었다. 허지만 얼마나 깊은 상처가 이 나라에 이 민족의 가슴에 남겨져 있는가. 일찍이 소변 사건의 주인공이었던 소년도 자라서 학생 시절에 일본 오사카에서 체포되어, 그 후 서울 서대문형무소에서 '전향'을 하지 않았던가. 10년이나 지난 일이다. 옥중에서의 각혈, 폐결핵, 보석, '불온사상' 운동에 일체 관여하지 않겠다는 '전향'의 표명……기억하고 싶지 않았다. 이건 지나간 꿈이 아니지 않은가.

이방근의 굴절된 자기 형성 과정도 시대의 산물이다. 여동생의 체포, 유학, 연애, 결혼을 둘러싸고 애쓰는 이방근의 모습은 남매 이야기로 감동마저 불러일으킨다. 명선관의 이방근을 사모하는 기생은 끌어안지 못하고 이씨 집안의 성실한 식모부옥이는 포용하게 된다. 이혼 경력이 있는 이방근이 마더 콤플렉스를 뒤집는 것인지도 모른다. 게릴라 측의 청년들에게는 형 같은 애정을 주어 신뢰도 얻는다. 현실을 보는 이방근의 투철한 안목이 남승지와 양준오의 신뢰를 받는 이유일 것이다. 유치장 친구라고도 할 수 있는 게릴라 지도자 강몽구남로당 제주도 부위원장와는 신뢰를 기반으로 맺어졌다.

한편 '서북' 간부에는 "훌륭한 반공 이론가"로 치켜세워지기까지 한다. 더욱이 평안북도 출신으로 '서북'의 심장부에 있는 미녀 문난설과 연애 관계로 빠져들기도 한다. 이 모든 것은 자산 계급의 자식이라는 특권이 있어서다. 학살의 섬의 현실을 체현하는 인물로서 이방근이라는 복잡 괴이한 인간 존재의 창출은 작가의 비평 정신을 현현하기 위한 중요한 인물로 작용한다. 이방근에게는 신神의 시점마저 부여된다. 소설 『화산도』는 4·3성내 봉기 실패 후, 5·10단독선거의 분쇄, 게릴라 토벌전과 반격 모습, 여수·순천의 반란, 가을 토벌전, 게릴라의 신년 공격, 이승만의 제주도 방문, 미제국의 군사력을 투입한 도민몰살이라는 최종 국면으로 향한다. 작가는 남겨진 기억과 제한된 자료를 구사하여 상상력으로 시대상황을 그려간다. 그곳에 그려진 것은 김석범이 낳은 등장인물의 심리와 생리를 포함해 4·3항쟁의 총체를 포착하고자 격투하고 있다. 남승지와 이방근의 세계를 교착시키면서 1948년 봄부터 1949년 6월까지의 시간적 소설 공간이 중층적으로 소생된다.

오늘11.6 『아사히신문』 조간에는 「서 대표를 체포, 서울시경」이란 뉴스가 작게 실려 있다.

서울시경은 5일, 서울의 시민단체 '인권운동가 사랑방' 서준식 대표49를 국가보안법 위반 혐의로 체포했다. 서 대표는 9월 말부터 10월 초에 걸쳐 서울 시내에서 열린 영화제에서 미군정 아래의 남조선 단독선거에 반대하고 1948년에 제주도민이 무장봉기해 다수가 학살당했던 4·3사건을 테마로 한 다큐멘터리 〈Red Hand〉를 상영한 것이다. 이것이 조선민주주의인민공화국^{북조선}을 이롭게 하는 이적 표현물에 해당된다고 하여 체포되었다. 서 대표는 4월부터 서울시경에 연행되었다.

4·3의 기록은 여전히 '이적 표현물'이다. 김석범이 4·3과 계속해 맞서고 있는 현대가 이 뉴스로 상징되고 있다. '반공'이 '국시'인 나라의 현실이다. 같은 조간에서는 「변한 안기부」란 타이틀로 울타리 기사를 게재하고 있다.

　민주화운동의 지도자였던 김대중 씨가 1973년 체재지인 도쿄에서 납치되어 서울에서 발견된 '김대중사건'은 안기부의 전신인 중앙정보부^{KCIA} 요원이 관여한 것이다. '불구대천'의 관계로 여겨져 온 그 기관 출신이 지금 잇달아 국민회의에 모여들고 있다.

두 기사 모두 우에무라 리쿠^{植村陸}라는 기자의 글이다. 기자는 이 나라의 권력구조를 분명히 보고 있는 것 같다. 서준식이 『옥중 19년』의 서승^{徐勝}의 동생임을 생각하면 진정한 민주화로의 길은 아직 힘든 구도 속에 있다. 그리고 일본의 치안유지법^{1925~1945}으로부터 배웠다고 하는 권력의 탄압기구는 오늘날 여전히 활동하고 있다는 점도 잊어서는 안 될 역사다.

1997년 9월 20일 간다^{神田} 팡세 홀에서 제주4·3연구소의 젊은 스탭이 「지울 수 없는 외침」^{잔들 수 없는 활성 4·3항쟁}이라는 4·3항쟁의 다큐멘트 필름을 지참했다. 나도 얼마 안되는 일본인의 한 사람으로서 시사회에 참가했다. 고문으로 변형되고 비뚤어진 입술로부터의 증언이 신음으로 나온다. 출석인은 김석범을 비롯해 '재일'인들이 압도적으로 많았다. "가솔린을 붓고 모두를 죽여라"는 것은 "제주도민을 인간으로 보지 않는 차별이다"라는 의견을 낸 사람도 있었다. 이 다큐멘트는 오사카에서도 상영되어 회장은 열기로 가득찼다고 한다. 그러나 1964년생의 젊은 감독은 귀국하자마자 구속되었다. 마침내 반세기가 지나서야 4·3의 진상은 이야기되기 시작한다. 김석범의 「까마귀의 죽음」 이래의 문학 작품이 지하수맥을 통해 기폭제가 되었음은 분명한 사실이다. 미해결 문제에 '재일'의 자리에서 소설로 마주하고 있다는 점에 김석범 문학의 현대성이 있다.

　　처갓집은 이태수를 좋아하는 면장의 지방 권세가였다. 이방근은 처를 제주도에 남긴 채 동경에서 학생생활을 하다 사상범으로 체포되어 서울에서 형무소 생활을 하게 되었다. '일본인'이 된 이씨 집안의 장남인 경우와 달리 사상범인 사위의 존재는 일제 통치하의 지방장관청의 장이었던 '친일파'인 장인에게는 용서될 수 없는 일이었다.

제2장 제1절

　　이혼 경력이 있는 남자가 식모인 부옥이를 안는다. "감정을 침묵의 육체에 가둔 듯한 부옥이"는 관덕정의 돌·할망을 닮았다. "'안녕'과 '질서'를 지키는 부적의 수호역" 부옥이는 정말 제멋대로인 방탕한 아들의 수호역을 담당한다. 의모인 선옥에게 의심을 받고 일시적으로 해고당하지만 여동생 유원의 알선으로 다시 이씨 집안으로 돌아온다. 이씨 집안의 수호역인 부옥이는 게릴라부대와의 접점비밀 연락계이고 남승지도 보호한다. 토착 농민의 흙냄새가 나는 부옥이와 이방근의 성적 결합은 봉건 군주처럼 방자하긴 하지만 허무한 심정을 키우는 이방근의 토착적인 것에 대한 콤플렉스의 표출이라 생각할 수 있다.

　　술과 여자라면 평안북도 출신의 절세 미녀 문난설과의 성적 결합에 대한 바람도 종말적 양상을 보이는 섬의 현실 속에서 이방근의 흔들리는 마음을 상징한다. '서북'을 증오하면서 '서북'과 연관된 여자를 품는 이 모순은 어떻게 받아들이면 좋을까. 작가는 찢겨 갈라진 조국의 모순에 상징을 그려내려 했던 것일까. 이방근의 자살로 문난설의 성적 결합에 대한 바람은 산산 조각나지만 문난설 이야기는 이 소설 세계에 채색을 더했다.

　여자는 베개를 들어 과감히 이불에 내리쳤다. 천상의 열락悅樂을 기대한 여자에게 땅
　의 슬픔을 준다.

제20장 제5절

　처녀 때를 넘긴 기생 명선과의 농밀한 성 묘사 후의 무능한 현실. 다음 날 아침
에는 여자에게 "유열愉悅의 소리"를 지를 수 있게 하지만 성은 충족되지 않는다.
하나 더 덧붙이자면 산에서 도피해 온 게릴라부대의 여인 신영옥성내지구여성동맹부위
원장 구제의 에피소드는 종말기 게릴라부대의 현실과 상황을 잘 설명하고 있는데
일본행 밀항선으로 가는 택시 안에서의 묘사는 생생하다. "절망적인 불안" 속에
서 "고독한 심정의 발작적인 발현"이라고 이방근은 자기 내면의 심적 동요를 분
석한다. 머리핀과 관련한 "타오르는 욕정의 장난인가"라고 적은 작가의 시선이
『화산도』의 창작 과정에서 요절한 여성 작가와 겹쳐지는 것을 독자인 나는 감수
한다. 김석범이 그린 이양지에 대한 만가挽歌 『땅의 그림자』집영사, 1996이다. 이방근
의 '성'에 대하여 부옥이, 문난설, 베개를 던진 여자, 머리핀의 여자를 통해 더듬
어 보았는데, 김석범의 순정이라고도 말해야만 할 성적 감각이 이방근에게 투영
되어 있고, 여기에 있는 것은 허무적인 성이다. 소파에서 일어난 이방근은 게릴
라 측에 심정적으로 깊숙이 들어가면서 그 낙관주의는 부정한다. 젊은 혁명가들
을 개죽음시키지 않기 위해 게릴라 구출 작전에 정열을 쏟는다.
　한편 "제주도 출신자가 제주도를 망치는 길을 열어가는" 정세용과 류달현을
향해 "살의의 핵"을 형성해 간다. 이방근은 이미 "소파의 주인"이 아니라 심정적
으로 혁명 쪽에 서서 행동하는 인물로 변모해 있다. 정세용은 제주도 출신자로
서는 드물게 경관 중에서 경무계장의 지위를 유지하고 있다. 4·28협상으로 토
벌대와 게릴라 측의 평화협정이 이루어지는가 싶었는데 그것을 파기한 것은 경

비대 측이다. 정세용이 파괴공작에 관여하고 있다고 추론하고 '서북'의 간부와 논쟁하며 확증을 얻어간다. 일제시대에 친구를 '밀고'해 보신을 꾀한 정세용은 섬을 멸망으로 이끄는 증언을 하고 "새로운 민족반역자"가 되었다. 류달현은 정세용과의 관계로 통적분자 유다로서 성내 조직 세포의 책임직으로부터 제외당한다. 일찍이 일제시대 협화회의의 '열성분자'였던 남자가 '혁명분자'가 되어 다시 '통적분자'가 된다. 앞서 언급했지만 "친일파와 전향"은 김석범이 주제로 안고 있는 큰 과제다. 『화산도』에서 정세용과 류달현을 심판하는 위치를 이방근이 획득해 가지만 이것은 작가의 사상적 체현이라 해도 좋다. 류달현은 도주 자금을 갖고 일본으로 밀항을 기도하지만 바다 위에서 '인민재판'으로 죽는다. 작가는 시류를 타고 혁명을 판 "류달현의 불운은 이방근의 의지였다"고 말한다.

섬 안에서는 '공개처형'된 마을이 불타고 반공 멸비가滅匪歌가 퍼지는 가운데 '서북'의 간부와 꿩사냥을 즐기고 있던 정세용은 꿩 대신에 고목을 등에 진 농부를 사살한다. 인간을 꿩으로 보고 사살한 미군과 같은 짓을 '서북'이 하고 제주도 사람들이 방관한다. 정세용은 게릴라에 납치되어 이방근의 총에 사살된다. "자유로운 정신은 죽기 전에 자살한다"는 철학의 소유자 이방근 또한 산천단의 벼랑 위에서 가련한 석곡꽃에서 문난설의 향기를 맡으며 자살한다. "살인자에게 자유는 없다"는 것이 이방근이 도달한 최후의 명제였다. 게릴라 사령관 이성운의 시체가 십자가에 묶여 '공비 수괴'의 포고판과 함께 며칠씩이나 걸려 있는 6월, 이방근의 자살로 『화산도』는 끝난다. 그리고 이방근은 유교의 질곡 속에 있는 '집', 아버지와 대결을 벌이면서 여동생 이유원을 지켰다. 남승지는 마침내 밀항선으로 파고들어 미래를 보존한다.

소설 세계는 끝났지만 사실 여기에 남겨진 과제는 어느 것 하나도 해결되지 않았다. 이유원과 남승지는 김석범 자신의 세대로 작가가 낳은 인물들이다. 김석범이 조형한 청년들은 마침내 민족상잔의 6·25를 직면하고 빠져나가지 않으면 안된다. 작가의 구상은 이미 미래에 있다. 김석범이 말했듯이 제주도4·3

항쟁은 언젠가 진상규명이 이루어져야만 한다. 한라산의 수맥은 끊어지지 않았다. 4·3항쟁 그해에 태어난 세대에 의해 이른바 『제민일보』라는 작은 신문사의 4·3취재반의 커다란 일 『4·3은 말한다』가 우리 곁에 있다. 그리고 일본어역인 『제주도4·3사건』은 현재 신간사에서 6권까지 발행되었다. 반세기가 지나고 재일코리안 작가의 창작 세계가 내일을 향해 한층 중요한 의의를 더해간다. 끊임없이 지속해 온 김석범의 의지에 경의를 느끼는 이유의 하나가 여기에 있다.[4]

---

4   김석범이 『화산도』를 3부작으로 구상하고 있음은 대충 짐작이 간다. 1997년 11월 30일 오사카에서 「김석범 씨와 진영진 씨의 강연과 대담의 모임」은 대만의 해방을 바라는 작가와 조국통일을 염원하는 작가, 두 사람 반테러 작가의 재회는 올해 최대의 문학 이벤트였다. 이 『옥중 19년』은 서승의 기획으로 우리들에게 큰 감동을 주었다. 김석범 씨의 어깨는 다소 처져 보였지만 문학에 대한 열정은 식지 않아 보였다. 한 명의 독자로서 제3부의 착수를 기대한다.

'이야기'의 민족적 근원과 디아스포라 체험
정승박론

이소가이 지로

1. '이야기'로서의 작가적 체험

정승박 씨의 소설을 읽다 보면 어떤 특징을 깨닫게 된다. 모든 작품이 담담한 필치로 재일 1세대의 가혹한 체험이 그려져 있다. 그러한 의미에서 보면 재일조선인문학의 패러다임에서 벗어나 있지 않다. 오히려 그 전형이라고 해도 좋다. 지위 때문에 주인공과 이야기가 끊임없이 난관과 조우한다는 상황도 재일조선인문학과 공통점이다. 그런데 가혹한 난관들이 그다지 심한 고뇌를 동반하지 않고 강력함도 피하면서 산뜻하게 극복해 버린다. 마치 '인생의 명수' 수련에 접어든 것 같다. 그것은 정승박 소설^{시, 에세이 포함}의 특징 중의 하나이다.

예를 들면 대표작 「벌거벗은 포로」의 도주 장면이 그러한데 간과해 버리기 쉬운 세부 설정이 곳곳에 나타난다. 일본으로 건너간 후, 몇 년 동안의 작가적 분신인 조선인 노무자 합숙소의 밥 짓는 소년을 얽어낸 일련의 작품에서는 급성 폐렴에 걸린 인부를 리어카로 병원에 옮기고, 막상 의사에게 병원비를 지불하려는데 소년의 돈으로는 3엔이 부족하다. 소년이 몹시 난감해 하자 의외로 아픈 인부가 몰래 모아둔 10엔짜리 지폐를 척 내준다. 소년이 배가 고파 견디기 힘들어하면 간호사들이 덮밥을 내준다. 마을을 걷고 있으면 말을 건 것이 계기가 되어 농부로부터 고구마를 얻는다.

이러한 상황은 『정승박 저작집鄭承博著作集』 제6권에 수록된 작품에서도 무작위로 건져낼 수 있다. 「벽의 낙서壁の落書」에서는 절도 의혹을 받고 들어가게 된 유치장에서 혐의가 풀리지 않았는데도 시말서 한 장으로 석방되었다. 「여명」에서는 미점령군 관리의 옛 군용비행기 공장에서 멋지게 소형 고성능 펌프를 훔쳐내 궁지를 벗어난다. 「환목교丸木橋」에서는 다이너마이트 때문에 메기 도획이 발각되어 스스로 자수한 주인공 소년을 원래 화족 집안에서 고용살이를 했었다는 아주머니가 석방시켜 준다. 「외침」에서는 노점상 아줌마나 호텔 영감, 친절한 요리집 접대부 등이 '지팡이'가 되어 맹인인 주인공의 난관을 해결해 준다는 식이다.

아니, 정말입니까? 정 선생님. 이야기가 너무 딱 맞아떨어지는 거 아닌가요? 독자는 이내 곧 그렇게 말하고 싶어진다. 확실히 '근대'의 개념인 '문학' 읽기에서 보면 난관이나 고난을 이겨내기 위해서는 '필연성'이 요구된다. 그런 점에서 작가의 작품에서는 왕왕 편의적이라든가 소설적 치졸함이나 조잡함이라고 비치기 쉬운 전개가 있다. 그러한 이유 때문에 거짓말처럼 느껴지기 쉽다. 그것에 대해 '만남의 명수'라든지 '생활의 명수'라든지 인품이라고 하는 작가의 특성을 가지고 변호한다 해도 정승박의 표현을 말할 수는 없다.

정승박의 표현 특징은 민담이다. 문자 언어의 세계에서 표현된 설화나 이야기다. 민담이라는 것을 풀어서 이야기하면 백성의 이야기, 서민의 고생담, 민중의 허풍담이라 할 수 있다. 고난을 담담하게 이야기하거나 쓰라린 체험을 때때로 우습게 이야기하거나 난관을 가볍게 극복하는 것은 민담의 특질이며 강점이다. 작가의 작품 전개에 '비약'이나 속임수가 없는 것은 그 때문일 것이다.

민중 이야기 = 민담의 수법은 '소설'이라기보다 '이야기'이며 표현의 원향이라 해야 할 것이다. 그것은 '근대문학'이 '소설'이라든가 '시'라든가 '비평'이라는 장르에 따라 '문학'을 서열화한 것으로부터의 자유선언이라고도 할 수 있다. 정 승박의 '문학'을 재일조선인의 문학지도 안에 놓고 보면 특이한 위치를 차지한 다. 일본으로 건너간 소년기부터 전쟁을 거쳐 해방 이후에 이르기까지 처절한 타향살이는 재일조선인사의 전형을 보여주고 있다. 그것을 제재로 한 작품은 전형적인 재일조선인문학에 틀림없지만 문학적 특질에서는 독특하다. 재일조선인 문학의 특징은 여러 가지가 있다. 1980년대 이후, 재일조선인문학은 '재일'문학 이라 부르는 것이 적합할 정도로 다양한 작가를 배출시키며 양상도 상당히 변했 다. 하지만 제1세대와 그것을 계승하는 제2세대의 '전통'을 보면 다음과 같이 말 할 수 있다.

"재일조선인은 존재 그 자체가 정치적이다"라는 표현이 있듯이 거대한 역사 를 그리든, 개인적인 체험을 그리든, 조국의 현실이라든지 민족의 운명이라든지 타향살이의 갈등 등의 양상이 정치의 도가니가 되어 재일조선인문학에서 소용 돌이쳤다. 일견 정치와는 무관하게 살아온 것처럼 보이는 무고한 재일의 사람들 역사에도 '세계'가 내포되어 정치적이었다. 정승박의 작품에서는 이러한 정치적 도가니가 거의 그려지지 않는다. 확실히 일본의 식민지 지배와 전쟁이라고 하는 가장 집약적인 정치의 도가니 속에서 살아온 자가 정승박이며 그 체험이 없었다 면 작가의 '문학'은 생겨날 수 없었다. 「벌거벗은 포로」의 연작 「지점地點」에서 헌 병에게 쫓기는 나날의 주인공이 전쟁 말기 미군기의 폭격으로 일본 전체가 두려 움에 벌벌 떨고 있는 상태를 보고 "이것으로 (주인공과 일본인은) 같은 처지가 되었 다"고 생각하는 장면을 읽고, 마루야 사이이치丸谷才一가 "한 명의 조선인 정승박 과 일본의 제국주의가 같은 처지가 된 것"이라고 평가했듯이 작가의 삶 그 자체 가 정치적이었다고 할 수 있다. 공습으로 집을 잃고 살아갈 길을 잃은 사람들이 헤매는 세상을 보고 "날이 갈수록 동지가 늘어난다"라고 적은 것도 같은 의미일 것이다.

그러나 정치가 구체적 제재로서 쓰여진 작품은 전무한 것이나 마찬가지다. 예

를 들면 제1세대의 문학이면서 민족운동을 묘사하지 않고 있는 것은 기이한 느낌마저 준다. 『정승박 저작집』에 수록된 「돼지 헛간지기^{豚舍の番人}」에서는 막걸리 밀조를 단속한 것에 항의해 재일본조선인연맹이 세무서와 싸우는 모습이 그려진다. 그런데 주인공의 '투쟁'에 대한 감상은 다음과 같다. "종전과 함께 마침내 그것^{'내선일체', '일억일심'과 같은 말}에서 해방되었다고 생각하자 어느새 또다시 투쟁과 같은 말을 매일같이 들을 수밖에 없는 시대가 되었다." 그 후에 주인공은 인간이 살아가기 위해서는 투쟁이야말로 옳은 것인지도 모른다. 이것도 공부라며 생각을 고쳐 '투쟁'의 장으로 나가지만 도중에 갑자기 세무서 정원을 나서 해변으로 석양을 보러간다.

이처럼 정승박 문학은 현실 정치, 이데올로기, 민족운동으로부터 떨어진 곳에서 성립되었다. 그 위치의 특이성은 「현해탄」의 김달수, 「화산도」의 김석범, 「못다 이룬 꿈」의 이회성을 통해 선명해지는 재일조선인문학의 세계를 상기하면 한층 확실해진다. 그 특이성은 민중 이야기의 특징이기도 하다. 민중이 정치적 언설이나 이데올로기를 직접 이야기하지 않는다는 의미만은 아니다. 민중 이야기는 '근대문학'이라는 패러다임 속에서 '사상'을 '소설적'으로 구축한다고 하는 장소로부터 자유로워져 총체의 대변이 아닌 사적인 '이야기'이기 때문이다. 예를 들면, 김태생은 무고하게 이향의 땅에서 죽어간 무명 동포들의 신세를 많이 썼으며, 말할 수 없었던 동시대사를 증언하기 위해 소설을 남긴 것이라고 말하지만 작가의 표현은 본질적으로 사적인 '이야기'다. 아무리 담담하게 언급한다 해도 살아있는 자신과 신세를 발산한다. 그것이 역사나 민족이나 인간의 보편성으로 이어진다고 해도 '이야기'라고 하는 표현의 원질이다.

2. 표현의 원질로서 민중 '이야기'

　물론 사적인 '이야기'이기 때문에 부의 민중성이 나타나는 일이 적지 않다. 전쟁기를 묘사한 작가의 작품 중에서 미군기를 '적기, 적기'라고 부르는 말이 끊임없이 나오지만, 이것 역시 일본 제국주의에게 약탈당한 주인공의 민족적 입장에서 보면 기이하고 문학적 비평성의 결여라 할 수 있다. 저작집 제2권에 수록된 일본으로 건너가기 전 소년 주인공이 일본어에 대한 '동경'으로 동화정책에 익숙해져 가는 심정을 무비판적으로 받아들이고 있는 점에서도 그러하다. 그것이 시대적으로 강제된 현실이었다 하더라도 마찬가지다. 그것이 재일조선인문학 중에서 정승박의 작품이 배제된 이유의 하나이지 않겠느냐는 억측은 여담이지만, 여하튼 그러한 부의 민중성을 포함해 민중 '이야기'인 것이다.

　재일조선인문학은 지식인의 문학이라는 표현이 있다. 물론 재일조선인문학을 대표하는 작가들이 재일 사회의 지식계급 사람들이라는 것을 가르키는 것은 아니다. 정승박의 문학 세계에서 그리고 있는 체험을 다른 사람들은 그리고 있지 않다는 것도 아니다. 제1세대의 재일조선인 작가들의 생활사를 보면 일본으로 건너간 소년 시절부터 쓰레기 수집, 목욕탕 불지피기, 토목현장의 공사장 인부, 마을 공장의 직공, 행상이라는 '민중적 체험'을 똑같이 겪었다. 소설의 지적 구축력에서는 타의 추종을 불허하는 김석범이 젊은 시절, 오사카 쓰루하시 육교 밑에서 선술집 포장마차를 냈던 이야기는 유명하다. 재일조선인 전체가 그랬던 것처럼 작가들도 정승박도 마찬가지로 '민중적 체험'을 공통적으로 가지고 있다.

　여기서 말하고 싶은 것은 문학적 성질^{평범하게 이야기하면 작품}에서 '지知'의 개재介在로 창출되는 재일조선인문학 중 정승박 작품이 특이한 모습을 지니고 있다는 것이다. 그것은 민중상의 형상을 보면 잘 알 수 있다. 재일조선인문학의 특성의 하나는 '민중'을 잘 그릴 수 있는 문학이라는 것이다. 이것 하나로도 근대 일본어 문학 속에서 재일조선인문학의 존재성을 주장할 수 있다. 일본어로 쓰여졌어도

'민족문학'이라는 것을 주장할 수 있는 이유가 되지만 민중을 그리는 방식에서는 당연히 창조주인 작가의 '지'의 시점이 개재된다. '지'라고 하는 의식화 되고 이념화 되고 이상화 되고 인식화 된 세계관이 민중상을 조형한다. 조형에 임할 때 '지'의 판단이 개재된다.

민중상의 대표적인 것이라면 김달수의 「박달의 재판」의 박달이다. 이것은 소설에 그려진 유수한 민중상이겠지만 미군정 하에서의 민족 저항성이라는 지적 의사가 가탁된다. 김석범은 「까마귀의 죽음」이나 「만덕유령기담」에서 부스럼 영감과 만덕이라는 인물을 통해 민중상을 읽어내고 정승박의 '민중'은 안색을 잃을 정도의 원 민중상을 형상화한다. 그러나 거기에는 부스럼 영감에 대한 애증이라든가 만덕 기담이라는 민중 전승의 형식을 취해 민족적 저항을 이야기하려는 '지'의 의사가 있다. 만덕의 재생과 변신에는 작가의 변혁 의지가 가탁되었다. '민중'은 김석범 문학의 하나의 중심이고 또 하나의 중심인 정기준「까마귀의 죽음」, 이방근『화산도』과 같은 지식인상 혹은 사상적 인간상과 대응하며 존재한다. 김석범 문학은 두 가지의 중심을 갖는 타원의 문학이다. 김태생의 민중의 삶과 죽음의 형상화에서는 표현자로서의 작가적 시점이 설정되고 창작 방법에는 충분히 문학화의 수순을 밟는다. 정승박의 표현에서는 '말하는 것'과 '말해지는 것'은 불가분으로 그것 자체가 등신대의 자기 표출이다. 이 책에는 「작조作造」, 「외침」, 「수평선」과 같은 신기하게도 작가의 분신이 주인공이 아닌 작품을 수록하고 있어 작가가 '소설 만들기'에 의욕을 보이는 것이 재미있지만 예외에 속한다.

정승박의 '이야기'는 그대로 화자의 '이야기'였지 창조주 = 작가의 세계관 등이 가탁된 것은 아니다. '지'의 상상력에 의한 구축과 있는 그대로의 실재라고 하는 두 개의 중심을 가진 타원의 문학권도 아니다. 더욱이 작가가 타자의 생사를 증언한다고 하는 위치에 서 있지도 않다. 화자가 말하는 화자의 신세 이야기다. 바꿔 말하면 중심점은 하나의 단질單質의 원인 것이다. 이 단차원의 전승 형식은 민중의 설화인 '이야기'의 특질이기도 하고 '근대문학'의 패러다임에서는 벗어난 것이기도 하다. '근대문학' 그것은 '전후문학', '현대문학'으로 거의 그대로 이어졌을 것이다. 또한 '포스트 모더니즘'이나 그것이 부질없이 사라진 후의 '포스트 포스트모던'이라 해도 '근대문학'의 패러다임에서 그다지 자유로워졌다고는 할 수 없다.

지금까지 '문학' 혹은 '소설'의 원향으로서 '이야기'와 대비시켜 언급해 온 것은 '근대문학'의 양상이었다. '근대문학'의 양상을 범박하게 한마디로 말한다면 역사, 현실, 사회, 국가, 전쟁, 혁명, 민족, 집, 타자, 가치 질서, 생활, 연애 관계라고 하는 '세계'와 인간＝주인공과의 갈등을 내재적으로 그린다고 할 수 있다. 갈등 때문에 중절된 「뜬구름」 이래 '외부'와 '내부', '세계'와 '자아'의 조화를 추구하며 투쟁해 온 그 언어표현이 '근대문학'이라고 해도 좋을 것이다. 그러한 '갈등'을 키워드로 잡는다면 재일조선인문학 또한 '근대문학'의 구조에서 자유롭지 못하다.

확실히 재일조선인문학은 '근대'에 의해 '제국주의화' 된 일본어와 '문학'이란 피라미드식 위계질서 속에서 그것과 싸우면서 독자적인 일본어문학을 만들어 왔다. 그러나 뛰어난 재일조선인문학 작품을 하나씩 살펴보면 알 수 있듯이 '전후문학'의 궤적을 전개시킨 도달이라고도 생각할 수 있다. 나 자신도 '전후문학'이라는 '근대소설'로부터 자유로울 수 없고 지금도 그렇게 믿고 있다. 따라서 정승박의 표현 특징을 강조하는 것은 재일조선인문학 안에서 그것이 특이한 위치에 있다는 것을 설명해 두고 싶은 것에 지나지 않는다. '갈등'으로 말하자면 정승박의 표현 작법은 대개 그것과 인연이 적다. 작품 속에서 '갈등' 장면이 없을 리 없다. 말로서 기록은 된다. 그런데 다음 순간, 그것은 갑자기 어딘가로 사라지고 독자는 가혹한 이야기를 읽고 있다는 사실조차 일시적으로 잊어버리듯 '이야기'는 전개된다. '근대문학'을 믿는 독자는 난관을 극복하는 드라마를 기대하고 허탕 친 기분이 들기도 해 당황한다. '갈등'을 극복하게 되는 필연적인 드라마도 심리 드라마도 그려지지 않는다심리묘사를 거의 볼 수 없는 것이 정승박 작품의 특징. '이야기' 자체가 이미 설화이기 때문이다.

3. 설화 '이야기'와 유머

난관을 어떻게 극복하는가에 대해서는 서두에 언급했는데, 고심담을 생활의 한 단면처럼 담담하게 이야기하거나 역으로 재미있고 우스꽝스럽게 이야기하는 것은 설화 '이야기'의 특성이다. 「벌거벗은 포로」의 수용소 장면에서조차 어딘지 모르게 '생활'처럼 그려지고 그 연장선의 터치로 탈주라는 행위도 그리고 있다. 소년 시절의 공사장 합숙소 생활도 그것이 식민지 지배에 의한 불우한 체험이라기보다 농밀한 생활의 체험으로 이야기된다. 「쓰레기 처리장」에서 쓰레기장은 파친코의 불법 환전이라는 불법 장소가 아닌 '가게'다. 정승박의 작풍은 "할아버지나 아버지의 어두운 이야기는 이제 지겹다"며 '1세 이야기'를 들으려 하지 않는 젊은 재일 세대, 역사를 괄호에 넣고 과거로부터 눈을 돌리는 경향이 있는 일본인이 읽기에 안성맞춤일지도 모른다.

정승박의 작품에는 유머도 있다. 그러나 그것은 소설적으로 꾸며진 '문학적' 유머와는 질이 다르다. 서술되는 '이야기' 자체에 내포되어 있고 그것이 자연스럽게 표출된다. 그것은 작중의 사건이나 설정, 인물 묘사나 이야기의 어조 자체 등 읽어보면 여기저기에서 확인할 수 있다. 우선 「어느 취직」에서 주인공이 일본으로 향하는 연락선 선창에서 절도단에 스카우트되는 결말은 좋은 예이다. 작가의 작품에 나타나는 유머는 이따금씩 제재의 무게를 잊게 한다. 유머는 일반적으로 말하면 인간적인 것에서 빚어 나온다. 작가의 작품도 예외는 아니다. 그러나 정승박에게 '인간적인 것'은 '근대'가 이데올로기적으로 장정한 '휴머니즘'과 비슷하지만 다른 것이다. '휴머니즘'처럼 옳고 그름, 구제와 지배와 같은 양날의 칼이 아니라 선악의 가치 질서 이전의 한층 원초적인 것이다. '지'의 작용에 의해 가지런히 정리되어 있지 않기 때문에 앞에서 부의 민중성으로 언급되었던 '혼란'도 포함한다.

유머라든가 인간적인 것, 그것은 화자의 의사인 '이야기'를 삶 쪽으로 향하게 한다. 삶 쪽을 향하고 있다는 것이 정승박 작품의 특징이다. 작가의 작품에서 죽음의 장면을 발견하기란 거의 불가능하다. 작가가 삶을 견뎌온 역사에서 보면 다수의 죽음과 조우했을 터인데 그것을 그려내지 않았다는 것은 경탄할 만하다. 그것 하나를 봐도 작가의 표현 세계가 삶 쪽으로 향하고 있음을 알 수 있다. 따라서 민중의 설화인 '이야기'는 화자 자신이 말하는 이야기이기에 화자가 죽는다면 이야기할 수 없다고 하는 표현 양식상의 문제는 아니다. 공습 직전에 아무렇지도 않게 쇠사슬을 풀어준 다른 집 개가 그 집이 불탄 뒤에 살아서 주인공 앞에 나타난다는 식이다. 아무렇지도 않은 듯한 삽화에서 삶은 살아 숨쉬고 있다.

이상과 같은 이런저런 특질이 소박한 힘의 강력함을 지닌 정승박의 리얼리즘을 만들어내고 있다. 그 리얼리즘은 고바야시 다키지小林多喜二의 『게공선』의 한 장면을 현장감있게 상기시키는 「펌프가게ポンプ屋」 같은 작품을 가능케 했다. 정승박 작풍의 특징으로서 재일조선인문학 중에서도 두드러지게 눈에 띄는 것은 생활의 세세한 부분과 노동 그 자체를 그리는 '노동자 문학'을 만들어냈다는 사실이다. 그렇게 한정하지 않더라도 정승박 작품 전체가 소박한 힘을 느끼게 하는 리얼리즘여기에 픽션이나 데포르메[1]가 어느 정도 초과되고 있음도 인증한다이며, 그 '소박한 힘'은 방법 의식에 의해 수단화되지 않은 '원초적인 강함'이다.

정승박의 소설도 그렇지만 시나 에세이에는 특히 새, 물고기, 화초, 바다, 석양, 산과 들과 같은 천연의 정경이 현저하게 그려진다. 사람과 만나는 방법, 역사를 보는 방법, 음식 먹는 방법, 생활과 타협하는 방법, 마음을 변통하는 방법 등이 기교를 부리지 않은 언어로 표현된다. 그것은 '사상'에 의해 포장되지 않은 '원초적인 형태'로 균형을 이룬다. 분노를 겉으로 들먹이지 않지만 종종 '근대화'에 대한 불쾌감으로 언급된다. '문명 비평'도 생명이 있는 것을 빼앗는 것에 대한 항의도 작가가 떠맡아 온 불합리한 민족사에 대한 분노도 똑같이 '원초적인 것'을 침

---

1   데포르메(déformer)는 어떤 대상의 형태가 달라지는 일로서 회화, 조각에서 의식적으로 대상을 과장하거나 변형시켜 표현하는 것을 말한다.

략하는 것에 대한 비판·항의·분노이다. 민족을 침범한 역사의 부조리도 안으로 떠안으면서 초연히 말하는 '이야기'의 깊이에는 '원초적인 강함'이 있다.

정승박의 '원질의 강함'이 문文 = 표현의 원향인 '이야기' = 민담을 유지하고 그 언어 활동인 소설의 원향이 문자 언어의 왕국인 '문학'에서 작가를 자유롭게 한다. 정승박은 철저하게 무명성의 존엄을 그려갔다.

역사성과 민족성을 의식한
중간세대의 자기 구제
김학영론

김환기

1. 작가적 고뇌의 원풍경

김학영은 재일코리안 작가로서 독특한 문학성을 보여준다. 그의 문학은 가족과 개인을 주제로 한 사소설 형식을 취하면서도 주변 문제를 역사성과 연계해 내면적 자의식으로 승화시킨다. 재일 1세대 작가들의 조국과 민족주의를 앞세운 민족적 글쓰기나 현세대의 현실 중심적인 실존적 글쓰기와 달리 김학영은 재일 중간세대로서 극복하기 힘든 조국과 민족 문제, 이방인 의식을 내향적 채찍으로 다스린다. 김학영 문학은 왜 그토록 경계인 및 이방인 의식을 내향적 '자아 탁마' 형태로 얽어낸 것일까. 김학영의 연보[1]와 에세이는 그러한 내향적 고뇌의 원형과 실체를 검토하는데 필요한 단서를 제공한다. 특히 김학영의 신체적 콤플렉스인 말더듬의 세계가 점차 자기^{민족} 아이덴티티와 주체성으로 전이되는 과정

---

1   朴静子編, 「年譜·資料」, 『金鶴泳作品集成』, 作品社, 1986, 470쪽.

을 통해 작가적 고뇌와 문학적 '재일성'의 근간을 보여준다.

김학영은 1938년 9월 1일 군마현에서 부친 김영호와 모친 박경순 사이의 장남으로 태어난다. 본명은 광정이며 본적은 경상남도다. 형제는 밑으로 남동생 무정과 순정이 있고, 여동생 아대, 화대, 정애, 정순, 정희가 있다. 부친은 1923년 12살 때 조부 김린태 조모 손률이 숙부 김영락과 함께 일본으로 건너가 이바라기현茨城県에 정착하게 되고 관동대지진 때 경찰서의 보호를 받다가 군마현群馬県으로 이주한다. 그후 줄곧 군마현에서 살게 되며 조모는 김태생이 태어나기 13년 전에 세상을 떴고 숙부는 4살 되던 해에 사망한다. 그리고 1945년 7세 때 신마치新町 소학교에 입학하면서 야마다山田라는 일본성을 사용하게 되는데 소학교 재학 중에는 중이염으로 두 번에 걸쳐 수술을 받았고 10월에 조부가 세상을 뜬다.

김학영은 1951년 4월 신마치 중학교 입학하고 1957년에는 군마현립 다카사키高崎 고등학교를 졸업하고 도쿄에서 재수생으로 하숙을 한다. 이듬해 1958년 도쿄대학교 이과대학에 입학하여 한국성 '김'을 사용한다. 1959년 가을 시가 나오야志賀直哉의 『암야행로』를 읽고 깊은 감명을 받으면서 문학에 눈을 뜬다. 1960년 4월 도쿄대학 교양학부에서 혼고本郷 공업화학과로 진급했지만 신경쇠약으로 대학 생활을 지속할 수 없어 유급을 결정한다. 1년간 거의 등교하지 않고 야간에 러시아어 학교를 다니면서 시가 나오야, 나쓰메 소세키夏目漱石, 다자이 오사무太宰治, 노마 히로시野間宏, 도스토옙스키, 사르트르 등의 문학서를 두루 섭렵한다. 1960년 8월 여동생 아대가 북한으로 귀국한다. 1963년 3월 도쿄대학교 공학부 공업화학과를 졸업하고 4월 동대학원 화학계열 연구과에 진학한다. 나가이 요시오永井芳男 교수 연구실에서 「폴리에스틸에 관한 연구」를 했고 9월 박정자와 결혼한다. 1964년 6월 장남 광문이 태어났고 8월 고가네이시小金井市에서 고다이라시小平市로 이사를 하면서 습작을 시작한다. 11월 두 번째로 여동생 정애가 북한으로 귀국한다. 1965년 도쿄대학교 문과계열 학생들이 만든 동인지 『신사조』제17차에 참가하는데 동인은 이소타 고이치磯田光一, 쓰게 미쓰히코柘植光彦 노구치 다케히코野口武彦, 가와지 시게유키川路重之 등이었고 이때의 필명은 김학영이었다. 1966년 3월 도쿄대학교 대학원을 졸업하고 세 번째로 여동생 정순이 북한으로 귀국한다. 4월부터 도쿄와 고쿠분지国分寺에 있는 건설대학에 출강하였고 그해 9월 마침내 첫 작품「얼어붙은 입」을 발표하면서 '문예상'을 수상한다.

좀 길게 김학영의 이력과 가족사를 거론해 보았는데 재일코리안들이 경험했던 도일 과정, 관동대지진, 귀국운동 등 거기에는 한일 근현대사에서 간과할 수 없는 정치 역사의 쟁점들이 맞물려 있다. 특히 김학영은 유년시절부터 일본성 '다나카'를 사용하다가 대학에 진학하면서 한국성 '김'을 사용했다는 점, 시가 나오야의『암야행로』를 읽고 문학에 눈을 떴다는 점,[2] 여동생 3명이 귀국선을 타고 북한으로 귀국했다는 점, 대학과 대학원에서 공업화학을 전공하면서『신사조』동인으로 참가했다는 점, 졸업과 함께 첫 작품「얼어붙은 입」을 발표해 '문예상'에 입선했다는 사실이 주목을 끈다.

이렇게 연보만 보더라도 김학영은 재일코리안 사회의 역사성과 민족성을 상징할만한 굵직한 사건들과 직간접적으로 관련이 깊다. 특히 말더듬이라는 신체적 트라우마에서 출발하는 정신적 고뇌는 일반적인 그것과는 다른 의미를 내포한다. 특히 여동생 3명의 북한행에 따른 작가적 고뇌과 이념적 갈등, 공학도 신분으로 작품활동, 일본성 '다나카'와 한국성 '김' 사이에서 느낄 수밖에 없는 자기민족 정체성 등 근원적인 고뇌는 대단히 깊었다고 할 수 있다. 일본인 / 일본 사회의 압박 속에서 조부모와 양친이 겪었을 거친 삶과 망향가 타령까지 감안하면 김학영의 정신적 고뇌는 단순히 개인적으로 쉽게 극복할 수 없는 부의 역사성과 민족정서까지 내재된 근원적인 '벽'이었다해도 과언이 아니다.

---

2   시가 나오야『암야행로』의 주인공 겐사쿠謙作와 김학영 문학의 현세대를 비교해 보면 삶의 자기 성찰과 고뇌의 원형에 대한 접근방법의 차이를 확인할 수 있다. 예컨대 강제된 운명에 대한 긍정적 수용이냐 부정적 수용이냐라는 측면에서 양자는 분명한 차이를 보인다(김환기,「김학영의「얼어붙은 입」론」,『日語日文学研究』第39輯, 韓国日語日文学会, 2001, 280쪽 참조).

하지만 김학영의 말더듬은 작가에게 풀어야할 근원적인 화두였음에도 연보에서는 그에 대한 구체적인 언급이 없다. 단지 작가의 연보에서는 중이염으로 두 번 수술을 받았다는 기록과 신경쇠약을 겪었다는 정도의 언급밖에 없다. 그것은 김학영이 신체적인 말더듬을 얼마나 근원적이고 복잡하게 인식하고 있는지 중의적으로 수용하고 있는지를 보여주고 있다. 김학영 자신도 "말더듬이를 따지고 들어가 보면 왜 한국인이면서 일본으로 흘러 들어와 살게 되었나 하는 질문에 봉착하게 되고, 그 근원을 찾아가다 보면 민족 문제에 이르게 된다"[3]라고 했다. 확대 해석해 보면 김학영에게 '말더듬'은 본질적인 문제로서 원죄적 성격을 띠며 제일코리안의 부의 역사성과 민족 문제까지 거론해야만 하는 복잡한 구조로 얽혀있음을 의미한다. 김학영의 에세이는 그러한 작가적 고뇌와 문학적 내면 세계를 가장 밀착해서 들여다 볼 수 있는 텍스트이다.

2. 자전적 에세이와 이방인 의식

에세이는 자기의 생각을 어떠한 형식과 '주의'에 얽매이지 않고 가장 솔직담백하게 써내는 문학장르다. 「한 마리 양」과 「마음의 수국」은 김학영의 대표적인 에세이다. 「한 마리의 양」은 작가의 신체적인 말더듬을 비롯해 부의 역사성과 민족의식에 얽힌 자아의 세계, 정신적 유리流離의 심경을 솔직하게 털어놓은 작품이다. 김학영에게 말을 더듬는다는 것은 최대의 고통이자 '벽'이었다. 문학 활동을 포함해 작가의 삶 전체가 '말더듬'과의 투쟁이었다고 해도 좋을 만큼 그것은 지난한 문제였고 풀어내야 할 절체절명의 화두였다.

3　金鶴泳, 하유상 역,「자기 해방의 문학」,『소설집 − 얼어붙은 입』, 화동출판사, 1992, 205쪽.

「착미」에서 주인공은 원체험으로서 양친의 불화를 거론한 부분이 있는데, 작가인 내 자신은 원체험으로서 또 한가지 '말더듬' 체험을 들 수밖에 없다. 지금은 '말더듬' 그 자체로부터 해방되었다고 생각하지만 '말더듬이' 특유의 감각, '말더듬이'로서 외계^{外界}에 대한 대응과 그 자세 같은 것이 30년 가까이 몸에 배어있었던지라 이미 내 속에 굳어있는 것처럼 느껴진다. '말더듬이'인 나에게 세계는 공포의 대상이었다. '말더듬이'는 '말더듬이'로밖에 존재할 수 없음에도 불구하고 세계는 한 인간이 '말더듬이'로서 존재하는 것을 허용하지 않기 때문이다. 그런 여유는 없다는 식이다. 적어도 세계는 '말더듬이' 쪽으로 이루어져 있지 않다. 게다가 세계는 무엇이든 이쪽으로 압력을 가해 온다. 따라서 세계를 상대하고 길항하기 위해서는 이쪽은 마음의 무장을 하고 준비를 해야만 한다. 그리고 한 인간 앞에 먼저 세계를 대표하는 형태로 출현하는 것은 대개 아버지가 아닐까. 나의 경우에도 마음에 무장을 하지 않을 수 없었던 최초의 대상은 아버지였다고 생각한다.

「한마리의 양」[4]

양친의 불화와 함께 김학영의 '말더듬'은 작가의 삶을 근본적으로 바꾸어놓는 계기가 된다. "'말더듬이'는 '말더듬이'로밖에 존재할 수 없음에도 불구하고 바깥 세계는 한 인간이 '말더듬이'로서 존재하는 것을 허용하지 않기" 때문에 그에 맞설 "마음에 무장을 하고 준비를 해야만 한다." 이 절박한 화두는 '세계'의 상징인 '아버지'와 조국, 민족을 이해할 수 있는 작가의 주체성과 근원적으로 연결된 풀어야 할 과제임을 보여준다. 따라서 신체적인 '말더듬'에서 해방된다는 것은 자기해방의 의미도 있지만 넓게는 부의 역사성과 민족성을 의식한 주체적인 자의식의 확립과도 연동된다. 김학영은 자기해방을 위해 외부 '세계'와의 투쟁을 선언했고 그 첫 번째 대상이 '아버지'임을 인식한다.

---

4 이 글에서 제시하는 김학영 작품은 『金鶴泳作品集成』(作品社, 1986)에서 인용하였다.

김학영은 말더듬과 아버지와의 극한적 대립 양상을 한국전쟁에 대한 기억의 소환으로 얽어낸다. 소학교 6학년 시절 한국전쟁이 발발했을 때 작가는 문맹인 아버지를 위해 매일마다 아침 저녁으로 신문을 낭독해야 했다. 당시 말더듬이였던 그에게는 그 시간을 공포의 순간으로 기억한다. 더구나 전쟁상황이 아버지 생각대로 흘러가지 않으면 소리를 지르는 터라 신문내용을 왜곡하면서까지 읽어야 했다. 그것은 김학영이 남북한 어느 한쪽에 편승했기 때문이 아니라 어디까지나 하루빨리 자신의 말더듬과 위압적인 아버지의 공포감에서 탈출하고픈 마음에서였다. 민족의 비극인 한국전쟁이 종식되길 기다렸던 이유가 오로지 '세계'의 상징인 아버지로부터 탈출일만큼 그에게 아버지는 절대적 존재이자 넘을 수 없는 '벽'이었다.

　또한 김학영은 있는 그대로의 자신이 타인에게 부정된다고 생각하며 극도의 불안감에 휩싸인다. "있는 그대로의 자신이 부정되고 있다는 의식, 있는 그대로의 자신에게 안주하지 못하게끔 금지되어 있다는 생각"[5]은 성인이 되어서도 줄곧 그를 불안하게 만들었다. 당시 김학영은 '자기 개조'라든가 '자기 변혁'이라는 용어를 자주 거론하면서 그때의 '자기 변혁'이란 "보다 본질적인 작가 자신을 향한 자기 변혁이라기보다는 오로지 자신을 전면적으로 부정하고, 자기가 아닌 자기, 결국 타인으로 다시 태어나고 싶은 종류의 부정"이라고 했다. 그것은 자신의 무모했던 청년 시절을 부정하고 원망했던 것에 대한 회고이다. 김학영은 학교생활의 유급 결정도 이러한 불안과 갑갑함에서 비롯된 결과임을 솔직하게 털어놓는다. 기본적으로 김학영의 고뇌에는 그만이 마주하고 있는 말더듬의 '벽'이 있었고 그 말더듬으로 인해 세계로부터 압박받는 삶을 살아야 했다. 하물며 말더듬의 고통을 따뜻하게 감싸주고 이해해 주길 바랐던 가족들^{아버지}조차 외면하는 '세계'를 당사자는 어떻게 받아들였을지 짐작하기 어렵지 않다.

5　　金鶴泳, 「一匹の羊」, 『金鶴泳作品集成』, 作品社, 1986, 437쪽.

한편 김학영이 20세를 넘기고 자아에 눈뜨며 외부 현실을 주시하기 시작했을 때 바깥 세계는 엄청난 소용돌이에 휘말려 연일 이데올로기적 투쟁의 목소리로 들끓고 있었다. 1960년 한국에서는 4·19혁명으로 일본에서는 안보투쟁으로 술렁이고 이념 논쟁이 대학가를 뒤흔들던 시절, 작가는 도쿄대학교 3학년 재학생이었다.

그들은 어떻게 그처럼 외부 현실의 문제를 자기 자신의 내면과 관련한 문제로 내지는 문제처럼 실감할 수가 있는 것일까. 그 문제가 나를 무척 괴롭혔다. 일본인 학생도 동포 학생도 모두 바깥 세계의 사건에 현실성 있게 대처해 가는데 내 마음은 이상하게도 냉담했다. 그것이 그들의 행동에 대한 비판과 의문에서 오는 냉담함이라면 괜찮겠는데, 내 경우는 그게 아니고 마치 더듬거리며 첫마디가 나오지 않는 것처럼, 머리 속에서 적극적으로 대처해야 할 것을 명령하고 있는데도, 실제적인 행동으로 분출되는데 필요한 절실함 같은 것이 결여되어 있는 느낌이었다. 그래서인지 화가 나질 않았다. 그리고 나는 그처럼 화가 나지 않는 자신에 대한 콤플렉스에 고뇌하고 있었다.

「한마리의 양」

김학영은 '외부 현실'에 현실성 있게 대처하는 일본인과 '동포' 학생들의 "실제적인 행동"에 합류하지 못한다. 오히려 '말더듬이'로서 첫마디를 내뱉지 못하고 멀리 떨어져 있는 자신을 발견한다. 1960년대 강력한 '정치의 계절'이 내뿜는 이데올로기적 상황을 바깥 세계에 대한 "비판과 의문에서 오는 냉담함"이라면 좋겠는데, 자신의 결여된 절실함에서 비롯된 것이기에 오히려 화를 내지 못한다. 그렇게 말더듬은 김학영의 정신적 고뇌를 지배하는 실체로서 공고하게 자리잡고 있었다.

'정치적 계절'과 결부된 '외부 세계'에 대한 자기검증을 거치며 김학영이 내린 결론은 "제각기 인간은 있는 그대로의 상태에서 이미 존재 이유를 얻고 있을 터이다. 문제는 이러한 자신을 어떻게 할 것인가가 아닌 과연 이러한 자기로서 어떻게 살아갈 것인가, 어떻게 세계외부현실와 관련을 맺을 것인가"라는 것이었다. 현실을 직시하며 바깥 세계를 향해 "실제적인 행동"으로 목소리를 내기보다 지금 여기 "있는 그대로의 상태에서 이미 존재 이유를 얻고" 있다는 인식을 갖게 된다. 김학영이 소설을 쓰기 시작한 것은 이처럼 자신의 존재 이유를 확인하고 현실과 외부'세계'를 어떻게 인식하며 살아갈 것인가에 대한 물음에서 시작된다. 그리고 그의 문학작품은 그 현실 세계와 개아에 대한 끊임없는 자문자답이라 할 수 있다.

「한 마리의 양」은 김학영의 내면적 고뇌의 실체를 엿볼 수 있는 자전적인 작품이다. 특히 연보에서 거론하지 않은 원죄격 성격의 말더듬과 관련해 작가는 내면의 심경을 진솔하게 피력한다. 이 작품에서 주목할 대목은 작가 자신의 말더듬과 아버지와의 극한적 대립에서 오는 불안과 고뇌, 대학에서 '정치의 계절'에 팽배했던 외부 세계의 정치이데올로기에 냉담했던 자신을 발견하며 느끼는 불안의식이다. 그 의식은 있는 그대로의 자신이 부정되는 현실에 맞서 "자신을 살리는 길"을 모색하는 계기로 작용한다. 여기에는 역사성 민족성 사회성으로 표상되는 외부 세계를 의식하기까지의 작가적 고뇌가 잘 드러나 있다. 작가적 고뇌의 실체는 개인과 가족사 중심의 1차적 사회에서 학교와 친구, '정치의 계절'을 상징하는 2차적 사회로 작가적 가치관과 주체성의 확장으로 이해되는 경과가 엿보인다. 그러한 주체적 자의식의 내면화와 깊은 자기 찾기의 과정을 통해 김학영은 나름대로의 삶의 방향키로서 있는 그대로의 '자신을 살리는 길'을 택하게 된다.[6] 이런 맥락에서 보면 김학영의 작품활동은 개인의 신체적 트라우

---

6   같은 재일코리안 중간세대 작가 이양지는 대표작 「유희」를 통해 '있는 그대로 받아들이기'의 세계를 실현해 보인다. 특히 이양지는 「나에게 있어서의 모국과 일본」에서 "'있는 그대로 받아들이는 용기와 삶에 대한 자세' 바로 이것이야말로 제가 모국과의 만남을 통해 모국에서 배워 얻은 가장 귀중한 것"이었다고 밝히면서 나름대로의 삶에 좌표를 찾게 된다(李良枝, 「나에게 있어서의 母国과 日本」, 「돌의 소리」, 삼신각, 1992, 251쪽).

마를 극복하는 과정이면서 바깥 세계^{타자}를 향해 주체적 목소리를 발신하는 행위라고 할 수 있다.

김학영은 글을 쓴다는 것의 의미를 이렇게 밝힌 적이 있다.

> 나에게 글을 쓴다는 것은 자신을 자신 속에 가두고 있는 껍질을 한 겹 한 겹 벗겨가는 탈각작업이 아닌가 한다. 과거의 작품은 나의 발자취이면서 나의 허물이다. 나는 과거의 내 작품을 되풀이 읽을 때마다 늘 식은땀을 흘려야 하는 형용할 수 없는 고통에 사로잡히곤 하는데, 이는 과거 자신의 흉한 아픈 허물을 보는 고통이라고 해야 할지도 모른다. 하지만 탈각작업 그 자체는 자신을 억누르고 있는 그 무엇인가로부터 자신을 해방시키는 일임에 틀림이 없고, 그러한 의미에서 나에게 소설을 쓰는 일은 적어도 지금까지는 철두철미한 자기해방을 위한 작업이며 자기구제의 영위이다.
>
> 「한마리의 양」

김학영은 자신의 작품활동을 '자기해방'과 '자기 구제'의 영위라고 쓰고 있다. 그는 대학과 대학원에서 전공했던 화학도로서의 길을 접고 본격적으로 작가의 길로 뛰어든다. 일본어로 작품활동을 시작하면서부터 바깥 세계^{타자}에서 틈입해 온 역사성과 민족성에 대한 자신의 입장을 조금씩 정리한다. 그리고 재일코리안 문학가들 사이에 "일본어에 의한 창작이 민족의식을 상실시킬 수 있는 위험성"이 있다는 지적에 대해서도, 작가는 솔직히 "내게는 본래부터 상실할 만한 민족의식, 민족적 주체성 같은 것을 갖고 있지 않았으며, 오히려 나는 일본어로 글을 쓰면서 조선인으로서의 자기 인식을 분명히 할 수 있었다"[7]라고 했다. 김학영은 내면에 자리잡은 일본적인 요소^{일본의 소리}를 굳이 부정하려 하지 않았던 것이다.

김학영은 글을 쓴다는 것을 자기의 내면 세계를 확인하고 정립하는 작업으로

7　金鶴泳, 「一匹の羊」, 『金鶴泳作品集成』, 作品社, 1986, 441쪽.

받아들인다. "민족적 주체성에 관한 좌표축으로 말하면 마이너스 지점으로 깊숙히 후퇴해 있던 혹은 파묻혀 있던 자신 내의 민족적 주체성을 플러스 지점으로 회복시키는 작업"이라고 했다. 내면에 존재하는 관념적인 역사와 민족의 개념은 자기 내부에서 회복시키는 것이 아닌 본래부터 존재하지 않는 부분을 새롭게 획득하는 것이라고 했다. 그런 의미에서 김학영의 글쓰기는 적어도 재일 중간세대로서 내면에 존재하는 불완전한 자아에 대한 실체를 찾는 작업이고 바깥 세계를 향한 긍정적인 자의식을 발신하는 행위다. 그러한 작가적 고뇌의 실체에 다가서는 글쓰기의 첫 시도가 소설 「얼어붙은 입」이다.

3. 근원적 고뇌와 문학적 형상

앞에서 살펴보았듯이 김학영의 성장 과정은 재일코리안의 부의 역사적 지점과 얽혀있지만 그렇다고 해서 늘 불행했다고 단정할 수는 없다. 가족 관계에서 아버지와 갈등을 겪고 '외부 세계'에 대한 '벽'의 감정을 느끼면서도 도쿄대를 졸업하고 대학원 박사과정까지 진학할 수 있었던 것은 본인의 의지도 있었겠지만 가족들의 응원도 있었을 것이기 때문이다. 김학영 문학은 그러한 가족사를 비롯해 2차 사회로 읽히는 대학 생활과 '외부 세계'를 어떻게 수용하고 표현했던 것일까. 재일코리안 작가로서 개인의 신체적 트라우마와 현실의 '벽'을 어떻게 받아들였고 극복해 갔는가. 김학영 문학은 이러한 근원적인 물음을 화두로 설정하고 서사구조와 등장인물의 조형을 통해 구체적으로 그려낸다.

첫 작품 「얼어붙은 입」에서는 현세대인 '나'와 이소가이磯貝를 통해 재일코리안의 이방인 의식과 어두운 가족사, 고통스러운 말더듬의 속앓이 등을 집중적으로 얽어낸다. '나'는 자신의 말더듬 문제를 노동자가 임금투쟁을 하는 것, 조선인이 민족의 진정한 독립과 평화적 통일을 위해 투쟁하는 것과 동질적이라는 절박한 심정을 가지고 있다. 그리고 원죄적 말더듬으로부터 탈출할 수 없는 자신의 현실적인 불우不遇를 호소하며 끊임없이 내면적 고뇌로 빠져든다.

내가 실험하고 있는 연구실은 실험 도중에도 갖가지 말들이 오가며 생기가 넘치는 곳이다. 그리고 사실 그 생동감이 내게는 고통이다. 문제는 자기 혼자만이 그들과 어울리지 못하기 때문이다. 생기 넘치는 분위기에 젖어 들지 못하는 자신, 그 자신을 의식하는 것이 나를 옹색하게 만든다. 옹색함을 느끼면 한층 더 주위와 어울리기 어렵게 된다. 혼자만이 이방인처럼 존재하고 있는 자신을 의식한다. 그러한 의식이 견딜 수 없을 정도로 자신을 숨막히게 만든다. 그들이 존재한다는 것은 말이 존재하는 것으로, 정확히 말하면 나를 압박하는 것은 그들의 존재라기보다 그들이 내뱉는 말일 것이다.

「얼어붙은 입」

「얼어붙은 입」에서 '나'의 말더듬은 자신을 둘러싼 동료, 가족, 대학, 사회와 직접 연계된 문제적 조건으로 설정되어 있다. 이 결함을 곱씹고 객관화하며 전철 속에서 조선과 관련한 서적을 읽는 한편 '이방인'으로 내몰린 자신의 현실을 직시한다. 즉 보험에 대한 차별, 민족교육에 대한 봉쇄, 태평양전쟁 때의 강제징용, 관동대지진 때의 양민학살 사건 등에 대한 의미들을 깨달아간다. 일본인이 쓴 역사서를 통해 역사적 부성과 민족성을 인식하는 현세대의 우울한 자기 찾기의 단면이다.[8] 「얼어붙은 입」에서는 같은 재일코리안이자 말더듬이 입장인 이소가이와의 만남과 이별, 아버지의 식당과 간이 숙박업의 경영, 이소가이가 '나'에게 남긴 편지를 통해 다양한 현실의 '벽'과 마주한다. 전세대의 막노동과 무자비한

---

8 현세대 '나'는 전철 속에서 일본인 자신들을 위해 편집된 잡지 『조선인』을 통해 '조선', '조선인'의 다양한 맥락과 의미에 눈뜬다. 즉 보험에 대한 차별, 민족교육에 대한 봉쇄, 태평양전쟁 때의 강제 징용, 관동대지진 때의 양민학살 사건 등에 대한 깨달음이 바로 그것이다. 이러한 깨달음의 방식은 한국인이 역으로 일본인이 쓴 책을 통하여 조국의 역사를 알게 되는 현세대의 자기 찾기의 또 다른 단면을 이룬다.

폭력, 자살할 수밖에 없었던 사연, 한일회담 반대 집회에 참가해 달라는 김기문의 요구에 이렇다 할 흥미를 느끼지 못하는 '나'의 입장까지 현세대가 행동으로 보여주지 못하는 정신적 고뇌를 구체적으로 그려낸다.

「유리층」역시 현세대 귀영이 대학 연구실에서 실험하는 장면부터 현세대의 현실적인 행동으로 보여주지 못하는 고뇌를 깊이 있게 그려낸다. 특히 현세대의 '결혼'이라는 현실적인 문제를 리얼하게 얽어낸다. 재일코리안인 현세대 귀영과 일본인 후미코文子의 결혼 무산은 과거의 역사적 부성과 연계된 관념적인 세계와는 또 다른 차원의 현실적인 난관에 해당한다.

> "저도 당신과의 결혼을 몇 번씩이나 생각했었다구요. 그렇게 하는 것이 당연하다고 생각하고 있었어요. 그렇지만 뭐라고 할까 요즘 들어 당신을 결혼 상대자로 생각하지 않게 되었어요. 어릴 때부터 친했던 친구 사이로밖에 생각하지 않게 되었다구요. 그리고……."
>
> "그리고라니?"
>
> "우리들 결혼은 역시 무리라고 생각해요."
>
> 후미코는 단호한 어투로 말을 이었다.
>
> "아버지와 어머니도 반대하고 있고……."
>
> 「유리층」

현실적인 결혼 문제 외에도 「유리층」은 재일 전세대의 불고기집 경영과 자본주의에 대한 증오심, 현세대인 귀영과 귀춘 형제의 취직 문제와 장래의 문제까지 폭넓게 다룬다. 인용에서는 현세대가 현실적인 '벽' 앞에서 '몽롱한 불안'에 휩싸여 방황하고 고뇌하는 장면이 구체적으로 드러나 있다.

「착미」는 현세대인 '나'와 전세대인 아버지의 이념적 갈등과 대립 구도로 풀어낸 작품이다. "아버지는 배우지 못한 문맹이며 몽매하다. 아버지는 짜증을 억제

할 만큼 이성적이지 못하여 맹목적, 충동적인 횡포"를 일삼는 인물이다. 그리고 아버지는 S동맹에 가입하고 분회장을 맡으면서 '조국의 평화통일'을 외치는 인물이다. 하지만 현세대인 '나'는 "조국의 평화통일"을 부르짖기 전에 먼저 "가정의 평화적 통일"부터 이루라며 아버지를 조소하며 K동맹에서 활동하는 용진과도 일정한 거리를 둔다. 즉 '나'는 S동맹과 K동맹의 정치 이데올로기 논쟁에 휩싸이기보다 한층 실질적인 삶의 문제를 생각하는 현실주의자다. 또한 「착미」에서는 정치 이데올로기 논쟁의 일상적 현실로서 현세대 '나'의 여동생 아키코明子와 기누코紀子가 북송선을 타고 북한으로 귀국하는 장면을 겹쳐놓는다.

> "오카아상어머니! 오카아상!"
> 아키코는 상반신을 뱃전 밖으로 내밀고 창백한 얼굴로 울먹이는 목소리로 외쳤다.
> "아키코! 아키코!"하며 어머니도 울면서 외쳤다.
> "오카아사앙! 오카아사앙!"
> "아키코오! 아키코오!" 그리고 순식간에 아키코의 얼굴은 상기되면서 일그러졌고 눈에선 눈물을 흘리고 있었다.
>
> 「착미」

재일코리안 사회에서 떼어놓고 생각할 수 없는 1960년대의 북송선 귀국운동은 김학영에게 뼈아픈 기억으로 남아 있다. 연보에서 확인할 수 있듯이 여동생 세 명아대, 정애, 정순이 시간차를 두고 북송선에 올랐기 때문이다. 양석일의 『피와 뼈』의 마지막 장면에서 아버지 김준평이 막내아들을 데리고 북송선을 탔고 그곳 동토에서 쓸쓸히 삶을 마감하는 장면과 겹쳐진다.

「알콜램프」에서는 현세대 준길이 바라본 아버지의 광폭한 행동과 이데올로기적 대립 양상을 밀도 있게 그려낸다. 특히 준길은 전세대인 인순과 신길 사이에서 조국과 민족을 둘러싼 의견 충돌이 불거질 때마다 오히려 "주변은 모두 일본

인인데 왜 자기만 조선인이냐"며 자신의 출생 성분에 대해 불만을 토로한다. 준
길은 어른들이 '한국' 국적과 '조선' 국적으로 갈라져 치열하게 대립하는 모습을
보며 같은 조선인으로서 참담함을 느낀다. 그리고 준길은 장래에 막연한 불안감
을 호소한다.

> 같은 마을에 슬롯머신을 운영하는 최용균과 고철상을 운영하는 이원홍의 집은 '한
> 국' 국적으로 되어 있는데, 인순은 그들이 갖고 있는 '한국'적을 '조선'적으로 동사무소
> 에 변경 신청해 줄 것을 끊임없이 권유했다. 하지만 최용균과 이원홍은 둘 다 한국계의
> M동맹에 소속하고 있어 그러한 권유에 귀를 기울이기는커녕 거꾸로 인순에게 '한국'
> 적으로 변경해 줄 것을 권하는 형편이었다.
>
> 「알콜램프」

한편 「자갈길」은 전세대의 어둠을 틈탄 쌀 밀거래, 곱창집과 밀도살을 통한 재
산 축적과 부의 과시, 귀화 문제를 둘러싼 갈등, 현세대 방례가 아버지를 여의고
아버지의 친구 창일로부터 성적 유린을 당한다는 이야기까지 등장시킨 작품이
다. 또한 「겨울의 빛」은 현길 아버지의 폭력과 일본에서 정착하기까지의 간고했
던 삶, 어머니의 가출, 조모의 외로움과 망향, 자살, 숙부의 죽음 등 재일코리안의
'부성'과 힘겨운 삶의 현장을 얽어낸다. 특히 재일 현세대가 현실주의적 관점에게
접근할 수밖에 없는 일본일본인으로의 귀화와 취직 문제를 구체적으로 피력한다.

창일이 돌연 일본인으로 귀화하겠다고 말을 꺼낸 것은 슬롯머신과 마작 가게를 연
지 1년이 지난 후의 연말이었다. 저녁 식사 때 창일이 갑자기 부인 정강에게 귀화 문제
를 거론하였다. 앞으로 귀국할 것 같지도 않고 국적만 조선인으로 남은들 변할 게 없으
니까 이번 기회에 귀화해 버리자는 이야기였다. 정강이 들어보니까 귀화의 직접적 이
유는 역시 사업을 위해서였다. 조선인으로는 은행에서 돈을 빌리는 것이나 건물을 빌

리는 데도 일일이 장애가 되어 장사를 하는데 하등 득이 될 게 없다는 것이었다. (…중략…) 정강은 생각할 것도 없다는 어조로 단호하게 '귀화한다고 해도 조선인은 조선인이니까요'라고 했다.

「자갈길」

동네 동포들은 자주 "조선인은 일본의 대학을 나와도 결국 기노시타木下 씨처럼 될 수밖에 없다"고 하는 이야기를 하곤 한다. 이런 종류의 얘기가 들릴 때면, 현길은 언젠가 대학을 나와 같은 동네 동포들이 종사하는 폐품수집, 막노동, 트럭 운전사, 혹은 곱창집과는 달리 일본인처럼 튼실한 회사에 근무하면서 착실한 회사원이 되고 싶다고 막연하게나마 생각했던 자신의 앞길에, 왠지 어떤 벽이 기다리고 있다는 생각을 지워버릴 수가 없었다.

「겨울의 빛」

재일 현세대의 근원적인 고뇌는 김학영의 다른 작품에서도 구체적으로 그려진다. 「끌」에서도 전세대인 아버지의 폭력과 밀주 제조, 「공백의 사람」은 현세대의 취직 문제와 북송선을 이용한 북한으로의 귀국 문제, 「흙의 슬픔」은 현세대의 말더듬과 일본에서 가족들의 정착과정 등 가족사에 얽힌 간고한 지점들을 고발하고 조모의 불행한 자살을 거론한다. 특히 「흙의 슬픔」은 현세대가 선생과 '사랑'의 가치를 논하며 불행했던 가족사를 떠올리는데 재일코리안의 불행의 근원을 소환한다는 측면에서 주목하기에 충분하다. 이 작품에서는 조모가 종종 '쓸쓸하다', '조선으로 돌아가고 싶다'며 끝내 자살하고 말았다는 점과 일가족의 불행을 가족 구성원의 무관심과 '전무한 사랑' 탓으로 돌리는 개인을 초점화하고 있다.

범박하게 김학영의 주요 작품을 역사적 부성과 민족주의 관점에서 당대의 사회적, 이데올로기적 현상과 연계해 짚어보았다. 정리해 보면 김학영 소설의 작중인물과 서사구조는 재일코리안이 세대별로 대조적인 모습을 보여주면서 어두운 세계에 갇혀 있다는 느낌이다. 대체로 전세대^{아버지}는 3D업종에 종사하며 가정 폭력을 일삼으면서 조국과 민족, 역사와 이념의 굴레에서 벗어나지 못했으며,[9] 현세대는 미래 지향적인 세계관을 열어가기보다 이방인 의식에 젖어 고뇌하고 좌절하는 모습으로 서사화된다. 부의 역사와 정치 이데올로기로 표상되는 전세대^{아버지}는 가정에서 무자비한 폭력, 슬롯머신, 곱창집, 불고기집, 밀도살, 양곡 밀거래, 재산의 축적 과정과 부의 과시, 일본^{일본인}으로 귀화, 조국의 남북 대립과 이념 논쟁으로 그려지고, 현세대는 주인공의 신체적인 말더듬에 대한 고뇌, 화학 실험실에서의 소외감, 역사적 부성과 연계된 이데올로기 논쟁, 북송선을 통한 귀국운동, 현실적인 취직과 결혼 문제 앞에서의 '몽롱한 불안', 차별의식, 민족적 주체성으로 서사화 된다고 할 수 있다.

물론 실생활 현장에서 마주하는 재일코리안의 힘겨운 투쟁 양상은 비단 김학영 문학에 한정된 것이라 할 수는 없다. 양석일, 이양지, 이회성의 문학에서도 이국에서의 간고한 삶, 유민화 된 공간에서의 척박한 삶은 다양한 형태로 형상화된다. 그런데 분명한 것은 다른 중간세대의 재일코리안 작가와 달리 김학영의 문학은 작가적 고뇌와 문학적 지향이 확실히 내향적인 심화 형태로 서사화 된다는 점이다. 같은 중간세대 작가인 이회성의 문학이 디아스포라의 강한 유민의식을 근간으로 민족의식을 엮어내고, 이양지의 문학이 조국 체험을 통해 '일본의 소리'와 '한국의 소리'를 조율한다는 점과 성격을 달리한다. 그것은 구심력으로 변주되는 역사성과 민족적인 문제를 조국체험과 같은 바깥 세계^{타자}와 직접 부딪히며 극복하려 했던 지향과 달리 김학영 문학만의 독특한 '내향적인 소외감'에서 오는 특징적 지점이다.

이렇게 김학영 문학은 근원적인 말더듬이에서 비롯된 신체적 트라우마를 화두로 삼고 이방인의 관점에서 현실의 '벽'을 응시하는 서사구조로 조형된다. 그 양

---

9   김환기, 「김학영 문학과 '벽'」, 『日本学』 第19輯, 東国大日本学研究所, 2000, 248쪽.

상은 가혹할 정도로 밀도 있게 내향적인 자기 찾기 형태로 일관된다. 즉 작중의 재일 현세대에게 역사적 '부성'과 민족주의로 이어지는 불우한 환경을 바깥 세계^{타자}와의 투쟁형식이 아닌 근원적 고뇌와 방황을 통해 내면적으로 채찍질하는 형태로 전개된다. 그것은 작가가 신체적인 말더듬을 근원적으로 치유하기 힘든 원죄적 고뇌로 의식하듯이 현세대가 마주하는 전세대^{아버지}와 조국^{민족}에 대한 역사적 부성과 민족주의는 개인의 노력과는 별개의 '벽'으로 인식하는 자의식과 맞물린다. 그러한 재일코리안의 불완전한 자아에 대한 성찰과 가능성 찾기는 결국 현세대의 자기해방을 위한 치열한 자아탁마^{自我琢磨}이고 탈각^{脫殼} 작업이라 할 수 있다. 김학영 문학의 현실주의와 보편성은 그러한 작가적 고뇌와 현실의 '벽'에 대한 실체 확인의 과정에서 담보되고 확장된다. 김학영 문학의 현세대가 끊임없이 '암야행로'를 고수하고 결국 암울한 '자살'로 마무리되는 것은 그러한 이방인 의식과 현실적 '벽'의 견고함을 고발하고 폐쇄적인 일본 사회에 각성을 촉구하는 의미도 크다.

4. '자기구제'의 문학적 개성과 한계

김학영의 연보와 에세이는 다른 재일 중간세대 작가들과 차별화되는 독특한 디테일을 보여준다. 특히 작가의 원죄적 말더듬과 부의 역사적 멍에로부터 탈출하려는 간고한 몸부림이 그의 문학적 화두임을 일러준다. 김학영에게 신체적 한계, 즉 말더듬은 단순한 신체적 트라우마 이상의 각별한 의미가 담긴다. 전세대인 아버지를 포함해 조국과 민족이 재일 현세대에게 무엇이었고 어떻게 존재했는지를 근원적으로 되묻는 문학적 화두를 통해 개인의 내면적 불우성과 맞물린 '재일상'을 추구한다. 이러한 서사구조는 김학영의 거의 모든 작품에서 공통적으로 나타나는 현상인데 그 전개 양상은 전세대와 현세대의 갈등과 대립 구도를 통해 구체화된다.

그런데 김학영의 작품에서 현세대의 불우성은 결국 현세대가 전세대^{아버지}와 조국^{민족}에 대한 피해 의식을 극복하지 못한 채 이방인 의식으로 귀결된다. 현세대의 자기해방의 길은 끝내 현실의 '벽'을 넘지 못한 채 고뇌하고 좌절하는 형태를 취한다.[10] 김학영의 자살과 문학 작품 속 현세대의 '불우'는 넓은 의미에서 일본 사회에서 재일코리안의 현실^{한계}, 즉 제국과 국민 국가, 계급적 이데올로기와 민족주의의 연장선에서 견고하게 자리잡고 있는 일본 사회의 민족차별, 모순과 부조리에 대한 일종의 반발이며 예견된 기시감의 현재화라고 할 수 있다.

이렇게 볼 때 김학영의 연보와 에세이를 포함한 작품 세계는 단순히 개인의 가족사를 넘어 조국^{민족}과 불가분의 부의 역사성과 민족주의, 시대성에 얽힌 재일코리안 사회의 현재적 지점을 상징함과 동시에 그의 문학적 '고뇌'와 현실적 '벽'의 실체를 확인시켜 준다. 특히 작가적 고뇌의 원점으로서 전세대^{조부모·부모}의 불우성, 아버지의 폭력, 여동생의 북한행, 이념 논쟁, 현실의 '벽' 등 현세대를 둘러싼 '몽롱한 불안'은 굴절된 '재일성'을 표상하는 지점들이다. 예컨대 「한 마리 양」에서 언급된 '자신을 살리는 길'은 작가의 글쓰기에 내재된 자기구원의 의미와 함께 문학적 고뇌와 지향성을 잘 함축하고 있다. 그러나 김학영의 '자기 구제'와 '자기 해방' 차원에서 출발한 내향적 글쓰기는 현세대의 건강한 주체적 자의식을 창출시키는 방향으로 승화되진 못했다. 즉 재일 현세대는 역사적 부성과 민족성을 넘어 자기 아이덴티티 차원에서 새로운 실존적 자의식을 구현한다는 화두를 던졌지만 현실적인 벽에 갇혀 실현하지 못했다. 이른바 다이쇼^{大正}시대의 시라카바^{白樺} 작가들^{시가 나오야 등}이 보여준 "자신의 주관을 살리는"[11] 미적 승화와는 여러 모로 대별된다고 할 수 있다.

---

10 이러한 고뇌의 실체는 김학영 문학에 등장하는 재일 현세대가 대부분 자살이나 죽음에 가까이 다가서는 형태로 삶을 마무리한다는 점에서 확인할 수 있다.

11 우스이 요시미, 고재석·김환기 역, 『일본 다이쇼 문학사』, 동국대 출판부, 2001, 61쪽.

재일로서 제주도를 이야기한다는 것
김태생론

하야시 고지

1. 아버지의 확인, 재일의 증명 「뼛조각」을 중심으로

1) 제주도에서 일본으로

다섯 살 때 제주도에서 일본으로 건너간 김태생은 생전 스스로를 "역사에 의해 강제 연행되었다"고 했다. 일본 제국주의 통치 하의 조선에서 태어나 어려서 부모님과 헤어졌고, 일본으로 건너간 후에도 일본이라는 이향에서 재차 부모로부터 버림받아야 했던 김태생에게 부모와 고국 조선에 대한 생각은 미묘하게 교차했다. 김태생에게는 따뜻한 어머니와의 쓰라린 이별을 그린 소설 「동화」가 있다. 죽은 아버지와의 불화를 그린 「뼛조각」도 있다. 어머니와의 이별과 아버지와의 불화는 김태생의 작품 세계를 형성하는 핵이다. 그리고 고향 제주도는 확실한 어머니의 자궁이고 일본에 살면서 어머니와 제주도는 꿈이면서 동시에 동경이었다.

나는 고향을 생각할 때, 찢어 갈라 내버려두고 온 자신의 육체 일부를 떠올리게 된다. 그리고 나의 고향은 과거나 지금이나 분명 고독하리라 생각한다. 고향에서 시작된 「나의 일본지도」는 내가 간신히 고향에 다다름으로써 마침내 완결될지도 모른다.

「나의 일본지도」

김태생의 고향을 향한 여행은 뫼비우스 띠처럼 앞면과 뒷면이 교차되며 과거를 현재로 삼으며 제주도에 대한 한없는 희구가 지금도 계속되고 있다. 그것은 현상적으로는 환상에 불과할지도 모르는 희망에 대한 도정이다. '어머니'란 그 희망과도 같은 것이다. 그렇다면 김태생에게 아버지는 무엇인가. 김태생은 어머니와 대치되는 '아버지'를 어떻게 마주하고 있는가. 김태생의 「뼛조각」을 중심으로 아버지상을 검토해 보고 그 의미를 짚어보자.

2) 애증이 교차하는 아버지

김태생은 「뼛조각」에서 아버지가 세상을 떠난 후 애증이 교차하는 아버지에 대한 생각을 그렸다. 훗날 김태생은 아버지와 얽힌 이야기를 다음과 같이 적고 있다.

내가 오사카에서 교토로 빈번히 오갔던 것은 1939년부터 3년 남짓이었다. 거기서 나는 아버지와 헤어지고 전후에 이르러 아버지의 죽음을 확인하고 뒷수습을 했다. 소년기 막바지부터 청년기에 걸친 괴로운 기억을 집요하게 담고 있는 토지였다지만, 아버지가 삶을 마감하고, 그 삶과 죽음에 관한 토지였음을 생각하면, 싫긴 하지만 나로서는 자신의 의식으로부터 교토라는 지명을 뿌리칠 수 없었다. 훗날 그 과정을 소설로 옮기고서야 비로소 교토의 기억으로부터 해방되고 자유로워졌다고 생각했다. 그 땅과는 이제 정산이 끝났다. 그렇다면 앞으로는 두 번 다시 돌아볼 일이 없질 않은가라고.

「교토－어느 풍경의 의미」, 『고지판』, 1982.9

이 에세이는 1982년 5월 교토를 방문했을 때 자신의 심경을 적은 것인데, 김태생은 아버지와 얽힌 "괴로운 기억"이 남아있는 땅 교토를 "전후 35년간" 피해 있었다. 그 정도로 김태생의 울적한 감정은 아버지와 연결되어 있었다. 「뼛조각」의 주인공 용민은 "우선 교토로 가겠다"고 결심한다. 전쟁 전에 갈라서고 지금은 아무런 애착도 없는 아버지 영하를 만나기 위해서다. 그것은 죽음에 임박한 숙부 호준의 "아버지를 찾아봐라, 아무리 지독한 처사가 있었다하더라도 자식에게는 자식으로서의 도리가 있는 법이다"라는 말 때문이었다.

용민은 영하를 용서할 수 없다고 생각했다. 그러나 용민에게도 어머니를 버린 영하를 용서할 수 없는 것인지, 아니면 용민을 임신한 어머니가 다시 용민을 버리게끔 한 그 영하가 미운 것인지, 스스로도 판단이 서질 않았다. 용민을 임신한 어머니를 고향에 남겨두고 홀로 일본으로 건너간 영하는 그로부터 약 5년간 소식을 뚝 끊어버렸다. 남겨진 용민의 어머니는 여자 혼자 다섯 살까지 키운 용민을 남겨두고 타가로 떠나버렸다.

어머니가 떠나가고 1년 후 일본으로 건너온 용민은 아버지 영하를 만났고 그를 미워하면서 소년 시절을 보냈다. 용민 앞에 나타났다 이내 곧 어디론가로 자취를 감추는 하루살이 생활의 아버지. 경찰에 자주 체포되는 아버지. 수줍게 미소지며 유곽 여인에게서 받은 편지를 용민에게 대독시키려는 아버지. 소년 용민이 가난하게 살면서도 일을 해 힘들게 마련한 돈을 아무 생각없이 써버리는 아버지. 그럴 때마다 용민의 영하에 대한 멸시는 한층 깊어갔고 마침내 영하의 운명에 대해서 전혀 신경을 쓰지 않기로 결심하게 된다.

이와 같은 아버지와의 불화는 「나의 인간지도」에서도 나타난다. 필자가 특히 주목하는 것은 아버지가 용민의 축농증 수술비를 써버렸다는 에피소드다. 「뼛조각」에서는 단순히 "용민의 소지금 30엔"으로 적혀 있지만 「나의 인간지도」에서는 좀 더 심각하다. 주인공 '나'는 우연히 카메라에 흥미를 갖게 되어 사진가로서 꿈을 꾸게 되는데 불가피하게 축농증 치료를 위해 자신의 꿈이 실린 카메라를 내다팔아야 했다. "나는 병만 나으면 카메라는 언제든 다시 살 수 있다고 생각"하고 있었다. 하지만 '나'는 "황족 한 분이 교토에 오시는" 관계로 엄한 경계를 펼치고 있던 경관에게 수상하게 여겨져 2일이나 유치장 신세를 져야 했다. 그로 인해 "카메라를 판 나의 쌈짓돈은 아버지 손에 넘겨졌고 그 뒤로 아버지는 어디론지 사라져 버렸다." 아버지는 고생해 모은 아들의 쌈짓돈을 써버렸을 뿐만 아니라 꿈과 희망마저도 빼앗고 말았던 것이다.

내 눈에는 뭔가 성취하고픈 소망과 현실 사이에 가늠키 어려운 거리가 얼마만큼 드리워져 있는지 전혀 보이질 않았다.

희망을 빼앗아가는 자로서의 아버지, 희망을 현실의 힘으로 짓뭉개 버리는 아버지의 모습이 리얼하게 표현되어 있다. 병든 '나'를 버리고 꿈마저도 빼앗아버린 아버지를 향해 "증오의 화살을 들이대는" 것은 자연스런 귀결이다. 김태생에게 아버지는 그러한 존재였다.

3) 아버지의 「뼛조각」

「뼛조각」의 용민이 아버지를 찾기로 마음먹은 것은 다름 아닌 "호준이 죽음의 권위를 빌어서까지 나에게 그렇게 하기를 원하고 있는 이상, 나로서는 그에 응해야만 한다"고 생각했기 때문이다. 뒤에서 언급하겠지만 김태생은 "죽음의 권위"를 대단히 중시했다. 용민은 '전시경제통제령위반'죄로 여러 번 체포된 적이 있는 아버지의 소재를 찾아 경찰서로 향했고 그곳에서 심경의 변화를 일으킬 수밖에 없었다. 사건 기록 속에 '이李'라는 조선명이 '리하라李原', '리모토李本', '리야마李山'등과 꼬여 뒤틀린 채로 끊임없이 굴욕적 신음소리를 내고 있다는 사실을 알았기 때문이다.

용민은 영하를 찾아내고자 했던 자신의 행위가 이미 영하를 찾아내는 행위임과 동시에 그것을 초월한 의미를 지닌 것으로 변해 있는 행위이기도 하다는 것을 알아차렸다.

"그것을 초월한 행위" 그것은 아버지 한 명에 한정하지 않고 일본의 식민지시대에 재일하는 조선인들의 왜곡된 오욕의 근원으로 다가서는 것이었다. 아버지에 대한 증오심은 아버지를 그렇게 만든 근원에 대한 분노로 변해가고 있었다. 용민은 '경찰'의 힘을 빌리는 것을 떳떳하게 여기지 않고 자기 자신의 행위로서 영하를 찾아다닌다.

용민의 마음은 돌연 먼 향수처럼 막연한 아픔을 드러내고, 마침내 그 아픔의 중심부에 있는 것이 잃어버린 영하에 대한 사랑의 기대임을 인정했다.

용민의 여행은 이렇게 잃어버린 사랑을 찾으면서 야마나시山梨로 향한다. 열차 차창 넘어서 뭔가 호소하는 듯한 두 눈이 용민을 응시한다. 용민은 그것이 유리창에 비친 자기 자신임을 알게 되지만 동시에 그것은 영하의 달라붙은 눈빛을 나타내고 있다. 용민은 영하를 미워하는 의식 밑바닥에 "혹독하고 박정한 이기적인 영하의 그것과 동질의 암울한 감정"이 살아있음을 알고 있었다. 야마나시의 형무소에서 아버지의 죽음을 안 용민은 예상치 못한 아버지의 죽음에 깜짝 놀란다. 가르쳐준 길을 따라 경찰병원에 도착한 용민은 그곳에서 "찻잔 정도의 조잡한 나무상자"에 든 뼛조각을 건네받았다.

그것은 흡사 아버지의 삶처럼 작고 가벼웠다.

여기에서 아버지의 뼛조각을 담은 나무상자는 용민 자신을 냉혹히 거부하고 마음을 얼게 만든 폐쇄된 그릇으로서 일본 사회를 상징한다. 그리고 용민 자신도 이처럼 빈약한 나무상자에 담긴 뼛조각이다. 이른바 아버지의 뼈를 손바닥에 올려놓음으로서 마침내 용민은 재일하는 조선인이라는 보편성을 통해 아버지로 회귀했던 것이다. 용민은 뼛조각을 손수건에 싸서 가슴 안주머니에 넣고 나무상자는 부숴 외투 주머니에 쑤셔 넣고 경찰서를 나선다. 산조3條에서 탄 텐만天滿행 게이한京阪 전차가 철교에 다다랐을 때 눈 내리는 강바닥으로 나무상자를 내던졌다. 상자는 석양빛 강바닥으로 사라졌고 용민의 품에는 뼛조각만이 남는다.

용민은 창문을 닫고 좌석에 앉아 오른 손으로 손수건으로 싼 안주머니의 뼛조각을 만져 보았다. 그것은 용민의 손끝 감촉과 함께 그의 피부의 따스함을 빨아들인 아련한 온기를 전했다. 뼛조각은 마치 용민의 속옷을 뚫고 젖꼭지 주변에 달라붙어 있는 것처럼, 약간의 두개골의 융기가 바깥쪽을 향해 용민의 부푼 가슴에 달라붙어 심장의 고통 소리에 맞춰 가늘게 움직이고 있었다.

마지막 단락은 용민이 증오한 아버지의 뼛조각이 마치 용민의 생명의 온기에 의해 되살아나는 듯한 인상을 준다. 작품에서는 용민의 아버지를 향한 동화 내지 아버지의 용민을 향한 전화轉化가 이루어지고 있다. 여기에서 어떤 보편성을 읽어낼 것인가는 독자의 몫이다. 필자는 앞서 언급했듯이 재일의 보편성을 지적하고 싶다. 재일의 근원을 찾아내는 여행이 바로 아버지 찾기였기에 그렇다. 그리고 영하의 뼛조각이야말로 재일하는 조선인의 모습이고 재일하는 김태생의 모습이라 할 수 있다.

4) 「나의 일본지도」와 「나의 인간지도」

김태생은 「뼛조각」의 주인공을 통해 아버지를 찾게 함으로써 역사 속에서 자기의 존재를 확인해 가는 작업을 실현한다. 삶과 죽음의 교환이 이루어진 셈이다. 소설 「뼛조각」은 아버지의 죽음이라는 미지의 전제 위에서 성립되었고 용민과 죽음에 임박한 숙부 호준의 대화에서 시작된다는 구성도 흥미롭다. 이른바 죽음을 맞이하는 자의 유언에 의해 사자를 찾아내는 행위가 주인공의 삶의 영위로 이어질 것이기 때문이다. 마지막 단락에서 주인공의 심장 고동소리와 거기에 맞추어 가늘게 움직이는 뼛조각은 작가의 삶도 예견하고 있는 듯하다.

김태생은 『나의 일본지도』에서 다음과 같이 적고 있다.

삶이 필경畢竟하는 곳이 비록 죽음일지라도 죽음은 분명 삶을 품고 있다. 그렇다고 한다면 개인의 체험의 퇴적으로서의 '과거'도 단순히 소멸되기 위해서만 있는 것은 아니다. '미래'를 예견하는 계기로 전화시키는 것도 가능하다는 것이다.

김태생은 죽음의 의미를 쫓은 작가다. 「뼛조각」처럼 사소설적인 작품을 썼고 사적인 「나의 일본지도」, 「나의 인간지도」를 상재하는 등 과거에 집착했던 작가였다. 김태생에게 과거로 향하는 것은 미래로 여행을 떠나는 것과 다르지 않다. 「뼛조각」에서 망각했을 아버지를 찾은 것도 같은 의미다. 아버지를 증오한 그 의미로 여행을 떠나면 거기에는 현재로 고동치며 이어지는 역사가 있고 재일의 근거가 있다. "틈을 겨냥해 나를 짓누르려 하는 (…중략…) 한 명의 '적'"으로서의 아버지에게도 재일의 근거가 있었다.

우리 재일 동포가 일본으로 건너온 배경은 현상적으로야 어떠하든 본질적으로는 완전한 '타의'에 의한 것이라고 나는 생각한다. 당시 조선인이 '완전한 본의'만으로 살아갈 수 있었겠는가.

인간이 조선인이 '인적 자원'의 일부로서 사용된 시대였다. 지금은 그러한 시대가 아니라는 게 아니다. 오히려 그러한 과거가 재차 현대 사회에 현재화하기 시작했다고 말해야만 한다. 그래서 지금 이 시점에 김태생이 집착했던 과거를 한 번 더 검증하고 싶다. 제국주의 일본이 조선을 식민지 지배하고, 병사로서, 전시의 노동력으로써, 일본 군인의 성적 욕구의 배출구로써 강제적으로 많은 조선인들을 일본과 동남아시아, 사할린으로 끌고 갈 수 있었던 시대, 그러한 시기에 자기의 의지대로 살아갈 수 있는 조선인이 얼마나 될까. 설령 스스로 일본으로 건너갔다 해도 그것이 본인의 의지라고 할 수 있겠는가. 그것은 김태생이 말했듯이 "역사에 의한 강제연행"이었다. 비록 영하가 감옥에서 죽었다 하더라도 그것을 가지고 누가 그를 전면적으로 부정할 수 있겠는가. 이 작품에서 용민이 영하의 의미 깊은 '죽음'을 어디까지 확인할 수 있었는지는 확인하기 어렵다. 하지만 그 죽음을 용민이 분명 받아들일 듯한 인상을 주는 그 뼛조각의 미동은 재일의 근원적 미동이다. 영하의 죽음을 받아들인 용민을 묘사함으로써 김태생은 진정 재일을 증명했던 것이다.

여기에서 처음 언급했던 문제로 돌아가 김태생에게 아버지는 무엇이었는지 생각해 보자. 그것은 재일의 근원이며 아버지와의 불화야말로 재일이 갈등하는 모습이었다. 어머니인 꿈·희망·고향^{제주도}에 대해 현실의 고난·현주소 일본을 나타내는 것이 아버지다. 그리고 아버지를 받아들인 혹은 아버지가 받아들인 도정은 언제나 어머니인 제주도를 향하고 있다.

5) 재일의 근원으로서 아버지

김태생 문학은 어머니인 고향 제주도에서 태어나 아버지인 고난의 재일을 살고 다시 제주도로 향했다. 따라서 김태생론은 ①「동화」를 중심으로 한 어머니론에서 시작해 ②「뼛조각」론을 거쳐 ③「보금자리를 떠난다」와 같은 제주도 작품으로 진행되어야만 할지도 모른다. 그리고 그 과정에는 어머니를 닮은 숙모와 아버지를 닮은 숙부에 관한 표현도 비평 속에 담아내야만 한다.

그러나 김태생 자신의 문학적 영위의 당면 테마는 "과거를 다시 묻는" 것으로 생각했던 것 같다. 재일의 상황을 짊어지고 죽어간 사람들을 그리는 것을 사명으로 삼았다는 생각마저 든다. 재일의 근원으로 다가서는 아버지를 그리는 행위 그것은 재일하는 자기를 묻는 행위이기도 하다. 필자의 김태생론이 이렇게 시작된 것은 작년 말 "예견된 갑작스런 죽음"을 맞은 김태생 문학의 해명을 하기 위함이었는데 거기에서 아버지의 죽음을 다룬 작품을 논하는 것이 가장 어울릴 것으로 생각했기 때문이다. 그리고 위에 제시된 ①②③은 하나의 연환으로서 어디에서 출발하든 상관이 없다. 여기에서 삶과 죽음으로 쓰는 행위에 관한 김태생의 말을 인용해 보기로 하자.

재일의 상황을 짊어지고 살다 일생을 마친 '지도' 속의 인물들은 일본인을 포함해 세대를 달리하면서도 그 죽음은 하나의 시대의 것이 되었다. 형태를 달리한 삶일지라도 같은 죽음의 의미를 내포한다. 때문에 쓰는 행위가 인간의 삶에 달라붙어 영위한다는 사실이 나에게 용기를 심어준다.

『사회신보』, 1985.3.29

2. '개인'적 체험에서 역사의식으로

1) 어머니와 고무신

일본어문학사를 구성하는 재일 외국인 문학가의 역사 속에서도 특히 조선인 작가들의 활약은 눈부시다. 그것은 일본의 근대사가 침략사 그 자체였던 사실과 깊은 관계가 있다. 특히 조선에 대한 식민지 정책에 따른 전후 재일조선인의 역사는 많은 훌륭한 '재일조선인문학'을 낳았다. 1945년 이전에는 장혁주, 김사량, 해방 이후에는 김달수, 허남기 등이 활약했다. 1966년 김학영이 문예상에 입선하고 1969년 이회성이 군상신인문학상에 이어 1972년 조선인 최초^{외국인 최초}로 아쿠타가와상을 수상함으로써 재일조선인의 일본어문학은 일본 사회에 제법

널리 인식되기에 이른다. 그후 김석범의 오사라기지로상, 김시종의 마이니치출판문예상 등이 돋보이며, 여러 차례 아쿠타가와상 후보에 올랐던 이양지와 군상신인문학상의 이기승 등 젊은 작가들의 대두도 눈에 띤다. 자신이 본 희곡을 한국 공연에 성공시킨 쓰카 고헤이본명 김봉웅도 이채롭다. 그런 정황 속에서 김태생은 결코 눈에 띄는 작가는 아니었다.

김태생은 1924년 음력 11월 1일 일본 지배하에 있던 조선의 남단 제주도에서 태어났다. 일본이란 제국주의 국가의 지배하에 있던 조선은 궁핍하여 민족의 유출이 많았다. 김태생의 양친도 일본으로 돈벌이에 나갔다 돌아왔지만 임신한 어머니만을 남기고 아버지는 재차 일본으로 향했다. 4년이 지난 후 아버지로부터 연락이 없자 어머니는 김태생을 남기고 타가로 시집을 가버리고 만다. 그리고 만5세의 나이에 김태생 자신도 일본으로 떠났다. 어머니와의 이별담은 소설「동화」에 이미지화 되어 있다. 예컨대 사랑하는 자식을 떼어놓더라도 자신의 길을 걷기로 결정한 어머니와의 이별 에피소드는 '노부유키信之'가 포플러 나무 밑에 놔둔 채 잊고 온 소중한 고무신을 가지러 갔다가 친척 삼촌과 숙모에게 붙잡히고 마는 장면으로 끝난다.

단지 어머니가 그런 곳에 고무신을 두고 오지 않았더라면 이러한 일은 일어나지 않았을 것이라고 생각했다. 그것만큼은 분해 참을 수 없었다. 노부유키는 양손으로 고무신을 꽉 움켜쥐면서 정말이지 이 일만큼은 원망스러워 잊을 수가 없는 것이었다.

타이틀에 걸맞은 부드럽고 유연한 문체의 단편이지만 그 속에 응축된 것은 어머니를 향한 그리움 그 자체였고 고향의 풍경이었던 것이다. 포플러 나무, 바다 소리, 시골 길, 들쥐, 지네, 자다 오줌을 싸 화옥 할머니한테 받은 '소금'의 아픔 등, 고향의 원풍경이 그려졌고 그 중심에는 언제나 어머니가 존재했다. 어머니를 잃는다는 것은 고향을 잃는 것과 같다. 그러나 김태생에게 어머니와의 이별은 또 하나의 의미를 갖는다. 김태생은 「동화」에서 소도구로 쓰이고 있는 '고무신'에 대해 「고무신」이라는 콩트를 써서 『여행자 전설旅人傳說』에 담았다. 「고무신」에 따르면 고무신은 일본으로부터 들어온 것으로 당연히 일본어였던 것이다.

> 정원에 나오자 돌담 저편에 두 그루의 포플러 나무가 한가롭게 서있고 하늘이 맑은 기분 좋은 아침이었다. 어머니는 저편에 보이는 포플러 나무 밑에 너의 고무신을 두고 왔으니까 가서 가지고 오라고 말하는 것이었다. (…중략…) 나는 맨발로 정원을 나가 돌담을 돌아 포플러 나무가 있는 곳까지 걸어가 나무 밑에 가지런히 놓여있는 고무신을 발견하고 한쪽씩 양손에 쥐고 되돌아가려 했다. (…중략…) 그 이후로 어머니는 한동안 마을에 돌아오지 않았고 나는 어머니와 떨어져 살게 되었다. 나는 지금도 '고무신'이라는 일본어가 싫고 고무로 만들어진 신발을 좋아하지 않는다.

작가는 어머니를 사모하는 마음을 통해 마음 속으로 고향의 모습을 줄곧 그리며 그 표현으로서 「동화」와 같은 작품을 남겼다. 그 이면에는 '고무신'으로 상징되는 '일본문화'의 강제에 대한 원한이 숨겨져 있다. 일본이야말로 「동화」의 노부유키를 어머니에게서 떼어내고 고향을 떠나게 만든 장본인이다.

2) 「소년」의 숙모 인숙

김태생은 기록적 요소가 강한 「나의 인간지도」에서 고향을 떠난 후부터 일본의 패전까지 자신의 청소년기를 표현하고 있다. 「동화」, 「소년」, 「뼛조각」으로 이어지는 작가의 과거를 제재로 한 작품군과 중첩시켜 읽을 수 있다. 「나의 인간지도」에 의하면 소년 김태생은 '용하 삼촌'과 '인숙 숙모'와 함께 오사카에서 지냈다. 인숙 숙모는 처음 만났을 때부터 어머니의 역할을 대신해 주었다.

> 나는 갑자기 목이 메이고 몸이 떨렸다. 얼굴이 갸름한 숙모의 얇은 뺨이며 홀쭉해진

아래턱 언저리에서 또렷이 어머니의 모습이 담겨 있음을 깨달았기 때문이다. 택시에서 내릴 때, 안기어 땀에 젖은 볼이 맞닿아 무의식중에 가슴이 미어진 것도, 분명 숙모가 어딘지 모르게 어머니의 모습을 느끼게 했기 때문이다. (…중략…) 그렇게 떠올린 어머니는 그립기는 하지만 꿈꾸는 것처럼 막연한 것이었다.

인숙 숙모의 죽음까지를 그린 소설 「소년」의 주인공 '노부유키'는 「동화」의 주인공과 같은 이름이다. 「동화」가 제주도편이라고 한다면 「소년」은 오사카편이라고 할 수 있다. 「소년」에 그려진 인숙은 사람의 죽음을 처리하는 일에 종사하면서 아이를 갖지 못한 채 결핵으로 요절한다. 김태생은 자신의 숙모와의 만남과 죽음을 「나의 인간지도」에도 상세히 적고 있는데 「소년」에서 추상화된 것은 재일조선인 여성의 죽음이다. 여인은 어머니이며 고향이다. 타향에서 여인이 고민하는 죽음은 일본에 침략당한 조선의 모습으로 통한다.

죽음이 오더라도 지옥 따위에 가진 않을 거야. 나는 고향에 돌아갈 거야. 고향에 돌아가는 거야. 만약 죽더라도 나는 어머니와 아버지와 같은 땅 속에서 함께 잠들고 싶다. 나는 고향으로 돌아갈 거다, 일본 같은 곳에서 죽고 싶진 않아……. 나는 아무 잘못도 하지 않았어. 그저 열심히 일했을 뿐이다. 빨리 고향으로 돌아가 잘 살아보려고 열심히 일했던 거야. 그런데 낳은 아이는 모두 죽어버리고……, 나까지 이런 몰골이 되어버리고, 나는 아무 잘못도 하지 않았다구…….

김태생의 조선 이미지는 '어머니'로 이어지는 부드러움과 인숙像에서 엿볼 수 있는 죽음의 공포 이미지를 겸비하고 있다. 그것은 이념으로써의 고향이 어머니 품으로 이어지는 꿈의 나라인데 조선의 현실은 일본의 지배하에서 혹독히 억압받고 일그러져 있다. 김태생은 어머니라고 하는 개념을 이상화했지만 어머니 대신의 '인숙 숙모'로부터 조선의 현실을 볼 수밖에 없었다. 「소년」의 인숙은 어머니가 아닌 어머니로서 말하자면 '닮은 어머니' 역할을 다하고 있다. 어머니는 고향의 부드러움이며 자식을 지키고 키우는 존재다. 그러나 인숙을 둘러싼 일본에서의 현실 생활은 그녀를 좀먹을 뿐이다. 어쩔 도리 없는 암울한 현실 속에서 남편인 용하는 항시 술에 찌들어 있다.

> "봐라, 이게 네가 죄다 핥아버린 몸이야, 똑똑히 잘 봐두는 게 좋을 게다." 노부유키는 벗어던진 인숙의 땀 냄새 베인 잠옷을 양손으로 잡고서 인숙의 몸을 감추려고 했다. 하지만 노부유키가 할 수 있는 것은 양손에 든 잠옷으로 인숙의 복부를 덮어 가리는 것뿐이었다. (…중략…) 머리칼을 잘라버린 인숙의 벌거벗은 몸은 단지 뼈에 늘어진 피부를 걸치고 있는 것으로 밖에 보이지 않았다. 인숙의 몸 어디를 만져 봐도 부드러운 피부의 감촉은 없고 울퉁불퉁한 뼈의 느낌만이 노부유키의 손바닥에 전해질 뿐이다. 쇄골과 늑골이 떠오르고 주름 잡힌 주머니를 연상케 하는 양쪽 유방이 검고 작은 유두를 똑 붙여 가슴에 붙어있다. 팔과 다리는 삐쩍 말라 봉처럼 가늘고, 팔꿈치와 무릎 관절이 보기 흉하게 혹처럼 튀어나와 있다. (…중략…) 인숙은 걸음마를 갓 익힌 아이를 연상케 하는 어색한 보조로 휘청거리며 용하에게 붙잡혀 있었다.

'인숙'을 어머니와 같은 존재로 억압당한 조선의 표현이라고 본다면 '용하'는 아버지를 닮은 존재로 재일하는 조선의 모양으로 볼 수 있을 것이다. 김태생의 실제 어머니도 실은 아들과 헤어진 채 일본에서 살고 있었다. 하지만 어머니는 항상 멀리 떨어져 아들이 방문했을 때에는 부드러운 존재였다. 김태생은 "어머니와 헤어져 살게끔 되어 있는 것"「나의 인간지도」이라고 회상하고 있다. 결국 어머니는 사상적인 측면의 고향이며 이상이며 꿈이기도 했다. 실제 어머니의 삶 이상으로 작가의 삶에 크게 영향을 준 것은 소년기에 비호자였던 '숙모'의 죽음이었다.

3) 김태생과 '결핵요양소'

어머니 대신의 '숙모'가 폐결핵으로 죽었을 때 김태생은 14살에 불과했다. 후일 김태생은 "나도 감염됐다고 생각해요. 같은 다다미 6장의 방에서 함께 잠자며 생활했으니까"[1]라고 말했다. 김태생은 실제로 일본 패전 3년째에 결핵요양소에 들어가 약 7년간의 요양 생활을 부득이하게 하게 된다. 결핵요양소를 무대로 한 소설 「파충류가 있는 풍경」에는 다음과 같은 문장이 있다.

나는 열에 떠 꾸벅꾸벅 졸면서 소년기에 어머니 대신의 비호자였던 한 친척 여인을 떠올려보는 일이 있었다. 그녀도 폐병이 들어 중일전쟁이 발발한 해에 죽었다. 병세가 악화되어 공동주택의 방 한 칸에 눕게 되자 그녀의 베개 밑에서 뱉은 가래 항아리를 처리하는 것이 나의 일과였다. (…중략…) 나는 소년기의 막바지 무렵부터 자신은 30남짓밖에 살지 못할 것이라는 기묘한 관념에 사로잡혀 있었다. (…중략…) 병에 걸려 죽음을 맞는 그녀의 모습이 소년인 나에게 얼마나 깊은 공포와 두려움을 각인시켰는지 알았다. 그녀는 33살로 생애를 마감했다.

'숙모'의 죽음에서 부여받은 공포와 자기 자신이 죽음에 직면한 경험은 김태생의 작가 정신의 핵을 형성시켰다. 7년간의 요양소 생활이 후일 죽음을 표현하는 것의 의미를 생각하게 하는 토대가 되었다. 환자들의 죽음의 모습은 자신의 죽음의 예감으로 연계되어 김태생의 정신 속에서는 '숙모'의 죽음의 공포로 환원되었다. 이 심신의 체험은 퇴원 후 1955년말 『문예수도』를 방문하면서 본격적으로 창작을 시작하는 김태생의 창작 동기로 이어진다. 결핵요양소의 환자의 생사를 그린 작품으로는 「E급 환자」, 「파충류가 있는 풍경」, 「신비로운 사람」 등이 있다.

---

1   金泰生, 「日本地圖への別の見方」, 『朝鮮人』 21, 座談會.

「E급 환자」에서는 죽음의 공포와 고뇌로 괴로워하는 중증환자 야스하타 노부오安畑信夫의 자살을 「신비로운 사람」에서는 요양소의 애물단지인 '키네마거리 아줌마'의 죽음을 그렸다. 「파충류가 있는 풍경」에서 그린 것도 중증환자 나카하라中原의 삶에 대한 집착과 죽음이었다. 이들은 모두 일본인 요양 환자의 죽음을 조선인 '나'가 주인공은 아니지만 실질적인 배후 인물로서 말하며 풀어가는 형식을 취하고 있다. 그러한 점에서 김태생은 일본인을 잘 그린 조선인 작가였다고 할 수 있다. 김태생의 사상에는 "죽기 전의 평등"과 같은 것이 있었다. 「파충류가 있는 풍경」의 나카하라는 '나'에게 이렇게 말한다.

> 너는 조선 출신이니까 패전국의 국민이라 할 수야 없지만, 다만 결핵에 관한 한 원리는 평등하다, 불행하게도.

만약 일본인의 발언이라는 것을 염두에 둔다 하더라도 다소의 진실미를 띤 말이다. '나'는 나카하라에게 다음과 같이 말한다.

> 너희들 나라는 나의 모국의 역사를 짓누르고 모국어를 금지하고 일본인이 될 것을 강요했다. 내 자신도 자각 없이 그것을 수용하고 조선인인 자신을 스스로 무위도식하며 탕진해버렸다. 그렇기 때문에 나는 한층 되살아난 모국의 새로운 역사와 함께 살고 싶었다. (…중략…) 그리고 나는 병이 들어 병원에 들어와 보고, 벽에 갇혀져 있었던 것은 나뿐만이 아닌 너나 이시노石野 씨도 같은 벽 속에서 괴로워 해왔다는 것을 이해할 수 있게 되었다. (…중략…) 입장은 달랐지만 우리들이 맛본 괴로움은 서로 닮았다고 할 수 있으니까.

이 말 속에는 김태생의 사상 대부분이 깃들어 있는 것으로 보인다. 사상적인 면은 뒤에서 재차 다루기로 하고 여기서는 좀 더 작품에 충실해 보자. 나날이 죽음의 자각이 더해지는 나카하라는 잇달아 괴이한 행위를 보인다. 우선 뱀을 기르겠다고 말한다. 뱀의 동면을 통해 마지막 희망의 불꽃을 태운다.

동면에 들어가 겨울을 참고 견디어 또 다시 눈을 뜬다. 죽은 듯이 잠들어 있던 놈이 다시 살아나는 그 순간을 확인하고 싶었다.

죽음의 공포를 동면으로 치환함으로써 참고 견디려한 것인데 뱀은 작은 돌을 삼켜버리고 죽어버린다. 한편 나카하라는 "어머니의 뼈"를 분말로 만들어 복용한다. 그렇게 "결핵을 치료할" 작정이었는데 여기에 김태생의 사생관이 나타나 있다.

이 몸은 어머니에게 받은 것이다. 그러므로 이번에는 어머니의 뼈가 나의 몸에 들어가 원래대로 한 몸이 되는 것뿐이다.

어머니한테 돌아간다는 것은 김태생에게는 고향으로 돌아가는 것이기도 하다. 죽어서 사상적인 측면에서 '제주도'로 돌아간다는 것을 느끼고 있었음에 틀림없다. "뱀의 동면"에서나 "어머니의 뼈"에 있어서도 죽음을 두려워하는 데서 오는 윤회전생의 주장이며 표현이다. 김태생은 결핵 요양소에서 본 죽어가는 일본인들의 모습에 조선인인 자신을 중첩해 보지 않을 수 없었다.

「파충류가 있는 풍경」은 1985년 『스바루』4월호에 발표된 작품이다. 30남짓밖에 살 수 없다는 관념에 사로잡혀 있던 김태생은 살아서 결핵 요양소를 나와 소설을 쓰기 시작했다. 그리고 또 다시 30년 세월이 흘러 이 작품을 내놓을 무렵 작가는 체력적으로도 한계에 달했다. 그때 재차 작가의 정신을 붙잡은 것이 죽음의 공포였던 것이다.

4)「뼛조각」의 원형「심력」

일본 패전까지의 김태생의 발자취에 대해서는『나의 일본지도』^{미래사, 1978.6}와 『나의 인간지도』^{청공사, 1985.2}에 의존할 수밖에 없지만 그 이후의 경과를 약간 소개하면 다음과 같다. 결핵 요양소 퇴원 후『문예수도』을 방문한 것은 앞서 언급한 바 있는데, 김태생이『문예수도』에 발표한 최초의 작품은 1957년 4월호 게재의 「심력」이다.[2]「심력」은 1972년 발표되었고 그의 대표작「뼛조각」의 원형이다. 그러나 아버지를 그린「심력」은 50가까운 나이에 발표한「뼛조각」과 크게 다르다. 「뼛조각」은 뼈가 되어버린 아버지를 찾아내고 주인공이 아버지가 겪은 고난의 인생을 살고자 하는 인상을 남기는데 비해「심력」은 아버지 찾는 일을 도중에 그만둔다.

> 아버지를 미워한다는 집념을 완강히 지속시킴으로써 간신히 지금까지의 자신을 유지시켜온 것처럼, 앞으로도 그 집념을 완고하게 고수함으로써 육체적으로 아버지와 연계되는 부분으로부터 자신을 지키고 아버지로 이어지는 악덕을 거부고자 한다. (…중략…) 분페이^{文平}는 역시 아버지를 만나지 않겠다고 마음먹었다. 야마나시에는 가지 않겠다고 굳게 마음먹었다.

10년이 훨씬 지나고야 겨우 아버지를 허용할 수 있게 되지만 이 무렵에는 아직 자신을 버리고 또한 어머니에게 자신을 버리게 만든 아버지에 대한 애증이 심각했다.「심력」은『문예수도』를 주재하는 야스타카 도쿠조를 비롯한 동인들 사이에서 높이 평가되었고 김태생은『문예수도』의 편집위원이었다. 이후『문예수도』지상에「E급 환자」,「동화」,「세월 저편에」,「거울」과 같은 소설 작품을 발표함과 동시에 지상의 월평과 합평에서 신중한 비평을 했다.

---

2   사실상의 첫 작품은『신조선』에 발표된「가래 컵(痰コップ)」인데 여기에 대해서는 1987년 3월 호『기록』에 게재된 이승옥의「화염과 빙계(炎と氷界)」에 상세하다.

김태생은 잠시『문예수도』에서 활약하고 있었지만 1958년 11월 재일조선인 잡지『계림』이 창간되면서 제주도에서의 혁명투쟁과 도민학살을 배경으로 한 소설「후예」를 발표했다. 이 작품은 말미에「미완」이라 쓰여져 있지만 후에 약간의 수정이 가해진 형태로『신일본문학』1982.9에 재차 게재되었다. 제주도의 투쟁을 배경으로 한 소설로는 그 이에도 1977년 4월『문예전망』봄호에 발표된「보금자리를 떠난다」가 있다. 이 작품에 관해서는「뼛조각」후기에 "「보금자리를 떠난다」는 앞으로도 계속해서 쓰고 싶은 바람이 있기에 본서에는 수록하지 않았다"고 적고 있다. 말하자면 '제주도 작품'을 계속해서 쓰고 싶은 김태생의 의지가 마음깊이 잠재되어 있음을 확인하게 된다. 사소설적 작품이 많은 작가가 이 문제에 착수한 외적 요인으로는 또 다른 제주도 출신 작가 = 김석범의 존재를 무시할 수는 없다.

1957년『문예수도』8월호에는 김석범이 제주도의 민중봉기와 인민학살을 배경으로 그린「간수 박서방」이 실렸고 12월호에는「까마귀의 죽음」이 게재되었다. 1958년 1월호「수도합평」에는 김태생·가메야마 쓰네코龜山恒子·나다 이나다 3명이 좌담회 형식으로 비평하고 있다. 그 중에서 나다 이나다가 인간이 처한 이와 같은 상황은 소재상 신기한 면이 있지만, 본질적으로는 흔히 볼 수 있는 심리적 갈등이다. (…중략…) 이 소설에 등장하는 주인공에 동정은 가지만 인간의 일반적 문제, 인간의 조건이라는 것에서 벗어난 얄팍함과 협소함을 느낀다"고 말하는 것에 대해 김태생은 다음과 같이 답하고 있다.

여기에 묘사되어 있는 사실을 단순히 소설의 소재로 읽어 버릴 수 없는 것, 그 사실이 집적 나라면 나의 육체에 전율해 온다는 극히 소박한 상태의 반응을 하게 된다. (…중략…) 근본적으로 우리들의 입장은 나다 이나다 씨의 입장과 다소간 차이가 있다고 생각한다. 그것은 우리들 조선인이 자기라는 것을 확립하려 할 때 정치적 환경과 빼도 박도 못하고 대결할 수밖에 없는 것이기 때문이다. 그렇지 않으면 자기라는 것을 확립할 수 없다. (…중략…) 자기를 주장하는 것보다 민족을 생각지 않으면 자기라는 것은 생각할 수 없다.

34살의 젊은 김태생은 같은 제주도 출신 김석범의 출현과 그의 작품에 강렬한 충격을 받았다. 그 직후의 『문예수도』 2월호에 고향과 어머니를 그린 「동화」를 발표하였고 11월 『계림』 창간호에 「후예」를 발표했다. 하지만 1959년 『문예수도』 11월호의 합평을 마지막으로 김태생의 말은 『문예수도』 지상에서 사라진다. 1960년대 김태생의 관심은 주로 정치운동으로 기울어져 갔다.

5) 김태생의 조국의식

1960년과 이듬해 한국의 정치적 변화는 인간 김태생에게 강하게 조국을 의식하게 만들었다. 제주도의 민중봉기를 그린 「후예」의 저술 이후 속편과 혁명투쟁을 그리기보다 조직 활동에 투신했던 것이다. 그것은 1960년부터 70년 초에 걸친 약 10년간 조선민주주의인민공화국계 잡지 『통일평론』 편집자로 근무하였고 발표된 작품이 없다는 점에서도 확인된다.

> 행동의 기점은 이승만을 타도한 4·19학생운동이었지만, 그 1년 후 5월에 박정희가 반통일 세력으로서 권좌에 앉았다. (…중략…) 이는 더 이상 한가롭게 소설 따위를 쓸 시대가 아니라는 절박한 마음이 있었습니다.
>
> 「일본지도에 대한 다른 견해」

소설을 쓰는 행위가 '한가롭게' 여겨질 정도로 절박한 정황이 있었다는 것을 전제로 하더라도 문학적 행위에 대한 자신감은 엷어져 있다. 그 사이에 발표한 작품은 1965년 1월 『신작가』 3호에 게재된 「인간시장」 뿐이다. 이 장편 게재의 전말에 대해서 하야후네 지요_{早船ちよ}는 다음과 같이 적고 있다.

『신작가』 동인은 「인간시장」을 평가하고 지지하며 4호의 속편을 기대했다. 그러나 그는 4호에 속편을 쓰지 않고 그 대신인양 장시 정공채의 「미 제8군의 자동차」를 들고 나왔다.

「십몇 년의 침묵을 깨고」, 『뼛조각』 부록

「인간시장」은 작가가 자신의 과거에 취재한 세 작품 「동화」, 「세월의 저편에」, 「심력」을 결합한 장편이며 새롭게 써낸 것은 아니다. "한가롭게 소설 따위를 쓸 시대가 아니다"라는 김태생의 의식은 본인뿐만이 아니라 주위의 조선인 동포 사이에서 보편적인 현상이었다. 김태생의 창작활동 재개는 조직 활동을 그만둔 1972년 무렵까지 기다릴 수밖에 없었다.

6) 죽은 자의 혼을 쫓는 문학

잡지 『인간으로서』는 고사명, 김석범, 오임준과 같은 조선인 작가들의 작품을 게재해 충격을 주었다. 현실의 사회 문제와 정면으로부터 맞붙은 이 잡지를 무대로 김태생의 창작활동이 재개된 것은 우연이 아니다. 그러나 「뼛조각」이 게재된 것은 『인간으로서』 말기에 가까운 1972년 6월의 제10호였다. 이어 김태생이 발표한 작품은 재일조선인에 의해 1975년 봄에 창간된 『계간 삼천리』 제3호에 게재한 「어느 여자의 생애」이다. 그리고 『미래』 1976년 9월부터 1977년 12월호에 『나의 일본지도』를 연재한다. 이 무렵부터가 과작한 작가의 가장 왕성한 시기였다고 말할 수 있다. 충실했던 만년 10여 년에 작가 김태생이 이루려 했던 것은 무엇이었을까.

말하자면 나는 역사에 떠밀려 강제연행 당한 세대의 한사람이다. 그로부터 벌써 반세기가 지나버렸다. 나는 지금도 이미 세상을 떠난 가까웠던 사람들과 친구들을 꿈꾸며 놀라는 일이 있다. (…중략…) 내가 만일 그들의 삶을 그 괴로움과 원한을 망각해 버린다고 한다면 나는 그들에게 이중의 죽음을 강요하는 것이 된다.

『사회신보』, 1985.3.29

일생동안 죽은 자의 혼에 사로잡혀 있던 김태생에게 창작의 제일 목적은 죽어 간 이들의 생을 그리는 일이었다. 자신의 죽음에 대한 접근을 자각한 작가는 죽은 자를 잊어서는 안 된다는 비통한 결의를 다지고 있었다. 「뼛조각」 이후의 거의 대부분의 작품이 그러한 의미를 담고 있다. 개인을 그리는 것이 역사를 그리는 것으로 통한다. 독자는 김태생의 소설을 통해 역사를 돌아보게 된다. 김태생은 개인적 '자기' 체험을 그려냄으로써 지극히 사회·역사적인 문제를 추구하는 작가였다. 그리고 김태생은 어느 결론에 도달해 있었다.

핵병기의 보유는 '악마'의 제노사이드 사상을 뿌리 깊게 품고 있고 나라와 민족을 차별하는 일 없이 그 한 번의 번쩍임으로 모든 것을 파괴하고, 태워버려 사멸시키는 불행한 평등의 원리에 기초해 만들어진 것이기 때문이다. (…중략…) 오히려 일본인이 한층 더 철저한 피해자 의식을 가지게 될 때, 처음으로 "살해당한 쪽" ― 희생당한 측의 고뇌와 아픔을 가슴깊이 이해할 수 있게 될 것이라고 나는 생각한다.

「나가사키에서」, 『미래』, 1983.9

개인의 죽음을 그리는 것은 재일이라고 하는 괴로운 입장에 처한 조선인의 역사를 보여주는 일이었다. 그리고 그 표현 속에는 조선인을 괴로운 입장에 빠뜨린 일본인의 비극도 내포되어 있다. 김태생은 "죽기 전의 평등"이라 할 수 있는 사상을 지니고 있었다. 이러한 시점의 저편에는 항상 제주도가 있었다. 그것은 인간이라는 불행한 존재가 꿈을 쫓을 수밖에 없는 것과 관계가 있다. 만년의 발언이 계급을 초월하고 초민족적인 '핵=악'론에 가까웠던 점을 차치하더라도 김태생이 남긴 문제 제기는 눈에 띤다. 김태생은 죽어서도 여전히 발언 중인 것이다.

3. 작은 목소리로 말하는 문학 김태생 문학의 특질

1) 조용한 문체의 힘

이른바 '재일조선인문학'은 동적이고 사회성 풍부한 내용을 매력으로 생각하기 쉽다. 그것은 군국주의였던 일본이 패하고 미국으로부터 도입된 민주주의가 일본을 지배한 전후 민주주의 시기에 『민주조선』과 『신일본문학』을 무대로 활약한 재일조선인문학가들 작품이 극히 정치적 의식을 돌출시켰기 때문이다. 김달수의 소설 「후예의 거리」, 「현해탄」, 「박달의 재판」, 허남기의 시 「조선 겨울이야기」, 「화승총의 노래」 등이 그것이다. 이러한 경향은 「까마귀의 죽음」, 「화산도」의 작가 김석범, 「또 다시 이 길을」, 「못다 이룬 꿈」의 작가 이회성, 「이카이노시집」, 「광주시편」의 시인 김시종 등으로 이어졌다.

오다기리 히데오小田切秀雄와 구보타 마사후미久保田正文는 1960년대 후반에 차례로 등장한 재일조선인문학을 내향의 세대로 불렀던 일본문학 1세대와 대별해 "내향의 세대와 이질적인 것" "외향의 문학" 등으로 불렀다. 그들의 주제는 조선이나 일본의 혁명투쟁이기도 했고 모순에 찬 일본 사회와 마주하는 조선인의 모습이기도 했다. 즉 '재일조선인문학'은 대체로 사회·정치적인 주제가 뚜렷해서 다소 목소리 높은 주장이 독자들에게 동적인 이미지를 심어온 것이라 말할 수 있다. 1987년 11월 『계간 민도』 창간호에 게재된 "2, 3세가 말하는 재일문학은 이래도 되는가"에서 다음과 같은 좌담회 내용이 있다.

> 김창생 강하고 격렬한 것을 개성으로 받아들이기 쉽지만 작은 목소리로 말하는 개성도 있어야 하지 않을까. 『삼천리』에서 이소가이 지로 씨는 종추월, 원수일, 양석일의 문학에서 재일조선인의 민족성의 특징으로 유유함이나 늠름한 것 등을 높게 평가하고 있지만, 이렇게 살며시 조용히 땅을 기는 듯한 그런 사람도 괜찮다고 생각한다.

정대성 그러한 것을 묘사한 작품은 김태생 씨 외에는 별로 없었던 것 같은데요.

김태생의 작품은 살며시 땅을 기는 듯한 조용한 문체이고 정치 정황을 정면으로 내세우는 창작 방법은 취하지 않았다. 김태생은 조신하게 개인적 삶의 영위를 그렸다. 그것은 「어느 여자의 생애」라는 단편에 상징적으로 나타난다. 작품은 이렇게 시작한다.

어느 깊은 겨울 밤 눈의 예고를 생각게 하는 습기를 머금은 차가운 바람이 불고 있는 길모퉁이에서 나는 익숙지 않은 소리를 듣고 불현듯 멈춰 섰다. 길모퉁이에 있는 건재상의 침침한 처마 밑에 원통형의 낡아빠진 환기통 한 개가 서 있었는데 바람이 불자 꼭대기에 달린 풍차가 미친 듯이 달랑달랑거리며 회전하고 있었다. 분명 풍차는 열심히 돌아가는 듯했다. 하지만 그것은 명백히 부질없는 일이다.

'나'는 부서진 환기통이 차가운 바람에 밀려 회전하는 모습에서 이 풍차처럼 한결같이 일하다 짧은 생을 마감한 한 사람의 여인을 연상하고, 보잘 것 없지만 열심히 최선을 다해 살았던 인간의 살았던 것 자체의 의미를 생각하려 한다.

심야의 마을에 소음을 흩뿌릴 뿐인 겉돌아가는 듯한 풍차의 움직임에도, 나의 풍화된 기억의 깊은 곳에서 그녀의 모습을 떠올릴 수 있을 정도의 힘은 있었던지, 일견 아무런 결실도 없는 듯한 그녀의 생애 또한, 나의 마음에 보이지 않는 무엇인가를 분명히 각인시키고 있었다.

어린 김태생에게 어머니 대신으로 그를 비호한 숙모를 모델로 한 이 소설 주인공 김추월은 가난한 농민의 딸로 제주도에서 태어나 삶을 찾아 18세의 나이로 일본으로 건너간다. 일을 전전하며 고생을 거듭하다 유산까지 하지만 우선 오사카 이카이노에 정착해 화장터에서 일한다. 그녀에게 그러한 생활은 임시방편이었고 진정한 생활은 고향에서 기다리고 있다. 화장터라는 죽음과 너무나도 연계가 짙은 직장 환경은 김추월의 덧없는 삶을 상징적으로 떠올리게 한다.

그것은 연기가 자욱이 끼는 불결한 부유진과 고열을 동반한 매연 속에서 행해지는 극도의 체력 소모를 강요하는 작업이었다. 그것은 삶의 해체를 확인할 뿐인 고독한 노동이었다. 다만 죽음에 대한 공포와 삶의 공허한 마음을 증식시키는 일일 뿐이었다.

김추월은 1년 터울로 모두 7명을 출산하였고 차례로 잃었다. "그녀는 불행했다. 그 불행은 그녀가 살고자 하는 의사와 인간으로서의 선의를 초월한 곳으로부터 엄습해 오는 것이었다." 알콜로 생활의 괴로움을 벗어나려는 남편과의 사이에 말다툼은 끊이질 않았다. 게다가 추월의 육신은 결핵으로 쇠약해지고 있었다. 그리고 박복하게도 33살의 나이로 삶을 마감했다. 희망이랬자 고향으로 돌아가 조촐하게 사는 것뿐이었던 추월의 마지막 말은 "뼈만이라도 고향에 묻어주길 바란다"는 것이었는데 그 바람조차도 이루어지지 못한 채 오사카 교외에 매장되고 만다.

추월의 생애는 일견 아무런 결실도 없는 것으로 비춰진다. 하지만 나에겐 그녀의 삶이 정말로 무효한 것이었다고 말할 자격 따위는 없다. 왜냐하면 주어진 삶을 단지 한결같이 열심히 살았다는 것만으로 이미 그녀의 삶은 빛나고 있을 터이기 때문이다.

작가는 박복한 한 여인의 삶을 이렇게 받아들였다. 이것이 인간의 삶에 대한 김태생의 감상이다. 김추월이 죽고 40년 정도 지나 '나'는 추월의 묘지를 찾게 되는데 전에 한가로운 풍경 속에 있었던 그녀의 무덤은 콘크리트 간선도로와 나란히 있는 콤비나트의 거대한 연통들 속으로 사라져 그 어디에도 보이질 않았다.

차례차례로 다가왔다 또다시 멀어져 가는 자동차 타이어가 지표를 긁는 마찰음은 하나의 음대층이 되어 공간에 달라붙고, 그것은 나의 내부를 문지르면서 한없이 이어졌다.

이 기술에 의해 처음으로 나타낸 미약한 저항은 저항이라고 말할 수 있을지 없을지의 한계선상에 있다. 그러나 독자의 내면을 강하게 자극시키는 작용을 한다. 타이어가 지표를 긁는 마찰음은 독자의 마음에 고통스럽게 둔탁하게 울리고 자신의 내부 콘크리트 색 풍경을 깨닫게 한다. 김태생의 문학상의 투쟁은 이렇게 진행된다. 투쟁이라 부르기보다 오히려 복음이라고도 표현하고 싶을 정도로 정신적인 강렬한 작용이다.

그리고 이 작품의 프롤로그의 한 구절이야말로 작가의 모든 창작 동기를 설명하는 말이기에 충분하다.

하지만 이카이노 거리는 이제 지도상에서 지워져 버렸다. 추월의 조용한 생애에 걸맞는 그 얌전한 작은 돌비석마저도 이제는 나의 기억 속에서밖에 그 자취가 남아 있질 않다.

김태생 소설의 등장인물은 영웅도 수퍼맨도 아니다. 보통 서민이다. 김태생이 그린 것은 한 사람으로서의 민중이 살아가는 모습이다. 지금까지 재일조선인 작가들은 다양한 민중상을 그려왔다. 김달수의 '박달'과 김석범의 '부스럼 영감', '만덕'은 민중상의 하나의 전형으로서 강렬한 인상을 주었다. 그들은 학대받는 밑바닥 삶을 살면서도 한결같이 유유하고 유머러스하다.

그러나 김태생의 민중상은 극단적인 익살스러움이나 늠름함을 지니고 있지 않다. 삶의 무게를 견뎌내면서 필사적으로 살아갈 뿐인 사람들이다. 김태생은 그 누구도 돌보지 않는 얌전하고 조용한 세월의 풍화와 더불어 잊혀져 사라져 가는 개인의 삶의 영위를 그려왔다. 이것이 작가로서 김태생의 자세다. 김태생은 죽은 자들에게 망각이라는 두 번째 죽음을 주어서는 안 된다는 사명감을 갖고 있었다. 이것이 창작의 직접적인 목적이었다.

2) 조촐한 삶과 저항정신

김태생은 왜 얌전하게 살아온 개인의 삶과 죽음을 묘사하는 일에 자신의 생사를 걸었던 걸까. 하나는 「어느 여자의 생애」와 「소년」에 묘사된 것처럼 소년기에 어머니를 대신한 숙모의 죽음을 응시했다는 것. 그리고 전후에는 스스로도 숙모처럼 폐병으로 죽음에 직면했던 경험을 가지고 건강을 회복하지 못하고 죽을 때까지 살았던 일이다. 죽음을 실감했다는 것은 깊은 자기응시로 이어졌고 그것은 또한 직접적으로는 숙모를 그린 시점을 갖게 하면서 모든 창작으로 연결되어 갔다. 그러나 여기에서 한 가지 더 주목할 것이 있다. 김태생 주변의 얌전한 삶이 얼마나 역사적인 제약을 받았느냐 하는 점이다. 「붉은 꽃」은 전쟁 전과 전쟁 후 역사의 수렁에 발목을 잡히면서도 필사적으로 나아가는 인간의 사랑과 삶을 그린 작품이다. 이 시대는 일본의 식민지로 온갖 수탈을 받아왔던 조국으로부터 많은 조선인들이 마지못해 일본으로 건너가 삶의 길을 열고자 했던 시기다.

김태생 자신이 그랬듯이 그러한 재일조선인 대부분의 자제들이 어린 나이에 식비를 벌기위해 일을 할 수밖에 없었다. 소녀 연실도 오사카로 건너간 10세 무렵부터 공장에서 일했다. 연실은 생후 얼마 되지 않아 아버지와 사별했고 집을 떠난 어머니와도 생이별을 했다. 고집이 센 "수다스런 아이" 연실의 뒷모습을 애절하게 배웅하는 복싱 소년 양梁은 '나'와 같은 공장에서 일하는 절친한 친구였다. 5년 만에 '나'가 그들과 재회하자 둘은 결혼한다. 양은 복싱의 꿈을 버리고 시에서 운영하는 전차 운전수로서 일하고 있었다. '나'는 "연실이 양과 맺어져 얌전하면서도 행복해 보이는 것에 진심으로 축복을 보내고 싶다"고 생각한다. 김태생의 행복관은 이러한 것이었을 것이다.

이 지긋지긋한 긴 전쟁시대에 우리들에게 남겨진 희망이라는 것이 있다고 한다면, 비록 오욕투성이가 되더라도 살아내는 수밖에 도리가 없다고 생각했다.

"시대의 압력에 대한 저항으로" "꿋꿋이 살아감"을 대치시키는 점은 김태생다운 저항 방식이다. 그후 양은 징용지에서 탈주하여 숨고 연실과 헤어져 괴로운 생활을 강요받는다. 전쟁이 끝나고 아이를 포함해 3명은 재회하지만 물건을 사러 쇼나이 지방庄內地方에 갔던 양이 행방불명되면서 재차 헤어지게 되었고 끝내 돌아오지 않는다. 그후 어린 딸을 떠맡은 연실은 미군병사를 상대하는 일로 전락하고 '나'는 폐병으로 요양생활을 이어간다. 요양소를 방문한 연실의 요란스런 모습에 '나'는 강한 굴욕감에 입을 다문 채 돌려보낸다. 그로부터 30년 후 소년시절을 보낸 공동주택에서 우연히 연실과 재회한다.

연실 씨, 이제부터도 양과 어머니, 할머니 몫까지 힘껏 살아야 해요. 악착같이 살아남아서 이 나라의 역사로부터 그들의 몫까지 빚을 받아내야 해요. 그러지 않으면 죽은 사람들도 분명 편히 잠들지 못할 테니까요. 이것이야말로 살아남은 우리들밖에 할 수 없는 일이니까.

앞서 언급했지만 숙모의 죽음과 자신의 결핵이라는 두 가지 체험을 통해 죽음을 실감한 김태생은 동시에 산다는 것 자체에 대한 중요한 가치를 실감했던 것이다. 그리고 김태생에게 생사는 개인적인 사상의 문제가 아니었다. "이 나라의 역사로부터 그들의 몫까지 빚을 받아내는 것"이라는 한 구절 속의 '이 나라'는 분명 일본을 가리킨다. 그렇다면 '그들'이란 대체 누구를 가리키는가. 문맥상으로는 "양과 어머니, 할머니"이다. 그러나 이들은 재일조선인이다. 역사에 의해 강제 연행되어 어쩔 수 없이 침략 국가에 정착할 수밖에 없었던 사람들이었다.

「붉은 꽃」은 그러한 재일조선인의 역사를 세련된 문체와 봉선화의 붉은 색으로 상징한 서정적인 작품이다. 첫 도입부분에서 표현된 소녀 연실의 모습은 마치 역사의 비극을 슬퍼하는 것처럼 보인다.

하얀 무명저고리 등에 땋아 늘어뜨린 갈색 빛의 머리칼이 약간 흔들리고 있음을 분명히 알 수 있었다. 붉게 녹슨 양철 세면대가 그녀 옆에 놓여 있었다. 그 속에 대여섯 그루 붉은 꽃을 피운 식물이 있었다. 대궁은 작은 붓 정도였고 잎사귀는 작은 배와 같았다.

작가는 봉선화에 의탁해 역사를 말하고 있다. 양과 연실의 좋은 시절을 '나'가 봉선화를 보는 눈을 통해 표현하고 있다.

나는 늦여름의 투명한 햇살을 비스듬히 쬐면서 처마 밑에 옹기종기 살포시 피어있는 꽃들을 바라보았다. 연약해 보이는 연녹색 섬유를 겹겹으로 다발지어 똑바로 하늘을 향해 뻗은 강인한 줄기의 잎사귀 사이로 진홍색 꽃잎을 피운 봉선화는 연실과 어울리는 꽃이라고 생각했다.

그러나 봉선화가 늦여름의 햇살을 쬐고 있다는 표현은 앞으로 닥칠 가을바람이나 매서운 겨울 풍경을 연상케 하면서 독자가 등장인물의 앞날에 불안함을 느끼게 한다. 그리고 그 불안은 현실화되지만 그러한 줄거리조차도 결코 작가의 뇌리에서 멋대로 만들어진 이야기는 아니다. 거기에는 작가의 사상을 사로잡고 놓아주지 않는 현실이 있다. 일반적인 김태생에 대한 평가라면 조촐하게 살려고 했지만 역사에 농락당하는 인간을 그렸다고 할 수 있다. 그러나 구체적으로는 일본의 역사에 짐범낭해 상처받고 얌전한 생활조차 허락받지 못한 재일조선인의 역사를 그린 것이었다. 재일조선인 1세가 겪은 역사적 조건은 김태생의 창작에 크게 작용했던 것이다.

앞서 언급한 것처럼 김태생은 조촐한 개인의 생활을 그렸다. 그러나 그 개인이 얼마나 역사적인 현실에 제약받았는지 특히 재일조선인의 삶이 얼마나 박해를 극복해 왔는지, 김태생은 재일조선인 1세의 작은 삶을 표현하면서 인간 한 사람 한 사람의 삶의 존엄이라는 것을 생각하게 한다. 김태생의 문학은 조용하게 말하고 우리들의 마음을 사로잡고 놓아 주지 않는다. 그러하기에 오히려 강인한 저항 정신을 기른다. '재일조선인'이라는 존재 자체가 일본의 조선 침략이라는 구체적인 역사의 산물이라는 것을 생각하게 한다. 또한 시대라는 이름의 그릇 속에 담겨진 개인의 삶의 모양을 생각하게끔 한다. '재일조선인'의 이름도 없는 한 사람 한 사람의 삶을 묻는 것, 그것이야말로 김태생이 고도성장한 일본 자본주의 사회에 대한 저항의 방법이었다.

4. 천황제와 김태생

> 황송하게도 황족 분이 교토에 오시기에 불경스런 일이 생기면 안 되기 때문에 우리
> 들도 경계를 엄격히 하는 중이다.　　　　　　　　　　　　　　　　「나의 인간지도」

당시 15, 16세였던 김태생은 그러한 경계 하에서 어린아이 치고는 큰돈을 가지고 있었다는 이유로 유치장 신세를 지게 된다. 그 돈은 코 수술을 위하여 그 무렵 사진가가 되기 위하여 소중히 간직하고 있던 카메라를 판 돈이었다. 그 일에 대해서 훗날 김태생은 이렇게 적고 있다.

> 조금 전 카메라 가게에서 카메라를 판 30원과 얼마간의 돈은, 때마침 친구와 시조
> 가와라마치四條河原町로 영화를 보러 갔다 돌아오는 길에 교토역전 근처의 파출소 검문
> 에서 소지금을 의심받고, 시치조서七條署에서 이틀 밤 유치장 신세를 지는 결과를 초래
> 했다. 게다가 그 돈은 아버지 손에 넘어가 흔적도 없이 사라져 버렸다. 결국 나는 입원

도 수술도 받을 수 없었고 오사카로 돌아갈 수밖에 없었다.

「교토－어떤 풍경의 의미」, 『고지판』, 1982.9

소년 김태생은 수술 받는 일과 사진가가 되려고 했던 희망을 잃고 일정한 직업 없이 방탕하게 지내온 아버지와 대립하게 된다. 아버지를 증오하는 마음은 1945년 8월 15일을 지나서도 증폭되었고 명작 「뼛조각」을 낳았다. 주인공은 임종에 이른 숙부의 권유로 어떤 애착도 갖지 못했던 증오스런 아버지의 소식을 찾아다니면서 자기응시를 더해간다. 경찰병원에서 보관한 아버지의 뼛조각을 겨우 찾은 주인공은 뼛조각을 넣은 "작은 찻잔 정도의 조잡한 나무상자"를 버리고 뼛조각만 가슴 속 안주머니에 넣는다. 침을 뱉어도 시원치 않을만큼 타락한 자였던 아버지를 덮어 가두었던 작은 나무상자야말로 오히려 아버지 본연의 모습을 결정지은 것이 아니었을까. 재일조선인을 궁지로 내몰았던 일본의 역사와 사회 그것을 김태생은 싸구려 나무상자로 상징시켰다. 그리고 우리들은 그것을 천황제라 불러도 무방할 것이다.

뼛조각을 넣은 "작은 찻잔정도의 조잡한 나무상자" 그것이 천황제인 것이다. 인간을 타락시키고 소년의 희망을 빼앗은 것, 일시적인 방편의 정신을 기르고 증오를 키워 사랑을 가둬버린 것, 그것이 천황제인 것이다. 그리고 지금 쇼와昭和라는 이름과 함께 천황이 죽음으로서 새로운 천황제를 구축하려고 한다. "다이쇼 민주주의"라는 축제가 끝났을 때와 같다. 1928년 11월에 행해진 히로히토裕仁 즉위식 전후에는 대규모의 좌익탄압과 조선인 추방이 이루어졌고 언론의 자유는 점차 상실되었다.

그 시대에 천황제에 대한 날카로운 비판적 의지와 높은 국제주의 정신으로 불렸던 시, 시로서 나카노 시게하루의 「비 내리는 시나가와역」이 있다. "신이여 안녕, 김이여 안녕, 너희들은 비 내리는 시나가와 역에서 기차를 탄다"로 조용히 읊어 내려가는 이 시에는 부제로서 「어대전 기념일御大典記念에 이북만, 김호영에게 보낸다」라고 되어 있다. '御大典'이란 천황 즉위식을 말하며 이북만과 김호영은 일본에서 함께 활약하고 있던 조선의 혁명가였다. 김호영은 노동운동, 이북만은 문예운동의 지도자로서 함께 일본의 좌익운동 사상에 큰 발자취를 남겼다. 특히 이북만은 조선프롤레타리아 예술동맹카프의 활동가로 도쿄에서 발행된 카프 기관지 『예술운동』의 발행에도 관여하였고, 『전기』와 같은 일본의 운동지에는 조선의 운동 소개와 번역·평론 등을 실었다. 그들은 김태생을 포함해 후일 '재일조선인 작가'의 선구자였다고 할 수도 있다.

김태생은 1945년의 3월 도쿄 대공습이 있던 날 지바千葉의 산속에서 처음으로 나카노 시게하루 시집을 접한다.

비록 권력이 복자 투성이라는 형태로 이 시인의 반역사상의 엄니를 뽑아 그로 인해 독자의 눈에까지 눈속임을 할 수 있었다고 착각하고 있다고 해도, 나카노 씨의 시집 한 권은 한 사람의 조선인 청년 손에 보호받으며 저 지바의 깊은 산속 폐가의 사과상자 속에서, 사실은 엄니를 갈면서 강하게 살아있었다는 것이다. (…중략…) 「비 내리는 시나가와역」은 그 이후 나의 애창시의 하나가 되었다. 말할 것도 없이, 이 시는 일본천황-권력에 의해 일본으로부터 추방된 조선인 동지에게 보내는 고별 시였다. 일찍이 조국 조선의 독립해방운동에 가담한 조선인을 가리켜 일본 관헌은 '불령선인'이라 불렀다. 하지만 우리들은 그들이 증오하는 그 '불령선인'의 정도가 농밀하면 할수록 그들을 경의롭게 '애국자'라 불렀다.

「『나카노 시게하루 시집』과의 만남」, 『계간 삼천리』, 1980 봄호

김태생은 나카노 시게하루의 시를 좋아했다. 하지만 김태생은 일본으로부터 추방되지 않은 일본에 갇힌 뼛조각이었다.

창씨개명이 이루어진 해에 '흥아봉공일興亞奉公日'이 정해져 우리들은 매월 1일 협화

회의 선도로 경찰서 앞 광장에 모여 교훈을 받게 되었다. 그러자 우리들을 줄세워 놓고 특고과의 내선계 감독은 황국신민으로서의 본분을 완수하기 위하여 자진해서 육군 지원병에 마땅히 응해야만 한다고 반드시 반복하였다. (…중략…) 일본 황실의 은혜로 조선인이 편안하게 생활하고 있다고 한다면, 어째서 내 주변의 어른들과 아이들까지 일본에 들어와 이처럼 참담한 생활을 하고 있는 걸까. 세상이 평온해졌다고 한다면 전쟁에 나가 죽는 일 따윈 있을 수 없다. 죽으러 감을 알고 있는 전쟁을 위해 지원병이 되라고 무리하게 강요하는 일도 필요치 않은 일이다. (…중략…) 교과서에 쓰여져 있는 것은 어쩐지 악마적 수법과 닮아 있단 느낌이다. 원하지도 않는 조선인에게 은혜라며 일본식 이름과 황국신민의 신분을 강요하고, 그것과 맞바꿔 목숨을 내놓으라 말하는 것과 같은 것이다.   「나의 인간지도」

사진가가 되고 싶다는 희망을 빼앗아버린 '일본'은 다음에는 김태생의 생명까지도 빼앗으려 노리고 있었다. 대일본제국의 침략전쟁에 몰아세우기 위해 황국신민이 되길 강요받았던 조선민족의 한 사람으로서 김태생은 이렇게 고발하였다. 1941년 7월 협화회 교련을 빼먹은 소년 김태생은 경찰서로 불려가 그곳에서 늦게 온 또 다른 소년 한 명이 감독에게 린치당하는 모습을 목격하게 된다. 부드러움을 내세우는 자는 잔혹한 본성을 지니고 있는 걸까. 감독은 훗날 김석범으로 알려진 그 소년을 학대하고 나서 소년 김태생에게는 부드럽게 대응했다. 거역하는 자에 대한 폭력을 보여주고서 주어진 '황국신민'이란 입장을 김태생은 얼마나 괴로운 마음으로 받아들였던 것일까.

그리고 8·15해방을 맞이하면서 이제 더 이상 황국신민일 필요는 없었다. 그러나 전후 상징적인 천황제가 재일조선인에게 초래한 것은 뼛조각을 넣는 "작은 찻잔정도의 조잡한 나무상자"에 지나지 않았다. 일찍이 '내선일체'라는 슬로건 아래 일본 제국을 위해 일본인이 되기를 강요받았던 자가 이번에는 일변하여 '제3국인', '조센진'이라고 악의적으로 불리면서 일본 사회로부터 내쫓겨 싸구려

나무상자에 갇혀버리고 말았다. 김태생은 조용히 살며 글을 썼다. 일본인과 마찬가지로 일본에서 생활하며 일본어로 글을 썼다. 작고 조잡한 차통 모양의 용기에 들어가 미세하게 고동치는 뼛조각처럼. 재일하는 삶을 일본인의 불행을 마치 자신들 것 인양 살았다. 김태생에게 천황제 일본을 타개하는 방법 그것은 바로 '산다'는 것 자체였다. 조선인으로서 일본에서 사는 것, 조선인으로서 일본어로 글을 써낸다는 것. 김태생은 그런 방식을 취했다.

그러나 그러한 방법에 자기 완결은 없다. 결국 일본인이 김태생의 삶의 의미를 묻는 것, 김태생이 써내려간 재일의 삶의 의미를 선명하게 하는 것. 그렇게 함으로써 지금까지 재일조선인을 가두어 왔던 뼈 상자를 산산 조각 부셔버리지 않으면 안 된다. 전후 한국전쟁과 베트남전쟁이 가져온 일본의 경제성장은 이른바 아시아 민중의 피로 붉게 물들어 있다. 그리하여 지금 아시아인은 경제대국으로 불리게 된 일본으로 직업을 찾아 대량으로 들어가고 있다. 이들 한국인, 필리핀인, 방글라데시인, 중국인들을 일본 사회는 어떻게 받아들이고 있는가. 그들의 기본적 인권은 보호받고 있는가. 일본인은 그들을 어떻게 보고 있는가. 김태생이 잊어서는 안 된다며 줄곧 그렸던 재일조선인의 삶을 일본인이 분명히 인식한다면 결코 배외적이 아닌 상호간 차이를 인정하는 형태로 공존을 지향하게 될 것이다. 그리고 높은 목소리로 열린 일본을 주장할 수 있을 것이다. 그러나 실은 천황제라는 뼈 상자는 일본인도 지배하고 있다. "일본은 일본인만의 것이 아니다. 일본은 열린 나라다"라고 나는 말하고 싶다. 김태생 문학은 조용히 살면서 하지만 착실하게 "내면에 있는 천황제"를 해체하고 있다.

5. 김태생 문학과 제주4·3항쟁

1) 김태생과 제주도

김태생은 고향 제주도를 이처럼 아름답게 그리고 싶었음에 틀림없다.

그라비아 잡지 화보를 펼쳤을 때, 양쪽 면 가득히 노란 유채꽃 군생과 보리밭의 짙은 녹색 들판 풍경이 눈에 스며들 듯 펼쳐져 있었다. 노란 유채꽃, 보리, 어린 풀의 녹색 사이를 가느다랗게 뚫고 나간 한길을 흰옷 입은 한 여인이 머리에 흰 수건을 두르고 머리 끝은 묶고 옆구리에는 대나무 소쿠리를 안고서 풍경 안쪽으로 걸어가고 있다.

「고향의 풍경」,『공작정통신(くじゃく亭通信)』, 1979.7

그러나 제주도의 풍경이 피로 물든 잔학한 사실로 교묘하게 잘 다루어져 있다. 제주도에서는 1948년 4월 3일부터 8년간에 걸쳐 광범위한 무장투쟁이 전개되었다. 한국에서는 이것을 '4·3사태'라 부른다. 1945년 8월 15일 해방 후 참된 해방을 얻고자 들고 일어난 민중과 그것을 압살하고자 했던 권력과의 항쟁이었다. 미국에 의해 남조선만의 단독선거가 실시되려하자 남조선단독정권수립·남북분단정책에 반대하는 광범위한 운동이 일어났고 그것이 무장투쟁으로까지 발전하였다. 빨치산 세력은 일시적으로 우세하게 투쟁을 전개시켰지만 결국은 미군의 지시를 받는 국방경비대·경찰에 의한 노인과 부인·아이들까지 끌어들인 무차별적인 철저한 테러와 학살로 투쟁은 참패하고 말았다.

재일조선인 작가 김석범의 「까마귀의 죽음」과 같은 일련의 작품은 처음으로 이 사건을 다룬 문학이었다. 그후 한국의 현기영이 「순이 삼촌」과 같은 작품을 발표하여 주목을 받았다. 그리고 김석범의 대하소설 「화산도」가 한국에서 번역 출판되고 옥중 시인으로 알려진 이산하의 장편시 「한라산」과 한국의 월간 잡지 『민족지성』에 연재중인 현길언의 장편소설 「한라산」과 같은 작품군이 등장한다.

'4·3사건'에 대한 문학적인 추구가 비교적 활발해진 것이다. 한국의 매스컴은 이러한 일련의 작품군을 '4·3문학'이라 부르고 있다.

　재일하는 조선인으로 강하게 조국과 민족을 의식한 작품을 일본어로 쓰는 작가 김석범이 개척하고 한국의 작가들이 그 뒤를 잇고 있다. 김태생 또한 '4·3사태문학'이라 불러야만 할 작품을 남겼다.

　　1948년 5월, 남조선의 단독선거에 항거하여 거칠게 들고 일어난 나의 고향 사람들의 투쟁은 무척이나 격렬했다. 소위 말하는 '4·3사건'이다. 참고로 내가 태어난 동네에는 나와 같은 세대의 사촌들만 해도 거의 20명은 족히 있었다. 그런데 친형제들을 포함해 완전히 말살당했다. 부락이 불타버린 것은 말할 것도 없다. 어느 미국의 저널리스트조차 이승만을 평가하며 브르봉 왕조파와 비유했지만, 내 고향 사람들에게 불어 닥친 살육의 폭풍은 중세적인 어두움과 흉폭함으로 장식되었다 해도 부족한 감이 있다. 나는 그와 같은 고향 사람들의 용감함에 대해서도 언젠가 쓰지 않으면 안 된다.

「서장, 고향으로」, 『나의 일본지도』, 1978.6

　이 문장은 김태생이 1959년 6월 『계림』제4호이라는 재일조선인 잡지에 게재한 「내 고향·제주도」의 일부인데 후에 가필 수정해 『나의 일본지도』의 서장에 수록한 것이다. 글 가운데 "언젠가 쓰지 않으면 안 된다"고 했는데 실은 그 일부는 이미 1958년 11월 잡지 『계림』의 창간호에 발표되었다. 이른바 「후예」다. 「후예」는 틀림없는 '4·3문학'의 하나다. 그럼에도 불구하고 "언젠가 쓰지 않으면" 운운하며 반년 후에 썼다. 그리고 또 하나의 4·3문학 「보금자리를 떠난다」『문예전망』, 1977.4가 발표되었다. 그러나 이것으로도 아직 충분하지 않았다.

　김태생은 제주도의 항쟁에 대해 쓰고 싶다는 의지를 문학을 지향하면서 가졌다. 그리고 거기에는 외우 김석범의 영향도 적지 않았다. 김태생은 전후 폐결핵으로 입원하고 있을 때1948~1955년경 미지의 동향 작가 김석범의 소설과 우연히 만난 감동을 이렇게 말한다.

김석범이 제주도의 4·3사건에 관한 어느 소설을 발표했는데, 아아, 이건 제주도 남자임에 틀림없다. 이것은 만약 내가 살아남아서 요양소를 나가게 된다면 이 남자를 만나지 않으면 안된다, 라고 하는 것이 있었어요. 그것은 대단히 센티멘탈한 것인지도 모르겠지만, 뭐, 계기는 여러 가지 있었다고 생각합니다만 역시 뭐랄까 가득 쌓인 것을 말이죠. 그런 것을 어떻게든 표현하고 싶다고 생각했습니다.

「좌담회 · 일본지도에 대한 다른 시각」, 『조선인』, 1983.3

창작 초기 야스타카 도쿠조에게 의지해 『문예수도』 동인이 된 김태생은 요절한 어머니 대신의 숙모에 대한 이야기, 이별한 부모, 그리고 입원 중의 체험을 바탕으로 한 사소설을 써내려갔다. 그와 같은 사소설적 작품 속에서 1958년 2월호 『문예수도』에 발표한 「동화」는 제주도를 무대로 한 작품이다. 그 후에 쓴 「소년」이 재일 생활의 첫 개인사로서 소년기를 소재로 하고 있다고 한다면 「동화」는 반쯤 잊혀진 유년기를 다룬 작품이다. 김태생의 원풍경으로서 '이별'을 그린 작품이라고도 할 수 있다. 어머니와 이별인 동시에 고향＝제주도에서 떠나는 것임을 여실히 보여주는 이 작품은 김태생 문학의 원점이라 할 수 있다. 김태생은 「동화」에 그려진 것처럼 유년기에 고향에서 어머니와의 쓰라린 이별을 체험했다. 고향과의 이별이 어머니와의 이별이었던 작가는 항상 고향과 어머니를 찾는 여행을 이어갔다.

제주도 4·3사태와 그 연장선상의 6·25전쟁은 바로 김태생으로 하여금 작가로서의 혼의 원점을 발견하게 했다. 고향의 대부분의 혈연이 말려든 대학살은 물리적으로는 김태생을 제주도에서 한층 격절시킨 사건이었지만 정신적으로는 작가와 고향을 한층 공고하게 이어주었다. 김태생은 「동화」부터 「후예」까지 채 1년도 되지 않는 기간에 소설 몇 편을 연속적으로 발표하지만 「후예」 이후 당분간은 소설을 발표하지 않았다. 그래도 1960년까지는 앞서 언급한 에세이 「내 고향·제주도」가 게재되었고 『문예수도』의 작품 합평에 얼굴을 내밀었다. 1960년대 조선은 격동기였다. 4·19학생혁명으로 이승만 정권이 무너지자 이듬해 1961년 5월에는 박정희가 군사쿠테타로 독재정권을 수립했다. 김태생은 그후 10여년 동안 조선민주주의인민공화국^{북조선} 계열 조직에서 근무했다.

김태생은 「내 고향·제주도」에서 언급한 "고향 사람들의 용감함"을 정치적으로 돌출시킨 듯한 작품을 쓸 수 없었다. 김태생은 박정희 독재 정권의 등장에 대해 "이것은 더 이상 한가롭게 소설 따위를 쓰고 있을 때가 아니다"^{좌담회·일본지도에 대한 다른 견해}는 인식이었다. 김태생의 작품을 한가로운 소설 따위로 규정할 수 없지만 분명히 전후 재일조선인문학을 리드한 김달수의 소설 「현해탄」과 허남기의 시 「화승총의 노래」, 그리고 동향의 작가 김석범의 소설처럼 선명한 정치적 주제의 작품과 비교했을 때 취지가 다르다는 것은 분명한 사실이다.

2) 「보금자리를 떠난다」와 4·3

김태생은 소년을 그렸고 소년의 눈을 통해 본 재일조선인의 군상을 그려낸 작가였다. 그 방법이 그의 문학에서 느껴지는 부드러움을 자아내는 하나의 요인이기도 하다. 김태생이 남긴 두 4·3사태 문학도 소년을 주인공으로 하고 있다. 「후예」는 미군과 이승만 정권의 지시를 받는 경비대와 테러집단에 대항하고 한라산으로 숨은 게릴라부대에 선전삐라용의 귀중한 종이를 전해주는 소년과 그것을 맞이하는 연상의 소년과의 짧은 만남과 우정을 그리고 있다. 곤란한 정황 속에서 "소중한 것"을 깨닫게 되는 두 사람의 대화는 부드러움으로 넘쳐난다.

"동무는 대체 무엇이 무섭지?" 소년은 대답을 거부할 수 없는 힘찬 어조로 말했다.

"소중한 것을 잃는 일이지." 중훈도 단호하게 말했다.

"아버지와 어머니, 형과 내 목숨……." 다 말해버리고 나자 종훈은 왠지 갑자기 가슴이 메어 눈물이 치밀어 올라 얼굴을 숙였다.

「후예」, 『신일본문학』, 1982.9[3]

"아버지와 어머니……." "소중한 것을 잃는 일." 그것은 바로 김태생 자신이 두려워했던 것이었다. 김태생은 어려서 부모와 생이별하였고 1930년 5살에 단신으로 일본에 건너갔다. 그후 오사카에서 어머니 대신 자기를 길러준 숙모를 잃은 것이 12살 때였다. 전쟁을 전후해 혼란에 휩쓸려 소중한 친구들을 잃었다. 어릴 적부터 차례차례로 그처럼 소중한 인연들을 잃어간 김태생에게는 그들을 잊지 않는 것이 문학 행위의 목적이 되었다.[4]

"겁내하면서 하는 것은 일에 대해 비겁한 거 아니야?"

"해내는 것이 더 중요한 거야."

"소중한 것을 잃고 싶지 않다고 말한 걸 경멸하지 않아?"

"어째서 경멸 따위를 해. 그것은 인간이라면 누구나 갖고 있어, 인간다운 마음 말이야."

이렇게 두렵고 겁내하는 마음이 인간다운 솔직한 감정으로 아름답게 이야기되고 있다. 잔학한 파쇼에 저항하는 부드러운 마음이 작품 전체를 관통하고 시적인 분위기를 구성하고 있다. 「보금자리를 떠난다」의 주인공도 소년이다. 그리고 이 작품은 1인칭 소년의 이야기로 「후예」보다는 조금 긴 편이다. 이야기는 조국 광복의 날 제주도의 어느 마을에서부터 시작된다. 즉 해방된 날이지만 일본

---

3   「후예」는 1958년 『계림』에 처음으로 발표되고 1982년 다소 수정하여 『신일본문학』에 재차 게재되었다.

4   여기에 관해서는 평론 「개인적 체험으로부터 역사의식으로」(『민도』 창간호, 1987.11)와 「작은 목소리로 말하는 문학」(『우행』 제2호, 1988.9)에 언급되어 있다.

병사가 어촌에서 조달해온 약간의 고등어와 고구마의 교환을 강요한 다음날 처음으로 주인공과 그 양친은 전날 이미 조선이 해방되었다는 사실을 알게 된다. 조국의 해방은 주인공 형제들을 불러 모으고 기쁨의 나날을 실감케 했다. 주인공인 소년 성훈은 "해방이라는 것은 뿔뿔이 흩어져 있던 가족이 사이좋게 함께 살게 되는 것이라고 생각했다." 어려서 부모와 이별한 김태생은 홀로 타향생활의 쓸쓸함을 뼈저리게 맛보았다. 이 한 구절을 '해방'이라고 하는 말에 대한 그 자신의 정의라고 생각하면 너무 지나친 것일까.

그러나 김태생 자신의 일본재월의 생활이 그랬던 것처럼 기쁨은 곧바로 슬픔으로 바뀌었다. 해방된 조국은 이전 충실한 '황국신민'이었던 자들이 미국의 '성실한 친구'로 발 빠르게 돌변함으로써 또 다시 지배를 했던 것이다. 그리고 1948년 4월 3일의 산속 게릴라부대의 무장봉기와 조국의 참된 해방과 독립을 쟁취하기 위해 헌신하는 형들의 모습은 소년의 "눈을 외부로 열어"가게 만든다. 이승만은 조선반도의 분단을 고착화하려고 5월 10일 남조선단독선거를 강행하고자 한다. 그런 이승만을 지지하는 서북청년단의 테러와 협박에 직면하면서 소년은 사회적인 시야를 넓혀간다. 「보금자리를 떠난다」는 소년의 시점의 변화에 따라 4·3사건과 당시의 제주도를 동적으로 묘사하고자 했다.

소설 「보금자리를 떠난다」와 「후예」는 모두 소년의 시점을 빌려 묘사한 '4·3할 수 있다. 실제의 잔학성이나 비도덕성을 직접적으로 그리지 않은 매우 섬세하고 아름다운 문체가 특징이다. 김태생은 추한 것을 추하게 그리는 리얼리즘도 격한 것을 보다 격하게 그리는 로맨티시즘도 발휘하고 있지 않다. 담담한 어조로 말하면서 인간의 강함보다도 오히려 연약함을 느끼게 하는 점은 김석범의 일련의 작품과 크게 다르다. 연약한 인간으로서의 부드러움, 부드러운 마음을 가진 인간으로서의 투쟁이었다는 점을, '4·3사태'로 불리는 대항쟁을 싸운 제주도민에 관해 김태생은 분명히 말하고 싶었던 것이다.

「보금자리를 떠난다」는 좋은 작품이지만 유감스럽게도 미완성이라는 평가를 면할 수 없다. 소년은 보금자리를 떠나기 전의 어중간한 모습으로 작품만이 뚝 끝나버린 듯한 느낌을 지워버릴 수 없다. 「후예」는 일단 완결된 단편으로서 읽을 수 있지만 작가도 충분치 않다는 마음을 갖고 있었던지 1958년 『계림』 11월호에 발표했을 때에는 말미에 '미완'이라고 적고 있다. 그러나 1982년 『신일본문학』 9월호에 거의 같은 내용으로 재차 게재 했을 때에는 그 말은 없고 작품 자체가 『초단편 소설 특집』에 들어있었다. 그것은 작가 자신이 독립된 작품으로 인정한 것으로 이해할 수 있다. 1977년 『문예전망』 봄호에 「보금자리를 떠난다」를 발표해 이 작품을 계속해 쓰고 싶다는 작가의 심경을 읽을 수도 있는데, 필자는 1958년 당시 김태생의 창작의욕은 상당히 '제주도'로 기울어져 있었던 것이 아닐까 생각한다.

당시 김태생이 속해 있던 동인지 『문예수도』에 김석범은 계속해 작품을 게재했다. 1957년 8월호 「간수 박서방」, 12월호 「까마귀의 죽음」 등이다. 이듬해 1959년 1월호 게재의 합평회에서는 나다 이나다가 「까마귀의 죽음」을 다루며 약간 비판적인 비평을 했는데, 그에 대해 김태생은 "자아를 주장하기보다 민족을 생각하지 않으면 자기라는 것도 생각할 수 없다"고 말하며 조선인이 정치적 환경과 대결할 수밖에 없는 필연성을 언급했다. 그 해 김태생은 『문예수도』 지상에 뒷날 사소설적 작품의 데생과 같은 습작 몇 편인가를 발표하고 마지막에 「후예」를 『계림』 11월호에 발표하게 된다. 자작의 제주도봉기에 대한 문학적인 몰입으로서 시점상 납득이 가지 않았다. 그러한 마음이 「후예」 말미에 '미완'이라고 쓰게 하였던 것이라고 본다.

김태생은 작품집 『뼛조각』 '후기'에 「보금자리를 떠난다」는 앞으로도 계속해서 쓰고 싶은 바람이 있기에 본서에는 수록하지 않았다"고 적었다. 그러나 「보금자리를 떠난다」의 속편은 쓰여지지 않았다. 그뿐만이 아니다. 「보금자리를 떠난다」 이후 제주도를 무대로 한 김태생의 작품은 나오지 않았다.

3) 김태생과 '사소설의 말'

김태생은 제주도 출생으로서 제주도를 어머니삼아 자랐다. 그 모어는 독특한 제주도 말로 조선의 근대문학사를 구축한 표준어와는 동떨어진 말이다. 이른바 일본의 표준어와 한참 동떨어진 오키나와 말과 같은 위치에 있었다. 5살 때 어머니와 헤어지고 고향과 이별하면서 동시에 모어인 제주도 말과도 이별한 소년 김태생은 일본에서 재일하는 조선인의 일본어를 만들어 내면서 주옥같은 작품들을 써왔다. "사소설 작가 김태생"의 '사소설' 말은 그와 같은 과정을 통해 처음으로 성립되었다.

5살 때 일본에 건너간 김태생은 세계대전과 조국해방을 거치면서 죽음과 동행하며 '재일'을 문학적으로 형상화했다. 재일하는 조선인의 평범한 생활의 문학화는 김태생 문학의 특색인 평이하면서도 예리하고 세련된 사실적 문체를 탄생시켰다. 그것을 "사생활의 말"이라 불러도 괜찮다고 한다면 다른 한편으로는 "사회소설의 말"을 구사하는 작가 김석범이 있었다. "사회파 작가 김석범"의 제주도를 그린 작품군은 매우 냉철하다. 내친 말을 작가가 선택하고 있기 때문이다. 이른바 김석범은 주로 "사회소설의 말"로 제주도를 그렸고 김태생은 주로 "사소설의 말"로 재일을 써내려 갔다고 할 수 있다.

그러나 김태생은 제주도를 잊은 것이 아니었다. 소설 「동화」에서 상징적으로 보여주듯이 김태생 문학은 어디까지나 고향·제주도에서 출발하고 있다. 그것은 재일조선인의 기록문학이라고 할 수도 있는 「나의 일본지도」와 「나의 인간지도」 '서장'에 유년기 제주도 체험_{그것은 어머니와 이별한 체험이기도 함}을 실었다는 점에서도 알 수 있다. 그리고 "사소설의 말"로서 일본어로 쓰여진 김태생 문학은 확실히 제주도로 향하고 있었다.[5] 하이쿠俳句를 잘 지었던 김태생의 "촉촉한 오징어 눈동자 바다를 향해 말라간다"는 구절은 마음 깊숙한 곳으로부터의 조용한 속삭임이다.

---

5   김태생 문학의 테마 분류와 방향성에 대해서는 소론 「아버지의 확인·재일의 증명」(『동행자대세』 창간호, 1987.7)에서 「뼛조각」을 중심으로 약간 서술되었다.

해변에 널려진 오징어 모습에 의탁한 심정이 김태생 한 사람의 것일 수 없지만 한 사람의 소설가의 정신적 핵을 이렇게까지 표현해낸 말은 흔한 일이 아니다. 김태생은 조국을 향하고 있었다. 김태생은 항상 고향 제주도를 향하고 있었다. 비록 돌아갈 길 없는 고향이기에 한층 더 고향을 느끼고 있었다.

「보금자리를 떠난다」와 「후예」를 쓸 수 있었던 것은 이러한 고향으로의 사상적인 회귀의도^{원망}가 있었기에 가능했다. 재일 생활과 그 생활사의 문학화를 지향한 김태생에게 제주도는 바다 저편의 사상적 측면의 고향이었다. 그리고 황천의 고향이기도 하다. 「보금자리를 떠난다」와 「후예」는 잔학한 폭풍이 부는 격동의 시대의 민중을 소년의 마음으로 그린다고 하는 김태생 특유의 창작방법이 취해진 것이다. 그것은 시점을 바꾸어보면 '사소설'의 말로 '사회 소설'을 썼다고도 할 수 있다. 그 가능성의 크기는 일본문학의 규범을 깨뜨리는 것이었다. 그러나 유감스럽게도 속편도 다른 작품도 쓰지 못한 채 작가의 혼만이 너무나도 빨리 고향으로 돌아가 버렸다. 김태생의 '4·3문학'은 「보금자리를 떠난다」와 「후예」 만이 있을 뿐이다. 안타까운 일이다. 그러나 이들 작품을 남겼다는 사실은 흔히 '사소설'이나 '기록'으로 불리는 그의 작품^{「뼛조각」, 「나의 인간지도」} 등이 단순히 '사소설', '기록'으로 불려서는 안 된다는 것을 증명하기 위한 중요한 열쇠이기도 하다.

6. 김태생의 일본어 지도

김태생이 아버지를 떠나보내고 어머니와도 헤어지고 일본으로 건너간 것은 1930년 6살 때의 일이었다. 조선 인민에게 굴욕적인 한국합병에 관한 한일조약을 조인한 지 이미 20년이 지났다. 토지조사사업을 중심으로 일본의 조선 지배가 본격화되자 조선민족은 일본과 중국 동북부로 유출되기 시작했다. 김태생의 부모는 그가 태어나기 전 젊은시절 이미 일본으로 건너간 적이 있었다.

김태생은 일본 제국주의 지배하의 조선의 최남단 제주도에서 태어나 어린 나이에 홀로 일본으로 건너가 그곳에서 해방을 맞았다. 그리고 해방 후 일본에서 결핵을 앓으면서 문학에 뜻을 두게 된다. 해방 전 소년 시절에는 사진가가 되고 싶다는 희망을 품었으나 그 꿈은 이루어지지 못했다. 해방의 기쁨을 음미한 김태생은 고향 제주도에서의 낙농을 꿈꾸며 농업경제를 배우고자 메이지明治대학에 입학하게 된다. 그러나 그 꿈도 폐결핵으로 좌절되고 시즈오카靜岡 병원에서 요양생활을 이어가면서 문학을 자신의 작은 희망으로 키워가기에 이른다.

　버림을 받은 데다 정말 미라와 다름없는 끔찍한 상황이었지만 마이신을 쓸 수 있게 되고 가망이 없다던 수술을 하고 그렇게 늑골 8개를 절단했지요. 그 후에 복막염에 걸려 몸 상태가 망신창이라 불릴 정도였지만, 뭐 그렇게 되고 보니까 체력도 안 좋았고 아무튼 앉아서라도 할 수 있는 일을 하려는 뻔뻔스런 생각에서, 그런 간단한 이유로 단순히 전환한 것도 있습니다. 또한 원한 섞인 감정 같은 것도 있었습니다.

「〈좌담회〉 일본지도에 대한 다른 견해」, 『조선인』 21호

　김태생은 아버지와 어머니와 길러준 어머니인 숙모와 "이름도 없고 가난했다는 표현만으론 부족한 비참한 상황에서 죽어갔다." 인간사를 줄곧 써내려가는 일에 인간으로서 살아가는 희망을 걸었다. 김태생에게 일본어로 쓰는 문학이란 무엇이었는가. 조선인에 의한 일본어문학은 특히 김태생이 시작했다는 것이 아니다. 1920년대 일본의 프롤레타리아문학운동 속에는 이미 정연규, 김희명, 김용제와 같은 많은 조선인 일본어문학가들의 활약이 있었다. 그에 이어 장혁주, 김사량과 같은 작가들이 등장하며 조선인들이 일본어문학의 한 시대를 만들었다. 국제적으로는 이름 없는 식민지에 지나지 않은 조선의 민족어 문학은 세계에 소개되는 일이 없었고, 일본어에 의지하는 편이 문학가로서의 가능성을 인정받을 수 있는 시대였다. 이른바 그들은 하나같이 세계어로서의 일본어를 구사하

려한 사람들이었다.

그러나 조선어 사용이 금지되고 일본어 사용이 자신의 의지에 의한 선택이 아니라 강요받게 되자, 김사량과 같은 극히 소수의 사람들을 제외한 그들 대부분은 시대 흐름과 흉폭하고 거대한 권력에 굴복하여 천황제 일본 제국을 일본어로 찬미하게 되었다. 장혁주처럼 전후에 일본으로 '귀화'한 사람도 있었다. 모국어인 조선어를 사용할 자유를 잃은 조선인들에게 일본어는 그들의 사상을 침략하는 말에 지나지 않았다. 전쟁 전 강제연행과 같은 수단으로 일본으로 건너갈 수밖에 없었던 조선인의 대부분은 일본이 패전한 후에도 그곳에 머무르지 않을 수 없었다. 김태생 자신도 그러한 조선인의 한 사람으로서 역사에 의해 강제 연행되어 왔다고 규정했다. 그리고 김태생은 역사적 존재 그 자체이며 동시에 삶 자체가 역사의 희비극인 재일조선인의 평범한 역사적인 삶을 줄곧 써냈다. 김태생은 그러한 문학 활동을 침략자의 말로 쓸 수밖에 없었다.

김태생은 모국어를 잃는 고통과 모국어를 익히는 것의 중요함에 대해 다음과 같이 말한다.

일본 통치하의 모국에서 쫓기듯이 일본으로 건너온 어머니들 세대의 비극의 하나는 다름 아닌 모국어를 잃어버린 일이었습니다. 물론 가정에서 일상적으로 사용되는 경우를 제외하면 배우는 것도 금지되었습니다. 해방을 맞이했을 때, 재일조선인의 젊은 한사람으로서 저도 완전한 모국어 상실자였던 쓸쓸한 경험이 있습니다. 그 후유증은 아직도 남아있을 정도입니다. 조선인으로서 의식을 가지면서 모국어를 자유롭게 구사하지 못하는 상태가 인간의 내면생활을 얼마나 속박하고 나아가 의식을 분열시키고 행동을 위축시키는지 아마 상상이 잘 안될 겁니다. (…중략…) 서승徐勝 씨가 옥중에서 여동생 영실英實 씨에게 모국어 공부를 권하고 있는 것은, 나와 같은 세대가 일찍이 걸어왔던 쓸쓸한 경험을 두 번 다시 되풀이하지 않기 위해서라도 중요한 것이라 생각합니다. 민족의 일원인 이상, 모국어를 배워 익히는 것은 가장 기본적인 일이기 때문입니다. 모국어를 익히고 모국의 역사와 문화를 아는 것, 그것은 옥중에서 뼈를 깎는 고생으로 모국의 동포들과 운명을 함께하며 새로운 역사를 펼치고자 하는 서승 씨의 깊은 생각이 담긴 메시지라 생각했습니다.

강연 〈동시대인으로서의 오기순 어머니〉, 『서씨 형제의 투쟁과 오기순씨』

역사적 정황 속에서 모국어를 빼앗긴 괴로움을 "내면생활의 속박" "의식의 분열" "행동의 위축"이라는 표현을 써서 모국어를 배우고 익히는 것에 대한 소중함을 호소했다. 이광수 등과 같이 이미 조선 문단에 지위를 갖고 있으면서 일본어 창작을 강요받은 조선 문학가들도, 스스로 선택하여 조선어보다도 각국 언어로 번역될 기회가 많은 일본어 창작을 시작한 장혁주도, 내면생활을 속박당하고 의식을 분열당하고 행동을 위축당하게 되면서 대일본제국의 앞잡이로서 문필을 휘두르게 되었던 것이다.

조선의 해방 이후에 문학에 뜻을 세운 김태생의 경우는 어떠했을까. 그 시기 김태생은 앞의 인용에서처럼 이미 상당부분 모어^{Mother's tongue}를 잃고 있었다. 소년시대에 "황민화 교육", "일본어 교육"을 강요받은 것도 하나의 큰 요인이긴 하지만, 그것보다도 "장기화된 일본 생활"은 삶의 필요에 따라 능숙한 일본어를 재촉하고 역으로 조선어 어휘를 빈약하게 했던 것이다. 그것을 김태생은 "이른바 우리들은 불행하게도 모국어를 무위도식으로 탕진하면서 부득이하게 일본어로 생활하면서 다른 한편으로는 스스로의 민족성을 좀먹게 하는 상황에 놓였던 세대라고 말할 수도 있을 것"^{「나의 일본지도」 제4장}이라고 했다.

이렇게 생활 때문에 빼앗겨야 했던 말과 민족성을 정치적으로 상당히 되찾으려고 했다. 김태생은 전술한 인용문에서도 "민족의 일원인 이상 모국어를 배우고 익히기는 것은 가장 기본적인 일이기 때문이라고"이라고 직접 서술했다. 김태생은 자연스럽게 익힌 말로서의 '모어'와 민족어로서의 '모국어'를 구별하고 있지 않다. 그러나 김태생이 '모국어'라고 할 때 민족에 대해 정치적으로 내민 인식과 분리해 생각하기는 어렵다. 결국 김태생이 재일조선인 2, 3세대가 되찾아야만 한다고 말하는 것은 민족어로서의 모국어를 말한다. 일본에서 태어난 세대의 경우 대부분 모어로서의 조선어를 갖고 있지 않다. 김태생은 민족성의 탈환으로 모국어 습득을 강조했던 것이다.

자신이 생활 속에서 일본어를 습득해 가면서 한편으로 모어, 즉 어머니의 말인 조선어를 점점 잃어버린 원통함을 재일조선인의 젊은 세대에까지 일반화하는 데에 다소 억지가 느껴지는 것도 사실이다. 그렇지만 일본에 살고 있는 조선인에게 민족어 교육이 보장되어 있지 않다는 역사적 현실에 대한 비판을 내포한 판단이라 할 수 있다.

나는 확실히 물심이 생기기도 전에, 이국 일본 사회의 한 구석으로 내던져져 버렸다. 하지만 내가 비록 떠듬거리는 유아어일지라도 이미 고향의 모국어 세계에서 몇 년인가를 자랐던 것은 다행이었다. 예를 들어 어린 내가 조선인이라는 것의 의미를 아직까지도 명확하게 의식하지 못한다 하더라도, 나의 외계에 대한 의식의 깨우침은 모국어로 시작된 게 틀림없다. 내 존재의 뿌리는 어디까지나 고향에서 시작되고 있듯이, 그 이후 내 의식의 확장의 원점도 거기에 뿌리를 둔 것이었다. 그리고 일본에서 나를 둘러싸고 있던 생활환경이 비록 열악했다손 치더라도, 내가 친척과 동포들 틈새에서 함께 생활할 수 있었던 것은 정말이지 커다란 행운이었다고 할 수 있다.

「나의 일본지도」 제4장

김태생은 제주도에서 태어나 그곳에서 5살까지 자라고 일본 오사카 이카이노라는 조신인 서주 지역에서 살았던 것을 긍지로 여기고 있다. 그것이 재일하면서도 조선인으로서 주체성을 지킬 수 있는 커다란 요인이 되었기 때문이다. 역으로 말하자면 일본에서 태어나고 주변에 압도적으로 일본인이 많은 사회에서 자라서, 조선어를 자연스럽게 익힐 기회도 없는 신세대 재일조선인들은 저절로 민족성을 상실해 가고 있음을 대변하는 것이다. 그리고 김태생 자신도 내적인 조선어를 탕진하면서 살아왔다는 것이기도 하다. 그런 까닭에 김태생은 모국어를 배울 필요성을 외쳤다. 사실 일본에서 태어난 재일 2, 3세에게 모어는 일본어이기도 한데 모국어라는 인식에는 상당히 정치적 의미가 담긴다. 조선을 모국·조국으로서 의식하지 않으면서 조선어를 모국어로서 습득하는 노력은 있을 수 없다. 재일 1세이며 조선인 거주 지역에서 자란 김태생에게 일본어를 배우는 일은 중요한 것이었다. 그것은 물론 살아가기 위함이다. 김태생처럼 어린 시절 일본으로 건너간 대부분의 조선인들은 일본어 습득에 기를 썼음에 틀림없다.

> 그들로부터 그렇게 구박당하면서 내가 어린 마음에도 의외로 참을 수 없었던 것은 일본어 탁음의 발음이 명확치 않다고 하는 이유만으로^{결코 그것만은 아니었다} 마치 조선인이 언어적으로 무능한 자이고 민족적으로 열등한 것처럼 취급받는 일이었다. 그래서 나는 그들과 대항하여 "까짓것, 질 성 싶으냐"며 기를 쓰고 일본어 익히기에 매달렸다고도 할 수 있다. 그러나 사실은 우리들의 일본어 탁음발음이 서툴렀다는 것을 오히려 조선인으로서 긍지로 여겼어야 했던 것이었다. 그것은 우리들이 틀림없는 조선인임을 증명하는 한 가지이기도 했으니까.
>
> 「나의 일본지도」 제4장

김태생은 일본어 표현에 엄격한 문학가였다. 평론가 이소가이 지로는 그의 문학을 "정교하고 치밀한 관찰의 눈과 맑고 밝은 표현"이라고 평가했다. 김태생 문학에 대한 매우 적합한 평이라 할 수 있다. 살아가기 위해 습득한 능숙한 일본어는 마침내 엄격한 문학 표현으로 승화되어 갔다. 결핵으로 죽음에 처한 김태생은 그를 키우고 죽어간 가까운 사람들과 친구들에게 망각이라는 이중의 죽음을 주고 싶지 않아 그들의 삶을 묘사하는데 남은 생을 보냈다. 최초로 발표한 작품 「가래 컵」『신조선』 1955.9에는 소년 김태생을 키운 33세 숙모의 짧은 삶과 죽음을 같은 병으로 괴로워하는 자신과 중첩시켜 표현했다.

병을 앓고 난 김태생은 『문예수도』의 야스타카 도쿠조를 방문했다. 야스타카가 주재하는 잡지 『문예수도』는 전쟁 전부터 장혁주와 김사량 같은 조선인 작가의 작품을 게재했다. 이 『문예수도』에 「심력」1955.4을 발표할 수 있었던 것이 이후 김태생의 작가로서 출발이었다 할 수 있다. 「심력」은 주인공이 소년 시절에 이별한 아버지를 찾으면서 일찍이 아버지와의 갈등을 더듬는다고 하는 줄거리로서 후에 쓰여진 대표작 「뼛조각」의 원형이다. 김태생은 『문예수도』에서 동인이었던 나다 이나다, 기타 모리오北杜夫, 모리 레이코森禮子 등과 친교를 맺으면서 문학수업을 이어갔다. 그리고 수편의 작품을 발표하고 월평과 합평을 담당하는 등 당시 『문예수도』의 중심적인 멤버의 한 사람으로서 활약했다. 김태생의 문학을 언급함에 있어 『문예수도』에서의 일본어문학수업이 이후의 주옥같은 작품을 낳게 하는 과정이었다는 것을 지적하지 않을 수 없다. 그러한 일본어문학수업이 조선인으로서의 강한 정치의식과 교차한 지점에서 김태생 문학은 탄생한 것이다.

1958년 11월 재일조선인 잡지 『계림』이 창간되자 거기에 제주도 봉기를 배경으로 한 단편 「후예」를 발표하는 등 일본어문학으로 조국과 연계하고자 하는 강한 의지를 보여준다. 그리고 1962년부터는 조선민주주의인민공화국 계열의 잡지 『통일평론』의 편집 등 조국을 위한 실무적인 일에 종사하면서 사회주의적 방향성을 분명히 했다. 김태생의 작품에 「빛 속으로」『새로운 조선』, 1963.12가 있다. 6세 때 일본으로 건너가 모국어를 배울 기회를 갖지 못했던 고교생 광일이 조선대학교 학생과 민족학교의 여고생들과 접촉하면서 민족정신에 눈뜨고, 모국어 습득과 조선대학으로 진학을 결심한다는 이야기다. 소년들 취향의 작품으로서 약간은 선형화한 경향이 없지 않지만 이 작품이 김태생의 조선어관을 잘 보여주었다는 점에서 흥미롭다.

광일은 갑자기 얼굴이 화끈거리기 시작했다. 명훈이 말을 시키는데도 자신 이 한 마디 대답도 못한 걸 깨달았기 때문이다. 빨리 대답을 해야만 한다고 생각했다. 게다가 그 대답은 아무래도 '조선어'야만 될 것 같다는 생각이 들었다. 광일은 목구멍까지 치밀어 오른 '일본어' 대답을 꾹 참고 몸 속으로 되밀었다. 그러나 광일 내면에는 '일본어' 대신 명훈에게 대답해야만 할 '조선어', 아니 '국어'의 어휘능력이 전혀 없었던 것이다. (…중략…) 명훈은 자신과 같은 고교 3학년이라 한다. 그녀도 분명 일본어를 잘 알고 있을 터이다. 또한 그녀는 '조선어'를 아니 '국어'도 이처럼 능숙하게 구사할 수 있다.

김태생은 조선어를 '국어'로서 받아들이고 있다. 이는 앞서 언급한 '모국어'와 같은 정치적 차원의 발상이며 게재지가 조선민주주의인민공화국의 영향력 하에 있는 잡지라는 것과 무관하지 않다. 잃어버린 모어를 되찾기 위해서는 모국어로서 새로 받아들인다는 정치적인 정신 작업이 필요하다. 사실 이러한 정치적인 의도가 분명한 소설과 기사가 게재된 재일조선인 상대의 '일본어 잡지'가 발행된다는 사실은 그 자체가 정상은 아니다. 결국 그것은 재일조선인이 조선어를 빼앗고 있음에 대한 증명인 셈이다.

이 시기 김태생이 『통일평론』 편집을 직업으로 삼고 있을 때는 거의 창작품이 없었다. 그때까지의 사소설적 작품을 모은 개인사적 장편 습작 「인간시장」『신작가』3호, 1965.1 정도가 있을 뿐이다. 그리고 1972년 『인간으로서』 10호에 기념비적 작품 「뼛조각」을 발표 한 후 「동화」, 「소년」, 「보금자리를 떠난다」, 「붉은 꽃」, 「파충류가 있는 풍경」과 같은 수작을 차례로 발표했다. 또한 1976년 9월부터 잡지 『미래』에 연재한 「나의 일본지도」, 1980년 10월부터 『기록』에 연재한 「나의 인간지도」와 같은 기록적 성격이 강한 두 편의 장편을 집필했다. 그리고 같은 해 12월부터 「나의 일본어지도」를 『미래』에 연재했다. 생전 김태생이 상재한 책은 4권이며 『뼛조각』창조사, 1977, 『나의 일본어지도』미래사, 1978, 『나의 인간지도』청궁사, 1985, 『나그네 전설』경서방, 1985이다. 1972년부터 1986년 죽음을 맞기 전까지 십 수년의 짧은 기간이 김태생 문학의 전성기였다.

이 기간 동안 김태생은 여러 가지 그것도 일본인 중심의 문학그룹을 지도하거나 시민운동계열 사람들이 주최하는 강연회 등의 강사로도 활약한다. 특히 1978년 10월부터 신일본문학회 계열의 사이타마埼玉 문학학교 전임강사로 근무하고, 이 학교가 1985년 신일본문학회에서 독립한 이후에도 계속해 지도했는데 마지막까지 그 책무를 다한 것은 주목해 마땅하다. 김태생은 그 문학학교와의 관계에 대해 흥미로운 글을 남겼다.

16살 소년에게는 "우짜면 오지라는 곳엘 갈 수 있는교?"와 같은 오사카 사투리는 입이 찢어져도 입밖에 낼 수 없는 수치심이 있었다. 나는 그런 일본어밖에 몰랐다. 그때까지 사용해 온 일본어가 이 도시에서는 전혀 도움이 될 것 같지 않다. 없는 거나 마찬가지인 어휘와 나의 모자라는 오사카 사투리 표현력은 당시 자신의 넘쳐나는 생각을 오히려 가둬버리는 역할밖에 하지 못했다. (…중략…) 억지 같지만 현재 우리 문학학교에 줄곧 다니고 있는 낙방한 학생들의 가슴 속에도, 그 당시에 내가 느꼈던 초조함과 비슷한 생각이 적지 않았던 것이다. 물론 도쿄와 오사카 말의 차이를 말하고 있는 것은 아니다. 그 자신과 그가 지향하는 부분의 표현과의 관계에 있어서다. 쓰는 것을 지향하는 것과 쓰는 일은 일견 한 달음 정도의 지척거리에 있는 것 같지만, 때로는 아득히 먼 거리의 관계일 수도 있으니까. 한 4, 5년 문학학교에 관여해 보고 새삼 느끼게 된 것은 소설을 쓰고 시를 쓰는 일은 개개인의 정신활동에 속하는 수작업이라는 극히 평범한 사실이었다.

「동행자 대세」, 『신일본문학』, 1983.10

조선인 김태생이 도쿄에서 오사카 사투리를 부끄럽게 여겨 입 밖으로 낼 수 없게 된다는 희화적인 문장이다. 이것은 「빛 속으로」의 광일이 조선어로 말하지 못하고 알고 있는 일본어로도 부끄러워 말할 수 없었던 장면과 같은 것이다. 이렇게 김태생은 "개개인의 정신 활동에 속하는 수작업"으로서 일본어로 문학 활동을 영위했다.

　개인의 존재와 개성적인 문장과의 거리는 '국어'라던가 '모국어'라는 정치적 판단으로 접근하는 것이 아니다. 자유로운 선택지의 하나로서 조선어이기도 하고 일본어이기도 한 경우는 제외하더라도 일반적으로는 더욱 친숙해서 쓰기 쉬운 언어대부분의 경우는 모어로 접근한다. 그리고 마침내 교차한 부분에서 문체가 나오는 것이다. 김태생은 아마도 일본어로밖에 창조할 수 없었을 것이다. 김태생은 역사 속에서 모어를 빼앗기고 모국어를 통한 문학 표현도 끝내 되찾을 수 없었다. 그러나 재일의 생활 속에서 기른 일본어 표현으로 문학에 도전할 수 있었다. 본래 개성의 창조적인 영위인 문학에 '국어' 내지 '모국어'라는 발상은 부적절하다. 그러한 정치적 발상을 유효하게 하는 것은 재일 조선인의 존재의 역사성 때문이다. 김태생이 조선어를 매우 소중히 여기는 것은 그 자신이 그것을 빼앗겼기 때문이다. 일본어 표현에 뛰어난 것은 그 자신이 어려서부터 생활 속에서 체득해 온 말이기 때문이다.

　김태생은 "개개인의 정신 활동에 속하는 수작업"으로서 문학을 생활언어인 일본어로 창조했다. 그 일에 양심의 가책을 느끼지는 않는다. 또한 모국어로서 조선어를 중시하는 자세와도 전혀 모순되지 않는다. 이처럼 김태생 문학은 항상 조선어와 마주하면서 태어난 일본어문학인 것이다. 만일 이것을 재일조선인문학의 보편적인 특색이라고 한다면 지나친 비약이라 할 수도 있다. 물론 개성적인 수작업 문학이라면 재일조선인문학에 정의는 필요치 않다. 그러나 김태생이라는 전형적인 재일조선인문학가의 일본어에 대한 엄격함은 그가 재일조선인이라는 역사가 점지해 준 아이라는 점과 무관치 않다. 김태생이 걸어 온 일본어문학의 길은 재일조선인의 역사 도정의 곤란함과 일치한다. 그리고 김태생은 새로운 젊은 세대들에게 "모국어를 배워라!" "조선어를 배워라"고 말한다.

7. 김태생 해제 삶과죽음의 문학

1) 김태생 문학을 읽는다

작가 김태생이 떠난 지 4년이 지났다. 타계하기 얼마 전 김태생을 꿈에서 보았다. 가와구치의 초라한 진료소에 입원하고 있다는 사실은 벌써부터 알고 있었고 이번에는 위험하지 않을까 내심 걱정하고 있던 터였다. 나는 본래부터 병원을 싫어하는데다 환자의 병문안 역시 꺼리는 편이었다. 하지만 무거운 마음을 달래며 병원을 방문했다. 큰 병실을 두리번거리고 있는데 다른 환자가 "김씨 말인가요? 김씨라면 저기 맨 끝쪽 개인병실로 옮겼어요"하며 가르쳐 주었다. 요즘은 거의 볼 수 없는 목조건물의 복도 안쪽을 따라 들어가 방문을 열자 장신인 김태생이 길게 자란 머리칼을 시트에 늘어뜨린 채 누워서 흘끔 나를 쳐다보며 "하야시 군인가"라고 했다.

나는 김태생이 타계한 후부터 본격적으로 그의 작품을 읽게 되었다. 그리고 「아버지의 확인·재일의 증명」『동행자 대세』 창간호, 1987.7, 「개인적 체험에서 역사 의식으로」『민도』 창간호, 1987.11, 「작은 소리로 말하는 문학」『우행』 2, 1988.7」, 「천황제와 김태생」『우리생활』 4, 1989.9, 「김태생의 제주도 봉기문학」『우행』 3, 1989.9, 「김태생의 일본어지도」『신일본문학』, 1990.8 등 내 나름대로 김태생 문학이 갖는 의미에 관해 언급해 왔다. 본고는 지금까지의 논의 범주에서 크게 벗어나지 않지만『김태생전작품집』릿부서방(立風書房)의 발간에 맞춰 다시금 작품을 분석하고 재일조선인문학의 존재 의의를 재확인하고자 한다.

2) 「뼛조각」과 아버지

김태생의 대표작 「뼛조각」의 주인공 용민은 죽음에 임박한 호준의 "더러움을 씻는 물은, 있어도, 부자의 피를, 씻어낼 물은, 없다. (…중략…) 아버지를 찾아봐라"는 말에 따라 아버지를 찾아 나선다. 호준은 어릴 적 엄마 대신 용민을 돌봐

준 숙모 명순의 오빠다.

"네가, 찾아가서, ……찾아가 준다면, 영하^{氷河}, 사촌 형도, 분명히 기뻐할 거야. 자기가, 잘못했다고, 분명히 후회할 거다, 살아 있어서……다행이라고, 생각할 게, 틀림없어, 그렇지, 용민아……"(…중략…) 호준의 말에는 죽음은 도저히 피할 수 없을지라도, 하다못해 가까운 피붙이들의 기억 속에 자신을 붙잡아 매어두고 싶다는 심정이 스며있다. 그것을 용민은 냉정하게 거부할 수 없다고 생각했다. 그것은 그 길었던 전쟁을 통해 용민 자신도 줄곧 익숙해진 심정의 하나였다. 용민은 갑자기 마음을 먹었다. 자신의 주장을 밀어붙이기보다 호준을 더 이상 격앙시키지 않기 위해서라도, 일단 교토로 가자. 실제로, 나에게는 현실의 영하의 소식 따윈 아무래도 상관없다. 다만 죽음의 권위를 빌려서까지 호준이 그렇게 하기를 내게 당부한 이상, 나는 그것을 따라야만 한다.

"죽음의 권위"란 죽어가는 사람에게는 권위가 있다고 이제부터 남아 살게 될 쪽에서 느끼는 걸 말한다. 육체의 죽음은 피하기 힘들다 하더라도 적어도 망각이라는 두 번째 죽음을 가져다주어선 안 된다. 그렇게 생각한 게 틀림없다. 김태생 자신이 전후에 곧 폐결핵으로 입원했고 죽을 때까지 죽음과 이웃하며 살아온 사람이기에 자기 죽음에 대한 공포 역시 그런 것이었다고도 할 수 있다. 죽음을 간접 체험하고 있던 김태생에게는 타인의 죽음 또한 가치가 있었다. 김태생은 어려서 양친과 헤어진 자기를 키우고 죽은 주위 사람들과 친구들의 죽음을 많이 보아왔다. 전쟁 중의 일본에서 필사적으로 살았던 재일조선인들의 삶을 김태생은 '죽음'이란 이름 하에 소멸시키는 것을 떳떳하게 여기지 않았다.

일본 제국주의 식민지시대에 김태생은 조선의 남단에 위치한 제주도에서 태어났다. 김태생이 태어난 해인 1924년은 한일합병이 되고 14년이 흐른 때였다. 일본은 1910년에 군사력을 배경으로 당시 이씨 왕조와 강제로 합병조약을 조인하고, 토지조사사업을 벌여 토지의 소유권을 확립한다는 명목으로 농민들의 토지를 수탈하고 총독부의 재정적 기반을 다졌다. 그 때문에 쫓겨난 조선의 농민들은 중국 동북부나 일본으로 흘러 들어갔다.

김태생의 양친 역시 고향에서 멀리 일본으로 일을 찾아 떠나갔다. 관동대지진이 일어난 이듬해, 운 좋게 귀향한 부부 사이에서 김태생이 태어났다. 그러나 아버지는 재차 일본으로 건너간 채 몇 년간 돌아오지 않았고 어머니는 소년 김태생을 떼어놓고 재혼한다. 그리고 1930년 5살의 김태생은 오사카에 사는 친척을 의지해 단신으로 도일한다. 이 무렵 5살까지의 유년기 체험이 이후 김태생의 삶의 방식에 결정적인 영향을 끼쳤다. 전후 전개된 김태생 문학은 모친과의 이별, 고향을 떠나온 것, 부친과의 만남, 모친을 대신한 숙모의 죽음과 조우라는 과정을 거치면서 점차 사상적으로 형성해 간다. 역사의 큰 조류 안에서 재일조선인이 겪은 개인사가 김태생 문학을 형성하고 있다.

소설 「뼛조각」은 아버지가 어머니를 버리고 그 때문에 자신은 어머니에게 버림받아야 했던 주인공과 아버지와의 갈등을 전후 청년으로 성장한 주인공이 죽음에 직면한 숙부의 말에 이끌려 아버지를 찾아다니며 새로운 관계를 구축해 간다는 이야기다. 오사카에서 친척인 원기와 명순 부부에게 떠맡겨진 용민에게 아버지 영하가 찾아와 네 사람은 함께 살게 된다. 영하는 제대로 일도 하지 않고 놀기만 하다가 명순의 쌈짓돈에 손을 대고 6살짜리 용민을 데리고 집을 나간다. 영하가 사건을 일으켜 경찰에 잡혀감으로써 용민은 원기 부부에게 돌아오지만 그 후에도 같은 일을 되풀이하였고, 그때마다 영하는 어린 용민을 방치했다. 원기의 집에 도둑이 들어 돈이 없어졌을 때, 원기는 영하의 범행이라 확신하고 용민에게 "뒈져라, 이 도둑놈의 새끼야!"라며 욕설을 퍼붓는다.

용민은 욱하고 화가 치밀었다. 알 수 없는 뭔가가 몹시도 증오스러웠다. 그러나, 뭐가 그토록 증오스러운지 용민은 자신조차도 잘 알 수 없었다. 미운 것은 원기인 것 같기도 한데, 그만은 아닌 것도 같았다. 영하도 미웠지만, 정말 미운 사람은 영하가 아닌 것 같기도 했다. 영하나 원기를 뭉뚱그려 보아도, 한층 미운 뭔가가 있었고 아직도 미움이 풀리지 않은 것 같았다.

무엇을 향한 미움인지도 모를 깊은 증오심, 용민에게는 뭐라 말할 수 없는 증오가 끓어오른다. 이런 막연한 분노는 김태생 자신의 것이기도 하지만 그것은 당시 재일하는 조선인 소년들 사이에서는 보편적인 것이 아니었을까.

용민은 자기 마음이 우연히 적을 만난 소라처럼 단단한 껍질 속에 들어가 있음을 느꼈다. 용민은 자기 몸이 영하에 대한 적의로 순식간에 부풀어 올라, 출구를 찾아 헤매는 그 뜨거운 덩어리가 뒤집히듯 눈동자로 뿜어져 나와, 방 안의 눅눅한 공기 속을 뚫고 나간다. 그리고 그대로 영하의 멍하니 풀어진 안구 속으로 빨려드는 걸 느꼈다. 용민은 그렇게 곤두선 자기의 적의가 영하의 몸속 내장 구석구석까지 찔러댔으면 좋겠다고 생각했다.

그야말로 증오에 대한 풍부한 표현이지 않은가. 증오란 말 그대로 표리의 관계다. 그토록 미워했던 아버지 영하에게 용민의 마음이 풀어질 때도 있지만 유곽 여자한테서 온 편지를 문맹인 영하가 16살 용민에게 대신 읽도록 강요함으로써 다시 한번 증오심은 깊어진다. 그때 용민에게 "고향에 살고 있을 어머니가 문득 머리를 스쳤다." 어린 시절 기억만이 남아있는 어머니에 대한 그리움은 꿈이며 이상이기도 하다. 여기에서 작가로서의 사상적인 단편을 살짝 엿볼 수 있다. 같은 이유로 고향을 향한 그리움은 바로 이상향에 대한 그리움일 것이다. 김태생에게 어머니와 고향은 동의어다. 반대로 아버지에 대한 생각은 증오이며 현실과의 갈등이다. 어머니를 고향에 비유한다면 아버지는 재일하는 생활로 비유될 수 있다.

노구교 사건蘆溝橋事件이 있던 해 용민은 영하의 운명에 관해서는 전혀 신경쓰지 않겠다고 다짐한다. 그리고 몇 년 후 징병검사를 받고 입대를 앞둔 용민은 재차 경찰서에 붙잡혀 있던 아버지를 면회하러 가지만 영하의 태도는 냉담했다. 용민은 "영하는 자기가 짊어진 삶의 책임을 자기가 다하면 된다. 그것은 내 운명에 맞선 내 자신의 결의이기도 하다"라고 생각한다. 아버지에 대한 증오심은 용민의 가슴에 강한 개인주의를 자리잡게 했다. 그 이후 용민은 아버지를 만나지 않았다. 호준의 말에 따라 교토에 간 용민은 아직 수감 되어 있을지 모를 아버지의 소재를 찾아 S서屬로 가지만 자기 아버지란 사실을 숨기고 친구의 아버지라고 거짓말을 한다. "영하에 대해 직접 부자 관계라 밝히는데 따른 일체의 부담만큼은 거부하고 싶었다." 여전히 아버지를 자기로부터 떼어 내고 싶다는 마음이 강했기 때문이다.

그런데 형사가 소리 내어 기록부를 넘기자 용민은 태도를 바꾼다. "리카와, 리하라, 리모토, 리야마, 리무라……."

그렇게 중얼거리며 기록부의 '리' 항목을 꼼꼼하게 살피기 시작했다. 그 순간 용민은 강한 충격에 휩싸였다. 어찌 된 일이란 말인가. 그 두꺼운 기록부에 수록된 인명은 모두 조선인이었다. 그뿐만 아니라, '李'라는 한 글자에 지나지 않는 명사가 이처럼 무수하게 왜곡되어 이 사건 기록부에 남아있고, 지나간 그 날의 오욕적인 모습을 고스란히 드러내고 있다니. 그것은 용서하기 힘든 일이었다. (…중략…) 영하를 찾아내려는 자신의 행위는 이미 영하를 찾아내는 행위임과 동시에 그것을 이미 뛰어넘는 의미 있는 행위이기도 하다는 걸 용민은 깨달았다.

조신인들의 이름이 조선인 고유의 성이 아닌 일본식으로 개명된 채 사건 기록부에 그대로 남아 있다. 일본의 지배를 당하고 이름마저도 강제로 바꿔야 했던 조선인의 굴욕적 역사가 거기에 또렷이 그 모습을 새겨 놓고 있다. 여기에서 용민이 깨달은 것은 분명히 재일조선인으로서의 아버지에 대한 발견이다. 김태생은 기록적인 성격이 강한 장편 「나의 일본지도」에서 다음과 같이 말한다.

우리 재일 동포가 일본에 건너온 배경은 현상적으로는 어찌되었건 본질적으로는 완전한 '타의'에 의한 것이라고 나는 생각한다. 당시 조선인이 '완전한 본의'만으로 살 수 있었을까? 물론, 그런 조선인이 전혀 없다고는 단언할 수는 없다. (…중략…) 대다수의 재일조선인이 다름 아닌 타의에 의해 어쩔 수 없이 일본으로 건너왔던 것 또한 틀림없는 역사적 사실이다.

이러한 일을 김태생은 "역사에 의한 강제연행"이라 불렀다. 경찰서에서의 체험은 용민이 품었던 아버지에 대한 감정에 사회적인 시야를 낳게 했다. 그리고 재일조선인의 젊은이로서의 자기를 역사적으로 다시 파악 하고자 하는 움직임이 마음속에 일어났다. 용민은 누가 말을 해서가 아니라 자기 자신의 행위로서 자기 힘으로 영하를 찾을 결심을 한다. 그리고 경찰을 뒤로 하고 아는 사람의 집을 돌아다니다 야마나시 형무소로 향한다. 용민은 야마나시로 향하는 열차 안에서 차창에 비친 두 줄기 빛이 이쪽을 응시하며 "너는 거창하게 말을 늘어놓지만, 너는 나를 미워하고 버린 것에 그럴듯한 이유를 갖다 붙이지 않으면 네 마음이 편하지 않기 때문일 뿐"이라고 호소하는 걸 깨닫고 깜짝 놀란다. 줄곧 용민을 응시하고 있는 두 줄기 빛은 바로 자기 자신의 것이었기 때문이다.

용민은 알고 있었다. 용민이 영하를 미워하는 의식의 밑바닥에 살았던 것이 가장 두렵고도 혐오했을 박정하고 이기적인 영하의•그것과 동질의 암울한 감정이었음을…….

아버지 찾기의 여정은 자기 응시의 여정이기도 했다. 일본에 지배당하고 생활의 활로를 개척하기 위해 어쩔 수 없이 일본으로 건너가 일해야만 했던 조선인 중 한 사람이었던 아버지나 같은 세대의 사람들, 그리고 그 세대와 연계된 자기를 응시했을 때 아버지에 대한 생각에 복잡한 빛이 비친다. 야마나시 형무소에서 물어보니 뜻밖에도 아버지는 폐결핵에 따른 전신 쇠약으로 이미 이 세상 사람이 아니었다.

야마나시에서 교토로 돌아와 형무소의 담당 교관이 준 지도를 더듬어 라쿠호쿠洛北 : 교토 북부지역에 있는 이 경찰병원에 오기까지, 용민은 갑자기 뼛속까지 사무치는 한기에 몸을 떨면서 영하를 아니 아버지를 생각했다. 비록 같은 길은 아니었을지라도 아버지 역시 예전에는 오늘 자기가 더듬어온 길과 닮은 여정을 거쳐 야마나시에서 이곳으로 왔을 것이다. 그리고 나는 역시 아버지가 더듬어온 길을 애매하게 벗어나지도 못한 채 지금 이렇게 여기까지 온 것이다. 아버지는 마침내 무엇인가 하소연하려는 눈빛으로 나를 여기까지 불러들였던 것이다.

경찰병원의 유골 보관실의 낡은 목조 건물에서 젊은 담당 교관이 용민 앞에 내민 것은 엽차 잔 크기 정도의 보잘 것 없는 나무상자였다. 거의 아무런 느낌도 없을 정도의 그 유골 상자 뚜껑을 열자 바닥에 "볼록 렌즈처럼 아주 조금 봉긋한 뼛조각"이 들러붙어 있었다. 손으로 들어보니 "그것은 마치 아버지의 삶처럼 작고 가벼웠다." 용민은 아버지의 삶의 가벼움을 이처럼 확인해 보는 수밖에 없었던 것이다. 그리고 하나 더 확인한 것이 있었다. 뼛조각을 상의 안쪽 포켓에 넣자 텅 빈 유골 상자는 이미 유골 상자라 말할 수 없는 보기 흉한 나무토막이 되어 있었다.

용민은 검은 분노의 불꽃이 타오르는 걸 몸소 느끼며 나무상자를 거칠게 움켜쥐었다. 있는 힘을 다해 복도 바닥에 내팽개치려다 갑자기 손을 멈췄다. 용민은 복도의 높은 천장을 올려다보았다. 살을 에는 듯한 외풍이 드나드는 좁고 긴 천장에는 자신이 움켜쥔 나무상자와 마찬가지로 냉혹하게 자기를 거부하고 마음을 얼어붙게 할 듯한 어두운 적의가 가득 차 있었다.

용민은 유골 상자의 나무 조각에 손이 찔리는 것도 아랑곳하지 않고 그것을 움켜쥐고 으스러뜨렸다. 그리고 그는 그것을 텐만天滿행 게이한京阪 전철 차창에서 요도가와淀川 강바닥으로 내던져 버렸다. 보잘 것 없는 뼛조각을 덮고 있던 보기에도 빈약한 그 유골 상자는 용민의 손에서 그렇게 묻혀 사라졌다. 이름도 없는 한 사람의 재일조선인의 작은 삶을 덮고 있던 것, 그것이야말로 김태생이 으스러뜨리고 내던져 버렸던 것이 아니었을까. 일본 사회에 대한 반정립反定立을 김태생은 이와 같이 표현했다. 그리고 재일하는 삶의 정립을 주장해 나간다. 그리고 책의 말미를 이렇게 매듭짓고 있다.

용민은 창문을 닫고 좌석에 앉아 오른손으로 안쪽 주머니에 손수건으로 싼 뼛조각을 만져 보았다. 그것은 용민의 손끝에 아주 작은 존재로 전해져 왔고 그의 체온과 닿아 희미한 온기를 느끼게 했다. 뼛조각은 마치 용민의 속옷 안으로 침투해 젖꼭지 주위에 딱 달라붙은 것처럼, 아주 작은 두개頭蓋의 융기가 바깥쪽으로 향해 불룩한 용민의 가슴에 들러붙어 용민의 심장의 고동에 맞추어 희미하게 움직이고 있었다.

용민의 아버지 찾기는 아버지를 증오한 의미를 찾는 여정이었다. 거기에는 역사로 인해 강제 연행된 조선인들의 산 역사가 있으며 또한 용민의 맥을 줄곧 뛰게 한 것이기도 했다. 용민의 아버지에게도 재일의 근거는 있었다. 이렇게 용민의 아버지 찾기 여정은 재일조선인이라는 역사적 존재 확인으로 귀착되고 그 과정에서 겪은 자기 응시는 아버지의 삶을 산다, 또는 아버지의 죽음과 함께 산다는 의지의 획득에 이르게 된다. 용민의 심장의 고동에 맞추어 희미하게 움직인 뼛조각의 모습이야말로 재일조선인 작가 김태생의 삶의 모습이기도 하다.

한쪽 폐와 늑골 8개를 잃고 살아온 여윈 몸의 김태생은 그 풍모 또한 정말이지 '뼛조각 작가'로 불리는데 무척이나 어울렸다. 그러나 무엇보다도 김태생은 그 사상으로 '뼛조각 작가'로 불려야만 한다. 살아 있는 몸의 심장의 고동에 따라 희미하게 움직이는 보잘것 없는 작은 뼛조각 삶이 되는 것이야말로 물리적으로 죽어갔던 김태생의 소망이었기 때문이다.

3) 재일성의 근원

'뼛조각 작가' 김태생이 타계한 것은 4년 전이지만 그 죽음은 30년 전부터 예견된 것이었다. 김태생의 작품에는 항상 '죽음'의 그림자가 드리워져 있다. 김태생의 최초 작품인 「가래 컵」『신조선』8, 1955.9은 폐결핵 선고를 받은 '나'가 유아기에 함께 살았던 숙모가 결핵으로 죽은 것을 떠올리며 산다는 것이 쉽지 않음을 생각한다는 소품이다. 이 작품은 나중에 「어느 여자의 생애」, 「소년」, 「파충류가 있는 풍경」, 「나의 인간지도」와 같은 습작으로 승화 발전된다. 이 작품에서 김태생은 병상의 숙모가 뱉어낸 가래 컵을 매일 씻어내면서 몸에 익숙해진 염세관에 대해 다음과 같이 적고 있다.

가래 컵의 가장자리에 들러붙은 점착성이 강한 가래 조각은 흘러내리는 수도의 수압 정도로는 쉽게 떨어지지 않았다. 그때마다 나는 그 속에 손을 넣어 쓱쓱 문질러 씻었다. (…중략…) 가래 컵을 씻는 일은 그로부터 1년 정도 지날 때까지 마치 고목과 같이 말라비틀어진 명순의 그 비참한 생애가 끝날 때까지 줄곧 이어졌다. 그리고 병간호를 하는 동안 나는 명순과 같은 방에서 먹고 잤다.

정말이지 요즘 들어서의 일이지만 나는 염세관이라고 하기에는 너무도 단순한 건지 모르겠는데 어떤 기묘한 생각에 사로잡혀 있었다. 그것은 자신은 서른 정도까지밖에 살 수 없다는, 그 나이 또래에 원기 왕성한 아이로서는 조금 우스꽝스럽게 생각되는 관념이었다.

그리고 실제로 김태생은 해방 후 23세의 나이에 자신도 폐결핵으로 입원했다. 서른을 넘길 때까지 줄곧 팔 년간에 걸친 요양생활을 하면서 오른쪽 폐를 절제한 데다 늑골도 여덟 개를 잃었다. 폐결핵은 당시로서 죽음을 피할 수 없는 병이었다. 김태생의 입장에서 본다면 정신적으로나 사실 관계를 따져보더라도 한번 죽은 것이나 마찬가지였다. 죽음의 운명에서 기사회생한 김태생이 '죽음'을 의식한 것은 당연하다. 김태생은 61세로 죽을 때까지 항상 죽음과 동거하며 살아왔다고 말할 수 있을지도 모른다. 그러므로 김태생은 그 삶의 과정에서 최초로 죽음의 의미를 몸소 가르쳐준 '숙모'를 몇 번이나 작품의 모티브로 다루었다.

「어느 여자의 생애」에서 묘사된 김추월이라는 여자는 1905년에 제주도에서 태어났다. 일본 제국주의의 '토지조사사업'에 의해 토지를 빼앗기고 도회지에 넘쳐나는 이농민의 한 사람이 되었다. 18세 때 남편과 이정노ㄱⲧ櫓 범선을 타고 나가사키에 도착하여 가까스로 오사카에 다다랐다. 그야말로 역사가 만들어낸 재일조선인의 전형적 인물이다. 추월은 일본 생활에서 주로 오사카나 나고야의 방적공장을 다니며 필사적으로 일했다. 남에게 속는 일이 많았고 수입은 적었다. 그리고 공사장 합숙소에서 밥을 짓다가 첫 유산을 한다. 당시는 세계적인 공황으로 어려웠던 시대였고 조선인에게는 제대로 된 일이 주어지지도 않았다. 살집을 얻는다는 것도 어려운 일이었다.

희망이라 해야 그것은 장래 고향에서 약간의 밭뙈기와 비바람을 피할 집이나 장만해서 아이 몇을 낳고 키운다는 것 정도에 지나지 않았다. 일본에서의 생활은 일시적인 것이며 제대로 된 생활은 고향에서 기다리고 있는 것이다.

추월 부부는 이카이노 거리 구석에 임시로 생활 터전을 잡고 개인이 경영하는 화장터에서 일했다. 그곳에서의 일은 가혹했으며 휴일도 정월 초하루뿐이었다. "그저 죽음에 대한 두려움과 허무한 삶에 대한 생각만이 커져가는 일이었다." 김태생의 작품에서는 생계를 위한 일조차 죽음의 그림자가 드리워져 있다. 그것이 체험에서 비롯된 것이라 하더라도 역시 독특한 면이 아닐 수 없다. '죽음'이라는 소재는 김태생 문학의 하나의 특징으로 꼽을 수 있다.

다섯 살 '나'가 추월의 집으로 들어갔을 때 추월은 26세였고 이미 세 아이를 낳았다 모두 잃었다. 추월은 모두 일곱 명의 아이를 낳았고 그 아이들 모두를 잃었다. "그녀는 불행했다. 그 불행은 그녀의 살려는 의지나 인간으로서의 선의를 초월한 곳으로부터 덮쳐오는 것이었다." 추월은 33세의 짧은 생애를 이카이노의 초라한 공동주택에서 마감했다. 뼈만은 고향 땅에 묻어달라고 유언했지만 오사카 외곽 묘지에 매장되었다. '나'는 작년 그 묘지를 찾아가지만 높은 지대였던 그곳은 흔적조차도 남아있지 않았다. 추월의 분묘에 있던 작은 돌 비석조차 "이미 그림자를 드리울 자리는 내 기억에서밖에 존재하지 않았다." 그저 타향에서 죽어라 일만하고 얌전한 생활을 꾸리다 아무것도 남기지 않은 채 죽어 간 추월의 생애를 이 작품은 그리고 있다.

해방 후 30년이 흐른 지금, 추월이 짧은 생애동안 잡고자 몸부림쳤던 것이 과연 나에게 나아가 재일조선인의 수중에 있을까 하고 생각한 적이 있다. 그것은 해방으로 반은 성취되었고 조국의 분단이라는 새로운 사태로 인해 한층 증식된 측면을 가지고 있다. 나는 갈증에서 아직도 해방되지 못했다. 추월의 생애는 얼핏 아무 결실도 없는 것으로 비친다. 하지만 내게는 그녀의 생애가 정말로 무효였다고 잘라 말할 자격 따위는 없다. 왜냐하면 주어진 삶을 그저 한결같이 살았던 것만으로도 이미 그녀의 생애는 빛나고 있기 때문이다.

김태생의 기억 속에 그림자를 드리움으로써 '김추월'은 김태생 문학을 교묘하게 창조시켰다고 할 수 있다. 어린 김태생을 어머니 대신 키우고 젊은 나이에 죽은 박복했던 '숙모'의 죽음과의 만남 이것이야말로 김태생 문학의 첫 번째 원인이다.

숙모와의 생활과 숙모의 죽음은 「소년」에서보다 문학적으로 승화된다. 「소년」에 나오는 인숙도 화장터에서 일한다. 임신한 인숙이 관을 들고 관 옆 판자가 삐져나온 원피스의 옆구리를 누르는 모습은 흡사 삶과 죽음의 접점을 상징하고 있는 것 같다. 좁은 집안에서는 화장터의 기묘한 냄새가 배어있는 연기가 떠 있다. 그야말로 죽음이 생을 억누르고 있는 듯한 인숙 부부의 생활상이다. 더욱이 주인공인 노부유키信之 소년의 놀이터인 묘지에서는 묘지기인 에이사쿠榮作 할아버지가 뼛조각을 밟아 부수고 나무망치로 갈아 시멘트로 굳혀 불상을 만들고 있었다. 불상은 "입술 가장자리에 은은한 미소를 띠우고 반쯤 뜬 눈으로 노부유키를 지그시 쳐다보고 있었다. 마치, 어때, 아가야, 여기 와서 나랑 같이 한숨 자 볼래? 라고 말을 거는 것 같다. 그것은 노부유키에게 전혀 짐작조차 할 수 없는 세계에서 부르는 매우 기분이 나쁜 소리다." 소년 자신도 죽음을 향한 유혹을 두려워하며 성장한 것이다. 「소년」의 인숙도 「어느 여자의 생애」의 추월과 마찬가지로 불행하며 불행과는 반비례로 귀향에의 소망을 강하게 가지고 있다. 병석에 누운 인숙의 말은 재일조선인 1세의 공통된 감회感懷가 아닐까?

죽음이 오더라도 지옥 따위에 가진 않을 거야. 나는 고향에 돌아갈 거야. 고향에 돌아가는 거야. 만약 죽더라도 나는 어머니와 아버지와 같은 땅 속에서 함께 잠들고 싶다. 나는 고향으로 돌아갈 거다. 일본 같은 곳에서 죽고 싶진 않아……. 나는 아무 잘못도 하지 않았어. 그저 열심히 일했을 뿐이다. 빨리 고향으로 돌아가 잘살아 보려고 열심히 일했던 거야. 그런데 낳은 아이는 모두 죽어버리고……, 나까지 이런 몰골이 되어버렸다. 나는 아무 잘못도 하지 않았다구…….

죽음과 더불어 살아가는 어떤 출구도 보이지 않는 일본에서의 생활로부터 벗어나, 보잘 것 없지만 고향에서 행복한 생활을 하고 싶다는 재일조선인 1세의 바람은 과연 이루어진 것일까? 그것은 김태생이 「어느 여자의 생애」에서 쓴 것처럼 "해방으로 반은 성취되었고, 조국의 분단이라는 새로운 사태로 인해 한층 증식된 측면을 가지고 있다." 사는 것만이 할 수 있는 가장 큰 저항의 자세였다. 김태생 역시 평생 갈등을 해소하지 못했을지도 모른다.

고향을 잃고 숙모 부부의 죽음을 가까이 접한 비참한 생활 속에서 소년 김태생은 성性에 대한 자각도 눈뜨기 시작한다. 김태생의 고향에 대한 바람에 관해서는 나중에 한 번 더 살펴보기로 하고, 여기서는 다시 「소년」으로 돌아가 김태생 문학의 '성생활vita sexualis' 측면을 들여다보기로 하자. 성의 자각은 김태생의 작품 중에서도 「소년」에 집중적으로 표현된다. 노부유키 소년은 끊임없이 인숙을 좋아하지만 술고래에 게으름뱅이인 용하를 싫어한다. "인숙이 일을 해야만 하는 것은 용하가 술만 마셔대기 때문이다"라고 생각한다.

노부유키는 자신은 언제나 혼자라고 생각한다. 외톨이야, 혼자다, 혼자야 라고 괘종 시계의 추가 끈덕지게 중얼거린다. 버리지 말아 달라고 추는 똑딱똑딱 중얼거린다. 놓지 않을 거야, 놓지 않을 거라며 추는 끈덕지게 중얼거리며 대답한다. 놓지 않는다…… 놓지 않아……멀리 청각의 깊숙한 곳에서 누군가가 나지막이 중얼거리고 있다. 주전자가 쉴새 없이 펄펄 끓고 있다. 놓지 않을 거라는 아련한 목소리가 몸을 휘감고 있다. 노부유키는 숨이 막혀 몸을 뒤척였다. 떨어지지 않을 거니까……방금 깨어난 노부유키의 청각으로, 이제껏 들어보지 못한 인숙의 목소리가 흘러들었다. 억양을 억누른 용하의 속삭임이 뜨거운 파도가 일렁거리듯이 노부유키의 귀로 흘러들어왔다.

노부유키의 어머니나 마찬가지인 숙모 인숙에 대한 사랑과 그 남편인 용하에 대한 미움에는 어머니를 사랑하여 아버지를 죽인 오이디푸스의 요소가 강하다. 실제의 어머니와 떨어져 살아야만 했던 노부유키는 심한 고독감을 가지고 있다. 오로지 혼자만의 고독을 달래주었던 어머니와 다름없는 숙모에게 품은 감정을 오이디푸스 콤플렉스Oedipus complex라 해도 과언이 아니다. 한층 자전적 요소가 강한 「나의 인간지도」에서는 인숙이 임신하여 용하와의 밀월 기간으로 돌아가자 '나'는 고독을 느끼고 그때까지 어머니와 같이 연모한 인숙에게서 타인을 느낀다.

왠지 인숙이 서먹서먹하고 타인 같단 느낌이 든다. 외톨이의 자유라는 것은 분명 따분하고 별 볼 일 없는 것이다. 그리고 나는 인숙을 바라보는 자신의 눈이 점점 변해간다는 것을 깨닫기 시작했다.

유아기에 겪은 어머니와의 헤어짐은 사춘기의 사고에도 미묘한 그림자를 드리운다. 어머니와 다름없는 숙모 말하자면 의사모擬似母에게 최초의 여성을 느끼는 것이다. 그리고 이러한 성의 자각은 인숙의 죽음에의 접근으로 순화되고 「소년」 노부유키와 「나의 인간지도」의 '나'의 훗날 인생에 결정적인 의미를 부여한다.

앞서 인용한 「가래 컵」의 장면은 「소년」에서도 등장한다. "인숙을 돌봐 주는 선옥 할머니도 그것만큼은 얼굴을 찌푸리고 손대지 않으려 하는" 가래 컵 청소마저 노부유키는 스스로 손을 집어넣어 씻었다. 김태생은 노부유키라는 인물에 의탁해 자신을 돌봐 준 숙모에게 무구한 애정을 표현하고 싶었을 것이다. 다만 김태생 문학은 에로스로서의 사랑을 표현한 적은 마지막까지 없었다. 성의 자각이 처참한 죽음의 형태와 더불어 시작된 것이라고 한다면 작가로서 아름다운 사랑의 모습을 표현하는 사상이 갖추어졌는지 어떤지는 의심스럽다. 예를 들면 죽어가는 인숙이 남편에게 욕설을 퍼부며 덤벼드는 것을 노부유키가 말리려 끼어드는 다음 장면에서는 너무나도 불행한 소년의 성과의 만남이 엿보인다.

"봐라, 이게 네가 죄다 핥아버린 몸이다, 똑똑히 잘 봐두는 게 좋을 게다." (…중략…) 머리칼을 잘라버린 인숙의 벌거벗은 몸은 단지 뼈에 늘어진 피부를 걸치고 있는 것으로밖에 보이지 않았다. 인숙의 몸 어디를 만져 봐도 부드러운 피부의 감촉은 없고 울퉁불퉁한 뼈의 느낌만이 노부유키의 손바닥에 전해질 뿐이다. 쇄골과 늑골이 떠오르고 주름 잡힌 주머니를 연상케 하는 양쪽 유방이 검고 작은 유두를 똑 붙여 가슴에 붙어있다. 팔과 다리는 삐쩍 말라 봉처럼 가늘고, 팔꿈치와 무릎 관절이 보기 흉하게 혹처럼 튀어나와 있다. (…중략…) 노부유키는 자기도 모르게 인숙의 몸에서 떨어져 나왔다. 인숙의 움푹 패인 하복부, 거무스레하게 칠한 것 같은 검은 수풀이 눈부시게 노부유키의 시선을 사로잡았다.

이 처참한 현실이 사춘기 소년을 붙잡았다. 인숙은 이렇게 죽어갔지만 이러한 현실에서 얻은 인상은 평생 소년을 붙잡고 놓아주지 않았음에 틀림없다. 김태생의 거의 모든 작품에 인숙의 모티브가 된 어머니 대신의 숙모가 등장하는 것도 이 때문이다. 어떤 의미에서 이 숙모와 숙모의 죽음이야말로 소년기 김태생의 정신 구조에 직접적인 영향을 끼친 가장 큰 요인이었다. 숙모는 처참한 현실을 그 육체를 통해 소년인 김태생에게 적나라하게 보여 준 것이다. 그러나 그뿐만이 아니다. 소년이 자립해서 살아갈 수 있도록 정신적인 교육을 게을리하지 않았다. 「나의 인간지도」에는 단신으로 고향 제주도를 떠난 고독한 '나'를 키우는 인숙 숙모의 모습이 잘 묘사되어 있다.

뜨거운 유부우동을 후루룩거리며 먹고 있던 내가 얼굴을 들자, 숙모의 찢어진 눈에 눈물이 반짝거렸다. 속눈썹에서부터 흘러나온 눈물이 미세하게 떨리는 뺨에 한 줄기 주루룩 떨어져 내렸다. 나는 목이 메어 몸을 떨었다. 얼굴이 긴 숙모의 홀쭉한 뺨과 오므라든 아래턱 언저리에 또렷이 어머니의 모습이 겹쳐진 걸 깨달았기 때문이다. 원탁에서 내려올 때, 나를 안아 올린 숙모의 땀에 젖은 뺨이 닿았을 때, 나도 모르게 가슴이 꽉 막혀 온 것도 분명히 숙모가 어닌지 모르게 어머니의 모습을 떠올리게 했던 탓이었다.

「나의 인간지도」는 자전적 요소가 강한 작품이지만 물론 김태생이 어린 시절의 만남을 모두 기억하고 그 기억대로 쓴 것이라고는 할 수 없다. 여기에는 김태생이 당초 '숙모'를 만났을 때부터 자신의 보호자＝의사모로서 인식했다는 관념이 표현되어 있다. 「뱃조각」에는 명순 숙모가 방탕한 아비로 인해 주눅 들기 쉬운 용민을 다독이며 인생을 논하는 장면이 묘사되어 있다. 명순은 공원의 포플러 나무에 참새가 잔뜩 머물러 있는 것을 가리키며 이렇게 말한다.

"약한 것은 모두 저렇게 서로 의지하면서 힘을 합쳐 살아가는 거다. 인간도 마찬가지야. 어릴 때는 누군가의 보살핌을 받지만 크면 자기 힘으로 가정을 꾸리지 않으면 안 된다. 맞지? 용민아, 참새도 자기 힘으로 살아가고 있잖아. 너도, 우리가 못 살아서 소학교에도 들여보내질 못했지만, 마치 저 어린 참새가 자기 먹이를 자기 힘으로 찾아내는 것처럼 자기 힘으로 글자도 익혔단다. 우리들처럼 문맹이 아닌 거야. 이제부터도, 아버지 때문에 주눅 들어선 안 된다. 너는 남자니까 말이다."

숙모는 다정하기만 한 것이 아니라 항상 현실의 냉혹함을 가르쳐주고 자립을 촉구한 존재였다. 김태생은 어린 나이에 어머니와 떨어져 고향을 떠났고 일까지 했다. 10살이 채 되지 않은 나이에 이미 자립의 길을 걷기 시작했다. 전쟁과 공황으로 불안정했던 시대에 타국에서 성장해야만 했던 어린 김태생의 자립을 도운 것은 바로 '숙모'였다.

이러한 숙모의 죽음을 역사 속에 자리매김할 수 있게 된 것은 물론 어른이 되고 나서이지만, 김태생은 인간 개개인의 죽음에 대하여 그 사람을 키운 시대와 무관하다고 생각지 않았다. 특히 재일조선인이라는 개념에 따라 제각기의 죽음에도 특정한 의미를 두고자 한다. 「나의 인간지도」에서 조부의 죽음과 숙모의 죽음에 관해서 "일본이 조선을 합병하기 훨씬 전에 태어난 조부와 그 직전에 태어난 인숙 숙모의 죽음은 분명 두 개의 다른 세대의 죽음이었다. 하지만 두 사람은 타국 일본에서 초라하게 시들어 이름 없이 죽어감으로써 그 죽음은 한 시대의 것이 되었다"라고 적고 있다. 김태생은 죽음을 기준으로 삼고 재일조선인의 시대를 응시했던 것이다. 전후에 결핵을 앓고 한쪽 폐로 살아온 김태생의 죽음 또한 그가 사랑했던 '숙모'의 죽음과 동일한 시대의 죽음이 되었다. 김태생은 "인간의 죽음"에 줄곧 집착했으며 마지막에는 자신의 육체로 경험했다. 죽음을 줄곧 응시해 온 사람의 죽음은 분명 조용했을 것이다.

4) 고향과 어머니

촉촉한 오징어 눈동자
바다를 향해 말라가네.

이 하이쿠를 읊다 보면 머리 속에 김태생의 뒷모습이 떠오른다. 그건 큰 키에 마른 체구의 김태생이 코트 깃을 살짝 펄럭이며 반짝이는 푸른 바다를 향하고 있는 뒷모습이다. 숱이 적은 머리칼도 헝클어져 어쩐지 쓸쓸한 느낌이 든다. 실제로 나는 바다를 향해 서 있는 김태생을 본 적이 없다. 내 기억 속에 있는 그의 뒷모습이라면 그저 술집에 들어서려고 하다 찬바람을 맞고 있는 뒷모습 정도이다. 매양 천천히 걷는 그는 계단을 오르는 것도 귀찮은 듯 가려는 술집이 2층이면 "자네, 내 등 좀 밀어 주게"라며 누군가에게 부탁하곤 했다. 그런 김태생의 뒷모습이 이 구절과 겹쳐진다.

김태생은 젊을 때부터 하이쿠를 즐긴 것 같은데 알려진 것은 그리 많지 않다. 이 하이쿠는 고향을 버릴 수밖에 없어 떠나고 타국 일본에서 정착한 재일조선인의 존재 그 자체를 표출하고 있다. 김태생의 고향은 제주도다. 표고 1,950미터인 한라산을 중심으로 한 이 화산도는 조선의 최남단에 위치해 있으며 규슈에서 그리 멀지 않은 거리에 있다. 일본인은 한국 본토와 달리 비자 없이 갈 수가 있다. 그러나 제주도는 다섯 살에 그곳을 떠났던 김태생에겐 두 번 다시 돌아갈 수 없는 고향이었다.

내 고향 제주도는 결코 내 눈앞에 그 모습을 드러내지 않는다. 그것은, 지금까지 거의 반세기나 되는 세월에 걸쳐 그랬던 것처럼, 여전히 지금도 내 시야에서 벗어난 고국 바다의 수평선 저편으로 그 모습이 사라진 채 있다.

「서장 고향으로」, 『나의 일본지도』

이 세상에 태어나 겨우 5년 남짓의 짧은 제주도 생활에서 김태생이 얻은 것은 과연 무엇이었을까? 그곳을 정말 고향이라 부를 수 있을까? 김태생은 『나의 일본지도』의 「서장 고향으로」에서 이렇게 적고 있다.

이시카와 다쿠보쿠石川啄木는 일찍이 돌팔매질에 쫓기어 달아나듯 고향을 버릴 수밖에 없었던 쓸쓸함을 읊었다. 무로 사이세이室生犀星 또한 고향을 멀리서 그리워하는 감정을 내비쳤다. 그러나 나는 스스로 고향을 생각하며 그릴 수는 있지만 도저히 읊을 수가 없다. 내 고향은 내 자신의 감성과 정념이 오랜 세월에 걸쳐 내가 바라는 대로 키워온 지극히 작위적인 고향에 불과할지도 모른다. 고향을 떠나고 이미 반세기 가까이 나는 끝끝내 한 번도 부모의 땅을 밟을 기회를 가질 수 없었다. 내 자신이 고향에 관해 무언가 말하려 한다면 필연 그것은 모르는 것 투성이의 고향에 관한 것일 뿐이다.

김태생은 자신이 이상으로서의 고향 = 제주도를 머리 속에 키워왔음을 깨달았다. 김태생이 동향 작가로서 경외했던 김석범은 일본 오사카에서 태어났다. 김태생은 물론 오사카 출신의 김석범조차도 제주도를 고향으로 여기고 있다.

고향은 그저 수동적으로 일정한 곳에서 태어났다 해서 그곳이 고향이 되는 게 아니다. 자기 의지로 내면에 고향을 키우고 만들어 내야 하는 것이라고 나는 생각한다. 따라서 때로는 자기 고향을 버리는 경우도 있다면 부모의 땅을 찾아내어 스스로의 고향으로도 만든다. 식민지 하의 망국, 유랑의 백성이었던 나에게 제주도는 조선 — 잃어버린 조국과 같았다. 그 조국에 대한 각성도 내가 제주도를 고향으로 여기는 심정과 뿌리를 같이 한다. 나는 고향을 통해 조국에 눈떴지만 동시에 조국 상실의 의식이 없었다면, 비록 제주도를 고향으로 여기는 의식이 있었다 하더라도 그것은 상당히 다른 형태의 것이 되었을 것이다.

김석범, 「고국행」

일본에서 태어난 김석범의 경우는 김태생보다도 사상적으로 훨씬 더 '고향'이란 개념을 정리하고 있다. 공통점은 조국 상실 내지 고향 상실과 같은 의식이 잃어버린 고향에 대한 심정과 연계되어 있다는 점이다. 고향이란 시간의 경과 속에서는 본래 비현실적이라 사상이라고 할 수 있을지도 모른다. 세상에 태어난 아이는 어머니 뱃속으로 다시 돌아갈 수 없다. 그러나 사상으로서의 고향을 가지고 있다면 그것을 기반으로 작품을 탄생시킨다. 앞서 기술한 하이쿠가 그러하며 또한 소설가 김태생은 소설로서 그것을 남기고 있다.

고향을 떠나오는 이야기는 단편소설 「동화」에 묘사되어 있다. 이 작품은 자신을 낳은 어머니와의 이별 이야기이며 동시에 고향과의 이별 이야기이기도 하다. 주인공의 어렸을 적 이름은 노부유키로서 「소년」의 주인공과 같은 이름이다. 아버지가 일본으로 일을 찾아 떠난 후 돌아오지 않자 어머니는 세토 모노야키瀨戶燒 도공 아저씨와 마을에서 도망치고 남편 친척에게 들키지 않으려고 노부유키를 데리고 '항구'로 숨어든다. 그런데 도공이 아버지의 친척에게 붙잡혀 처참하게 당하자 어머니는 노부유키를 두고 갈 수밖에 없게 된다. 어린 노부유키는 포플러 나무 밑에 두고 온 고무신을 가져오라는 어머니의 말을 듣고 달려갔다가 그곳에서 기다리고 있던 친척 아저씨들께 붙잡히고 만다. 실제로 김태생이 어떤 식으로 어머니와 헤어졌는지는 알 수 없지만 『나의 인간지도』의 「서장·이향담離鄕譚」에는 다음과 같이 적고 있다.

어머니는 나를 낳고 4살까지 키운 나를 두고 다른 집으로 가버렸다. 어머니가 그런 결심을 굳힌 직접적인 이유가 무엇이었는지, 어린 나로서는 이해할 수 없는 일이었다. 다만, 나를 데리고 집을 나갈 결심을 했던 어머니가 큰아버지의 반대로 어쩔 수 없이 나를 놓고 간 것만은 기억한다. 아내는 남편과의 관계를 통해, 일가에 종속된 존재라고 믿고 있는 큰아버지는 집안 체면을 봐서라도 어머니와 나를 떨어뜨려 놓을 필요가 있었던 것 같다. 소위, 그것은 어머니에 대한 제재였던 것이다. 그렇다고 해서 큰아버지에게는 나를 손수 돌보며 키울 여유도 없었다. 아버지의 친척들도 처자를 남기고 잇달아 일본으로 건너간 사람이 줄을 이었다. 나는 어쩔 수 없이 외조부의 슬하로 들어가게 되었다. 그때까지 마을을 떠나 있던 어머니가 다시 마을로 돌아와 세대를 만들게 되어, 나도 일단은 어머니 품에 안겼지만, 어차피 어머니는 그 집에 속하는 존재로밖에 있을 수 없었다. 비록 나에게 쏟아야만 할 사랑을 잃지 않았다 하더라도, 이미 어머니에게는 나를 수용할 자유도 장소도 주어지지 않았다.

어린아이가 어머니와 헤어질 수밖에 없는 일이 있다면 그것은 제각기 개인적인 조건에 따르는 이른바 개인 문제에 불과할지도 모른다. 그러나 그 개인적인 문제도 반드시 역사적, 사회적인 조건의 반영인 것이다. 노부유키가 어머니와 헤어져야만 한 것도 넓은 의미에서 보면 일본 제국주의의 지배하에 있었던 조선의 생활에 곤궁해진 현실이 원인이지 않은가.

노부유키의 아버지만 해도 고향에서 살 수 없으니까 일본으로 일하러 간 것이다. 달리 방법이 없어서 고향으로 돌아올 수도 없는 것이야, 틀림없어. 처음부터 너희 모자를 방치할 생각은 아니었을 것이다. 생각해 보면, 우리들은 모두, 뿌리 내릴 땅을 빼앗긴 볏모 같은 신세지, 그냥 있으면 시들어 죽어버릴 수밖에 없는 게야. 마을을 떠나 어떻게든 살아남지 않으면 안 되는 거란 말이다.

어머니를 아내로 맞이함으로써 노부유키와 어머니를 갈라놓고만 세토 모노야키 도공의 이 같은 말은 역사관을 가진 리얼리즘의 표현으로서 이 온화한 작품의 이면에 묘사된 냉엄함을 살짝 보여주고 있다. 그렇지만 김태생도 처음부터 이와 같은 역사주의적 표현을 전개한 것은 아니다. 앞의 「『뼛조각』에 나타난 재일하는 자인 아버지와의 동일성」에서도 언급했지만 냉철한 자기 응시에 따른, 소년기 아버지와의 갈등의 정신적 정리 작업이 역사의식 획득으로 이어져 걸작 「뼛조각」을 탄생시켰다. 「동화」는 1958년 『문예수도』에 처음으로 발표되었다. 1977년 『계간 삼천리』에 다시 발표되었을 때에도 문장은 많이 바뀌었지만 스토리는 거의 변하지 않았다.

그러나 앞서 게재한 세토 모노야키 도공 아저씨의 말은 다음과 같았다.

그 애 애비가 한 게 뭐야, 좋아하는 여자랑 멀리 만주까지 가서 하고 싶은 대로 다하고 살지 않았나. 6년 동안 단 한 번도 애비 노릇을 하지 않았어.

여기에는 사회를 비판적으로 보려는 의식이 없다. 1957년 처음으로 「동화」를 발표했을 때에는 아직 김태생은 재일성을 비판적인 역사의식에 의한 표현보다도 자연주의적인 감정 표현에 따르고 있었다. 그러나 1970년대에 들어와서는 개인사적 체험을 역사의식 속에서 정신적 작업을 진행하고 있다. 「동화」의 이 대목의 변화도 그와 같은 의미를 나타낸다. '재일'의 역사성을 간파한 비판적 리얼리즘의 방법과 서정적인 완성도가 높은 문장이 김태생 문학의 특징이라 할 수 있다. 조선인이 고향을 떠나게 된 역사성에 대해 김태생은 언제나 작품 속에 넌지시 묘사하고 있나. 예를 들면 「나의 인간지도」에서는 이렇게 나타난다.

"그런 위험한 지경에, 일부러 왜 일본에 온 거야, 고향에서 살면 좋을 걸." 나는 그때, 그렇게 되물었다. 무사히 도착해서 다행이지만, 배가 가라앉기라도 한다면 모든 게 끝장이 아니냐, 라고.

　어머니는 기억을 더듬듯 잠시 먼 곳을 바라보는 것 같았다. 어린애 같은 내 어리석은 물음이 불만이었을 것이다. 해가 기울어가듯 표정이 어두워지더니 꿀꺽 침 넘어가는 소리를 내며 무언가를 삼켰다.

　"그야…… 어떻든 살고 싶어서였지. 아무리 농민이지만 땅만 핥아가며 목숨을 부지할 수야 없잖아? 손바닥 만한 그 밭뙈기도 다 남들 것이고, 넓은 토지는 슬쩍 일본 사람이 거둬들였다……. 인간이야 어차피 한 번 죽게 마련이다, 그렇게 죽을 거라면, 하고 맘먹고 한 일이다."

　김태생 자신을 상정했을 '나'가 태어나기 전 어머니가 일본으로 가게 된 사정을 나중에 소년인 '나'가 어머니에게 물어 듣게 된다는 형식이다. 여기에서도 조용한 비판 정신의 내면에 있는 견고한 역사의식을 읽어낼 수 있으며 역사주의적 리얼리즘에 입각해 써 내려간 문학이라고 평가할 수도 있다. 그러나 김태생의 고향 그 자체를 그렸다고 할 수 있는 「동화」 전체를 감싸는 그야말로 동화적인 분위기는 리얼리즘과는 거리가 있다. 앞서 언급했듯이 김태생에게 고향은 이상일 수밖에 없다. 따라서 고향 제주도를 무대로 한 이 소설 역시 비현실적이다. 비현실적이지만 강한 동경을 느낄 수 있다. 그것은 자기가 태어난 곳에 대한 동경이다. 김태생에게 어릴 때 기억을 통해 가까스로 지닌^{또는 지녔다고 생각하는} 제주도 이미지를 「동화」에서 발췌해 보면 이런 식이다. 이른바 뱀 구멍에 손가락을 집어넣으면 손끝이 썩어버린다는 것. 들쥐 구멍에 오줌을 누면 금방 고추가 부어올라 따끔한 맛을 보게 될 것이라는 것. 지네가 귀에 들어가 아팠던 것을 모란 할멈의 지혜로 귀 볼에 참기름을 발라 벌레가 나오기를 기다렸던 일. 밤에 깜박 요에 오줌을 싸고 모란 할멈한테 '소금'을 얻으러 갔던 것. 이 '소금'은 오줌싸개 어린애에 대한 벌로 「동화」의 노부유키는 빗자루로 두들겨 맞았다. 이와 같은 어머니의 꾸지람과 벌은 옛날 이야기 풍이다.

그와 비슷한 이야기는 「나의 인간지도」에도 등장한다. 제주도에서 일본으로 건너와 오사카에서 살게 된 '나'는 한동안 어머니 꿈만 꾸게 된다. 그 꿈속에서는 가까이 가서는 안 된다고 금기시되는 깊이를 알 수 없는 연못 이야기가 나온다. 고향 어머니가 생각날 때 이와 같은 경계하는 옛날 이야기적 조어가 등장한다. 그것은 김태생의 고향 이미지와 이어져 있다. 김태생에게 제주도는 육안으로 본 고향이라기보다 어머니의 자궁과 같이 가깝고도 먼 존재였다. 김태생에게 어머니와의 헤어짐은 현실적으로는 고향 상실이었지만 정신적으로는 유기적으로 연결된 것이었다. 고향이나 어머니와 이어져 있다기보다 유아기에 체험한 '이별'의 주박을 받고 있다고 해야 할 것이다. 김태생은 「동화」에 관해 잡지 『조선인』 21호^{1983.3}의 좌담회 「일본지도에 대한 다른 견해」에서 다음과 같이 말한다.

이것은 정말이지 어머니와의 헤어짐이면서 정말로 소박한 작품입니다. 대단히 애착이 가요. 이렇게 제 스스로 말하는 것도 이상하긴 하지만. 왜 그런가 하고 생각해 보니까, 고무신을 잊어버려서 말이죠, 가져오라는 건 실제 있었던 일입니다. 그렇다면요, 4살 정도의 코흘리개에게 말이죠, 어째서 그 기억이 남아있는지 아무리 생각해도 불가사의할 뿐입니다. 그건 지금까지도 명료합니다. 그런데 상당한 세월이 지난 서른 살 정도가 되어서도요 그 꿈을 꾸는 겁니다. 그 당시 그 고무신만 잃지 않았더라면 하고 말입니다. 나는 어쩌면 편집광적인 경향이 있는 건 아닌가 하고 생각할 때가 있어요. 자신의 신경구조가 장치가 말이죠. 아마도 그게 있단 생각이 듭니다.

같은 좌담회에서 이이누마 지로飯沼二郎는 『나의 일본지도』에 관해 "이 '어머니'를 통해 고향이릴까 고국이랄까, 그런 것에 대한 사모가 소설의 근저에 있는 것이 아닐까 하는 생각이 듭니다"라고 말했다. 분명한 것은 모친과의 이별을 통한 고향 상실이라는 실감이 김태생을 지배하고 있었다는 사실이다. 이향담이자 이별담이기도 한 「동화」는 그 쌍방의 합성에 의해 다른 작품에서 서장이 될 성격을 지니고 있다. 『나의 일본지도』, 『나의 인간지도』, 『나그네 전설』에도 서장으로 이향담이 쓰여진 것은 이 때문이다. 또한 작품집 『뼛조각』 첫머리에 「동화」가 게재된 것도 작가가 의도했는지 어땠는지는 차치하더라도 같은 이유에서 비롯된 것이라고 본다. 1965년에 『신작가』에 게재된 장편 습작 「인간 시장」도 첫 부분은 「동화」의 개작을 그대로 사용하고 있다. 현실의 제주도 자체는 김태생에게 원풍경이면서 현실감을 동반하지 않는다. 낳아 준 어머니와 거의 같이 살지 않았다. 그렇지만 양쪽 다 김태생을 낳은 실질적인 존재인 것이다.

　김태생의 의식은 항상 어머니인 제주도를 향해 있었다고 해도 과언이 아니다. 인간의 의식은 살아 있는 것만으로도 괴로운 현실보다 이상이나 꿈을 향해 있기 마련이다. 「동화」에서 표현한 것은 어머니와의 이별이며 고향으로부터의 출발이었다. 「나의 인간지도」의 마지막 장 「여름 날에」에는 1945년 8월이 묘사되어 있는데 일본이 패전을 맞은 마지막 부분은 "무엇보다 어머니를 만나자, 아래쪽으로 내려가 형제자매를 만나자고 생각했다"로 끝난다. 또한 『나의 일본지도』의 「서장 고향으로」에서는 이렇게 적고 있다.

　나는 다시 한번 나에게 고향은 무엇일까?라는 질문으로 되돌아갈 수밖에 없다. 나는 고향을 생각할 때, 찢어 내버려 두고 온 자신의 육체 일부를 생각하며 쓴다. 그리고 나의 고향은 과거나 지금이나 분명 고독하리라 생각한다. 내 고향에서 시작된 나의 「일본지도」는 내가 간신히 고향에 다다름으로써 마침내 완결될지도 모른다.

　김태생의 의식은 고향을 향해 선회하고 있었다. 김태생은 언제나 해변에서 말라가는 오징어처럼 눈물을 글썽이며 고향 쪽을 향해 멈춰서서 어머니의 자궁으로 회귀하기를 바라고 있다.

5) 전쟁과 일본인

재일조선인 작가 김태생의 영혼은 언제나 고향을 향해 있지만 그 몸은 영혼에게 타향인 일본 땅으로 돌아왔다. 김태생에게 생활의 현장이었던 일본은 대체 무엇이었을까?

일본으로 건너온 지 50년이 되는데, 생각해 보면 내게 즐거웠다 할 수 있는 해는 찾아볼 수 없다. 그러나 곰곰이 고쳐 생각해 보면 이제까지 긴 이국 생활에서 가장 즐거웠다 할 수 있는 날이 있었다. 나는 주저하지 않고 그 8·15, 1945년 8월 15일을 들 수 있다. 그것은 문자 그대로 여름 하늘에 빛나는 태양이 조국 광복을 기리며 찬연하게 빛을 발한 날이었다.

「잃어버린 것」, 『나의 일본지도』 제3장

일본 제국주의의 패배선언일은 오랜 식민지 지배로 고통받은 조선인들에게는 그야말로 희망에 찬 날이었음에 틀림없다. 이날을 계기로 재일조선인문학의 의미가 변화한다. 8·15 이전에는 기본적으로 조선인 일본어문학에 일본 제국주의의 폭력에 의한 조선어 사용이 금지되었다고 하는 전제가 있었다. 그러나 8·15 이후는 강권에 의한 강제가 아닌 귀국할 수 없는 상황 속에서 일본어로밖에 표현할 수 없다고 하는 역사적 강제를 받게 된다.

김태생은 장편 「나의 일본지도」를 통하여 고향으로 돌아가려는 필사의 노력을 하지만 뜻을 이루지 못하고 결국 지금도 일본에 살 수밖에 없는 재일조선인의 심정과 생활을 그렸다. 조선인이 귀국하지 못한 채 일본에 정착할 수밖에 없었던 일반적인 사성이나 역사적 배경은 여기서 상세히 말할 것은 못된다. 그러나 김태생에게는 그야말로 일본에서 생활하면서 '모국어'를 빼앗기고 일본어로 된 표현만이 허용되었다. 김태생 문학은 언제나 8·15를 의식하며 그려진다. 8·15에 관한 개인적 사정을 묘사함으로서 인간 심리 저변을 도려내듯 사회나 역사를 말했다. 그것도 작가의 정신에 남겨진 단 하나의 표현 수단인 일본어로 말이다.

잡지 『묘성』에 발표한 소설 「붉은 꽃」1983.11 역시 전쟁 중과 전후에 걸쳐 곤란한 시대를 살았던 재일조선인의 개인사를 묘사하고 있다. 이 소설은 「이연실씨」『계간 삼천리』 18와 「다시 찾은 이카이노」『미래』, 1980.1~2에 쓴 소재를 약간 전형화典型化하여 문학적으로 승화한 작품이다. 김태생은 자신의 주변에 있었던 사람들의 인생 단면을 그리면서 그 자신이 걸어온 역사의 의미를 반복적으로 되새겨온 작가였다. 「이연실씨」에서는 어려서 고향을 떠나와 타국 일본에서 필사적으로 일하고 남편을 징용으로 빼앗긴 여성에 대해 이야기한다. 일본의 조선 침략과 전쟁의 의미를 간접적으로 고발하고 있다. 예를 들면 이렇다.

그녀가 어려서 일본으로 건너올 수밖에 없었던 원인을 묻지 않을 수 없으리라. 그것은 그녀 남편의 운명을 어이없게 짓밟아버린 그 전쟁과도 연관된 문제이다.

박복한 여성의 박복한 연유를 강제로 들추어내지는 않는다. 독자가 몇 번이고 생각하고 끝까지 깊이 생각지 않으면 일본 제국주의라는 말에는 도달하지 못한다. 김태생의 방식은 너무도 문학적이었다. 「붉은 꽃」에서는 「이연실씨」와 같은 이름인 연실의 모습을 봉선화에 포개어 보여준다.

나는 늦여름의 투명한 햇살을 비스듬히 쬐면서 처마 밑에 옹기종기 살포시 피어있는 꽃들을 바라보았다. 연약해 보이는 연녹색 섬유를 겹겹으로 다발 지어 똑바로 하늘을 향해 뻗은 강인한 줄기의 잎사귀 사이로 진홍색 꽃잎을 피운 봉선화는 연실과 어울리는 꽃이라고 생각했다.

이 작품이 아름다운 인상을 심어주면서도 호소하는 바가 일본 제국주의 침략

전쟁의 죄과임은 말할 것도 없다. 그리고 김태생은 이 작품에서도 '산다'는 것을 저항의 수단으로 삼고 있다.

연실 씨, 이제부터도 양洋과 어머니, 할머니 몫까지 힘껏 살아야 해요. 악착같이 살아남아서 이 나라의 역사로부터 그들의 몫까지 빚을 받아내야 해요. 그러지 않으면 죽은 사람들도 분명 편히 잠들지 못할 테니까요. 이것이야말로 살아남은 우리들밖에 할 수 없는 일이니까.

'산다'는 것은 '죽음'과의 대국이다. 그것이 김태생에게는 우선 젊은 나이에 죽은 어머니 대신인 '숙모'의 처참한 죽음과 대치하고 있다. '사는 것'은 그야말로 '숙모'의 죽음이나 주위의 친했던 사람들의 죽음이 김태생에게 끼친 충격과 대치하는 개념이다. 그리고 전후, 그 '숙모'에게 끌려들어 가듯이 앓았던 폐결핵 때문에 죽음으로 내몰리면서도 삶에 대한 본능적인 집착심을 깨닫게 된다. 죽음에 대한 두려움과 삶에 대한 집착은 김태생의 내면에 윤회전생의 사상을 싹트게 했다. 「파충류가 있는 풍경」『묘성』, 1985.4에 등장하는 일본인 결핵환자 나카하라中原는 죽음에 대한 공포 끝에 자기 어머니의 뼈를 분말로 갈아 마신다.

나는 어머니 뱃속에서 태어났다. 이 몸은 어머니로부터 받은 것이다. 그래서 이번에는 어머니의 뼈가 내 몸속에 들어와, 원래대로 한 몸이 되는 것뿐이다. 정말로 자연스럽고 오히려 인간다운 일이다. 어머니는 죽기 전에 내 몸을 걱정해서 당신이 죽으면 뼛가루를 내서 먹으라고 진지하게 말했다. 두견새를 까맣게 구워 먹는 게페병에는 특효라는 식의 미신 같은 말이지만, 어머니는 진심으로 그렇게 믿고 있었다. (…중략…) 사람에게 만일 영혼이 있다면 어쩌면 어머니는 내 목숨을 구해 줄지도 몰라. 그렇게 생각이 바뀌었다. 불교에서는 전생이라든가 윤회라는 게 있다던데 (…중략…) 어머니가 내 안에 붙어서 한번 더 같이 산다…….

죽은 모친과의 일체화를 통한 필사적인 회생에 대한 기원이다. 김태생에게 어머니로의 회귀는 고향으로의 회귀다. 김태생은 결핵 요양소에서 죽어 간 일본인들을 지켜보면서 신 앞에 평등하지 않고 "죽음 앞에 평등"이라는 사상을 키웠다. 그리고 제국주의에 의한 희생을 민족주의 사상에 의해 정치적으로 단칼에 딱 잘라 버리는 것이 아닌 가해자인 일본 측도 역사적인 희생의 시점에서 재해석하고 있다. 그러한 관점은 김태생 문학의 말기에 드러나게 된다. 1985년에 상재된 「나그네 전설」이나 같은 해 『묘성』 4월호에 게재된 「파충류가 있는 풍경」이 그것이다. 여기에서 다시 한번 길게 인용하기로 하자. 「파충류가 있는 풍경」에서 주인공은 나카하라에게 다음과 같이 말한다.

나는 아직 말도 익히지 못했을 때 일본으로 건너왔다. 물론 내 의지가 아니지. 얼마 안 있어 만주사변이 일어났고 결국엔 중국과의 전쟁에서 태평양전쟁으로 확대된 거지. 바깥 세계에 전혀 무방비할 수밖에 없는 코흘리개 시절부터 소년기까지 나는 멍청히 입을 딱 벌리고 화약 냄새나는 전쟁의 공기를 쐬면서 자란 느낌이 들어요. (…중략…) 마침내 긴 전쟁은 끝났고 어쨌든 나는 살아남을 수는 있었지만, 정신을 차려보니 모국어조차 만족스럽게 말할 수 없는 반일본인에 지나지 않았던 거지. 운 좋게도 모국의 해방을 맞을 수는 있었지만, 나는 살아난 모국 앞에서 반은 이방인의 두려운 심정으로 서 있을 수밖에. 당신들 나라는 내 역사를 뭉개고 모국어를 금지하고 일본인이 될 것을 강요했는데, 나 자신도 그것을 자각하지 않고 받아들여 조선인인 자신을 스스로 없애고 말았던 거지요. 그래서 나는 더한층 되살아난 모국의 새로운 역사와 같이 살고 싶었지요. 그것은 내가 잃어버린 것, 빼앗긴 것을 스스로 되찾고 그것을 모국의 역사로 연결시키는 것이었어요. 그리고 나는 병을 얻고, 이 병원에 들어와 보고서 벽에 갇혀 있는 건 나뿐만이 아니고 당신이나 저 이시노石野 씨만 해도 같은 벽 안에서 괴로워하고 있는 걸 알기 시작한 거지요. 타인의 고통에 냉담한 태도를 허락하지 않는 당신 마음은 나에게도 통하는 것입니다. 우리들은 입장이 서로 달랐을지 몰라도 우리가 겪은 고통이 서로 닮지 않았다고는 할 수 없으니까요.

김태생이 도달한 곳은 결코 편협한 '민족주의'가 아니다.[6] 사소한 희망이나 꿈을 뺏고 생활을 뭉개버린 것에 대한 저항이다. 개인의 존엄을 해친 역사에 대한 조용한 항의다. 김태생은 일본의 침략이나 배타적인 체제에 대해 목소리 높여 비판론 그런 것도 매우 중요한 것이지만을 하지 않고 일본인이 가진 자정력自淨力에 대한 기대를 표명했던 것이다.

『나그네 전설』에 수록된 「나가사키로부터」에서는 "일본인은 국가가 타국을 무력으로 침략할 당시, 그 육체가 산산이 부서져 바다 속을 떠돌던 「불쌍한 일본 병사」처럼 그들 자신의 조부모 형제자매들 역시 희생을 강요당한 역사적 사실을 잊어도 괜찮은 것인가. 오히려 일본인이 더더욱 철저한 피해자 의식을 가질 때, 처음으로 "죽음을 당한 측"―희생을 당한 측의 고뇌와 아픔을 진심으로 이해할 수 있게 될 것이라고 나는 생각합니다"라고 말한다. 불행히도 일본 사회에서 자라 많은 일본인과 사귀고 특히 결핵 요양소에서 죽음에 임박한 사람들과 접촉하는 가운데, 김태생이 얻은 이러한 너무나도 재일적인 사상은 일본인과 대등하게 공존하기 위한 생활의 실감에서 비롯된 것이다.

6) 생활과 문학

김태생의 문학적 전성기는 1972년 「뼛조각」을 발표하고 타계한 1986년까지라고 할 수 있다. 그 동안에 『뼛조각』창수사, 1977, 『나의 일본지도』미래사, 1978, 『나의 인간지도』청궁사, 1985, 『나그네 전설』기록사, 1985 4권을 상재한다. 그 밖에도 「보금자리를 떠나다」『문예전망』, 1977, 「붉은 꽃」『묘성』, 1983.11, 「파충류가 있는 풍경」『묘성』, 1985.4과 같은 작품을 발표했다. 또한 1986년에는 제12회 청구문화상을 수상했다. 그

---

6   '민족주의'의 정의에 약간의 불만을 가진 독자도 있다고 생각하지만 여기에서는 '민족주의' 그
     자체를 비난하고 있는 것은 아니다.

동안 김태생은 사이타마현 가와구치를 활동 근거지로 삼아 실질적으로는 아내가 경영하는 한국 불고기집 주인으로서 생활했다. 사이타마에서의 생활은 일본에서의 생활을 임시생활로 규정하고 스스로를 나그네라 여겼던 김태생에게는 너무도 길었다.

아주 잠깐 하려던 것이 어느새 40년 가까운 관계가 되어버렸다. 이 땅에서 태어난 아이 둘은 좋든 싫든 여기가 고향이 되어버렸다. 그러나 태어난 고향이 모국에 있는 나로서는 지금까지도 이 동네를 지나치는 손님이라는 기분을 떨칠 수 없다. 말하자면 나는 이 동네의 식객인 셈이다.

『나그네 전설』 4, 우리 동네 편

40년이란 세월은 김태생에게 그 이전의 약 20년이 갖는 의미와 비교했을 때 결코 작은 것일 수 없다. 김태생은 항상 자신의 개인적인 족적을 더듬음으로써 역사를 상대화한다는 일견 역설적인 방법을 취했다. 가와구치에서 40년에 걸친 역력한 정주 생활을 김태생은 어떻게 대응했던 것인가? 그곳에 이르기까지의 역사는 그 독특한 방법에 의해 획득된 역사의식에 따라 형상화되었다. 『나그네 전설』은 정주라고 하는 현실과의 갈등 속에서 쓰여졌다.

「동화」로 대표되는 어머니와의 이별담이 김태생 문학 전체의 서장을 장식하고 있다는 것은 「고향과 어머니」 단락에서도 언급했지만 작품집 『나그네 전설』의 서장에서도 아득한 '고향' 이야기가 등장한다. 40년의 정주를 줄곧 의식하면서 불과 5년에 불과한 고향을 역시 첫머리에 놓고 있다. 『나그네 전설』은 소년기를 지낸 「이국의 거리」 이카이노, 결핵으로 입원했던 요양소, 작은 「여행」, 그곳에서 죽음을 맞았다는 의미에서 절반은 정착한 동네였던 「우리 동네」 사이타마현 가와구치에서의 생활을 순서대로 배치하고 「다시 찾은 이카이노」를 마지막으로 담았다. 그리고 뒤에 「나가사키로부터 — 후기를 대신하여」를 덧붙이고 있다. 이 구성은 김태생의 육체가 걸어온 길이며 또한 정신의 도정이기도 하다.

가와구치를 무대로 한 부분은 「나그네 전설」 전체의 3분의 1을 차지한다. 덧붙이자면 김태생이 생전 상재한 4권의 책 중에서 가와구치가 등장하는 것은 이 책 뿐이다. 가와구치에 살았던 김태생은 그곳에서 그의 눈에 비친 풍경을 비롯해 공해와 같은 사회적인 문제에도 관심을 보이지 않을 수 없게 된다. 원래 그는 오사카의 골목 안 주물공장 지대의 음습한 분위기를 닮은 이 거리에서 오래 살 생각은 없었다.

나는 될 수 있는 한 이 동네에서 만큼은 살고 싶지 않다고 생각했다. 내가 죽을 듯한 심정으로 몸부림치면서 겨우 빠져나온 생활 공간과 동질적인 요소가 이 동네에 있는 것 같단 생각이 들었다.

김태생은 이 거리에 좋은 인상을 갖고 있지 않았다. 젊은 그가 꿈꾸어온 제주도에서의 풍요로는 농촌 생활과는 너무도 달랐다. 김태생은 이 지역에서의 생활을 좋아하지 않았는지도 모른다. 그러나 이 지역에 살면서 만난 사람들을 사랑했다. 『나그네 전설』에 수록된 「우리 동네」나 「직업」에 나오는 주물공장의 일꾼, 공동주택의 오스기ホ杉 할머니와 아들, 조센진 차별을 눈치 보지 않고 표현해 버리는 T 씨, 식당을 찾는 다양한 취객들, 김태생은 이런 사람들에게 어떤 때는 분노하고 어느 땐 질려하면서도 내면 깊숙이 애정을 쏟고 있었다. 김태생은 일본에서의 생활로 인해 풍화되어 가는 것을 어떻게 막을 재간이 없었다. 문학은 민족성을 회복하는 수단이 아닌 좀 더 보편적인 인간다운 영위로서 행해졌다. 김태생 문학은 인간성을 구축하는 것에 대한 슬픔을 담고 있다.

심야, 처마 밑에서 공해 때문에 천식으로 신음하는 도둑고양이든, 타인의 집으로 달려들어 흐느껴 우는 청년이든, 일본에도 알코올 중독증이 횡행하는 사회적 조건은 성숙해 있는지도 모른다. 공해든, 알코올 중독이든 그것들이 부패된 자연 상황의 사회적 반영이라는 데는 변함이 없다.

새삼 말할 것도 없지만 우리 인류는 스스로의 목을 계속해 조르고 있다. 그러한 사회에 우리들은 살고 있다. 일본인은 한국전쟁과 베트남전쟁의 군수경기로 부흥했고 이 풍요로운 소비 사회를 유지하기 위해 지구를 제멋대로 가지고 놀기까지 한다. 이미 알코올 중독은 물론 마약중독 환자같이 정신질환을 앓으며 허무에 지배당하고 있다. 김태생은 "인위적으로는 그렇지 않지만, 나는 역사에 의해 강제연행된 세대의 한 사람으로 인식하고 있다"고 했다. "생활의 무게"라는 것을 역사적인 강제연행에 의해 형성된 '재일조선인'들은 잘 알고 있다. 하지만 지극히 평범하게 살아온 우리들 일본인 한 사람 한 사람의 존재 또한 모두 "역사에 의한 강제연행"이 아닐까. 좋건 싫건 상관없이 이 시대 이 사회에서 생활을 영위할 수밖에 없기 때문이다. 김태생 문학을 읽다 보면 그런 생각을 지울 수가 없다. 강제나 속박에 저항하는 방법으로서 김태생은 무엇보다도 제일 먼저 사는 것을 생각했다. 그리고 소설을 쓰는 것을 자신의 과제로 삼았다. 죽어간 동시대의 사람들을 잊지 않기 위해서다.

김태생은 자신의 죽음을 무척이나 두려워했다. 육체의 죽음은 각오했다 하더라도 분명 정신의 죽음에는 견디기 힘들었을 것이다. 이 약소한 문장이 김태생에게 망각이라는 두 번째 죽음을 주지 않기 위해서라도 조금이나마 도움이 되었으면 다행이겠다.

민족적 아이덴티티와 전통 '가락'
이양지론

김환기

1. 재일코리안과 자기^{민족} 아이덴티티

이양지는 중간세대 재일코리안 작가로서 조국 체험과 주체적 자기 찾기를 통해 독창적인 문학을 선보인다. 신체적으로 내면화되지 않은 역사성과 민족성을 의식하고 조국의 전통 '가락'[1]을 통해 자신의 뿌리와 '재일성'을 성찰하는 과정은 사뭇 감동적이다. 짧지 않은 조국 체험^{유학}을 통한 이양지의 뿌리 찾기[2]는 많은

---

1   여기에서 말하는 '가락'이란 작가가 학창 시절부터 관심을 보였던 한국의 전통악기는 물론이고 전통무용까지 포함하는 광의적 의미를 갖는다. 작가는 고교에 입학하면서 일본의 전통무용과 노래를 배우며 악기와 무용에 관심을 갖게 되었고, 이러한 관심은 와세다대학에서 한국의 전통악기 가야금과 대금에 대한 특별한 관심으로 이어졌다. 그리고 한국의 전통무용에도 관심을 보이면서 이화여대대학원 무용학과 석사 과정에 입학하게 된다. 이처럼 제도권에서 이루어지는 전통악기와의 만남을 총괄해서 '가락' 수업이라 한다.

2   작가는 1980년 처음으로 한국을 방문하면서부터 조국의 전통 '가락'에 빠져들고 이후 10년 이상 '가락' 수업에 몰두하게 된다. 1980년 인간문화재 박귀희 선생에게서 가야금과 판소리를 배우기 시작하였고, 1982년 서울대 국문과에 입학해 1988년 졸업한다('바리공주'에 대한 연구). 그리고 1989년 이화여대 대학원 무용과 석사 과정에 입학 1991년 졸업한다. 이러한 작가의 전통 '가락' 수업을 정체성 찾기 차원에서 뿌리내리기로 이해할 수 있다.

정신적 고통을 동반하면서 집요하게 진행된다. 이러한 역사적 지점과 민족의식, 디아스포라의 구심력과 맞물린 작가의 아이덴티티에 대한 고뇌는 작품 「유희」가 완성되면서 일단락 된다. 이양지에게 조국과 민족의식을 심화시키고 그 내면적 자의식의 성찰로 빠져들게 한 요인은 무엇이었을까. 이러한 질문을 던져보면 먼저 작품에서 거의 무형처리 되고 있는 현세대의 고뇌를 떠올리지 않을 수 없다. 그것은 같은 중간세대 작가로서 김학영 문학의 신체적 트라우마를 둘러싼 내향적 자기 찾기나 디아스포라의 유민의식을 서사화한 이회성 문학과도 크게 다르다. 이양지 문학은 재일코리안이 역사적 부성과 민족의식을 일정 부분 뛰어넘고 현세대의 내면에 존재하는 자의식에서 출발하고 있기 때문이다.

재일 현세대의 내면적 고뇌와 정신적 방황을 현실에서 직접적^{刊面}으로 직조하는 것은 '재일조선인문학'에서 '재일문학'으로 옮겨가는 과도기적 현상[3]으로 볼 수 있다. 이러한 문학적 변용은 근본적으로 재일신세대문학에서 공통적인 실존적 개아를 찾아가는 과정에서 드러나는 자연스러운 현상이다. 따라서 이양지 문학을 거론하면서 역사성과 민족적 정서에 얽힌 원죄격 요소를 일일이 집착할 이유는 없다. 오히려 그러한 역사성과 민족성, 전세대와 관련된 부분은 현세대의 내면적 고뇌와 자기응시로 묻어나는 만큼 이양지 문학의 독창성과 심미적 특성으로 이해하는 편이 나았을 것이다. 조국의 굴절된 근현대사에 얽힌 역사적 부성과 민족의식을 통해 자기와 개인을 의식하기보다 현실적 공간에서 고뇌할 수밖

---

3 이소가이 지로(磯貝治良)는 재일코리안문학은 처음 '일본어로 쓰여진 조선인문학'으로 시작해서 '재일조선인문학'을 거쳐 현재의 '재일문학'으로 이어지고 있다고 했다. 그리고 "'재일조선인문학'이라는 호칭은 그렇게 불려진 지 30년 밖에 되지 않지만, 오늘날 재일조선인에 의해 쓰여지는 일본어문학의 전체적 상황에 대한 호칭으로는 그다지 어울리지 않는다. 재일조선인문학이 아닌 '재일문학'이라 부르는 것이 어울린다"라고 언급했다. 그리고 현재의 재일한국인문학은 "일본 이름이나 일본 국적을 가진 문인들이 많이 등장하고 있다든가, '조선', '한국'이라는 호칭을 가려서 쓰는 등 이원화되었다고 하는 현상적이고 세대적인 변용"은 물론이고 "작가들의 자세, 문학적 모티브, 주제, 문체, 작풍 등 내질적인 면에서 재일조선인문학은 '재일문학'화 하고 있다"라고 언급했다(磯貝治良, 「第1世代の文学略圖」, 『季刊 靑丘』, 靑丘文化社, 1994, 34~35쪽 참조).

에 없는 현세대의 정신적 좌표와 아이덴티티에 집중한다는 점에서 그러하다.

이양지 문학의 전통 '가락'은 재일코리안의 과거와 현재 그리고 미래를 조망할 수 있는 화두로서의 성격이 강하다. 그녀의 문학은 역사와 전통의 상징인 한국적 '가락' 속으로 재일 현세대를 끌어들이고, 그 민족의 고유한 '가락'에서 고뇌와 방황을 거듭하며 마침내 내면에 깃들어 있는 '자기'를 찾아가는 서사구조를 보여준다. 그런 의미에서 이양지와 그녀의 문학을 통해 한국의 전통 '가락'을 찾아보고 그 의의를 새겨보는 작업은 유의미하다. 그것은 한국의 전통 '가락'에 내재된 역사성과 민족의식 '조선적인 것'을 통해 재일 현세대 자신의 아이덴티티를 되짚어보고 나아가 전통 '가락' 자체가 현세대 자신의 과거와 현재, 미래를 의식하는 정신적 구심점으로 작용한다는 점에서 그러하다. 특히 이양지의 문학에서 형상화되는 전통 '가락'은 재일 현세대의 자기^{민족} 아이덴티티의 근간이자 정신적 뿌리임을 확인시켜준다. 실제로 해외의 한국어학교와 민족교실에서 한글을 익히고 전통적인 대금을 비롯해 사물놀이^{꽹과리, 장구, 징, 북} 등을 끊임없이 강조하는 것은 그러한 정신적 세계와 무관하지 않다.

2. 작가 정신의 뿌리와 전통 '가락'

이양지가 전통 '가락' 가야금과 인연을 맺기 시작한 것은 언제쯤일까. 이를 확인하기 위해서는 이양지의 연보[4]를 들여다볼 필요가 있다. 이양지의 부친은 15세 되던 1940년 제주도에서 일본으로 건너와 선원 생활과 견직물 장사를 하면서 후지산^{富士山} 기슭에 삶의 터전을 마련한다. 부친은 다나카^{田中}라는 성을 사용했고 1964년 일본으로 귀화했는데 당시 그녀는 9세였으며 다나카 요시에^{田中淑}

---

4   李良枝, 『李良枝全集』, 講談社, 1996, 684쪽.

^枝로 불리었다. 이양지는 당시 "나는 미성년으로 자동적으로 일본 국적을 갖게 되었는데 16세였던 큰오빠는 일본으로의 귀화를 반대했다"라고 밝히고 있다. 또한 열 살 되던 "소학교 5학년 때 희곡을 썼고 같은 반 여학생 전원과 맹연습을 했다. 이를 남학생들 앞에서 공연했다. 제목은 「마음에 태양을 안고」였다. 주제가도 만들었는데 지금도 가끔씩 그 노래를 읊조리곤 한다"라고 했다.

그후 이양지는 1967년 시모요시다^{下吉田} 중학교에 입학했고 15세 되던 1970년 야마나시현립^{山梨県立} 요시다^{吉田}고교에 입학하여 후지마 도요히사^{藤間豊久} 선생에게 후지마류^{藤間流}의 일본 무용을, 와타나베 시쿄^{渡辺紫京} 선생에게 야마다 류^{山田流}의 쟁곡^{箏曲}을, 다케후지 고요^{武藤光蓉} 선생에게 오하라류^{小原流}의 꽃꽂이를 지도받으면서 고토^箏 선생이 되는 꿈을 키웠다. 1972년 고교를 중퇴했을 무렵 양친은 별거하면서 이혼 재판을 시작했다. 몇 번인가 가출을 거듭하다가 교토에서 관광 여관 프론트 담당 겸 잡일을 한다. 이듬해 1973년 여관집 주인의 배려로 교토시립 오키^{鴨沂} 고교에 편입해 일본사 교사인 가타오카 히데카즈^{片岡秀計} 선생을 만나게 되면서 자신의 피와 조국과 민족을 의식하게 된다. 그리고 20세가 되던 1975년 "와세다대학 사회학부에 입학하고 한 학기를 마치고 중퇴하는데, 그 무렵부터 한국의 가야금을 접하고 빠져들게 된다. 지성자^{池成子} 선생님의 지도로 한국 무용도 배우기 시작한다"[5]라고 적고 있다.

이양지의 자필 연보를 보면 그녀가 전통 '가락' 가야금을 처음 접하게 된 것은 와세다대학에 입학하고 나서였는데 사실은 그 이전부터 일본의 전통무용과 고토^箏를 통해 전통 '가락'에 꾸준한 관심을 보여왔음을 확인할 수 있다. 고교 시절부터 장래에는 고토 선생이 되겠다는 꿈을 키워왔음도 확인할 수 있다. 그리고 고교에 입학하면서 민족의식에 눈뜨게 되고 일본의 고토와 비슷한 한국의 전통악기 가야금의 존재를 알고서 신선한 충격을 받는다. 결국 전통악기를 계기로

---

5   위의 책, 685쪽.

지성자 선생으로부터 본격적인 가야금 수업을 받게 되었고 그것은 이양지가 인식과 민족성, 자기^{민족} 아이덴티티를 재인식하는 계기가 된다. 그동안 관념적, 정치적, 피상적으로만 존재했던 자기^{민족} 아이덴티티와 맞물린 조국과 자신과의 거리인식을 전통악기의 상징인 가야금을 조국에서 직접 배우게 된다.

전통악기 가야금은 와세다대학을 중퇴한 이양지가 아라카와구^{荒川區}에서 노동자로 생활할 때도 자신을 위로받을 수 있는 유일한 도구였다. 고토와 가야금의 음색 차이, 악기의 기법 차이, 한국과 일본의 문화예술에 대한 인식 차를 확인하는 과정이었고 그것은 이양지에게 작가로서 민족의식을 일깨워주는 중요한 계기가 된다. 가야금은 대학 시절 관념적, 피상적인 정치구호와 함께할 수밖에 없었던 이양지의 입장을 부분적이나마 해방시켜주는 영역이기도 했다. 즉 전통악기 가야금을 뜯고 있는 시간을 자기해방의 시간으로 받아들였고 당시 바깥 세계로 인식되던 "모국의 역사"를 가야금 소리를 통해 자연스럽게 소화하며 내면적인 자기^{민족} 아이덴티티를 의식하게 된다.

> 나는 가야금라는 악기를 통하여 나름대로 모국의 모습을 떠올렸고 소리를 통하여 모국의 역사와 관계 지었다. 많은 조상들이 사랑해 왔던 소리 속에 스스로의 존재를 투영시켜보곤 하면서 그 무렵 안고 있던 몇 가지 문제점^들들을 극복할 수 있는 길을 모색하고 있었다. 시간만 있으면 가야금 연습에 몰두하고 있던 무렵, 나는 마음 속으로 가야금을 얼마나 잘 뜯을 수 있느냐에 따라서 조상들에게 자신의 사랑을 증명하는 것이 되고 나아가서는 민족의 일원이 될 수 있는 자격이 된다고까지 믿고 있었다.
>
> 「나에게 있어서 母国과 日本」[6]

이양지는 가야금에 특별한 의미를 부여했고 실제로 내면적 심화 형태로 자신

---

6 이양지 작품은 『李良枝全集』, 講談社, 1996에서 인용하였으며 「나에게 있어서 母国과 日本」은 이양지가 쓴 한글 원문을 그대로 수록했다.

을 끌어들이고자 노력했다. 가야금을 "얼마나 잘 뜯을 수 있는냐"에 따라 "조상
들에게 자신의 사랑을 증명"할 수 있고 "민족의 일원이 될 수 있는 자격을 얻는
다고 믿고" 있을 정도였다. 전통악기 가야금에 필사적이었다고 할 수밖에 없다.
그렇게 가야금에 매료된 지 5년 째 되던 1980년 5월 그녀는 인간문화재 박귀희
朴貴姬 선생을 소개 받게 되고 그 자리에서 그토록 동경했던 조국 유학의 꿈을 실
현한다. 물론 조국에서 신원보증인은 박귀희 선생이었고 한국에서의 전통 '가
락' 수업도 선생의 지도로 진행된다.

한편 가야금에 이어 이양지가 전통 무속무용과는 언제 어떻게 만나게 되는
가? 여기에 대해서는 에세이 「나에게 있어서의 母国과 日本」에서 구체적으로
언급하고 있다. 이양지가 한국으로 유학길에 올랐던 1980년 5월은 '광주민주화
운동'이라는 한국현대사에서 빼놓을 수 없는 격동의 시기였다. 이러한 정치적
격변기에 재일코리안 작가가 한국으로 유학을 온다는 것은 결코 쉬운 결정이 아
니었을 것이다. 당시 재일코리안 사회는 군부정권에 대한 비판의 강도가 최고조
에 달했던 시기였다. 일본 매스컴에서는 연일 '광주민주화운동'의 현황을 낱낱
이 보도했으며 지식인들은 하나같이 군부정권에 대한 비판적 목소리를 높이고
있었다.

실제로 재일코리안 작가 이회성이 조국 방문을 거부하고 군부정권을 비판하
며 민족의식을 표방하면서 지식인의 도리를 강조하였고, 시인 김시종도 조국은
둘이 아닌 하나라는 의식을 견지하면서 군부정권을 향해 강하게 비판의 목소리
를 들이대고 있었다.[7] 이러한 엄중한 시기에 전통 '가락'을 배우기 위해 이양지가

---

7   김시종은 "나는 지금도 사회주의를 믿고 있습니다. 소비에트 연방이 붕괴되고 동구권이 이미 몰
      락했어도 일자리를 찾는데 고생할 필요가 없고, 부를 빼앗길 염려도 없고, 자식교육도 걱정할 필
      요 없는 그런 체제가 나쁠 리가 없지요. 그것을 재물로 삼고 그것을 적당히 따돌리는 놈들이 나
      쁜 것 아니냐"고 말하면서, 최근에 '재일 한국조선인'이라는 말투가 생겨나는데 반대하며 "설령
      국적이 틀리고 신봉하는 체제가 틀리더라도 재일동포는 재일조선인으로서의 한국적이고 재일
      조선인으로서의 조선족 그대로면 된다"는 논리로 남북한 동족의 융화와 포용을 강조하고 있다
      (金時鍾, 「私の在日朝鮮史」, 『日本学』第19輯, 日本学研究所, 2000, 376쪽 참조).

조국을 찾는 것은 그 자체가 비판적으로 받아들여질 수도 있었다. 여기에 대해서는 이양지 역시 "일본의 인텔리는 반 한국을 표방하고 반 한국을 주장하지 않으면 양심적인 지식인의 증명이 될 수 없다고 하는 통념이 팽배해 있었다. 그와 같은 상황에서 어떤 부분에 위치한 사람들 사이에는 한국에 '가지 않는' 태도를 마치 정치적 절조의 신념으로 삼았고, 한국에 '가는' 것은 단적으로 비민주적인 한국정부를 용인하는 행위로 단정하는 일도 적지 않았다"[8]라고 인식하고 있었다. 엄중한 시대 상황[9]을 감안할 때 이양지가 한국으로 전통 '가락'을 배우기 위해 유학을 떠난다는 것은 적지 않은 부담이었다. 당시 이양지가 소위 엘리트 집단이라 할 수 있는 와세다대학의 몇 안 되는 재일코리안 학생의 입장에서 명료한 실천적 자기의지가 없었다면 강력한 사회적 비판을 뚫고 가기도 쉽지 않았던 것이다.

이처럼 정치적, 사회적으로 자유롭지 못한 시대 상황에서 시작된 이양지의 한국행 가야금 유학은 지난날과는 전혀 다른 새로운 삶을 열어가게 해준다. 이양지가 한국의 전통무용에 매료되는 시점도 바로 그 무렵이었다. 이양지는 전통악기 가야금을 본격적으로 배우기 시작하면서 전통무용도 접하게 되는데 당시 그녀는 김숙자의 살풀이춤을 처음 접했을 때의 심경을 이렇게 말한다.

---

8 李良枝,「私にとっての母国と日本」,『李良枝全集』, 講談社, 1996, 658쪽.
9 김달수가 '재일본조선인연합회(조총련)'에 몸담고 있다가 조직의 교조화에 실망하고 한국을 찾았던 것은 1981년 3월 20일로 이양지가 조국을 찾은 지 정확히 10개월 후였다. 그때 김달수의 한국행을 놓고『주간아사히』에서는 "이번에 김씨 등의 방한은 수위에 달한 재일조선인 사회의 모순과 고뇌가 그대로 집약되었다고 할 수 있다. (⋯중략⋯) '재일조선인 정치범을 구원하는 가족, 교포의 모임'에서는 "이번의 청원 행동은 우리들 구원운동의 기본 자세와 전혀 다른 것"이라는 성명을 내걸었다. '11·22 구원회'의 구아버리 시게오 사무국장은 "'재일한국인 정치범 구원'이라는 닝복으로 체재에 이용당한 것을 안타깝게 생각하고 있습니다"라고 밝혔다. (⋯중략⋯)『삼천리』의 기고자이기도 한 동료 시인 김시종 씨도 "솔직히 말해서 '망향의 감정을 어찌할 수 없어 방한했다'라고 말해 주길 바랐다"라고 했다. 더욱이『삼천리』편집위원의 한 사람인 김석범 씨는 방한에 대해 의견을 달리하고 편집위원을 사임했다"라고 적고 있다. 김달수와 함께 방문한 학자는 이진희, 강재언, 서채원이었다(崔孝先,『재일동포문학연구』, 문예림, 2002, 52쪽).

어느 날 김숙자 선생은 살풀이춤의 소품으로 사용되는 수건을 쥐어주었다. 정말로 그 순간부터 나는 춤 연습을 시작하게 된 것이다. 모국과의 만남, 그 사이에 일어난 오빠의 죽음, 의식을 잃고 식물인간이 되어버린 둘째 오빠의 모습, 어린 시절부터 가슴아파해 왔던 부모님의 불화와 그 불행한 결말 등, 그 당시를 뒤돌아보면 실로 많은 일들이 주변에서 일어났습니다. 그러한 나에게 다른 어떤 춤보다도 토속적이면서 한의 심정이 감추어져 있는 김숙자 선생의 춤은 나를 커다란 감동으로 감싸주었습니다. 동시에 말이라는 것을 초월한 동작과 몸짓에 의해 전승되어져 온 춤의 세계의 넓은 폭에 눈뜨게 되는 계기가 되고 급속히 매료되어갔다고 말할 수 있을 겁니다.

「나에게 있어서 母国과 日本」

이양지는 살풀이춤에 급속히 매료되어 갔고 그러한 전통무용은 단순한 호기심이 아닌 예술적 경지와 함께 그녀의 불행한 가족사까지 한으로 승화시킨다는 점에서 자기수행으로 받아들이게 된다. 한국 전통무용을 자기수행으로 여기는 태도는 그녀의 불안정한 삶과 가족사에 얽힌 불행을 봉합하고 이를 예술로 승화시킨다는 의미도 없지 않다. 예컨대 불행으로 점철했던 가족 구성원들의 삶과 조국에서 맞이한 그녀 내면의 '일본의 소리'와 '조국의 소리'의 불협화음에 대한 대안 부재에 따른 불안한 심경을 표출한 것으로 이해할 수 있다.

특히 살풀이춤에 내재된 고유의 민족정서, 즉 망자에게는 이승의 못다한 한을 달래주며 저승에서 영혼의 안락을 기원하는 진혼제 역할을 하고 산자에게는 망자가 추슬리지 못하는 삶을 대신한다는 새로운 출발의 의미가 있다. 이양지에게는 전적으로 양쪽 모두를 추스러야 하는 의식의 결정結晶인 셈이다. 끊임없이 이어지는 가족사의 불행과 내면적으로 와닿지 않는 유학생활을 "억제된 숨결, 긴장 속의 온화함을 동시에 품고 있는 춤, 그 위에 '한의 심정'으로밖에 표현할 길이 없는" 살풀이춤을 통해 정신적 자유가 동반된 자기구원을 꿈꾸었던 셈이다.

그런 의미에서 이양지에게 전통무용은 가야금과 함께 민족의식을 뒷받침하는 실천적 기제이면서 작가 자신을 해방시킬 수 있는 안식처였다. 그녀에게 전통무용은 과거의 불행을 넘어 내재화된 '일본의 소리'와 피상적인 '조국의 소리'의 마찰음을 긍정적으로 승화시킬 수 있는 수단이자 삶의 화두였다. 이양지 문학을 전통 '가락'과 연계해 역사성과 민족성을 찾고 문학적 원점을 거론하는 과정에서 창작 희곡 역시 특별한 의미로 다가온다. 비록 초등학교이긴 했지만 이양지가 「마음의 태양을 안고」라는 창작 희곡을 통해 막연하게나마 예술적 감각과 미래에 대한 긍정적 사고를 키웠을 것으로 보인다. 「마음에 태양을 안고」는 체잘 프라이슈렌Caesar Flaischlen, 1864~1920[10]의 작품을 야마모토 유조山本有三, 1887~1974[11]가 번역했는데 이 작품과 이양지가 창작한 희곡과는 구체적으로 어떤 연관성이 있는지는 알 수 없다.

분명한 것은 「마음에 태양을 안고」는 일찌감치 『일본 소국민 문고』1935의 제1회본으로 발간되어 교양도서로 초등학교의 소년소녀들과 일본인들로부터 많은 인기를 끌며 사랑받았던 작품이다. 이 작품은 어떠한 시련이든 극복하려는 인간의 의지가 중요하다는 일종의 향일성向日性을 강조하고 있는 만큼 당시 제국과 국민국가의 복잡한 시대상황을 감안하면 민의결집 차원의 국민 홍보효과가 컸다. 예컨대 "입가에 노래를 달고·쾌활한 모습으로·매일 매일의 고통에·설령 격

---

10 체잘 프라이슈렌은 독일의 시인이며 작가로서 방언으로 시를 썼고, 서정성 풍부한 시와 자연주의적 수법으로 주로 희곡과 소설을 썼다. 산문시 「일상과 태양(Von A fag und Sonne)」 등이 있다.

11 야마모토 유조는 『야마히코 우미히코(山彦海彦)』, 『형제』 등을 통해 소년소녀들 대상의 작품을 발표했는데 1926년부터는 「小学讀本과 童話讀本」을 『문예춘추』에 내면서 아동문학서 출판에 관심을 보이기 시작한다. 1935년 소년소녀들을 위한 『일본 소국민 문고』의 출간은 그 대표적인 예라 할 수 있다. 이 문고는 전16권으로서 신쵸사(新潮社)에서 출간하였는데 제1회본은 『마음의 태양을 안고』였다. 이러한 소년소녀들을 위한 일련의 도서 발행은 당시의 사회적 분위기와 향도적 교양주의에 힘입어 대단한 반향을 불러일으키게 된다. 또한 유조는 입법기관에 몸담고 있으면서 국어 국자의 개혁을 부르짖고 「후리가나(振り假名) 폐지론」(1938)을 내세우며 "그 나라의 국어로 쓰여진 문장은 의무교육을 받은 자라면 그 자체로 누구라도 읽을 수 있는 것이어야만 한다"라고 주장하는가 하면, 1942년에는 미타카(三鷹) 자택에 『미타카 소국민 문고』를 설치하는 등, 그의 소년소녀들을 위한 배려와 국어(국자) 민주화 운동은 오랫동안 계속되었다. 물론 그 사회적 반향도 컸다.

정이 끊이질 않더라도! 입가에 노래를 달고·그러면 무엇이 밀려온들 두려울 것이 없지 않은가·아무리 슬픈 날이라 해도·그것이 힘을 북돋워 준다"[12]는 내용은 이양지에게 당시의 복잡한 가정사와 현실의 '벽'을 극복하는데 큰 힘으로 작용했을 것이다.

이양지는 전통 '가락'을 접하면서 조국과 민족에 대한 막연하면서도 문학가로서의 어떤 깊은 예감을 꿈꾸지 않았을까? 역사성과 민족정신을 함의한 전통 '가락'을 재일코리안이 그것도 조국에서 직접 배운다는 것은 내면적으로 복잡했으면서도 특별했을 것이다. 전통 '가락'의 고전적 정취는 현세대의 정신적 피로를 풀어주며 현실의 '벽' 앞에서 고뇌하는 현세대의 가치관을 해체하고 재구축할 수 있는 정신 세계였다고 본다. 전통 '가락'은 이양지에게 역사성과 민족의식을 끌어안는 정신적 구심점으로서 결국 현세대의 '일본의 소리'와 '이방인 의식'에 균열을 가하며 실존적 자의식과 아이덴티티를 재구축하는 계기가 되었던 것이다.

한편 한국의 전통 '가락'으로 표상되는 살풀이춤은 큰오빠의 죽음과 식물인간이 된 둘째 오빠, 부모님의 별거와 지루한 이혼 재판 과정을 지켜봐야 했던 작가에게 '한'의 승화라는 관점에서 존재성을 자문하고 정신적 해방구를 찾는 기제이기도 했다. 고교 시절 이양지가 경험한 인생 편력은 특별하다. 부모님의 별거와 이혼 재판, 본인의 가출, 여관집 허드렛일, 그리고 고교 편입과 일본사 선생과의 만남을 통한 민족적 뿌리 찾기는 끊임없는 암야행로^{暗夜行路}였다. 청소년기의 방황과 정신적 고뇌는 작가에게 굴절된 가족관계는 물론 자신의 삶이 외부 세계 국가, 민족, 역사, 이념 등와의 관계성을 통해 존재한다는 인식을 부여한다. 거기에서 실존적 자아와 아이덴티티를 묻는 절대적인 화두로써 전통 '가락'을 설정했고 그 역사성과 민족성, 의식, 정신적 구심력을 구심점을 '가락'에서 찾고자 한다.

12　김환기, 『야마모토 유조의 문학과 휴머니즘』, 역락, 2001, 311쪽.

이양지의 정신적 고뇌와 격절감은 일본생활과 모국에서의 유학생활에서 전통 '가락'에 몰입할수록 더욱 증폭된다. 전통 가락은 내면에 깃들어 있는 '일본의 소리'로 덧칠된 자신을 발견하도록 만들어 주었기 때문이다. 한국에서 이양지의 전통 가락 유학 체험은 조국과 일본, 국가와 개인, 현실과 이상의 거리감을 명료하게 일러준다. 이양지의 주체적인 내면 세계와 실존적 물음은 개인의 영역을 벗어나 중층적인 외부 세계他者와의 관계성에서 풀어내야 하는 숙제였던 셈이다.

어쨌거나 일찍이 접했던 창작 희곡 「마음에 태양을 안고」와 조국에서 접한 전통 '가락'은 이양지의 정신적 구심점을 구축하는 계기로 작용했으며 문학적 지향점과 맞닿아 있다. 그것은 일찌감치 이양지 문학이 바깥 세계他者를 의식하면서도 한층 깊은 실존적 자의식을 뒷받침하는 지점이다. 이양지에게 한국적 전통 '가락', 즉 가야금과 살풀이춤은 문학적 영위를 넘어 개인적 삶을 아우르면서 근원적인 정신적 좌표를 풀어내는 화두였다.

3. 전통 '가락'의 문학적 표상

이양지에게 전통 '가락'은 과거를 현재로 이끌고 미래를 열어가는 힘으로 작용한다. 그리고 내면의 정신적 세계는 문학을 통해 바깥 세계로 표출된다. 이양지의 첫 작품 「나비타령」은 그러한 '가락' 조율이 치열하게 전개된다. 「나비타령」은 일찍 발표되기도 했지만 다른 작품보다 작가 내면에 대한 '일본의 소리'와 '조국의 소리'의 조율을 구체적으로 전개하고 있는 작품이다.

대표작 「나비타령」은 이양지의 첫 작품이자 질곡의 가족사를 소재로 한 자전적 소설로 평가된다. 소설을 발표하자마자 아쿠타가와상 후보에 오를 정도로 문학계의 반응은 뜨거웠다. 소설은 현세대인 재일코리안 '나'와 오빠의 만남에서 시작된다. 가출한 '나'는 오랜만에 큰오빠 '뎃짱'을 만나 부모의 이혼 재판과 희망 없는 둘째 오빠의 단조로운 삶을 화제로 삼는다. '나'는 "아버지의 어머니에 대한 증오, 어머니의 아버지에 대한 증오, 그 끝없는 증오"를 생각하고, 앞으로도 부모의 이혼 재판에서 위자료, 재산 분배, 친권자 문제를 놓고 줄다리기가 계속될 것임을 예견하면서 오빠에게 결심했다는 듯이 학교를 그만두겠다고 선언한다. '나'는 가족이 "공중분해 될 수밖에 없다"는 생각에 새로운 길을 모색할 것이라는 의미다. 그리고 오빠에게 지난날 교토 여관집에서 일했던 이야기를 들려주며 자포자기의 심경을 솔직하게 토로한다.

'나'는 교토 여관집에서 오지카ぉ千加와 가네모토金本가 조선인이라는 사실을 알았고, 혹시나 그에게 조선 국적인 자신의 신분이 탄로 나지 않을까 불안해 한다. 나는 소외된 다른 종업원들과 마찬가지로 자신 역시 정착할 곳 없어 흘러들어온 한 사람의 조선인에 불과하다는 사실, 주인으로부터 "조선인은 원래 은혜도 모르고 수치도 모르는" 인간이라는 소리를 듣고 여관집을 떠난 지 반년이 되었다는 점, 그리고 지금 오빠와 함께 가족의 공중분해를 지켜보며 죽고 싶다는 절망적 심경 등을 토로한다. 자의식 강한 '나'는 담배와 술에 탐닉하고 단식으로 죽기를 작정하기도 하지만 쉽사리 목숨을 포기하지는 못한다. 그러면서 '나'는 점차 일본에서 태어나 지금까지 무엇을 했고 무엇을 위해 살았는지에 대해 진지하게 자문하게 된다. '나'는 조선인으로서 사로잡혔던 피해 의식으로부터 탈피를 시도하고 유부남 마쓰모토松本와의 관계도 멀리한다. 점차 '조국의 소리'에 귀 기울이기 시작했던 것이다.

가야금의 음색은 낮았다. 소리가, 소리 그 자체가 토로할 수 없는 생각의 깊이로 애타고 있다. 가야금은 손톱을 대지 않는다. 책상다리로 앉아 치마 위에 직접 올려놓고 타는 것이다. 소리는 손끝을 통해 오동나무 동체에 공명하여 타는 이의 몸 전체로 전해져온다. (…중략…) 1천 5백 년 전부터 계속 타왔다는 가야금을 탈 때마다 저 멀리 실감도 나지 않는 말뿐인 우리나라가 아니라 음색이 확실하고 굵은 밧줄이 되어, 나와 우리나라를 한데 이어준다. 한 선생 댁에서 몇 시간 지낸다는 것은 내게 있어서 우리나라였다. 그곳에선 아무리 큰 소리로 노래를 불러도 좋았다. 두 시간, 세 시간, 연습이 끝나도 나는 집으로 돌아가고 싶지 않다. 방안에서 풍기고 있는 어렴풋한 마늘 냄새, 김치빛깔, 세워둔 가야금을 바라보면서 끊임없는 장단에 빠져갔다.

「나비타령」

인용문처럼 재일 현세대는 가야금 소리를 통해 끊임없이 '조국의 소리'에 빠져든다. 지금까지의 자포자기성 삶에서 탈피해 새로운 가능성을 향해 변신을 시도한다. 그러한 현세대의 변화상은 지루했던 부모의 이혼재판 종결과 불륜의 상대자인 마쓰모토와의 관계 청산, 굴곡진 삶을 안고 떠난 오빠의 죽음과 연계된 근원적인 자아찾기이기도 하다.

그러나 현세대의 고뇌가 근원적인 존재성, 역사성과 민족정서와 맞물린 아이덴티티의 문제였던 만큼 몇몇 굴절된 주변 상황의 종결로 정리될 사안은 아니다. 그것은 현세대의 실존적 아이덴티티와 연동된 내면적 자의식의 문제였기에 한층 복잡하다. 여기에서 소설은 바깥 세계^{타자}를 향해 반등을 시도할 수밖에 없다. 그러한 서사적 반등은 현세대가 직접 조국을 찾아 '조국의 소리'를 좀 더 명료하게 들어야겠다는 의지 표명으로 실현된다. 이렇게 해서 결행된 현세대의 조국행은 결국 일본에서 겪은 피폐한 정신적 고뇌로부터의 탈출을 의미하며 동시에 자기^{민족} 아이덴티티의 회복으로 이어진다. 하지만 현세대가 의도했던 아이덴티티와 실존적 자의식은 조국 체험을 통해 순조롭게 획득되지는 않는다. 왜, 현세대의 조국 체험은 스스로에게 수체적 자의식을 부여하지 못하고 정신적 고뇌로 되돌아오는 것일까. 소설은 현세대가 '조국의 소리'를 가까이하면 할수록 내면의 '일본의 소리'가 더욱 명료해지고 그에 따른 양쪽 소리의 불협화음이 한층 증폭되는지를 응시한다. 현세대는 조국 체험을 통해 내면화된 '일본의 소리'를 깨닫게 되면서 오히려 심리적 불안감이 고조되는 형국을 맞는다. 「나비타령」은 그렇게 증폭되는 현세대의 심리적 불안감을 전통악기 '가야금' 소리를 통해 절묘하게 그려낸다.

앞서 언급했듯이 가야금에는 특별한 의미가 담긴다. 역사와 전통, 민족정신을 상징하는 악기로서 현세대인 '나'의 정서적 불안을 잠재우면서 자기해방을 구현하는 기제다. 그러나 '나'가 조국에서 직접 접한 가야금은 그동안 인식하지 못했던 자신의 일본적 정서를 일깨워주며 근본적인 의식의 전환을 요구하게 된다. 당연히 전통악기를 통해 자기민족 아이덴티티를 회복하고 조국의 일원으로서 당당할 수 있을 것으로 믿었던 '나'로서는 당황할 수밖에 없다. 그 곤혹스러움은 내면화된 '나'의 일본적 정서를 일시적인 조국 체험으로 해결할 수 없음에 대한 자각에서 연유한다.

나는 우리나라에 와서 용감하게 커버에서 가야금을 꺼냈다. 하지만 나는 '우리나라'에도 겁내기 시작했다. 내가 '일본' 냄새를 풍기는 기묘한 이방인이라는 것을 알아차리는 데는 그다지 많은 시간이 걸리지 않았다. 장소는 달라도 '일본'에서 방의 벽을 모포로 가리고 노래를 부르던 무렵의 나와 큰 차이는 없다. 반년 가까이 지난 지금도 나는 마음대로 노래를 부를 수 없다. 판소리 발성법의 기본인 목구멍을 여는 일까지도 남의 앞에서 안 되는 것이었다. (…중략…) '일본'에도 겁내고 '우리나라'에도 겁내서 당혹해하고 있는 나는 도대체 어디로 가면 마음 편하게 가야금을 타고 노래를 부를 수 있을까. 한편으로는 우리나라에 다가가고 싶다, 우리말을 훌륭하게 사용하고 싶다는 생각이 드는가 하면, 재일 동포라는 기묘한 자존심이 머리를 들고 흉내 낸다, 가까워진다, 잘한다는 것이 강제로 막다른 골목으로 밀려든 것 같아 이쪽은 언제나 불리하다.

「나비타령」

이처럼 '나'는 조국에서 방황했고 불안한 심경을 가야금 '가락'으로 치열하게 표출된다. 나는 가야금에 전적으로 다가서지 못하고 내면의 '일본의 소리'와 '조국의 소리'가 부딪쳐 생기는 마찰음을 넘어서지 못한다. 양쪽 소리의 조율 실패는 "25년 동안 일본에서 태어나 자랐다는 사실에 어쩔 수 없는 결과"로 절감하는 것이다. 이양지는 「나비타령」에서 이백의 "장주몽호접 호접위장주莊周夢蝴蝶 蝴蝶爲莊周"[13]의 물아일체物我一體의 경지를 그리워하는 재일코리안의 모습을 의식한다. 그러나 「나비타령」 이후에도 현세대의 고뇌와 방황은 계속되었고 이방인 의식을 잠재우지 못한다.

「그림자 저쪽」에서 징옥과 장자는 같은 재일코리안으로서 조국에서 무용을 배운다. 징옥이 무용을 도중에 그만둔 사실을 놓고 장자가 "왜 그만두었냐"고 묻자 징옥은 재능이 없기 때문이라고 답한다. 징옥은 "조선반도를 단순한 향수에서 모국이라고 생각하는 세대는 이제 끝났다구. 재일한국인은 일본 안에서 어떻게 살아갈 것인지를 우선 생각해야 해"라며 오히려 장자를 향해 충고까지 보탠다. 하지만 "전통 예능의 세계는 단순히 재능과 정진의 축적만으로는 체득할 수 없는 귀중한 무엇인가가 있다"라고 생각했던 장자는 징옥의 말에 동의하지 못한다. 장자는 "더불어 산다는 것은 우선 자기 자신이 자기로서 살아낸다고 하는 것에서 시작되는 것이 아닐까"라고 생각하며 스스로의 삶의 방식과 의식을 회의하며 딜레마에 빠진다. 얼마 후 둘이 다시 만났을 때, 징옥은 재차 춤을 배우기 시작했다며 새로운 각오를 다지고 있었고 장자는 춤을 계속 배워야 할지 말지를 놓고 거듭 고민하는 반전된 상황을 맞는다. 징옥이 "앞으로 춤을 계속할 거지"라고 물었을 때 장자는 말문을 닫고 눈길을 떨군 채 갈피를 못 잡고 환청과 착란에 시달리며 '의식의 지팡이'를 찾지 못한 채 갈팡질팡한다.

---

13 이백의 『古風』 제9의 도입부에 있는 시의 한 구절로서 장자가 나비 꿈을 꾸었는데 나비가 장자가 되었다는 뜻이다. 장주는 장자의 본명이다. 이러한 이백의 경지는 시가 나오야(志賀直哉)의 장편 『暗夜行路』에서도 인용되고 있다. 이른바 "囊中自有錢"(『唐詩選』에 있는 「題袁氏別業」의 구절) "白猶與飮醉於市"(『新唐書』 수록의 「이백전」에 있는 구절)와 함께 이백의 걸림 없는 경지를 겐사쿠(謙作)의 密雲不雨적 갑갑함과 비유해서 겐사쿠의 상대적 초라함을 표현하고 있다.

「각」은 조국에서 가야금과 무용을 배우는 현세대 '나'의 정신적 고뇌를 다룬 작품이다. '나'는 학교 수업이 끝나면 가야금 학원과 무용 학원을 오가며 하루빨리 전통 '가락'에 능숙해질 수 있길 기대하며 줄곧 쫓기는 시간을 보낸다. 그러다가 '나'는 일본에서 가야금과 한국말을 배우고 싶다며 안달했던 자신과 지금 조국에서 가야금의 음색을 조율하지 못해 안달하는 자신을 비교하며 불안감에 휩싸인다. 특히 1980년대 조국의 변화무쌍한 서민상[14]에 대한 부정적 시각과 수업 시간에 '말의 지팡이'를 찾지 못해 곤혹스러워하는 '나'는 정신적 안식처를 어디에서 찾을지 허둥거릴 뿐이다. 방에 걸려있는 가야금은 항상 줄이 끊어진 채 방치되어 있었고 골목길을 따라 가야금 강습소로 향하는 도중에 떠올리는 음색은 조율된 화음이 아니다.

가야금을 상기했다. 홀쭉하면서 작은 몸통을 한 그 벌거벗은 나체의 선을 떠올린다. 그리고 끌어당겨 무릎 위에 놓는다. 단단한 현의 감촉이 손끝에 되살아난다. 제5현을 튕겨본다. 음이 생생하게 가슴속에 번진다. 그 여운을 뒤쫓으며 제10현을 엄지손가락으로 누른다. 그리움을 일깨워주는 화음이다. 산조를 타기 시작한다. 진양조의 느린 장단이 마음을 느긋하게 만들어준다. (…중략…) 잡화점 앞을 지나 모퉁이를 돌았다. 손목시계를 보았다. 산조의 음률은 꺼져버렸다. 왜일까. 갑자기 맥을 잃고 그 자리에 폭삭 주저앉고 말 것만 같다. (…중략…) 산조를 타기 시작했다. 선생님이 북을 두들긴다. 가까이에서 듣는 북소리는 등이 오싹해질 것 같은 긴장감을 준다. 그러면서도 그 음이 갖는 대범성은 그 장단 속으로 듣는 이를 마구 끌어들인다. 땀이 가시었다. 이따금 아랫배가 당기는 아픔 말고는 호흡도 그럭저럭 가라앉아 있었다. 30분 동안 산조를 연습하

---

14 작중 현세대는 조국의 서민상을 부정적 시각으로 받아들이고 있다. 예를 들면 「각」에서 보이는 현세대의 침묵, 즉 "버스 안의 라디오가 너무 시끄러워 질색이에요 라고 말해 볼 수도 없었다. 가요곡이나 뉴스 방송의 큰 음향을 승객이나 운전기사는 어떻게 예사롭게 받아넘길 수가 있는 것일까. 사람들이 훈김이나 체취로 숨이 막힐 것 같아서 그래요 라고 말할 수도 없었다. (…중략…) 지난번처럼 소매치기 당할 수도 있으니까 말이야"와 같은 대목이다.

면서 몇 번인가 연주를 중단하고 틀린 음을 지적받았다.

"순이 씨, 무슨 생각을 하고 있지?"

나는 선생님의 갑작스런 물음에 어깨를 움츠렸다.

「각」

재일 현세대인 '나'는 조국에서 가야금을 배우면서도 음색의 조율에 실패하며 가슴으로 산조를 탈 수 없는 자신을 책망한다. 현세대는 서로 "회사를 그만두고 저금한 걸 몽땅 찾아 그렇게 자신 있게 한국으로 왔는데 난 자신이 없어졌다"라는 말들을 주고받으며 조국에서 전통 '가락' 익히기가 파행으로 치닫는 일상을 가감없이 보여준다. 이처럼 '가락'을 매개로 한 재일 현세대의 방황과 정신적 갈등은 소설 「갈색 오후」와 「푸른 바람」에서도 그대로 그려진다. 이들 작품에서는 재일 현세대로 하여금 "왜 춤을 추는 것일까. 왜 춤을 추지 않고는 못 배기는 것일까?"를 자문하며, 전통 '가락'에 내재된 민족적 정서와 재일코리안의 정서가 화음으로 승화되기 어려움을 보여준다. 재일 현세대가 조국 체험을 통해 정신적 안식처를 구하는 고행과 순례는 멀고 아득하다.

이양지의 문학은 재일 현세대인 주인공이 전통 '가락'을 매개로 조국을 찾았고 자기민족 아이덴티티와 삶의 좌표를 찾는데 골몰하는 인상적인 이미지를 반복해서 보여준다. 그녀의 소설 속 인물은 서울의 너저분한 골목길과 최루탄 가스가 난무하는 대학가를 오가며 민초들의 애환과 조국의 현실을 이해하려고 했고 일본에서 겪었던 민족적 차별만큼이나 눈물겹도록 이곳저곳을 누볐다. 그러나 현세대의 소설 속 자아는 '조국의 소리'에 다가설수록 그들 내면의 일본적 정서가 한층 더 선명해지는데 당황하며 쇄설한다. 정신적으로 조국에서 역사성과 민족정서를 만끽하고 싶은 마음이 고조될수록 평소에 의식하지 못했던 내면의 일본적 정서가 얼굴을 내민다. 이 예기치 못한 난관 앞에서 현세대는 자신들의 조국행에 근원적인 의문을 제기하게 된다.

이양지 문학에서 조국체험을 둘러싼 재일 현세대의 근원적인 자의식의 모색 행로는 재차 내면적 반등을 취하는 형태로 전개된다. 역사성과 민족정서가 담긴 전통 '가락'을 피상적인 열망이 아닌 내면적으로 승화할 수 있는 고차원의 자의식을 의식한다. 그것은 재일 현세대가 '조국의 소리'를 내면적으로 체화할 수 없는 한계의 피력이면서 동시에 재일 현세대만의 특수한 실존적 지점과 존재성을 확인하는 과정이다. 말하자면 재일 현세대의 실존적 지위는 조국 체험에서 전통 '가락'을 통한 정신적 평온을 추구하기 이전의 주체로부터 출발하고 있는 셈이다.

4. 전통 '가락'과 자의식

일반적으로 전통이라고 하면 과거의 인습이나 관습이 현재에 살아 숨 쉬고 있는 가치와 이미지라고 규정한다. 전통의 사전적 의미는 "관습 가운데서 역사적 배경을 가지고 특히 높은 규범적 의의를 지닌 것"으로 해석되고 넓게는 "일정한 집단 공동체인 가족·국가·민족 및 사회적 단위로 전해져 오는 사상·관습·행동 기술 등의 양식인데, 때로는 그 문화적 유산 속에서 현재의 생활에 의미·효용이 있는 인습이나 관습을 일컫는다. 좁은 의미로는 그 양식이나 인습·관습의 핵심이 되는 정신만을 지칭"[15]한다. 전통은 시공을 초월해서 현 세계에 면면히 살아 숨 쉬는 양식·인습·관습의 중심에 있는 정신이고 동시에 당대를 살아온 주인공들의 숨소리가 고스란히 녹아 있는 정신 세계라고 할 수 있다. 전통은 긴 역사를 통해 검증되고 재구축되면서 일신우일신日新又日新 끝에 형성된 복합적이면서 중층성을 띤 정신적 가치다. 따라서 전통을 올바르게 이해하려면 현재의 가치 기준을 절대시하거나 개인 차원의 가치·세계관 중심으로 해석해서는 안된다. 시공

---

15 이희승 편저, 『국어 대사전』, 민중서림, 1981, 3207쪽.

과 개인을 넘어 공동체에서 함께 공유할 수 있는 객관성과 보편성, 거기에 세계성을 담보할 수 있는 가치이어야 한다. 이런 관점에서는 현재의 인습과 관습을 단순히 익히는 것이 아닌 과거로부터 현재로 이어져올 수 있었던 전통의 역사성과 민족성, 사회문화의 내면적 가치와 '가락'의 숨결까지 심도 있는 이해가 절대적이다. 전통 '가락'을 이해하는 데는 현재보다는 과거, 피상적이 아닌 내면적인 세계의 정신적 가치, 가락의 숨결까지 놓치지 않는 실존적 자의식에서 출발한다는 인식이 중요할 수밖에 없다.

이러한 전통의 내면적 가치와 중의적 관점과 연계시켜 이양지 문학을 살펴보면 재일 현세대의 전통 '가락'에 대한 접근은 의욕과 감정을 앞세운 자기 성찰의 부재에서 오는 고뇌彷徨가 적지 않다. 전통 '가락'이 민족정서의 두터운 역사적 심층을 발현하는 것임을 감안할 때 재일 현세대는 가야금, 대금, 살풀이춤을 객관성과 보편성에 근거한 내면 성찰로 읽어내지 못했다고 할 수 있다. 소리는 현세대가 가야금, 대금, 살풀이춤을 배우는 과정에서 '가락' 속에 내재된 역사성과 전통정서, 민족성과 문화적 요소, 즉 단순히 '음'의 고저장단高低長短이 아닌 '가락' 내면의 전통미, 음색, 숨결까지 탐색하는 주도면밀함을 통해 새롭게 실존적 자의식을 구축할 수 있다. 어쩌면 이양지 문학에서 현세대의 역사성과 민족성에 근거한 보편적 내면 성찰은 처음부터 불가능했는지도 모른다. 그것은 일본에서 태어나 그곳에서 교육받고 성장했던 현세대의 내면적 가치가 태생적으로 '일본의 소리'에 기반을 두고 있기 때문이다. 소설에서 현세대의 정신적 고뇌와 방황은 그러한 태생적인 자의식의 '벽'에서 출발했다고 본다. 조국 체험 과정에서 접하게 되는 '조국의 소리'를 통해 역으로 내면의 '일본의 소리'를 확인하게 되는 현실, 그 양쪽 소리의 조율을 놓고 헤매내는 방황과 고뇌를 거듭할 수밖에 없다.

그 파행상은 일본에서는 가정의 불화와 이방인 의식에 사로잡혀 방황하고 고뇌하는 형태로, 조국에서는 양쪽 소리의 마찰음에 혼란스러워하며 안식처를 찾지 못한 채 술과 담배와 섹스라고 하는 자기파탄의 형태로 표출된다. 이러한 현세대의 내면적 '타자'와의 길항은 첫 작품 「나비타령」에서 「푸른 바람」에 이르기까지 지속되는 경향을 보여준다. 하지만 현세대의 밀운불우密雲不雨적 자기 고뇌의 행보는 「유희」에서 일대 전환점을 맞는다. 이양지 문학은 기본적으로 현세대의 고뇌와 방황을 현세대 자신들의 문제로 돌려놓음으로써 근원적인 치유를 시도한다. 모든 문제의 본질을 현세대 자신의 문제로 돌려놓고 타자와의 만남을 통해 보편성에 근거한 실존적 자아를 추구하는 자세를 취한다. 이양지의 「유희」는 그러한 재일 현세대의 자기 찾기의 원형을 제시한 작품이다.

숙모가 숙모 나름대로 유희를 어떻게 생각하고 회고하건, 숙모의 생각과 자신이 알고 있는 유희의 모습이 얼마만큼 다르고 어긋나 있건, 유희가 존재하지 않게 되었다는 분명한 사실만은 변할 수가 없었다. 어쨌든 유희는 없고 앞으로도 없다는 사실을 인정할 수밖에 없는데, 그것이 결국 나와 숙모가 도달한 일치점이었는지도 모른다.

「유희」

작가는 「유희」에서 모든 문제의 본질을 주인공인 '유희'가 떠안게 하고 일본으로 돌려보낸다. 이같은 서사 구도에는 모든 문제의 원점을 조국과 민족, 역사와 전통, 민족과 '가락'보다 그전부터 현세대 자신에게 체화된 '재일'의 위치를 우선시하는 전환적인 태도가 전제된다. 작가는 피상적인 조국 체험에 브레이크를 걸고 주인공 유희를 '재일'의 입장으로 되돌려 놓고 스스로 문제 해결의 실마리를 찾아야한다는 강한 주체성과 실존적 자의식을 강조한다. 아마도 작가가 언급한 「유희」의 '결산'적 의미는 그러한 주체성과 자의식에 찬 실존성을 강조한 것이라 할 수 있다.

재일 현세대 '유희'가 태어난 고향 일본으로 귀국했다는 상징적 의미[16] 그것은

---

16 김환기, 「이양지 「유희」론」, 『日語日文学研究』 第41集, 韓国日語日文学会, 2002, 243쪽.

서울의 하숙집에 '남은 자'와 그 집을 떠난 유희의 의식적 공감대를 통해 특별한 여운으로 남는다. 전통 '가락'에 대한 이해가 근원적 자의식에서 출발했듯이 양쪽은 재일의 문제 역시 그들 현세대가 주체적으로 풀어야함을 강조한다. 재일을 둘러싼 모든 문제들을 현재의 '자기'가 인지하고 해결할 수밖에 없다는 실천적 자각이다. 그 의미를 전통 '가락'과 연계해 보면 가야금, 대금, 살풀이춤은 피상적인 접촉이 아닌 '가락' 내면의 역사성, 민족성, 전통성, 문화적 향기와 음색까지 읽어야함을 강조한 것이다. 동시에 현세대를 일본으로 돌려보냄으로서 '재일'의 주체적 삶에 힘을 보탠다. 이양지가 언급한 「유희」의 '결산'은 그러한 재일 현세대의 주체적 자의식과 새 출발을 의미한다.

한편 현세대의 주체적 자의식은 「유희」 이후의 후지산을 바라보는 작가적 시선을 통해 한층 분명해진다. 즉 이양지는 "헤아릴 수 없을 만큼 여러 가지 변화와 새로운 과제를 던져준" 후지산을 "의미나 가치에 연연하지 않고 어떠한 판단이나 선입관도 갖지 않고 사물과 대상을 있는 그대로의 모습으로 받아들이는"[17] 정신적 가치와 인격적 기품으로 서술하고 있다. 일본의 상징으로서 정복이나 패배냐고 하는 이분법적 사고로만 보아왔던 후지산을 「유희」 집필 이후 작가가 "있는 그대로의 모습"으로 수용할 수 있게 된 마음의 평정심. 그것은 분명 이양지가 말하는 '결산'의 의미와 다르지 않다.

그런 의미에서 이양지 문학에서 표상되는 가야금, 대금, 살풀이춤은 단순한 전통 '가락'의 의미를 넘어 민족적 주체성과 보편성, 실존적 가치와 맞물린 '재일성'의 근원을 조율하는 화두의 세부 품목을 이룬다. 재일 현세대에게 정신문화적 가치를 강조하면서 '재일' 자신의 내면 세계를 해체하고 재구축할 수 있는 기제로서 전통 '가락'은 존재한다. 이양지가 「유희」와 「후지산」에서 보여주듯이 재일 현세대는 일본이든 조국이든, 남든 떠나든 '재일'의 문제는 그들만이 해결할

---

17 李良枝,「富士山」,『李良枝全集』, 講談社, 1993, 625쪽.

수 있음을 선언한다. 전통 '가락'을 익히는 과정을 통해 자기^{민족} 아이덴티티를 확인하고 관념적이고 역사적인 피상적인 세계로부터 자유로워지며 내면의 이방인 의식을 불식시킨다. 당당한 '재일'로서 살아갈 수 있는 정신적 구심점과 '의식의 지팡이'를 찾게 된다.

5. 「후지산」과 의식의 지팡이

이양지 문학에서 재일 현세대의 자기 찾기 작업은 첫 작품 「나비타령」에서 제100회 아구타가와상을 수상한 「유희」에 이르기까지 끊임없이 계속된다. 이러한 문학적 자기 찾기는 일본에서는 가정불화와 이방인 의식에서 탈출을 모색하는 형태로 서사화 되고 조국에서는 내면의 일본적 정서가 조국의 품으로 녹아들지 못하는 '벽'의 형태로 그려진다. 민족정서의 역사성을 함의한 한국적 전통 '가락'은 재일 현세대의 정신적 갈등^{葛藤}의 중심에 자리한 문학적 화두였다. 재일 현세대는 한국적 전통 '가락' 수업을 통해 일본은 물론 조국과 민족 앞에서도 당당해질 수 있는 주체성을 회복하고 내면적 자기해방을 위해 조국을 찾았다.

그러나 역사성과 민족정서가 강한 한국적 전통 '가락'은 재일 현세대에게 쉽게 포용의 손길을 내주지 못한다. 재일 현세대는 조국에서 전통악기인 '가락'의 산조를 몸으로 익힘으로서 조국의 한 일원이 될 것으로 생각했지만 현실은 '조국의 소리'를 익힐수록 자신의 내면에 체화된 '일본의 소리'가 명료해짐을 알게 된다. 조국에서 전통 '가락'을 접하지만 '가락'의 음률 깊숙이 스며있는 역사적, 민족적, 전통적, 정신의 소리와 조율되지 않는 내면의 '일본의 소리'를 듣게 된 것이다. 이러한 전통 가락의 신체적, 정신적 이질성에 대한 확인은 재일 현세대 자신들의 주체성과 자의식의 세계관과 직접 연결하기 어려운 독특한 문제적 지점을 상징한다. 이양지 문학은 재일코리안의 정신적 고뇌와 방황을 국가와 민족,

정치와 이데올로기를 넘어 한층 넓은 자연의 세계와 연계시켜 풀어내는 힘을 보여준다. 한국적인 전통 '가락'은 그러한 이양지 문학의 독창성을 구성하는 화두였던 셈이다. 한국의 전통악기 가야금, 사물놀이, 대금, 살풀이춤 등은 막다른 골목길로 내몰린 이방인에게 '벽'이면서 또 다른 삶을 터주는 기제가 된다. 특히 전통 '가락'은 피상적인 접촉이 아닌 '가락' 내면의 역사성, 민족적 정서, 전통적 음률음색까지 다가서야 '가락'의 본질을 이해할 수 있다고 일러준다. 그것은 재일 현세대의 주체적 삶은 신체화 된 있는 그대로의 자기를 인식하는 행위가 선행되고 거기에서 비로소 자의식의 평정과 실존적 아이덴티티가 확보될 수 있음을 보여준다.

그런 의미에서 대표작 「유희」와 에세이 「후지산」은 작가적 삶과 문학적 '결산'을 보여준 작품으로서 소중하게 받아들여진다. 이양지 문학이 인간은 시공간을 넘어 언제 어디에서나 한국·한국인과 일본·일본인 주체적인 '의식의 지팡이'를 통해 당당해야만 함을 강조하기 때문이다. 특히 이양지는 경계인과 이방인의식에 사로잡혀 있는 재일코리안을 향해 현실에 가로놓인 '벽'을 있는 그대로 받아들이는 강한 자의식과 주체성을 강조하고 있어 인상적이다. 역사성과 민족적 정서, 전통과 의식의 상징인 전통 '가락'은 언뜻 관념의 상징체로 읽힐 수 있지만 실은 민족적 아이덴티티를 표상하는 내밀한 가치와 이미지, 민족적 숨결이 담긴 실존 그 자체이기 때문이다.

신세대의 감각과 실존
현월론

김환기

1. 재일신세대문학

현월玄月 문학은 이전의 재일코리안 작가들이 추구해 왔던 문학성과는 현격한 차이를 보여준다. 그의 문학은 대담하게 그려가는 리얼한 문체, 역사와 민족 정서에 얽매이지 않는 현실주의와 실존적 가치를 강조한다. 이같은 점이야말로 재일 1세대 작가인 김달수, 김석범, 김시종, 정승박, 김태생의 문학이 조국을 앞세운 민족주의적 입장을 견지하고, 중간세대 작가인 김학영, 이양지, 이회성 문학이 조국과 개인자기 사이의 경계의식과 거리감을 인식하는 관점과 차별화되는 신세대 문학의 독창성이다. 특히 현월의 문학은 탈민족적 경향, 다원화된 가치, 현실의 '벽'으로 수렴되는 인간의 보편성과 실존적 의미를 폭넓게 묻고 있다는 점에서 기존의 문학적 경향과도 대별된다.

제국과 국민국가에서 강조했던 역사와 민족, 정치 이데올로기적 현상과 일정한 거리를 둔 현실 중심의 실존적 글쓰기는 최근 신세대 재일 작가들을 중심으로 폭넓게 전개된다. 예컨대 유미리의 문학에서 형상화되는 현대 사회의 가족관

변용, 즉 가족의 해체와 재구축이라는 관점은 국적과 민족, 사회와 이념이 아닌 변용하는 현대 사회의 현재적 지점을 직시한다. 마찬가지로 요시모토 바나나吉本バナナ의 「키친」에서 형상화되는 현대 사회 가족상은 삶과 죽음조차도 관념적으로 흐르지 않고 시공과 세대를 초월해 담담하게 수용하는 양상을 보여준다. 오사카 이카이노를 작품의 배경으로 삼고 민족의 집단거주지에서 횡행하는 폐쇄성과 폭력을 그린 현월의 문학「그늘의 집」, 조국과 민족, 이데올로기로 수렴되는 근대국가의 질서 체계를 거부하며 탈민족, 탈이념적 세계관을 보여준 가네시로 가즈키의 문학金城一紀 「GO」, 제주도 출신의 여성으로서 재일코리안 사회에 팽배한 남성중심의 가부장제에 단호하게 'NO'를 선언하는 김창생의 문학「붉은 열매」 등이 그러한 신세대 작가의 문학적 변용을 보여주는 사례에 해당한다.

특히 현월문학의 실존적 글쓰기는 재일코리안의 역사성과 민족정신, 제국일본의 전쟁이데올로기를 천착하면서도 주류종심 사회로부터 배척된 비주류주변의 공동체 공간에서 횡행하는 '부성'을 읽어내고 있어 주목된다. 특히 재일 사회의 중심인 오사카 이카이노에 형성된 공동체의 일상 세계에서 펼쳐지는 폭력은 상시화된 현대 사회의 병리현상을 상징하기에 부족하지 않다. 이 글에서는 현월문학의 실존적 글쓰기가 구체적으로 어떻게 서사화되는지, 특히 '부'의 역사와 함께 한 전세대, '탈'의식적 관점과 현세대의 자의식, 집단공동체 공간의 폐쇄성과 단절, 집단주의에 매몰된 개인의 상실감과 소외의식 등을 인간주의와 연계해 짚어 보고자 한다. 또한 현실주의에 입각한 실존적 글쓰기가 현월이 말하는 '인간의 보편성' 개념과 어떻게 상통하는지 검토하고자 한다.

2. 민족에서 실존으로

현월문학은 기존의 재일코리안 작가의 문학적 경향과 여러 면에서 차이가 있다. 현월문학은 제국주의시대 국민국가의 근대성과 직결된 국가와 민족, 정치와 이데올로기를 개인의 아이덴티티 개념으로 성찰하고 국가주의를 상대화하는 소수민족의 이방인의식과 소외된 현실을 선명하게 보여준다. 이러한 면모는 재일 1세대문학에서 강조했던 역사성과 민족주의를 내세운 민족적 글쓰기에서 벗어나 소수민족의 마이너리티 의식을 현실주의와 연계해 성찰하는 방식을 취하고 있다. 예컨대 1세대 작가 김달수, 김석범, 김태생, 김시종 등이 의식하는 조국과 민족, 역사와 이데올로기는 재일 신세대 작가의 문학적 서사구조와 결을 달리한다.

조국의 굴절된 근현대사에 대한 현세대의 탈민족적 세계관은 국가와 개인, 과거와 현재, 전세대와 현세대의 단절, 한국과 일본의 인식에 이르기까지 다양한 형태로 표출된다. 이러한 역사성과 민족정서, 세대 간의 갈등과 대립, 차별의식 등은 재일 현세대에게 실질적인 현실의 '벽'으로 밀려들며 거부할 수 없는 '부'의 유산으로 인식된다. 또한 역사성과 민족의식을 함의한 현실의 '벽'은 여전히 재일코리안의 현재적 삶을 재단하고 있다. 동시에 그것은 의식적이든 무의식적이든 역사적 부성으로서 떠맡을 수밖에 없는 운명의 시공간임도 일깨워준다. 현월문학은 그러한 현세대의 '부'의 역사와 맞물린 운명적인 시공간, 그들의 집단거주지역의 일상 공간에서 변주되는 삶의 군상들을 내밀하게 얽어낸다. 특히 그의 문학은 일본 사회와 격절된 주변부의 공간에서 자본과 권력에 의해 희생되는 개인의 체념적 삶을 과감하게 고발하고 있어 주목된다.

주지하다시피 재일 1세대 작가들의 민족적 글쓰기는 제국과 국가주의, 역사성과 민족의식, 정치이데올로기에 얽힌 시대상을 개별 인물들의 갈등구조로 그려내는 것이 일반적이다. 김달수의 「태백산맥」이 일제강점기에서 해방된 경성을 배경으로 조선인의 정치역사, 이데올로기로 수렴되는 민족의식을 그렸고 김석범의 『화산도』가 '제주4·3사건'을 통해 좌우와 남북한으로 갈라진 이데올로기의 시대 현장을 고발하고 있음은 그러한 민족적 글쓰기의 성격을 잘 일러주고 있다.

그들은 24, 5세의 동년배였다. 그러나 여러 가지 면에서 전혀 이질적인 사이였다. 한쪽은 도회지의 말하자면 부르주아 집안의 아들이고 대학생이었는데 다른 한쪽은 이제는 행방조차도 알 수 없는 부모를 가진 빈농의 아들이고 무지문맹이라 불리는 머슴이었다. 그러나 두 사람의 관계는 그토록 이질적이었다는 사실이 한층 강하게 서로를 묶어주었다. 강춘민은 그가 그때까지 몸에 익혀 갖고 있는 것 일체를 박달에게 철저히 주입시켜 가르치려 했다. 그것은 거의 철저히 주입시켜 가르친다는 말에 어울리게 그는 이따금씩 안절부절 하며 박달을 호되게 꾸짖기도 했다. 박달에게 문자를 가르친 것도 그였다. 그날은 정해진 건 아니지만 이상하게도 그것을 아는 것인지, 마침내 처형될 날이 가까워지자 그는 한층 불안해하기 시작했다. 박달도 그 몇 일간은 거의 잠을 이루지 않고 공부에 몰두했다. 잠을 자지 못한 건 강춘민도 마찬가지였다.

「박달의 재판」

인용문은 김달수의 「박달의 재판」의 한 대목으로 감옥에 갇힌 우매한 박달과 처형 날짜를 기다리는 지식인 강춘민 사이에 이루어지는 의식화 교육의 장면을 보여준다. 「박달의 재판」은 지식인과 머슴이라는 계급적 차이를 넘어 동등한 존재로 끌어올리는 서사구조를 취하고 있다. 이같은 구도는 조국의 역사성과 민족적 정서를 통해 공통적 관심사를 이끌어내고 이 과정에서 이데올로기적으로 상대화 할 수 있는 인물들을 조형해가는 형식이다. 그 과정에서 지식과 문맹, 강렬함과 유순함, 대립과 화해, 수직과 수평의 관계를 직조하면서 작품은 격동기 조선의 관심사를 증폭시키고 풍자하는 방향으로 흘러간다. 민중^{머슴, 문맹}과 지식인으로 표상되는 예리한 이지적 세계와 아둔한 문맹이라는 이질적 결선을 통해 당대의 양분된 조선의 역사적 정치이데올로기의 지점을 밖으로 끄집어낸다. 강한 지식인상을 통해 올바른 민족적 대의를 주문하고 '헤헤'거리는 바보의 웃음을 통해 좌표 잃은 민중상을 주체적으로 구축해낸다.

이러한 민중과 지식인을 통한 역사적 민족적 아이덴티티에 대한 탐색은 김달수의 다른 작품에서도 그대로 관통한다.「태백산맥」에서 토지개혁을 둘러싼 지주와 농민 사이의 갈등구조 이면에서 전개되는 좌우익, 남북한의 심화되는 분열양상이 그러하고,「현해탄」에서 일본행 연락선을 둘러싼 온갖 모순과 부조리한 이야기가 당시의 좌표 잃은 민중들의 피폐한 현실을 표상한다. 이러한 제국 및 국민국가와 얽혀있는 민족의 역사와 정치이데올로기를 천착한 작품의 경향은 비단 김달수문학에서만 통용되는 서사구조가 아니다. 김석범이 조국의 비극적 '제주4·3사건'을 역사적 민족주의 관점에서 서사화하고 김시종이 사회주의적 시각을 견지하며 민족주의에 의탁한 작품을 보여준 것은 재일 1세대 작가들의 실천적 고뇌가 빚어낸 장대한 이야기의 성채이다.

한편 재일 중간세대의 문학은 1세대 문학과는 달리 경계의식과 이방인 의식을 근간으로 조국과 자신들 사이의 거리 좁히기에 골몰했다. 이들 중간세대의 문학은 현세대 앞에 가로놓인 현실적 '벽'과 자기^{민족} 아이덴티티를 풀어야 할 화두로 삼고 그 문제해결을 위해 역량을 집중했다. 그 과정에서 부상될 수밖에 없었던 조국^{민족}과 전세대^{조부모, 부모}와의 관계성 그것은 현세대가 풀어야할 최대의 난제였다. 중간세대에게 조국과 민족은 원체험이 없었기에 체화된 의식이 부재했고 그것은 역사성과 민족의식, 이데올로기에 맞설 수 있는 견고하고 예리한 문화적 정체성을 확보하지 못했음을 의미한다. 오히려 재일 현세대는 조국과 전세대로 표상되는 역사성과 민족적 부성을 일방적으로 떠안게 된 현실에 의아해 할 뿐이다.

따라서 재일 현세대가 조국과 민족, 역사성과 민족적 정서를 전적으로 수용하지 못하고 전세대의 삶을 액면 그대로 수용하지 못하는 것은 당연할 수 있다. 조국과 전세대를 강고한 '벽'으로만 인식했던 터라 능동적으로 대응하지 못했던 것이다. 좋든 싫든 조국의 굴절된 근현대사적 지점을 실제로 경험하지 못했기에 아버지의 폭력, 동포 사회의 이념적 분열, 전세대의 고향의식 등을 '부'의 역사성 및 민족정서와 연계해 온전히 수용하지 못한다. 이같은 세대 간의 정서적 온도차와 부조화는 세대가 거듭될수록 그 간극의 차이를 벌려간다. 재일 중간세대의 문학은 그러한 조국과 전세대를 둘러싼 유리流離된 부조화의 세계를 현세대의 현실주의적 관점에서 '벽'으로 보고 서사화하는 경향이 뚜렷하다. 현세대의 고뇌와 방황은 기본적으로 '벽'에 대한 성찰이며 '벽'으로부터의 자기해방을 추구하는 힘겨운 몸부림이었다고 할 수 있다. 예컨대 김학영의 「얼어붙은 입」은 재일 현세대의 역사성과 민족정서, 정치이데올로기와 연동된 '벽에 대한 성찰과 한계를 보여준 작품이다.

내게는 실로 자살이라는 말이 무척이나 매력적이었다. 나는 내 안의 생각을 드러내지 않을 때, 항상 내 가슴 깊숙한 곳에 소리 없이 흐르고 있는 투명한 물줄기 바닥에, 이 두 문자가 금색 광채를 띠며 조용히 깔려 있는 걸 보게 된다. 자살은 항상 내 가슴 속에 있었다. 지금까지 나의 삶을 지탱해 준 것은, 언제든지 죽을 수 있다, 언제든지 숨통을 끊을 수 있다는 관념뿐이었다.

김학영, 「얼어붙은 입」

「얼어붙은 입」의 현세대 '이소가이磯貝'는 처음부터 자신에게 주어진 현실의 '벽'을 뛰어넘을 힘을 갖추지 못했다. 원죄격 말더듬과 조선朝鮮人이라는 운명적 레테르가 실천적 삶을 근원적으로 무력화시켰다고 여기기 때문이다. 현세대가 절감하는 '몽롱한 불안'과 '외부 현실 문제'에 대한 냉소적 반응은 시간의 흐름과 함께 증폭될 뿐이다. 거듭되는 냉소적 태도는 스스로를 한층 소외감과 이방인

의식으로 내몰면서 사회와의 단절을 불러들이며 극단적 형태의 탈출로 이어진다. 현세대 '이소가이'의 자살은 그러한 현실 세계로부터의 철저한 단절감의 표상이며 깊어진 자기학대의 비극적 사태이다. 이같은 내향적이고 자학적인 자기 성찰은 김학영의 작품 「알콜램프」, 「착미」, 「한 마리 양」, 「흙의 슬픔」 등에도 그대로 이어진다.

그런데 이양지 문학은 김학영 문학의 내향적 자기 성찰과는 다소 서사구조의 결이 다르다. 현세대가 자기^{민족} 아이덴티티를 놓고 고뇌한다는 점에서는 동일하지만 그러한 갈등 문제에 대한 접근방식에서 차이를 보인다. 이를테면 김학영 문학이 내면적 자기 성찰을 자학하며 자기 해방을 추구했다고 한다면 이양지 문학은 적극적인 타자와의 조율을 통해 내적 고뇌를 털어버리는 형식을 취한다. 이양지 문학에서 조국 체험은 재일코리안의 중간자적 경계의식을 정리하는 계기이면서 동시에 당당한 조국의 일원임을 알리는 자기 찾기의 실천이었기 때문이다. 사실 재일 현세대는 내면의 피상적인 역사성과 민족정서를 확인하고 싶었던 만큼 그러한 근원적인 문제를 해결하기 위해 조국 체험을 필요로 했다. 그러나 재일코리안의 자기^{민족} 아이덴티티는 조국을 체험하고 학습을 통해 역사와 민족의 지식을 축적한다고 해서 극복될 수 있는 문제가 아니다. 보다 근원적이고 체화된 역사와 전통, 민족적 정서가 동반되지 않으면 구축되기 어려운 민족적 아이덴티티가 있다. 실제로 이양지 문학은 그러한 체화된 원체험의 자의식 부재에서 오는 현세대의 정신적 고뇌^{방황}, 문화적 충돌에서 오는 내적 갈등이 주된 스토리를 이루고 있다.

예를 들면 「나비타령」의 '나'가 자기 내면의 '일본의 소리'를 간과한 채 '조국의 소리'에만 집착하는 양상, 그리고 「각」, 「Y의 초상」에서 연출하는 현세대의 정신분열적 양상은 '일본의 소리'와 '조국의 소리'의 조율 실패에서 오는 결절이다. 일종의 원체험의 자의식 부재로 인한 문화적 충돌에서 오는 불가피한 갈등이고 분열이다. 그러나 이양지 문학은 그러한 내부와 외부 세계와의 충돌 과정에서 생기는 갈등과 고뇌를 내향적인 형태의 체념으로 이끌지는 않다. 서울 생활에서 오는 문화적 이질감에 괴로워하면서도 자신을 결박하는 실체가 무엇인지를 끊임없이 자문하며 자기 해방을 추구한다. 「유희」는 그러한 재일 현세대의 방황과 '벽'에 탈출구를 제시한 작품이다. 현세대에게 '조국의 소리'를 듣기 전 그들 내면의 '일본의 소리'에 대한 인식, 즉 현세대 내면에 체화된 '일본적 정서'에 대한 자각을 주문했고 거기에서 '있는 그대로'의 모습을 수락하는 용기와 조화로운 삶의 가치를 깨닫는다. 이양지의 '후지산'에 대한 특별한 각성은 그러한 '있는 그대로'의 삶의 가치를 확보하는 자의식의 결정체를 보여주는 대목이다.

하지만 현월문학은 조국과 전세대를 대상으로 관념적으로 흐르기 쉬운 역사성과 민족적 정서를 구체적으로 얽어내는 서사구조를 취하지 않는다. 조국의 일그러진 근현대사와 맞물린 간난의 양상을 부조하거나 전세대^{아버지}의 폭력과 같은 암울한 형태의 갈등구조를 전면에 내세우지 않는다. 현실주의에 입각해 일상의 단면을 담담하게 그려내고 그 과정에서 현대 사회가 안고 있는 온갖 병리현상을 고발한다. 특히 타자화된 재일코리안, 개인의 입장에서 가부장적 권력으로 얼룩진 공동체 사회의 모순과 부조리의 단면을 얽어내는 서사방식을 취한다.

따라서 소외된 개인과 마이너리티를 대변하기 위한 특별한 과장법이나 비유법을 동원할 필요도 없을뿐더러 연민에 매달릴 이유도 없다. 실제로 소외된 공동체 사회에서 자행되는 권력과 폭력 현장을 있는 그대로 리얼하게 얽어내는 것만으로 충분하다. 말하자면 「그늘의 집」에서 자본의 권력과 폭력에 노출된 인물들^{서방, 고이치, 숙자}은 그러한 소수민족의 존재성을 상징하는 존재이다. 현월문학은 이양지의 '있는 그대로'의 미적 원리를 인간의 실존성에 대한 물음으로 승화시킨 부분이야말로 그이 문학이 가진 독창성이며 보편성의 지탱하는 근간이다.

3. 실존적 글쓰기의 제양상

1) 폐쇄적인 공간

현월문학의 실존적 글쓰기는 다양한 형태로 전개된다. 집단과 개인의 갈등 양상, 세대 간의 단절과 거리감, 가족 구성원 간의 무관심, 폭력과 강간 등 현대 사회가 안고 있는 각종 모순과 부조리 현상을 망라한다. 거대한 주류^{主流} 사회로부터 마이너리티의 공동체 공간까지 서사구조는 주류 사회-소수집단-개인으로 연결된 사회적 구도에서 횡행하는 각종 병리현상에 초점을 맞춘다. 현월 작품은 굳이 재일코리안 사회에 집착하지도 않지만 일본 사회와 소수집단이라는 갈등과 대립구도로 상대화하지도 않는다. 다만 재일코리안이 밀집해 살고 있는 집단공동체를 거대한 일본 사회의 한 단면으로 차용할 뿐이다. 집단공동체의 굴절된 개인의 삶의 군상을 통해 현대 사회의 거대한 자본과 권력, 모순과 부조리를 부각시키고 건강한 사회의 모럴에 대한 가능성을 진단한다. 현월문학에서 폐쇄적인 집단공동체 공간의 소외된 개인에 대한 응시는 그 자체로서 실존적 글쓰기의 전형을 보여준다.

「그늘의 집」은 폐쇄된 집단공동체 공간에서 영위하는 개인의 일상을 다각도로 조명한다. 주인공 '서방'은 바라크 집단촌에서 "삼십 년 가까이 무위도식"하며 살아왔고 이후에도 변함없이 그곳을 유일한 안식처로 삼고 살아갈 인물이다. 지난 세월 동안 바깥세상과의 교섭은 시도한 적이 없고 반대로 바깥세상이 현재의 집단공동체 공간으로 잠식하는 것도 바라지 않는다. 격리된 집단공동체 공간에서 지금까지 그래 왔듯이 앞으로도 그렇게 흘러가는 시간에 몸을 맡긴다. 서방은 한때 아버지의 단단한 팔뚝에 매달려 솟구치는 지하수를 보며 희망적인 미래를 확신하기도 했지만 지금은 유일한 혈육인 아들 고이치^{光一}로부터도 외면받는 외톨이 신세다. 서방의 소외된 처지가 조국과 관련한 부의 역사성에서 기인했건 개인적 사정에서였건 그에게는 이제 조국과 민족, 역사와 이데올로기로 수렴되는 문제의식은 거의 남아있지 않다. 지리멸렬한 서방의 생각만큼이나 작품의 공간공기은 습하고 칙칙하다.

　민가 사이의 골목길이 함석지붕 차양 밑으로 끝이 막힌 좁은 동굴처럼 보이는 것이 신선하게 느껴졌다. 여기서 보면, 그 깊은 동굴 속의 이천 오백 평의 대지가 펼쳐지고, 튼튼하게 세운 기둥에 판자를 붙여 만든 바라크가 이백여 채나 된다는 것, 그리고 그 사이로 골목길이 혈관처럼 이어져 있다는 것은 상상조차 할 수 없다. 서방의 아버지 세대 사람들이 습지대였던 이곳에 처음 오두막집을 지은 것은 약 칠십 년 전, 거의 지금의 규모가 되고도 오십 년, 그 후부터는 그 모습 그대로, 민가가 빽빽이 들어선 오사카시 동부지역 한 자락에 폭 감싸 안기듯 조용히 존재하고 있다. 서방은 다시 걷기 시작했다. 자신의 인생과 거의 맞물려온 이 집단촌이 그 규모로 보면 상상이 가지 않을 정도로 남들 눈에 띄지 않는 것을 오히려 다행으로 여긴다. 여전히 뿌옇게 어른거리는 아스팔트길에 압도당하면서도 일요일 오후의 조용한 거리를 한 발 한 발 발걸음을 확인하며 걸어갔다.

「그늘의 집」

폐쇄적 집단공동체 공간과 상실된 서방의 자의식은 어떠한 가치와 이미지를 만들어내고 있는가. 그 세계는 확실히 현대 사회가 안고 있는 거대 권력집단-소수자-개인으로 이어지는 모순된 계급적 지배구조로 구조화되어 있다. 이 세계는 거대한 사회 조직에서 튕겨나간 소수자 이미지와 소외된 소수집단이 재차 만들어 가는 타자화된 개인이라는 이미지가 지배적이다. 이 세계에는 자본과 권력이 지배하는 사회구조에서 파리를 들고 늘어선 모순과 부조리뿐만 아니라 거기에서도 보이지 않는 적으로 군림하는 사회적 침묵과 무관심이 존재한다. 소수집단의 집단공동체에서 침묵과 무관심은 현대적 삶이 만들어낸 최대의 적이다. 현대의 각종 병리현상은 그러한 공동체 사회의 이면에서 반복적으로 재생산되며 그림자를 드리운다. 현대 사회에서 개인의 존재성을 약화시키는 가족, 이웃, 계층, 세대 간의 단절은 이러한 사회적 침묵과 무관심을 한층 공고하게 만든다.

「그늘의 집」에서 '메드·킬'을 중심으로 한 공동체 집단의 멤버들은 일본이라는 주류 사회로부터 특별한 관심을 받지 못하며 그들 집단촌의 요구는 번번이 묵살된다. 그리고 거대 공동체 사회의 관심사가 소수집단으로부터 멀어지면서 집단촌은 점차 슬럼화되고 마침내 합법을 가장한 무자비한 폭력의 도가니로 변해간다. 나가야마_{永山}는 그곳 집단촌에서 권력화된 자본을 무기로 자신의 왕국을 건설하고 그곳의 구성원들은 철저한 자본의 노예로 전락하고 만다. 서방을 비롯한 집단공동체의 구성원들은 나가야마로부터 약간의 삶의 공간을 얻어내는 정도로 자신들의 삶 자체를 떠맡기는 꼴이다. 소설은 그곳 집단공동체의 공간에서 벌어지는 권력의 평정 과정을 세밀히 묘사하지는 않는다. 이미 나가야마의 세력권이 집단촌을 광범위하게 장악한 상태에서 출발한다. 집단촌의 형성 과정에서 이미 권력화된 자본은 힘의 평정을 암시하고 있다.

집단촌에 대한 나가야마의 평정에는 몇 가지 새겨볼 점이 있다. 하나는 집단공동체에 형성된 폐쇄성은 거대한 조직 사회로부터 소외되는 과정에서 형성된다는 점이다. 자본주의라고 하는 합법적인 틀 속에서 권력화된 자본은 개인의 인간성 말살을 조장하면서 결과적으로 집단촌에서 소외된 개인을 양산하며 이곳을 폭력의 근거지로 전락시킨다. 합법을 가장한 자본이라는 폭력 앞에 집단촌 구성원들은 설 자리를 잃고 주체적인 삶을 접게 된다. 그러한 환경에서 집단촌 구성원들은 생존을 위해 철저하게 현재의 위치에서 흐트러짐 없이 자신을 충실히 지켜내야만 한다. 집단촌에 불문율처럼 공고해진 안과 바깥의 철저한 침묵과 무관심이 그들의 공생관계를 감시하고 있기에 정해진 자신의 위치를 벗어날 수 없다. 서방이라는 인물을 비롯한 '메드·킬' 멤버들이 각자의 위치를 고수하면서 오로지 권력과 자본으로 응집하는 이유도 그러한 침묵과 무관심의 폭력적 상황을 부정할 수 없기 때문이다. 서방이 말하는 "과거와 현재의 삶이 다르지 않고 미래의 삶이 바뀌지 않을 것"이라는 확신은 폐쇄적인 집단촌의 폭력성에 대한 체념에서 나온 불가피함이다.

집단촌의 폐쇄성에 갇힌 개인들에 대한 서사화는 현월의 「젖가슴」, 「무대 배우의 고독」, 「나쁜 소문」, 「땅거미」에서 한층 구체화된다. 「젖가슴」에서 주인공 미화가 펼치는 조직적이면서 위선적인 퍼포먼스가 그렇고 「무대 위의 고독」에서 마약과 섹스로 일관된 비행 청소년의 뒷골목 이야기가 그러하다. 「나쁜 소문」은 집단에서 소외된 '뼈다귀'가 만들어내는 꼬리에 꼬리를 무는 소문의 폭력성을 포착해낸 작품이다. 「땅거미」에서 연출되는 소외된 개인의 자의식도 같은 맥락으로 이해할 수 있다. 현대 사회의 각종 소수집단, 집단촌과 개인 사이에서 연출되는 소외와 냉소적 태도는 확실히 오늘날 우리 사회의 굴절된 자화상이 아닐 수 없다.

2) 단절과 소외의식

현월문학에서 세대 간의 단절은 다양하게 표출되며 그것이 만들어낸 개인의 소외의식은 매우 절망적이다. 특히 가족 구성원 간의 단절은 우려의 단계를 넘어 가족의 해체와 파탄으로 나타난다. 사실 가정은 1차적 사회 집단의 상징으로서 한 개인의 사회적 활동을 표상하는 절대적인 공간이다. 전통 사회든 현대의 공동체 사회든 가정가정이 담당하는 역할은 아무리 강조해도 지나치지 않기 때문이다. 그런데 현대 사회에서 가정의 역할은 급격히 무너지거나 왜소해지면서 그에 따른 부작용도 상상을 초월한다. 실제로 부부간의 이혼, 세대 간의 갈등, 청소년의 가출, 폭력과 마약, 각종 범죄까지 사회적 부작용은 가정이라는 1차적 사회 집단의 붕괴와 무관하지 않다.

현월의 문학은 이러한 가정 해체와 연동된 현대 사회의 병리적 현상을 리얼하게 그려낸다. 특히 「그늘의 집」에서 서방과 아들 고이치 사이의 교감 부재, 서방과 부인 간의 단절감 같은 격절감은 현대 가정의 일그러진 자화상이며 작품의 사회적 모럴을 가늠하는 척도가 된다.

> "어째서 전쟁이 끝났을 때 죽지 않았어요? 무슨 낯으로 뻔뻔하게 살아남아 동포의
> 얼굴을 봤냐구요. 당신 같은 사람이 아버지라니, 차라리 태어나지 않았더라면 좋았을
> 걸." (…중략…) 봉당에 선 고이치는 신발을 벗어 아버지를 향해 내던졌다. 한 짝은 서
> 방의 머리로 날아갔고 한 짝은 이마에 맞았다. 그리고 아버지를 날카롭게 노려보더니
> 미닫이문을 박차고 뛰쳐나갔다. 서방은 옆에 있던 아내의 머리를 구두로 내리쳤다. "저
> 녀석 두 번 다시 집안에 들여놓지마!" 아내에게 손을 댄 건 그때가 처음이었다. 고이치
> 는 그걸로 그치지 않고 아예 집단촌의 빈 바라크로 옮겨가 살았다. 가끔 어머니의 보살
> 핌을 받았지만 아버지와는 의절하고 말았다.
>
> 「그늘의 집」

고이치의 아버지에 대한 인식은 불신감으로 가득 차 있고 서방 또한 아버지로
서 한 치도 물러설 기색이 없다. 서방은 서방 나름대로 당대의 삶의 궤적을 충실
하게 밟아왔다고 믿었고 고이치도 나름대로 정의감을 불태우며 사회주의적 사
고를 키워왔다고 생각하기에 더욱 그러하다. 그렇게 서방과 고이치의 극한적 대
립은 의절로 파탄났고 그후 고이치는 학생운동에 투신했다가 죽음을 맞는다. 서
방 역시 사회활동을 접고 소외된 채 무위도식하는 피폐한 삶으로 일관한다. 결
과적으로 아버지와 아들, 서방과 고이치의 극한적 대립은 상호 간에 돌이킬 수
없는 회한의 상처만 남긴 셈이다.

왜, 아버지와 아들은 한 치도 양보 없는 막다른 외길로 치달아야 했고 가정은
파탄으로까지 내몰려야 했는가. 사실 이러한 물음은 단순해 보이지만 현대 사
회의 복잡한 구도 속에서 그 해답을 찾기란 쉽지 않다. 가정 해체와 가족 구성원
의 단절에는 개별적으로 그럴 만한 입장과 사정을 안고 있기 때문이다. 특히 재
일코리안은 세대별로 역사적 부성과 민족의식을 둘러싼 시각차를 뚜렷하게 보

여왔다. 일제강점기에 전세대^{현세대 입장에서 조부, 아버지}가 휘둘렀던 폭력적인 행동들은 당시 나라 잃고 이국에서 살아야 했던 입장에서 통념상 허용되는 일탈이었다 해도 현세대의 입장에서는 납득할 수 없는 그냥 비인간적인 폭력일 뿐이다.

조국과 민족을 둘러싼 세대 간의 인식차는 「그늘의 집」의 주인공 서방의 한쪽 팔에 얽힌 사연을 통해 오롯이 확인할 수 있다. 해방 직전 작은 항구에서 전쟁물자 횡령에 가담했던 서방이 기관총 소사를 받고 한쪽 팔을 잃었는데 고이치는 그 전쟁의 상처를 전혀 이해하지 못한다. 오히려 서방이 일본군으로 전쟁에 가담한 사실을 비난하면서 "어째서 전쟁이 끝났을 때 죽지 않았어요? 무슨 낯으로 뻔뻔하게 살아남아 동포의 얼굴을 봤냐구요, 당신 같은 사람이 아버지라니. 차라리 태어나지 않았더라면 좋았을 걸"이라며 항변한다. 서방 역시 고이치의 분노에 전혀 대꾸할 필요성을 느끼지 못한다. 그냥 역사적 부성과 맞물린 과거와 현재의 삶에 한숨만 내쉴 뿐이다.

다만, 서방은 아들의 분노에 찬 비난에 "말이 났으니 말이지, 일본에서 태어나서 익힌 일본말이라 전우들 중에 아무도 내가 조선 사람이란 걸 모르겠지 싶었는데, 잘 생각해 보면 내가 태어났을 때는 조선도 한국도 없었으니까, 그때 나는 순수한 일본인이었던 셈"이라고 혼잣말을 내뱉을 뿐이다. 이 장면은 전세대와 현세대 간의 부의 역사성과 민족의식에 대한 시각차가 좁혀질 수 없음을 의미하며 부자간에 가로놓은 허물기 힘든 '벽'의 실체를 잘 포착한 순간이다. 서방과 아들 고이치의 대립에는 조국과 민족을 둘러싼 역사적, 정치 이데올로기와 맞물린 개인의 존재라는 본질적인 문제가 포함된다. 이들 부자간의 역사와 민족의식을 둘러싼 갈등은 현실적으로 근원적인 치유책을 내놓기 어렵기에 대립할 수밖에 없고 그것은 일찌감치 예견된 깃이나 다름없다. 그러니까 현월문학에서 전세대와 현세대 사이의 갈등과 대립은 역사성과 민족의식, 정치 이데올로기를 둘러싼 원죄적 '벽'이 기시감^{旣視感}을 타고 짙게 드리워져 있다.

부^父의 역사성과 민족의식에서 비롯된 부자간의 단절감은 서방과 아내 사이에도 예외 없이 등장한다. 아내가 혼잣말을 되뇌이며 끝내 발작을 일으키고 죽음을 맞기까지 서방이 아내의 넋두리를 받아줄 수 없었던 것은 정치 이데올로기를 포함한 역사적 배경이 존재하기 때문이다. 그것이 경제적인 이유에서건 정치적인 연유에서건 당대의 피폐했던 시대 상황은 서방에게 직접적인 희생을 강요했고 불가피하게 가족 구성원에게 침묵과 무관심을 불러오는 결과로 이어졌다. 삶의 동반자가 내뱉는 넋두리에 침묵과 무관심으로 일관할 수밖에 없었던 자기^{自我}의 소멸상태 그것이 서방의 세대에서는 엄연한 현실이었던 반면, 현세대인 고이치로서는 침묵과 무관심을 결코 수용할 수 없는 비겁함으로 여길 뿐이다. 「그늘의 집」에서 보여준 세대 간의 단절과 절대적 고독은 조국의 역사성과 민족의식의 연장선에서 가정 해체와 개인의 소외의식을 짚어야 할 부분이 적지 않다.

그런데 현월문학은 소외된 개인의 자아와 굴절된 자의식을 조국의 역사성과 민족의식으로 연계하면서도 '부의 역사성'을 전면에 내세우지 않는다. 또한 그의 문학은 조국과 민족적 감정에 의탁한 인간성 상실이나 개인적 불우성을 구체적으로 직조하지도 않는다. 「그늘의 집」에서 서방의 한쪽 팔이 갖는 불구성를 통해 이미 조국의 굴절된 근현대사를 대변하는 상징적 기제로 충분히 활용하고 있다. 그러니까 새삼 서방이 경험한 지난했던 역사적 부성을 소환해 가며 장황하게 역사성을 함의한 민족적 감정을 자극하거나 대변할 필요가 없다. 중요한 것은 굴곡진 회한의 세월이 아니라 현시점에서 개인을 둘러싼 현실주의적 관점의 실존적 자아다. 어떻게 살아왔느냐가 아닌 해체된 가정과 사라진 핏줄이 남긴 회한의 시공간, 그 집단촌 바라크 한복판에 홀로 남겨진 한 인간, 개인에게 주어진 보편적 가치와 실존적 자아다. 현월문학의 실존적 글쓰기는 그러한 주변화된 현대 사회의 집단촌에서 횡행하는 단절과 폭력을 통해 왜소화된 인간상에 한층 다가서고 있다.

3) 집단주의와 개인

현월문학에서 집단촌과 소외의식은 현대 사회의 병리적 현상과 어두움의 세계를 끌어내는 주제어다. 현대 사회에서 튕겨나간 소외그룹을 천착하고 그 집단촌 공간에서 벌어지는 집단주의와 권력화된 자본의 힘에 얼룩진 폭력성을 밀도 있게 다룬다. 거대한 조직에 묻힌 왜소화된 소수자들, 집단주의에 묻힐 수밖에 없는 개체들, 조직과 개인 사이의 유리, 집단촌 구성원들의 소통 불능은 현대 사회의 권력구조에서 특별한 현상이 아니다. 자본 중심의 거대 조직과 왜소해진 개인의 역학구조가 한층 공고해지는 현대 사회에서 개인의 실존적 자아는 한층 설 자리를 잃어가고 있다. 현월문학은 이러한 현대 사회의 메트로폴리탄^{Metropolitan} 조직과 타자화된 개체 사이의 모순된 공존 양상을 리얼하게 얽어낸다. 「그늘의 집」에서 집단주의에 희생당하는 숙자와 중국인 노동자의 삶은 그처럼 단자화된 인간상을 상징하기에 충분하다.

「그늘의 집」에서 나가야마는 집단촌에서 엄청난 폭력을 휘두르는 인물이다. 나가야마는 신발공장을 운영하면서 자금력으로 집단촌을 손아귀에 넣었고 강력한 카리스마를 발휘하며 집단촌 구성원의 개별적인 목소리를 잠재웠다. 나가야마는 집단촌의 남자들까지 자신의 통제권 안으로 흡수하면서 개체의 존재성을 배제시킨 철저한 단독 지배구조를 확립했다. 나가야마가 집단촌에 실질적인 지배구조를 확립하기까지는 그가 끊임없이 궤도권의 경찰들과 내통하며 불법적으로 통제력을 불하받았음은 말할 것도 없다. 자본을 매개로 위로는 공적 통제력을 매수하고 아래로는 소외된 개인을 흡수하면서 나가야마는 집단촌에서 자신만의 왕국을 만들어간 것이다.

거기에 나가야마는 자본을 이용한 영리사업을 통해 지배권을 한층 공고히 하고 집단촌 내부의 자체규율을 엄격히 적용시킴으로써 개인의 존재성 자체를 철저히 무력화한다. 집단촌 구성원들은 이러한 나가야마의 권력화된 지배구조를 "울분도 체념도 아닌 건조한 상념"에 사로잡힌 채 담담하게 받아들인다.

남자들은 숙자가 쓰러지려고 할 때마다 찬 우물물을 머리 위로 뒤집어 씌우고, 여자들은 죽도로 등이나 어깨를 꾹꾹 찌르고 때렸다. 사람들은 담담하게 떡을 찧듯 리듬을 살려가며 되풀이했다. 광기가 개입할 여지는 없었고, 사람들은 해야 할 일을 묵묵히 해내고 있을 뿐이었다. 모두가 무표정했으며, 일어서는 모습이나 눈가에서 피곤함을 엿볼 수는 있었지만, 자기 차례가 왔을 때 빠지는 사람은 한 사람도 없었다.

중국인 지하은행의 돈을 슬쩍한 놈들을 린치하고 있소. 제멋대로 하게 내버려두면 흥분해서 죽여 버릴지도 몰라, 룰을 정해 일체 소리를 못 내게 했죠. 일이 기막히게 잘 진행되고 있어요. 저것 봐요. 모두가 증오심으로 얼굴이 일그러져 있지만 정연하게 행동들 하잖아요. 집단촌에 살고 있는 사람들이 모두 나와 빙 둘러싸고 있지만, 이쯤 되면 소란을 피워댈 수도 없죠.

「그늘의 집」

집단촌에서 적용되는 내부의 통제 '룰'은 엄격했고 정해진 규율을 어기는 구성원은 단 한 명도 없다. 규율을 어긴 자에게는 구성원들로부터 가혹한 집단적 린치가 가해지고 그러한 집단적 행동에는 구성원 모두가 예외 없이 동참한다. 집단촌에서 벌어진 가혹 행위는 철저하게 은폐되고 경찰은 처음부터 집단 질서의 영향권 밖에 놓여 있다. 당연히 집단촌은 철저한 감시 체계로 개개인을 통제하며 평온을 유지함으로써 개인의 인권은 묵살될 수밖에 없다. 오로지 구성원 개인에게는 집단촌 공간의 유지에 필요한 최소한의 생존적 의미만이 존재할 뿐이다. 그야말로 거대한 현대의 조직 사회가 표면적으로 화려한 변신을 거듭하는 사이 사회적 관심 밖으로 밀려난 소수 그룹집단은 나름대로의 생존 법칙을 적용하며 '그늘의 집'을 운영한다.

그렇게 튕겨나간 소수 그룹의 어두운 권력 구조와 슬럼화된 집단촌의 폐쇄성은 굴절된 현대 사회의 단면을 표상한다. 그곳은 현대 사회의 자본이라고 하는 합법적 가치와 모순된 시장 논리가 만들어낸 거대한 폭력의 현장을 보여주는 한편 왜소해진 인간상을 상징한다. 도심의 거대한 빌딩 숲에 가려진 법적 감시망을 벗어난 굴절된 사각지대의 불순한 공기는 대조적이지만 동질적이다. 자본과 결탁한 현대 사회의 모순과 부조리가 한층 소외된 집단촌을 만들어내고 그곳에서 생존 법칙을 가장한 자생권력이 판치게 되면서 개인적 존재는 송두리째 무력화되기 때문이다. 따라서 현대 사회의 거대 조직의 탄생과 함께 소외된 소수집단에서 자행되는 공공연한 인간성 실종은 이미 예견된 것이나 다름없다. 「그늘의 집」은 국가와 개인, 주류와 주변, 집단과 개인으로 변주되는 현대 사회의 암묵적 폭력을 고발하며 건전한 공동체를 구축하는데 필요한 사회적 모럴을 촉구한다.

집단과 개인 사이에 벌어지는 현대 사회의 폭력성은 현월의 「나쁜 소문」에서도 리얼하게 그려진다. 집단촌의 악의적 '소문'으로 상징되는 현대 사회의 폭력성이 개인에게 얼마나 잔혹해질 수 있는지를 보여준다. 「나쁜 소문」에서 '뼈다귀'에 붙어 다니는 '소문'은 엄청난 파괴력을 발휘한다. '뼈다귀'가 모든 악의 근원이며 집단촌 구성원들에게 절대적인 영향을 끼치기 때문이다. 집단촌 구성원들은 악의적 '소문'을 '뼈다귀'를 통해 퍼트림으로써 개인적 속임수를 정당화하기도 하고 타인의 개성을 제어하기도 한다. 또한, 나쁜 '소문'을 통해 현대 사회에 횡행하는 개인의 행동과 목소리를 공동체 안에서 '집단'의 이름으로 감시하고 통제하기도 한다. 정체불명의 '소문'이 지닌 폭력성은 음험하면서도 그 파괴력은 집단촌 구성원들의 일상을 뒤흔들고 지배할 정도로 강력하다. 물론 여기에서 악의에 찬 개인의 목소리가 집단촌이란 이름으로 면죄부를 얻고 또 다른 폭력을 불러들이고 있음은 말할 깃도 없다. 현대 사회의 가족, 이웃, 계층, 세대 간의 단절과 분열에는 정체불명의 '소문'이 만들어내고 봉합해 가는 악의적 구조가 상존한다. 실제로 현대 사회의 집단주의적 폭력성이 공동체 구성원들을 상호 감시하고 개인적인 존재감과 인간성의 상실로 내몰고 있는 경우는 얼마든지 있다.

현월문학은 공동체 사회에서 횡행하고 있는 집단적 린치나 '소문'이라고 하는 악의적 현상을 통해 현대 사회가 갖는 실체 없는 자본과 권력, 폭력을 생생히 각인시켜준다. 그러한 모순과 부조리한 폭력에 휘둘린 집단촌 구성원의 희생과 인간성 말살의 현주소를 고발한다. 현월문학은 올바름이 거짓과 속임수에 밀려나고 시기와 이간질이 난무하는 현대 사회에서 악의적 '소문'이 갖는 파괴력을 고발한다. 즉 현대 사회의 단절된 인간관계 속에서 깊숙이 파고드는 폭력을 읽어내면서 한편으로는 현대인의 실존적 자아에 대한 성찰을 촉구하고 있다.

4. 현대적 삶과 문학적 보편성

현대 사회에서 삶의 형태는 다양하고 중층적인 만큼 구성원들을 실타래처럼 뒤엉키고 포박하고 견제한다. 이러한 사회적 현상은 현대를 살아가는 개인에게 직접적인 인간성 상실로 이어진다는 점에서 대단히 폭력적이다. 사회의 커뮤니티성 강조와 집단촌 내의 엄격한 공동 규율을 통해 공동선을 이끌어낸다 해도 그로 인한 개인적 상실감이 증폭되는 경우는 얼마든지 존재할 수 있기 때문이다. 현월문학은 이러한 현대 사회가 안고 있는 모순을 인간주의와 폭력이라는 상대화된 지점으로 풀어내고 있다. 즉 사회적으로 빈번하게 발생하는 각종 악의적 현상과 행동들을 전면에 내세우며 가정, 이웃, 계층, 세대 간의 유리遊離 현상을 돌아보게 한다. 그의 문학은 현대 사회의 구조적 모순에서 생겨나는 연쇄적 폐쇄성을 각인시키며 현시대에 필요한 건전한 모럴의 가능성을 묻는다. 현월문학에 동원된 집단촌의 악의적 행동과 단상에 대한 정치한 묘사는 그러한 시대성 고발과 새로운 가능성을 의식한 글쓰기의 한 단면을 이룬다.

「그늘의 집」은 현대 사회의 복잡한 삶을 중층적으로 그려낸다. 집단촌의 중학교 출신들끼리 구성된 야구그룹 '매드킬'과 사에키佐伯의 프런티어 활동, 나가야마의 사에키에 대한 성폭력, 서방과 다카모토의 '매드 킬'에 사행성 돈내기, 급증하는 중국인 노동자, 자금력을 배경으로 강자의 약자 지배, 잔인한 집단 폭행, 소외그룹의 슬럼화, 실존적 자아의 말살 등은 현대 사회의 모순과 부조리를 표상하는 삶의 군상들이다. 작가는 현대 사회의 사각지대로 내몰린 집단촌의 모순과 부조리의 현상을 바깥으로 끌어내고 새로운 집단촌 문화의 중요성을 촉구한다. 현대 사회의 굴절된 인간 군상에 대한 문학적 형상화는「무대 배우의 고독」에서도 구체적이다. 갱생한 노조무뢰를 둘러싼 마약, 폭력, 살인이 난무하는 슬럼가의 청소년 집단, 비행집단과 이웃해 살아가며 범죄에 노출된 일반 시민, 약자에게 접근하는 빗나간 종교인, 한탕주의와 변태성 성문화 등이다. 「나쁜 소문」에서는 마약과 각성제가 판을 친다. 범죄에 노출된 비행 청소년은 우리 시대의 일그러진 자화상을 대변한다. 말하자면 현월문학은 현대 사회의 굴절된 인간상을 여과 없이 담아냄으로써 역설적으로 집단촌이 나가야할 새로운 방향과 가능성을 짚게 한다. 복잡한 현대 사회의 일그러진 자화상을 통해 인간성을 되짚고 실존적 자의식을 촉구하는 형식이다.

현월문학의 실존성은 기본적으로 소외그룹의 삶의 현장을 통해 집단과 개인 사이의 거리감을 드러내는 작가의식에서 비롯된다. 역사적 부성과 민족의식에 대한 접근이 아닌 현대의 사회적 병리현상을 통해 인간 본연의 실존적 가치를 주목한다. 따라서 현월문학에 동원된 시공간은 그곳이 비록 재일코리안 사회의 집단촌이라 하더라도 그들의 자기민족 아이덴티티나 정치 이데올로기와 관련한 무엇인가를 대변하기 위한 무대가 아니다. 그것은 재일코리안문학이 속문주의나과 속지주의 관점에서 보더라도 일본문학의 한 갈래로서 "일본 사회의 일면을 그려내는 것"임을 보여주는 국면이기도 하다. 재일 현세대 작가들의 현실주의를 배경으로 한 탈민족적 글쓰기로 이해할 수 있다.

그런 의미에서 현월문학에서 재현되는 현세대의 피폐성과 악의적 행동은 재일코리안을 의식하면서도 동시에 파탄적 일본 사회의 현주소에 대한 고발이자

경고로 읽힌다. 왜소화된 집단촌의 소수민족이 주류^{중심} 사회에 던지는 강력한 대항담론인 셈이다. 현대 사회에서 집단주의에 희생될 수밖에 없는 개인, 두터운 '벽'으로 둘러싸인 협소해진 존재, 가속화 하는 가정 해체, 이웃, 계층, 세대 간의 단절로 표상되는 다양한 사회적 병리현상에 대한 각성과 모럴에 대한 가능성을 촉구한다. 현월문학에서 인간성 회복을 촉구하는 실존적 글쓰기는 '보편성'의 논리로 설명할 수 있다. 현월은 '인간의 보편성'과 관련해 다음과 같이 밝힌 적이 있다.

> 이회성 씨나 김학영 씨는 정치라든가 이데올로기로부터 벗어나지 못할 겁니다. 모든 발상이 민족이란 무엇인가를 자문하며 자신의 아이덴티티를 확립하고자 하는 고민과 갈등에서 비롯되었으니까요. 하지만 나의 경우, 그런 의식은 아주 희박합니다. 특별히 그런 부분에 구애받지 않아요. 지금까지 그려온 작품 속의 등장인물도 연령, 성별, 환경 면에서 나와는 확실히 구별되지요. 다양한 재일 동포의 삶의 모습을 다양한 각도로 그려내되, 재일 동포의 특이성에 집착하지 않고 인간의 보편성을 그려내려고 노력하고 있습니다.
>
> 「작가 인터뷰 ─ 인간의 보편성을 그리고 싶다」

인용에서처럼 현월은 재일코리안의 "특이성에 집착하지 않고" 보편성을 중시하는 작가적 입장을 밝히고 있다. 현월에게는 역사성과 정치성을 함의한 민족의식은 인간의 보편성을 얽어내는 "하나의 재료일 뿐"이며 설령 정치 역사적인 문제를 다룬다 해도 "작가의 견해를 직접 끼워 넣을 생각은 없고" 작가 내면에 자리잡고 있는 '일본의 소리'와 민족의식을 자연스럽게 조율하는 형식을 취하겠다는 입장이다. 일본에서 태어나 자라고 교육받은 작가에게 '조국의 소리'에 대한 이질감은 어쩔 수 없는 현상이다. 그러나 이같은 문화적 이질감은 "고난의 역사를 그려야 한다는 사명감"에서 자유로워지는 특별한 계기가 된다.

따라서 현월은 기존의 재일코리안문학이 추구해온 '다테마에建前 문학'을 택할 필요가 없다. 역사성과 민족의식으로 수렴되는 어떤 관념적인 주장과 주의, 세대 간의 관계성을 의식하기보다 현대 사회의 병리현상과 왜소화된 개인의 자의식을 천착하는 현실주의적 관점을 우선시한다. 특히 담담한 문체로 직조되는 생생한 현장감과 중층적인 서사구조는 작가의 문학적 상상력과 초월적 경계의식을 실천하는 특별한 지점이다. 그것은 현월문학의 실존적 글쓰기와 독창성의 상징이기도 하다. 특히 현실주의에 입각한 서사적 전개력은 인간의 실존적 의미와 맞물린 문학적 보편성 획득으로 이어진다는 점에서 주목된다.

　「그늘의 집」에서 서방을 통해 그려내는 집단촌의 잔인한 폭력상은 대단히 충격적이다. "입을 꾹 다문 남자들이 번갈아가며 펜치로 살점을 비틀어 뜯어냈고" 그 땅바닥에 흩어진 무수한 살점을 "돌바닥을 뚫고 나온 작고 빨간 꽃들의, 아직 반쯤밖에 안 핀 도톰한 꽃잎처럼 보이기 시작하면서 온몸의 피가 빠져나가는 소리가 들렸다. 이십 년 전 숙자가 뿌린 씨가 이날 이 순간을 기다려 싹을 틔우고 꽃을 피운 걸까"라고 서술하고 있다. 이 대담한 표현은 현대 사회의 인간성 상실과 잔혹성, 집단 폭력, 이기주의에 매몰된 개인의 파탄적 자화상을 처연하게 재현해 놓았다. 이러한 리얼한 문체상의 표현 특징과 실존적 자각은 "일체의 환상을 배제하고" 재일코리안의 "삶의 양태를 폭로"하고 내면을 도려내면서 현세대 자신들이 처한 현실을 응시하는 인간 가치에 대한 보편적 접근법에 해당한다.

　그러나 현월문학이 실존적 글쓰기를 통한 리얼한 표현력으로 '인간의 보편성'을 충분히 읽어냈다고 할 수 있을까. 거기에는 재일코리안 사회를 일본 사회의 일부로 이해하며 부의 역사성과 정치 이데올로기적 쟁점을 배제했다고 하지만 재일 현세대 내면에 팽배한 인간성 상실과 암울한 현실 공간에는 여전히 굴절된 역사적 쟁점과 민족의식을 의식할 수밖에 없는 실존적 자의식이 존재하기 마련이다. 현실주의적 관점에서 볼 때, 대중성을 의식한 지나친 감각적 소재와 단편적 접근은 오히려 조화로운 인간의 보편적 가치를 등한시하고 왜소화할 위험도 있다.

바꾸어 말하면 현월문학에 동원된 현대 사회의 다양한 병리적 현상, 즉 '벽'으로 표상되는 단절, 모순과 부조화, 일탈 현상, 일상의 경계의식 등이 보편성이라는 용어로 일괄 흡수되기에는 문학적 고리가 약하다. 이같은 비판은 소수민족의 소외된 삶을 현대 사회의 인간성 상실과 단절, 선정적 폭력을 통해 대중성을 확보하고, 그러한 문학적 엔터테인먼트가 소외된 집단촌의 일상을 자극하며, 한층 강력한 형태의 왜소함을 낳을 개연성에 대한 경계심이다. 그것은 확실히 이전의 민족적 글쓰기 양상과 대별되지만 한편으로는 이러한 대중성을 앞세운 글쓰기가 과도한 문화상품화에 편승한 측면은 없는지를 되돌아보게 한다. 이러한 문학적 경향은 최근 가네시로 가즈키의 「GO」를 비롯한 몇몇 작품에 나타난 "코리안 재패니즈 내지 재패니즈 코리안Korean Japanese or Japanese Korean"의 상품화 전략과도 무관하지 않다.

어쨌든 현월문학은 주류중심와 비주류주변, 전체와 소수, 집단과 개인의 갈등과 조화, 일상과 일탈, 그리고 상징적 가치와 이미지를 현대 일본 사회의 병리현상을 통해 리얼하게 진단하고 성찰했다. 그것은 현월문학의 독창적인 실존적 글쓰기로 인정받는 근간이 된다. 특히 현대 사회의 다양성과 중층성을 표상하는 주제, 인물, 사건에 대한 조화로운 합성과 이화, 그리고 중층적 배합과 서사적 기교를 통한 실존적 글쓰기는 재일코리안문학의 새로운 서사 패러다임을 내장하고 있다. 작가가 언급한 인간의 보편성 논리는 현대 사회의 대중적 가치와 이미지를 의식한 실천적 글쓰기를 통해 확보한 득의의 영역이다. 그의 문학은 실존적 글쓰기의 논리로써 현대 사회의 다양한 병리현상과 현세대의 현실주의를 천착하는 서사구조도 독창적이다. 그러한 현월문학의 실존적 글쓰기가 일종의 "황제국민 국가의 틀을 해체시키거나 근대 일본어 문학의 지배 장치를 뒤흔드는 이단의 에너지"로 작용하며, 일본문학의 안티테제로서 기능하고 있음은 말할 것도 없다.

5. 신세대의 감각과 현실주의

현월문학은 기존의 재일코리안문학에서 주로 다루어왔던 제국과 국민국가, 민족의식, 정치 이데올로기와 연동된 관점에서 벗어나 현대 사회의 실존적 개인을 응시한다는 점에서 주목된다. 현대 사회의 가족, 이웃, 계층, 세대 간의 갈등과 단절에서 오는 사회적 병리현상을 고발하고 성찰하는 문학적 주제의식을 보여주기 때문이다. 조국의 굴절된 역사적, 정치적, 이념적 지점을 표층에 들어내지 않으면서도 부의 역사성과 민족성을 의식할 수밖에 없는 현대 사회의 집단촌 공간, 타자화된 인간상을 자연스럽게 얽어내는 서사구조다. 그의 문학은 또한 타자화된 집단촌 공간에서 횡행하는 굴절된 사회적 현상들을 통해 상실한 인간성, 굴절된 개인, 실존적 자아, 일그러진 자화상을 부조한다. 굴절된 부의 역사성과 민족의식을 굳이 들춰내지 않으면서도 제국과 국가주의, 근대^{근대성} 국민국가의 모순과 허구성을 비판한다. 현월문학에서 서사화하는 폐쇄적인 집단공동체 공간을 비롯해 가족 구성원의 갈등과 단절, 권력화된 자본, 세대 간의 '벽', 집단주의에 내몰린 소외된 개인, 자본에 매수된 약자들의 피폐한 삶은 실존적 글쓰기의 세목을 이룬다. 특히 갱생한 주인공 노조무를 둘러싼 마약, 폭력, 살인이 난무하는 슬럼화된 청소년 집단과 악의적 행동들「무대배우의 고독」, 현대의 공동체 사회에서 생겨난 꼬리를 무는 악의적 소문이 개인에게 가하는 무혈의 폭력「나쁜 소문」은 현월문학의 대중성과 실존적 글쓰기에 힘을 싣는다.

하지만 리얼한 표현력을 통한 현월의 실존적 글쓰기가 현대 사회의 보편적 가치와 이미지를 충분히 얽어냈다고 하기엔 한계도 없지 않다. 재일코리안 현세대의 삶의 공간에 엄연히 존재하는 조국과 맞물린 역사적 부성과 민족성이 존재한다는 자의식, 대중성을 의식한 지나친 선정적 표현, 현상에 대한 단락적 접근이 인간의 보편성 개념으로 승화되는데 필요한 연결고리에 대한 문제는 남는다. 그것은 현월문학에서 거론되는 현대 사회의 각종 병리현상들, 즉 사회적 모순과 부조리, 사회적 일탈, 세대 간의 단절, 폭력성이 실존적 글쓰기의 보편성으로 승화되기 위한 '문학적 코드'로서의 역사성, 민족성의 느슨함에 대한 지적이다.

현월문학은 현대 사회의 병리현상을 폭력성과 소외된 인간상으로 한층 내밀하게 들추고 반추하는 과정을 놓치지 않는다. 현대 사회의 절대선을 의식하며 각종 사회적 병리현상을 직시하며 실존적 자의식에 다가서고 있다. 그의 문학은 공동체 사회에서 현대인의 소외된 자화상을 통해 사회의 구조적인 모순과 부조리, 일탈적인 폭력성을 고발함과 동시에 건전한 모럴의 세계를 촉구한다. 현월이 언급한 '인간의 보편성'에 근거한 글쓰기는 기존의 역사성과 민족정서를 의식한 직접적인 민족적 글쓰기로부터 탈피해 현실 중심의 실존적 개인을 천착하는 형식을 취한다. 또한 인간의 보편성을 강조한 현월의 글쓰기는 현실주의의 관점에서 "명분보다는 인간 그 자체에 초점을 둔" 개인의 실존적 가치를 확보하는 것임을 보여준다.

그런 의미에서 현월은 1980년대 이후의 "재일의 모라토리엄 문학과도 다르고, 일반적인 일본문학과 다른" 문학적 지향성을 보여준다. 앞으로 이러한 조국과 민족, 역사성과 민족성, 정치 이데올로기를 의식하면서도 일정 부분 거리를 둔 실존적 글쓰기는 현월문학을 포함해 재일 신세대 작가들을 중심으로 한층 강화될 될 것으로 보인다. 실제로 근래의 유미리의 「가족시네마」와 「풀하우스」, 가네시로 가즈키의 「GO」와 「스피드」, 김창생의 「붉은 열매」와 「제사」, 최실의 「지니의 퍼즐」, 후카자와 우시오의 「가나에 아줌마」와 「애매한 사이」처럼 재일 신세대의 탈민족적 서사구조는 현실주의적 관점을 취하면서 주체성과 실존적 개인에 대한 물음을 강조한다. 이러한 문학적 경향은 재일 신세대 작가들의 현실주의와 개인주의를 대변하기도 하지만 앞으로 재일코리안문학이 구심력과 원심력으로 변주되는 디아스포라의 경계의식과 트랜스네이션의 관점을 살려 새로운 문학적 패러다임, 즉 탈중심적 가치, 월경과 혼종, 실존적인 개인을 천착한 형태로 변용할 것임을 예고하는 것이기도 하다. 현월의 소설 「그늘의 집」을 비롯해

「무대 배우의 고독」, 「나쁜 소문」 등은 그러한 재일 신세대의 현실주의에 입각한 '탈'민족적 실존적 글쓰기의 중심을 이룬다고 할 수 있다.

재일디아스포라문학의
비평적 읽기

신세대 작가들을 읽는다

이소가이 지로

1. 신인을 읽는다 김중명, 현월, 가네시로 가즈키

재일조선인문학의 세계가 김석범, 김시종, 이회성 등 '정통'과 병립하여 새로운 전개를 보여주고 있다. 유미리, 사기사와 메구무는 차치하고 내가 주목하는 것은 1990년대 말부터 21세기로 접어들어 등장한 3명의 '신인' 김중명, 현월, 가네시로 가즈키다. 이들 '신인'의 등장을 통해 '재일'문학의 '소생 현상'을 보게 된다. '신인'의 문학은 3인 3색이고 주제, 감성, 수법도 다르지만 한결같이 기존의 재일한국인문학과는 다른 양상을 보여준다. 그러나 1980년대 이후의 특징이었던 재일의 모라토리엄 문학과도 다르고 일반적인 일본문학과 다른 무언가가 느껴진다. '재일'의 새로운 문학적 아이덴티티를 발견하고 있는 듯하다. 그런 의미에서 양상을 바꾼 '정통'의 '소생'을 예감하게 한다. 여기에서 '신인'의 문학을 구체적인 작품에 입각해 짚어보기로 하자.

1) 김중명의 국경 초월법

김중명의 데뷔작은 1990년 간행된 「환상의 대국수」신간사라고 해도 좋다. 연대 차이가 있어 다른 2명과 같이 '신인'이라 말하기 어려운 부분이 있지만 여기서 다루는 이유에 대해서는 뒤에서 설명하기로 한다. 김중명은 「환상의 대국수」 이후 『호르몬 문화』와 『계간 청구』에서 「5인의 반란」, 「산사 전기算士伝奇」, 「덧없는 이 세상을 살아가다가」, 「원숭이 울음소리猿嘯」를 발표하고 『산학 무예첩算学武芸帳』아사히신문사으로 제8회 아사히신인문학상을 수상했다. 그후에 『무진산학전기戊辰算学戦記』아사히신문사를 냈는데 하나같이 특이한 제재의 역사소설이다. 그리고 김중명의 저력을 보여준 것이 『바다의 백성』고단샤이다. 작품의 제목에서도 알 수 있듯이 김중명은 수학의 역사 같은 문학 작품에서 거의 다루지 않았던 제재를 살려 재일조선인문학에 새로운 영역을 개척했다.[1] 수법은 오락적이지만 그러한 틀을 능가하여 박람강기博覽強記의 중후장대重厚長大하고 굵은 골격의 작풍이 새로운 재일코리안문학의 '정통'을 잇고 있다.

장편소설 2편을 살펴보면 「환상의 대국수」는 조선의 장기와 일본의 장기라는 독특한 제재를 다루고 있다. 수법은 주인공 김상호의 1940년대일제시대 말기와 '재일' 2.5세대인 김민석이라는 청년의 1980년대 중반 무렵을 교대로 엮어가는 형태다. 장편소설의 정통적 구성법을 갖추고 스케일 큰 미스테리 형식으로 과거와 현대를 잇고 있다. 김상호라는 주인공 청년은 조선의 시골에서 소문난 장기 명수였는데 강제 연행되어 홋카이도 탄광으로 보내진다. 그는 가혹한 탄광노동과 폭력, 갱내 폭파사고 등을 도저히 견딜 수 없어 노무자 합숙소를 탈주한다. 간신히 도망친 곳이 아이누 부락이었다. 잠시 부락에서 생활했지만 귀국에 대한 꿈을 단념할 수 없어 삿포로로 나간다. 그곳에서 일단 그를 숨겨준 동포는 독립운동과 연계되어 있는 듯하다. 김상호는 삿포로에서 일본인 도박 장기사를 만난다. 상호도 떠돌이 도박 장기사가 되어 일본 열도를 돌던 중 장교에게 붙잡혀 엄청난 고문을 당한다. 석방된 그는 친척을 간호해 준 유곽의 여자를 그곳에서 빼

---

1   김중명은 도쿄대학교 교양과정을 중퇴했지만 한때 의학부를 지망하여 수학에 뛰어났다.

내 도호쿠東北 마을에서 가정을 이룬다. 마침내 전문 장기사가 되고 우연한 기회에 조선의 대국수名人와 대국을 하게 된다. 대국수는 실은 조선독립동지회와 관련이 있었고 일본으로 도망쳐온 것 같았다. 한참 대국이 무르익을 무렵, 김상호는 대국수로 착각한 특고순사부장特高巡査部長에게 단칼에 목도를 맞고 이마가 깨져 절명하고 만다. 이상은 대략적인 소설의 줄거리이다. 이렇게 소개하면 무미건조하지만 작품에는 독립운동의 그림자나 사랑, 장기솜씨 등 허와 실이 뒤섞인 설정으로 엮어져 있어 단순한 작품이 아님을 알 수 있다.

한편 환상의 대국수 김상호의 운명을 조사하고 수수께끼를 풀어가는 것은 수학을 전공하고 학생 장기의 명인이 된 '재일 세대'의 대학생 김민석이다. 김민석은 조선어를 공부하고 김상호가 남긴 조선 장기의 새로운 정석을 연구하며 일본과 한국을 오간다. 그러던 중 조선 장기를 잘 두는 애인을 만나기도 하고, 육군보안사령부에 붙잡혀 고문을 당하기도 한다. 김상호가 남긴 기보장기 계보를『장기신법将棋新法』이라 이름 붙여 출판하고 조선 장기의 승단시험대회 결승에서 대국의 상대인 애인을 김상호의 새로운 정석을 구사하여 이긴다. 조선 장기로부터 일본 장기로의 호弧를 그린 김상호와 반대로 일본 장기에서 조선 장기로 더듬어갔던 김민석을 중심으로「환상의 대국수」는 그 역사와 현재의 교차에 따라 일본과 조선 사이에 다리를 놓는 존재로서 '재일 세대'를 그린다. 그러나 작가의 중심축은 어디까지나 '조선'에 놓여져 있다고 해야만 할 것이다. 일제시대 일본 장기를 두면서도 조선 장기의 새로운 정석을 추구하였던 주인공을 가리켜 작가는 등장인물을 통해 이렇게 말한다. "이것이 김상호의 독립운동이었다"라고.

시대를 한참 거슬러 올라 소설의 시공을 한층 장대한 역사소설로 삼은 것은「바다의 백성」이다.「바다의 백성」의 시대적 배경은 830년대에서 840년대의 통일신라 말기로 보인다. 무대는 조선반도를 중심으로 규슈의 하카타博多, 도호쿠의 도사미나토+三湊를 잇는 야마토 열도, 산동 반도에서 광주를 잇는 당唐, 아라비아, 스리랑카, 페르시아로의 바다 실크로드까지 확장된다. 이 거대한 공간이 소설을 더욱 의미 있게 한다. 바다의 백성이란 바다 사람들을 가리키며 신라의 왕족이나 호족은 해도인海島人으로 부르며 천민시 했던 피차별 백성이다. 원래는 제주도나 다도해 주변 출신자로서 당의 연해부에서 신라방이라는 '해외동포'의 근거지 코뮨을 점재시키고 있다. 이 '해외동포'의 대활약이 9세기 조선반도의 역사를 크게 뒤흔들었던 것이다.

바다의 백성을 통괄하고 해양 교역을 좌지우지한 영웅은 신라왕을 능가하는 재력과 군사력을 확립한 해상의 청해진 대사·장보고다. 이 인물이 제42대 흥덕왕의 사후 왕권 탈취의 권모술수에 골몰하는 왕족들^{실명으로 등장}의 정쟁에 휘말려 일대 전쟁을 일으킨다. 독자는 여기서 박력 있게 묘사된 장면을 만날 수 있다. 교전은 장보고 해상 군단의 승리로 돌아갈 것이라고 생각하겠지만 전세가 뒤집히면서 패배한다. 그리고 홀연 바다의 백성은 역사에서 사라지게 된다. 이 덧없는 해상 왕국의 역사 장편을 허구와 실제^{장보고는 실제인물}를 엮어 장대한 스케일로 그려낸 것이 「바다의 백성」이다. 이 장편은 스토리의 웅대함에 진수가 있고 그에 어울리는 제재의 다양함과 개성이 뚜렷한 캐릭터들의 등장으로 흥미를 북돋운다. 등장인물은 바다의 백성의 해상 군단을 형성하는 일족, 신라 왕족을 둘러싼 일족, 조선술의 명수, 야망에 불타는 승려, 아랍국의 여선장 등 실로 다양한 인물의 등장으로 흥미롭기 짝이 없다. 공해空海와 천태종의 패권을 다투고 불법佛法의 진수를 밝히고자 견당사로 수행하는 엔닌[2]의 파란만장한 사실史實도 두루 다루고 있다.

그런데 도대체 '바다의 백성'이란 무엇인가. 바다의 백성의 법도란 철두철미한 '상하 없는 평등'이 원칙이고 오로지 자유롭게 바다를 돌아다니고 국경도 영토도 없음을 인정하는 수평의 사상이다. 따라서 꿈은 오직 세계무역이지 권력의 탈취는 아니다. 국가 없는 공동체가 꿈인 것이다. 역사 장편을 통하여 바다의 백

---

2   엔닌(圓仁, 794~864)은 당나라로 건너가 밀교를 받아들인 일본의 구법승이다.

성을 그리며 작가는 가까스로 동아시아의 민중 공간을, 아니 더 장대하게 아시아에서 아랍으로 활뺸을 그리고 있다. 경계 없는 공동 공간을 구상하고 있는 듯하다. 그것은 '국가'나 '민족'을 초월한 구상임에 틀림없는데 중요한 것은 요즘 유행하는 모라토리엄과 같은 무경계 지향과는 비슷하나 다르다는 점이다. 김중명은 내가 본 견해로는 '민족'으로부터 이탈하지 않으면서 '국민 국가'의 허구를 공격 하고자 했던 것이다.

2) 선두주자 현월

세기말에 일본문학계에 등장한 현월은 주제의 정통성과 선열한 허구의 묘사력에서 21세기의 '재일'문학을 전망케 하는 '신인'일지도 모른다. 「무대 배우의 고독」^{문예춘추, 「그늘의 집」 수록}부터 보기로 하자. 주인공 시바쿠사 노조무^{20살}는 제주도에서 일본으로 건너와 일본인 아버지와 한국인 어머니 사이에 태어난 이른바 혼혈아다. 일본인 아버지가 죽고 숙부의 양자가 되면서 어머니는 본가에서 쫓겨나듯이 제주도로 돌아가 죽는다. 시바쿠사 노조무는 내버려진 빈민촌^{그는 그곳을 "저주받은 땅"이라고 생각한다}에서 "저주받은 원숭이"처럼 불량 그룹 속에서 살아간다. 노조무에게는 이복 동생이 있었고 동생이 급사하게 되는데 그는 동생이 죽은 것은 자신이 방치했기 때문이라고 생각하고 있다. 그래서 공원 미끄럼틀에서 동생에 대한 추도 의식을 치르게 된다. 석양을 배경으로 어린 동생이 교회 십자가를 등지는 이미지, 죽음 저편의 '불꽃 그림' 이미지, 그것들로 묘사되는 비유는 선열하다. 노조무는 동생의 죽음 외에도 다양한 죽음과 조우한다. 소설에서는 시댁에서 버림받아 천애고아나 다를 바 없는 입장에서 통소로 남자들을 위로 하는 마유코, 한국에서 온 "백세의 김"이라 불리는 남자, "그림자의 집"이라 불리는 교회 신부 카라반, 욕망덩어리 같은 잡화점 주인 등이 등장한다. 그러한 인물들과 관계하면서 노조무는 필사적으로 '자아 찾기'에 매달린다. '자아 찾기'라고 하면 무라카미 하루키^{村上春樹}나 요시모토 바나나^{吉本バナナ}, 사기사와 메구무^{鷺澤萠}의 그것

과 비교도 해보고 싶지만 그것은 뒤로 돌리기로 하자.

「무대 배우의 고독」에서는 키워드의 하나로서 노조무가 실험하는 '상상력'이 설정되어 있다. 이 설정은 소설이란 허구의 것, 상상력 그 자체를 마치 "극중의 극" 수법처럼 더블 이미지시키는 것으로서, 또는 어둠의 소년들이 타자를 상처 입히는 것은 상상력을 잃어버렸기 때문이기에 타자에 대한 상상력이야말로 인간을 구원하는 것이라는 메시지로도 받아들일 수 있다. 어쨌든 작중 주인공이 집중하는 '상상력'의 실험은 이 소설에 강한 기둥을 만들어주고 있다. 이 '상상력'의 무대에서 배우를 연기하고 그 연기가 현실과 엮이면서 소설을 성립시킨다. 이러한 구성이 노조무의 재기＝소생의 이야기를 가능케 하고 있다.

소설의 마지막 장에서는 마유코가 신부 카라반의 "구원의 집"에서 봉사하기로 결심하고 그녀는 노조무에게도 그것을 원하지만 그는 거부한다. 그러나 노조무 내면에 무엇인가 생겨나고 있음은 분명하다. 노조무 내면에는 제주도로 돌아가 죽은 어머니를 구하지 못했던 일에 대한 통한이 생기고 언제부터인가 그는 어머니가 자신의 이름을 부를 때의 호칭 '망뭉'^{노조무의 한글식 읽기}을 받아들인다. 주인공 시바쿠사 노조무는 민족성인 馬⁵와 이름 '망뭉'을 연결하면 '마망'이 된다. 까뮈의 「이방인」의 유명한 도입부 "마망이 죽었다"와 같은 '마망'이다. 여기서 주인공 노조무의 어머니의 의미＝조선으로의 접근과 공유감각을 읽어내고 '자아 찾기'와 재기＝소생의 이야기에서 작은 빛을 본다는 것은 반드시 빗나간 예상은 아니다. 필자는 「무대 배우의 고독」과 김사량의 「빛 속으로」를 몇 겹인가 장막의 저편에 서로 중첩시키고 있다. 「그늘의 집」 또한 '소생'의 소설이다. 주인공인 서방 노인의 소생을 직접적으로 그린다고는 할 수 없지만 서방 영감이 살아가는 땅과 역사, 인생, 풍경을 묘사함으로써 제3세대 작가인 현월이 재일조선인의 이야기를 되살리고 있는 것이다.

「그늘의 집」의 무대는 70년 전쯤 형성된^{현재 시점은 1999년} 조선인 집단촌 바라크와 골목길 등 2,500평의 빈곤 지대다. 비슷한 무대는 「나쁜 소문」에도 나온다. 작가는 그것을 "허구의 마을"로 대상화하지만 일찍이 재일조선인이 일본 사회로부터 기피되면서 희노애락의 역사가 강인하게 새겨진 집단 커뮤니티의 표상임은 분명하다. 75세의 서방 영감은 커뮤니티에서 태어난 이래 쭉 그곳에서 자라며 살아왔고 지금도 재일조선인 역사의 산증인마냥 혼자 남아 살아가고 있다. 작가는 이 인물상을 커뮤니티 출신의 주변사람들과의 관계나 사건 속에서 얽어내고 있다. 역사의 얼룩과 다름없는 서방 영감과 조선인 커뮤니티의 역사를 소생시키고 있다. 서방 영감은 전쟁 통에 일본 군인으로 징집되어 상관의 부정 횡령물자인 줄도 모른 채 선적 작업을 하던 중 미군이 발사한 총을 맞고 오른팔을 잃었다. 그 일로 마을 진료소 의사인 다카모토가 원호법을 적용하여 일본 정부에 보상을 청구하도록 권유한다. 노인 역시 일본 정부에 불만을 품고 있지만 자신의 상처가 형편없는 불명예스러운 상황에서 일어났음을 부끄럽게 생각하고 보상 청구를 망설이고 있던 터였다^{작품의 마지막에서 서방 영감이 소송을 결심하는 듯한 암시는 있지만}.

이러한 부분에서 서방 영감의 성격은 잘 나타난다. 그것은 서방 영감의 인간상이 매우 순진하게 묘사되고 있기 때문이다. 작가 자신이 서방 영감의 이름을 김석범의 「간수 박서방」의 서방에서 차용했다고 말했듯이 박 서방의 민중상을 상기시키는 점이 없지는 않다. 하지만 서방 영감의 캐릭터는 훨씬 담백하다. '재일' 1세대 남자들에게는 특히 소설의 등장인물에서 거칠고 순박한 이미지가 담백하게 함께 존재하는 경우가 많은데 서방 영감의 경우에는 내향적이고 조용한 분위기라는 점에서 신선하다.

서방 영감의 아들은 30년 전 도쿄대학교 입학을 목표로 삼고 있었지만 당시 전공투운동[3]이 한창이라 입학시험이 중지되고 어떤 당에 입당해 도쿄 나카노 노상에서 내분에 힙싸여 죽고 만다. 현재의 서방 영감은 천애의 외톨이다. 그 외로운 삶을 달래주는 사람이 치과의 부인으로서 자원봉사 차 방문해주는 사에키다.

3 　全国共闘会議의 약칭으로서 1968년부터 1969년 사이에 일어난 전국적인 대학투쟁의 주체가 된 일본의 학생운동조직의 약자이다.

하지만 사에키 씨는 집단 커뮤니티 땅주인으로서 구두공장과 파친코점을 경영하는 일본 국적 취득자인 나가야마에게 성폭행을 당한다. 나가야마는 돈에 대한 강한 욕망과 색욕, 폭력의 화신 같은 인물로서 사에키 씨와 같은 양가집 여성을 혐오한다. 우울함과 무력감을 한탄하며 늙은 서방 영감의 유일한 거처이자 안식처는 아마추어 야구팀 '매드 킬'과 그 멤버들집단 커뮤니티 출신자 3세대로 편성이다. 아마추어 야구팀 '매드 킬'의 설정은 매우 좋다. 필자는 작가의 공로라고 말하고 싶을 만큼 마음에 든다. '매드 킬'은 거의 연전연패하는 팀이지만 서방 영감은 그 시합을 구경하고 뒤풀이 자리에서는 거리낌 없이 지정석을 부여받고 마음의 위로를 받는다. 이러한 설정은 작가의 속마음을 드러내는 것이기도 하다.

그 지역 아마추어 야구 리그의 심판장은 진료소의 다카모토 의사이다. 다카모토는 같은 전공투 세대로서 서방 영감의 죽은 아들과는 동급생이다. 서방 영감을 늘 염려하고 노인 쪽에서도 의지하고 있다. 서방 영감이 불쑥 진료소를 방문하면 "건강진단을 해봐요"라고 말하고, 노인이 "돈 없네"라고 하면 "부의금 먼저 낸 셈 치죠"라고 응대하는 인물이다. 현월의 문학 저변에는 인간에 대한 친화가 깔려 있다. 인물 형상이나 이야기 설정에 박정한 부분도 있지만 모든 소설의 공통된 특질은 인간에 대한 친화라고 해야 할 것이다. 이것은 '재일'이라는 공유의식을 넘어 한층 원질적인 것이라 할 수 있다.

「그늘의 집」에는 재일조선인에 대한 시야를 더욱 넓혀 새로운 중국인 노동자가 등장한다. '재일'이 떠나간 집단 커뮤니티에 살고 나가야마의 구두공장에서 일하는 중국인들이다. 서방 영감과 같은 재일조선인 1세의 신세가 오늘날 새로운 중국인에 의해 재현되고 있다고 하는 일본 사회에서 두 민족의 더블 이미지다. 계와 비슷한 '지하은행'의 규정을 어긴 중국인 3명이 동료들로부터 펜치로 엉덩이 살을 뜯기는 린치를 당한다. 분노한 중국인을 달래기 위해 욕심 많은 공장주가 자청해 의외로 200만 엔은 자신이 갚아 줄 거라 말하지만 서방 영감은 이 사건이 숙자의 저주라고 생각한다. 28년 전 계주였던 숙자는 돈을 가지고 도망가려다 커뮤니티 동포들로부터 고드름을 껴안는 잔혹한 린치를 당했다. 중국인들의 린치는 그 재현이다. 작가가 더블 이미지를 통해 일본 사회를 규명하고 있다는 것은 아니지만 '현재의 일본'을 뒤집어 조명하고 있다고 해야만 한다. 지금 숙자는 비틀비틀 유모차를 끌며 넝마를 주우면서 염치없이 아무에게나 담배를 요구한다. 거친 욕망을 통째로 드러내고 때로는 폭력적이기도 한 사람과 집단촌의 세계를 그리면서 거기에 순수함과 인간적인 분위기를 자아내는 것은 현월문학의 공통된 소설적 특질이다. 그것은 「무대 배우의 고독」에서도 언급했듯이 「빛 속으로」를 추구하는 작가적 의사의 발로라고 해도 좋다. 이 의지적인 것도 현월 소설의 특질이다.

앞에 현월에 대해 인간에 대한 친화력이란 말을 했는데 그것은 「나쁜 소문」^{문예춘추}에도 잘 나타난다. 「나쁜 소문」의 무대도 「그늘의 집」과 비슷하게 도부강^{どぶ川}과 접해 있는 습지대로서 조선인이 많이 사는 마을이다. 주인공은 인골을 부순다거나 닭의 뼈를 먹는다 해서 '뼈다귀'라고 불리는 남자다. 처참한 행동을 서슴치 않는 주인공의 이미지는 몸집이 작은 남자로 양석일의 「피와 뼈」의 주인공을 연상시킨다. 다만 '뼈다귀'에게 욕망의 구석은 없다. 주인공 '뼈다귀'는 일본이 패전한 해에 태어났고 아버지는 젊었을 때부터 인연이 없는 인물이다. 어머니, 여동생과 함께 40년 전 아버지가 사들인 허름한 집에서 살고 있다. '뼈다귀'와 폭력적인 성격의 쌍둥이 양씨 형제와의 피비린내 나는 싸움이 묘사되고 마을에 이상한 일이 일어날 때마다 '뼈다귀'의 짓이라는 '나쁜 소문'이 나돌았다. 소설에서는 '뼈다귀'의 현재 행동을 그리는 소문의 내력을 밝히고 있다. 나쁜 소문이란 상점에 닭의 시체가 던져진다거나 남의 집 천장에 개를 매달아 피가 떨어지게 했다는 식의 이야기다. 진위야 어쨌건 앙갚음이라는 양상이 얽혀 있고 사람들에게 '뼈다귀'의 복수를 연상시킨다. '뼈다귀'는 커뮤니티 속에서 기피되는 인간인 것이다.

「나쁜 소문」에는 또 한 가지 줄거리가 있다. 소년 '나'^{경일}를 통해 발설 되고 있는 이야기다. 경일은 중학교 2학년 때 쯤 '뼈다귀'의 집에 맡겨졌고 그 동안의 경험을 이야기한다. 쌍둥이 양씨 형제의 여동생인 가나코를 통해 성性에 눈뜨는 경험, 가나코를 윤간한 신나 고교생의 아파트에 방화를 하거나 '뼈다귀'와 양씨 형제의 싸움에 말려들거나 하는 경험이다. 그런 과정 속에서 '나'는 "강해지고 싶다"라고 하는 어른에 대한 동경을 품기 시작한다. 이른바 소년의 통과 의례 이야기다. 이 통과 의례는 「무대 배우의 고독」의 시바쿠사 노조무마망에게는 '자아 찾기'나 '소생'과 상통한다.

이 소설을 해독하는 데에는 양씨 형제의 여동생 가나코도 중요하다. 가나코는 오빠들의 흉악한 죄를 보상하기 위해 오빠들에게 죽을 뻔 했던 신나 고등학교 학생에게 몸을 준다든지, 오빠들에게 매춘을 강요당했던 '뼈다귀'의 여동생에게 사과하려 애쓴다. 오빠들타자라고 해도 좋다의 '죄'를 떠맡아 책임지고 '죄'를 덮어쓰려 한다. 이러한 속죄 행위는 가나코에게 있어서 '나'의 통과 의례와 어딘가 대응된다. 가나코의 경우 그것은 '자아 찾기'를 벗어난 자기희생으로서 '소생'의 이야기는 될 수 없지만 작가의 인간에 대한 친화를 역으로 조명하고 있다는 느낌이다. 가나코의 타자를 위한 자기희생은 「무대 배우의 고독」에서 마유코가 "구원의 집"에 대한 봉사와 상통한다. 마유코의 경우는 '뼈다귀'의 여동생과 유사하다. '뼈다귀'의 여동생은 독특한 형태를 한 커다란 엉덩이를 가지고 거기에서 남자들을 사로잡는 이상한 냄새를 풍긴다. 어딘가 김석범 『화산도』의 부옥이를 모델로 한 듯한 여성이지만 불안한 성性으로 견뎌 내면서도 미슈킨 공작과 같은 사람도스토예프스키 『백치』이다. 이렇게 보면 가나코와 마유코는 어딘지 모르게 「죄와 벌」의 소냐를 연상시킨다. 이상과 같은 현월 작품의 여성 인물은 페미니즘 시각에서도 다루어져야 할 것이다.

현월이 그리는 '뼈다귀'나 쌍둥이 양씨 형제의 폭력성 혹은 여성들의 성적인 삶의 모습은 '재일' 역사의 에너지가 발산시켜온 신체의 직접성일본이라는 국가 = 사회의 규범이나 시스템으로부터의 초월이라는 삶의 모습을 작가의 지혜로 소생시키려 했다고 할 수 있다. 소설 시공이라는 허구의 리얼리즘에 의해 그것을 이루려고 한다. 문학적으로 말한다면 신체성^{양석일이 가장 궁극적으로 표현하고 있다}은 재일조선인문학의 특질이기도 하다. 이처럼 현월의 시도는 재일조선인의 '전후사'가 종언한 것처럼 보이는 1990년대 이후의 '재일문학'이 과감하게 도전하는 '뿌리 찾기'의 울트라 E급 시도라고 할 수 있다. 개인적 견해이긴 하지만 좀 더 현월문학에 대해 의견을 피력해 보자면 이념 혹은 개념으로서의 '조국'이나 '민족'에는 의존하지 않는 밑바닥 감각을 살려 헐벗은 삶을 참고 살아가는 사람들의^{예전에는 민중이라는 관대한 말이 있었다}기존 '윤리'를 거부하는 장場을 그리는 것, 그것이 현월의 소설 세계다. 거기에 등장하는 인물이나 '소생' 이야기는 그 행동과 가치 의식에서 사회적 규범이나 "만들어진 제도"와는 대항적인 신체제로 이야기되고 있다.

그러한 의미에서 보면 '재일'이 이루어내는 '일본'의 탈구축이라 할 수 있으며 체제적인 것에 대해 공격적이다.^{다만 김석범과 양석일 문학이 격앙되어 보이는 일제적인 것에 대한 공격성과는 위상이 다르다} 현월에게 자기 투기와 '소생' 이야기는 외견상의 무정부 상태와는 반대로 문학에 의해 무언가를 실현하려는 의사의 뒷받침으로서 의외로 구축적이기도 하다. 그것은 또한 '재일'의 뿌리에 집착하면서도 1990년대 이후의 자기 세대의 확인과 개시를 추구하는 의사가 있다. 그것 또한 구축적이다. 한마디로 말해 현월문학의 위상은 구축과 탈구축의 더블 스탠딩인 것이다.

사족을 덧붙이자면 한국에서 한글로 번역되어 출판된 「그늘의 집」을 역자로부터 기증받아 권말에 붙은 작가의 인터뷰를 읽고 한층 더블 스탠딩의 느낌이 강해졌다. 한편 「젖가슴」^{「그늘의 집」}과 「땅거미」^{「나쁜 소문」}는 앞서 언급한 세 작품과는 분위기 면에서 절반쯤 다른데 인간에 대한 친화라고 하는 작가적 본령은 변함이 없다. 또한 「이경의 사생아異境の落とし子」^{「백아」 창간호}에서 제목을 '이향'이 아닌 '이경異境'이라고 한 점은 제재는 재일조선인문학의 '정통'을 이으면서 그것과는 다른 스탠딩 포지션을 보여주고 있다.

3) 경계인 저편으로 가네시로 가즈키

가네시로 가즈키의 「GO」가 2000년 상반기에 제123회 나오키상을 수상했을 때 평소 거의 소설을 읽지 않던 친구들 사이에도 화제가 되었다. '재일'인 친구들은 지금까지 줄곧 집착해 왔던 재일조선인의 '관념'이나 '상식'으로부터 벗어나려는 작품의 의도, 그리고 일본인 친구들은 '재일'에 대해 품어왔던 고정관념이 무너지는 것에 놀라워했고 신선함을 느꼈던 것 같다.

그러나 필자는 이 소설을 재미있고 신선하다고 생각하지만 특별히 놀랍게 여기지는 않는다. 「GO」에서 묘사되는 '재일' 신세대의 감각 혹은 스탠스는 현실에서는 이미 1980년대 후반부터 중·고등학생 연배에서는 당연한 풍경이었다. 그것이 마침내 문학 세계로 표현되었을 뿐이다. 생각해 보면 「GO」의 주제는 이진우와 양정명야마무라 이후의 문학에서 보면 김학영 이후의 오래되고 새로운 '재일'의 어려운 문제에 도전한 것이라고도 할 수 있다. 그 표현 방식이 세대와 상황의 변화에 따른 혁신적인 것에 지나지 않는다고 할 수 있다. "나 = 나는 어떤 사람인가? 어디에서 와서 어디로 가는 것인가?" "나 = 나란 누구인가? 어떤 사람인가? 어디로 가면 좋은가?로 변한 표현의 신선함일지도 모른다.

하지만 가네시로 가즈키에게는 그 해답이 거의 명확하게 준비되어 있는 듯하다그것이 전술한 3명의 인생 궤적과 달라서 독자의 기분을 가볍게 한다. 가네시로 가즈키는 '조선 한국인' 혹은 '재일'을 기피하고 스스로를 '코리안 재패니즈'라고 말한다. 물론 그 자체도 자기를 규정짓는 것이지만 그것을 존재 위치의 도약판으로 삼고 기존의 민족적 패러다임을 탈구축하고 경계 너머의 세계를 지향한다. 결국 젊은이들은 '어떤 사람'도 아닌 황야를 지향하는 것이다. 「GO」의 줄거리는 복잡하지 않고 간단하다. 주인공인 재일코리안 남고생과 상류 샐러리맨 가정의 일본인 여고생의 연애를 주축으로 주인공과 아버지의 애증 관계, '재일' 동료 소년들의 거친 우정그중에는 일본인 친구도 있다, 일본인 고교생과의 대결 등이 얽혀 스토리는 작품의 묘사법에 걸맞게 심플하다. 작가는 '재일' 2세답지만 등장인물들은 3세대의 모습이다. 주제는 '재일'이라는 어려운 문제인 만큼 가볍지는 않다. 주제를 그려가는 몸짓 손짓, 어조, 두뇌를 사용하는 방법이 경쾌한 발놀림footwork이다. 다만 가벼운 발놀림은 아무래도 아웃복싱out-boxing으로 일관되기 쉽다. 적극적이고 과감한 거친 인파이트in-fight를 피한다. '조선 한국인'이나 '재일'로부터의 이탈을 지향하는 주인공에게 역시 어려운 문제는 '아버지'다. 우선 '아버지'의 높은 벽을 넘지 않으면 경계를 넘어 저편으로 갈 수가 없다.

주인공의 아버지는 마르크스주의와 공산주의를 신봉하고 '북'의 조직에 가담한 것으로 되어 있다. 그리고 국적을 한국적으로 변경하고 지금은 하와이를 동경하고 있다. 이른바 요즘 세상의 '아버지'지만 한때 젊은 시절에는 프로복서로서 라이트급 전국의 일본 랭킹에 들기도 했었다. 그러한 아버지와의 '아버지 죽이기' 투쟁은 직접성 신체성폭력에 의해 이루어진다. 아버지의 폭력과 그 '아버지 죽이기' 이야기는 제2세대 재일조선인문학에서 종종 묘사되어 왔다. 「GO」의 특징은 그것이 복싱이라는 룰의 한 형태로 그려진다는 점이다. 원래 일본이라는 국가 사회의 규범에 대항하고 그것에 강하게 반발하며 살아온 것이 1세대의 생활 에너지였다. 예를 들면 막걸리 제조만 해도 그것은 생계를 위한 어쩔 수 없는 방편이었다. 설령 단속이 있어도 반사회적 행위로 생각하지 않았다. 범죄로 간주한 것은 일본의 사법 권력재판소, 경찰과 행정 당국세무서, 보건소에 지나지 않는다.하지만 그들조차도 '밀주'를 마신다. 이른바 '재일'의 신체성과 그 에너지는 '규범'이라든가 '시스템'을 무화하고 탈구축한다. 재일조선인문학의 신체성폭력 은 그것의 표현이라고도 할 수 있다.

그럼 "어금니가 빠진 재일"로 일컬어지는 세대인 가네시로 가즈키나 현월이마치 억공으로 전환하듯 그들의 문학에 신체성을 끌어들이는 것은 무슨 연유일까? '재일'이라는 불우그 양상과 느낌도 상당히 변용했다가 일본 국가＝사회의 규범이나 시스템을 거부하기 때문일 것이다. 더욱 중요한 이유를 들자면 모든 사상이나 가치 의식이 상대화되고 '민족'이라든가 '국민 국가'조차 환상의 공동체로 일컬어지게 된 현대라는 허구＝픽션적 상황에서는 오히려 직접성 신체에 의해 존재를 주장하는 것 외에 방법이 없다는 것이다. 그러나 신체에 의한 투쟁싸움을 소설언어표현로 그리는 것은 무척이나 어렵다. 「GO」에서도 주인공을 둘러싼 투쟁이 압도적으로 묘사되지만 왕왕 주체와 객체의 '관계성'을 분명하게 그리지 못하고 주인공 측을 절대화시켜 버린다. 이 소설에서 주인공과 다른 소년들의 싸움 장면이 그러하다. 주인공이 아버지에게 복싱 기술을 전수받은 상당한 펀치의 소유자라는 것은 알지만 상대객체가 종이 샌드백같이 얻어터지면서 주인공주체의 힘을 일방적으로 절대화한다. 신체는 여기에서 투쟁을 통해 타자를 구하면서도 고립되어 있다.

여담 하나를 소개하자면 필자도 청년기까지는 철저하게 신체파로 살아왔다. 싸움으로 상대에게 상처 입혔다 해서 그것이 반사회적 행위라든가 범죄가 될 것이라고는 전혀 생각한 적이 없었기에 상해로 가정법원에 보내지곤 했다. 고등학교 2학년 말쯤 17세로 프로복서 자격증을 취득했고 체육관 관장이 졸업하면 링에 세운다고까지 했었다. 자세한 경위는 생략하지만 3학년 여름방학 때부터 문학이라는 연약한 것에 빠져들어 결국 복싱은 그것으로 끝났다. 47, 48년 전의 일이다. 그래서 소설에서 싸움에 대한 묘사가 싫진 않지만 역시 주인공의 절대화＝고립화로 치우치기 쉽다.

그런데 「GO」에서의 주인공과 아버지의 신체적 투쟁은 주인공 측의 절대화를 거부하고 있다. 반대로 아버지타자 쪽이 주인공을 압도적으로 때려눕힌다. 신체적 투쟁에 의해 묘사되는 아버지의 벽, 이른바 조선의 벽은 복싱으로 단련한 강인한 몸과 주먹 그대로 터무니없이 두텁다. 그러나 경계인 저쪽으로 떠나는 것은 우선 그 벽을 뛰어넘고 저쪽으로 나갈 수밖에 없다. 투쟁의 끝에서 부자간에 좀 좋아진 모습은 그 희미한 서광일 것이다. 「GO」는 신체성과 혼재해 '지知'의 게임이다. 주인공은 매우 지식을 좋아하는 지식인이다. 그로 인해 주위를 즐겁게 만들기도 하지만 '재일'을 둘러싼 기존의 패러다임을 해체시키기 위해 있는

'지'를 총동원한다. 북체제, 남유교 사회, 재일아버지, 일본여자친구인 여고생, 이 모든 것으로부터 혐오감과 소외감을 느끼고 그것들을 동등하게 탈구축함으로써 어떤 영역에도 구애받지 않으려 한다. 따라서 단순한 모라토리엄적 이탈이 아닌 의사적인 것이다.

가네시로 가즈키는 '지'의 게임으로 '코리안 재패니즈'를 자칭하는 자기 증명을 하려고 한다. 하지만 주인공이 지향하는 경계인 저쪽으로 나아가는데 발판이어야 할 그것은 완벽하게 초월적인 것이 아니다. '코리안 재패니즈'를 일본어로 하면 일찍이 법무 관료들이 꺼려하고 재일조선인 1세대가 혐오했던 '조선계 일본인'이다. 하지만 그것은 일본 사회에서 소수 민족화에 지나지 않고 새로운 패러다임에 지나지 않는다. 필자가 '지의 게임'이라 하는 것은 그런 이유에서다. 작가＝주인공의 '지의 게임'의 궁극은 미토콘드리아 DNA의 새로운 설에 의해 기존의 민족 뿌리설을 해체하고 국적을 해약 가능한 것이라고 주장하는 것에 있다. 문제는 그 다음이다. '조선적', '한국적'을 해약하고 '일본적'으로 갈 것인가, 아그네스 창이나 게이코 기시처럼 다중 국적으로 살 것인가, 아니면 '국적' 그 자체를 해약하고 무국적으로 살아갈 수 있는 "꿈의 섬"을 지향할 것인가 — 확실히 '국적'은 외투처럼 갈아입을 수 있다 하더라도 그 선택은 어려운 문제다.

「GO」에서 경쾌한 발놀림 혹은 '지의 게임'은 종래의 '재일'의 어려운 문제에서 벗어나지 않고 도전하며, "어둡고 무겁다"고 일컬어지는 재일조선인문학의 전통적 틀을 소생시키려 한다는 점에서 가네시로 가즈키의 자질과 문학적 질량을 확인할 수 있다. 작가의 문학 전략은 '재일' 사회의 기성 가치관이나 문학 표현의 패러다임을 변환시키려 한 것만이 아니라 한편으로는 단일민족 국가관에 의해 표상되는 일본 사회의 패러다임도 함께 변환시키고자 했는지도 모른다. 어쩌면 가네시로 가즈키는 재일조선인의 역사가 시시각각 종막으로 내닫고 있음을 삶의 현장에서 실감하고 그것을 일본 국가가 종지부를 찍기 전에 자신들의 의사로 먼저 선취하려고 준비하고 있는지도 모른다. 혹은 기회가 되면 전혀 별

개의 '재일'을 소생시키고자 하는 '의지'를 소설 표현으로 대신하고 있는 것인지도 모른다. 물론 필자의 망상이다. 그럼에도 불구하고 「GO」의 수법에는 그러한 망상을 확신케 하는 뭔가가 있다.

위에서 3명의 '신인'을 살펴보았는데 정리해 보기로 하자. '재일'을 내향적으로 폐쇄시키면 일본 사회로의 동질화나 모라토리엄에 빠지기 쉽다. 그러나 김중명의 『바다의 백성』의 아시아적 공동 공간의식^{구상}이나 현월의 '소생' 이야기, 가네시로 가즈키의 경쾌한 발놀림이라는 전술을 보면 그러한 위험에서 해방될 가능성을 예감하게 된다. 1980년대 후반부터 "민족을 초월한다"는 말이 끊임없이 언급되었다. 확실히 '재일'은 얼마 안 있어 "언급되지 않은 민족"이 되는 것은 아닌가 라는 절실한 상황에 있다. 이럴 때 "민족을 초월한다"는 말은 "민족의 기억"조차 말살할 수도 있는 위험을 안고 있다. '재일'이라는 어려운 입장에서 혹은 어려운 처지조차 인식되지 않는 공백으로부터의 모라토리엄을 향한 도피가 도모될 가능성이 있기 때문이다. 민족을 초월하는 것이 종종 도피의 구실이 되기 때문이다. '민족'^{그것은 '재일'과 연결된다}이라는 기억의 말소는 역사의 개편이나 전후 책임의 회피에 의해 기억의 암살을 꾀하는 일본적 상황과 맞서기 쉽다. '민족'을 철저하게 추구하고 그것을 초월한다. 그것이야 말로 '도피'나 '말소'를 거부하는 초월 방식일 것이다. 그때 '재일'문학의 특질인 대항성, 저항성, 공격성은 힘을 발휘할 것이라고 생각한다. '신인'들의 문학에는 그런 힘이 있다고 생각한다.

이야기가 당돌하게 흘러버렸는데 내셔널리즘 = 내셔널 에고이즘과 내셔널리티 = 내셔널 아이덴티티와는 같으면서도 다르다. 중이 미우면 가사^{袈裟}마저 밉다는 말처럼 국가 내셔널리즘에 대한 알레르기 탓에 내셔널 아이덴티티까지 강에 내던질 수는 없을 일이다. '픽션' 공동체로서의 천황제 국민 국가의 틀을 해체시키거나 근대 일본(어)문학의 지배 장치를 뒤흔드는 이단의 에너지가 재일조선인 문학의 '정통'에는 있었다. 물론 그러한 것은 우리들의 문학이 해야 할 일이지만 '신인'들의 문학을 읽는 동안 왠지 말미에 그런 말을 덧붙이고 싶었다.

2. 국적을 둘러싼 논쟁 김석범과 이회성

2002년 3월에 4일간 일정으로 한국에 갔었다. "NPO. 법인 삼천리 철도"의
JSA^{공동경비구역} 투어였다. 삼천리 철도라 함은 2000년 6월 남북정상회담과 공동성
명을 계기로 아이치^{愛知}에서 활동을 시작한 '재일'의 독자적 입장에서 "민족의 화
해와 통일의 과정에 참가하자" "비무장지대를 해외 동포의 마음의 고향으로 삼
자"라는 것을 목적으로 하는 시민운동이다. 구체적으로는 한국전쟁으로 분단된
경의선의 연결을 위해 기금을 모으고 남북 2킬로씩의 공사비용을 각각 남북한
에 전달하자고 하는 것. 일본인도 협력해 2003년말 현재 2천여 명으로부터 2천
만 엔을 모았다.[4] 투어 중에는 통일부 장관실을 방문하여 정세현 장관에게 철도
1킬로 분의 공사비 680만 엔을 건넸다.[5] 전달식에는 유일한 일본인으로서 참석
할 수 있었다. 그 자리에서 발언을 부탁받았다. 한반도 분단은 일본의 식민지 지
배가 하나의 원인이며 게다가 전후 일본의 분단조장 정책과 관련이 깊었다. 따
라서 통일 문제는 일본의 전후 책임의 일환이기도 하다. 그런 생각에서 삼천리
철도 운동에 가담하고 오늘 이렇게 통일부 장관을 만날 수 있었다는 그런 취지
의 이야기였다.

그리고 투어는 경의선을 타고 DMZ^{비무장지대}와 JSA를 방문하고 버스로 대인
지뢰 지역과 철원도 방문했다. 일행 중 재일 민족조직의 경험자를 포함한 6명의
'조선적' 사람이 '남쪽'에서 판문점을 방문한다는 것은 특기할 가치가 있다고 했
다. 견문에 대해서는 재일조선인 작가를 읽는 모임의 잡지 『가교』 22호에 자세
히 실었기에 생략하지만 아직 한반도에서는 전쟁이 끝나지 않았다. 두 개의 분
단국가 상태는 "싱상의 공농체"로서의 국민 국가도 아니다. 통일이 되어야만 정

---

4   http://www.sanzenri.gr.jp
5   물론 철도연결기금은 남한에 이어 2002년 12월 조선민주주의인민공화국 내각에도 같은 액수
     의 기금을 전달했다.

당한 공동체 '국가'가 된다는 것을 새삼 실감했다.

　개인적인 이야기로 시작한 것은 이번에 '논쟁' 하나를 적고 싶었기 때문이다. 재일조선인문학의 '정통'을 대표하는 김석범과 이회성의 '논쟁'이다. 일견 '국적' 혹은 국적 변경의 '약속'을 둘러싼 논쟁같이 보이지만 이것은 '통일'을 향한 스탠스를 둘러싼 '논쟁'이다. 두 사람의 문학적 대조가 분명해지는 '논쟁'이다. 논쟁의 발단은 1996년 서울에서 열린 "한민족 문학인 대회"에 참석하려고 한 두 사람의 입국에 즈음해 한국 당국이 난색을 표하면서였다. 총영사관과 줄다리기를 하던 중에 김석범 씨가 『세계』^{1977.2}에 당국측이 이회성 씨와의 국적 변경 '약속'을 암시했었다고 하는 글을 실었다. 그에 대해 이회성 씨는 「한국 국적 취득의 글」『신쵸』, 1998.7에서 '약속'은 사실무근이라고 반론했다. 그리고 '논쟁'은 총합지 『세계』에서 반복되었고 일단락되는가 싶었다.

　그런데 이회성 씨가 2002년 간행된 『가능성으로서의 '재일'』고단샤 문예문고의 「저자로부터 독자에게」에서 김석범 씨를 비난했다. 김석범 씨가 「고난의 끝 한국행」『문학계』, 2001.11에 전술한 문제를 거론했기 때문이다. 그리고 이회성 씨의 비난을 받고 김석범 씨는 『문학계』2002.8에 「거짓말은 어떻게 해서 커지는가」라는 제목으로 격렬히 반론했다. 확인하는 차원에서 경위를 적었는데 사실 나는 그것에 흥미가 없다. 과거에 이회성 씨와 관계 당국 사이에 국적 변경 '약속'이 있었는지 어떤지 그 진상에 대해서도, 김석범 씨가 『문학계』의 글에서 "'재일'이 안고 있는 정치성 속에서 '재일'문학가는 어떻게 살아가고 대처할 것인가는 대단히 큰 문학적 과제"라는 것에 공감하지만, 우선은 어느 쪽이라도 좋다. 이회성 씨의 '조선적'에서 '한국적'으로의 변경에 대해서도 일본인인 내가 왈가왈부할 문제는 아니다. '논쟁' 그 자체에 대해서 '재일'의 가장 훌륭한 두 문학가가 일본 미디어에서 노골적으로 대립하는 것은 불쾌하다는 '재일' 친구들의 목소리도 들린다.

　과연 그러한가. 김석범 씨는 "개인적 차원의 문제가 아니다. (…중략…) 적어도 '재일'의 역사에 편입되어 가는 것이다"라고 했다. 그 말에 나름대로 부연한다면 '논쟁'에는 중요한 것이 포함되어 있다고 생각한다. 그것을 문학의 문제로서 생각해 보고 싶다. 이회성 씨가 한국적을 취득한 이유에는 우선 자유롭게 조국에 들어가고 싶다는 것도 있을 것이다. 『문학계』 1996년 5월호에 발표된 『죽은 자와 산 자의 도시』^{문예춘추}에서 시인 고은이라고 생각되는 친우로부터 한국 국적을 취득해 함께 일하자는 말을 듣고 주인공이 강하게 마음을 바꾸는 장면이 있다. 본국이 곤란한 상황에 직면해 있을 때 '재일'로서 어떤 기여를 하고 싶다고 하는 것은 「한국 국적 취득의 글」 외의 발언에서 강조하고 있었다. 그것은 이회성의 문학가로서 사상과 양심의 신조다.

그러나 이번 문제에 한정해서 말한다면 충분한 설득력을 갖추고 있다고 할 수는 없다. 이회성 씨는 본국이 곤란에 빠진 사실 이를테면 IMF 문제를 들고 있다. 그렇다면 그 극복을 위해 '재일'은 구체적으로 어떠한 기여를 할 수 있을까. 그것이 애매하다. 지향의 시비는 차치하고 문학적 문제의 입장에서는 로맨티시즘이나 모럴리즘을 잘라버리지 못한 듯한 느낌이 든다. 이회성 씨에게 있어 본국의 최대 곤란은 분단 상황이고 기여하고자 하는 목표가 민족의 통일이라는 것은 「북이건 남이건 우리 조국」에서부터 일관된 생각이다. 그렇다고 볼 때 국적 변경은 분단 지향이라고는 할 수 없을지 모르겠지만 이치가 맞지 않다. 2000년 6·15남북공동선언을 예견했다면 그래도 이회성 씨는 국적을 변경했을까. 이회성 문학의 21세기적 휴머니즘, 그것이 「백 년 동안의 나그네」와 같은 걸작을 집필케 했음은 의심할 여지가 없지만 '통일'을 둘러싼 문제로 한정한다면 다소 납득이 가질 않는다.

그렇다면 김석범 씨는 왜 '조선적'에 집착하는 걸까. 왜 국적 변경을 거부하는 것일까. 그것은 '재일'이 소래한 것임은 자명하다. 이른바 부負의 동기가 뒷받침하고 있다. '준통일 국적'이라는 발상도 궁여지책이라는 느낌이며 이회성 씨가 언급한 것처럼 현실적이지 않은 관념의 소산일지도 모른다. 그러나 '통일'을 희구하는 문학의 궁극적 지향점이 분단의 부정이라면 분단의 '파편'인 모든 '국적'

을 거부하고 '무국적'을 선택하는 것은 적극적인 의미를 가질 수 있다. 부의 동기가 리얼리즘의 이념이 된다. 필자의 견해로는 분단 국적 자체를 거부하는 김석범 씨의 선택은 운명의 갈림길에 혼자남아 '분단이라는 허구'를 '통일이라는 현실'로 전철轉轍하는 강인한 리얼리즘으로 생각된다. 표현이 부족하지만 그것은 김석범 문학의 성격을 잘 나타내고 있다. 생경한 글이 되어버렸다. 그래도 두 사람의 '국적'에 관한 열띤 '논쟁'은 앞에서 다룬 가네시로 가즈키의 경계인을 꿈꾸는 '코리안 재패니즈'라는 스탠스와는 얼마나 다르고 새로운가.

3. 소설을 마름질할 수 있는가 유미리

재판소는 유미리의 소설 「돌에서 헤엄치는 물고기」에 대해 출판금지 판결을 내렸다. '재일'문학의 전후 57년의 역사 중에 일본의 사법 권력이 개입한 것은 처음일 것이다. 그것은 확실히 중대한 일이지만 이러한 경우 권력의 탄압이라고 일축할 수 없다는 점에 성가시고 미묘한 문제가 있다. 문학 작품에 대한 사실과 허구, 현실과 상상력, 프라이버시 권리와 표현의 자유, 인물의 모델과 허구, 일반적으로 소설은 그것들의 대립과 갈등을 통해 성립한다. 하나다 기요테루花田清輝流에 의하면 그것들의 대립을 대립 그대로 통일하는데 소설의 리얼리티가 있다. 내게 참신한 의견이 있는 것은 아니지만 조금 적어본다.

「돌에서 헤엄치는 물고기」는 극작 활동을 해온 유미리의 소설 데뷔작이다. 발표가 1994년 『신쵸』 9월호이기에 '현재'의 이야기는 아니지만 오랜 당사자 간의 싸움을 거쳐 '재일'문학의 '현재'와 연관된 토픽이다. 게다가 유미리를 말할 때 이 작품은 대단히 중요하다. 유미리가 '재일'이라는 테마를 압도적으로 묘사한 유일한 작품이기 때문이다. 필자의 생각은 그녀에게 최고작 『골드 러쉬』신쵸사가 있지만 「돌에서 헤엄치는 물고기」는 문단의 평가야 잘 모르겠지만 그것을 잇는 작품이다. 이 작품이 그대로 묻혀버리는 것은 실제 모델 여성의 아픔은 이해하지만 얼마나 유감스러운 일인가.

「돌에서 헤엄치는 물고기」는 이미 8년 전에 잡지에 게재되었기에 읽지 못한 독자도 많을 것이다. 간단히 소개하면 주인공은 작가와 거의 등신대의 극작가. 이 '나ᵂ수ᵡ'를 둘러싼 만다라 그림과 같은 인간의 모습이 그려진다. '나'는 똑같은 인간관계를 혐오하고 동시에 자신도 상처받는다. 어디를 잘라도 피가 날 것 같은 문체는 역시 유미리의 것이지만 이 작품도 예외는 아니다. '나'는 타자ⁱᵉ ᵇᵒⁿ 국의 사람, 경계에 있는 재일, 일본인을 포함로부터 버림받을 것 같을 때 증오를 자극해 자신을 방어하지만 그런 방법이 통하지 않는 인물, 즉 미움이 통하지 않는 관계를 맺고 있는 인물이 두 명 있다. 더러운 세상에서 '나'의 환상적인 영혼의 구제 희망을 보여주는 '감나무 남자'와 친구 박이화다. '감나무 남자'는 「콩나물」「풀하우스」수록에서 저능아라는 설정의 '유키토ゆきと'나 「골드 러쉬」에서 윌리엄 병자로 설정되었고, 자연이나 생물과 교감하며 지적 언어를 소유하는 '고키幸樹'와 나란히 유미리 문학의 어루만져 달래는 의사를 표현하는 인물로서 중요하다. 이 글의 주제는 아니기에 다른 한 명의 인물로 접근해 보자.

박이화는 일본에서 자랐지만 한국에서 살고 있다. 대학 교원인 아버지가 스파이 혐의로 한국으로 잡혀와 초등학교 5학년이었던 그녀는 어쩔 수 없이 '귀국'했다. 아버지가 석방된 것은 투옥된 지 10년이 지난 1988년 서울올림픽의 해. 자작 연극의 공연 준비로 방한한 '나'가 한국 체재 중 머물렀던 곳이 이화의 집이다. 이화는 뒷날 예술대학에서 도예를 공부하기 위해 일본으로 건너간다. 일본에 빼앗겼던 것을 되찾고 한국 도예사의 공백을 매우기 위해서였다. 이화두 '나'에게는 긴장을 강요하는 존재이지만 마음의 담장을 두르면서도 그녀의 뜻대로 따르고 정신적인 공동생활까지 예감케 한다. 이화와의 끊임없는 긴장 속에서 회생의 길을 찾고 있는 것처럼 보인다. '나'에게 그러한 존재인 박이화의 얼굴 왼쪽에는 켈로이드ᵏᵉˡᵒⁱᵈ가 있는데 그것은 '얼굴 안에 새가 살고 있는' 표시라고 적혀 있다. 그것을 '나'는 이화가 그린 도기陶器의 물고기와 새의 교환 변신도가 표상하는 내면의 표시라고 생각한다. 그처럼 표상적으로 그려진 용모의 표현과 어떻게 연결되는가에 대한 것은 분명하지 않지만 결국 이화는 신흥종교에 납치된 여동생을 구하고자 자신도 입신해 버린다.

나는 「돌에서 헤엄치는 물고기」가 발표된 직후 읽었는데 그때 실제 모델이 존재한다는 것을 몰랐다. 작가다운 설정의 픽션 정도로 생각했다. 이 소설은 세 개의 플롯 — '나'와 극단의 연출가나 카메라맨을 둘러싼 애증에 얽힌 애정극, 익숙하지 않은 한국 체험, 박이화나 '감나무 남자'를 둘러싼 '나'의 영혼 이야기로 되어 있다. 그리고 박이화의 설정은 일견 설레임은 있지만 '감나무 남자'와 함께 암흑의 개폐처럼 불안정한 '나'의 마음에 의지처를 주고 정화나 위안을 주는 존재처럼 보였다. 막무가내인 '나'를 부정하는 존재로도 보였다. 따라서 작가가 폄하한다기 보다도 소설적 허구의 인간으로서 강력한 힘을 가지고 있는 것처럼 보인다. 실제 모델의 존재를 모르는 상태였다면 나는 허구가 갖는 리얼리티에 놀라워했을 것이다.

거기에 예상치 않게 분명해진 것이 실제로 모델이 있었다는 문제다. 이 작품을 소설 작품으로 읽었다면 당사자 여성은 소송을 할 수 없었을 것이다. 그러나 여성에게는 사실 쪽이 너무나도 무겁고 강렬한 아픔이었다. 작가는 압도적인 사실이 허구로 복수할 때의 두려움을 가볍게 보았음에 틀림없다. 문학이라는 권위가 살아있는 인간보다도 높게 인정되어야 한다고 얕잡아보고 있었는지도 모른다. 그렇다고 한다면 바깥 세상을 거부하고 혹은 거부당하고 순수 배양처럼 극단이나 문단으로 들어온 사람이 빠지기 쉬운 함정인가. 결국 작가는 현실 = 사실과 소설 = 허구라는 대립물을 대립시키면서 통일시킨다고 하는 문학 작품의 리얼리티를 실현하지 못했다.

그런 이유에서일까, 나는 소송을 둘러싼 유미리의 변명은 그녀답지 않다고 생각한다. 그녀 주장의 요점은 소설에 표현의 자유가 있다는 것이지만 그것은 어딘가 교의적이며 무당의 기질이 있다. 세계에 대해 비체계적으로 과감하게 문제에 도전하는 그녀의 문학에 어울리지 않는다. '표현의 자유'라는 주장이 틀린 것은 아니다. 그것은 정말 옳다. 그러나 이 모델 문제의 경우, 그것은 상대의 주장을 뛰어넘을 수 있을까. 너무나도 큰 타자의 고통을 넘어설 수 있을까. 쓰는 쪽과 쓰여지는 쪽의 관계는 때때로 쓰는 쪽이 상위 입장에서 권력적이고 강자가 된다. 그때에는 쓰는 쪽의 자율을 물어야 한다. 무엇인가 써 왔던 내가 이런 이야기를 하는 것은 긁어 부스럼일지도 모르겠다. 그리고 「돌에서 헤엄치는 물고기」의 경우 쓰는 쪽과 쓰여지는 쪽 사이에 복잡하게 얽힌 사정이 있을지도 모르지만 그렇다고 본다.

물론 이번처럼 쓰는 쪽의 자율에 관한 문제에 사법 권력이 판결을 내리는 것도 어처구니없다. '언론의 자유', '표현의 자유'라는 기존에 있어왔던 문제를 문학이라는 성聖과 속俗 투성이인 장소로 어느 쪽과도 인연이 없는 권력이 주제넘게 나서서 판단을 내려서는 안 된다. 결국 유미리의 이후의 눈부신 활약을 고려한다면 「돌에서 헤엄치는 물고기」 모델의 명예훼손을 둘러싼 소송사건은 작가가 문학이라는 위험한 장소로 이른바 악마의 세계로 건너가기 위한 '목욕재계'였는지도 모른다.

4. 중간 주자 김마스미, 후카사와 가이, 원수일, 이기승

수영이나 육상의 릴레이 경주에는 선두 주자와 마지막 주자 사이를 이어주는 중간 주자가 있다. 프로야구의 경우 마무리 전에 던지는 투수는 시합을 만들고 승리를 이끌기 위해 빠뜨릴 수 없는 존재다. 이들 중간 주자들은 두드러지지 않는 수수한 존재이긴 하지만 때로는 게임에서 가장 중요한 역할을 맡는다. '재일' 문학의 경우도 예외는 아니다. 재일조선인문학의 '정통'과 신세대 '재일'문학 사이를 릴레이 하는 중간 주자들이 있다. 중간 주자들을 보면 이기승, 원수일, 정윤희, 그리고 위 세대인 김재남, 박중호와 같은 남성 작가들이 있지만 먼저 여성 작가들이 떠오른다. 종추월, 성율자, 김창생, 성미자, 김연화, 신윤성, 김마스미, 후카사와 가이 등이 그들이다.

1) 김마스미

김마스미는 원코리아·페스티벌에서 만난 적이 있다. 사회를 맡았으며 김시종 씨의 시를 낭독했고 용모와 몸이 연극을 한 사람답게 존재감을 느끼게 했다. 『메소드』가 1995년 문예상 우수작으로 뽑혀 읽어보았는데 여성 작가에게는 보기 드문 사고적, 구축적構築的 구성을 가진 작품이라고 생각했다. 소설의 무대가 햄릿 극단이고 거기에서의 극중의 극 프로세스와 소설의 주제, 작중 인물의 변용을 이치와 논리로 추구한다.

화자인 '나私'의 동생 '나僕' 가네무라 세이진金村成人은 경마장에서 아르바이트를 하면서 극단에서 기억 재발견을 수법으로 하는 연기술을 공부하고 있다. '나'는 연출가나 미일의 혼혈 극단원과 관계하면서 '재일'을 둘러싼 주박을 풀어간다. 그 과정에서 가네무라 세이진에서 김성일로 바뀌어간다. 이른바 '나'의 통과의례를 그린다. 통과 의례의 과정으로 '나僕'는 연기술을 얻어 주역인 햄릿으로 발탁된다. 소설의 마지막 장은 연극무대의 마지막 장면이다. 햄릿인 '나'는 무대를 내려와 극장을 빠져 나가 바깥 세상으로 나간다. 이러한 설정은 현실로 떠나는 '재일'을 비유한 것이다. 화자인 '나私'쪽은 일본인 애인과 결혼하려고 하는데 '피'로 주박된 아버지에게 저지당한다. '피의 정통성'에 의심을 품는 '나'는 궁여지책으로 애인을 '귀화 동포'라 속여 결혼하기에 이르지만 결혼식 전날 관동대지진이 일어나 유산하고 자살한다. 작중의 '내'가 아버지를 리어왕으로 의심하는 설정도 있어 「메소드」는 재일판 '아버지 죽이기' 이야기로 해석할 수도 있다. 이 이야기는 죽음으로부터 재생을 향한 이야기인 동생 '나僕'의 플롯과 교차하고 있다. 하여튼 연기술이라는 연극적 방법과 '재일'의 해방을 둘러싼 방법을 중첩시켜서 소설의 방식으로 삼고 있는 행위는 이지적이다.

김마스미의 다음 두 작품은 무대가 로스앤젤레스다. LA가 무대지만 모두 재일한국인의 아이덴티티라는 어려운 문제를 그리고 있다. 「불타는 초가」『신쵸』, 1997.12는 흑인에 대한 백인 경찰의 폭행을 발단으로 삼았는데 실제로 일어난 사건 「로스앤젤레스 폭동」을 리얼 타임으로 그리면서 주제를 쫓고 있다. '재일' 2세인 '나私'는 우리말모국어도 할 수 없고 한국인으로서의 자각도 거의 없어 아이가 생기면 일본 국적을 취득하고 싶어 한다. 일종의 상상 임신을 했을 때 미국생활 20년째인 코리안 여성으로부터 "당신은 준비가 돼있지 않아요"라는 소리를 듣는다. 아이를 낳을 준비뿐만이 아니라 코리안으로서 준비가 되어있지 않다는 것이다. 작품에는 미국 이민 코리안 1세대와 2세대, 흑인과 코리안, 백인과 흑인이라는 여러 패턴의 인종적, 세대적 각축이 묘사되면서 '나私'의 민족적 동요를 부각시킨다. 어쨌든 작가는 제주도의 풍속도 작품에 살리고 '재일'문학의 정위치를 가늠하고 있는 듯하다.

「나성의 하늘」『신쵸』, 2001.3도 LA를 무대로 재일 3세대 여성인 채양의 코리안이 되고 싶어도 될 수 없는 내셔널리티의 방황을 그리고 있다. 「불타는 초가」와 마찬가지로 재미 코리안, 일본계 사람, 미국인과의 관계 양상이 묘사되고 있다. 재미있는 것은 내셔널리티로의 접근과 보류가 무용을 통해 신체의 기억과 내면의 현재를 중첩시켜 그리고 있다는 점이다.

2) 후카사와 가이

후카사와 가이深沢夏衣도 작품이 많지는 않지만 데뷔작 「밤의 아이」는 중요한 작품이다. 작품의 시대적 배경은 1970년대 초반인데 재일 세대의 현재를 선취하는 듯한 테마이다. 소설의 무대는 재일조선인이 발행하는 잡지 『바람』이다. 『바람』의 모델은 계간 『삼천리』보다 전에 나온 계간 『마당』이다. 중학생 때 가족이 모두 귀화한 하야마 아키코葉山明子 : 배명자는 이 잡지의 편집책임자다. 『바람』은 창간 이후 세대간의 대립과 같은 여러 가지 내부 분쟁이 있었다주요 원인은 남북분단이다. 거기에는 큰 파도에 흔들리는 작은 배처럼 재일 사회의 축소판이 있고 주인공 명자는 상황에 시달리며 갈등한다. 심각한 갈등이지만 문체는 단정하여 생경하지 않으며 내면의 탐구도 인정과 도리를 갖춰 감정적으로 흐르지 않는다.

갈등의 중심은 '일본 국적 사람'의 아이덴티티 발견이라기보다 정립을 둘러싼 싸움이다. '주어진 부負'로서 개념화되어 버린 '귀화 인간'의 틀에 갇혀버리는 것에 굴욕을 느끼고 "귀화를 둘러싼 문제는 내가 정한다. 그 누구에게도 휘둘리지 않는다"라고 결심한다. '귀화의 초극'을 지향할 때 눈앞을 가로막는 것이 '조국', '민족', '재일'이라는 '공적 정의'였고 주인공에게 그것은 따스함이 아닌 규탄의 말이 된다. 거기에서 주인공＝작가가 자신을 구제하기 위한 근거가 되는 것은 철저하게 '나' 혹은 '개인'의 아이덴티티 탐구다. 다만 「밤의 아이」에서 주목해야 할 것은 조국, 민족, 재일과 같은 '공과 사'＝개인의 대립이라는 레벨에서만의 아이덴티티 탐구 여정를 기도하지 않다는 것이다. '공'과 '사'의 항쟁을 둘러싼 이야기임에는 틀림없지만 더 근원적으로는 '재일'의 존재 근거를 찾으려 하고 있다.

후카사와 가이는 「밤의 아이」 이후 「미드나잇 콜」『신일본문학』, 1993 봄, 「언니의 사랑」『신일본문학』, 1997.9, 「팔자타령」『군상』, 1998.9을 발표했다. 재일 여성의 눈에 보이지 않는 불안과 두려움 귀국사업에 얽힌 혈연의 불우 등을 묘사하고 있다. 유감스럽지만 이들 작품은 「밤의 아이」에 미치지 못한다는 것이 필자의 생각이다. 후카사와 가이와 김마스미는 말하자면 수수한 존재로 진지하게 '재일'의 주제에 몰두하고 있는데 그것을 좀 더 써줬으면 하는 사람들이다. 하여튼 후카사와 가이와 김마스미는 '재일'문학을 새로운 세대로 셋업시키는 중요한 역할을 담당하고 있다.

3) 원수일

전후로 한정한다 해도 재일조선인문학의 역사는 60년에 이른다. 그동안 배출된 작가와 시인을 한 눈에 확인할 수 있는 기획은 없을까. 그런 생각에 걸맞게 특집이 등장했다. 『신일본문학』 2003년 5·6월 합병호의 「〈재일〉 작가의 전모 – 전 94인 소개」다. 제1부가 주요 24명의 작가·시인론, 제2부가 70명의 단평과 소개이다. 장혁주, 김사량에서 현월, 가네시로 가즈키까지 총망라한 그야말로 장관이다. '재일'문학의 안내 자료로서 구체적으로 소개하고 있다. 필자도 작가 10명을 집필했으며 특집과는 별도로 평론 「『화산도』 각서」를 실었다.

한국에서 '재일'문학 연구에 선두주자인 전북대학교 이한창 씨가 한권의 책을 보내줬다. 홍기삼 편 『재일한국인문학』동국대학교일본학연구소이다. 젊은 평론자도 가담해 13명이 작가별로 '재일'문학을 논하고 상당한 분량의 두툼한 책이다. 한국에서 '재일'문학이 이처럼 폭넓게 논의될 줄은 거의 10년 전까지만 해도 생각도 못했다. 가능한 번역해 출판하고 싶을 정도다. 내용적으로는 지금까지의 논점을 근간으로 삼고 있지만 도처에 네이티브한 시점이 움직이고 있어 '과연'이라는 느낌을 받기에 충분하다. 김석범, 양석일, 원수일, 현월 등 '이카이노' 체험이 있는 작가의 소설을 '재일'문학에서 하나의 범주로서 자리매김하고 논하고 있는 글도 있다. 앞에서 재일조선인문학의 정통과 새로운 '재일'문학을 잇는 중간 주자로서 김마스미와 후카사와 가이를 거론했는데 이번에는 남성 작가 원수일, 이기승, 정윤희를 살펴보기로 하자.

원수일은 이카이노와는 뗄래야 뗄 수 없는 작가다. 그의 문학적 출발은 1980년대 『계간 삼천리』 등에 발표한 작품을 모은 「이카이노 이야기」다. 재일 아주머니의 당차면서도 눈물이 많고 현명하면서도 어리석은 잡박한 신세를 충분히 묘사하여 작가의 '재일'을 1세대에 의탁한 소설 모음이다. 거기에서는 제주도 말과 오사카 사투리를 버무린 이카이노 말이 구사된다. 일종의 크레올 문학으로서 주목받았다. 이카이노 출신이면서 날개를 활짝 펴고 현해탄 이쪽저쪽을 무대로 제재나 시간도 큰 스케일로 전개시킨 쾌심작이 장편 『AV · 오딧세이』[신간사]다. 원래 단막 소극정신이 원수일의 개성인데 이 작품에서 전면적으로 개화한다.

오사카의 러브 호텔가에 사무소를 얻어 AV비디오 브로커를 하고 있는 시카고 갑수라 불리는 노총각이 주인공이다. 그는 6·25가 터지던 해에 태어났는데 본 고장 출신 미인에게 홀딱 반해 변태적인 망상과 결혼의 꿈에 들뜬 것이 운명을 결정짓고, '재일' 전후사와 현재를 둘러싼 기상천외한 미스테리에 말려든다. 미스테리의 원흉은 하나의 AV비디오 '6·25'다. 그렇다곤 하지만 전개되는 이야기는 경박한 것이 아니고 제법 무겁다. 6·25 후유증이나 남북분단과 통일 문제라고 하는 진지한 현실이 묵직하게 배경에 깔린다. 6·25때 '재일교포 자원병'으로서 참전한 시카고 갑수의 아버지가 살아남아 지금은 부산의 길거리에서 허름한 군복을 입고 진군나팔을 불고 있다. 일본 관광객을 발견하면 민족분단의 원흉인 공산주의와 일본 제국을 규탄하는 연설을 한다는 허구는 굉장하다.

'민족의 비극'이나 '재일' 이야기를 섹스와 활극, 코믹한 수법에 실어 신랄하게 패러디한 원수일의 허구력은 어쨌든 어중간하지 않다. 엔터테인먼트적인 힘에서 양석일에 육박할 것으로 기대된다. 엔터테인먼트의 근간에 '재일'이라는 기본이 강하게 뿌리내리고 있다는 것은 두 사람의 공통점이다. 비유적으로 작풍의 차이를 말한다면 양석일은 '극화'이고 원수일은 '만화'라고 할 수 있지 않을까. 이야기가 이카이노에서 출발하였으니까 덧붙이자면 최근 간행된 사진집 『이카이노-추억의 1960년대』[신간사]가 있다. 작가인 조지현 씨는 '재일'이나 피차별 촌을 줄곧 촬영해온 사진가로서 필자 역시 1970년대에 피차별촌 르포를 쓸 때 함께 했던 기억이 새삼스럽다.

4) 이기승

이기승이 군상신인문학상으로 데뷔한 「잃어버린 도시」[고단사]는 선명하고 강렬했다. 재일 세대의 자기 찾기 이야기를 우울한 심상과 강한 의지가 뒤섞인 세계를 묘사하여 박진감이 있다. 김학영의 후계자를 연상케 한다. 중간 주자에 위치하는 세대의 문학으로서는 현월이나 가네시로 가즈키와 가장 연계되는 작가일지도 모른다.「바람이 달린다」^{고단샤},「친절한 바다」^{『군상』, 1989.11}도 확실한 역량이었다.

그런데 1990년대로 들어선 이후에는「서쪽 마을에서」^{『군상』, 1993.2},「여름의 끝에서」^{『군상』, 1995.3}를 발표한 것이 고작이다. 재일 청년의 신변을 묘사하고 재일 사회의 누습^{陋習}과 자기 자신에 대한 위화감과 콤플렉스, 아이덴티티의 불안이라는 어려운 문제를 쓰고 있다.「잃어버린 도시」와 같은 소설의 의사는 보이지 않고 어느 작품이건 긴장감이 결여되어 있다. 다른 방면으로 생활의 장을 옮겼다는 이야기도 들리지만 창작력을 잃은 것은 아닐까. 김학영이 말년에 글을 쓸 수 없었던 것을 반추하면 애독자로서 애석하다. '재일'문학의 현재를 지켜야할 작가이기 때문이다.

5) 정윤희

정윤희도 이기승과 마찬가지로 1950년대 초에 태어난 중간 주자의 세대다. 1983년 젊은 세대에 의해 발간된 잡지『나그네』를 시작으로 재일 문예『민도』,「우리 생활」,『호르몬 문화』등에 중단편 10편 이상을 발표한 문장가다. 농밀한 픽션을 구사해 현실 깊숙이 파고드는 작품으로 출발했지만 점차 일상의 풍경 속에서 사회에 대한 문제의식을 반영시키는 작풍으로 바뀌었다. 주요 작품을 한 권의 책으로 엮었으면 하는 작가이다. '재일'문학을 지탱하고 있는 것은 문단 저널리즘과는 떨어진 곳에서 수수하게 이어가고 있는 이러한 작가들이 있기에 가능한 것이다.

중간 주자라기보다 재일조선인문학의 정통에 가까운 세대이지만 이 기회에 몇 명을 더 소개하기로 하자. 김재남은 커다란 역사나 사회성 강한 주제를 가지고 장편 형태의 문학을 추구했다.「봉선화 노래」는 순애보 이야기와 관련지으면서 군대위안부 문제를 다루었고「아득한 현해탄」은 자전적 모티브로서 '재일'

의 전후사를 굵직하게 그리고 있다. 박종호의 역량도 정평이 나 있다. 「영목澤木」,
「사라진 날들」로 1960년대의 민족운동과의 갈등과 귀국 문제를 묘사하고 있다.
마지막으로 최석의의 「방랑 천재시인 김삿갓」도 특별히 부연한다.

5. 왜, 양석일 소설은 팔리는가?

몇년 전에 나고야의 대형서점에서 양석일의 사인회가 있어 나도 줄을 섰던 적
이 있다. 『죽음은 불꽃처럼』이었을 것이다. 그런데 내가 참석한 이유는 재일조
선인 작가를 읽는 모임의 텍스트를 구하기 위해서였다. 사인회에 흥미가 있었기
때문은 아니다. 30분 정도 줄을 섰는데도 앞에 20명은 족해 보였다. 그리고 차례
가 왔을 때 서로 얼굴을 마주보고 빙긋 웃었다. 순간 나는 자신도 모르게 "성황리
에 진행되어 보기 좋습니다"라고 말했던 것 같다. 메이저급 문학상을 수상한 유
미리와 같은 신세대 작가는 차치하고 양석일은 재일조선인문학으로서 이례적으
로 잘 팔리는 작가로 알려져 있다. 그 이유는 문단 저널리즘에 어두운 나 같은 사
람도 알 것 같다. 싸움을 거는 '적'을 놓치고 애매한 상황을 상대에게 오프사이드
뿐인 게임에 열중해 있는 '일본문학' 속에서 양석일 문학은 적을 확인하고 과감
하게 강약이 분명한 싸움을 하고 있다. 변변찮은 졸작이 없을 리 없지만 독자는
한번 빠진 작가를 오로지 추구한다. 그래서 '잘 팔리는 작가'는 등장하는 것이다.
개략적으로 말해 재일한국인문학은 국가 의식이라든가 민족 주체라고 하는
커다란 이야기와 재일하는 현실의 어려운 문제나 자아라고 하는 또 하나의 이
야기로 갈라져 출구를 찾는 싸움을 해왔다. 그리고 대개 출구를 찾을 수 없는 격
투 그 자체가 문학이 되든지, 커다란 이야기 쪽으로 출구를 찾는 형태로 진행되
어 왔다. 아마도 양석일은 그러한 '순문학'의 패러다임을 해체시켜 돌파하려고
한 것 같다. 그것을 손쉽게 엔터테인먼트의 이행이라고 할 수는 없다. 최근의 '재

일문학'이라 불리는 새로운 작가는 차치하더라도 재일조선인문학은 의외로 아버지의 그것을 제외하곤 폭력을 묘사하지 않았다. 섹스 장면도 이양지는 묘사했지만 대체로 그리지 않았다『화산도』에는 있지만 사실적이지 않다. 양석일은 폭력과 섹스를 과격하게 그린다. 폭력과 섹스를 마음껏 그리는 것은 엔터테인먼트의 세계에서는 기본이기에 그것이 양석일이 잘 팔리는 이유가 되진 못한다. 양석일의 폭력은 단순히 신체를 이용해 지식과 교양으로 무장한 소설을 지양해 독자에게 법열을 준다고 하는 것은 아닌 듯하다. 때로는 독자의 감흥을 이화시킨다. 섹스 묘사도 '나' 취향으로 욕망을 넘실거리게 해 엑스터시Ecstasy를 얻는다는 유형이 아니다.

양석일의 경우 폭력도 섹스도 그 묘사는 작가 내면의 조선 혹은 인간을 주박해 온 '커다란 이야기'에 반기를 들고 해체시키고자 직접 격투를 한다. 역설적으로 양석일은 조선에서 어디로도 이탈하지 않는다. 그의 소설은 완전히 조선인문학. 이 역설이 팔리는 걸까. 그렇다고 한다면 대단하다. 양석일이란 이름은 예전에 김시종을 중심으로 한 잡지 『진달래』 등에서 시를 쓰는 사람으로 알고 있었다. 1980년에 시집 『악몽의 저편에』가 나왔다. 소설은 그 이듬해 『문예전망』, 『동시대 비평』, 『사자』에 발표한 단편을 가필 재구성해 정리한 「광조곡」을 단행본으로 내면서 데뷔했다. 그 후 택시운전사와 관련된 것을 발표하지만 1980년대의 양석일은 나이는 들었어도 풋내기에 불과했다. 1989년에 본격 장편 「족보의 끝」을 내고 일약 세미파이널 링에 오른다. 그리고 1990년대 이후 양석일은 메인 이벤트로 뛰어들었고 그 활약은 눈부셨다.

여담이지만 내게는 스스로 만든 「〈재일문학〉 작가와 작품 리스트」라는 자료가 있다. 2003년 3월 15일 현재 고인·유명무명의 소설·시·평론·아동문학·단시형·논픽션을 포함해 131명의 이름과 약력, 작품의 출판사, 발표지, 연월일 등을 기재해 두었다. 지방에 살고 있어 정보나 자료의 입수가 불편하다고 투덜거린 탓에 충분하지는 않지만 전후 재일코리안 일본어문학을 가능한 한 수집한 것이다. 이 리스트의 양석일 항목에는 시집, 평론집을 포함해 23권의 단행본이 실려 있다. 1990년대는 거의 1년에 한 권씩이다. 2000년대에 들어 1년에 평균 두 권씩 대부분이 신작 장편인 걸 보면 대단한 파워다. 베스트 셋을 고른다면 「광조곡」, 「족보의 끝」, 「Z」는 애석하게도 제외되고 발표순으로 「밤의 강을 건너라」, 「밤을 걸고」, 「피와 뼈」이다. 1990년대 최초의 작품 「밤의 강을 건너라」는 신주쿠 가부키초를 무대로 어둠의 돈벌이 세계에서 일신을 걸고 살아가는 민족학교 출신 젊은이들의 분노와 슬픔을 호탕하게 웃어넘기며 그린다. 민족학교 출신이라는 운명공동체를 인연으로 하고 있다고는 하지만 그들은 폭력과 돈이 지배하는 냉혹하고 물질적인 세계를 살고 있기 때문에 이념도 이데올로기도^{결국 김일성주}^{의도, 주체사상도, 사회주의 조국도} 소용없다. 어두운 밑바닥 세계로 추방되어 상처받으면서 '재일'의 모순을 질주하는 '사상 전사'를 그리고 있다.

양석일은 이 소설로 '재일'을 둘러싼 기존의 관념과 체제를 해체시키려 하고 있지만 실제로는 썩어 문드러지고 있는 자본주의 일본의 구조를 전략적으로 공격하고 있다고 할 수 있다. 「밤을 걸고」는 영화로도 만들어졌는데 대체로 재일조선인에 의한 일본 제국과의 싸움을 그리고 있다. 구 제국군의 육군 조병창 터로부터 그 재산을 약탈한다는 것은 천황 군대와의 싸움이고 경찰대의 소탕작전과의 싸움은 국가 권력과의 항쟁이다. 재일조선인 투쟁사가 항상 그랬던 것처럼 그것은 생활 투쟁과 떼어 놓고 생각할 수 없는 정치 투쟁이다. 또한 소설은 오무라수용소 실태와 그곳에서의 저항 운동으로 전개된다. 결국 이 작품은 출입국관리국 반대 투쟁, 지문날인 거부 투쟁 등으로 양상을 바꿔 이어지고 있는 현대 '재일' 사회사 및 투쟁사의 전 역사를 묘사한 것이다.

현재 양석일의 최고작은 「피와 뼈」이다. 그것은 야마모토슈고로^{山本周五郎賞}상을 수상하고 나오키상^{直木賞} 후보가 되었기 때문만은 아니다. 지면 관계상 가장 중요한 작품 내용을 소개하지는 못하지만 이 장편은 뛰어난 인물을 창조함으로써 신화적인 세계와 비교할 수도 있는 허구의 시공을 만들어내고 있다. 신체라는 존재의 절대성에 의해 근대 지식의 틀을 압도하고 있다.

6. 김시종과 재일의 시인들

표제는 필자의 오리지널이 아니다. 지난 2003년 7월 2일 나고야에서 있었던 라이브 타이틀이다. 동명 CD발매 기념으로 이름을 내건 라이브 서브타이틀은 「시 낭독과 즉흥 연주」. 결국 시 낭독과 소리의 조인트이다. 연주는 4명의 젊은 일본인 밴드'소시에떼컨틀레터'이고 밴드명은 프랑스 인류학자 피에르 크라스트르의 서명에서 따왔고 일본어 타이틀은 '국가 에 항의하는 사회'이다. 시 낭독은 김시종 시인이었고 2003년 6월호에 발표된 「유리이카ᴱᵁᴿᴱᴷᴬ」라는 신작시부터 시작되었다.

장마에 짓이겨 보이는 것은
놓아둔 채로의 의자다.
나로부터 벗어난 나의 거처 같고
있는 것조차도 상실하고 만
풍화 한창의 뼈다귀 같기도 하다.
아마도 그것은 그곳에서 기다릴 수밖에 없는 무언가다
떠난 다음엔 결코 없어
거기서 물보라를 올려
누구 할 것 없이 소리가 분명치 않은 거다.
정말이지 빈틈없는 담장의 수풀 속에서

시 낭독 뒤 틈새로 선위밴드의 음악이 흐르고 김시종은 신작 5편에 「광주시편」, 「이카이노 시집」_{모두 집성시집『들판의 시』수록}, 「화석의 여름」_{해풍사}을 합쳐 16편을 읊었다. 시인은 나중에 "목이 아파"라고 했지만 대단한 성량과 독특한 리듬이었다. 연주는 몇 분이었는데 소리를 절제했다고는 하지만 시는 독보적이기에 충분했다. 요즘 일본에서도 시 낭독회가 많아졌지만 '재일' 시인의 낭독회는 드물다. 활성화 된다면 재미있고 재일의 시도 변할 것으로 생각한다. 라이브에는 젊은 시인을 포함해 80명 정도가 모였다. 덧붙여 라이브에는 필자가 관련하는 재일조선인 작가를 읽는 모임, NPO, 법인 삼천리 철도, 풍물그룹 놀이판이 협력했다.[6]

김시종의 후계자로서 낭독을 듣고 싶은 시인이 있다. 그 중에서 내가 주목하는 것은 1950년대 중반에 태어난 4명의 시인이다. 1955년생인 조남철, 1952년생인 최용원, 1954년생인 이용해, 1953년생인 김홍일이다. 4명이 친구 관계인지는 모르지만 내 나름대로는 '재일 세대 시인의 쿼르테트[4종주]'라고 부른다. 조남철은 1980년대 후반 「바람의 조선」과 「숲의 부락」으로 데뷔했다. 재일조선인 사회의 풍경, 생활과 역사, 시인 자신의 가치관과 개인사를 제재로 시 속에서 공동체를 확인하려고 한다. 그 공동체는 때로는 현실을 때로는 정신의 동반자로서 희구된다. 시법詩法에는 사유적인 것, 풍자로 가득한 것, 형이상학적인 것이 겹쳐져 내적인 민족이 표출된다. 1990년대로 들어서면서 부드러운 시풍으로 변화한 것 같다. 그것은 「따뜻한 물」에서 확인된다. 민족 혹은 통일을 향한 지향, 일본 고발과 같은 의지적인 모티브는 유지되지만 작은 것들 생명, 화초, 나무, 물, 바람, 땅과 같은 자연에 대한 시선에서 서정성을 볼 수 있다. 이른바 단가적 서정이 아닌 그것은 시대와 사회에 대한 비평성 = 삶에 대한 의지를 담고 있다. 독자는 조남철의 시로부터 윤동주의 그것을 쉽게 떠올릴 수 있다. 시적 비유 = 은유의 달성에 있다. 조남철은 책자 『낱알』에도 단시를 연재하고 최근 새로운 시집을 준비하고 있는 듯한데 그 작품들을 엮을 것으로 보인다.

최용원의 「새는 울었다」를 보면 일종의 친절함이라고 할 수 있는 부드러움이 있다. 그러나 시 정신은 사고적이기도 하다. 바다, 하늘, 새, 물고기, 벌레, 화초, 수목, 물, 토지의 시공에서 '사람'이라는 존재가 있고 자연과 생명의 융화가 이

---

6   이 행사와 관련해서는 scle@af7.mopera.ne.jp에 자세히 나와 있다.

시인의 시상이다. 시상을 지탱하고 있는 것은 생태학적 생명 공생관이라는 것이 확실하다. 산과 강, 땅을 노래하면서 거기에 민족의 사상을 가탁하는 것은 조선 시의 전통이기도 하지만 앞의 조남철을 포함해서 생태학 시점이 도입되기 시작한 것은 '재일' 시의 새로움일 것이다.

시집 「서울」의 이용해는 꿈틀거리는 감정과 심상, 인생관상, 자의식과 세계와의 관계 등을 표출하는데 두 가지 면의 시형을 갖고 있다. 다소 난해 하고 거친 관념어에 집착하는 의시형疑視型과 파롤에 가까운 회화체 말의 표출형이다. 시인은 「추상의 조국」을 향한 갈망과 배치라고 하는 성가신 내면 의식을 안고 있지만, 때로는 블랙 유머나 아이러니로 그것을 표현하고 있어 제재 면에서 특이하다. '재일' 고유의 부재 감각이나 존재의 부정립을 실존적으로 노래하고 관념의 은유와 파롤의 시어가 길항하는 것은 대단하다. 이용해는 『계간 민도』, 『신일본 문학』, 「우리 생활」, 『수림』 등에 시를 쓰고 소설도 발표했다.

김홍일은 낯선 이름일지도 모른다. 나도 그의 시집은 모른다^{나오지 않았을지도 모른다}. 그런데 왜 쿼르테트의 한 사람일까? 12년 전쯤 삿포로의 시인 에바라 고타江原光초가 출간한 『면』^{9호}이라는 동인지에 발표된 「작은 바람들이여」라는 장시를 읽고 그 명료함에 매료되었던 것을 잊을 수 없기 때문이다. 어린 딸에게 말하는 형식으로 '재일'을 노래하고 조국을 노래하고 통일에 대한 희망에 이른다. 시의 리듬이 뛰어나고 시가 갖는 친화력을 느끼게 한다. 그밖에도 같은 『면』에서 4편정도 읽었는데 그 후 거의 볼 기회가 없었다.

목하 활약 중인 시인들을 열거해 보면 관동대지진을 노래한 『붉은 달』^{학습연구사} 외에 『고베 드림』^{동방출판}, 『소생기―아직 보이지 않는 우리 아이에게』^{근대문예사}의 노진용, 『민족과 인간과 사람』^{신간사}, 『마음 소리』^{신간사}의 정장, 『하얀 고무신』, 『불의 냄새』의 김리자, 『우리말』^{자양사}의 전미혜, 『뮤의 기적』^{신간사}의 윤민철, 나카하라주야상中原中也賞을 수상한 송민호, 이경미 등이 있다. '쿼르테트'를 비롯한 이들 새로운 시인들의 다양한 시 활동은 툭하면 '재일'의 신세를 정서적으로 시어화 하든지 민족으로의 귀속의식을 교조적으로 노래하는 경향이 있던 '재일'의 시세계를 다시 채색하려 하고 있다.

7. 사기사와 메구무의 진화과정

1960년대 이후를 봐도 일본문학계에서 활약하는 '일본 이름' 재일 작가는 적지 않다. 생각나는 대로 적어보면 고 다치하라 마사아키, 이오 겐시, 기타 에이치, 미야모토 도쿠조, 마쓰모토 도미오, 후카사와 가이, 이주인 시즈카, 쓰카 고헤이, 오쓰루 기탄, 가네시로 가즈키 등이다. 그 중에서도 필자가 가장 주목하는 작가는 사기사와 메구무다.

1/4 코리안이라 자칭하는 사기사와 메구무가 본격적으로 '재일'을 그린 최초의 소설은 『신쵸』[1992.4]에 발표한 「진짜 여름」이다. 주인공은 밤새워 마작을 하거나 여자를 헌팅하거나 드라이브를 즐기거나 하는 평범한 대학생이다. 면허증에 기재된 본명인 한국어도 읽을 줄 모른다. 가정은 마이 홈 분위기를 갖춘 일본 사회의 평균적인 소시민 생활 패턴이며 부친의 한국말 사투리의 일본어 이외에 '재일'의 흔적은 남아있지 않다. 그런 환경에서도 때로는 가슴 속을 '찌리리 소리를 내며 빠져나가는 화살표'의 존재를 느낀다. 그런 주인공이 종종 다양한 조합의 교제와 일들을 경험하면서 다소간 '화살표'의 방향을 볼 수 있게 된다. 이른바 정치에 무관심한 '재일' 청년의 시원스런 모습이라 할 수 없는 통과의례를 그린 소설이다.

사기사와 메구무는 이 작품에서 같은 세대의 남자 주인공을 구실삼아 자신의 '재일'과의 스탠스를 허구화하고 있다고는 하지만, 정면으로 부딪치지 않고 노련하게 거리를 두며 배냇저고리가 찢어지지 않도록 주의하고 있다. 배냇저고리를 찢은 것은 1993년 6개월 정도 서울의 연세대 어학당에서 유학한 후였다. 어학연수 체험을 논픽션 형태로 쓴 것이 『개나리도 꽃, 사쿠라도 꽃』신간사이다. 3세대 이후의 재일 세대가 모국 유학을 하면서 먼저 부딪히게 되는 어려운 문제가 문화적 충격과 본국 사람과의 성격 차이에서 초래되는 위화감, '재일교포'에 대한 몰이해 혹은 멸시 당했을 때의 우울함이라는 것이다. 그러나 사기사와 메구무는 넘쳐흐르는 태연함으로 허들을 뛰어 넘는다. 원래 어학연수의 동기만 해도 1/4의 뿌리에 집착해서라기보다 한글의 고혹적인 매력에 빠졌기 때문인 것 같다. 서울에서 "너 교포야"라고 물어 오면 대답하기가 곤란하다. 우선 자신을 '그런 사람'이라는 카테고리 안에 얽매이게 하고 마음속에 새겨둘 수밖에 없다. 그러나 그걸로 끝나지 않는 것이 '모국' 체험이라고 하는 마법이다. '다른 사람과 다르니까'라는 의식의 주박, 자신을 '그런 사람'으로 자리매김할 수밖에 없는 불안함, 그러한 그녀 내면의 '찍소리도 못하는 정당함'에 대한 욕구가 끓어오른다. 욕구는 '통일'분단국가의 통일과는 다르다이라는 단어와 링크된다.

　여기까지의 경위에는 두 가지 키워드가 있다. 하나는 '타자와의 관계'다. 그녀는 고독무원孤独無援이 되지 못한다. 본국에 무모할 정도의 원기를 가지고 있는 칸사이인關西人 재일 3세대 여성들과의 절묘한 조화에서 볼 수 있듯이 왕성하게 타자와 교류한다. 다른 하나의 키워드는 '기억의 소생'이다. 성장 과정에서 집 어딘가에 묻혀있던 한국의 기억이 '모국' 체험에 의해 되살아난다. 그것이 할머니의 유머와 아버지의 '야무지지 못한 상냥함'으로 이야기된다. 두 가지 열쇠가 주인공 '메메' 안에서 네이티브한 것에 대한 친밀감을 느끼게 한다. 요즘 평판이 좋지 않은 '피'라든가 '국가'라든가 '민족'을 통과시키지 않는 코리안 체득법이다.

　「그대는 이 나라를 사랑하는가」는 「개나리도 꽃, 사쿠라도 꽃」이 소설화된 것이다. 이 소설의 제재는 전자와 비슷하여 소개를 생략하지만 이양지의 「유희」와 비교할 필요는 있다. 유희의 고뇌가 심각하고 모국 체험에 좌절하고 일본으로 돌아온 것에 비해 「그대는 이 나라를 사랑하는가」의 이아미李雅美의 '모국' 체험에 대한 고집에는 구원이 있다. '자기 변혁'의 과정이 있다. 다른 원인은 여러 가지 있다. 우선 1980년대와 1990년대의 시대 상황의 변화와 세대 차이 등 이양지와 사기사와 메구무는 조건의 차이가 있다. 더욱이 네이티브한 것의 회복과 귀속에의 집착이 유희^{이양지} 쪽이 현격하게 강했던 만큼 상처도 깊었다.

그러나 두 작가는 본질적으로도 차이가 컸던 것 같다. 표현적 감성이나 문학적 방침의 차이가 있다. 아마 문학적 평가로서는 이양지의 '순문학'적 무게를 평가하는 경향이 많은 것 같다. 덧붙여 말하자면 「그대는 이 나라를 사랑하는가」는 「유희」를 계승하면서 그것과는 다른 세계로 '자기 변혁'시키는 것이 소설적 전략이었다고 할 수 있다. 이 방법은 고독에 대한 풍성함^{주인공을 타자와의 관계에 내던진다} 심각함에 대한 발랄함이다.

사기사와 메구무의 최신 코리아 랜드로 옮겨보자. 2002년 10월 간행된 『내 이야기』다. 90년대 이후의 세 시기에 있었던 일을 소재로 쓴 세 가지 이야기를 재구성해 한 편으로 만든 것이다. '소생'을 둘러싼 순수한 사소설이다. 「내 이야기 1992」— 나 23살, 이혼, 집 찾기, 그 밖의 다사다난해 기억조차 불안해진 날들. 인생에 대한 불운 의식에 사로잡혀 "쳇, 또야"하고 혀를 차는 것이 버릇이 되었다. 여기에 날아 든 것이 어머니의 유방암 발병 소식이다. 염세적인 기분에 사로잡힌 채 어머니의 입원과 수술을 겪는다. '소생'의 징조는 잘려서 트레이 아래 '물체'가 되어 찌부러진 어머니의 유방과 대면했을 때부터다. 그리고 결정적인 것은 병원에서 돌아오는 길에 탔던 택시운전수의 "괜찮아요, 괜찮아"라고 하던 말이다. 본인도 대장암 수술을 받고 5년을 살았고 소변 봉투를 매일 배에 붙이고 운전수 노릇을 하고 있다는 그의 말이다. 그 말로부터 '내'가 받은 치유는 독자에게도 전해진다. 작품에 코리아 랜드는 묘사되고 있지 않지만 소설로서 가장 뛰어나다.

「내 이야기 1997」— 나 28세, 작가 생활이 한창인 '나'이지만 밤새기 도박으로 빈털터리가 되거나 기분은 요즘 식의 데카당스. 그런 '내'가 집안에 전래되는 '부침개'에서 조선을 줄곧 감추어왔던 할머니가 남긴 코리안을 발견한다는 이야

기다. 이 발견은 '건강함', '진지함'으로 돌아왔다고 하는 자기 확인으로 이어진다.「내 이야기 2002」— 나 33살, 어학 유학을 마치고 전술한 두 작품을 겪은 작가의 현재 코리아 랜드가 실록처럼 적혀있다. 무대는 가와사키의 청구사와 후레아이관ふれあい館이다. 같은 세대의 재일 여성과의 친화가 '나'를 활기차게 하지만 무엇보다 식자識字 학급의 할머니들과의 만남, 할머니들로부터 얻는 '인생을 꾸리는 힘'이 '나'를 격려한다. 소설로서의 허구화가 이루어지고 있지 않는 만큼 한국을 둘러싼 작가의 사고 스타일과 자세가 꾸밈없이 솔직하게 표현된다. 구체적으로 작품의 생생한 일면을 소개할 여유는 없지만 사기사와 메구무는 한국을 둘러싸고 착실하게 진화 과정을 걷고 있다.

8. 되살아나라, 이양지!

필자가 호칭으로서 '재일문학'과 '재일조선인문학'을 왜 나누어 사용하는지는 틈틈이 언급해 왔기에 설명을 생략한다. 이 시리즈를「신세대 재일 작가의 다양한 문학적 모색」이라고 한 것은 거론한 작가와 시대상황에 맞춘 것이다. 그러나 신세대 재일 작가의 현재를 말하기 위해서는 새로운 인물들뿐만 아니라 재일조선인문학의 '정통' 작가의 중후한 업적을 비켜갈 수는 없다.

김석범은『화산도』이후 2000년대에 들어서도 장편『바다 밑으로부터, 땅 밑으로부터』,『만월』, 중단편집『공허한 날』을 내고 소설 외에 신편『'재일'의 사상』, 김시종과의 대담집『왜 줄곧 써왔는가, 왜 침묵해 왔는가』를 출판했다. 그리고 이회성은 그의 최고 작품일 뿐만 아니라 일본어문학권에서 독보적인『백 년 동안의 나그네』를 완성한 뒤 장편『죽은 자와 산 자의 도시』신간사, 단편「팔월의 비석」『군상』, 1996.10,「서성거림」『신쵸』, 1997.1,「리스트」『군상』, 1997.1를 비롯해 평론집 대담집을 출판했다. 그리고『군상』2000년 1월호부터는 초대작「지상 생활자」가 연재되었다. 그런데 김석범과 이회성으로 대표하는 '재일조선인문학'의 정통은 이양지가 마지막이지 않을까. 이양지보다 늦게 소설로 데뷔해 대활약 중인 양석일도 있지만 세대적으로는 그녀로 '재일조선인문학'은 끝나고 '재일'문학으로 이동한 것으로 생각한다.

최근 좁은 범위의 내 주변 일이지만 재미있는 현상 하나가 있다. 1977년 발족한 이래 나고야에서 계속되고 있는 '재일조선인 작가를 읽는 모임'이 매월 1회의 독서회와 가끔씩의 이벤트를 병행해 300회를 넘겼다. 김사량, 김달수로 시작해 유미리, 가네시로 가즈키에 이르는 250권정도를 읽어 왔고 재일조선인문학의 변용을 자세히 살펴왔다. 이 모임에는 대학원에서 공부하는 한국 유학생이 참가하고 있다. 목적은 이양지에 관한 연구논문을 쓰기 위해서다. 왜 유미리나 현월이 아닌 이양지인가? 재일동포문학 중에서 이양지가 가장 흥미롭다는 것이 그녀의 대답했다.

어느 날 내가 시간강사로 나가는 한 여대의 학생이 소설을 쓰고 싶은데 조언을 해달라고 했다. 내 강의 과목은 문학 관계가 아니다. 나아가 내 조언을 믿고 따르면 점점 더 소설이 서툴러지거나 지금 현재 전혀 유행하지 않는 소설밖에 못써요. 어떤 소설을 쓰고 싶나요? 라고 하자, 학생은 요즘 이양지에 빠져 있는데 그런 종류의 소설을 쓰고 싶다고 했다. 또 한 가지는 재일코리안 2세로 태어나 자랐고 일본에서 대학을 졸업한 후 로스앤젤레스에서 살고 있는 사람으로부터 갑자기 전화가 걸려왔다. 한 50정도 된 것 같은데 이양지에 대해 쓰고 있는데 이런저런 자료를 부탁하는 것이었다. 내 주변의 작은 화제지만 이러한 현상은 대단히 강력하다. 이양지는 1992년 5월 22일에 죽었다. 재일조선인문학은 제3세대의 최고 기량의 작가를 잃었지만 그녀는 전체 10장으로 이루어진 장편 구상의 제1장에 해당하는 미발표「돌의 소리」의 원고 약 230매를 남겼다.

「돌의 소리」는 한국에 유학 중인 재일 청년 '나'[임수일]를 화자로 '나라', '재일', '집', '자아'를 둘러싸고 전개된다. 사고思考 실험 혹은 내적 실존탐구 이야기다. 따라서 관념성이 대단히 짙다. '나'는 「르상티망 X씨에게」라는 제목의 이야기 형태로 장편시를 쓰고 있다. 또 매일 일과로 새벽녘의 꿈과 잠에서 깰 때의 순간적 틈새기에서 감득하는 말그것은 '정의로움'라든가 '정신이라는 치밀한 유혹'이란 것을 '뿌리의 광망光芒'이라는 노트에 적고, 전날의 일지를 '아침의 나무', '점심의 나무'라는 제목의 노트에 적는다. 그것은 작중 '나'의 하루하루의 의식인데 존재의 근원성을 찾으려는 작가 자신의 실험과 같은 취지다. '나'에게는 애인 가나加奈가 있다. 민속무용을 공부하고 있는 가나는 바하를 도입한 '소리를 춤추는' 무용을 창작하고 싶다고 정열을 불태운다. 우리말모국어에도 매료된다. 애인 수일의 3개의 검은 사마귀는 민족의 시조 삼신단군＝환인, 환웅, 환검의 표시라고 생각하고 있다. '나'의 장편시 「르상티망 X씨에게」의 스토리에도 무속에서 읊어지는 토속신 '바리공주' 신화를 활용하고 있다. '바리공주' 이야기로 '재일'을 암유하고 있음은 확실하지만 이양지는 사고 실험의 취지가 강한 소설 속에 한국의 신화적, 민속학적 세계를 융합시키고 있어 흥미도 있다.

사실 소설의 현재 시점에서 '나'와 가나는 한국과 일본에 떨어져 살고 있다. 재회 때에는 「르상티망 X씨에게」와 창작무용을 서로 완성시키자는 것이 두 사람의 약속이다. '나' 임수일이 말을 추구하고 시를 쓴다. 가나가 무용을 창작하고 춤추며 한글을 연구한다. 이러한 작중 인물의 설정은 이양지의 두 세계소설에 의한 언어표현과 무용에 의한 신체표현를 나타내고 있다. 두 세계가 언어와 의식을 둘러싼 표현의 원초성을 통해 '내면'을 추구하고 있음이다. 한편 '나'의 성장 과정이나 인간관계의 일상도 묘사된다. 사고 실험과 리얼리즘 수법의 중층적 기법을 여러 겹으로 구축하려 한다. 그것은 「나비타령」, 「해녀」, 「오빠」와 같은 초기 작품의 이야기적 리얼리즘과 「Y의 초상」, 「각」, 「유희」와 같은 중기 작품의 내면 의식의 표백이 후자로 변하면서도 경합하고 있다고 할 수 있다. 「돌의 소리」는 이양지가 '재일'의 아이덴티티를 추구하는 여행을 거쳐 '민족'과 '나＝개인'을 가교하는 지점에 서 있음을 문학적으로 표현한 것이다.

「돌의 소리」는 대폭적인 추고가 예정되어 있었던 만큼 분명히 창작 노트를 연상케 하는 부분도 있다. 그러나 작가가 첫 장편 구상을 통하여 그때까지의 창작 활동을 집대성하고 새로운 지평에 도전하고자 했음을 잘 알 수 있다. 그런데 누군가 이 미완의 대작을 이을 작가가 나와야 하지 않을까. 그것은 이양지를 21세기에 되살려내기 위함이다. 이양지를 모티브로 한 인물이 등장하는 소설은 그녀의 사후 2편이 쓰여졌다. 김석범의 「노란 해, 하얀 달」_{집영사, 『땅의 그림자』에 수록}과 양석일의 「끝이 없는 시작」_{아사히신문사}이다. 전자는 진혼곡 후자는 분방한 질풍 같은 삶이다. 포착 지점은 대조적이지만 이양지의 현신과 혼은 견디지 못하고 이들 소설에 이끌려 반드시 돌아올 것이다. 되살아나라 이양지여!

노동자의 삶과 시각의 이중성

오노 데이지로

1. 손의 상처는 막노동판의 인생악보 정승박론

이번에 신간사에서 『정승박 저작집』^{전6권}이 간행되어 「벌거벗은 포로」의 작가 전모를 접할 수 있게 된 것은 뜻하지 않은 기쁨이다. 아와지 섬^{淡路島}의 아저씨가 20여 년 만에 불쑥 모습을 나타낸 것 같은 느낌이다. 우리 부모들 세대의 시대상이 소생해 온다. 언제나 서민의 눈높이의 일상적 에피소드 속에 인간의 어리석음, 슬픔, 즐거움이 묘사되어 독자를 감동시킨다. 일본 제국의 최고 말단 침략 첨병이었던 아버지와 숙부들의 뒷모습이 나타나는 것 같은 기분이다.

아와지 섬에서 온 메시지를 하나씩 읽어보도록 하자.

1) 「돈다 강^{富田川}」

이 작품은 43세가 된 정승박의 첫 작품으로 1965년 6월부터 34회에 걸쳐 월간지 『센류 아와지^{川柳阿波路}』에 연재되었다. 정승박은 아와지 섬의 중심인 스모토시^{洲本市}에서 겨우 생활의 여유를 가지고 인생의 희로애락을 5·7·5의 센류에 표현하기 시작한다. 어릴 적부터 시인으로서의 감성을 가지고 있던 정승박의 시도이다. 시원스러운 맛, 표일飄逸한 맛을 지닌 문체는 인생의 해학을 노래하는 센류川柳를 통해 자연스레 익혔다. 땀과 눈물과 피가 배어나는 인생의 감상을 어느새 단번에 쓸 수 있는 힘을 터득한 것이다. "내가 경험한 것밖에 못 써"라고 했던 정승박이다. 미어터질 듯한 가슴 속의 아슬아슬한 부분을 노래하기에는 5·7·5라는 센류川柳의 표현 틀이 너무 협소해 소설을 써보기로 했다는 것인가.

남들보다 두 배의 향학열에 불타면서도 초등학교조차 마음껏 다니지 못했던 정승박에게 쓰는 힘, 용기를 계시처럼 부여한 것은 분명 김삿갓金笠이었을 것이다.

어느 날, 그가 금강산 산기슭에 있는 작은 산촌에 들렀을 때의 일이다. 여기서 마을 사람들과 나누었던 회화가 삽입되어 있었다. 그를 둘러싼 마을의 농민들이 묻는다.

"너 같은 거지도 시를 쓸 줄 아는데, 우리들이 못 쓸리는 없겠지. 시라는 게 어떤 건지 가르쳐 줘."

"이 세상에 시가 없는 사람은 없소. 입 밖으로 내면 모두 시가 되는 거지"라고 김삿갓이 대답하자, 이번에는 주위를 두리번거리며 둘러보고 있던 사내 한 명이 말했다.

"그러면, 바위, 바위, 나무, 나무, 라고 해도 시가 되는 건가."

이를 들은 김삿갓은 감탄스러운 목소리로 말했다.

"아, 훌륭한 시다. 여기에는 바위와 나무밖에 없어. 금강산을 이 정도로 단적으로 표현한 시는 달리 없을 거야."

이 내용은 『정승박저작집』 제4권에 수록되어 있다. 김삿갓과 농민의 대화에서 시의 진실을 발견한다. 돌려 말하지 않고 솔직하게 최대한 허식을 걷어내고 노래하자 라는 격려를 거지 시인으로부터 받았음에 틀림이 없다. 정승박은 갈색으로 색이 바래버린 『김삿갓 시집』계명사판, 1953을 지금도 소중히 간직하고 있다. "1932년 8월 20일 저녁, 기세이선紀勢線 다나베역田辺駅에 한 명의 볼품 없는 소년이 내렸다." 소설 「돈다 강」은 이렇게 시작된다. '볼품없는 소년'은 처음에는 '보'

라고 불리는데 점차 '데양'으로 본명에 가깝게 불리다 다음에는 '정승박'이라고 확실히 기록되어 이 소설이 자전적 이야기라는 것을 확실히 해준다.

하지만 연보에 따르면 일본으로 건너간 것은 "1933년 8월^{9세} 와카야마현和歌山縣 다나베시의 숙부를 연고로 단신으로 일본으로 도항"으로 되어 있으니까 소설과는 1년의 시간적 차이가 있다. 정승박은 1923년 9월 9일 경상북도 안동군 와룡면 주하동 2구에 있는 농가의 장남으로 태어났다. 한반도가 일본 제국의 식민지가 된 후 철저하게 수탈당한 농민의 자식이다. 일본에서는 1922년의 시나노강信濃川 수력발전소 공사 현장에서 조선인 노동자가 학살되고 1923년에는 관동대지진으로 재일조선인 6천여 명이 학살되던 시대였다. 아무리 영리한 소년이라고 해도 10살도 채 안 된 소년이 일본어를 제대로 구사하지도 못하면서 홀홀단신으로 현해탄을 건너 오사카에서 기슈紀州로 향했다니, 정 소년은 어린 나이에도 대담무쌍했던 것 같다.

지도를 펼쳐 정 소년의 행적을 따라가 보자. 다나베 역에서 앗소역朝来驛, 돈다강가의 아유카와鮎川 마을로 소년을 태운 승합차가 나아간다. 봉투에 쓰인 수신자인 숙부 하세가와 기요시長谷川清를 의지한 일본행이었다. 승합차에 함께 탄 다마오키玉置의 남편이 우연히도 광산 숙소의 책임자였던 하세가와를 알고 있었다. "'보', 편지를 보여줘"라고 한다. '보'는 일본에 온 이후에 붙은 호칭이다. 정 소년은 여러 차례 우연한 만남을 호운好運으로 바꿔나가는 강한 운의 소유자다. 숙부가 운영하는 숙소는 아유카와 마을 밑의 시모쓰이 계곡下律井谷에 있다. 숲에 길을 조성하는 것이 그의 일이다. "보, 땔감 좀 주서 온나, 밥 지야지." 도착하자마자 숙소의 밥 짓기 당번으로 들어간다. 가난한 농민의 자식에게 있어 땔감을 줍는 일이나 목욕물을 데우는 일은 일도 아니다. 눈치 빠른 '보'인 만큼 훌륭한 노동력이 된다. 게다가 사교성도 좋다. 어딜 가도 귀여움을 받는 정 소년이다.

"아저씨 저 말이지예. 실지론 숙부님 있는데 오믄 학교에 보내줄 거라 생각해 왔거

든예! 조선에 있는 학교는 작고, 선생님도 두 명밖에 없거든예."

"그냐, 내는 또 부모님이 안 계신게 찾으러 온갑다 했다 아이가……."

"아이, 부모님은 계시지만서도, 모두들 일본 학교는 크고 멋지다고 허니까예, 집에 돈, 훔쳐 갖고 몰래 왔다 아입니까."

이렇게 정 소년은 취사 당번인 스나다^{砂田}에게 말해 버린다. 숙부는 일본에 돈을 벌러 온 것뿐인데 대성공을 거두어 풍요로운 생활을 누리고 있을 거라고 착각하고 있었다. 소년은 향학열로 부모의 눈을 피해 마치 이웃에 사는 친척 집에라도 가듯이 가벼운 마음으로 일본에 그것도 기슈^{紀州}의 산 속으로 들어온 것이다. 숙부는 '노가다 거지'인 자신의 전철을 밟게 하고 싶진 않다며 귀국하라고 했지만 숙소의 사내들은 도리어 '보'를 아유카와 학교에 보내줘야 한다고 권한다. 공사판의 우정인 것이다. 괄괄한 사내들 속에서 어른과 소년이 키워가는 우정 이야기는 인간적 신뢰로 가득 차 있어 에피소드 하나하나에 이내 울고 웃어 버린다.

예를 들면 야맹증에 걸린 오야마^{大山} 씨를 소년의 지혜로 어떻게든 치료해 주려 한다. 영양실조가 원인이라는 것을 '보'는 알고 있다. 민물고기를 잡고 덫으로 토끼를 잡는다. 조선의 산과 강에서 몸에 익힌 생활의 지혜다. 곤란해 하는 사람을 열심히 도우려는 이 같은 씩씩한 점이 '보'의 매력이다. 또한 정월 연휴에 갈보를 샀던 인부가 성병에 걸리는 에피소드가 있다. 그는 허벅지와 엉덩이 사이에 생긴 종기를 손수 절개하고 한겨울 하천에서 피투성이가 된다. 소년 '보'는 이 인부 또한 구해준다. 어른들과의 에피소드는 종종 유머가 감돈다. 다 같이 생포한 너구리가 30엔에 팔려 '보'의 통학용 자전거를 사는가 했는데 느닷없이 성병 치료비로 바뀌어 의사에게 지불된다. 이러한 묘사의 해학 정신은 훌륭하다고밖에 할 수 없다. 노동판 생활의 애환이 조선에서 온 소년의 눈을 통해 가벼운 필치로 생생하게 묘사된다.

하지만 그 시선은 소년의 것임과 동시에 자신의 원고 타이틀로 삼은 '손의 상처는 막노동판의 인생보_{정승박의 이 한 구절은 1973년, 문학비가 되어 스모토시에 있다}'를 충분히 조사해 온 사람이 키워온 것임은 말할 것도 없다. 정승박 문학에 강한 에너지는 이처럼 실제 체험을 바탕으로 하고 있다. '보'가 데양이 된 것은 동경해 마지않던 아유카와 보통소학교 3학년에 편입하여 흑판에 정갈하게 정승박이라고 썼던 일에서 비롯된다. 혼고本鄕 군의 작문에 '데양テーヤン'이라고 쓰여 '데이군てい君'은 데양이라는 이름으로 마을 아이들의 친구가 된다. 하세가와 그룹이 맡고 있던 돈다 강의 제방 보강공사는 허망하게도 여름의 폭우로 무너져내려 '데양'은 야반도주를 할 수밖에 없었다. 돈다 강이 만나는 상류의 벽지 구리스 강栗栖川을 향해서다.

마침내 기요히메淸姬 다방에 도착했을 때 동반 자살을 원했던 와다和田 씨는 타향 땅에서 씩씩하게 살아가고 있는 '데양'의 모습에 자살할 생각을 거둔다. "자살 같은 건 생각지 않아. 산도 강도 모두 우리 편이다"라는 것은 10살짜리가 몸에 익히고 있던 삶의 철학이다. 숙소는 2월이 되어 후타가와二川 마을로 옮긴다. 후타가와 보통소학교에서 '데양'은 서예로 군郡에서 3등상을 받는다. 후타가와 소학교가 개교한 이래 최고의 쾌거였다. 실제로 조선의 서당에서 훈련을 받았던 정승박은 서예 솜씨가 뛰어났다. 숙소 옆에 사는 아줌마와는 정월을 함께 보냈는데 봄을 앞두고 아줌마의 병간호도 하게 된다.

그런데 3월 말 토목 현장은 불시 검사를 당해 부실공사를 했다는 사실이 탄로난다. 또 다시 "예술에 가까운 야반도주"다. '데양'의 무리를 태운 트럭은 돈다 강 계곡을 빠져나와 기난紀南 국도를 타고 동쪽으로 향한다. 슈산켄周参見 마을에서 아침을 때우고 어촌을 빠져나와 다시 북을 향해 산과 산 사이를 빠져나간다. 그렇게 도착한 곳이 미토가와三尾川 마을이었다. 여기에서 중요한 인간관계가 형성되는데 숙소 어르신의 후실인 야스코安子 씨와의 교류다. 숙소의 노동자, 막노동꾼이라는 이유로 쌀 도둑이라는 혐의를 뒤집어쓴다든가 주인의 정실이 칼을 들고 미인인 야스코 씨를 쫓아온다든가 하는 일로 미토가와 마을의 숙소 생활도 바쁘다. 일본에 온 지 만 3년째 되던 여름 '데양'이 야스코 씨와 숙소에서 탈출할 계획을 하고 있는 부분에서 소설 「돈다 강」은 미완성으로 적혀 있다. '데양'은 향학열에 불타고 야스코 씨는 후실로 잡혀있는 몸으로부터의 탈출을 염원한다. 숙부를 의지하고 일본에 왔지만 숙부는 공사 실패로 도주하고 정승박 소년은 3년간을 기이紀伊의 산속에서 공사장 숙소의 부엌지기로 지내야만 했다. 동경하던 일본 소학교에는 3학년 1학기와 3학기를 다녔을 뿐이었다.

체험한 것밖에 쓸 수 없었던 정승박에게는 말하기 힘든 비밀이 가슴 깊숙이 쌓여있다. 그것은 미완성이라고 한 이상 이어서 계속 쓰겠다고 선언을 한 것과 마찬가지다. 일본으로 건너와 부락 해방운동의 지도자 구리스 시치로栗須七郎를 만나 서생이 될 때까지 4년간의 이야기 중 3년 동안의 내용은 쓸 수 있었다. 남은 1년간의 이야기는 야스코 씨 이야기와 함께 썼으면 하는 것이 아와지 섬에 사는 작가에게 보내는 나의 메시지였다. 일본의 주변부로부터 작가의 자각을 넘어 쇼와시대의 일본이 조명된다. 이것은 우리들이 만날 수 있었던 귀중한 민초들 민중들의 이야기라고 본다.

정승박이 소설 작가로서 주목을 받기 시작한 것은 1971년48살 11월 『농민문자』에 발표한 「벌거벗은 포로」부터다. 이듬해 1972년 농민문학상을 수상하고 7월 제67회 아쿠타가와상 후보에 올랐다.1973년 2월 「벌거벗은 포로」, 문예춘추 간행. 정승박은 그 후에도 아와지 섬을 떠나는 일이 없었다. 「벌거벗은 포로」에 관한 평은 많으므로 여기서는 생략한다.

2) 「솔잎 장수」

이 작품도 이번 『정승박저작집』에서 처음으로 읽는다. 일본 제국의 식민지배 현실을 15세 소년 순덕이의 시점에서 다루고 있는 작품이다. 『문예 아와지』라는 잡지에 10회 연재1983년 12월 제8호~1993년 6월 제18호 되었다고 하니 정승박이 60세부터 70세까지 10년에 걸쳐 이루어진 작업인 셈이다. 그런데 문체의 유려함은 감탄스럽다. 그러한 정승박의 활력은 그의 영원한 매력이다. 맑고 순수한 소년의 눈을 유지하고 있다.

순덕이는 「돈다 강」에 등장한 '보', '태양'과 쌍둥이 꼴의 자화상이긴 하지만 정승박 자신은 아니다. 앞서 언급했듯이 정승박이 일본에 건너간 것은 9살 때였는데 순덕이가 도항을 도모하는 것은 15세다. 자기를 끊임없이 투영하면서 식민지하의 시골의 한 단면을 묘사하고 고향 탈출이라는 모티브를 다시 심화시키는 형식으로 진행된다. 어릴 적 고향을 떠난 것은 작가에게 괴로운 앙금이 되어 가슴 속 깊이 남아있다. 유교를 중시하는 나라에서 태어난 농부의 큰아들임에도 불구하고 수많은 '집 안'의 수난과 고통은 결과적으로 동생에게 맡기고, 부모에게는 걱정만 끼친 채 임종 때도 못 뵈었다고 하는 자책의 심정이 있다.

시대 설정에 작의가 작용해 역사 그대로 묘사한 것은 아니다.

"일본에서 온 비료로 조선인은 쌀을 경작하지. 그리고 그 쌀은 세금 대신 거둬들여, 모두 일본으로 빼앗기고 말아. 실로 교묘한 일이 아닐 수 없어."

"일본은 옛날부터 연공미年貢米인가 뭔가를 구실로, 백성한테서 쌀을 거둬들이는데 익숙한 것 같아. 우리들에 대한 식민정책도 연공이 단지 세금으로 변한 것뿐이야."

"이전에는 이렇게까지는 아니었어. 그래 작년이었잖아. '만주국'이 건국됐다며 난리를 쳤던 게. 그때부터야. 요즈음은 완전히 엉망진창이야. 양복 입은 사람들이 마을로 올 때마다 진저리가 난다구."

최근에는 이 거지 떼도 문제시돼, 마을은 물론 시골길을 걷는 것도 위험해졌다. 신체 검사를 해서 건강한 자들을 추려내 토목 작업장이나 어딘가의 탄광으로 끌려간 사람도 있는 것 같다. 삭년 '만주'라는 나라가 생기고 나서 한층 조선인에 대한 속박이 심해졌다고, 선생님은 담담하게 설명한다.

위와 같은 기술로 미루어보면 '만주국' 건국선언은 1932년 3월 1일이므로 작품의 시간은 1933년 가을부터 1934년의 여름이 된다. 또한 "마을이라고 해도 찌그러든 초가만이 열 네댓 칸인 한촌이다. 원래 20년 전쯤에 한일합병 이후 각지로부터 흘러들어온 자들이 모여들면서 만들어졌다고 한다"는 설명에도 맞아떨어진다. '한일합병조약'을 강요하고 토지조사사업을 개시한 것은 1910년이었다.

하지만 양동이의 쇄모刷ミ에 하얀 옷을 입은 조선인을 쫓아가 먹을 처바른 '색복운동色服'[4]절이나 "우리들은 황국신민이다"[7]절며 황민화 정책이 격화될 무렵이면, '황국신민의 맹세' 강요는 1937년 10월이니까 1933년 가을부터 다음 해 여름이라는 시대 설정과는 모순이 생긴다. 시간의 흐름도 '5개월'[10]절로 되어 있는데 내 계산과는 오차가 있다. 소설 세계를 구축하는데 있어 흠이 될 정도는 아니지만 어쨌거나 환갑을 넘긴 후의 십 년간의 작업이다. 작가에게는 말하고 싶은 것이 너무 많아 착각이 있었는지도 모른다. 자민족의 비극을 이야기하는데 그렇게 냉정할 수는 없다. 아니 어쩌면 일본 제국의 침략·수탈·압제 하에서 민간草芥 백성이 수난당하는 현실을 작품화 하기 위해 의도적인 작의가 작용한 것인지도 모른다. 그렇다고 한다면 15세의 솔잎 파는 소년을 조형함으로써, 유랑을 강요당하고 걸식을 할 수밖에 없었던 유랑민의 수난의 역사1930년대를 작품에 응축했던 것이다. 순덕이가 조우하는 수많은 사건들 "살리는 것도 죽이는 것도 일본인이 결정하는 것"이라는 현실, 천황 국가에 대한 두려움의 한 단면을 보여준다. 정승박의 가슴 속에는 제국의 역사는 증오스럽지만 만났던 서민과는 국경을 넘어 진심 어린 교우가 가능하다는 인간 신뢰의 철학이 있다.

소설의 배경은 안동 읍인데 그곳은 인구 십만 정도의 지방 도시다. 이야기는 낙동강변에서 태백산맥의 산간 쪽으로 전개된다. 어려서부터 시인이었던 작가의 눈으로 보는 조선의 산하는 아름답다. 여기는 정승박의 고향. 조선 민중들은 일본 제국의 침략에 의해 토지를 빼앗기고 말과 문화를 빼앗겨 유민화 되고 걸식화 되어간다. 일찍이 김사량도 그렸던 토막민土幕民이나 화전민과 같은 생활을 강요당한다. 안동읍에서 30리 정도의 산속 마을에서 총성이 울려 퍼진다. 수렵이라고 생각했는데 '인간사냥'이었다. 막걸리 밀조나 담배 밀재배가 적발된 집의 가장을 잡아다 '만주'국 건설의 벽돌을 만들게 한다. 농민이 제사에 막걸리를 마시고 노동자가 반주로 막걸리를 마시는 것은 지극히 당연한 일이다. 또한 밭두렁에서 담배를 지어 손으로 만져 피우는 것은 우리들의 선조들도 해 온 일이다. 법에 따라 적발한다는 것은 정말이지 국가와 침략자가 자기 편의대로 정한 것이다. 한편 '만주'에서는 원주민을 쫓아내고 일본에서 가난한 백성들이 지상낙원을 꿈꾸며 개척지로 보내졌던 시대이다. 조선반도는 대륙 침략의 병참兵站 기지였다. 총칼을 들고 빼앗을 수 있는 것은 무엇이든 빼앗던 시대였다.

그런 시대 상황 속에서 정승박이 조형한 소년 승덕이는 솔잎을 긁어모으고 마른 나뭇가지를 묶어 지게에 짊어지고 장터로 나간다. 그것은 한 집안에서 귀중한 하루 생활비를 버는 수단이다. 때로는 소금에 절인 자반을 사고 가족의 변변찮은 밥상을 풍성하게 할 때도 있다. "부인, 이걸 사주세요. 매우 잘 탑니다"라며 때로는 일본인 마을에도 발을 들여놓는다. 조선어를 능숙하게 구사하는 일본 아주머니와는 자연스럽게 교류가 트인다. 「돈다 강」의 '태양'이 누구에게나 사랑받는 소년이었던 것과 닮아있다. 솔잎을 짊어지고 불을 지필 때 사용하는 대나무를 밟아 부수는 에피소드는 생활 문화의 차이를 생생히 보여준다. 어머니는 솔잎은 진득이 타야만 가치가 있다고 했는데 일본인은 성질 급하게 대나무를 써서 불을 지핀다. 이러한 소설의 맛은 가마에 불을 지펴본 사람이 아니고서는 쓸수가 없다.

"올해는 대추를 멋대로 팔아서는 안 돼. 군대에서 전부 사들인다. 대금을 주둔지 본부의 사무소에서 지불할 테니까, 모두 거기까지 옮겨야 한다. 빨리해"라며 산속 사람들의 행복을 공짜나 다름없이 몰수하는 일본 군대. 대추 생산지인 청량산에 사는 숙부는 일찍이 일본에서 돈벌이를 하던 중 관동대지진을 만나 얼굴에 잔혹한 상처를 입었는데 일본인 소방단의 손 갈고랑이에 의한 것이라 한다. "참는다. 참는 것이다. 우리들에게는 참는 것 외에 살아남을 길이 없어"라고 아버지의 체포 소식을 전하는 순덕이에게 말한다. 숙부의 상처는 민족적 '한'의 상징일 것이다. 여기 일본인 독자에게는 수치의 역사다. 일본인이 경영하는 목장에서 도망쳐 나온 소가 계곡 늪에 빠져, 장터의 선배인 개장수가 그것을 도살하고 순덕이도 같이 먹는 장면에서는 정말로 리얼리티가 있다. 「벌거벗은 포로」의 내용에도 소를 잡는 장면이 있었고 「돈다 강」에서는 토끼도 요리된다. 이러한 생생한 묘사는 정밀체험하지 않고는 쓸 수가 없다.

계곡 사이의 바위굴에 사는 약초를 캐는 나병 환자를 마을 사람들은 동굴에서 내쫓으려고 하지만 순덕은 그를 지키기 위해 지혜를 짜낸다. 이 부분은 야맹증의 오야마 씨나 성병에 걸렸던 인부를 도운 '데양'과 일맥상통한다. 노동을 강요하는 종주국 일본의 관헌인 순사의 행방불명 사건은 소설의 골계滑稽다. 서당의 권 선생과의 조우담은 사상운동으로서 한문 교육의 탄압 양상을 보여준다. 이 무렵이 되면 걸식하는 무리 중에서도 일본에 강제연행되는 사람들이 생겨나게 된다. 그리고 언문조선 문자 출판물 금지 일본어 상용시대로 들어선다. 순덕이도 일본어 학원의 선생이 된다. 살아있는 소나무의 껍질을 벗기는 것은 강姜의 조모다. 일본에 돈을 벌러 갔을 때 터널 공사의 낙반落盤 사고로 한쪽 다리를 잃은 강을 위해 노파는 소나무 껍질로 떡을 만든다. 순덕이도 배불리 얻어먹는다. 서당에서 일본어 연극을 할 때는 여흥 끝자락에 조선의 노래와 춤이 나온다. 이것이 반일 사상으로 간주되어 훈장이 체포되고 학원생인 순덕에게도 위험이 통지된다. 이런 산속에도 '밀고'라는 민족에 대한 배반 행위를 하는 친일파민족매국노가 있다. 탁주가 적발되었던 사건에도 그러한 무리가 있었던 것이다.

먹고 살기가 궁해진 마을사람 모두가 모여 '만주'로 간다고 하는 에피소드도 있다. 순덕이 눈에는 일본 아주머니의 뜨개질 솜씨가 자신의 어머니의 그것보다도 뛰어나 보이고 소인燒印이 찍힌 일본의 '전병'이 맛있다. 유감스럽게도 종주국의 문화를 동경하고 있다. 우리들이 소년 시절에 무서운 미군진주군의 지프를 향해 '헬로우, 기브 미 초콜렛'이라고 했던 것을 떠올린다. 순덕이는 결국 인부를 모집하는 오카노岡野의 감언이설에 속아 일본으로 건너간다. 가난에서 탈출하는 것이다. 일본의 와카야마에 사는 숙부 하세가와 기요시로부터 온 편지를 단서로 한다는 구성은 「돈다 강」과 마찬가지로 정승박의 현실과 허구가 뒤섞여 있다. 솔 잎은 귀중한 연료로 팔리고 소나무 껍질은 구워져 떡이 된다. 조선 소나무의 화력과 흙은 청자와 백자라는 도자기 문화를 만들어냈다. 도요토미 히데요시豊臣秀吉와 일본 제국의 헤아릴 수 없는 죄업을 상기시켜 가면서 전후 50년 세월이 지난 오늘날, 아와지 섬의 작가로부터 메시지 『정승박저작집』전6권이 간행된 것은 큰 의미가 있다. "내 책 같은 거 내고, 고씨[1] 회사 망하지는 않을까 몰라"라고 했던 정승박 씨의 말을 새삼 떠올린다.

2. 「서울의 위패」와 두 개의 시선 이오 겐시론

연근蓮根 마을 다케다竹田로 들어가기 위해서는 터널을 빠져나가야만 한다. 그 터널도 시멘트로 바른 것이 아니라 암석을 뚫고 나간 상태 그대로의 어두운 물방울이 떨어지는 길이다. 낮에도 박쥐가 사람 앞을 날아다니거나 오줌을 흘리곤 한다. 항상 이곳을 지날 땐 한 발자국이라도 빨리 빛이 있는 터널 밖으로 나가고자 서두르게 된다. 사방이 산으로 둘러싸이고 절이 많은 것은 다케다가 오래된 성곽 밑의 마을이기 때문이다. 인근의 농가도 경지耕地가 적어 가난했다. 현대의 소산이라고 봐야 할 산업은 아무것도 없고 젊은이들이 도회지로 빠져나가 거리는 한적하다. 동쪽 언덕에 있는 히로세広瀬 신사에 오르면 마을 전체의 칙칙한 지

---

1   [편자 주] 고씨라 함은 신간사(新幹社)의 고이삼(高二三) 사장을 일컫는다. 신간사를 운영하고 있는 고이삼 씨는 오래 전부터 재일한국인문학 관련 서적뿐만이 아닌 한국과 관련한 정치, 경제, 사회, 문화 등 여러 분야의 서적을 출간하고 있는 일본에서도 민족혼이 투철한 재일한국인 2세 이다.

붕이 한눈에 들어온다.

　해군 중령 히로세 다케오는 여순의 항구를 막기 위해 어두운 밤에 기선을 타고 떠났습니다. 적이 쏘아대는 대포알 속에서 용감하게 일을 해내고 되돌아가려고 했는데, 스기노 준사관이 없어져 세 번이나 배 안을 찾아다녔습니다. 결국 못 찾고 거룻배로 갈아타고 돌아가려 했을 때, 중령은 대포알을 맞고 훌륭히 전사했습니다.

대포알에 맞아 죽는 것이 왜 충의인지 잘 모르겠지만 어쨌든 『군신軍神』의 신神인 것이다. 경내에는 여러 충혼비가 있다. '황국'을 위해 죽은 영령英靈이다. 신들 아래쪽의 짧은 터널을 빠져나오면 산간에 옛 교육체재의 다케다 중학교현재는 다케다 고교가 있다. 가난한 양복쟁이의 아들 이오 겐시1926년생는 다케다 마을에서 자라고 고향의 엘리트 중학교에서 청춘을 보냈다. 중학교 4학년 때, 주저하지 않고 황군皇軍의 엘리트 코스 해군병학교에 들어가기 위해 시험을 치른다.
　그러나 해병에는 불합격했다. 오히려 그 일을 계기로 '엄마의 사생아'라는 호적상의 비밀을 알게 된다. 과묵하지만 솜씨가 뛰어난 양복쟁이 아버지는 반도 쓰마사부로阪東妻三郎와 닮아 잘 생겼다. 하지만 왠지 뒷모습이 쓸쓸하다. 소년이 품는 피에 대한 첫 회의다. 하지만 그는 양친을 심하게 힐문하지는 않는다. 오히려 천식을 앓고 있는 어머니를 감싸고 수입이 적은 아버지를 배려한다. 이렇게 참고 견디는 생활은 마음도 굳게 닫게 하는 법. 학교에서 우등생인 그는 남들로부터 손가락질을 받을만한 일은 극도로 경계한다.

　해군은, 일단 호적을 중시합니다. 자제분이 내년에 또 해군병학교에 지원하셔도 '사생아'라는 점에서 합격은 어려울 것 같습니다. 내막을 명확히 해 두시기 바랍니다.

알지 못하는 해군병학교의 한 문관 소좌로부터 편지가 도착한다. 해군에는 이러한 인재 확보 수단을 가지고 있는 소위가 있었다. '사생아'로서는 명예로운 황국 해군이 될 수 없다는 것이다. 병상의 어머니는 "아버지는 조선 사람"이라고 아무렇지도 않다는 듯이 말한다. 제국 일본의 식민지 '조선 사람'의 아들이라는 현실을 16세 소년은 태연이 받아들인다. 이 소설은 내면의 갈등을 고백하는 형태로는 진행되지 않는다. 소학교의 강 건너편에는 조선인이 경영하는 유곽이 있고 냇가의 넓적 한 돌 위에서 세탁물을 두들기고 있는 조선 복장 차림의 여성이 있다. 그 여성들에게 외설스런 농담을 던지고 즐거워하는 아이들이 있다. 싸움에서 상대를 욕되게 하는 최대의 무기가 '조센진'이라 내뱉는 것이다. 그러한 현실을 소년 이오 겐시도 알고 있었다. 소학생 때에는 김이라든가 양이라고 하는 조선식 성을 가진 아이들도 있었다. 하지만 이오 소년은 김이나 양의 세계에 들어가지 않았고 교류를 가지는 일도 없었다. "하지만 왜 그런지, 아버지가 조선인이라는 것 때문에 나를 멸시하는 동급생은 없었다"는 것은 훗날 작가의 회상이다. 이오 소년은 아직 차별 구조에 눈뜨지 못했다고 생각해야 하는 것일까. 황국의 군국주의 교육 속에서 끊임없이 입신출세를 꿈꾸고 있었던 것으로 독자인 나는 생각하게 된다.

이오 겐시의 제 1창작집 「서울의 위패」집영사, 1980는 모두 『스바루』에 게재되었던 단편 「바다 건너편의 피海の向うの血」1978.12, 「징표」1979.5, 「서울의 위패」1980.2를 그대로 한 권에 모은 것이다. 50세를 넘긴 작가가 '사생아', '조선인 아버지와 일본인 어머니' 사이에서 태어난 자신의 피를 응시하고 회상한다. 각각의 작품이 독립된 단편이므로 소재를 중시한다. 아버지와 어머니 둘 다 54세에 타계했다. 작가 또한 그 연령이 되었다. 그러나 박복했던 아버지와 어머니에게 드리는 너무도 늦은 만가挽歌는 일본 및 일본국을 생각한다는 커다란 주제에 부딪힌다. 역사 속의 자기검증 없이 작가는 앞으로 나아갈 수 없다. 이오 겐시가 에세이집 『원망—일본인이 잃어버린 것』와우사, 1993.11에서 「『반』 찬가半讚歌」로 반 일본인, 반 조선인의 '반'을 기리게 된 것은 자신 속에 있는 조선인의 '피'를 알게 된 '행운'과

연결된다. "나는 일본인 쪽에도 한국인조선인 쪽에도 붙지 않는 박쥐였다."「가이몬 산」1985.5는 박쥐의 관점을 획득함으로써 작가는 한 발자국 앞으로 나아갈 수 있었다고 본다.

「바다 건너편의 피」는 중학교 4학년 때 쳤던 해병시험 불합격을 계기로 호적상의 '사생아'라는 사실을 알았고, "아버지는, 조선 사람이야"라는 어머니의 고백을 듣고 아버지의 궤적을 추상追想한다. 심장성 천식병을 앓고 있는 어머니의 초상에도 가까이 다가간다. 자식의 해병 합격을 기원하기에 아버지는 호적이 결백하다는 것을 증명하자며 분명 버렸을 터인 고국으로 일시 귀향한다. 가난한 양복쟁이로서 병든 아내와 세 자식을 양육하고 있던 아버지가 어떻게 여비를 마련했을까. 물론 상상에 불과하지만 아들에 대한 책임을 다하기 위해 한국으로 넘어갔다. 1943년 6월, 45세 때였다 한다. "조선 쪽 사람들의 이력에 더러운 부분은 어디에도 없었다"며 아버지는 호적등본을 아들에게 건네준다. '광무 2년 7월 18일 강수남 출생', '메이지'가 아니라 '광무'인 것과 이오 히로시弘가 아니라 강수남인 것이 조선인 아버지를 증명하고 있다. 증명자는 '경성부윤京城府尹' 다카하시高橋 아무개다. 아버지의 노력도 허망하게 두 번째로 응시한 해병시험에서도 최종으로 불합격 처리됐다. "아버지의 생애에서 조선인인 것을 책망했던 가장 비굴했던 밤이었을 것"이라는 사실은 훗날의 회상이다. 또한 작가는 "17세라는 사리분별을 할 수 있는 연령이었음에도 자신만의 이기적인 슬픔 속에 있을 뿐이었다"라고 기술한다. '군신 히로세 중위'를 동경하고 있던 소년이 품고 있던 꿈의 붕괴이고 좌절이다.

이오 겐시는 결국 육군 예과사관학교에 합격한다. "자랑스럽게, 아버지는 기쁨에 들떠 있었을 것이다. 실은 그 기분은 모국에 대해서는 부끄러워해야 할 것이기도 했지만……"라는 것도 훗날의 회상이다. 그리고 예과사관학교에서 항공사관학교로 옮겨가고 패전을 맞는다. 아버지는 '강수남'이 되어 '외국인 등록증'을 휴대할 수밖에 없다. 1952년 봄, "당신, 조선에 계신 분께, 뭔가 남기고 싶은 말은……"이라는 어머니의 질문에 아무 반응도 보이지 못하고 간경변으로 타계한다.

아버지를 따라 「바다 건너편의 피」의 줄거리를 요약하면 대충 아래와 같다.

"아버지는 일본국에 대해 비굴했었다."

"아버지는 조선을 예속화하려 했던 일본의 정략에 빠져버린 한 사람일 것이다."

"어머니는 국적을 떠나 아버지라는 인간 그 자체를 소중히 했던 것 같다."

이렇게 작가는 역사 속의 한 명의 서민으로서 부모상을 냉철히 바라보려고 노력했다.

"한일합방 때, 만13세였던 아버지는 일본에 대해 어떠한 감정을 품고 있었던 것일까."

"이 유명한 만세 사건을 아버지는 어떠한 기분으로 받아들였을까. 더욱이 관동대지진 당시 '조선인 폭동'에 관한 기사를 신문 지상에서 봤을 때는 어떠했을까."

"결혼 후, 어머니는 조선인 아버지를 어떤 눈으로 보고 있었을까."

"아버지는 모국에서 일어나고 있는 사건들을 알고 있었을까. 그것은 일본국의 노예가 되어버리는 일이라고, 가슴 속 깊이 생각하고 있었을까."

"모국의 독립을 아버지는 기뻐했을까, 어떨까."

작가는 '아버지는', '어머니는'이라며 자신의 부모상을 일본의 침략 역사 속에서 상대화하려 한다. 그것은 '반 조선인', '반 일본인'인 자신을 향한 질문이기도 했다. "나는 불손하게도 부모님을 동정하려고 했던 것은 아닐까……?"라는 식이다.

나는 아버지가 항일사상을 가지고 있지 않았던 것을 책망할 생각은 없다. 아버지에게 있어 아내는 일본인이며 아이들은 일본의 피를 일부분 가지고 있었다. 아버지는 병든 아내와 일본국에서 성인으로 성장해 가는 아이들을 지켜야만 했다.

조선을 식민지화 했던 일본은 더 나아가 토지를 수탈하였다. (…중략…) 유랑하는

'화전민'이 될 수밖에 없었던 것은 일본의 수치로서. 현재에는 많은 일본인이 알고 있는 일이지만, 당시 아버지는 그러한 일에 대해 몰랐을 것이다.

위에 인용한 "일본의 수치로서 현재에는 많은 일본인이 알고 있는 일이지만"이라는 기술을 접했을 때 독자인 나는 고발당한다. 일본의 전후 역사교육은 "많은 일본인이 알고 있다"라고 말할 수 있도록 전개되지 않았기 때문이다. 작가의 억제抑制가 천황제 국가 국민에게 어떻게 울릴 것인가, 「원망」에 '일본인이 잊고 있는 것'이라는 부제가 달려 있는 의도가 있을 것이라 생각한다. 최근에 있었던 전후 보상을 요구하는 재판의 판결 하나를 예로 보더라도 일본의 '수치'인 역사는 청산되고 있지 않다. 일찍이 침략의 상징이었던 '히노마루日の丸'나 '기미가요君が代'가 아무런 속죄도 없이 '국기', '국가'로서 추인되고 있는 것이 작금의 일본이다.지나치게 해설적인 소설이라는 비평도 있지만 '반', '박쥐'라는 복안의 시점을 확립한 혼혈 작가에 의한 '고백', '고발'의 소설로 「바다 건너편의 피」 한 편을 읽었다.

「징鉦」은 아버지 측바다 건너편의 피 입장에 선 자신과 어머니 측일본인 측 입장에 선 자신을 검증하는 회상기 형태의 에세이라고 할 수 있는 소설이다. 징을 두드려가면서 행하는 초분 정령 흘려보내기初盆の精靈流し는 지금까지 이어져 내려오는 다케다 마을의 풍물시이다. 옛 체재의 5고五高에 복학한 이오 겐시는 폐질환에 걸려 각혈한다. 정령 집 배들은 빈부의 차를 증명하듯 크고 작은 형태로 제각각 어둠 속으로 사라진다. 자그마한 아버지의 정령은 동생이 강으로 흘려보내고 '나'는 자고 있다. "타인이 나의 피부 내면에 침투해 오는 것을 극도로 거부해 왔는데" 좌측 폐의 늑골 세 개를 절제한 뒤 시미즈 유코清水由有子라는 여성이 "내 내부로 침투"해 온다. 여성 쪽의 부모는 당연히 폐병을 앓는 한일 혼혈인과의 결혼을 반대한다. "아버지의 나라를 욕되게 해서는 안된다"는 결의는 그녀가 가출하는 결과를 낳는다.

아버지가 타계하고 4년째 되던 해 어머니는 누나와 유코의 병간호를 받으며 타계한다. 그 후 유코를 데리고 상경한 지 20년 그것이 작가의 현재다. "전후 나는 자신의 이력에 육사 경력을 감추어 왔다"고 한다.

나는 지금까지의 인생에서 어머니 나라 측에 섰던 가장 일본적이었던 행위가 하나 있다.

이렇게 말한 것은 훗날 「자결」이라는 소설을 형성하는 우에하라 주타로^{上原重太}郎를 향한 공명 내지 공감이다. 자신의 교육방침을 배반하지 않는 정직함에 대한 '공감' 내지 '공명'이었다. 이오 겐시는 자신의 내면에 '혼혈 의식'이 싹트기 시작한 것은 언제쯤이었을까를 반추한다. 일본인의 조선인 차별과 조선민족을 열등시하는 언사에 귀를 기울이는 '소동물'이 내면에 자리잡기 시작한 것은 패전 후 고등학교에 재입학한 뒤부터라고 한다. 황국 교육의 주박에서 해방되고 자신에 대한 재인식이 시작되었다고 해야 할 것이다.

"의심이나 교활함에 있어서는 조선 놈 못지 않습니다."
"집요한 점에 있어서는 조선 이상입니다."

이러한 일본인의 언사에 대해 몸속의 '소동물'이 예각적으로 귀를 기울인다. 하지만 폭발은 하지 않는다. "상대를 냉소하고 귀를 감춘다"는 것이 자신의 살아가는 모습이 되었다. 친구와 밤 벚꽃놀이 구경을 갔을 때 흰 치마저고리를 입은 한 무리가 징소리에 맞춰 춤추기 시작한다. "주변의 대부분이 일본인 벚꽃놀이 객들인데 그 조선인 무리의 징과 춤은 일본인의 개입을 차단하는 고집스러운 데가 있었다. 벚꽃놀이와는 인연이 먼 듯한 굳은 공기였다." 고막을 찌르는 징소리에 "석탄불을 지피기 위해 철제의 볼품 없는 다리미를 흔들고 있던 아버지의 모습이" 이중으로 겹쳐진다. 춤추는 무리에 끼지 않았을 터인 아버지, 그리고 자신. '박쥐'의 감각을 아버지와 함께 자각한다.

다음은 「서울의 위패」다. 작가는 이미 부모가 죽은 연령에 다가서 있다. 전쟁 전 식민지시대에 소식을 주고받던 아버지 나라 친척들에게 해야만 하는 일이 있다며 자신에 대한 책망을 느끼고 있다. 아버지가 양복 지을 때 쓰던 작업대 서랍 속에 살짝 넣어져 있던 서울 사람들의 사진과 호적등본. 일본으로부터 해방되었을 터인 조선이지만 미소의 대립 구도 속에서 한국전쟁1950.6.25~1953.7.27이라는 민족분단의 참극이 있었고 현재까지도 문제는 해결되지 않고 있다.

경성부 북미창동 89번지
이것은 총독부시대의 지명이다. 행방불명이 된 혈연들을 찾는 일은 친구의 연줄로 겨우 가능했다. 아버지의 하나뿐인 동생 강수복과 아들 강인주가 살아있다는 사실과 거주지를 알게 되었다. 아버지는 강, 에자키江崎:창씨개명, 마쓰다松田:일본에 건너올 때의 이름, 이오飯尾:부인의 성 처럼 네 개의 성을 가지고 있었다. 역사에 농락당한 생애다.

『춘엄자홍신사(春嚴慈弘信士)』 ─ 속명 이오 히로시(俗名飯尾弘)

위패는 아버지와 관계있는 사람들의 도움으로 유교식의 배례를 받는다. "와, 주었는가." "올라가세." 숙부 강수복의 일본어는 어머니의 나라가 강제한 것이다. "잘 와주었네." "자네들의 아버지와 병에 걸린 어머니와, 자네들 세 명의 자식들이, 어떻게 지내고 있는지, 줄곧 걱정하고 있었다네. 자네의 편지를 읽고 울었다네……." 아버지의 죽음을 보고하는 조카를 향한 위로, 옛 적국, 토지를 빼앗고, 이름을 빼앗고, 말을 빼앗고, 엄청난 고난을 강요해 온 어머니 나라의 '나'는 "동화 속의 소년"이 되어 있다. 쏘아보고 있는 것처럼 보였던 같은 민족 사람들의 눈빛이 부드러워진다. 통역을 맡은 김씨의 "모국을 깊이 느껴주시면 좋겠습니다." "피가 서로 부르고 있음을, 요 이틀간 강하게 느꼈습니다. 감동의 나날이었습니다'라는 말은 독자의 가슴을 강하게 감동시킨다.

형이 19세가 되던 해, 갑자기 집을 나갔을 때 유교 국가에서 가장으로서의 운명을 짊어진 숙부 강수복은 16세였다. 숙부는 자신의 인생노고에 대해서는 이야기하지 않는다. "해병은 역시 불합격이었구나." "자네, 육사에서 성적이 좋았다고 하더군"이라며 조카를 격려한다. 이 80세 노인의 깊은 회한은 독자들까지도 구제한다. 하지만 응석을 부려서는 안된다. "아버지 친구는 있었는가"라는 질문에 "고토後藤라는 아저씨와 다카하시高橋라는 아저씨"의 얘기를 한다. '일본인인가'라는 이 한 구절은 독자의 가슴을 찌른다. "좋은 사람도 있는 것 같은데, 옛날 일본인은 대체로 한심했지." 옛날 일본인은 한심했다. 그럼 지금의 일본인은 어떠한가. 아버지는 왜 가출을 했는가 라는 질문에는 금방 답이 나오지 않았다. 그러나 호적을 확인하기 위해 딱 한 번 귀국했을 때의 아버지의 행동이나 평생 만날 일도 없었던 어머니가, 전쟁 때 자신은 찢어지게 가난하면서도 아버지의 나라 사람들에게 쌀이나 카스테라, 애들용의 낡은 가방을 보냈던 것을 알기에 마음속의 공백이 메워지는 듯한 기분이 든다. 숙모와 많은 사촌들도 언어의 벽을 넘어 받아주었다. "반드시 한 번 더 돌아오겠습니다"라는 말이 자연스럽게 나왔던 것이다. 작가는 '어머니의 나라'로 '아버지'를 데리고 돌아간다.

이상에서 「바다 건너편의 피」, 「징」, 「서울의 위패」 세 편의 내용을 살펴보았다. 1992년 3월 21일 NHK 특집 「에세이 드라마, 이별」은 이 소설을 드라마로 제작한 것이었다. 그날 밤 "고맙습니다"라며 통역을 했던 김씨를 연기한 오륜병吳崙柄 씨에게 전화를 했었던 것 같다. 오씨는 재일코리안으로서 연극인은 아니다. 일반적인 평범한 생활을 하는 사람이다. 그런 그가 국가의 벽 민족적 차이를 뛰어넘어 훌륭히 역할을 해냈다. 아니 작가를 격려하고 있다. 바로 그러한 점에 감동해 나로서는 감사의 말씀을 전하고 싶었던 것이다. 에세이 드라마라는 타이틀을 누가 붙였는지는 모른다. 하지만 이오 겐시의 소설은 그 자체로서 에세이에 가깝다. 쓰는 자신을 역사 속의 지금에 두고, 아버지는, 어머니는, 자신은, 하고 끊임없이 자문해 간다. 그리고 독자는 스스로 일본국의 자신을 자문한다. 나는 비평을 거부하는 강한 무언가가 있다는 생각에 가슴이 저민다.

아버지가 조선의 피를 감춘 것은 왜일까 라는 질문은 잘도 참고 견디었던 아버지상에 도달하게 된다. 민족 차별은 오늘날 현재까지도 이어지고 있다. 작가가 작품 속에서 풀어낸 사건은 지금도 빈발하고 있다. 일본국은 '천황'의 이름으로 범한 대죄의 속죄를 지금도 하고 있지 않다. 이오 겐시는 전후 자신의 이력 속에서 육사를 다녔던 경험을 감추어 왔다고 한다. 그것은 어머니의 나라 쪽에 섰던 '수치'의 감각에 따른 것이다.

하지만 나는 학교에 입교 후 육사에 실망해 버렸다. 적성어敵性語라며 영어를 금지하고 있을 뿐 아니라, 주번사관이 일요일 외출 때, 여자를 장발의 도적으로 훈시하는 유치한 언사에도 반발을 느꼈다.

첫 실망이고 반발이었지만 아버지 나라의 피에 눈떠감으로써 황국을 위해 죽는다 천황을 위해 죽는다고 하는 것은 '개죽음'이지 않았나 라는 자기검증을 할 수밖에 없게 된다. 게다가 중학교 시절에는 향토애, 애국심에 젖어 황국 소년이 되어있었던 탓에 민족 차별의 현실도 아버지 나라의 사람들을 능욕해 왔다는 사실도 인식하지 못했다. 부모의 생애를 되짚어 봄으로써 자신을 본다. 거기에서 생겨난 것이 연작집 「서울의 위패」다. 부모에게 바치는 만가는 자기 내면에 있는 황국 사상에 고하는 결별이다. "참는데 있어 위대했던 아버지의 모습을, 가슴 속에 품고 있는 행복"은 작가가 처음 한국을 찾음으로서 한층 그 감회를 심화시켰다고 생각한다. 일본국의 식민지 지배를 견디고 유교 국가의 가장이 해야 하는 책임을 다하고 '6·25동란'도 버텨낸 숙부 강수복의 품에 안긴 것이었다. 그것은 '동화 속의 소년'과 같은 기쁨이었다.

"아버지 나라의 말을 배워라."

마담은 나에게 엄하다. 나는 어느 쪽에도 붙지 못하는 박쥐라고 한다. 하지만, 일찍이 대담을 했던 오오카 쇼헤이大岡昇平 씨는 "당신은 혼혈아라서 사물을 객관적으로 판단할 수 있어 좋군요"라고 말했다.

중국에서 박쥐는 행복의 상징으로 취급되고 있다. 다국적 혼혈아가 지구상에 가득차게 되면 서로 죽이는 것을 주저하게 되고, 조금이나마 전쟁의 비참함이 옅어지는 게 아닐까 하고 몽상하는 일, 그것이야말로 꿈같은 이야기다.

박쥐의 눈은 어둠 속에서 희망을 구하고 있다. 그 눈빛은 엄하고 차갑고 고독하여 슬픔조차 띄고 있다.

「원망」

인용한 에세이 속의 작가의 말이 언제 적 일인지는 확실치 않다. 하지만 아버지의 나라 어머니의 나라를 인식하고 박쥐·복안의 관점을 가지고 스스로 자신에게 부과한 쓰는 작업을 진행해 가게 된다. 「서울의 위패」에서 배태된 그 후의 작품으로는 「애꾸눈 사람」『문학계』, 1981.10, 「자결」『스바루』, 1982.6, 「가이몬 산開聞岳」『스바루』, 1985.5, 「사무하라撑抬撑抱, さむはら」『스바루』, 1993.11 등이 있다. 그 중에서도 조선반도 출신인 특공대원의 굴절된 정신의 궤적에 실증적으로 파고든 「가이몬 산」은 작가가 전력을 경주했던 회심작이다. 천황을 위해 죽는다는 것은 개죽음이지 않은가 라는 주제를 정면으로 다루었다. 그것은 작가 자신에게 있어 '황국사관'과의 대결이기도 했다. 최정근崔貞根:高山昇, 김상필金尚弼:結成尚弼, 탁경현卓庚鉉:光山光博, 박동훈朴東薰:大河正明 등의 18세부터 24세까지 가이몬 산 저편에서 죽어간 병사들의 심정에 가까이 다가서는 자세는 아버지 강수남의 초상을 형성하는 과정과 닮아있다. 작가는 감상적으로 만가를 부르지 않는다.

「서울의 위패」에 썼던 우에하라 주타로는 「자결」에서 24세 청년의 죽음에 관한 진실을 다루었다. 그리고 작가는 「가이몬 산」에서 아버지 나라가 낳은 청년들의 죽음에 빛을 비추는 것을 목표로 했다.

조부 메이지 천황의 이름으로 통치해 버렸던 이웃 국가 사람들의 고통에 관해, 연이은 사건에 대해 쇼와 천황이 얼마나 깊게 헤아리려 했는지, 그러한 심정의 기록을 나는 본 적이 없다.

「가이몬 산」

작가는 조선인 출신의 젊은 병사, '심복'의 '심정의 기록'을 함으로써 "일본에 가장 비겁한 사내가 있다"^{「징」}는 그 '비겁한 사내'와 정신적인 면에서 대치했던 것이라고 할 수 있다. "특공을 명하는 일이 외도일 뿐만 아니라 일본 제국 그 자체가 외도정신의 소유국이었던 것입니다"^{「가이몬 산」}라고 분명히 말할 정도로 작은 동물을 키우고 있던 겁쟁이 남자는 의연해졌다. "사실의 기록과 함께 그것과 관련해 등장하는 각 인물의 묘사에 책임을 져야만 한다"^{「군함과 사람」의 작가 후기}라는 작가 정신의 소유자는 정성껏 실증적 수법을 취한다. "모든 이야기를 받아들여 그것들을 분석함으로써 진실된 한 사람의 모습이 떠오른다." "감정이입을 배제한다." "무인武人은 거짓말을 부끄러워하는 자다"라는 것은 「자결」에서 발췌한 문장인데 여기에도 이오 겐시의 작가적 자세를 엿볼 수 있다.

「서울의 위패」부터 「원망」까지 읽어나가며 여기에도 무거운 주제를 짊어진 한 사람의 작가가 있다, 우리들 일본 국민들은 끊임없이 고발당하고 있다, 외도의 정신은 불식되고 있지 않다고 하는 생각이 든다.

고립된 언어와 죽음

하야시 고지

1. 조선은 환영인가 양석일

소설가 양석일은 일본 사회의 이면을 늘 섬세하게 보고 있다. 장식으로 치장된 현대 일본의 겉치레를 한 장 한 장 찢어버리듯이 그리고 있다. 「광조곡」이나 「택시 운전기사 일지」에서 양석일은 우리 일본인에게 너네 나라는 이렇게도 추접스럽다며, 보란 듯이 표현해냈다.

최근 발표한 장편 「족보의 끝」은 한층 더 한일의 정치구조 속에 놓인 재일한국인 사회와 일본인 사회의 복잡한 관계를 조감했는데 마찬가지로 저변에서 충감도虫瞰図로 얽어낸다. 주인공 고태인은 일찍이 좌익조직의 일원으로 한국전쟁의 반대투쟁에 참가한 경력을 갖고 있는데 현재는 인쇄업을 경영하는 실업가다. 그러나 조급한 사업 확대로 실패하고 변태인 은행원이나 정치가, 금융 브로커 등, 이를테면 일본 사회를 이면에서 움직인다고 할 수 있는 사람들과 깊이 교제하면서 이러지도 저러지도 못하게 된다는 이야기다. 일찍이 좌익 동료들도 대부분이 전향하여 개중에는 대금업자나 깡패가 된 자도 있다. 다만 한 사람 전향하지 않은 최민생은 한국의 지하조직에 다가가 박정희 대통령 암살을 위해 운동하는데 그 일 때문에 처참한 고문을 받고 죽게 된다. 이렇게 설명한다고 해서 하드 보일드처럼 받아들이게 되면 더는 할 말이 없다. 양석일에게는 정말 절실한 현실적인 스토리 전개이다. 왜냐하면 일본인은 최근 겨우 평온 무사한 공동 환상으로부터 탈피하려는 시점인 것 같은데 일본의 조선 침략이라는 역력하다고 일부러 써야만 하는 일본인의 현실에는 화가 난다한 사실史實의 부산물이라고도 할 수 있는 '재일조선인'에게는 처음부터 평온 무사라는 것이 없었기 때문이다.

양석일은 「족보의 끝」의 후기에 이렇게 적고 있다.

일본의 근대화와 전근대적인 조선의 부산물인 재일조선인은 전후 새로운 세계 전략에 따른 조국의 분단으로 한층 의식의 양극화가 진행되고 있다. 재일조선인은 이러한 의식의 다중성을 살고 있는 존재이다. 일본적 상황의 가장 깊은 모순의 제일 끝단부에 위치하고 있다. 따라서 가장 깊은 모순을 철저하게 사는 것, 그것만이 자신을 해방시킬 수 있는 존재이다.

이처럼 양석일은 일본적 상황의 가장 깊은 모순의 끝단부에 재일조선인이 있다고 단언한다. 이 소설은 한 명의 재일조선인을 쫓음으로서 그러한 일본의 번영을 장식하는 부패한 현실을 그려낸다. 무일푼에서 사업을 일으키고 정치가 금융업자를 비롯한 다양한 유력자들과 거래를 통해 꿋꿋이 살아가려는 주인공의 활력을 양석일은 재일의 활력이라고 부르는 것일까. 폭력의 화신과도 같은 아버지와의 불화는 정말이지 고도성장기인 일본의 저변에서 서로 때려죽이는 것 바로 그것이었다. 양석일은 참으로 일본적 번영과 겉치레의 밑바닥에서 그것들을 받들고 있는 오물이자 고름의 부분에서 등장했다. 따라서 드라마는 자기 경험을 통해 육화된 감수성에 의해 전개된다. 그 경험은 재일조선인이라는 것을 항상 원점으로 삼는다. 허구라고 말할 수 없는 허구, 일본적 번영의 현실을 그 주변의 암흑 속에서 조용히 받들고, 뒤흔들려고 꿈틀거리는 것, 그것이 바로 재일조선인이다.

　양석일에게 조선이란 무엇인가. 즉 재일조선인에게 '조국'이란 무엇인가. 양석일은 명확하게 대답한다. "나에게 조선이란 거대한 환영이고 우리들 내적 조선으로 몰아대는 회귀란 이러한 환영의 산물, 바로 그것이다"라고. 환영이라는 것이다. 환영으로서의 조국＝조선, 그리고 현실의 생활 현장＝일본. 이 재일조선인의 사고에서 한일 관계라고도 할 수 있는 구도를 양석일은 너무나 명확하게 해버렸다. 환영을 배제하고 현실적인 자신의 입각점을 응시할 것을 주장한다. 양석일은 「족보의 끝」을 통해 자신의 입장을 도려내려 했다. 그것은 대체로 성공적이었다. 양석일은 이 작품을 통해 환영의 산물에 대한 귀속의식에 따른 일종의 안정감 확보를 포기하고 말았다. 그러나 역사적 산물인 '재일조선인'으로서 현실의 조선과 어떻게 관계되는지 지금으로서는 분명하지 않다. 작품에서 활동가 최민생의 죽음이 주인공의 처참한 생활의 배경으로 묘사되었다는 점에 양석일의 사상적 현재가 반영되어 있다. 재일조선인이 아무리 제도적, 정신적으로 일본 사회로부터 배척당한다 하더라도, 조선인임을 자기 확인하고 아이덴티티를 확보한다는 안이한 태도를 취한다면 그것은 양석일로부터 비판받게 될 것이다. 값싼 민족주의를 자기 것으로 삼고 조국의 남한 땅으로 들어가 문화적 충격을 받고 좌절할 뿐이다.

　이양지의 「나비타령」 이래 일련의 소설, 특히 아쿠타가와상 수상작인 「유희」에 의해 전형화되고 있는 것처럼 일본 사회에서 아이덴티티를 찾지 못하는 번민을 조선인한국이라는 자기 확인에 의해 성취하고자 '조국'으로 향한다 해도 현실의 벽은 너무도 높다. 결국은 비한국인인 자신을 발견하는 정도로 끝나고 만다. 일본 사회의 여러 가지 칠칙칠적한 부분, 사회적 모순과의 투쟁을 포기하고 정신적 차원에서 갑자기 조국인 한국 조선을 꿈꾸어도 추구될 리 만무하다. 양석일의 작품이 우수한 점은 그러한 점에 있다. 그가 첫 번째로 문제 삼는 것은 그 자신을 둘러싼 현실이며 그곳에서의 생활이다.

그러나 재일조선인의 존재라는 역사적 현실을 한일 관계의 정치적 틀 속에서 파악하는 것은 결코 무의미한 것이 아니다. 평소에 자신의 뿌리를 되살리려 작업하는 것이 생활 현장에서의 투쟁을 확고하게 만들어간다고 하는 명제 그것은 진실이다. 양석일 문학의 약점은 「족보의 끝」의 주인공 고태인을 통해 알 수 있듯이 돈, 술, 여자에 빠져가는 윤리성 결여에서 찾을 수도 있다. 물론 그 표현은 작가의 뿌리에 해당하는 일본의 암흑부를 드러내기 위해 필요했다. 그러나 그것은 결코 사회적이고 역사적인 존재로서의 자기 확인의 결여에서 오는 공백감을 메울 수 있는 게 아니다. 따라서 저변에서 꿈틀거리고 있는 재일조선인상을 비추어내는 문학의 사상성에 유동적인 것을 느끼게 할 수밖에 없다. 재일한국인상에 '조선'이나 '조국'이라는 사상을 덮어씌우는 일을 거부하는 것에 대한 곤란함이다. 같은 재일조선인 작가로 이회성이 '민족주의'를 기치로 선명하게 정치적 방향성을 제시한다고 할 때 양석일은 상대적으로 다소 사상성에서 약함을 보인다. 하지만 양석일의 문학적 방법은 매력적이기에 충분하다.

　양석일은 조선을 사상이라 부르지 않고 환영幻影이라 불렀다. 거기에는 특별한 뜻이 있다. 이미 양석일에게 조선은 회귀해야만 할 장소가 아니다. 그렇다면 사상은 불필요한가? 그렇지 않다. 환영으로서의 조선을 끝까지 지켜보기 위해서라도 그것은 필요불가결하다. 그것이 '조선' 그 자체가 아닌 이상 '재일의 사상'이 될 것인지, '일본의 사상'과 '국제의 사상' 또는 '계급의 사상'이 될 것인지, 아니면 상상할 필요도 없는 것인지 그것은 알 수 없다. 근원부터 자세히 관찰한 생활에 사상이라는 조감도를 씌우려고 하는 시도는 재일조선인 사회의 다양화와 일본의 국제화 현실 속에서 새로운 문학적 가능성을 숨기고 있다. 지금 재일조선인 작가 양석일은 민족을 초월한 것을 희구하고 있다.

2. 고립된 언어와 죽음 김학영

1) 출세작 「얼어붙은 입」

재일조선인 사회는 1세대 모습이 사라지고 일본에서 태어난 2세, 3세대가 주류를 이루는 큰 변화 속에서 민족의식의 옅어짐과 일본화라는 현실을 맞고 있다. 이 젊은 계층의 신세대 조류는 먼저 김학영과 같은 번민으로부터 생겨났다고도 할 수 있다. 예를 들어 젊은 세대인 작가 이양지의 작품 「유희」는 모어가 아닌 조국어에 농락당하는 인간의 정신 상태를 둘러싸고 전개된다. 젊은 여성은 살아가는 장소에 따라 흔들리며 아이덴티티의 확립이 곤란함을 보여준다. 이양지가 재일조선인이라는 사실^{국적은 일본} 때문만도 아니지만 그것은 김학영을 떠올리게 하는 것이기도 했다. 인간의 커뮤니케이션 수단인 말이 조건에 따라 저지당하기도 한다는 전제가 김학영의 출세작 「얼어붙은 입」^{문예상 수상작}과 「유희」의 공통점이다.

그리고 말더듬이의 고립을 통해 인간 고독의 보편성을 언급했다는 점에서 「얼어붙은 입」과 「유희」는 다를지도 모른다. 이양지는 한국 유학 중인 '유희'에게 학생운동으로 격심하게 흔들리는 한국과는 일견 관계없는 중산층 계급의 풍요로운 가정을 주었고, 더욱이 일본에 '귀국'한다는 줄거리를 통해 이중으로 도망칠 장소를 만들었지만^{여기에서 이양지와 「유희」에 관한 비판은 전개하지 않는다} 김학영은 스스로의 삶에서 도망칠 곳이 없는 정신을 만들었다. 「얼어붙은 입」에 다음과 같은 구절이 있다.

> 사람과 사람의 관계에 매개역할을 하는 것은 말이다. 사람과 만날 때마다 나누는 것은 말이며, 그리고 그것이 전부다. 사람과 사람의 의사는 말에 의해서만 교환할 수 있는데, 생각한 것을 그대로 전달할 수 없다는 것, 그것보다 불편한 것이 어디 있을까. 아니, 그 지경이 되면 이미 불편한 정도가 아니다. 그것은 이미 하나의 슬픔, 말더듬이에

게는 거의 전체에 해당하는 커다란 슬픔인 것이다. 자신의 의사를 있는 그대로 타인에게 전달하지 못하는 것, 그러니까 자기 자신을 남들이 진실 그대로 받아들일 수 없다는 것, 그것은 결국 자신과 타인 사이에 항상 도랑이 가로놓여 있음을 뜻한다. 그것이 슬픔이 아니고 무엇이겠는가. 고통이 아니고 무엇인가. 더구나 그 원인의 하찮음이 한층 나를 참기 힘들게 한다.

김학영이 그리고자 했던 소재를 이양지는 한일의 모습과 입장을 역전시켜 보여주었다고도 할 수 있다. 사람과 사람 사이에 "도랑이 가로놓여" 있다는 슬픔은 자신이 살고 있는 사회_{혹은 공동체}에 융화되지 못하는 괴로움에서 나온다. 재일조선인인 유희가 유학을 간 조국에서 받은 소외감과 고립감, 공기 그 자체로부터 받는 압박감, 네이티브하게 받아들일 수 없는 모국어와의 갈등 장면은 「얼어붙은 입」의 주인공의 정신적인 일상을 그린 문학적 표현과 동일하다. 「얼어붙은 입」은 말더듬이 재일조선인 청년과 그가 도저히 진입할 수 없는 일반 사회와의 도랑을 그리고 있다. 그것은 일본에서의 불우성_{혹은 비공생성}이라는 지점에서 인간 존재의 원초적인 고립이라는 과제에 이른다는 점에서 기본적으로는 유희가 일본이라는 공동체로 귀국하는 「유희」와는 완만한 능선으로 가로막혀 있다. 그렇지만 재일 2세대 조선인 작가 이양지와 김학영의 문학적 모티브의 유사성과 이질성은 대단히 흥미로운 지점이다.

김학영은 줄곧 사회와의 비공생을 그리다가 끝내 죽음을 택했다. 작가가 스스로 목숨을 끊은 것은 1985년 1월 4일이다. 자살에 의미를 붙이는 것은 불필요한 일인지도 모른다. 하지만 1966년 「얼어붙은 입」으로 문예상을 수상하여 주목받고 그 후 많은 수작을 발표해 온 작가의 돌연한 죽음은 재일조선인문학의 한 양상을 상징하는 사건이었다. 여기서는 몇 작품을 쫓으며 작가의 정신적 병소^{病巢}에 접근해 보기로 한다. 그것은 뒤틀린 일본어문학 안에 등장하면서 이양지와 같은 신세대의 출현으로 보다 다양화된 이후의 재일조선인문학과 일본어문학의 가능성을 조망해 보는 일이다.

2) 말더듬이의 고통

김학영은 「한 마리의 양」이라는 에세이집과 「얼어붙은 입」에서 말더듬이의
고통을 묘사하면서 자기 자신이 말더듬에서 해방되었음을 언급하며 다음과 같
이 적고 있다.

쓴다는 것은 나에게 있어서 자기를 자기 안에 가두고 있는 껍질을 한 겹씩 벗겨가는
탈각작업과도 같은 것이라 생각한다. 과거의 작품은 나의 자취이며 나의 허물이다. (…
중략…) 탈각작업 그 자체는 분명 나를 가두고 있는 무언가로부터 나를 해방시키는 것
이고, 그러한 의미에서 나에게 있어 소설을 쓴다는 것은 적어도 아직까지는 철두철미
한 자기해방을 위한 작업이며 자기구제의 영위이다.

소설을 쓰면서 이루어진 현실적인 자기개조는 작가가 새롭게 살아가는 길을
열어갔음을 의미한다. 과거의 자기를 벗어던지고 새롭게 존재해야만 할 모습으
로 변해가기 위해 쓴다고 하는 개인주의적인 문학 자세에 대한 시비는 차치하
고, '탈각작업'의 의미를 살리는 글쓰기를 이어갔더라면 자살로까지 이르지 않
았을 것이다. 즉 작가 김학영의 자살은 문학적 파탄이라는 요인이 자리했던 것
이다.

나에게 있어서는 말더듬만이 명확한 투쟁의 대상이며 노동자가 임금 인상을 위해
투쟁하듯이, 조신 동포가 압제 정치에 저항하여 민족의 진정한 독립과 평화적 통일을
위해 투쟁하듯이, 나는 말더듬과 투쟁하는 것이다. (…중략…) 내가 직면한 관심사는
나와 사회와의 연결점을 가로막고 있는 곳의 이 말더듬을 구축한다고 하는 자기 변혁
이다. 때문에 현재의 나에게는 사회도 없고, 민족도 없고, 따라서 정치도 없고, 있는 것

은 나 자신 뿐이다. 이 자신을 본의 아니게 자신답게 만들고 있는 것이 말더듬이며, 그리고 다만 그것뿐인 것이다.

작가는 자신이 갖는 고통을 그대로 작중 인물에게 투영함으로써 허영심을 버리고 있는 그대로의 자기를 발견해 냈다. 그리고 그에게 있는 그대로의 자신이란 "조선과 관련된 책을 읽는 것"이 "무척 내키지 않는" 일이며 "더없이 우울한 것이기도 한" 것이다. 이처럼 잘난 체하지 않는 자기표현이나 극단적 '민족주의'에 대한 솔직한 의문은 같은 세대의 재일조선인 의식을 어떤 면에서 대변한 것이기도 해 환영받았다. 있어야만 할 자신 또는 있어야만 할 참된 사회를 한없이 추구하는 현실 속 자신의 불우성, 「얼어붙은 입」의 서두는 꿈으로부터 시작한다.

눈부신 눈이 뜨일 것만 같은 선명한 붉은 천당이었다. 바람은 여전히 세차게 몰아치고 있었다. (…중략…) 나는 이것이다 라고 생각했다. 그렇게 생각했고 안도 했다. 여전히 턱을 내밀고 눈을 가늘게 뜨면서도 나의 표정은 부드러웠다. 나는 내 얼굴 가득히 내리쬐는 새빨간 빛이 내 안면에 부딪혀 반사되고 있음을 느꼈다. 정말 오랫동안 찾아 헤맸던 그것과 이제 겨우 해후한 것이라고 생각했다. 내가 간절히 바라던 장소에 겨우 당도했구나, 내가 동경하던 세계에 간신히 들어올 수 있었구나, 하는 기쁨에 나는 울고 있었다.

"아아, 바로 이것이다."

자기라는 그 자체의 가치를 충분히 발휘할 수 있는 장소와 본래 빛을 발해야 할 자기 존재를 희구하는 것은 재일조선인에 한정되지 않는 청년의 숙명이다. 현실의 자기 상황에 만족하지 못한 채 초조해 하는 그러한 사정에 말더듬과 '재일'이라는 조건을 덮어씌우는 서사구조가 「얼어붙은 입」이다. 그러나 「얼어붙은 입」의 주인공은 있는 그대로의 자기를 긍정할 수 없다. 조선인인 자신도 말더듬이인 자신도 그렇다.

말더듬이는 자신이 말더듬이로써 이해되는 것을 거부한다. 말더듬이로써의 자신은, 말하자면 허구의 자기, 거짓의 자신이며, 진정한 자신은 말더듬이가 아닌 자기 스스로 말더듬을 제거한 부분, 그 부분이야말로 참된 자신이라고 생각하기 때문이다. 말더듬이는, 나는, 자신이 말더듬이로 이해되고 말더듬이로 불쌍하게 여겨지는 것을 거부한다. 오히려 말더듬이라고 불쌍하게 여겨지는 것을 굴욕이라고 느끼고 혐오한다.

주인공 최는 대학 연구실에서 항상 고독한 시간을 보내면서 말더듬이임을 거부하고 교수나 동료의 동정마저도 혐오한다. 그럼에도 불구하고 그의 영달 지향적인 가치관은 말더듬이도 조선인도 아닌 이른바 '이 사회'에서 부의 요소로서 일체를 갖지 않고 역으로 '훌륭한' 인간으로서 자신을 희구한다. 그 자신보다 심한 말더듬이인 이소가이磯貝와 친하게 지낼 수 있는 것은 이소가이 앞에선 말을 더듬지 않기 때문이다. 공허한 우월의식에 빠져 다소나마 위로를 받을 수 있기 때문이다. 그것이 연구실처럼 조금이라도 자기보다 '뒤떨어지는' 결정적인 요소를 지니고 있지 않은 인간들 틈에서는 깊은 고독에 빠지게 된다.

내가 실험하고 있는 연구실은 실험하고 있는 동안에도 다양한 목소리가 뒤범벅되어 무척 왁자지껄한 곳이다. 그리고 말하자면 그 왁자지껄함이 나에게는 고통이다. 아니, 왁자지껄한 것 그게 고통이라는 것이 아니다. 고통스러운 것은 나만이 그들 속에 들어가지 못하고 있다는 사실이다. 왁자지껄한 분위기에 융화되지 못하고 있는 자신, 그러한 자기를 의식하는 것이 나를 답답하게 한다. 거북함을 느끼면 한층 주위와 융화되기 어려워진다. 혼자만 이방인처럼 존재하고 있는 자신을 의식한다. 그 의식이 견딜 수 없을 만큼 숨막히게 만든다. 그들이 존재하는 것은 말이 존재하는 것이며, 내가 압박감을 느끼는 것은, 그러니까 정확하게 말하면 그들의 존재라기보다 그들이 발설하는 말일 것이다.

「유희」의 경우 서울의 시끌벅적함 속에서 머리를 감싸버리고 말지만 자신이 융화되지 못하는 언어의 홍수 속에서 받는 압박을 양쪽 모두 표현하고 있다. 유희는 일본을 이해하고 경제적으로도 풍요로운 하숙집 가정으로 도피했다. 결국에는 일본에 돌아가지만 「얼어붙은 입」의 최는 이소가이의 여동생인 도자^{道子}와의 육체적 관계에서 안락을 추구한다.

나는 차분히 가라앉은 안락한 기분이었다. 성의 영위에 걸리는 시간이야말로 인간에게 있어 가장 에너지 레벨이 낮은 시간이며, 가장 낮은 시간이기 때문에 그 시간에 나의 마음은 가장 안정되고 안심이다. 그 부분에 있어서는 전혀 말이 필요 없는 행위, 말의 매개가 필요치 않은 사람과의 관계 ― 성행위는 또 그러한 행위이기 때문에, 그것은 한층 내 몸과 마음을 편안하게 했고 진정시켜 주었던 것이다.

가장 밀접한 관계에서 말은 필요치 않다고 하는 심리를 포착해 빠져들어 간다. 그리고 사람과 사람의 마음은 결국 맞닿을 수 없는 것이라고 생각해 육체적 관계에서 살과 살의 맞닿음 속에서 차가운 겨울 하늘이 펼쳐지는 걸 느낀다.

"나는 입에 할례를 받지 않는 자인지라."
모세의 그 말은 단순히 말더듬이만이 아닌 모든 인간의 대표자로서의 말이 아니었을까.

김학영은 이 중후한 작품을 써냄으로서 말에 대한 불신과 인간에 대한 결정적인 불신감을 확립했다. 당연히 최와 도자의 관계는 너무도 위험하고 연약함을 느끼게 한다. 고독한 인간의 마음을 서로 따뜻하게 해주려는 신뢰의 관계는 보이지 않고 냉랭함만 남는다. 이 작품으로 김학영은 귀속할 공동체를 갖지 않고 일체의 사회적인 교제로부터 고립된 정신적 자세를 선택했다고도 할 수 있다.

그것은 이양지가 조선 그 자체가 아닌 조선반도의 남쪽인 한국을 선택하고 나아가 한국의 시끌벅적함을 빚어내는 서민보다는 중류 계층의 삶을 선택한 것과는 차이가 있다. 특히 고도성장한 고상하게 살기 좋은 일본으로 귀속한다고 하는 확인을 「유희」를 통해 이룬 것과 비교하면 큰 차이가 있다. 거기에도 순수했던 작가의 비극이 있다.

김학영은 「얼어붙은 입」을 통해 자신의 말더듬이로부터 해방되었다. 동시에 이 소설은 작가가 훗날 스스로 목숨을 끊을 것이라는 예고이기도 했다.

3) 무서운 아버지

김학영이 말더듬으로 표출되는 인간 불신을 이끌었던 것은 무엇일까. 그것을 증폭시킨 것은 작품에서 추론할 수 있다. 그것은 부친을 통해 본 조선이었다. 작가 김학영에게 조선인이라는 것은 아버지가 그에게 짊어지게 한 부의 의식구조였다. 김학영이 집착하고 줄곧 그려냈던 아버지상은 거칠고, 학식이 없고, 난폭하며 무섭다. 그 자체만 보면 "무서운 아버지"는 재일조선인 작가가 종종 그리는 소재다. 그러나 김학영만큼 오랫동안 부친의 비호 하에서 그 부친을 부끄러워했던 사람도 없다.

「겨울의 빛」에 근거해 작가가 묘사하는 부친상과 인식의 일단을 짚어보기로 한다. 소년 현길顯吉은 친구 준육俊六의 권유로 아버지가 일하고 있는 나카시마中島 비행기 공장으로 마중을 간다.

"좀 지치겠지만 돌아갈 때는 아빠의 자전거가 있으니깐 편하겠지."

준육은 아버지를 만날 생각에 기뻐하며 피로도 불안함도 아무 것도 아니라는 듯 밝은 목소리로 말했다. 그런 준육이 현길로서는 신기하게만 느껴졌다. 부친에 대해 털끝만큼도 무서워하는 기색이 없는 준육이 의아하기도 하고 부럽기도 했다. (…중략…) 솔직히 그에게는 아버지를 마중 나가는 기쁨 따위 없었다. 그에게 아버지는 무서운 사람이기만 했다. 자주 어머니를 학대하고 아이들의 사소한 실수에도 금방 무시무시한 고함소리와 함께 손이 올라오기 일쑤인지라, 아버지 앞에서는 그들 남매는 물론 어머니마저도 작아질 수밖에 없었다. 그의 집에서는 모두가 아버지에게 겁에 질려있었다.

건물에서 나온 아버지를 보자 준육은 기뻐하며 달려가 자전거 뒤 짐받이에 올라타고 돌아갔다. 현길도 아버지의 모습을 발견했지만 아버지를 부르지 못하고 오히려 문기둥 뒤로 숨어버린다. 준육과 그의 아버지와의 관계와 현길의 경우는 너무 다르다. 그리고 "아버지를 보면 항상 공포심이 앞서는" 현길의 모습이야말로 김학영의 부친인식을 상상하게 한다. 그리고 그 아버지로부터 얻은 자기인식은 아버지를 무섭다고 인식할 수밖에 없는 나약한 자신이 조선인이며, 아버지께 거침없이 어리광을 부릴 수 있는 것은 일본인이라는 식으로 작가의 내부에서 변형된 형태로 전개된다.

자전거를 타고 집으로 가는 아버지를 보내고 늦게 집에 들어간 현길을 맞이한 것은 어색한 분위기였다. "이상한 녀석이야"라는 아버지의 말이 강한 인상을 남긴다. 긴장하며 바라볼 수밖에 마주볼 수 없을 정도로 무서웠던 아버지는 북조선 지지자였다. 시대는 6·25전쟁 무렵 현길은 문맹인 아버지를 위해 신문을 읽어주는 일이 하나의 일과였는데 아버지는 북측이 패퇴하고 있는 정황을 읽으면 갑자기 기분을 언짢아한다. 게다가 현길은 심한 말더듬에 고민하고 있어 "아버지처럼 긴장을 할 수밖에 없는 사람을 상대하면 자신도 모르게 말을 더듬게 된다." 그리고 현길의 말더듬은 아버지를 더욱 화나게 만들었다.

"정말이지, 너 그 말을 더듬는 거 어떻게든 수를 써야지 안 되겠다."

이러한 아버지의 말은 "이상한 녀석이야"와 함께 강박 관념으로 다가와 그를 짓누른다.

나는 아버지에게조차 인정받지 못한다, 그렇게 생각하자, 마치 내가 살아갈 만한 가치가 없는 인간인데도 불구하고 어쩔 수 없이 살고 있는 듯한 기분이 들었다.

긴장을 느끼지 않을 수 없는 상대로서의 아버지, "살아갈 만한 가치가 없는 인간"이라는 강박 관념을 심어준 사람, 그 아버지상이야말로 김학영의 아버지 인식에서 가장 중요한 부분이다. 그리고 아버지상은 어리석고 권력자의 뜻대로 되는 무지한 '대중'으로서도 등장한다.

나에게 있어서 대중이란 아버지를 일컫는 것에 다름 아니다. 나에게 있어, 아버지는 이를테면 대중 속의 대중이며, "어리석은 대중"이란 '어리석은 아버지'를 일컫는 것에 다름 아니었다. 그리고 아직도 나는, 여전히 집을 어둡게 만들고 있는 아버지를 어떻게 해야 좋을지 모르겠다.

「착미」

「착미」의 주인공 신순일에게 아버지는 어머니에게 처참한 폭력을 휘두르는 야만적인 대중임과 동시에 북조선 광신자였다. 그러한 아버지의 모습이야말로 그를 조선과 연결시키는 실감나는 존재였던 것이다.

하지만 내가 조선인으로서 살아가기 위해서는 나는 더욱 '조선'을 가깝게 느끼지 않으면 안 된다. 그런데 아버지로부터 도망치려고 했던 나는 어느 새 여동생들과는 반대로 '조선' 그 자체로부터도 도망치고 있다는 기분이 든다. 그러나 아무리 도망치려해도, 그것은 완선히 벗어날 수 있는 것이 아니다. 아버지를 초월할 수도 없고, 아버지로부터 완전히 벗어날 수도 없고, 나는 그 중간에서 어찌할 바를 모르고, 이리저리 방황하며 서성거리는 인간에 지나지 않는다. 나는 우리 집의 불행조차도 구제할 수 없는 무능한 인간에 지나지 않는다.

"무능한 인간"이라는 어구는 "살아갈 가치가 없다"로 이어지고 있다. 결국 김영학은 아버지의 품에서 뛰쳐나올 수 없었지만 아버지가 지지한 '북조선'에 대해서는 여지없이 증오와 편견을 가졌다. 「알콜 램프」의 아버지와 신길의 대립은 분단국가인 '남'과 '북'의 양상처럼 드러나지만 독자의 눈에는 너무나도 아버지 = '북'이 불합리하게 비친다. 작가 의식의 느슨한 변화는 아버지 = 조선으로부터 조선 = '북조선'으로 아버지의 사나움을 38선 북측으로 쫓아내고 있다. 이러한 의식은 훗날 작가가 정치소설『향수는 끝나고, 그리고 우리들은』을 쓴 토대가 된다.

김학영이 정치적으로 북측으로 쫓아내려고 했던 것은 부의 요소로서의 '조선' 그 자체. 그것은 때리는 아버지 얻어맞는 어머니라고 하는 구도로 상징되는 형이상의 조선이다. 그러나 김학영 자신이 조선인이라는 것을 자기 부정할 수 없다. "어리석고 추한" 조선인의 피가 작가를 무겁게 억누르고 있다. 그것을 지워 없애듯이 소설을 썼다. 「처마 등이 없는 집」에서는 처와 자기와의 관계를 확인하면서 '조부×조모' → '부×모' → '나×처'로 이어지는 핏줄의 계보를 생각하고 있다. 주인공인 남자는 처를 보고 있으면 "가정이라는 것이 안락한 장소라기보다 원통처럼 잡을 곳이 없는 정체모를 답답한 것으로 보여" 초조하고 격앙되어 폭력을 휘두른다.

그 때 그는 문득 아버지를 떠올렸다. (…중략…) 그는 자신의 고함소리가 그 말투며 목소리의 격조며 아버지의 그것과 너무나도 닮았음을 느꼈다. 이거다, 이거야 라고 그는 가슴 깊은 곳으로부터 느꼈다. 아버지가 자주 사로잡혔던 분노, 꼭 그것과 같은 분노에 사로잡혀 있는 자신을 느꼈다. (…중략…) 부엌에서 처가 훌쩍 훌쩍 우는 소리가 들려, 그는 문득 예전에 어머니가 똑같이 부엌에서 곧잘 우시던 모습을 떠올렸다.

김학영이 늘 어리석고 추하게 그릴 수밖에 없었던 아버지의 흉폭한 모습을 이 작품에서는 주인공에게 연출시키며 말한다. "그는 마치 자기가 예전의 아버지의 역할을 연기하기 위해 오늘날까지 살아온 듯한 기분이 들었다." 그리고 조부 또한 술에 취해서는 조모에게 폭력을 휘둘렀다 한다. 조모는 철도 선로에서 자살했다. 주인공은 거기에 "자기 안에 있는 불안한 피의 소동"의 근원을 찾은 듯한 기분을 느낀다. 아버지에게 맞았던 어머니가 집을 나갔을 때 초연히 혼자 술을 마시던 아버지의 모습은 "이미 여기 내 모습 그대로가 아닌가?" 아버지로부터 이어받은 불안한 피의 소동을 김학영은 '혈육의 정', '동포의식'의 형태로 인식해갔다. 김학영에게 '민족의식'은 벗어나고픈 운명과 같은 것이었다.

"무서운 아버지"는 다른 재일조선인 작가도 자주 쓰는 소재다. 이회성도 「큰 바위 얼굴」에서 표현하고 있지만 마찬가지로 어머니를 때리는 밉고 무서운 아버지를 그리면서도 어딘가 완전히 미워할 수 없는, 또는 부끄러워하는 마음이 약하다. 김학영만큼 집요하게 아버지를 부끄러워하고 부끄러웠을 아버지의 피를 저주한 작가가 또 있을까. 칙칙한 음울한 것을 강하게 느끼게 하는 김학영의 부친인식과 어딘가 모르게 양성陽性한 이회성의 부친인식은 대조적이다. 피의 문제를 제외하면 무엇 하나 불편함 없이 자라고 엘리트 지향적인 김학영 작품의 허약한 소년상과 비교하면 이회성이 그리는 소년은 매우 거칠고 건강하다. 이회성이 피를 의식하면서 정치적으로 '민족의식'을 길러내어 조국통일을 향한 창조적이며 건설적인 입장을 취한 것과는 대조적이다. 김학영은 "재일의 고뇌" 그 자체를 반영했다. 재일의 고뇌를 나타낸 작가로 말하자면 재일 1세대 작가 김태생은 김학영의 선배라고 할 수 있다. 그의 「뼛조각」에서 그린 부친상은 "모질고 이기적"이다. 그러나 그 증오해야할 아버지로부터 이어받은 피를 주인공은 재일하는 조선인의 역사로 파악해 나간다. 김태생과 비교할 경우 아버지와의 갈등을 추궁하는 방법에서 김학영의 작품은 엄격하지 못하다는 느낌도 든다.

4) '부의 요소'로서 민족의식

김학영에게 민족의식은 실로 부의 요소로서 존재했다. 「얼어붙은 입」에 등장하는 김문기는 민족운동을 하는 "정치적 인간"으로 형상화되고 주인공의 고뇌를 이해하지 못하는 비인간적인 인간으로 묘사된다. 거기에서 독자는 "정치적 인간"에게 혐오감을 느낄 테지만 실은 작가 자신이 정치운동에 관여하는 인간의 갈등이나 고통을 간파하지 못했음을 반영한다. 즉 김학영에게는 정치적 민족운동 속에 부의 민족의식을 타개할 길이 막혀있었던 것이다. 부의 요소로서 민족의식은 일본 사회에서 강한 엘리트 의식과 표리일체했다. 사회적, 제도적, 사상적인 조선인 차별이 아버지의 가호 하에서 도쿄대학에 진학하는 엘리트 김학영의 프라이드를 낳았다. 높은 프라이드는 강한 열등감을 뒤집었다. 그의 열등감은 어리석고 거칠고 난폭한 조선인 아버지를 가진 것과 그 아버지의 가호를 받지 않고서는 살 수 없다는 연약한 자신으로부터 유래한다. 김학영 문학의 주인공들은 실연의 원인을 자신이 조선인이라는 것과 연계시킨다. 그들은 남녀 간의 감정의 무례함을 조선에 맞추어 더욱 본질적인 이른바 성애性愛로 인간의 자립 문제에서 도피한다.

「눈초리의 벽」의 수영壽永이 후미코文子에게 당한 실연을 작가는 후미코 안에 있는 지우지 못한 차별의식으로 귀착시킨다. 그러나 그것은 수영 자신이 갖는 차별관을 반영한 것이다. 그는 여인숙 종업원을 보고 "물욕 때문에 신경이 노둔해졌다"고 느껴 '조선인'을 연상하는 '재일조선인'이다. 차별적이고 비굴한 인간관을 가진 남자에게 여성의 차별의식을 불식시키고 사랑을 키우는 일은 가능할 리가 없다. 「가면」의 철정哲正은 일본 성을 따르는 성적이 우수한 소년이지만 조선인이라는 것에 강한 열등감을 갖고 있기도 하지만, 극단적인 자기 과시가 있다. 동급생인 구미코玖美子의 시선을 "존경의 시선"이라고 생각하지만 조선인이라는 것이 들키지나 않을까 불안해 한다. 불안한 사춘기의 철정은 구미코를 매복해 기다리다 풀숲으로 끌어들여 넘어뜨린다.

「여름의 균열」의 주인공도 애인과의 관계에서 벽을 '국적'이라 판단한다. 이처럼 김학영은 그 연애관에서 차별을 문제로 삼으면서 그것을 뛰어넘는 힘은 추구하지 않는다. 불가피한 것으로써 받아들이며 슬퍼한다. 이러한 태도는 이회성이 「가야코를 위하여」에서 공들여 실연을 그리면서 그 배경에 있는 차별 문제나 조선인이 어째서 일본에서 살고 있는가와 같은 역사적인 문제를 생각하게 하는 것과는 대조적이다. 마찬가지로 슬픔을 묘사함에 있어서도 스스로 차별을 재생산하며 부조리한 현실을 절망적으로 슬퍼하는 것과 이상을 지향하면서 슬픔을 느끼는 것과는 차이가 크다.

5) 자기 해방

김학영은 열등감의 근원으로 아버지로 상징되는 '조선'을 38선 북쪽으로 쫓아냈지만 자신이 이어받은 '조선'을 남쪽으로 향하게 함으로써 극복하려 했다. 그 점에서 이양지가 한국^{남북조선의 한쪽}으로만 다가가는 자세를 나타내는 것과 같은 지점에 서 있다. 물론 이양지의 경우는 처음부터 북조선을 문제 삼고 있지 않기 때문에 이양지 쪽이 재일조선인문학의 '한국화'에 더 뛰어나다고 할 수도 있겠다. 그러나 앞서간 것은 김학영이었다. 1972년 5월 한국을 방문한 김학영은 이듬해 4월부터 한국계 일본어 신문 『통일일보』의 칼럼을 담당하게 된다. 앞서 언급한 「가면」은 1974년 『문예』 3월호에 발표되었는데 주인공 철정은 친구 방에 걸려있는 한국의 하회탈에 흥미를 갖는다.

그는 자기 안에 여전히 그림자를 드리우고 있는 저 비뚤어진 웃음, 구미코와의 그 비뚤어진 풍경, 기기에 원인 발생지의 막연한 공허감, 그것들을 극복하여 한층 더 먼 저편으로부터 끊임없이 자신에게 쏟아지고 있는 구미코의 차가운 시선을 견디고 있다는 느낌이 들었다. 확실히 그는 그 가면의 웃음에, 오랫동안 자신을 찔러온 그 어두운 기억으로부터 자신의 내면을 해방시켜야 할 유력한 수단을 찾은 느낌이었다.

구미코의 시선이 차갑게 느껴지는 것은 폭행을 범한 철정에게는 자업자득이기에 견디기 힘든 것이다. 자기 합리화를 위해서 사용되었다면 가면도 눈썹을 찌푸릴 것이다. 그래도 「가면의 미소」는 작가의 내면을 해방시키는 단서였다. 사실 철정에게 구미코의 차가운 시선이란 폭행을 저지른 행위에서 오는 죄악감이기도 하지만 그것만은 아니다. 조선인이라는 사실을 지적당하지 않을까 하는 자기차별의 공포에서 오는 감성이다. 중학교 반장이던 철정은 부반장인 구미코가 자기를 보는 시선을 존경의 눈빛이라고 생각하고 있었는데 구미코가 있는 앞에서 조선인의 멸칭인 "아사코アサⳆ"라고 매도당하고 그 사랑을 단념하게 된다. 단념함으로써 구미코를 능욕의 대상으로 삼아버렸다. 오랫동안 구미코의 차가운 시선을 맞고 있었다는 것은 즉 누군가에게 조선인이라는 것을 모욕당하지나 않을까 떨고 있었음을 의미한다. 그런데 성인이 된 철정은 한국의 가면과 만나게 되면서 개운해지는 듯한 기분을 맛본다. 가면이 갖는 민중적 에너지는 적잖이 작가가 조선인이라는 사실로 인해 느꼈던 열등감을 불식시킨다. 그렇게 함으로서 시선의 차가움으로부터 해방되는 기분을 느낀다.

그러나 김학영은 사회 변혁을 추구하는 능동적인 민족의식이나 민족을 초월한 세계관을 갖고 있지는 않았다. 조선인의 열등감을 해소하기 위해 '한국의 민속문화'로 다가간다는 도피의 자세는 오히려 만년의 비극을 낳는 원인의 하나였다. 하지만 이양지도 「잃어버린 도시」의 이기승도 한국에 가까이 다가간 근거는 같은 것이 아니었을까. 우선 일본 사회에서 수용되지 못한다는 커다란 시대상황과 북조선에 꿈을 갖지 못하고 서울올림픽을 계기로 한국으로 기울여지게끔 만들어진 재일조선인의 작은 상황이 있었다. 거기에는 재일조선인문학의 제3세대라고 불리는 이양지와 같은 존재가 있었다. 자신의 사상에서 38선을 배제할 수가 없다면 조선 분단의 현실을 초월하는 것도 재일의 불우성을 뛰어넘는 것도 무척이나 곤란하다. 다만 정치적인 상황 만들기에 이용당할 뿐이다.

한국을 지향하고 그곳으로 민족적 아이덴티티를 갖도록 만들었던 김학영 문학의 파탄은 이런 식으로 재일조선인 신세대의 곤란과 직결된다.

6) 유작 「흙의 슬픔」

유작으로서 『신쵸』^{1985.7}에 발표된 「흙의 슬픔」은 관념상 작가의 자살의 의미를 명백히 한 작품이다. 해질녘과 동시에 덮쳐온 죽음의 충동의 유래를 자신과 헤어진 예전의 연인에게 말을 거는 형식으로 표현했는데 연인 '당신'은 주인공 '나'를 거절하고 미국으로 건너간 후 2년째에 자살했다는 것이 작품의 마무리 부분이다. '나'를 덮치는 '아픔'의 근원은 자살한 조모의 유골 대신에 항아리에 넣어진 '흙의 슬픔'에서 유래하고 아버지의 광기를 더듬어 '내'게 이른다고 생각한다. 그리고 "흙의 슬픔은 나라를 잃은 민족의 슬픔을 상징하고 있다"라고 설명한다. "아픔을 구원해주는 것, 그것은 사랑밖에 없었다"고 '나'는 자신을 구원하는 것으로 '당신'의 사랑을 원한다. 그 사랑에 버림받고 섣달 그믐날에 혼자 올라간 아사마산^{淺間山}의 눈이 황량하고 차갑다고 생각하면서 '당신'의 죽음에 청춘의 마지막을 느낀다. 1985년 1월 4일 군마현 자택에서 자살한 김학영의 유작은 다음 문장으로 끝을 맺는다.

쓸쓸했지만 그것 역시 또 하나의 청춘임에 틀림없습니다. 8년 전 섣달 그믐날, 나는 내 청춘의 정점에 있었어요. 금년에도 그 섣달 그믐날이 벌써 가까이 다가오고 있습니다.

사랑에 버림받은 작가는 실제로는 "사랑받는 것"에 버림받은 것이 아닌 "사랑하는 것"을 버렸던 것이다. 어느 삭품을 보아도 주인공은 남들로부터 사랑받길 희망하면서도 남들을 사랑하려 하지 않았다. 그것은 작가 자신이 "살아갈 가치가 없는 인간"이라고 자각했다. 작가의 자기 본위로서 수동적으로 살아가는 자세는 풍족한 현대를 살아가는 젊은이들을 앞서간 것인지도 모른다. 유작에서 주

인공이 말을 거는 '당신'이란 작가에게는 문학이다. '당신'과 마찬가지로 8년 전
「끝」을 완성하고 김학영의 문학은 자살했다. 실제로 「얼어붙은 입」 이후의 '탈각
작업'으로 자신을 살리기 위한 문학적 작업은 1978년의 「끝」 이후 정체되었다.
「끝」 발표 이후는 한국계 일본어 일간지 『통일일보』에 에세이를 게재하는 것 외
에 1983년 11월 「향수는 끝나고, 그리고 우리들은」을 발표하기까지 거의 소설
발표가 없었다.

김학영은 「얼어붙은 입」의 문예상 수상으로 일본인과 어깨를 나란히 했다고
의식했다. 그러나 「얼어붙은 입」에 묘사된 인간 고독의 보편성이라는 과제는 이
작가에 의해 지양되는 일은 없었다. 김학영은 보통의 인간이다. 절대 고독을 사
는 강인한 정신을 가지고 있지는 않았다. 이후에 글쓰기를 통해 기성의 권위에
존재가치를 인정받는 것을 삶으로 여기는 불행을 그는 떠안고 말았다. 그를 에
워싼 사회의 병소를 고발하고 타개하면서 이상을 추구하는 방향으로는 진행되
지 않았다. 고독을 고독으로 인정하면서 세계와 대화해 간다고 하는 철학적 시
선도 갖지 못했다. 출발점에서부터 이미 "정체와 죽음"은 약속되어 있었다.

탈각작업의 반복으로 '한국'으로 다가갔던 작가의 말기 장편 「향수는 끝나고,
그리고 우리들은」은 정치적인 반공과 반공화국^{북조선} 선전의 냄새가 강하여 그 이
상의 가치를 발견하기란 어렵다. 문학을 자살시켜버린 작가가 정치에 농락당하
는 모습이 눈에 선하다. 타자에게 적극적으로 작용함으로써 자기를 살리는 것이
아닌 "추한 자기"를 타자로부터 인정받는 "마음에 드는 자신"으로 변하고픈 욕망
이 겨우 김학영 문학을 유지하고 그를 살렸다. 세계에 대한 수동적인 체질은 한
없이 영합으로 다가서지만 작가 김학영의 소년과 같은 순진한 감성은 그것을 허
락하지 않았다. 있는 그대로의 자기를 긍정하는 것도 주위에 그것을 허용하는
사회도 갖지 못한 채, 김학영은 이미 자기구제의 방향을 잃었음을 깨닫고, 결국
감성의 칼끝으로 자기를 깊숙이 찌르고 만다. 재일조선인 인텔리 청년의 고뇌를
표출한 김학영 문학이 빚어낸 분위기는 많은 재일조선인 청년들로부터 공감을

샀다. 그런데 김학영은 한국계 재일 신문사에서 일을 했고 전술한 반공 정치소설 「향수는 끝나고, 그리고 우리들은」을 집필했듯이 알게 모르게 스스로를 한국계 작가로써 정치적으로 자리매김하고 말았다.

이러한 김학영의 입장을 이양지 등은 이어갔다. 역사와 사회 상황의 속박으로부터 김학영 문학은 해방되는 것을 희구하면서 달성할 수 없는 현실에 작가는 패배했다. 세계에 맞서는 자세가 부족했기 때문이다. 이양지는 처음부터 역사나 정치에서 떨어져있는 듯이 착각하고 있었다. 그랬던 만큼 그 위험성에 주의를 기울일 수밖에 없다. 재일조선인문학의 어지러운 신시대다. 진정으로 민족을 초월한 문학을 목표로 하는 자가 있다면 철저히 민족을 문제삼지 않으면 안 된다. 편견 없이 정치에 얽매이지도 않고 체제의 권위에 굴하지 않고 말이다. 문학은 본래 어떠한 것에도 귀속되지 않는 것이며 결코 그 이외의 가치를 둘러싸거나, 그 이외의 가치를 목표로 창조되는 것이 아니다. 조선인에 의한 일본어문학이 세계문학으로서 확장되는 것을 보여주기 위해서는 민족에 얽매여서는 안 되지만 민족을 붙잡고 놓지 않는 태도는 필요하다. '말'에 준거해서 말하자면 일본어로 쓴다는 행위에 철저히 집착해야만 한다. 일본인도 그렇다. 근대 일본어문학이란 무엇인가를 추궁을 하지 않는 한 일본문학의 해방도 있을 수 없다.

김학영은 당초 해방되지 않은 '재일'의 고통을 문학으로 삼고 도저히 말로서는 전할 수 없을 자기를 역시 말로서 훌륭하게 전할 수 있었다. 그 누구도 추구할 수 없는 고립된 맑은 말에 의해 하나의 문학 형태를 확립했다. 그러나 상황에 농락당하고 결국 작가 자신은 해방되지 못했다. 김학영이 그린 재일하는 고통은 해방되어야만 한다. 재일조선인의 일본어문학 해방은 어떤 면에서 일본어문학 전체의 세계에 대한 해방으로 이어지는 것이며 아마도 그것은 조선 문학의 통일과 깊이 연결되어 있을 것이기 때문이다.

3. 15년 전쟁과 재일 작가의 궤적 장혁주

1) 조선인 지식인의 '일본화'

조선도 조선어도 일본인들 사이에서는 그다지 좋은 인상을 갖고 있지 않다. 아직도 아시아의 패권자로 일본 제국의 환영을 품고 있는 일본인이 너무도 많다. 조선 식민지 지배는 일본이 가장 부끄러워해야 하는 일임에도 일본인은 한층 조선과 조선인을 차별과 모멸의 눈초리로 바라보고 있다. 전혀 근거가 없는 이 우월감은 밖으로는 제국주의 전쟁 수행을 정당화하고 안으로는 파시즘 지배를 허용하는 사상적 근거가 된다. 이처럼 일본인의 대외적인 우월감의 형성과정을 가령 일본인의 일본화^{황민화}로 규정지을 경우 하나의 전형으로서 일본인 자체보다 조선인 등 식민지인의 일본화 쪽이 훨씬 비극적이다. 일본어라는 국가언어가 자본주의의 발전과 함께 타국으로 진출하고 제국주의의 지배 수단으로서 타국어까지 자국어로 융합시키려고 했을 때 식민지 조선어는 수치의 언어로 보았다. 식민지 하에서 조선인은 일본어를 구사하지 못하면 사회적 지위를 얻을 수 없었고 문학가는 일본어로 창작해야만 널리 세계로 나아갈 수 있었다. 그리고 식민지 조선에서 일본 '본토'로 유구한 희망과 커다란 사명을 안고 들어왔던 인물이 장혁주와 김사량이었다. 그러나 일단 조선어를 수치로 의식하게 되면 조선을 자랑하고 조선민족을 대표한 문학 행위는 어렵게 된다. 그들 중 김사량은 모어인 조선어로 회귀했지만 장혁주, 김문집 등 많은 작가가 일본어문학 안에 정착했다. 그들은 민족성의 일면인 말을 상실해 간 사람들이라고 할 수 있다. 민족어의 상실이 대부분의 사람들에게 공통적 현상으로 정착하기 시작한 것은 재일조선인들이 2, 3세에 이르러서가 아닐까. 이회성, 고사명, 김학영, 양석일 등 조선어를 모어로 삼고 자라지 못한 재일조선인 2세 작가들이 여러 형태의 문학적 전개를 보여주었다. 그들은 "모국어를 모르는 것에 대한 끊임없는 불안과 떳떳하지 못함으로부터 자유롭지 못한"^{김석범 『민족·말·문학』} 의식구조에 의해 이른바 조선어를 모어로 삼고 자라지 못했다는 것을 오히려 부끄럽게 생각했다. 그리고 그 의식에 의해 자신을 조선인으로 다룰 수 있었다.

나는 그들이 조선인으로서 일본에서 활약하는 것은 이질적인 것을 받아들이지 않는다는 '일본'에 대한 안티테제의 의미가 있다고 본다. 동시에 해방 전의 조선인 지식인의 일본화가 얼마나 비인간적이었는가를 생각할 때, 일본인인 나 자신이 일본적이 되는 것에 대한 공포심을 느낀다. 본고에서는 그러한 문학가의 한 명인 장혁주의 발자취를 따라 '일본적'인 가치관의 반동성을 짚어보고자 한다.

2) 소년시대

조선인의 일본어 창작은 조선 근대문학의 여명기에 이미 이광수 등 유학생에 의해 이루어졌다. 그리고 1920년부터 1930년대에는 일본의 프롤레타리아문학 잡지에 김희명, 이북만, 김두용, 한식, 백철, 김용제 등의 작품이 게재되었고 『조선민요집』의 김소운과 민속학자 손진태孫晉泰의 활약이 있었다. 1932년에는 장혁주가 「아귀도」를 발표하고 일본 문단에 화려하게 데뷔했다. 한국의 평론가 임종국은 김사량, 김소운, 장혁주를 다음과 같이 지적하고 있다.

이 3명은 조선보다 일본에서 훨씬 널리 알려진 문학가이고, 일본과 어떤 특수한 인연을 가진다는 점에서 다른 일반 조선 작가와는 구별할 수 있는 사람들이다.

또한 안우식은 "민족적인 의식을 상실해 갔다. 혹은 상실할 수밖에 없었던 조선인 작가" 장혁주를 재일조선인 작가의 선구적 존재라고 "조선인 측에게"는 말할 수 없다고 한다. 장혁주는 1905년 경북 대구 출생이며 어린 시절을 경주에서 보냈다. 그가 태어나던 해 11월 17일은 '을사보호조약'이 조인되고 한국통감부가 경성에 설치되어 초대 통감으로 이토 히로부미가 취임했다. 그리고 1907년

에는 '정미7조약'제3차 한일협약에 의해 일본은 조선에서 사법, 군사, 경찰권을 장악했으며 1910년 8월 22일에는 "한일병합에 관한 조약"이 조인되고 데라우치 마사타케를 초대 총독으로 임명했다. 그리고 1945년까지 1935년이란 오랜 세월에 걸쳐 조선을 일본 영토로 통치했다. 조선학도의 일본 유학은 1880년에 시작된 것으로 알려지는데 유학생의 한 명이었던 이인직은 개화운동의 일단을 맡았다고 일컬어지는 「혈의 누」1906를 발표했다. 또한 이광수도 도쿄에서 유학 중이던 17세 때 소품 「사랑인가愛か」1909를 일본어로 발표했다.

그러한 시대에 태어나고 자란 장혁주는 "8세의 나이로 일본어를 배우기 시작해 12, 13세가 되었을 때 능숙하게 말하였고 14, 15세 때에는 훌륭한 작문을 할 수 있었다"장혁주, 「번역의 문제, 그 외」라고 한다. 1911년 8월 23일 조선교육령이 공포되고 일본어 보급에 따른 천황제 이데올로기의 부식扶植이 강화되었다. 이른바 조선인을 일본 신민으로 키우려는 데라우치 총독의 교육방침이 실시되었다. 아직 민족적 자각이 희박한 소학교 아동들이 주된 대상이 된 것은 자명하며 일본의 식민지 교육의 중점은 그야말로 '공립보통학교'를 중심으로 한 초등교육기관에 있었다. 그 보통학교에서 소년 장은중은 '국어'로서 일본어를 배운다. 또한 그는 여기에서 오사카 로쿠무라大坂六村 교장을 만난다. 로쿠무라는 경주에서 신라고적보존회를 만들어 고미술을 수집한 사람으로서 경주의 전설과 역사에 관한 저술도 여러 편 있다. 로쿠무라로부터 고고학과 역사를 배운 장혁주는 1919년 경주공립 보통학교를 졸업하자 로쿠무라가 설립한 간이학교에 입학하고 계속해 고고학을 공부했다.

장혁주가 고고학에 흥미를 갖기 시작하고 오사카 로쿠무라의 지도로 경주의 유적을 돌고 있던 무렵 청년 이광수는 이미 많은 장단편 소설을 발표하였다. 특히 장편 「무정」1917에 의해 조선 근대문학사에 위치를 구축하고 있었다. 또한 1919년 김동인 등에 의해 조선 최초의 문예지 『창조』를 창간하자 속속 문예지가 등장하고, 식민지 지배하의 조선에 로맨티시즘, 니힐리즘, 자연주의부터 프롤레타리아문학에 이르기까지 다양한 문학운동이 일기가성一氣呵成으로 일제히 꽃피었다.

3) 교원시절

장혁주는 1921년에 간이학교를 졸업하고 대구의 관립 고등보통학교에 입학했다. 18, 9세 무렵 기쿠치 간菊池寬에 심취하고 그 영향으로 창작을 시도했다. 우선 일본어로 쓰고 조선어로 번역하는 방법을 취하고 각각 『문장구락부』와 『조선문단』에 투고했다. 자전적 요소가 강한 소설 「람시嵐詩」1975에 따르면 이 고등보통학교 시절에 아나키즘, 코뮤니즘과 같은 좌익사상을 접촉했던 것 같다.

1926년 장혁주는 고등보통학교를 졸업하자 1927년부터 1932년까지 교원 생활을 했다. 1922년에 총독부는 '일시동인一視同仁'의 슬로건 하에 제2차 조선교육령을 공포하고 '국어' 상용의 소학교와 상용하지 않는 보통학교로 학교 체계를 구분했다. 그러나 보통학교에서도 조선어의 지위는 낮아 전체의 10분의 1정도인데 비해 일본어는 3분의 1을 넘었다. 이와 같은 일본어 교육 중시 체제 속에서 장혁주는 교직에 종사했던 것이다. 교원 생활에서 제재를 취한 초기의 작품에 「분기자」1933와 「권이라는 남자」1933가 있다. 「분기자」의 주인공 김철은 벽촌 소학교의 훈도인데 일찍이 학생 시절에 좌익적인 독서회에 참가하고 있었다. 당시의 동료와 재회한 그는 교장 등을 반역해 경찰서로 연행된다. 또한 「권이라는 남자」의 주인공도 「분기자」와 진배없는 과정을 거쳐 최후에는 면직된다. 이들 작품에서도 나타나듯이 장혁주는 학생 시절부터 반일적, 사회주의적 운동에 관여하고 있었음을 알 수 있다.

장혁주가 교원 생활을 하고 있던 1929년에는 광주학생운동이 일어났다. 이 사건은 조선인 학생에 대한 일본인 학생의 차별 폭행 사건이 발단이었고 조선 전체로 확대된 항의운동이다. 이러한 사회주의 운동의 신장과 대중 투쟁의 앙양에 장혁주도 적지 않은 영향을 받았던 것 같다. 그리고 교원으로서 벽지로 부임한 그는 농촌의 비참한 실정을 보면서 사회주의 사상을 한층 격화시켜 조선 농민의 모습을 세계에 호소하고자 창작을 시작한다. 그렇게 해서 인정받은 것이 「아귀도」다. 그러나 후에 "내가 일선에 몸을 던지지 못하고 지금 문학을 하고 있는 것은 내게 자식이 딸려 있기 때문이었다"라고 했듯이 장혁주에게 문학이란 진실을 얻기 위한 투쟁으로부터 한 발 두 발 후퇴하는 꼴이 되었다. 적어도 그 자신의 의식 속에는 그러한 떳떳치 못한 마음이 항상 내재해 있었던 것이다.

4) 처녀작 「백양목」

조선의 농촌 풍경과 농민의 거친 생활이 뇌리에 박혀 있던 장혁주는 그것을 작품을 통해 그리기로 했다. 「아귀도」 이전에 발표된 사실상의 처녀작 「백양목」도 그러한 작품 중의 하나다. 「백양목」은 1930년 10월 농민주의적 아나키스트 가토 가즈오加藤一夫가 주재하는 잡지 『대지에 서다』3권 10호에 게재되었다. 물론 일본어 창작물이다. 예전부터 귀여운 도련님인 서방님은 성장하면서 횡포해지고 늙은 농민인 영감님에게도 혹독한 처사를 하게 된다. 지주와 소작 관계를 늙은 농민의 슬픈 눈을 통해 서정적으로 그리고 계급 의식으로 지주를 고발한 소품이다. 이 무렵의 장혁주의 문학 감각은 소박한 리얼리즘이다. 사상적인 경향은 마르크시즘보다 아나키즘에 가까운데 그것은 「백양목」이 발표된 『대지에 서다』를 보아도 알 수 있다. 장혁주 자신도 "나는 마르크스트가 아니고 아나키스트였다"라고 고백하고 있다. 어쨌든 그가 프롤레타리아문학운동과 관계되어 있었다는 것은 분명하다.

장혁주는 「아귀도」 발표 이전에 '문전文戰' 타도 동맹 기관지 『프롤레타리아』1931.1의 "동지통신"란에 다음과 같이 투고했다.

××적 친애하는 동지 제군!
합법주의, 비××적 노맹예술가연맹 분쇄에 전력을 다하고 이와후지 다이사쿠岩藤代

^作 사건 이래, 멀리 떨어진 이 조선의 우리들에게도 '문전'이 갖는 기만성과 반혁명적
입장이 알려지게 되었다.

나도 미력하지만 '문전' 타도 동맹에 힘을 기울일 것이다.

사회민주주의자 '노예' 연맹원을 우리들 전선에서부터 구축하자.

이 통신에서 흥미를 끄는 것은 장혁주가 조선 땅에서 일본의 프롤레타리아문
학운동에 참여하려 했다는 점이다. 조선의 프롤레타리아 운동이 괴멸되고 일본
의 운동으로 해소되었던 정황 탓도 있지만, 여기에는 일본국이라는 국가 권력의
지배하에서 한 명의 프롤레타리아문학가 장혁주는 있어도, 일제에 대치하는 식
민지 민족의 한 명으로서의 장혁주 모습은 찾아볼 수 없다. 후에 장혁주는 잡지
『문예통신』^{1935.2}의 앙케이트에 답하며 이렇게 말했다.

어떻게 하면 문단으로 나갈 수 있을까? 이는 문단에 아는 사람 한 명 없는 나로서는
실로 괴로운 문제였다. 여러 가지 문장을 읽고 나는 현상이나 동인지에서 인정받는 수
밖에 달리 길이 없음을 마침내 알게 되지만, (…중략…) 현상은 26세 때 당선되었다.
그해 봄 세리자와씨의 「부르주아」를 보고 나도 당선할 거라는 다소 자신에 넘쳐 있었
다. 직접 희곡을 써 『개조』에 응모했는데 그것이 보기 좋게 당선됐다.

동인지에서든 현상에서든 장혁주가 말하는 그것은 일본의 것이지 조선의 것
이 아니다. 그가 목표로 했던 것은 분명히 일본 문단이었다. 나프계열 운동에 경
도되고 탄압이 엄했던 조선에서 소설가로 싹을 틔우지 못했던 장혁주는 당시
"동반자문학"으로 불렸던 세리자와 고지로^{芹澤光治良}의 소설 「부르주아」가 『개조』
현상에 당선한 것을 보고 거기서 희망의 불빛을 발견했던 것이다.

유년 시절부터 일본어에 익숙해 있던 지식인 장혁주는 일본 문단으로 활로를
열어갈 수가 있었다. 일본어에 정통해 있던 장혁주는 그다지 일본어에 위화감을

갖지 않고 오히려 '중앙' 표준어에 대한 감각으로 받아들이고 있었는지도 모른다. 그의 의식 어딘가에 '내지'로서의 일본이 있고 거기에 조선과 일본의 여러 가지 조건이 쌓여, 중앙 문단으로서의 일본 문단과 지방 문단으로서의 조선 문단이라는 구도가 서서히 자리잡게 된다. 이러한 장혁주의 심층 의식은 뒷날 표면화하고 '조선 문학' 그 자체를 '규슈 문학'처럼 일본의 한 지방문학의 위치로 떨어뜨리고 더욱이 그 로컬 색으로서의 민족성까지 부정하기에 이른다.

5) 출세작 「아귀도」

장혁주의 희망대로 「아귀도」는 1932년 제5회 『개조』현상에 입선하고 4월호에 게재되었다. 이 작품의 모티브는 교원 생활을 하면서 보게 된 농촌의 빈곤과 비참함이었다. 그는 고바야시 다키지와 마에다코 히로이치로前田河廣一郎와 구라하라 고레히토藏原惟人의 문학 이론에 관심을 가지고 프롤레타리아문학적인 의식으로 이 작품을 썼다. 이 무렵 프로 문예 운동은 이미 최전성기에서 조락기에 접어들었지만 장혁주는 그때까지도 강하게 영향을 받고 있었다.

꽝. 꽝.

북쪽 구석 깊숙한 산속에서 바위가 폭파되자, 그 파편이 분수처럼 높이 치솟았다가 지금 막 피해온 농민들 가까이로 날아와, 근처의 밭과 하천 주변으로 산산히 떨어졌다. 계속해서 3발, 하늘을 찢을 듯한 소리가 울려 퍼지자 한 아름은 될 듯한 커다란 돌이 새로운 파면을 하얗게 번쩍이며 하천 변에 앉아 있던 농민들 바로 곁에 떨어졌다. 7, 8명의 농민들은 도시락통을 들고 도망쳐 언덕 위로 달려왔다.

이 문장은 「아귀도」의 도입부다. 3년간 계속된 한해로 굶주린 농민들을 구제한다는 명목에서 시작된 저수지 공사장 일은 매질과 착취로 농민들을 괴롭혔다. 저임금에 먹을 것도 없이 농민들은 모두 굶주려 처참한 안색으로 나병 환자처럼 퉁퉁 부어 있었다. 부인네들은 풀뿌리를 캐어 식량으로 채웠다. 때때로 산으로 칡을 캐러 갔다 떨어져 죽는 이도 있었다. 비참한 생활과 가혹한 노동조건 속에서 점차 분노가 치민 농민들은 지주와 십장들에게 집단으로 도전하게 된다. 그리고 결국 임금인상과 노동시간 단축 등을 요구하며 감독에게 들이댔고 더욱이 그로 인해 체포된 청년을 되찾으러 간다.

감독은 군중에게 둘러싸여 두려움에 떨며 말했다.
"난 잘 모른다."
"뭘 모른다는 게야. 윤을 내놔."
"××××××××××, 난 모른단 말이야."
"자, ×××로 가서 꺼내 오자구."
마산이는 감독의 어깨를 움켜쥐고 밀었다. 군중은 저마다 욕지거리를 내뱉으며 뒤를 따라갔다.
감독을 둘러싼 행렬은 산을 넘고 고갯마루를 내려가×××××××××.

제국주의와 그 앞잡이에 대한 강한 분노, 농민 노동자들의 단결에 대한 신뢰, 굶주린 밑바닥 생활과 피폐해진 몸. 그것을 강요하는 자에 대한 노도 같은 싸움의 시작을 그리고 있다. 조선인 작가가 일본 문단에 발표한 최초의 본격적인 소설이고 훌륭한 문학 작품이다. 『개조』 편집부도 「아귀도」 발표를 "올해의 가장 커다란 기쁨"으로 평가하면서 장혁주의 등장은 세계에 조선 작가의 존재성을 알리는 것이라고 높게 평가했다. 「아귀도」의 호평으로 힘을 얻은 장혁주는 잇달아 작품을 발표했다. 제5회 개조 현상소설 입선으로 도쿄에 온 그는 지금까지의 입선자를 불러 개최한 야마모토 사네히코山本實彦 '개조' 사장의 초대 만찬회에 참가한다. 야스타카 도쿠조는 거기에서 만났다.

6) 특수한 입장

야스타카 도쿠조는 『개조』 제1회 현상소설에 당선하고 문단에 등장한 작가다. 조선에 머무른 적이 있는 야스타카는 장혁주의 당선에 특별한 호의를 가지고 있었다. 장혁주는 만찬회 다음날 야나기바시柳橋의 야스타카 집을 방문하고 그때부터 매일 같이 거의 3개월간 그곳에 눌러 있었다. 야스타카의 집에는 장혁주 외에 이시즈카 도모지石塚友二, 다무라 다이지로田村泰次郎, 이노우에 도모이치로井上友一郎, 유아사 가쓰에 등 많은 신진 작가와 편집자가 모여 있었다.

당시 고바야시 다키지, 도쿠나가 스나오 등 프롤레타리아 작가들은 상업지에서도 활약하고 있었는데 활약할 공간이 적었던 야스타카 등 '개조현상 입선자'들은 "순수문학을 위한 가장 좋은 발표기관으로 만들고 싶다"라며 계간 문예지 『문학 쿼털리』를 발간했다. 장혁주는 두 번째 작품 「사코다 농장迫田農場」을 여기에 기고했다. 그것이 게재된 1932년 여름 제2집 후기에 야스타카 도쿠조는 장혁주를 다음과 같이 소개하고 있다.

조선민족의 대표적 작가로서 일본 문단에 데뷔한 장 씨는, 세계에서 가장 고뇌하는 민족으로서 조선민족의 소리를 우리 문단에 여실히 전하고 싶다는 커다란 희망과 사명을 느끼고 있는 작가다. 90매에 이르는 이번 「사코다 농장」도 실은 그런 의미에서 우리 문단에 발표된 장 씨의 두 번째 작품이다.

「사코다 농장」은 일본인이 지배하는 농장에서 벌어진 농민들의 투쟁을 그린 것이다. 초기의 장혁주는 「아귀도」, 「사코다 농장」, 다음에 「쫓기는 사람들」 등 농촌 풍경을 다룬 소설을 잘 그렸다. 야스타카의 말대로 조선민족의 대변자이고자 했던 것이 이 무렵 장혁주의 창작 태도였다.

장혁주는 『문학 쿼털리』 제2집이 나오자 곧바로 조선으로 돌아가 「쫓기는 사람들」을 썼고 『개조』1932.10에 발표했다. 「쫓기는 사람들」은 토지를 빼앗기고 마을을 떠나 일본과 만주로 향할 수밖에 없었던 농민들의 비참함을 다룬 작품이다. 이 소설은 조선에서 평이 좋았지만 일본에서는 좋지 않아 "막다른 길에 봉착했다는 소리"도 들렸고 게다가 조선에서는 발행금지가 되어 장혁주는 딜레마에 빠졌다. 이 딜레마를 장혁주는 자기가 놓인 "특수한 입장"으로 설명하고 납득하려 했다. "특수한 입장"의 하나는 "모국어生国語를 버리고 일본어로 창작"하는 조선인으로서의 특수성이었다. 그는 도쿄에서 조선으로 돌아가는 것에 대해서 망설였다. "많은 사람의 의견을 발표하는 기관이 도쿄에 있는 이상 도쿄에 있는 것이 낫다"는 것이었는데 장혁주는 "조선을 떠나, 조선인의 생활을 소홀히 해서 자기의 작품 가치는 반감한다"는 생각에서 조선으로 돌아갔다. 장혁주가 말하는 "특수한 입장"의 또 다른 하나는 프롤레타리아문학운동으로부터의 박리剝離다.

나는 정치상으로는 물론이고 예술상으로도 변증법적 유물론의 방법에 의해서만 올바른 인식을 얻는다고 생각하지만, 지금까지의 일본의 프로 문예이론을 지당한 것이라고도, 그리고 나의 문학을 억지로 적용시키려고도 생각지 않는다.

「특수한 입장」

그는 일본으로 건너가 곧바로 작동일본프롤레타리아작가동맹 가맹을 권유받았지만, 결국 들어가지 않았다. 그것은 이미 「아귀도」를 나프에 보내지 않고 『개조』 현상에 응모했을 때부터 결정된 바라 할 수 있다. 작동 측의 그에 대한 평가는 '동반자 문학'으로서의 규정이었던 것 같은데 본래 사회주의적인 실천 투쟁에서 후퇴한 부분을 문학 활동에 두고 있었던 장혁주에게 자기 작품의 프롤레타리아문학적 방향성은 처음부터 없었는지도 모른다. 조락凋落 기미의 프로 문예운동은 이제 막 세상에 나와 상승기류를 탄 신진 작가 장혁주에게 적합하지 않았던 것이다.

조선민족이면서 일본어로 창작하고 일본 문단에서 활약한다는 특수성과 프롤레타리아문학적 경향의 작가를 자인하면서 프로 문예운동에 참가하지 않는다고 하는 두 가지 '특수성'. 그 양쪽에서 장혁주는 그 어느 쪽도 진정으로 해결하지 못했다. 결국은 조선민족을 대표한 작가라는 것도 프롤레타리아 작가라는 것도 버리고 일본 문단의 사람으로서 순수문학을 지향하게 된다.

7) 거듭되는 발행금지

야스타카 도쿠조의 『문학 쿼털리』는 제2집까지 나왔는데 그것으로 종간되었다. 그러나 『문학 쿼털리』의 부록 월보적 존재로서 발행이 예정되었던 월간 『문예수도』는 1933년 1월 창간되어 장장 1969년까지 긴 역사를 이어 갔다. 장혁주는 「쫓기는 사람들」의 발행금지와 불평으로 고뇌하고 있던 참에 『문예수도』 창간 소식을 접하고 곧바로 상경했다. 창간에 참여하고 여기 동인으로서 1938년 무렵까지 많은 소설과 에세이를 발표했다. 『문예수도』에 최초로 게재된 소설은 「형의 다리를 자른 남자」1933.5이다. 이 작품은 가난한 조선의 농촌에서 형의 비행벽에 고심하던 동생이 결국 형의 다리를 자르게 된다는 이야기다. 이조 봉건 정치의 농민수탈 체재를 배경으로 한 농촌물로서 고뇌하는 동생 인수의 심정과 동네 사람들의 감정의 움직임, 공무원의 횡폭한 태도 등을 다룬다. 작품을 구성하는 모티브를 사회적으로 다룬 체제 고발적인 작품이다.

다음으로 게재된 것은 같은 해 9월호의 「분기자」1933.9인데 이 작품은 발행금지 처분되었다. 이것과 12월 『개조』1933.12에 발표된 「권이라는 남자」는 전술한 것처럼 작가의 훈도訓導 경험에 의한 교사물이다. 하지만 이 두 작품의 유사점과 차이점은 장혁주의 창작 방법상에 커다란 의미를 갖는다. 줄거리에 대해서는 전술했기에 생략하지만 「분기자」 쪽은 여러 가지로 갈등하면서도 식민지 교육이라는 사회적, 역사적 현실에 의문을 갖고 반역해 가는 주인공을 다룬다. 그에 비해 「권이라는 남자」는 오히려 그 같은 사회적 배경의 중압에도 초점을 맞추지 않고, 벽지 학교의 직원들을 둘러싼 권력욕과 인간관계의 쇄말瑣末을 다루어 놀림당하는 인생을 그저 달관할 뿐이다.

장혁주는 「분기자」가 발행 금지된 것과 관련해 다음과 같이 말했다.

이것은 사적인 일이지만 본법^{本法} 전호의 졸작 「분기자」가 발행 금지되었다. 본지 창간호의 졸문 「나의 문학」도 하마터면 발행금지가 될 참이었다. 작년 10월 「개조」의 「쫓기는 사람들」은 조선에서 발행 금지되었다. 문단에 등장한 지 겨우 2년인데 발행금지 처분을 2번 받았다. 졸작이 작품으로서 무척 부족하다는 것은 익히 잘 알고 있지만, 그것이 만약 일본명으로 발표했다고 한다면 결코 발행금지 처분을 받지는 않았을 것이라는 점은 여기에서 분명히 말해둔다. 그리고 나 때문에 뜻하지 않게 손해를 입은 야스타카 형에게 진심으로 사과하겠다. 나는 물론 앞으로의 창작방침을 바꿀 수밖에 없다고 생각하고 있다.

「번역의 문제·그 외」

일본 문단에 받아들여져야만 한다고 하는 자아는 그의 창작을 급선회하게 만들었다. 그리고 「분기자」와 같은 모티브로 쓴 것이 「권이라는 남자」였다. 이른바 발행금지 처분을 받은 「분기자」의 개작이다. 그러나 이것은 완전히 시점을 돌려 전혀 다른 작품이 되었다. 이후 장혁주 문학은 사회적, 민족적 테마로부터 벗어나 개인적인 자아 갈등을 그린 순수문학의 길을 걸어갔다. 이 단계에서 장혁주의 창작방침에 새로운 영향을 끼친 것은 젊은 부르주아문학의 기수 요코미쓰 리이치^{橫光利一} 등의 신심리주의적 작품이었다. 확실히 프롤레타리아문학 쇠퇴기에 새로운 부르주아문학의 부흥이 『문학계』 창간^{1933.10}으로 이루어지기 시작했다.

8) 일본 문단의 호의석 평가

장혁주는 1934년 10월호 『문예』에 게재한 「나의 포부」에서 자기의 문학적 방향성을 정의하고 있다.

나는 두 가지의 이질적 문학 세계에 지배당하고 있다.

인간 생활의 오묘한 진리라고나 할까 매우 복잡한 사회적 생활과 개인의 존재욕에 기초한 각종의 본능을 많이 알면 알수록 나는 그들의 사상事象을 그리고 싶어 견딜 수가 없다. 이것은 나에게 있어 선천적인 예술욕이다. 이것과 대립해서 내가 소속해 있는 민족의 여러 경우, 그것에 기초한 여러 현상이 나의 예술적 감각을 사로잡고 놓아주질 않는다. 이는 물론 후천적인 예술 세계다. (…중략…) 하지만 나는 이러한 종류의 작품을 쓸 자유를 완전히 봉쇄당하고 있다. 때문에 내가 프롤레타리아적 작품을 배척할 생각은 없지만, 여기에 중대한 현상이 나의 예술에 나타났던 것이다. 그것은 최근 언론계의 이 직접적인 사정이 원인으로 작용했겠으나 앞서 언급한 선천적인 예술 세계가 나를 점령했기 때문이다.

장혁주는 민족적, 계급적인 문제를 다룬 작품은 탄압 때문에 발표할 수 없었다고 보면서 "인간 사회주의 깊숙이 숨어있는 것"으로서 '개인' 심리의 동요를 그리는 것이 자기가 취해야 할 길로 인식했다. 이른바 프롤레타리아문학적 입장에서 순수문학적 입장으로 문학의 방향을 바꾸려 했던 것이다. 그리고 다음과 같이 결론지었다.

하지만 이 두 예술 세계가 나에게 병존하는 것은 의심하지 않으며, 그렇게 하는 것에 아무런 부자연스러움도 느끼지 않는다. 하지만 문학으로서는 물론 전자의 선천적으로 나에게 떠안겨진 예술 세계 쪽이 보다 높다고 믿고 있기에, 나의 노력을 한층 더 그쪽으로 기울이는 것은 의심의 여지가 없다고 생각한다.

그가 말하는 "선도적인 예술 세계"의 제1작이 「권이라는 남자」이고 제2작이 이듬해 1934년 『문예』 3월호에 발표한 「갈보」다. 이것은 조선 농촌의 한 갈보를 둘러싸고 두 남정네가 서로 으르렁거리는 것을 다룬 작품이다. 여기에서는 가난한 농촌의 딸들이 매춘부로 전락할 수밖에 없는 현실과 제 모순은 완전히 무시되고 있다. 일본 문단의 장혁주에 대한 평가는 「권이라는 남자」와 「갈보」에 의해 급격히 호의적으로 바뀌어 갔다. 기노시타 모쿠타로木下李太郎는 다음과 같이 평가했다.

조선에서 근세는 거의 예술다운 예술이 없었다. 이것은 수년 전 내가 이조 왕가의 박물관에서 조선 회화를 보면서 낸 탄식의 소리였다. 자유가 없는 곳에서 예술은 생겨나지 않는다. 조선 백성은 오랫동안 자유를 속박받았다. 그리고 지금 여기에 「갈보」와 같은 좋은 소설이 나오게 된 것은 조선이 옛날에 비해 훨씬 양호한 문화적 분위기 속에서 커가고 있다는 증거로서 기뻐해야만 한다.

일본으로 말미암아 빼앗긴 자유가 어느새 전도되어 일본으로부터 주어진 '자유'가 되었다. 조선의 민족 예술에 무지한 데다 억압 민족으로서 문학·예술의 자유를 빼앗은 측에 있으면서 식민지화 됨으로서 너무나 자유롭게 문화적이 되고, 그래서 이런 '좋은 소설'을 쓸 수 있게 되었다고 역설한다. 더욱이 기노시타는 "이러한 소설이 얼마든지 한층 더 조선과 중국에서 생산되기를 나는 간절히 바란다" 라고 말하고 중국 문학가에게도 같은 입장을 강제하려 했다. 기노시타 모쿠타로는 침략을 은혜로 슬쩍 바꿔 치고 있는데 장혁주는 이와 같은 일본 문단의 호평에 기분이 좋아진다. 민족적, 계급적인 이른바 사회적 소설을 개인주의적 소설로 바꾼 장혁주지만, 실은 기노시타 모쿠타로의 평가에서도 알 수 있듯이 묵인에 따른 현상 긍정과 일본의 조선 지배 지지의 입장으로 빠질 수밖에 없었다.

장혁주는 계속해서 「열성한劣情漢」, 「장례식 밤의 일」, 「마누라」, 「16일 밤에」, 「1일」, 「우열한」 등등 실로 정력적으로 집필했고, 단행본도 『권이라는 남자』1934.6, 『인왕동 시대仁王洞時代』1935.6 등을 상재했는데, 그의 활약은 이미 일본의 전후 체제 속으로 편입되었다고 할 수 있다.

9) 민족적 긍지의 포기

장혁주는 1935년경 조선어 창작을 여러 편 발표했다. 「무지개虹」, 「3곡선三曲線」, 「여명기」 등인데 조선 문단에서는 거의 평가받지 못했다. 그러나 일본 문단에서 작가로서 확고한 지위를 얻고 있던 장혁주는 이전처럼 식민지 조선과 침략국 일본 사이에서 딜레마에 빠지는 일은 없었다. 그는 조선에서 평가받지 못한 것을 성공자인 자신에 대한 조선 문단의 질투라고 생각해 버렸다.

소위 '문단 페스트균' 논쟁은 장혁주의 자만과 다른 조선인에 대한 경멸시輕蔑視에 의해 쓰여진 평론 '문단 페스트균'이 발단이 된다. 그에 대해 우선 조선 작가 이무영이 반론을 했다. 그는 장혁주의 졸작을 힐책하고 장혁주가 일본 문단의 대가임을 긍지로 여기고 모국어인 조선어를 경시하고 있다고 규정지었다. 그리고 김문집이 장혁주 작품을 도작이라고 깎아내리고 딴지追討를 걸었다. 장혁주는 이 논쟁으로 이후 조선어 소멸론, 황도 조선론으로 크게 나아갔다고 할 수 있다. 장혁주는 대구에서 살고 이따금씩 상경하며 작가 생활을 하고 있었는데 일본 지식인, 문화인과 교류하는 사이 결국 조선의 현실을 뒤돌아볼 수 없게 되고 말았다. 1933년 초두에 "조선을 떠나 조선인 생활을 접고 나의 작품은 절반의 가치도 없다"라고 말했던 인간이 3년 후에는 다음과 같이 적고 있다.

나는 2월 중순에 상경해 약 1개월간 도쿄에 있었다. 항상 그랬지만 이번에도 나는 돌아가고 싶지 않았다. 문화의 중심지로부터 떨어지고 싶지 않았기 때문이다.

「이경(離京)의 슬픔」

'문단 페스트균' 논쟁 후 자신의 작품 속 '조선 냄새'가 일본 문단에서 로컬 컬러라든가 엑조티시즘으로 불려지는 것에 고심하고 있던 장혁주는 1936년에 「심연의 사람深淵の人」, 「월희와 나月姬と僕」 등을 썼는데 작품에 자신을 갖지 못하고 암중모색하고 있었다. 그리고 일본인 노구치 게이코野口桂子와 연애결혼의 과

정을 거쳐 결국 조선 땅을 버리고 만다. 이렇게 해서 장혁주의 문학 활동은 급속히 일본화해 갔는데 그래도 1938년까지의 장혁주는 아직 제국주의에 대한 적극적인 협력자는 아니었다. 오히려 차별과 박해로 가난하고 황폐한 재일조선인의 생활에 눈을 돌리고 있었다. 소품 「굶는 인민」과 르포르타주reportage 「조선인 취락을 간다」는 그러한 조선인의 생활의 비참함을 고발한 작품이다. 그러나 「우수 인생」에 현저하게 나타나듯이 조선인으로서의 민족적 긍지는 완전히 사라져 버렸다. 「우수 인생」은 어떤 조선인 소년이 조선인이기에 받는 차별로 인해 근심한다는 이야기다. 일종의 작가 자신이 조선인으로 태어난 것을 비탄하는 듯한 소설이다.

1938년에는 조선의 고전적 이야기 「춘향전」을 각색한 희곡을 『신쵸』 3월호에 발표했다. 이는 처음 유아사 가쓰에湯浅克衛와 공동 제작할 예정이었던 것을 결국 장혁주 혼자서 하고 무라야마 도모요시村山知義 연출로 상연했다. 이러한 일을 하면서 장혁주는 항상 자신의 출신을 부끄럽게 여기는 감각을 증폭시켜 갔다. 그리고 이듬해 1939년에는 공공연히 '친일노선'을 표명한 것이다.

10) 「조선 지식인에게 호소한다」

문예춘추사 발행의 잡지 『문학계』1939.1에 「조선 문화의 장래」로 제목 붙인 좌담회가 게재되었다. 출석자는 아키타 우쟈쿠秋田雨雀, 하야시 후사오, 무라야마 도모요시, 장혁주, 가라시마 다케시辛島驍, 후루카와 가네히데古川兼秀, 정지용, 임화, 유진오, 김문집, 이태준, 유치진이다. 이는 하야시 후사오가 '만주'로 향하는 도중 경성에서 계획한 것인데 흥미를 끄는 것은 장혁주의 『춘향전』에 대해 다루고 조선어 문학의 번역 문제에서 조선 작가의 '내지어'에 의한 창작 문제로 화제가 진전한다는 점이다. 하야시 후사오는 이 좌담회를 끼운 여행을 계기로 조선 문학의 존재를 알게 된다. 그 이전에는 "조선어를 몰랐고 조선 문학가 제군의 문학을 읽지 않았다."하야시 후사오 「조선의 정신」, 『문예』, 1940.7 조선에 독자적인 문학이 있다는 것을 예상조차 하지 못했던 하야시 후사오는 대단히 관대하면서도 악질적인 "내지 어 논자"였다. 그는 조선어 발음의 일부를 일본어로 도입함으로서 "오랜 시간을 걸치면 두 민족어의 융합이라는 것은 가능하다"고 결론짓는다. 그런데 실은 융합이 아니라 일본어 속에 조선어를 용해해 독자성을 잃는다는 이른바 조선어 소멸론을 주장했던 것이다.

이것은 좌담회보다 1년 반 후의 의견이지만 좌담회 당시의 무지와 질적인 변화는 없다. 하야시 후사오는 이 좌담회에서 '세계문화'를 위해서라 칭하고 조선 문학가에게 '내지어'로 창작할 것을 강요했는데 시간이 지나면서 다소의 '이해'를 보여주게 된다.

조선의 작가가 전부 내지어로 쓰는 날이 오길 바라고 있지만, 성급하게 그것을 주장하는 일은 접는다. 먼 훗날이라도 상관이 없는 것이다. 조선에 있어서 내지어는 급속히 보급되고 있으니까 현재의 소학생이 어른이 될 무렵에는 언어의 문제에 대해서도 새로운 사태를 맞게 될 것이다.

"새로운 사태"는 싹이 트는 것조차 1945년 8월 15일로 중단되어 버렸지만 장혁주와 같은 기성세대 작가들에게는 커다란 영향을 끼쳤다. 좌담회 후 장혁주는 곧바로「조선 지식인에게 호소한다」를 적고 시대적 요청에 응했다. 이 무렵에도 경찰의 특별한 감시의 예외가 아니었던 조선인 장혁주는 1939년 1월 도쿄에서는『문예』에, 조선에서는『삼천리』에「가토 기요마사」를 동시에 발표한다. 급속히 일본 군국주의의 정치적 요구에 부응해 갔던 것이다.「조선 지식인에게 호소한다」는『문예』2월호에 발표되었다. 그 요지는 조선민족의 민족적 결함을 격정성, 약한 정의심, 강한 질투심, 비뚤어짐과 같은 용어로 설명하고 "우리들이 만약 완전히 내지화 해 버렸다고 한다면, 우리들은 자연낙착自然落着이 있는 삐뚤어짐 없는 민족이 된다"는 결론이다.

이러한 논조는 미나미 지로 조선총독 하의 '내선일체' 운동의 일환이면서 장혁주 자신도 그것을 충분히 의식한 상태에서 썼다. 이른바 그는 정치 정세를 고려해 그에 추종했던 것이다. 권력에 의한 위협과 유혹. 그러한 당근과 채찍이 장혁주의 펜에 크게 영향을 준 것은 명백하다. 일본인으로 태어났더라면 훨씬 자유로웠을 것이고 경찰의 감시를 받지도 않았을 것이라는 굴절된 분노를 그는 자신을 비난하는 조선인 지식인을 향해 돌렸다. 그는 조선인이라는 사실을 인생의 부의 요소로 떠안고 조선민족의 일본화를 원했던 것이다. 「조선 지식인에게 호소한다」는 그러한 그의 소망을 조선민족에 강요하는 것이며 동시에 황민화 정책에 순수히 따른다고 하는 것에 대한 표명이기도 했다.

경찰의 감시를 받는 조선인 지식인이었던 장혁주는 중일전쟁이라는 시대적 배경에 놓아났다고도 할 수 있다. 일본 측에서 보면 조선인으로서의 장혁주야말로 이용도가 높았던 것이다. 일본에 영합할 수밖에 없었던 장혁주는 우선 역사소설로 활로를 찾았다. 「가토 기요마사」는 처음 『문예』 1939년 1월호에 발표된 것에 대폭적인 가필을 통해 같은 해 4월 개조사에서 발행되었다. 그것은 도요토미 히데요시의 조선 침략을 조선인인 장혁주가 무비판적으로 받아들임으로써 군국 일본에 대한 충성심을 보여주려고 했던 것이다. 이 단계의 장혁주는 이미 제국주의 전쟁에 반대하는 어떠한 사상적 기반도 갖고 있지 않았다. 조선인으로서의 민족적 입장조차 포기해 버렸던 그가 유일하게 품고 있었던 것은 강력한 군국주의 파쇼정권에 대한 공포뿐이었다.

장혁주는 기요마사의 자손이라 자칭하는 전 해군 대위 가타오카 아무개片岡某로부터 기요마사의 부하가 적에게 항복하는 부분은 있을 수 없다며 질책받자 뇌리에 헌병의 모습을 떠올리고 고문을 예상한 것이었다. 여하튼 가타오카와의 다툼을 해결한 장혁주는 「가토 기요마사」에 이어 「화해와 전쟁 어느 쪽도 불사함」, 「부침」 등 역시 히데요시 군대의 조선 침략에서 제목을 붙인 역사소설을 연이어 썼다. 그리고 한층 직접적인 제재를 다룬 군국주의로 발을 들여놓았다.

11) 군국주의

1938년 2월 26일 조선 육군 특별지원병령 공포는 미나미 지로 총독 아래 '내선일체' 운동의 일환으로 이루어졌다. 이는 일본의 침략전쟁의 선봉에 조선인을 이용하려는 정책의 초보적 단계였다. 1942년 5월 29일 고이소 구니아키^{小磯国昭}가 미나미 지로의 후임으로 총독 지위에 오르자 한층 더 1943년 3월 1일에 징병제 공포, 7월 28일에 해군 특별지원병령 공포를 통해 조선인의 목숨을 일본의 야망에 이용했다. 조선의 전시 체제로의 도입은 만주사변과 태평양전쟁의 고비마다 강화되었다. 이러한 사회 정세는 일본에서는 히노 아시헤이^{火野葦平}의 「보리와 병사」 등의 전쟁문학을 낳았지만 조선 문학가도 이에 호응하지 않을 수 없었다. 김동인, 박영희, 임학수 등의 황군 위문 작가단^{1939.4}의 파견과 철저한 총칼 뒤의 봉공으로 조선을 물심양면에서 병참 기지화하려는 조선임전보국단 결성 등이 그것이다. 이광수, 유진오와 같은 문인협회도 문필보국이라는 이름 아래 1939년 10월 20일에 발족했다.

장혁주는 그들과는 다른 입장에 있었다. 일본에서 데뷔하고 일본에서 출세한 장혁주는 "반도 출신의 일본문학가"로서 존재했다. 따라서 조선 문인협회 등에는 속하지 않고 일본문학보국회 회원이 되었다. 그는 일본문학보국회의 황도조선연구위원회 소속이었는데 이는 일본문학보국회원으로서 조선에 관심이 있는 사람들, 가토 다케오^{加藤武雄}, 다나카 히데미쓰, 유아사 가쓰에, 야스타카 도쿠조 등으로 조직되었다. 장혁주는 회의 위탁을 받고 1944년 1월부터 3월에 걸쳐 '내지' 곳곳의 광산을 방문했다. 그 전년도 8월에는 요시야 노부코^{吉屋伸子}, 오시카 다쿠^{大鹿卓} 등과 광산 문학 좌담회를 열고 '비상시기의 증산'에 대해서 협의했다. 자전적인 요소가 농후한 전후의 소설 「람시」의 주인공은 이곳저곳의 탄광을 돌며 혹사당하는 조선인 노동자의 호소를 깔아뭉개거나 그들의 분노를 잠재우는 인물로 묘사된다. 장혁주 자신의 체험에서 취재한 것일 것이다. 일찍이 조선 농민의 분노의 결기를 그린 작가의 비참한 모습이다.

장혁주가 가담한 보국 단체에는 신반도문화연구소도 있다. 이 연구소는 1944
년 9월 장혁주, 유아사 가쓰에, 야스타카 도쿠조 등에 의해 도쿄에서 발족하고
"반도의 황도화"를 위해 강연회와 조선 시찰 등을 기획했다. 장혁주는 이 시기에
여러 체험을 통해 많은 군국소설을 작품화했다. 그럼 장혁주의 군국소설의 대표
작 「이와모토 지원병」을 살펴보기로 하자. 「이와모토 지원병」은 1943년 8월 24
일부터 9월 9일까지 『매일신문』에 연재되고 조선에서도 「순례」로 제목을 바꾸
어 『매일신보』에 9월 7일부터 22일까지 옮겨 실렸다. 더욱이 이듬해 1944년 1
월 27일 경성 흥아문화 출판으로부터 '노구치 미노루' 서명으로 출판된 단편집
「이와모토 지원병」에 수록했다. 장혁주는 조선의 징병 실시에 따라 시찰을 겸해
지원병 훈련소로 입소하고 그곳에서의 경험과 견문을 통해 「이와모토 지원병」
을 썼다.

'이와모토'는 이제 겨우 18, 19세 정도의 조선 청년이며 마루오카丸岡 학원이
라는 "소년××소의 위탁생의 교도소敎導所"출신 지원병이다. 주정꾼인 아버지와
계모와 함께 도쿄에서 살고 있는 그는 육군에 지원함으로서 황국 신민이 되려
고 하지만 기분상으로 도저히 '내선일체'를 믿을 수가 없었다. 그런데 어느 날
사이타마현 고려 신사에 참배하고 그 부근의 주민이 1,200년 전에 조선에서 일
본으로 건너왔음에 감동하면서 자신의 황민화를 확신하기에 이른다. 장혁주는
'내선일체'와 조선인의 황민화에 순수한 의문을 가진 청년이 전시 체제의 심각
화라는 정황 하에서 일본의 식민지 정책의 야망으로 이식되어 가는 모습을 그
리고 그것을 찬양하였다.

나는 손을 씻고, 입을 행구고 신전에 섰다.
깊이 목을 숙이고 이와모토도 가일층 훌륭한 병사가 될 수 있게 해 달라고 기원했다.
그리고 더 나아가 조선 동포 전부가 하루빨리 황민화를 이룰 수 있도록 기원하였다.

장혁주는 「이와모토 지원병」 출판 후 간도間島, 열하熱河, '북지北支' 등을 여행했다. 이 무렵의 사정은 「람시」에도 그려져 있는데 간도에서 일본의 패전을 확신한 주인공은 허둥지둥 일본으로 돌아가 천황의 음성방송을 듣고 일본인이 되기로 결의한다. 「람시」는 픽션이다. 그러나 현실의 장혁주도 조선으로는 돌아가지 않았다. 그는 이미 '일본'인이다. 그리고 1952년 장혁주는 희망대로 일본으로 귀화하고 노구치 미노루가 되어 고려 신사가 있는 사이타마현 히나타초日向町에 살며 저술 활동을 하다가 1988년 삶을 마감한다.

12) 일본이라는 사상의 반동성

김사량은 일본에 있으며 일본어로밖에 쓸 수 없는 정황 하에서 일본어를 통해 필사적으로 저항했다. 그는 '일본문학'친일문학이라고 해도 좋다을 강제하는 사회로부터 도망침으로써이 경우, 도망도 투쟁으로부터의 도피가 아니고 투쟁을 위한 수단이었다 문학을 지켰다. 김달수 이후의 전후에 두각을 나타낸 재일조선인 작가들은 이미 '일본'에서 도망칠 수 없는 사람들이고 2세, 3세 세대를 거듭할수록 일본에 뿌리내려 갔다. 그들은 '조선'을 우리 일본인 독자에게 들이댐으로서 '일본'에 대한 안티테제를 보여주었다.

장혁주는 어떠한가. 식민지 하의 조선에서 조선어와 일본어를 잘 구사했던 장혁주는 문학으로 입신한다는 강한 희망을 갖고 일본어로 일본 문단에 데뷔했다. 그것이 초기에는 가끔씩 일본의 문학 정세의 색조에 반응하고 그가 가진 좋은 재능이기도 했다. 실제로 프롤레타리아문학적 요소가 농후한 작품을 생산했다. 그러나 이렇게 조선의 대표적 작가로서실제로는 그렇지 않았는데 일본에서는 그렇게 받아들이고 있었다 일본 문단에 등장한 장혁주는 처음부터 문학을 '매물'로 삼았다. 그는 당연히 전후의 재일조선인 작가들처럼 예리하게 제국주의에 대치해 가는 문학을 가질 수 없었다. 일본 문단에서 치켜세워지고 칭찬받으면서 있는 그대로의 진실을 추구하는 문학가로서의 생명은 끝나버렸다. 그는 「이와모토 지원병」 서문에 "나는 본서가 독자 제군에게 의미 있게 읽히면 작품의 예술성 따위는 문제로 삼지 않아도 좋다고 생각한다"라고 적고 있다. 제국주의로부터 문학을 지키지 못한 것에 대한 고백이라 할 수 있다.

장혁주의 발자취를 추적해 보면 일본의 식민지 문화정책을 잘 리드하고 있음을 알 수 있다. 일본의 잡지에 등장하고 일본 문단에서 자란 조선인 작가의 존재는 조선인의 일본 신민화에 도움을 주었다. 조선 문단의 일본화에도 선구적 역할을 했다. 왜 장혁주는 이렇게 무참히 '일본화'한 것일까. 장혁주를 둘러싼 일본 사회가 그에게 그것을 강요한 것이다. 일본인 속에 있는 자신과 다른 '색다른' 인간을 받아들이려 하지 않는 뿌리 깊은 것, 일본인 전체 속에 있는 사회 배외주의가 장혁주를 일본인으로 만들고 말았다. 조선인 장혁주가 일본인화 하는 반동성을 생각할 때 나는 일본인의 정확하게는 일본 황국신민의 추함을 본다는 느낌이 든다. 지금도 우리들 일본인이 뿌리 깊게 간직하고 있는 천황제의 죄다. 조선인의 일본어문학에 한정해 보면 일본어로 쓰는 한 '일본화' 되라는 일본주의적 도식이 장혁주의 시대에는 적합했다. 그리고 현대의 서민층에까지 뿌리내리고 있는 이와 같은 발상이 반동 정권의 존재를 허락하고 이의 없이 침략전쟁을 정당화하는 일본적인 이데올로기 천황제가 아닌가.

나는 일본인으로서 장혁주의 일본화를 비판하기 전에 조선인을 이의 없이 일본화해 버린, 또는 그렇게 하고 있는 '일본'이라는 사상의 반동성을 본다. 나는 지금 '일본적'이라 일컬어져 왔던 것을 하나하나 의심해 보고 있다. '일본화'한다는 것은 그것이 조선인이든 일본인이든 추하게 반동적으로 여겨진다. 그러한 발상의 전환을 갖고 일본의 현실과 마주했을 때 오히려 새로운 의미에서 일본과 일본인을 아름답게 낮이할 수 있을 것 같다.

4. 문학과 민족 김사량

1) 조선인의 일본어 창작

나는 일본 근대문학사를 생각할 때 '일본문학'이라는 말을 사용하고 싶지 않다. 민족이란 역사의 산물이며 결코 만세일계가 아니라고 생각하기 때문이다. 근대 일본의 발전은 조선 식민지 정책을 지레로 삼았기에 근대 '일본어문학'은 많은 조선인 작가와 시인을 배출해 냈다. 패전한 일본은 김달수, 허남기, 김태생, 김석범, 김시종, 오임준, 이회성, 김학영, 양석일과 같은 작가들을 배출시켰고 이양지, 이기승, 종추월, 원수일과 같은 작가들이 뒤를 이었다. 그러나 그들이 일본의 조선 침략의 부산물이라는 역사적 사실은 부인할 수 없다. 조선인의 일본어 창작은 일본 제국주의의 조선 침략과 함께 시작되었다.

조선 근대문학의 개척자들은 일본에서 배웠으며 이광수처럼 습작기에 일본어를 사용하는 작가도 적지 않았다. 또한 프롤레타리아문학시대에는 김희명, 김용제 등이 활약했다. 이어서 1932년 잡지 『개조』의 현상소설에 「아귀도」가 입상하면서 장혁주가 등장해 1945년 이전의 조선인 작가로서 가장 많은 작품을 남겼다. 김사량은 장혁주가 속한 동인잡지 『문예수도』를 통해 일본 문단에 등장한 작가다.

2) 「빛 속으로」와 그 시대

김사량이 「빛 속으로」를 발표한 것은 1939년 『문예수도』 10월호였다. 「빛 속으로」는 아쿠타가와상 후보로서 최종선고까지 갔었던 작품이며 이듬해인 1940년 『문예춘추』 3월호에 옮겨 실린다. '한일합방'이 이루어진 지 30년, 일본은 중국과 전면적인 전쟁에 들어가면서1937년 한층 태평양전쟁으로 돌입하는 진흙탕 전시 체제를 공고히 하고 있었다. 조선에서는 '내선일체'의 슬로건 아래 조선인의 황민화가 진행되고 결국 1943년에는 징병제가 실시되었다. 이미 일본의 좌익운동은 뿌리째 뽑히고 말았다. 모든 노동운동, 학생운동, 문학, 예술, 학문의 자유는 일반 시민들로부터 박탈되고 일본인은 천황을 정점으로 하는 전시 체제를 돕는 신민으로서 일사불란한 통솔을 보여주는 듯했다. 일본인은 '국가'와의 일체감에 근거해 살거나 또는 죽고자 했던 것이다. 조선에서의 '내선일체'는 그러한 일본인이 되는 것, 조선인이 국체인 천황에 거스르는 일 없이 어디에서건 몸을 바쳐 침략 전선으로 나설 수 있는 일본인이 되는 것을 의미했다.

그런 의미를 지닌 '내선일체' 운동에 일본 측에서 대응한 것이 이 무렵의 '조선 붐'이다. 전후 "재일조선인 작가"에서 중요한 한 사람인 김석범은 다음과 같이 말했다.

1940년 전후에는 '조선인 붐'적인 것이 있어 '조선'이나 '조선 문학'에 대한 관심이 급속히 고조되었는데, 그것은 문학적 요구라기보다 정치적 요구에 의한 것이었다.

『'재일'의 사상』

잡지 『모던 일본』이 「임시 대증간·조선판」을 1939년 11월과 1940년 8월 2회 발행하고 『문예』개조사도 1940년 7월호에서 조선 특집을 편성했다. 1940년에는 『조선소설대표작집』과 『조선문학선집』 전3권과 같은 소설 앤솔러지, 또 김소운이 번역한 조선시집 『우유빛 구름乳色の雲』도 발행되었다. 『모던 일본·조선판』11월에 김사량이 번역 게재한 이광수의 「무명」은 『조선문학선집』에도 옮겨 실려 제1회 조선예술상 문학상을 수상했다. 이광수의 소설은 그 이후에 『가실嘉實』4월, 『유정有情』6월 등이 출판 소개되었다. 12월에는 김사량 자신의 제1창작집 『빛 속으로』가 발행되었디. 선배격인 장혁수도 변함없이 글을 쓰고 있었다. 「빛 속으로」를 통한 김사량의 화려한 등장은 장혁주의 경우와 마찬가지로 조선동화 정책에 일정 부분 역할을 했다고 할 수 있다.

「빛 속으로」에 등장하는 비뚤어진 성격으로 약한 자를 괴롭히는 소년 야마다 하루오는 조선인 어머니와 혼혈인 아버지가 있다. 불량배인 아버지 한베에半兵衛는 조선 음식점 주인을 협박해 데리고 온 여인 정순에게 잔인한 린치를 가한다. 한베에는 자신의 어머니가 조선인이라는 것을 인생의 부의 요소로 인식해 온 비굴한 남자였다. 그러한 아버지의 모습을 그대로 닮은 하루오는 조선을 지독히 싫어하며 조선인인 자신을 부정하려 한다. 소년 하루오는 S대학 협회에서 '미나미 선생'으로 불리는 조선인 청년 '남南'과 솔직하게 마음을 터놓게 된다. 조선인의 열등감 극복을 묘사하지만 피식민 민족으로서의 자각에 대한 극복까지는 묘사되지 않는다. 하루오가 어머니를 배반한 이유는 조선인으로써 차별받는 것에 대한 거부감 때문이었다. 그러나 하루오는 조선인임에도 제국대학에 입학한 '남'이 존재감을 보이며 '미나미'에서 '남'으로 바뀌어가는 모습을 보면서 조선인으로서 자신의 장래에 대한 서광을 발견한다. 그때까지만 해도 조선인 어머니를 가진 그는 자신의 장래를 불량한 아버지처럼 될 것이라 생각했다.

「빛 속으로」는 근본적으로 '내선일체'의 움직임에 호응하고 있다. 그것은 열악한 사회 환경의 조선인이 조선인 그 자체로 일본인과 대등한 존재라는 김사량 식의 해석에 기초한 것이었다. 그러나 일본 제국주의에 저항하는 사상에 영향을 주고, 조선민족의 독립운동을 고무시키고, 일본인에게 조선인의 민족적 인권을 호소한다는 측면보다도 '내선일체'라는 정치적 요구에 부응하는 역할을 잘 떠맡고 있다. "어째서 선생님과 같은 사람들조차 성을 감추려고 하는 겁니까"라며 '남'에게 대드는 '이李' 청년조차도 마지막에는 운전수가 되어 자랑스러워한다. 이것이 당시 조선인의 실태를 어느 정도 반영하고 있다고 말할 수 있을까. 반대로 조선인도 일본인처럼 자기 몫을 할 수 있다는 허구의 '내선일체' 운동에 부응하고 있다는 느낌마저 든다. 야마다 한베에山田半兵衛의 형상은 일본인이라는 지배자 측에 서고 싶은 마음이 가득한 비굴한 조선인상이지만 '일본' 비판 그 자체는 아니다. 이렇듯 김사량이 표현한 것은 자기 존재를 포함한 괴로워하는 조선의 모습이었다.

일본 제국주의에 대치하는 조선인을 그릴 수 없었던 것은 작가의 자질과는 무관한 파시즘 지배하의 한계성이라고 해야만 할 것이다. 조선인이고 조선어를 매개로 발상發想하는 김사량에게 일본어로 창작하는 것 자체는 적극적인 의미를 갖지 않았다. 격심한 정황에 의해 강제된 것이었다. 일본어로 쓰는 것에 대한 중압감을 김사량이 어떻게 느끼고 있었는지에 대한 기록은 없다. 그가 행한 조선 문학의 번역도 당시 조선의 대표 작가였던 이광수가 황국신민 작가 가야마 미쓰로香山光郎로 전락해 가는 원인의 하나가 되었다.

김사량은 「빛 속으로」의 발표 이후 줄곧 자신의 일본어 창작을 부정하면서 글을 썼다고도 할 수 있다. 그리고 1944년에는 집필을 그만두고 1945년 5월 말에는 일본의 지배로부터 벗어나 옌안延安을 지향했다. 그리고 화북조선독립동맹을 거쳐 해방 후 조국으로 돌아갔다. 김사량의 등장은 장혁주가 등장했던 때와 마찬가지로 조선인 중에서도 특히 조선 작가를 자극했고 일본어 사용과 일본어 창작을 재촉했음에 틀림없다. 일제시대 김사량의 문학은 이의 없이 '내선일체'의 무거운 사슬을 질질 끌며 출발했다.

3) 애수와 초극 「기자림」의 세계

기자림箕子林 입구 한 곳에 기초시箕初試는 매일 같이 꼼짝 않고 앉아 있었다. 옆에는 빛바랜 양산으로 텐트를 치고 부연敷筵 앞에는 채색된 그림책 역서易書를 펼쳐놓고서.
울창하게 우거진 천년 수가 산을 뒤덮은 기자림 기슭에는 교외선 전차가 삐걱거리며 방황하고 있었다.

소설 「기자림箕子林」의 도입부에서 김사량은 기자림으로 상징된 울창한 조선의 역사와 교외선 전차가 근대화의 철로를 삐걱거리며 방황하는 모습을 동시에 조감하고 있다. 먼 과거로 이어지는 기자림 입구에 기초시는 역서易書를 펼쳐놓고 우두커니 앉아 있다. 기자림은 전설 상의 조선의 시조를 모신 능묘를 둘러싼 숲을 일컫는다. 『사기史記』에 의하면 기자 조선 전설은 은殷나라의 왕족인 현자賢子 기자를 주周나라의 무왕武王이 조선의 왕으로 앉혔다는 이야기로서 고려시대에 중국 문화에 심취한 유학자들이 퍼뜨린 지배 계층의 유교적 사조다. 기자릉箕子陵은 평양에 있고 중요시되었다. 말할 것도 없이 유교 도덕은 이씨 조선시대의 국민들 사이에 널리 퍼진 지배적 이데올로기였다.

기자림의 입구에서 역서를 펼쳐 점을 치고 있는 기초시箕初試의 모습은 마치 옛 조선 멸망해 가는 조선의 모습을 상징한다고도 할 수 있다. 일제 지배로 유교 도덕에 의한 사회 지배는 형각화形骸化 하고 조선 사회의 붕괴 현상은 격화되고 있었다. 유교 도덕의 사상 지배에서 천황제 지배로 이동해 갔다. 기초시는 원래 아이들에게 천자문을 가르치는 선생이었다. 어느 해 심한 기근을 맞고 정기를 잃은 아내는 딸 당실의 죽은 아이를 삶아버린다. 그 이후 기초시 일가는 화전민이 되어 유랑생활을 시작하게 된다. 화전민 생활도 고달픈 삶의 연속이었다. 그들을 발견한 산림 감독은 당실에게 폭력을 휘둘렀고 결국 당실의 남편인 바위バウィ에게 죽고 만다. 이 사건으로 바위는 감옥에 들어가게 되고 점점 곤궁해진 가족의 생계를 유지하기 위해서는 당실이 남몰래 몸을 파는 수밖에 방법이 없었다. 기자의 정통을 자임하던 기초시였지만 어쩔 도리가 없었다.

기초시는 딸과 늙은 처에게 면목이 없어 매일같이 기자릉 숲에서 걸식과 고담서를 읽는 노인들 옆에서 지내야만 했다. 기초시는 언문으로 적힌 고담서를 읽는 노인들을 경멸했다. 유교적 가치관에서는 한자야말로 학문이었기 때문이다. 그러나 눈먼 아버지를 위해 몸을 파는 효녀 심청의 이야기를 듣고서는 왠지 부럽단 생각이 들었다. 『심청전』은 유교 윤리의 '효'를 주제로 한 이야기다. 기초시를 둘러싼 현실과는 너무나도 동떨어져 있어 이처럼 오래되고 좋은 "조선적인 것"으로는 이미 혼란한 사회를 설명할 수 없게 되었다. 루쉰魯迅의 「공을기孔乙己」의 김사량 판이라고도 할 수 있는 몰락 지식인 기초시는 공을기처럼 주막에서 웃음거리가 된다.

"어떻게 된 거야. 오늘은 능묘제가 아닌가 보군"하고 교활한 우산 고치기가 꼬집어 묻는다. "기자의 유령은 제사 음식을 누리지 않고 주막에 와도 괜찮은가 모르겠네."

"난 거지가 아니라고."

"아 그렇지. 그렇지만 당신은 기씨인데 지금의 기씨라면 유령밖에 없겠지."

"지금의 기씨라면 유령밖에 없겠지"라는 것은 확실히 비유적인 표현이다. 지배 이데올로기였던 유교 사조의 설명에 따른 시조始祖 기자는 지금 세상에서는 유령에 지나지 않는다. 그런 가치관에 연연해 하고 있는 기초시야말로 골계적인 존재다.

그러나 기초시는 완미頑迷하게 자신의 가치관으로 살아가려 한다. 당실에게 수전노守錢奴 갑부인 선우 참봉鮮于參奉이 빈번히 드나든 것을 알자 기초시는 덩실거리며 기뻐했다. 당실은 선우 참봉의 아들을 임신하고 계사繼嗣가 없는 그 집에 첩으로 들어가게 된다. 기초시는 자기의 복권과 영달심에 힘입어 한층 즐거워하며 선우 참봉을 아들이라 말하고 다닌다. 이 꿈은 처음부터 헛된 것이었지만 기초시가 왠지 모를 나쁜 예감과 공포를 느낀 것은 출옥한 바위의 모습을 보았기 때문이었다. 거칠고 난폭한 산 사나이 바위는 "상처 입은 기러기 노래"를 부르면서 나타났다. 그 노래는 화전을 했을 때 고향에 돌아가고 싶은 마음을 담아 불렀던 것이었다. 바위는 선우 참봉과 당실을 죽이고 자신도 기자림에 불을 질러 타죽고 만다.

"기자림이다."

"기자림이 불타고 있다!"

바위는 "비틀거리며 천년수 기자림으로 뛰어들어 지나간 옛날 즐거운 산속 생활의 환영을 좇아가며 사방에 불을 놓았다." 이것은 유교 도덕에 지배받고 궁핍했던 "오래되고 좋은 조선"에 대한 작가 자신에 대한 도전적인 모습이다. 이상에서 살펴보았듯이 「기자림」의 작가 김사량은 기초시의 모습을 통해서 "오래되고 좋은 조선" 이른바 전근대의 애수를 그리고자 했으며 동시에 이것을 부정해 갔다. 김사량은 추상적인 "조선적인 것"에 연연해 이것을 긍정하려고 하지 않았다.

필자의 견해와는 달리 평론가 이소가이 지로는 「시원의 빛 ─ 김사량론」에서 다음과 같이 논하고 있다.

그러나 김사량은 원삼 애비元三爺나 초시初試를 야비하고 어리석은 존재로서 부정적으로 그린 것일까. 그렇지 않다. 야비한 것이나 어리석음도 일괄해서 극빈 속에서 지면에 뿌리 깊게 발을 뻗치고 살아가는 '실재' 혹은 '실상' 그 자체로서 김사량은 애정을 가지고 원삼 애비나 초시를 그렸을 것이다. 그들에 의해 강렬하게 형상화된 조선민족의 원상原像이라고도 할 수 있는 모습이 무엇보다도 그것을 증명하고 있는 것 아닌가. 그리고 이 민중의 원상으로 보는 '전근대'야말로 일본의 식민지 통치에 나라를 파는 것에 다름 아니었던 '근대화'와 정면에서 맞서 대결하는 것이다.

'근대화' 지향은 '민족의 체취', '조선적인 냄새'를 뒤떨어진 것으로 보는 양반 계급의 입장에서 나온 발상이었다.

이소가이 지로는 "부정적으로 그린다"의 반대말로서 "애정을 가지고 그린다"를 사용했다. 분명 김사량이 애정을 가지고 기초시를 묘사한 건 틀림없지만 결코 긍정적으로 그렸다고는 할 수 없다. 이소가이 지로의 말처럼 기초시는 "극빈 속에서 지면에 뿌리 깊게 발을 뻗치고 살아가고" 있는 것일까? 이소가이 지로는 "근대화 지향"을 반민족적인 특권 계급의 발상이라고 정의하고 "민족의 원상"이라는 단어를 사용하여 조선의 전근대에 대한 노인의 애수를 '근대화'와 대항하는 민족적 사조인 것처럼 주장한다. 그리고 이렇게 적고 있다.

"조선적인 것"의 형상화야말로, 근대화라는 이름의 '동화'그것은 민족의 상실에 지나지 않지만와 대치시켜 볼 때, 그것 자체가 훌륭한 문학적 저항이라 할 수 있다.

이소가이 지로가 세운 공식은 '근대화 = 동화민족의 상실 = 양반 계급의 발상 = 일제의 식민지 지배' 대 '전근대 = 조선 민중의 원상 = 조선적인 것 = 김사량의 문학적 저항'이다. 그러나 이러한 발상 자체는 조선 사학에 대한 정체사관에 논거를 두고 있는 것처럼 보여진다. 결국 '조선'에 대한 믿음이 굳건해지고 일본 제국주의의 식민지 정책을 증오한 나머지 전근대 조선의 뒤떨어진 완미하고 봉건적인 모습까지 긍정하고 말았다. 그로 인해 조선 독자적으로 싹틔우고 있던 근대화 사조의 바람을 대일본 제국과 함께 부정해 버렸던 것이다. 김사량은 오히려 근대 조선 초기를 대표하는 이데올로그의 한 사람으로 여겨져야만 하며 추상적인 "조선적인 것"의 유지와 회복을 추구하는 봉건적 로맨티스트는 아니었다.

「기자림」은 「토성랑」과 함께 김사량이 "사라져가는 것에 대한 애수"를 노래한 같은 계열의 작품으로서 스스로 애착을 지닌 작품이다. 그렇게 보면 기초시나 고담서를 읽는 노인들 더욱이 초시의 나이든 처와 바위, 당실을 포함해 이소가이 지로가 말한 '목가적'이거나 '격렬한 반항성'을 지닌다거나 '토속적'이었다고 하는 그런 것들은 '민족의 체취'와 '조선의 향기', 통틀어 "조선적인 것"의 형상이라 할 수 있다. 김사량은 그것들에 깊은 애수를 느끼면서 작품화했다고 할 수 있다. 그러나 그렇다고 해서 김사량이 "조선적인 것"을 "근대화와 정면에서 맞서 대결"시키고 있다고는 할 수 없다. 차라리 그는 그들 민족의 뒤처진 의식 사상을 조선인인 그들 자신의 손으로 애착을 갖고 작품화하면서 이것을 초극해 나가려 한 것은 아닐까. 조선민족이 자기 존재와 국가 사회의 존재를 운명 공동체적으로 동일시하면서 영위해 온 민족성은 일제의 식민지 지배로 인해 그 귀착해야

할 민족 국가를 상실했다. 그리고 조선민족이 일본의 황국신민이 되든지, 반일본 제국주의 사조를 창조하면서 민중 계층에서 새로운 민족성을 구축해 나가든지를 결정해야 하는 시기였다. 김사량은 후자의 길을 선택하고자 했다.

덧붙인다면 조선의 건국 신화에는 이 작품의 사상적 배경이 된 반동적인 지배계급의 유교 사조 기자 조선 전설이 있고, 또 하나는 몽고 침략에 대항하는 조선^{고려} 인민의 전국적인 의병투쟁을 기반으로 널리 알려졌다고 하는 단군신화가 있다. 이것은 샤머니즘계의 전설로 천손강림한 환웅이 웅녀와 결혼해 단군이 태어나고 조선을 건국했다는 이야기다. 조선의 「공을기」, 기초시가 어떠한 가치관을 고집했는지 분명하고 김사량이 그를 멸망해 가는 것으로 그린 것도 명백하다.

4) 일본어 창작에 대한 악의 제거 소설 「천마」의 의미

근대 사회의 성립은 동시에 민족 사회의 성립이며 근대문학은 그대로 민족문학이라고 할 수 있다. 1930년대 말부터 1945년까지 이민족 제국주의의 강제로 민족어 사용을 금지당한 조선의 근대문학은 이 시기에 여러 가지 왜곡을 표출했다. 김사량의 소설 「천마」는 바로 그러한 왜곡된 측면을 묘사한 작품이다. 김사량이 태어난 것은 1914년 이미 조선은 명실공히 일본의 식민지 지배하에 있었다. 김사량이 문학 활동을 본격화한 것은 1939년이다. 앞에서 언급했듯이 1939년 「빛 속으로」가 아쿠타가와상 후보에 오르면서 일약 주목받게 된다. 그후 왕성한 창작활동은 1943년 말까지 이어졌고 그 대부분은 일본어 창작이었다. 태평양전쟁이 한창이던 이 시기 일본은 조선에 대해 창씨개명의 시행과 조선어 지면의 강제 폐간, 국책적인 일본어 문예지 발간, 게다가 조선어학회 회원의 대량 체포와 같은 민족 말살과 동화정책을 강행하면서 정말이지 조선 문학은 수난의 시기였다.

김사량의 소설 「천마」는 1940년 『문예춘추』 6월호에 발표되었다. 「천마」의 주인공 현룡玄龍은 일찌감치 일본의 '내선일체화' 정책에 편승한 성격 파탄적인 속물 작가다. 김사량은 현룡과 현룡을 그린 자신을 대비하며 자신의 일본어문학에 빛을 발견해 내고자 했다. 김사량의 "조선인의 일본어 창작"에 관한 의견은 「천마」에서 젊은 혈기의 평론가 이명식의 말을 빌린다.

물론 나는 일본어로 쓰는 것을 반대하고 있는 것이 아니다. 적어도 말의 쇼비니스트는 아닌 것이다. 쓸 수 있는 사람은 우리들 생활과 예술을 널리 전하기 위해 크게 활동해 나가야만 한다. 그리고 일본어로 쓰는 것을 만족스럽지 않게 여기는 자, 또는 실제로 쓸 수 없는 자들의 예술을 위해서는 이해심 있는 일본 문화인의 지지와 후원을 바탕으로, 끊임없이 좋은 번역 기관이라도 만들어 소개하도록 노력하는 편이 좋다. 일본어를 택하든 그렇지 않으면 붓을 꺾어야 한다는 일파의 언설 따위는 지나친 언어도단이다.

이러한 의견은 선배 작가 장혁주가 「조선 지식인에게 호소한다」『문예』, 1939.2를 발표하고, 조선인의 민족성의 결점을 논하며 "완전한 내지화"를 장려하는 것에 반발해서, 김사량이 쓴 「조선문학풍월록」『문예수도』, 1939.6에 대응하고 있다.

일부러 모든 희생을 치르고 내지어로 쓰게 한다고 할 경우, 그 당사자에게 대단히 적극적인 동기가 있어야만 한다고 생각한다. 조선의 문화와 인간을 더욱 널리 내지 독자에게 호소해 나갈 수 있는 동기. 또는 겸손하게 말하면, 조선 문화를 동양과 세계로 널리 퍼뜨리기 위해서 그 중개자 역할을 하고 싶다는 동기. 이런 귀중한 것이 없으면 자신의 말과 이야기해야만 할 넓은 독자를 가지면서도, 그것을 버리고 일부러 쓰기 어려운 내지어로 쓰려고 할 필요가 현재로서는 없다 할 것이다.

조선을 널리 세계로 알리기 위함이라는 정당한 자기규정이다. 그러나 실제로 김사량 자신도 모순을 느끼고 있었다.

하지만 진실을 전한다면, 역시 조선 작가는 자신의 독자층을 위하여 훌륭한 자신의 말로 글쓰기를 해야만 하고 또 그렇게 써야만 한다.

김사량은 조선어 글쓰기가 허용되지 않고 일본어로만 써야 했던 시기에 일본어로 쓴다는 행위에 대해 부담을 느끼고 있었다. 그 부담을 떨쳐버리기 위해 어쩔 수 없이 어둡고 추하며 비참한 것을 자기와 대조시켜 생각했다. 김문집은 그에 딱 맞은 조선인 작가다. 장혁주가 「조선 지식인에게 호소한다」에서 지적한 조선인의 결점은 "비뚤어짐, 격정성, 차분하지 못 함, 강한 질투심" 등인데 장혁주는 이 평론을 쓰기 직전에 자칭 일본문학의 대가 김문집의 악의에 찬 공격을 받았으며 김문집을 염두에 둔 의견으로도 읽힌다. 김사량이 창조한 현룡은 바로 이 고집 작가 김문집과 부합한다.

「천마」에는 도쿄의 작가 오가타尾形가 '경성'에 들렀을 때 이루어진 좌담회 석상에서 "여기에 조선이 있다"며 현룡을 통해 조선인 전부를 알아본다는 이야기가 나온다. 이것은 프롤레타리아 작가 출신의 전향 좌익 작가 하야시 후사오가 "만주로 건너가는" 도중 '경성'에서 계획하고 1939년 『문학계』 1월호에 게재된 「조선 문학의 장래」라는 좌담회를 소재로 하고 있다. 장혁주는 하야시 후사오의 이때의 의견에 촉발되어 「조선 지식인에게 호소한다」를 썼으며 김사량이 「천마」를 집필하는데 쌍방에서 충격을 주었다.

김사량은 조선인의 일본어 창작에 대해 부정적인 면은 부정하고 악의를 떨쳐냄으로써 자기 긍정을 이루려 했다. 그것이 「천마」의 창작이다. "나는 이제 조선어 창작에는 질렸습니다. 조선어 따위 될 대로 되라 입니다. 하지만 그것은 멸망의 주부呪符니까 말이죠"라고 말하는 현룡은 경찰에게도 감시받고 "조선 민중의 애국사상을 고취시키기 위해 편집된 시국 잡지 U의 책임자" 오무라大村로부터 절에 가서 근신하라는 말을 듣는다. 성격 파탄자인 현룡은 일본이라는 지배 측한테도 미움받고 있었다.

현룡은 술에 취해 곤드레만드레가 된 농부에게 복숭아 가지를 사서 어깨에 메고 돌아다닌다.

그때, 그는 자신의 모습에서 문득 이렇다 할 맥락도 없이 십자가를 짊어진 그리스도를 떠올리고, 자신에게도 순교자적인 비통한 운명을 느끼고 있다. 자신이야말로 어떤 의미에서는 조선인의 고민과 비애를 한 몸에 떠안고 있다는 느낌이 들곤 했다. 과연 조선이라는 현실에서야말로, 그와 같은 인간도 나오고, 또한 사회 안을 멋대로 날뛰며 돌아다니는 것이 허용되었기 때문이다. 혼돈한 조선이 나와 같은 인물을 필요로 해 놓아놓고 지금 와서는 임무가 끝나자 십자가를 떠안게 하려는 것이다.

김사량이 십자가 대신 현룡에게 떠안긴 것은 악의를 없앤다는 의미를 지닌 복숭아꽃이었다.

"나는 하늘로 올라간다. 하늘로 올라간다. 현룡이 복숭화 꽃을 타고 하늘로 올라간다!"

그러나 그는 하늘로 올라가지 못하고 여느 때와 마찬가지로 빈 방안에서 괴로운 듯 비명을 질러댄다. 남들보다 몇 배의 영달심이 강한 속물 현룡의 처참한 모습이 적나라하게 묘사된다.

"열어 줘. 이 일본인을 들어가게 해 줘!"
또다시 달리기 시작한다. 대문을 두드린다.
"이제 나는 여보鮮人 아니야! 겐노우에효の上 류노스케다. 류노스케다! 류노스케를 들여보내 줘!"
어딘가에서 천둥이 우르르 꽝꽝 울리고 있었다.

신라 왕조의 후예를 거론하고 일본문학의 대가라 자칭하며 조선민족의 발전적 해소론을 주장해 '미치광이'로 취급받았던 작가 김문집과 이미지가 겹쳐진다. 이러한 부정적 일본어 작가 현룡의 창조는 김사량에게 일본어 창작에서 필요한 악의를 불식시키고 있다. 현룡의 이미지는 일본어 창작을 하는 김사량을 따라다니며 그를 고뇌하게 만드는 추악함 그 자체였다. 김사량은 마치 이자나기노미코토伊邪那岐命가 바싹 따라다니는 요모쓰시코메黃泉醜女에게 복숭아 열매를 내던진 것처럼 「천마」를 집필했다. 다만 이자나기노미코토는 복숭아의 힘으로 악령을 내쫓았지만 김사량은 「천마」를 발표했어도 일본어로 창작하는 고뇌를 완전히 잠재웠다고는 말하기 어렵다.

5) 민족애와 근대화 지향 「벌레」의 지기미 노인의 모습

시바우라芝浦 해안은 이주 조선인의 메카이기도 하고 메지너이기도 하다. 고난과 고역으로 가득한 곳임과 동시에 희망과 동경으로 넘쳐나는 곳이기도 하다. 그 시바우라를 헤매는 "60세를 훨씬 넘긴 모르핀 환자" 지기미 노인을 그린 소설이 「벌레」다. 언제나 "지기미 지기미"라며 투덜거린다. 지기미 노인은 정말이지 '벌레'처럼 무력하고 비참하다. '지기미'라는 말은 "빌어먹을, 분하다는 의미"다. 지기미 노인은 매일 아침 일찍 부탁하지도 않았는데 합숙소를 돌면서 조선인 노동자들을 깨운다.

"어잇, 일어나!"
"일어날 시간이다! 어잇, 어잇, 일어나!"
그 누구도 깨워달라는 부탁을 한 것도 아닌데, 단지 지기미는 자신이 그들에 대해서 얼마나 필요불가결한 존재인가를 알리고 싶었던 것이다. 뿐만이 아니라 자기 자신도 그것을 분명히 명심하고, 게다가 그것으로 스스로를 위로하려 한다.

모르핀 환자이고 모두가 싫어하는 지기미 노인이지만 동포를 위해 도움이 된다고 자부하고 싶었던 것이다. 지기미는 일본에 오기 전에 '군인'이었다는 사실을 자랑으로 생각하고 있으며 때때로 군인 흉내를 내기도 한다.

"옛날 한국에서 군인 시절에는, 핫, 그 원세개란 놈이 민비를 위해 궁성을 보호하러 왔다가 나쁜 짓거리만 해대는지라, 내가 중국 병사 한 명을 총으로 때려눕혔지. 그때 그놈의 칼에 코를 찔렸던 거야. 그래서 나도 그놈의 귀 한쪽을 싹둑 잘라 도망쳤던 거야. 그리고 사방으로 도망치다가 마지막에는 바다까지 건너게 되었던 거야."

나로서는 이 일은 처음 들었는데 그것도 그의 경우 그럴듯하게 여겨졌다. 사실 구한말 나라가 어지러웠을 때, 그처럼 의로운 남자 열사도 많았었다. 나는 그에 대해 분연히 새로운 존경심이 일어남을 느꼈다.

원세개袁世凱가 지휘하는 청국군 일개 부대가 창덕궁을 공격한 것은 이른바 갑신정변 후인 1884년이며 조선이 국호를 '대한민국'이라고 개칭한 것은 1897년이다. 따라서 '한국병정'이라는 것은 김사량의 착각일 것이다. 갑신정변이란 것은 김옥균 등의 개화파가 청국과의 사대 관계를 단절하고 당시 조선의 국내 정치의 실권을 잡고 있던 민씨 일파인 수구파를 물리치고 근대적 내정 개혁을 꾀하려 한 부르주아 개혁 쿠데타이다. 수구파가 청국군의 출동을 요청해 이 개혁 운동은 실패로 끝나지만 이때 청국군 일개 부대를 지휘했던 사람이 원세개였다.

결국 지기미는 객관적으로는 조선의 근대적 독립을 목표로 청국과의 종속 관계를 고집하는 봉건적 민씨 정권과 대치하여 싸웠던 근대 혁명파가 되는 셈이다. 김사량은 벌레처럼 불쌍한 존재인 지기미 노인을 통해 민족을 위해 싸운 전사의 아름다운 모습을 투영해 갔다. 그리고 이러한 작은 작품 속에서도 김사량의 사상성을 엿볼 수 있다. 그는 분명히 조선의 근대화를 지향했다. 발표된 시기나 일본을 비판하듯이 쓸 수 없었던 현실을 배제하더라도 김사량이 김옥균 등의 개화사상에 공감했을 것임은 쉽게 알 수 있다. 김사량은 "조선적인 것"이라는 말로 표현되는 조선의 토속적인 모습이나 전근대적인 풍습을 추구하기에 급급했던 작가는 아니었던 것이다.

6) 근대 조선의 창조 장편소설 「태백산맥」

「태백산맥」은 19세기 격동의 조선을 무대로 한 용감하고 역동적인 역사 장편소설이다. 갑신정변에 가담한 용맹 과감한 원래 육군 중령인 윤천일尹天一을 주인공으로 하고 그를 돕는 두 명의 자식 일동日童과 월동月童, 화전민 부락 사람들과 '동학'이라 자칭하는 마교도적魔敎盜賊 집단 등이 뒤섞여 엮어내는 사랑과 증오, 정의와 사교邪敎의 청춘 대활극이다.

한국의 평론가 임종국은『친일문학론』에서 다음과 같이 평가하고 있다.

> 저변에 흐르는 향토에 대한 강한 애정. 그러나 단지 그것뿐이다. 생생한 시국적 설교도 아니고, 광대 같은 일본 정신의 선전도 볼 수 없다. 때문에 이 장편은 비록 일본어로 쓰여지기는 했어도 친일문학으로 치부해버리는 것은 곤란하다. 단지, 주인공이 김옥균 일파라는 것이 평론가에 따라서는 어떻게 해석될 것인지. 오히려 일본 통치 말엽에 이러한 소박한 스타일의 국어일본어 작품도 존재할 수 있었다는 것을, 오로지 시국적인 발언을 통해 일본 정신의 선전에만 급급했던 작가들과 대비해 좋은 실례로 드는 것이 적당할지도 모르는 작품이다.

「태백산맥」은 1943년『국민문학』2~4월, 6~10월에 연재되었다.『국민문학』은 1941년에 조선어지『문장』,『인문평론』,『신세기』가 폐간된 뒤 창간된 일본의 국책적 문예지다. 이미 언어의 자유가 존재하지 않는 권력의 통제와 감독 — 예를 들면 "국체에 반하는 민족주의적, 사회주의적 경향을 배제한다"라든지 "내선문학의 종합" 등의 의무를 지고 있었다 — 와중에 이러한 작품을 창조할 수 있었다는 것만으로도 놀랄만한 일이다.

갑신정변의 잔당으로 김옥균의 개화사상의 흐름을 공모한 윤천일은 화전민의 빈민굴 배나무골 사람들을 이끌고 무지한 사람들을 속이고 착취하는 마교 집단과 자연의 맹위와 싸운다. 일동과 월동은 아버지의 뜻에 따라 새로운 자유의 천지 '후쿠지福地'를 찾아간다. 마교에 속아 양식糧食과 끝내는 딸까지 빼앗기는 어리석은 화전민들의 모습은 작품 「풀이 깊음草深し」에서도 묘사되고 있지만 윤천일은 초인적인 활약으로 그들을 돕는다. 윤천일이 전근대적 봉건 사회제도를 타도하는 개화파의 일당인 것은 김사량의 사상을 이해하는데 중요하다. 윤천일의 정치사상은 자식들에게 계승되어 제각기의 길로 재생산된다. 장남 일동이 말하는 이상은 정말이지 근대적인 민족 사회의 성립을 지표로 한다.

고구려의 전투적인 성격, 신라의 진취적인 정신, 백제의 보수적인 장점, 이들이 피를 통해 혼연일체가 되었을 때, 비로소 조선인과 그 역사에도 빛나는 장래가 있다. 또한 근대 민족으로서 새롭게 출발을 할 수 있는 자격도 부여된다. 이러한 이상이 현실적인 것으로 모습을 드러낼 날도 머지않은 것이다. 아버지를 따라 묵묵히 이 산속으로 들어온 그의 마음 속에는 이러한 남모를 희망이 숨 쉬고 있었다. 그는 점차 고무되어 손을 흔들며 외쳤다.

"하지만, 여기는 우리나라의 여러 지역에서 온 사람들이 모였습니다. 고구려와 백제 그리고 신라 백성들도. 우리들 역사에서 예전에 이 같은 일이 언제 있었습니까? 각 지역에서 쫓겨 온 동지들, 게다가 우리들의 공동생활 속에서 실로 새로운 조선인이 탄생하는 것입니다. 놀랄만한 기쁨이 아닙니까. 우리들 형제는 목숨을 걸어서라도 반드시 안주할 땅을 찾고 말 섭니다!"

김사량은 아주 놀랄만한 교양과 역사적 판단에 입각해 이 소설을 쓰고 있다. 조선말의 부식한 봉건 체제에 대한 반발의 분위기 속에서 생겨난 동학사상과 운동에 관해서도 냉철하고 공정한 판단에 따라 이 장편소설의 사상적 배경으로 설명한다.

　　요컨대 동학의 적은 이 민간 신앙의 전통을 내용으로 부정 불우한 국가 사회에 대한 감정을 자극하고, 현실 생활에 대한 불만과 반항심을 유발시키고 있다. 안심 입명해야만 할 삶에의 동경에 걸맞도록 생성발전을 거듭해 온 것이다. 따라서 이 공상적인 종교가 그들을 우매하게 만들고 인고로 허덕이는 민중에게 크게 환영받았던 것은 당연한 일이다. 그리고 마침내는 민중의 신앙에 걸맞는 종교성과 그들의 정서에 입각한 정치성을 띰으로서, 동학은 그 산하에 수많은 무지한 교도와 당시의 정치 사회에 대한 불평가를 끌어들여, 그 위세는 마침내 무시할 수 없을 지경에 이르게 되었다. 그리고 정부의 탄압을 받았음에도 불구하고 한편으로는 대대적인 정치운동을 두려움 없이 전개시켰고, 다른 한편으로는 그 종교성을 이용해 우매한 민중을 현혹시키고 그들의 생활을 유린하려는 일파들이 산간 농촌에까지 마수를 뻗치게 되었다.

　　동생 월동은 애인 봉이鳳伊를 비롯해 용감한 소년 길만吉萬과 함께 동학당과 손잡고 국가를 혁명시키고자 서울로 향한다. 형인 일동은 아버지와 함께 부락 사람들을 후쿠지로 이끌고 간다. 이 '후쿠지'에서 그들 2백여 백성들은 새로운 조선민족으로서의 길을 살아가려고 한다.

　　득보得甫 노인은 고향을 떠나온 이래로 지금까지 혼과 육신의 연고에 연연해, 낡은 보자기 속에 싸들고 다니며 자랑스럽게 여기던 족보를 한 장 한 장 찢어 날려 보낸다. 지금 그는 새로운 생명, 새로운 후예를 만들어야 할 한 사람의 조상이 되었음을 깨달았기 때문이다.

　　이미 선택된 그들, 조선인들은 지금까지의 낡은 인습, 악습, 민속신앙을 버려

버렸다. 족보라는 것은 하나의 족속의 세계世系를 기록한 가계도와 같은 것으로, 이것을 찢는다는 것은 개인의 과거를 청산한다는 것뿐만이 아니라 일족의 전통을 버리고 완전히 새로운 민족으로 출발하려는 강한 의지를 나타낸다. 윤천일은 '후쿠지' 주위의 산들에 이름을 짓고 정좌한 채로 숨을 거둔다. 「태백산맥」은 여기서 끝이 난다. 제2부가 집필될 것으로 보였는데 미완성으로 끝난 셈이다. 김사량이 1944년 펜을 놓고 대동공업 전문학교에서 근무했기 때문이다. 아니 그것 이상으로 시국의 요청이 속편의 집필을 허락하지 않았을지도 모른다. 아무리 교묘하게 속이고 써도 직접적으로 일본을 비판하지 않아도 이 작품에 담긴 강한 향토애와 민족 자립의 정신은 숨길 수 없다.

김사량은 그 뒤 한국전쟁 때 북측 공화국군에 종군하던 중 쓰러졌다고 전해진다. 마지막으로 확인해 두고 싶은 것은 김사량은 낡은 조선의 부활을 원한 것이 아니라 일본 제국주의에 반대하고 근대적인 민족독립을 요구한 작가였다는 사실이다. 그리고 식민지 지배 하의 민족이었지만 민족 독립의 정신을 버리지 않고 제국주의 언어일본어로 창작을 이어갔던 김사량과 같은 사람이 있었다는 사실, 그것은 결코 근대 일본어문학은 만세일계万世一系가 아니었음을 보여준다.

조국과 자아의 거리 인식과 민족 문제

김환기

1. 재일코리안문학과 이방인 의식

　재일코리안과 '이방인 의식'이란 담론이 제기되면 왠지 이들 양자 간에는 무언가 단단한 고리로 결박되어 있는 듯한 느낌을 받는다. 그들을 둘러싼 척박한 삶의 환경이 그러했기 때문일까, 조국의 일그러진 근현대사와 함께 주류^{中心}도 비주류^{周邊}도 아닌 경계인의 삶으로 점철했기 때문일까, 어쨌거나 재일코리안의 이방인 의식은 단순하게 사고로만 치부할 수 없는 특별한 지점임은 분명해 보인다. 그동안 재일코리안의 정신사적 차원에서 경계인·이방인 의식에 대한 해소방안은 다양하게 모색되긴 했지만, 분명한 것은 재일 당사자들의 삶이 여전히 굴곡진 회색지대로 남겨져 있다는 사실이다. 거기에는 그들의 의식 내면에 조국의 암울했던 역사와 맞물린 질곡의 세월과 분노의 기억이 남아있기 때문이고, 경계인의 부조화적 세계가 이미 형성되어 근원적인 접근을 허락하지 않는다는 현실의식도 엄연히 존재한다.

　이러한 재일코리안의 특수한 경계적 상황을 직시하고 민족적 아이덴티티와 현실 사이의 부조화를 조화의 세계로 이끌며 끊임없이 자기해방을 추구해 온 지식인들, 그 중에서도 재일코리안 작가들은 간고한 글쓰기를 통해 의식의 지팡이 역할을 수행해온 그룹이라 할 수 있다. 이들 재일코리안 작가들은 부의 역사성과 민족성을 배경으로 인고의 세월을 살아온 조선인들의 삶과 피해의식을 주류 사회에 알리며 인간의 보편성과 주체성 회복에 매달렸다. '恨'은 그러한 굴절된 근현대사의 역사성과 민족성을 함의한 재일코리안들의 울분과 극복을 상징하는 코드였다. 따라서 재일코리안 작가들에게 '한'을 어떻게 읽고 어떻게 승화시킬 것인가에 대한 문제는 현실과 이상을 조율해야 하는 절대적 영역이면서 꼭 풀어내야할 화두일 수밖에 없었다.

그런 관점에서 재일코리안 1세대 작가들은 제국일본과 국가주의의 동화정책을 비판하며 질곡의 삶을 살았던 조선 민중의 질긴 생명력을 사실적으로 그려냈다. 그 과정에서 굴절된 역사성과 민족정서를 끌어안는 '한'의 정서를 내외적으로 승화시키고자 했다. 이를테면 김달수가 일제의 민중수탈정책에 맞서 싸우는 조선인의 절박했던 삶을 고발하면서 민족의식을 강조한 것이나 김석범이 '제주 4·3사건'을 중심으로 해방 조국의 치열했던 정치이데올로기적 대립양상을 다루면서 통일조국을 강조한 것은 그러한 부의 역사와 민족성에 대한 응답이었다. 재일 중간세대 작가들은 조국과 현세대,[1] 전세대^{아버지}와 현세대, 삶의 터전인 일본과 현세대 사이의 '벽' 앞에서 방황하며 고뇌했다. 김학영의 끊임없는 자기해방 추구, 이양지의 자기^{민족} 아이덴티티를 위한 '조국의 소리'와 '일본의 소리'의 조율, 이회성의 사할린을 통한 자아성찰 등이 그러했다. 또한 유미리와 현월, 가네시로 가즈키 등 재일 신세대 작가들은 현실과 결부된 가족과 개인의 자아를 중심으로 인간의 보편성과 주체성을 문학적으로 서사화 했다. 재일코리안의 이

---

1   전세대는 조국에서 태어나 일본으로 건너가 그곳에서 정착한 재일 1세대를 말하며 현세대는 그러한 전세대 밑에서 먹고 입고 교육받으면서 자란 세대를 일컫는다. 그러니까 넓은 의미에서 현세대에는 김학영, 이양지, 양석일, 유미리, 이기승, 가네시로 가즈키 등과 같은 재일 2세, 3세대도 포함된다.

방인 의식 내면에 자리한 굴절된 역사성과 민족성을 포함한 '한'에 대한 조명은 그들의 정신적 모태를 성찰한다는 의미가 있고 개인의 실존적 자의식을 짚는다는 점에서 특별하게 읽힌다.

이 글은 먼저 재일코리안 작가들이 그들 내면의 이방인 의식과 굴절된 '한'의 정서를 문학적으로 어떻게 수용하고 어떤 형태로 승화시켜 갔는지를 짚어본다. 특히 조국의 역사와 민족, 정치와 이데올로기로 맞물린 굴절된 '한'에 대한 온도차가 세대·작가별로 다르고 그 문학적 승화 양상도 제각기 다르기 때문에 대표적인 재일코리안 작가들의 문학적 경향을 '한'의 내·외향적 승화로 구분해 살펴보기로 한다.

2. 민족적 '한'의 외향적 승화

1) 김달수문학의 경우

재일코리안문학에서 그들의 삶은 어떤 모습으로 서사화되는가. 그 문학적 주제를 들여다보면 재일코리안의 정치역사, 사회이념, 문화와 연동된 다양한 '재일성'을 발견하게 된다. 일제강점기 제국과 국가주의에 길들어진 조선인의 사고와 삶, 해방 이후 조국의 정치 이데올로기에 편승해 좌우와 남북한으로 갈라선 지식인들의 적 아닌 적과의 동상이몽, 조국과 현세대 사이의 거리감, 일본과 '재일' 사이에 가로놓인 '벽' 등이 다면적이고 중층적으로 얽혀 있다. 그러한 문학적 주제의식은 조국의 굴절된 근현대사만큼이나 다양하고 절박했으며 간고했던 만큼 성숙한 자의식과 내면 세계로 이끌고 있다. 먼저 그렇게 치열했던 조선인들의 자화상을 '한'의 외향적 승화라는 관점에서 김달수와 이회성의 문학을 주목해 본다.

김달수는 한국에서 태어나 일본으로 들어간 재일코리안 1세대다. 주지하다시피 재일 1세대는 개척자적 입장에서 절박한 심정으로 이국에 정착해야 했고 숙명적으로 간난艱難을 안고 살아야 했다. 이국에서 정신적인 가치를 내세우기보다 당일의 끼니부터 챙겨야 했던 세대로서 강인한 정신과 '신체성'에 의지해야만 했던 삶을 요구받았다. 실제로 김달수가 막노동을 거쳐, 재일코리안 작가로서 자리매김하기까지 일련의 인생 역정은 재일 1세대의 삶을 함축적으로 대변한다. 김달수는 굴절된 근현대사를 경험하면서 문학 작품을 통해 질곡의 삶을 넘어 조선인의 강한 민족의식과 생명력을 보여주었다.

김달수의 「태백산맥」은 작가의 문학적 기반과 사상적 흐름을 가늠할 수 있는 중요한 작품이다. 이 소설은 해방과 함께 들어온 미군정에 의해 남한에 친미 정권이 수립되는 과정과 토지개혁에 감격스러워하는 북한 농민들의 심경을 대비시키며 남북한의 첨예하게 대립했던 정치 이데올로기적 상황을 다룬다. 이 소설은 특히 남한 정부가 친미 정권을 탄생시키고 친일적 인물과 기회주의자들을 대거 수용하는 반민족적 측면과 그와 상반된 북의 토지개혁이 갖는 정치적 의미를 부각시킨다. 「태백산맥」은 남한 정부의 정통성을 문제 삼으며 당시의 시대성과 맞물린 사회주의적 성격을 여실히 읽어낸다. 그렇게 김달수는 한반도의 해방 직후 좌우의 이데올로기적 분열과 국토 분단의 서막을 자국 아닌 타국에서 일본어 글쓰기로 풀어내면서 당시 지식인들의 시선을 전달하고자 힘쓴다.

일본인이 만든 동양척식주식회사 대신 신한공사新韓公社라는 걸 새로 만들어서 동척이 갖고 있던 재산을 '적산'이라고 모두 빼앗아 가졌어요. 또 이 조선에 반드시 필요한 토지개혁만 해도 그래요. 단지 껍데기에 불과했고 어느새 아버지와 같은 지주들과 한통속이 되어 그걸 내던져 버렸어요. 나는 그 토지개혁이 발표되었을 때만 해도 비록 미군이 실시하는 것이긴 했지만, 어쨌든 농민에게는 일보전진이라고 생각해서 안도감까지 느꼈어요. 그런데 그 생각은 완전히 빗나가 버렸어요.

나는 어렸을 적부터 지주의 천대를 받으면서 이 논을 60여 년이나 지어왔소. 그래서 이 논에 관한 것이라면 나는 내 몸처럼 알고 있소. 그렇지만 이게 내 것이 되리라고는 꿈에도 생각하지 못했소. 이게 바로 꿈이 아닌가 생각하면 왠지 이 논의 흙이 다 어디로 가 버릴 것만 같아서 걱정됐소. 그래서 난 이렇게 이 논의 흙에다 대고 절을 하고 있는 거요.

「태백산맥」

앞의 인용은 남한 정부에서 단행되고 있는 토지개혁의 부당성을 피력하는 대목이고 뒤의 인용문은 북한에서 단행되고 있는 토지개혁을 긍정적으로 받아들이는 대목이다. 양자 모두 남과 북에서 시행되는 토지개혁을 포착한 대목인데 분명한 것은 남한의 토지개혁을 부정적으로 보고 북에서 실시된 토지개혁을 긍정적으로 본다는 사실이다. 또한 소설에서는 남한 정부가 친일 세력을 중심으로 친미 정권을 탄생시키는 과정을 면밀하게 묘사하면서 미군정은 "해방 정국을 일제 통치의 연장으로 이끌어갔을 뿐 한민족의 정치적 자주와 단일 정부 수립의 민족적 요청 따위는 일체 고려하지 않았던 것으로 서술"[2]함으로써 당시 남한 정부의 정통성에 대해 의문을 제기하고 있다. 여기에서 해방 직후 김달수의 사회주의 의식뿐만이 아닌 남북 간의 이데올로기적 대립에 당시 재일 1세대 지식인들의 편향적 의중을 읽을 수 있다. 특히 당시 재일 지식인들이 조국의 지식인들과 교류하며 미군정의 반민족적 행태에 반발하고 사회주의적 입장에서 민족적 정통성과 단일 정부를 위해 노력했던 점을 감안하면 이 작품의 의도는 한층 분명해진다.

「박달의 재판」은 무지몽매한 머슴 박달이 점차 공산주의자로 변해가면서 혁명운동에 동참하게 되는 과정을 서사화한 작품이다. 박달에 대한 개인 신상정보는 그저 대지주인 유가劉家의 소작인 집안에서 태어났고 그 집에 소작료 대신에

---

2   홍기삼 편, 『재일한국인문학』, 동국대 일본학연구소, 2001, 23쪽.

맡겨졌다는 사실 정도가 전부다. 박달은 빨치산과 내통한다는 이유로 경찰에 검거되고 유치장 안에서 알게 된 빨치산 강춘민의 영향으로 사회주의적 사고와 반미 제국주의 입장을 취하게 된다. 사회주의적 사고로 의식화된 박달의 사회운동이 가시화됨을 의미한다. 김달수는 머슴이라는 무지몽매한 이미지를 최대한 살려 작품 분위기를 해학적으로 이끌면서 당시의 정치 이데올로기를 최대한 비판적으로 예각화할 인물로 박달을 택했다. 그리하여 박달로 하여금 남북 간의 비생산적 갈등과 대립에 쓴소리를 내뱉게 하고 "남도 북도 똑같은 조선이다. 전쟁을 하지 말라"라는 가장 보편적인 메시지로 남북 분열에 부당성을 지적하도록 역할을 부여한다.

김달수가 「박달의 재판」에서 머슴 박달을 내세운 까닭은 무엇일까. 머슴 박달을 통해 어떤 문학적 성과效果를 기대했던 것일까. 머슴이라고 하면 봉건 계급 사회의 최하층, 지주와 대척점에서 '한'에 사무친 수동적인 삶을 떠올리게 마련이다. 실제로 머슴의 '한' 맺힌 사연들은 많은 작품을 통해 서사화되었다. 서자 출신인 길동이 탐관오리들에게 칼날을 들이대는 장면이 그러하고,「홍길동전」백정의 입장에서 정치적 혼란과 관리들의 타락으로 흉흉해진 민심을 규합해 의적으로 활동했던 임꺽정이 그러하다.「임꺽정」또한 의술을 밑천으로 피폐해진 민중들의 삶의 공간으로 다가선 허준을 다룬 「소설 동의보감」등을 같은 맥락에서 이해할 수 있다. 계급 사회에서 출생 성분을 숙명처럼 받아들일 수밖에 없었고 그 태생적인 한계로부터 자유로워지고자 몸부림쳤던 사연은 현실 세계와 문학작품에서 얼마든지 존재한다. 그런데 머슴이라는 계급적 존재를 작중인물로 등장시키는 데에는 특별한 의미가 담긴다. 머슴이라는 존재는 하나같이 숙명적인 제약에서 오는 '한' 서린 삶을 삭히고 극복하면서 나름대로 시대의 전위로 나선다는 점이다. '한'을 '한'으로 남겨두지 않고 바깥 세계로 이끌어내는 주인물로 머슴은 확실히 '한'을 외향적으로 승화시키는 힘을 지니고 있다.

김달수의 문학은 민중과 지식인이라는 양쪽 얼굴을 통해 해방 이후에 전개되는 조국과 민족의 다양한 정치역사, 사회문화적 지점을 전체적으로 서사화한 사례에 해당한다. 이러한 문학적 흐름은 조국에서 객관적으로 직시하기 어려운 문제지점을 타국에서 거론하고 부의 역사성과 민족의식에 근거한 주체성을 분명히 하며 재일코리안이 민족 화합을 주문한다는 선명한 메시지로 표면화된다. 일제강점기부터 경험했던 작가의 남다른 간난신고가 이러한 작가의식을 형성하게 했다고 해야 할 것이다.

이렇게 김달수문학은 조국의 민족 통합을 근간으로 굴절된 역사를 다시 되풀이할 수 없다는 자의식에서 좌우와 남북한의 갈등구조, 민중과 지식인의 반목을 넘어 민족 화합의 논리를 서사화했다. 그의 문학은 민중과 지식인의 목소리를 통해 굴절된 역사의 '한'을 바깥 세계로 표출하고 그 과정에서 강한 민족적 주체성을 주문하는 형식을 취한다. 말하자면 김달수문학은 '부'의 역사적 지점을 넘어 강한 조국애와 민족애를 이끌어내면서 재일코리안 사회의 주체적 생명력을 주문했다고 할 수 있다.

2) 이회성 문학의 경우

이회성은 일본 문단에서 자랑하는 아쿠타가와상을 외국인으로 처음 수상한 작가다. 재일코리안 중간세대로서 1세대와 같은 직접적 체험은 없지만 디아스포라의 입장에서 구심력으로 이끌리는 강한 민족적 정체성을 보여준 작가다. 그의 문학은 조국의 굴절된 근현대사적 지점을 문학적 시공간으로 상정하고, 거기에서 제국과 국가주의, 정치 이데올로기에 휩쓸린 재일코리안의 삶을 얽어낸다. 특히 유역으로 상징되는 일제강점기의 가라후토^{사할린}와 연동된 유민의식은 그의 문학을 낳은 원점이라고 할 수 있다.

주지하다시피 남사할린은 2차 세계대전이 끝나기 이전까지 일본이 지배했고 그곳의 조선인들은 제국일본이 강제한 '징용'에 의해 정착할 수밖에 없었던 한 많은 지역이다. 이회성은 가라후토에서 태어나^{1935년} 1947년 일본으로 귀환하는

12살까지 그곳에서 살았다. 일본에서는 홋카이도 삿포로에 정착했고 그곳에서 청년 시절을 보냈다. 결국 일본의 패전과 함께 이회성은 고향인 사할린으로 귀환하지 못한 채 일본 열도를 옮겨 다니며 유민流民 생활을 이어가야 했다. 이회성 문학은 고향 가라후토를 비롯해 유역화와 유민화로 표상되는 디아스포라의 의식에서 비롯되었다고 할 수 있다.

이회성은 유역화된 시공간을 배경으로 디아스포라의 한맺힌 유민의식과 나그네 의식을 이야기하는 작가다. 따라서 이회성 문학의 화두는 왜 조선인들이 사할린까지 흘러들어야 했고 유민의식으로 점철해야 했는가? 현세대 앞에 가로놓인 '부의 역사성'과 '벽'의 진원지 종착지는 어디인지? 를 묻는 것이었다. 그리고 디아스포라로서 끊임없이 '흘러 다녀야 하는' 자신의 뿌리에 대한 자문自問이 거듭될수록 한층 깊어지는 회의와 절망, 거기에서 목말라 하는 인간적 고뇌를 반복하면서 재일조선인의 자기民族 아이덴티티와 정신적 구심점 찾기에 골몰한다.

「다듬질하는 여인」은 이회성의 대표작으로 제66회 아쿠타가와상을 수상한 작품이다. 작가는 이 작품에서 서른다섯에 타국에서 삶을 마감한 어머니를 모델로 조선 여인의 '한'을 노래했다. 다듬이질이라는 역사와 전통, 민족정서를 담은 정경은 조선 여성의 강한 생명력을 은유하는 중요한 이미지다. 이회성은 '장술이'라는 어머니의 본명을 그대로 등장시켜 조모로부터 '한' 서린 어머니의 삶을 신세타령으로 내뱉게 하고, 일제강점기 암담한 조국의 현실에 고통스러워 할 수밖에 없었던 민초들의 '한'을 읽어냈다.

다리미질을 안 하는 날은 포갠 옷가지에 헝겊을 덮어씌워, 늘어지게 다듬이질을 하는 것이다. 매일 보는 광경이었다. 싫증 나도록 보았을 텐데, 어머니가 통통, 통통 다듬이질하는 것을 쳐다보는 것은 즐거웠다.

"조숙한 아이였제 봄이 되면 꽃잎으로 살짝 손톱에 물들이고, 머리를 묶어라 하면서 댕기 길이가 어떻다느니……. 참말로 나도 홀딱 반할 피부였고 말고. 그려, 단오날에는 창포탕에 몸을 씻겨, 해마다 청결하게 키운 우리 술인데. 부모인 내가 반했는데 우째 동네 총각들이 가만히 있을까 보냐. (…중략…) 그런디 그 애는……."

갑자기 할머니의 목소리가 조여들며 흐트러지기 시작했다.

"팔잔기라. 이렇게 된 것도 나라가 망했기 때문인기라. 아이고 귀신에 홀렸제. 뭣땜에 도둑놈의 나라에 갈 마음이 났을꼬. 나라를 빼앗고 또 딸자식마저 앗아가고……. 차라리 화전민이 되는 게 나았을 것인디! 아니고 내 팔자야, 술이야……."

「다듬질하는 여인」

앞의 인용은 어머니의 다듬이질하는 모습을 지켜보았던 '나'가 과거를 회상하는 장면이고 뒤의 인용은 조모가 딸의 기구한 운명을 회상하며 신세타령을 늘어놓는 장면이다. 토속적 정서가 물씬 풍기는 고향祖國과 일제강점기 '적국'으로 팔려간 딸을 통해 유민화된 조선인들의 '한'을 그리고 있다. 특히 "기모노를 입고 고향에 나타난" 딸의 팔자를 들먹이며 암울한 일제강점기의 시대상을 체념 섞인 넋두리로 풀어내는 조모의 입담은 처연하고 풍요롭다.

「다듬질하는 여인」은 한 여성의 기구한 삶을 통해 왜 조선인이 가라후토사할린로 흘러들어가야 했는지 일본에서 어떠한 삶으로 점철했는지를 토속적인 목소리로 잔잔하게 얽어낸다. 민족사와 전통의 이미지를 함의한 '다듬이질'이라는 일상 풍경을 통해 조선인의 질긴 생명력을 피력한다. "통통, 통통" 울리는 다듬이질 소리에서 환기되는 전통 이미지, 즉 바깥 세계를 향한 발신력이 강해질수록 내적 심기가 굳어질 수밖에 없는 다듬이질이 갖는 독특한 '한' 달래기는 강한 생명력과 근성을 일러주기에 충분하다. "조선을 상징하는 전통적 풍습이나 관습, 생활양식 등이 일본인 독자들에게 충분한 이국적 흥미를 유발"[3] 시키면서 "역경

---

3   兪淑子, 『在日한국인문학연구』, 月印, 2000, 82쪽.

을 헤치고 올곧게 살기를 열망하는 조선 여성의 강한 생명력"[4]을 보여준다. 그것은 또한 재일 현세대 자신을 향한 끊임없는 아이덴티티에 대한 물음이다.

조국의 굴절된 현대사와 함께 한 조선인의 유민의식은 「백 년 동안의 나그네」에서도 서사화 된다. 이 작품은 1994년 발표되어 노마野間 문학상을 수상했고 작가의 나그네 의식이 "한결같은 보조로 리얼리즘의 수법을 따라가면서"[5] 담담한 어조와 평이한 문체로 그려진다. 작품의 시공간적 배경은 해방패전을 전후해 고향인 사할린을 탈출해서 규슈 하리오九州針尾 수용소에 이르기까지다. 작품의 시공간은 작가의 간고한 이주 / 이동의 경험을 복원시키며 격동기 조선인들의 강한 민족의식과 생명력을 사실적으로 조명하는데 적절하다. 특히 좁은 무대 공간좁은 열차 안, 수용소을 배경으로 억압된 민초들의 애환과 비극을 굴절된 현대사와 결부시켜 풀어낸다는 점이 특징적이다. 조국의 굴절된 현대사와 결부된 조선인들의 삶은 「또다시 이 길을」, 「가야코를 위하여」, 「사할린 여행」, 「유역으로」, 「죽은자가 남긴 것」 등에서도 구체적이다. 이회성은 디아스포라의 유민의식을 토대로 "사할린'·'조선'·'일본'이라는 3개의 소용돌이 무늬가 일으키는 갈등"[6] 양상을 통해 자기민족 아이덴티티에 접근한다. 작가는 조선인의 '한'서린 삶을 디아스포라의 유민의식과 조국의 굴절된 현대사에서 찾고 있다. 이처럼 이회성 문학은 유역화 / 유민화된 시공간의 유민의식을 다루면서 디아스포라의 구심력으로 표상되는 고향祖國, 역사와 민족, 전통과 의식 등 정신적 구심점을 놓치지 않는다. 구심력 차원에서 유민의식의 '한'을 외향적 형태로 타자와의 관계 속에서 풀어내고 있다.

---

4   위의 책, 83쪽.
5   김원우, 「주변 문학으로서의 망향·열등감·소외」, 『재일한국인문학』, 동국대 일본학연구소, 2001, 46쪽.
6   호쇼 마사오 외, 『일본현대문학사』 하, 고재석 역, 문학과 지성사, 1998, 221쪽.

3. '한'의 내향적 승화

1) 김학영 문학의 경우

'한'의 외향적 승화를 보여준 김달수, 이회성의 문학과 달리 '한'을 내향적 승화 형태로 서사화 한 작가 작품도 있다. 가슴에 맺힌 응어리를 바깥으로 분출하기보다 끊임없이 내면 세계로 끌어들여 채찍질하는 자기 심화 형태로 승화시킨 경우인데 김학영의 문학이 대표적이라 할 수 있다. 재일 현세대의 정신적 고뇌를 역사적 쟁점과 직접 관련짓기보다 굴절된 제국과 국가주의의 아버지상과 개인의 말더듬을 통해 현실의 '벽'과 마주한다. 김학영 문학에서 '말더듬'은 내면 세계를 성찰하고 '재일성'을 내향화하는 일종의 화두와 같은 존재로서 신체성을 상징한다. 개인의 운명적인 '말더듬'이 민족-전세대^{아버지}-현세대를 연결하고 현실적인 '벽'을 성찰하는 기제로 작용한다. 김달수문학이 조국의 역사와 민족의식을 앞세운 역동적인 정신사적 측면을 강조하고, 이회성 문학이 유역화 된 공간의 유민의식을 통해 민족적 아이덴티티와 생명력을 보여주었다면, 김학영 문학은 현세대의 이방인 의식과 '벽'을 통해 내면적 자아를 성찰했다고 할 수 있다.

「얼어붙은 입」은 그러한 재일 현세대의 원죄적 고뇌를 내향적으로 승화시킨 김학영의 대표작이다. 이 소설은 '나'와 이소가이가 느끼는 심리적, 정신적 갈등을 부각시키며 그들의 말더듬을 화두로 삼는다. 현세대 '나'는 신체적 트라우마인 말더듬에 집착하면서 왜 자신이 말을 더듬게 되었는지를 끊임없이 자문한다. 대학원에서 '나'는 화학실험 결과에 대한 발표를 앞두고 말을 더듬지 않을까 노심초사하며 불안에 휩싸인다. 그리고 어린 시절 아버지의 무차별적 폭력에 대한 어두운 기억, 현실에서 일본^{일본인}의 민족 차별과 소외감, 장래에 대한 '몽롱한 불안' 등을 감지하며 한층 움츠려든다. 불안한 심리는 현세대를 철저하게 외부 세계와 단절로 내몰았고 내면적 고립으로 이끌었다. '나'의 분신과 다름없는 친구 이소가이의 자살은 외부 세계와의 단절에서 오는 고립감과 소외의식의 극단적 표출이다. 친구의 자살은 절망의 늪에 빠진 현세대가 선택할 수밖에 없었던 마지막 탈출구다.

내가 탄식함으로 궁핍하여 밤마다 눈물로 내 침상을 띄우며 내 요를 적시나이다. 내 눈이 근심으로 인하여 쇠하며 지체는 모두 그림자 같나이다. 내 기운은 썩고 내 생은 이미 다하려 하고, 내 무덤 나를 기다리니, 여호와여, 원하건대 내 목숨을 취하사이다. 그것은 사는 것보다 죽는 편이 내게는 좋기 때문이니다.

「얼어붙은 입」

인용문에서 확인할 수 있듯이 '나'의 친구 이소가이는 삶에 대한 미련도 버리고 "자신의 쓸쓸함 때문"에 어머니 기일에 죽기로 결심한다. 이소가이의 자살은 철저한 이방인 의식으로 자신에게 족쇄를 채우고 외부 세계와 단절된 개인의 비극을 잘 보여준다. 이처럼 김학영의 문학은 말더듬이인 현세대의 절망과 미래에 대한 상실감을 밀도 있게 그려내는데, 특히 바깥 세계와의 단절에서 오는 격절감과 정신적 고뇌를 외향적이 아닌 철저하게 내면적 자기 응시로 풀어간다.

김학영 소설의 내향적 자기성찰은 「유리층」에서 귀춘의 동반자살과 동생 귀영의 죽음, 「알콜램프」에서 준길의 자포자기, 「겨울의 빛」에서 암울한 자신의 위치를 책망하는 창환과 현길의 현실 인식에서도 거듭해서 확인된다. 내향적 자기성찰은 현세대가 정신적 고뇌를 외부 세계와 유기적인 관계성을 통해 해소하기보다 모든 문제를 스스로에게 돌린다. 이러한 내향적 자기 심화 형태를 통한 부의 역사성과 민족의식, 현실의 '벽'에 대한 문학적 응시는 확실히 김달수, 이회성처럼 문제의식을 비낄 세계타자와 부닛히며 표출하는 형식과는 대별된다. 이러한 내향적 형태의 자기해방은 보편성과 실존적 세계를 풀어가는 김학영 문학의 독특한 세계관이라 할 수 있다.

「흙의 슬픔」 역시 부의 역사성 민족의식과 맞물린 현세대의 정신적 고뇌를 내향적인 자기 심화로 얽어낸 경우에 해당된다. 이 작품에서 현세대의 말더듬은 그 원인을 찾아 거슬러 올라가면 일제강점기 아버지의 폭력과 마주하게 되고 아버지의 폭력은 조모가 남긴 흙의 슬픔에서 기인한다. 그리고 조모의 슬픔은 나라 잃은 민족의 불운한 운명에서 비롯되고 있음을 알게 된다.

아버지가 어머니에게 가한 폭력은 아직 신경이 여린 우리들이 보는 앞에서 전개되었던 만큼, 그 순간순간이 내 마음에 상흔으로 남아 각인된 듯한 느낌입니다. 내가 말을 더듬게 된 것도 다분히 아버지의 폭력 때문일 것이라고 나로서는 생각하지 않을 수가 없습니다.

지금 와서 생각해 보면 아버지가 어머니의 머리에 곤봉이 부러져버릴 정도의 폭력을 휘둘렀던 것. 나는 결국 그 광기의 연원이 조모의 흙의 슬픔에서 비롯되지 않았나 하는 생각을 하게 됩니다. 그리고 흙의 슬픔은 조국을 잃은 민족의 슬픔을 상징하고 있다고 말할 수 있지 않을까 합니다. 조모가 죽음으로써 벗어날 수 있었던 그 슬픔을 아버지는 무의식중에서도 흉폭한 노여움을 발휘함으로써 떨쳐버리려 했던 것은 아닐까요. 여하튼 조모의 비참한 죽음과 조부의 원통한 죽음을 생각할 때마다 나는 늘 민족의 운명과 깊이 연결되어 있는 인간의 운명이라고 하는 것을 생각하지 않을 수가 없습니다.

「흙의 슬픔」

재일 현세대의 자의식인 말더듬-전세대^{아버지}-조국으로 이어지는 운명적 연결 고리는 작품을 통해 구체적으로 드러나지만 김학영 자신도 "말더듬이를 따지고 들어가면, 왜 한국인이면서 일본으로 흘러들어 와 살게 되었느냐는 문제에 봉착하게 되고, 그 근원을 찾다 보면 민족 문제에 이르게 된다"[7]라고 밝혔다. 김학영

---

7   김학영, 하유상 역, 「자기해방의 문학」, 『소설집 – 얼어붙은 입』, 화동출판사, 1992, 205쪽.

문학에서 현세대의 신체적 말더듬은 자기 찾기의 출발점임과 동시에 현세대가 거대한 일본 사회의 '벽' 허물기에 한계를 보여주는 코드로 읽힌다. 말더듬은 본인의 의지와 무관하게 부모로부터 물려받은 신체적인 트라우마이고 그러한 운명적 조건은 개인이 선택적으로 결정할 수 있는 사안이 아니다. 그것은 한국인이 일본인으로 귀화한다고 해서 내면의 혈연적인 정신 세계까지 일본적으로 바뀔 수 없는 것처럼 근본적인 치유가 어려운 숙명의 영역이다. 김학영의 문학은 그러한 신체적인 말더듬을 전세대^{부모, 조부모}와 조국으로 확장시켜 현세대에게 내향적 고뇌를 주문한다. 이처럼 재일 현세대의 정신적 고뇌에 대한 김학영 문학의 내향적 승화는 재일코리안 1세대 작가들의 외향적 자기 구제와도 다르며, 같은 재일 중간세대 작가들의 실천적 자아 성찰을 통한 자기^{민족} 아이덴티티 찾기와도 다른 독특한 양상이라 할 수 있다.

2) 이양지 문학의 경우

이양지 문학은 재일 중간세대의 경계의식을 내향적으로 파고들면서 자신의 뿌리와 의식의 '지팡이'를 찾는 형태로 서사화 된다. 김달수와 이회성 문학처럼 전세대의 굴절된 인생 역정이나 역사적 부성과 맞물린 조선인들의 애환을 직접적으로 읽어내기보다 재일 현세대의 경계의식과 현실의 '벽'을 통해 실존적 아이덴티티를 성찰하고 재구축하는 서사구조다. 이양지의 소설 속 주인공은 대체로 재일 현세대의 여성이고 그들의 정신적 고뇌^{방황}가 일본보다 조국체험을 통해 심화되는 양상으로 전개된다. 특히 현세대 여성의 조국체험을 상정하고 모어와 모국어 사이의 '말의 지팡이'를 찾아가는 서사구조와 여성의 신체적 감각을 살려낸 문체싱의 리듬은 문학적 독창성을 담보한다. 이러한 여성적인 섬세한 관찰력은 소설 「각」과 같은 작품에서 무언가에 쫓기듯 "째각, 째각, 째각"하는 시계 초침 소리에 예민하게 반응하는 감각을 통해 확인할 수 있다. 또한 현실과 동떨어진 이상주의적 취향의 정신적 고뇌는 「Y의 초상」과 「그림자 저쪽」처럼 조국과 민족의 역사성을 앞세우기보다 현세대 자신의 아이덴티티를 재구축하는 형태로 그려진다.

그리고 이양지 문학은 재일 현세대의 정신적 고뇌를 피상적, 지엽적으로 보면서도 실제로는 여성 특유의 신체감각을 살리며 근원적인 인간의 문제를 부각시킨다는 점에서 실존적이다. 이양지 문학은 인간의 내면적 존재성에 대한 끊임없는 자문자답을 통해 자의식을 이끌어내며 정신적인 안식처를 찾아 간다. 이양지 소설의 이런 문학적 지향은 같은 재일 중간세대 작가인 이회성, 김학영과도 다른 특유의 내향적 자기 승화 양상이다. 그녀의 문학은 김학영 문학처럼 현세대가 현실의 '벽' 앞에서 자신들의 삶을 체념하는 형태가 아닌, 왜 자신의 삶은 부의 역사성과 연동된 조선^{조선인}이란 고유명사와 같이할 수밖에 없는가를 자문하는 과정을 통해 해답을 찾아간다. 이양지는 현세대 여성의 역사적 부성과 민족성에 근거한 자기 찾기를 제일 먼저 '조국의 소리'[8]에 귀기울이는 형태로 읽어낸다.

「나비타령」은 재일 현세대 여성 주인공이 자기^{민족} 아이덴티티를 의식하는 과정을 비교적 분명하게 보여준 작품이다. 이 작품은 일본에서 살아가는 재일 현세대 '나'의 이방인 의식이 조국의 전통 '가락'을 접하게 되면서 탈출구를 모색한다는 내용을 담고 있다. 그동안 직장에서의 멸시, 부모님의 지루한 이혼 재판, 느닷없는 오빠의 죽음 등 정신적으로 괴로워했던 현세대 여성이 조국에서 직접 '조국의 소리'를 통해 내면의 이방인 의식에서 벗어나려 한다.

며칠 후, 나는 마쓰모토에게 이별의 편지를 썼다. 우체국에서 편지를 부치고 창경원에서 비원으로 이어지는 돌담을 따라 걸었다. 어젯밤의 비는 뜻밖에 새벽까지 내려 보도 여기저기에 생긴 웅덩이는 하얗게 얼어붙었다. 따분한 양손이 코트 주머니 속에서

---

8 '조국의 소리'는 작가가 조국에서 유학생활을 하면서 여러 형태의 경험들의 총체이다. 예컨대 S 대에서의 생활, 하숙집 생활, 판소리와 대금수업, 전통무용 배우기, 친구 관계 등 조국에서 접할 수 있었던 모든 민족적 향기의 종합을 말한다.

도 얼어 있었다. 큰 거리를 시내버스가 달려가고 그 사이를 누비듯 택시가 웅얼거린다. 걸으면서 나는 배운지 얼마 안 되는 「사랑가」를 부르기 시작했다. 얼었던 양손에 힘이 솟고 어깨가 들먹인다.

「나비타령」

그러나 현세대의 조국에서 전통 '가락' 체험은 생각처럼 만족스럽게 진척되지 않는다. 역사적 부성, 민족의식과 맞물린 '조국의 소리'를 접할수록 현세대 내면의 자기^{民族} 아이덴티티는 명료한 실체를 드러내기보다 오히려 그들 내면에 존재했던 '일본의 소리'[9]가 또렷이 각성될 뿐이다. 일본과 일본적인 것에서 벗어나 조금이라도 조국의 역사와 민족적 정취에 젖고 싶었던 재일 현세대의 바람은 한낱 개인의 소망일뿐 오히려 조국^{民族}은 일본적 정서로 체화된 현세대를 혼돈의 늪으로 몰아간다. 결국 재일 현세대는 '조국의 소리'와 '일본의 소리'의 조율을 놓고 끊임없이 고뇌^{苦惱}를 할 수밖에 없었다. 「나비타령」 이후의 「각」, 「그림자 저쪽」, 「갈색의 오후」, 「Y의 초상」 등은 그러한 재일 현세대 여성의 정신적 갈등과 이방인 의식을 구체적으로 얽어낸 작품이다.

그런데 소설 「유희」는 이양지의 문학에서도 독특한 서사구조를 보여준다. 우선 조국에서 함께 생활했던 하숙집 아주머니와 언니의 입을 통해 재일 현세대 여성 '유희'의 정신적 고뇌가 낱낱이 고발된다. 확실히 「유희」 이전까지의 작품과는 다른 이야기 양상을 보인다. 특히 일본에서 느껴왔던 자기^{民族} 아이덴티티와 관련한 정신적 고뇌를 근본적으로 치유하기 위해 찾은 조국을 떠날 수밖에 없었던 과정을 집중적으로 얽어낸다. 특히 유학생활을 접고 조국을 떠나는 현세대 '유희'로 하여금 새로운 삶과 정신적 해방을 제공한다는 점은 특별할 수밖에 없다. 「유희」 이전까지의 작품에서는 현세대의 갈등과 고뇌가 직접적인 형태의

---

9 일본의 소리는 현세대의 내면에 존재하는 일본적인 부분. 즉 일본에서 태어나고 자라면서 익힌 모든 일본적 가치, 양식, 이미지, 사고방식으로서 거기에는 정신적인 이방인 의식까지 포함된다.

파탄 양상을 보이지만 「유희」에서는 갈등과 고뇌의 양상이 타자의 입을 통해 고 발되고 객관성을 담보하는 형식을 취하기 때문이다.

　이양지 문학의 보편성과 객관적 시선을 한마디로 정의하기는 어렵다. 굳이 표 현하자면 떠난 자와 남은 자의 상호교감, 조국과 일본이라는 이분법적 사고로부 터 해방, 이방인 의식에 함의된 배타적 민족주의에 대한 자각 등을 거론할 수 있 다. 이를테면 유희가 떠난 자리에서 서울의 하숙집 아주머니가 유희에게 말하 고 싶었던 "조금만 더 참아 보라고. 지금의 괴로운 심정만 극복하면 앞으로는 문 제가 없을 거라고. 한국이나 일본이나 다를 게 없다고. 인간이 어떻게 살고 자신 이 어떻게 살아가느냐를 지켜보는 것이 중요하다"[10]라는 형태의 교감이나 조화 다. 또한 재일의 문제는 당사자가 아닌 제3자가 나설 일이 아니라며, 결론적으로 "유희 스스로 생각하고 느끼면서 힘을 길러 가는 수밖에 없다"라고 말하는 '나' 와 아주머니의 교감이다. 그 교감은 곧 하숙집 아주머니와 '나'의 생각이 일본으 로 돌아간 '유희'의 마음과 상통함을 보여준다.

　이러한 이분법적 갈등과 대립 관계에서 양자 간의 조화와 통합을 향한 목소리 는 「유희」 이후의 에세이 「나에게 있어서의 母国과 日本」에서 한층 분명해진다.

　마침내 「유희」 집필을 마치고서야 비로소, 나는 지금까지의 애정과 증오감을 떨쳐 버리고 있는 그대로의 후지산富士山과 마주할 수 있을 것이라는 자신을 갖게 되었습니 다. 그것은 본국에서 태어난 사람들을 통해서 겨우 재일 동포의 모습을 그릴 수 있게 되고, 본국 사람들의 기분을 조금이라도 이해할 수 있게 되었다라고 하는 자기 발견과 같은 시기에 이루어진 것입니다. (…중략…) 17년 만에 마주한 후지산을 나는 새로운 자신과 마주하고 있다는 것도 느낄 수 있었습니다. 아무런 동요도 없이, 감정적으로 아 무런 기복도 없이 침착한 기분으로 후지산을 대하고 마주할 수 있게 된 자신을 확인하

10　李良枝, 「由熙」, 『李良枝全集』, 講談社, 1993, 442쪽.

면서, 자신에 대한 일종의 안도감을 느끼고 있었던 것입니다. 나에게 있어서는 후지산과의 싸움도 겨우 한 고개를 넘은 듯한 느낌입니다. 있는 그대로를 보는 눈과 마음으로 소박하게 또한 순수하게 후지산의 수려함을 칭찬할 수 있게 되고, 17년 만에 재회한 친구들과도 따뜻한 우정을 나눌 수 있었습니다. 실로 긴 시간동안 우여곡절을 겪었습니다만, 나는 모국과의 만남을 통해서 정말로 많은 것을 얻게 되었다고 생각하지 않을 수가 없습니다.[11]

이양지는 「유희」의 집필을 끝내고 17년 만에 고향 야마나시현山梨県으로 돌아가 "일본의 상징"으로 인식했던 후지산과 마주한다. 그리고 과거 내면적으로 "일본의 상징", "군국주의의 상징"으로 인식했던 후지산에 대한 대립적 사고가 없어졌음을 알게 된다. 그야말로 "있는 그대로를 보는 눈과 마음"을 갖추게 된 것이다. 지난날 일본의 상징으로 "부정하고 거부해야만 했던" 후지산을 아무런 감정 없이 대할 수 있게 된다. 이러한 '자기 발견'을 통한 실존적인 자의식의 평정은 작가에게 심리적인 '안도감'을 주며 창작활동에 지대한 영향을 끼친다. 특히 현실주의적 관점에서 의식의 지팡이로 표상되는 자의식은 조국과 민족을 바라보는 시각은 물론 이양지가 고뇌했던 '조국의 소리'와 '일본의 소리'에 대한 조율까지 문학적 원점에 대한 근본적인 변화를 불러온다. 소설가로서 주어진 현실을 관념적, 의식적 세계에 구애받지 않고 "있는 그대로를 보는 눈과 마음"을 통해 심리적 여유와 문학적 리듬을 확보하게 된다.

작가의 아이덴티티를 둘러싼 자의식의 평정은 현세대 내면의 중층적인 타자성을 인정함으로써 일체의 사물을 객관적, 보편적으로 바라볼 수 있는 열린 세계관을 가능하게 만든다. 기기에서 이양지는 역사성과 민족의식이 내재된 가장 전통적인 민족의 '가락'을 통해 현세대 자신의 아이덴티티를 확립하고 현실의 '벽'

---

11   이양지, 신동한 역, 「나에게 있어서의 母国과 日本」, 「돌의 소리」, 삼신각, 1992, 256쪽.

을 극복해 가는 자기 찾기를 실현한다. 김학영 문학이 운명적인 자신의 말더듬을 문학적 화두로 삼고 끊임없이 자기 해방을 추구했듯이, 이양지 문학은 가장 민족적인 전통 '가락'을 천착하며 재일 내면의 '일본의 소리'와 '조국의 소리'를 조율하게 된다. 이처럼 김학영과 이양지는 재일 현세대의 역사성 및 민족의식과 연동된 정신적 고뇌를 근원적인 '말더듬'과 전통 '가락'을 통해 해소하고자 했고, 그러한 내향적 심리와 실존적 '리듬'을 통해 그들 나름의 문학적 보편성을 확보한다.

재일 현세대의 자기^{민족} 아이덴티티와 정신적 고뇌의 원질에 대한 문학적 조명은 현실주의와 개아를 중시하는 관점의 실존적 세계관을 통해서도 확인할 수 있다. 이를테면 아쿠타가와상을 수상하며 독자들로부터 크게 주목받았던 유미리의 문학은 현대 사회의 각종 병리현상을 개인적 불우와 가족 붕괴·해체로 엮어낸다. 대표작 「가족 시네마」는 현대 사회의 가족 해체와 복원^{실패하지만}이라는 관점에서 사회적 모순과 부조리를 엮어내고 있으며 「生」, 「命」, 「魂」은 인간의 근원적인 생명의식을 통해 새로운 모럴의 가능성을 진단한다. 역시 아쿠타가와상을 수상한 현월의 「그늘의 집」과 가네시로 가즈키의 「GO」도 그러한 역사적 부성과 민족의식에 집착하지 않으면서 자연스럽게 문학적 보편성과 실존적 자의식에 다가선다.

이러한 문학적 변용 양상을 재일코리안의 '한'과 연계해 짚어보면 역시 재일코리안 사회도 세대교체와 함께 기존의 절대적인 영역이었던 조국과 민족, 역사와 정치, 이데올로기에서 탈피해 개인의 주체성과 현실주의, 실존적 자아를 중시한다는 느낌이 지배적이다. '한'의 개념이 조국의 굴절된 근현대사와 불가피하게 얽혀 있고 역사성과 민족성, 간고했던 이주^{이동} 역사와 관련이 깊었던 과거와 달리 근래의 재일코리안문학은 세대교체의 영향도 있지만 '한'에 대한 의식이 존재하지 않거나 설령 있다 하더라도 이전과는 다른 양상이다. 그것은 재일코리안문학의 '재일성'이 지극히 현실주의에 입각한 현세대 중심의 가족과 일상으로 해체 재구축되고 있음을 의미한다.

4. 자기와 민족의 '경계' 허물기

재일코리안문학은 어떤 식으로든 조국과 민족의 역사와 정치, 사회문화적 지점을 의식할 수밖에 없고 그러한 삶의 현장을 주제화한다. 조국지향의 구심력과 거주국 일본을 향한 원심력의 강도가 깊고 얕을 수는 있어도 재일코리안 사회와 연동된 역사성과 민족주의 '재일'에 내재된 운명적인 지점을 피해갈 수 없기 때문이다. 그렇게 숙명처럼 내면의 응어리, 풀리지 않는 불안, 심리적 부채, 그것을 재일의 '벽' 내지 '한'이라고 할 때 재일코리안의 입장은 그 '벽'과 '한'을 어떻게 받아들이고 풀어낼 것인가를 고뇌할 수밖에 없다. 특히 글쓰기를 하는 작가의 입장은 그러한 근원적 물음을 통해 자기^{민족} 아이덴티티에 대한 확인작업을 멈출 수 없다. 작가란 기본적으로 "말할 수 없는 존재들을 대신해서 말하고 역사의 수많은 하위주체들에게 강요된 침묵과 억압당한 생채기들을 활성화하는 존재[12]"라는 입장을 취하기 때문이다.

그런 측면에서 재일코리안문학은 기본적으로 재일 자신들을 둘러싼 '벽'과 '한'의 영역을 어떻게 받아들이고 자기해방을 실현할지에 대해 깊이 고민해 왔다. 김달수문학은 그 역사성을 함의한 민족의 '한'을 암울했던 조국의 근현대사와 연계해 민중과 지식인의 투쟁과 저항, 애환과 향수로 노래했고, 이회성 문학은 바깥 세계와 연계시켜 조국-사할린-일본으로 소용돌이치는 유민의식을 통해 외향적으로 얽어냈다. 그리고 김학영의 문학은 '신체적 트라우마'를 문학적 화두로 인식하고 내향적인 자기 심화 형태로 승화시켜 갔으며, 이양지의 문학은 현세대 경계의식과 자기^{민족} 아이덴티티를 민족의 전통 '가락'과 연계해 풀어내는 형식을 취했나. 양석일의 문학은 피식민자의 '신체성'을 통해 제국과 국가주의로 표상되는 계급적 사회구도의 모순과 부조리에 맞서는 민족적 저항의식을

12　김환기, 「평화를 위한 진혼곡」, 『火山鳥』 12권, 보고사, 2015, 371쪽.

서사화 한다. 또한 재일 현세대 문학은 현실주의 입장에서 개인과 가족을 중심으로 현대 사회의 각종 병리현상을 읽어내는 형태로 주체적 자의식을 보여준다.

이렇게 조국과 민족의식을 강조한 구심력이냐 현실주의와 개인을 앞세운 원심력이냐고 하는 선택의 문제가 있긴 하지만, 기본적으로 디아스포라의 구심력을 강조한 경우가 재일코리안 1세대의 문학적 경향이라고 할 수 있고 원심력을 강조하는 경우가 현세대 작가들의 탈민족적 글쓰기라고 할 수 있다. 특히 김학영, 이회성, 이양지, 양석일 등의 문학은 재일 중간세대의 입장에서 '부'의 역사적 지점을 '한'의 정서로 읽어내며 자기해방을 추구했다고 할 수 있다. 이러한 재일코리안문학의 다양성과 중층성은 역사적 부성과 민족성을 바라보는 세대 간의 시각차를 분명히 보여주면서도 하나같이 재일코리안의 정신사적 공통점을 피력했다고 할 수 있다.

재일코리안의 위치는 역사적 지점, 민족의식 등과 맞물린 의식의 굴레에서 정신적 평온을 표상하는 자기해방을 취하기란 쉽지 않다. 그것은 실존적 차원의 근원적인 의식의 '응어리'이고 거대 일본 사회의 국가주의와 배타적 민족주의의 차별구조에서 살아야 하는 현실을 부정할 수 없기 때문이다. 이양지는 그것을 있는 그대로를 보는 눈과 마음으로 읽어냈고 이회성은 디아스포라의 유민의식으로 김학영은 자신의 '말더듬'을 화두로 삼고 운명적으로 받아들였다. 넓게 보면 재일코리안 1세대 작가 김달수, 김석범, 김시종, 김태생, 정승박 등을 비롯해서 중간세대 작가 이회성, 양석일, 고사명, 김중명을 거쳐 현재의 김창생, 유미리, 가네시로 가즈키, 사기사와 메구무에 이르기까지 대체로 재일코리안 작가들은 그렇게 '피의 계보'와 결부된 '한'과 '벽'을 나름대로의 민족·탈민족적 글쓰기로 풀어냈다고 할 수 있다.

제1부_재일디아스포라문학의 지도 그리기

1. 재일코리안문학의 계보

2. 식민 제국과 재일조선인문학의 조망 : 『〈在日〉文学論』(新幹社, 2004, 7~112쪽)

3. 해방 이후 재일조선인문학과 민족분단 비극의 인식 : 『戰後非日文学論』(新幹社, 1997, 7~103쪽)

제2부_재일디아스포라 작가론

1. 제주4 · 3항쟁과 역사인식의 전개상 : 『存在の原基, 金石範文学』(新幹社, 1998, 8~136쪽)

2. 〈이야기〉의 민족적 근원과 디아스포라 체험 : 『〈在日〉文学論』(新幹社, 2004, 188~199쪽)

3. 역사성과 민족성을 의식한 중간세대의 자기 구제 : 『日本学』第20輯(東国大日本学研究所, 2001,
   243~260쪽)

4. 재일로서 제주도를 이야기한다는 것 : 『在日朝鮮人日本語文学論』(新幹社, 1991, 65~178쪽)

5. 민족적 아이덴티티와 전통 '가락' : 『日語日文学研究』第45輯(韓国日語日文学會, 2003, 259~281쪽)

6. 신세대의 감각과 실존 : 『日本学報』第61輯(韓国日本学會, 2004, 439~456쪽)

제3부_재일디아스포라문학의 비평적 읽기

1. 신세대 작가들을 읽는다 : 『〈在日〉文学論』(新幹社, 2004, 223~284쪽)

2. 노동자의 삶과 시각의 이중성 : 『存在の原基金石範文学』(新幹社, 1998, 207~238쪽)

3. 고립된 언어와 죽음 : 『在日朝鮮人日本語文学論』(新幹社, 1991, 180~262쪽)

4. 조국과 자아의 거리 인식과 민족 문제 : 『翰林日本学研究』第8集(翰林大日本学研究所, 2003,
   193~212쪽)

부록

재일디아스포라 작가

가네시로 가즈키 金城一紀, 1968~
1968년 사이타마현(埼玉県) 출생. 조총련계 초중고등학교를 졸업하고 게이오(慶應)대학 법대를 졸업했다. 2000년 단행본『GO』로〈나오키상(直木賞)〉을 수상하였고『레볼루션 No.3(レヴォリューションNo.3)』,(2001),『플라이, 대디, 플라이(フライ,ダディ,フライ)』(2003),『SPEED』(2005),『레볼루션 No.0(レヴォリューションNo.0)』(2011)를 발표했다. 2003년에는「연애소설(恋愛小説)」,「영원의 원환(永遠の円環)」,「꽃(花)」등이 실린『대화편(対話篇)』(2003), 2007년에는『영화편(映画篇)』(2007)을 내놓았고「GO」는 영화로 제작되어 큰 반향을 일으켰다.

가야마 스에코 香山末子, 1922~1996
1922년 한국 출생. 한센병을 앓았고 실명하게 된다. 49세 때부터 일본어 시를 쓰기 시작했다. 시집으로『구사쓰 아리랑(草津アリラン)』(1983),『메까치 우는 지옥계곡(鶯の啼く地獄谷)』(1991),『파란 안경(青いめがね)』(1995),『앞치마의 노래-가야마 스에코 시집(한센병 총서)(エプロンのうた-香山末子詩集)』(2002) 등이 있다.

가쿠 사나에 郭早苗, 1956~
1956년 출생. 저서로서『아버지 · 코리아(父 · KOREA)』(1986),『하늘을 춤춘다(宙を舞う)』(1991) 등이 있다.

강순 姜舜, 1918~1988
1918년 경기도 강화 출생. 1936년에 일본에 건너가 1937년 와세다(早稲田)대학 불문과에 입학하였고 해방 이후에는 교사 생활을 했다. 이후 재일본조선인총연합회(在日本朝鮮人総聯合会) 기관지인『조선신보(朝鮮新報)』편집국 기자로 활동했다. 저서로서 한국어로 쓴 시집『조선부락』,『불씨』,『강순시집(姜舜詩集)』(1964),『강바람(江風)』이 있고, 1970년 일본어로 번역한 시집『시집 나루나리(詩集なるなり)』, 1986년『단장-강순시집(断章-姜舜詩集)』등이 있다.

강신자 姜信子, 1961~
1961년 가나가와현(神奈川県) 출생. 도쿄(東京)대학교 법학부를 졸업했다. 1986년『극히 보통의 재일한국인(ごく普通の在日韓国人)』(1987)으로 제2회 논픽션〈아사히저널상(朝日ジャーナル賞)〉을 수상했으며 2000년『버린 고향 노트(棄郷ノート)』(2000)로〈구마모토일일신문(熊本日日新聞)문학상〉을 수상했다. 그밖에『추방의 고려인「천연의 미」와 백년의 기억(追放の高麗人「天然の美」と百年の記憶)』(2002),『목소리 천년 뒤까지 닿을 정도로(声千年先に届くほどに)』(2016)가 있고, 특히 자신의 뿌리와 친일 작가 이광수의 발자취를 쫓아 민족, 국가, 고향의 관계를 찾는『기향 노트(棄郷ノート)』(2000),『안주하지 못하는 우리들의 문화-동아시아 유랑(安住しない私たちの文化-東アジア流浪)』(2002) 등의 기록문학을 남기고 있다.

강위당 姜魏堂, 1901~1991
1901년 가고시마현(鹿児島県) 출생. 도요토미 히데요시(豊臣秀吉)의 조선 침략 당시 일본으로 끌려 간 도공의 후손이다. 대표작으로『살아있는 포로-사쓰마 도자기의 유래기(生きている虜囚-薩摩焼ゆらい記)』(1966),『신을 두려워 않는 사람들(神を畏れぬ人々)』(1968),『어느 귀화 조선인의 기록(ある帰化朝鮮人の記録)』,『은닉·사쓰마의 도공(秘匿·薩摩の壺屋)』(1979) 등이 있다.

강일생 姜一生, 1947~
1947년 후쿠시마현(福島県) 출생. 후쿠시마 조선 초중급학교 교사였다. 1982년 출간한『나의 학교(私の学校)』(1982)는 조선 초중급학교와 조선인 교사의 삶을 다루고 있다.

고사명 高史明, 1932~2023
본명은 김천삼(金天三). 1932년 야마구치현(山口県) 시모노세키(下関) 출생. 작가로서의 출발은『밤이 시절의 걸음을 어둡게 할 때(夜がときの歩みを暗くするとき)』(1971)이며 대표작으로『산다는 것의 의미-어느 재일조선인 소년의 성장 이야기(生きることの意味:ある少年のおいたち)』(1974),『나는 12세-오카 마사후미 시집(ぼくは12歳-岡真史詩集)』(1976),『저편에서 빛을 구하며(彼方に光を求めて)』(1973),『목숨의 행방-인간이란 무엇인가(いのちの行方-人間とは何か)』(1981),『지혜의 함정(知恵の落とし穴)』(2001),『현대에 되살아나는 탄이초(現代によみがえる歎異抄)』(2003) 등이 있다.

권재옥 権載玉, 1933~
1933년 출생. 조선고등학교 교원을 거쳐 조선대학교 교수, 평양 외국어대학 객원 교수 등을 역임했다. 저서에는『아버지-지우산과 대님바지(アボジ-番傘と繋いだズボン)』(1994),『청춘교사(青春教師)』(1995) 등이 있다.

기타 에이치 北影一, 1930~
1930년 서울 출생. 저서로서『제3의 죽음(第三の死)』(1965),『혁명은 왔건만(革命は来たれども)』(1987),『잘 있거라 전장이여(さらば戦場よ)』(1989),『자유의 땅 어딘가(自由の地いずこ)』(1997)

등이 있다.

김달수 金達寿, 1919~1997

1919년 경남 창원 출생. 1930년 일본으로 건너갔다. 1939년부터 고학으로 니혼대학(日本大学) 예술과에서 3년간 수학한다. 시가 나오야(志賀直哉)의 '사소설'에 대한 심취가 문학적 출발이었고, 첫작품 「위치(位置)」를 쓰게 된 것은 『모던 일본 조선판(モダン日本朝鮮版)』(1939)을 접하고 나서였다. 1942년부터 1944년까지 가나가와(神奈川) 신문기자, 경성일보 기자 생활을 거쳐 잡지 『민주조선』을 창간했다. 대표작으로 「아버지」, 「족보」, 『대마도까지(対馬まで)』(1979), 「나의 아리랑 노래(わがアリランの歌)」(1977), 『후예의 거리(後裔の街)』(1948), 『반란군(叛乱軍)』(1950), 『현해탄(玄海灘)』(1954), 『고국인(故国の人)』(1956), 『일본의 겨울(日本の冬)』(1957), 『박달의 재판(朴達の裁判)』(1958), 『태백산맥(太白山脈)』(1969), 『일본 속의 조선문화(日本の中の朝鮮文化)』(1983) 등이 있다.

김마스미 金眞須美, 1961~

1961년 교토 출생. 노틀담 여자대학을 졸업했다. 도쿄 『사쿠라회(桜会)』에서 연극을 배웠으며 1995년 제32회 〈문예상〉 우수작에 뽑힌 「메소드(メソッド)」(1995)에 연극체험이 담겨져 있다. 대표작으로 「불타는 초가(燃える草家)」(1997), 「나성의 하늘(羅聖の空)」(2001) 등이 있다.

김미혜 金美惠, 1955~

1955년 도쿄 출생. 이화여자대학교를 중퇴했다. 주요 작품으로 시집 1995년 『우리 말』 등이 있다.

김민 金民, 1924~1981

재일조선문학회 서기장과 부위원장을 역임하였고 조선어 창작을 주장하고 실천했다. 주요 작품으로 「서분의 항의」, 「포옹」, 「어머니의 역사」 등이 있고 『이른 아침』(1986)을 출간했다.

김사량 金史良, 1914~1950

본명은 김시창(金時昌), 1914년 평양출생. 1930년 평양고보시절 일본으로 건너간다. 1939년 도쿄 제국대학을 졸업하면서 본격적인 창작을 시작했으며 4월에 발표한 「빛 속으로(光の中に)」(문예춘추, 1940)는 〈아쿠타가와상(芥川賞)〉 후보에 오르게 된다. 1945년 2월 조선 출신 학도병위문단의 일원으로 중국에 파견되었을 때 탈출을 감행했으며 5월 태항산 근거지의 조선독립의용군에 가담하려 한다. 해방과 더불어 평양으로 들어갔고 한국전쟁 때 북한의 인민군 종군작가로서 참가하였지만 행방불명된다. 대표작으로 「무궁일가」, 「고향을 생각한다(故郷を想う)」, 「빛 속으로(光の中に)」, 「토성랑(土城廊)」(1954), 「천마(天馬)」(1940), 「덤불 헤치기(草探し)」(1940), 「노마만리(駑馬萬里)」(1945), 「낙조」(1941), 「태백산맥(太白山脈)」(1943), 「바다의 노래(海への歌)」(1943) 등이 있다.

김석범 金石範, 1925~

1925년 일본 오사카 이카이노(猪飼野) 출생. 1943년 가을부터 이듬해 여름까지 제주도에서 한국어를 공부하였고 해방 후에는 조직 활동에 참가한다. 1957년 『간수 박서방(看守朴書房)』(문예수도, 1957), 「까마귀의 죽음(鴉の死)」(문예수도, 1957)을 발표한다. 제주도 4·3사건을 다룬 대표작 『화산도(火山島)』(전7권)(1967~1997)로 〈오사라기지로상(大佛次郎賞)〉과 〈마이니치(每日)예술상〉을 수상했으며 80세 고령에 『김석범 작품집(金石範作品集)』(2권)(2005)을 출간했다. 한국에서 『화산도』(한국어판) 출간과 함께 제1회 〈제주4·3평화상〉(2015)과 제1회 〈이호철통일로문학상〉(2017)을 수상했다. 대표작으로 「보름달(満月)」, 「허일(虛日)」, 『만덕유령기담(万德幽霊奇譚)』(1971), 「관덕정(観德亭)」(1962), 「제사 없는 축제(祭司なき祭り)」(1981), 「도상(途上)」(1974), 「유명의 초상(幽冥の肖像)」(1982), 「왕생이문(往生異聞)」(1979), 「똥과 자유(糞と自由と)」(문예수도, 1960), 「허몽담(虛夢譚)」(1969), 「장화(長靴)」(1971) 등이 있다.

김소운 金素雲, 1907~1981

본명은 김교중(金敎重). 1908년 부산 출생. 12세 때 일본으로 건너가 기타하라 하쿠슈(北原白秋)에게 사사, 『조선민요집(朝鮮民謠集)』(1929)을 상재했다. 『젖빛 구름(乳色の雲 : 朝鮮詩集)』(1940)은 조선 근대시의 최초의 일본어역 시집이다. 1952년 도쿄에서 여권을 몰수당한 이후 13년간 민화집 『파를 심은 사람(ネギをうえた人 : 朝鮮民話選)』(1953), 번역 시집 『조선시집(朝鮮詩集)』(1954), 에세이 『마이동풍첩(馬耳東風帖)』(1952), 『목근통신(木槿通信)』(1952), 『삼오당잡필(三誤堂雑筆)』(1955), 『희망은 아직 버릴 수 없다(希望はまだ棄てられない)』(1955), 『아시아의 4등 선실(アジアの四等船室)』(1956) 등을 출간했다.

김수선 金水善, ?~?

생몰년 미상. 제주도 출생. 1920년대 부산 동래에서 여성 문제를 포함한 사회 계몽운동에 참여했다. 시집으로 『제주도의 여인(済州島の女-詩集)』(1995) 등이 있다.

김시종 金時鐘, 1929~

1929년 함경남도 원산 출생. 어린 시절 어머니의 고향 제주도에서 생활했으며 제주도 4·3사건 당시에는 게릴라의 일원으로 참가했다. 미군정의 철저한 탄압을 피해 일본 오사카로 건너가게 된다. 1950년대 2권의 시집 『지평선(地平線)』(1955), 『일본풍토기(日本風土記:詩集)』(1957)을 출간했고, 시인 정인, 양석일과 『카리온(カリオン)』을 창간했다. 대표작으로 『이카이노시집(猪飼野詩集)』(1978), 『광주시편(光州詩片)』(1983), 『'재일'의 틈새에서(「在日」のはざまで)』(1986), 『들판의 시(原野の詩-1955~1988~集成詩集)』(1991), 『화석의 여름 시집(化石の夏詩集)』(1998), 『경계의 시 시선집(境界の詩詩集選)』(2005), 『잃어버린 계절 사시 시집(失くした季節四時詩集)』(2010) 등이 있다.

김연화 金蓮花, 1962~

본명은 김수미이며 1962년 도쿄 출생. 일본의 조선대학교를 졸업했으며 조선 초중등학교에서 교편을 잡았다. 1994년 「은엽정다화(銀葉亭茶話)」으로 제23회 〈코발트노벨〉 대상을 수상한다. 주요 작품으로는 조선을 제재로 한 「은엽정다화 시리즈」(1998)를 비롯해 「물의 수도 이야기(水の都の物語) 시리즈」(1995), 「달의 계보(月の系譜) 시리즈」(1997), 「용이 잠드는 바다(竜の眠る海) 시리즈」(1997) 등의 라이트노벨 시리즈가 있다.

김윤 金潤, 1932~

1932년 경상남도 남해 출신. 동국대학교 재학 중이던 1951년에 일본으로 건너갔고 『불씨』, 『한국문예』, 『와코도(若人)』, 『한양』 등의 편집을 맡았다. 시집으로 『멍든 계절』(1968), 『바람과 구름과 태양』(1971) 등이 있다.

김이자 金利子, 1951~

1951년 미에현(三重県) 출생. 시집으로 『하얀 고무신(白いコムシン : 詩集)』(1993), 『불 냄새(火の匂い : 詩集)』(1999) 등이 있다.

김일면 金一勉, 1921~?

본명은 김창규. 주로 『백민』, 『백엽』, 『통일조선신문』, 『코리아평론』 등에 글을 기고했고 주요 저서로 『박열(朴烈)』(1973), 『천황의 군대와 조선인 위안부』(1976), 『조선인이 왜 '일본명'을 사용하는가 ─ 민족의식과 차별』(1978), 『유녀·가라유키·위안부의 계보(遊女·からゆき·慰安婦の系譜)』(1997) 등이 있다.

김재남 金在南, 1932~

본명은 강득원. 1932년 전남 목포 출생. 와세다대학 러시아문학과를 졸업했고, 단행본으로는 『봉선화의 노래(鳳仙花のうた)』(1992), 『아득한 현해탄(遥かなり玄海灘)』(2000)이 있다. 작품으로 「지하 배수로에서(暗渠の中から)」(1989), 「어둠 속의 박(暗やみの夕顔)」(1989), 「도가리 고개(戸狩峠)」 등이 있다. 이들 작품에서는 군대위안부, 피폭, 강제 연행 등 무거운 주제들을 다루고 있다.

김중명 金重明, 1956~

1956년 도쿄 출생. 1976년 도쿄대학에 입학했다가 자퇴한다. 이후 공장 노동자 생활과 학원 강사, 번역, 지문날인 반대운동 등에 참가한다. 1997년 『산학무예장(算学武芸帳)』(1997)으로 〈마이니치신인문학상(毎日新人文学賞)〉 수상, 2006년 『항몽의 언덕 ─ 삼별초탐라전기(抗蒙の丘 ─ 三別抄耽羅戦記)』(2006)로 〈역사문학상〉, 2014년 『열세 살 딸에게 가르치는 갈루아 이론(13歳の娘に語るガロ

ァの数学)』(2011)으로 〈일본수학회출판상(日本数学会出版賞)〉 수상. 첫 작품은 「환상의 대국수(幻の大国手)」(1990)이며, 대표작은 잡지 『호르몬문화(ほるもん文化)』에 실은 「소혹성 치나(小惑星チナ)」(2권)(1991), 「덧없는 이 세상을 보낸다는 것(はかなきこの世を過ぐすとて」(3권)(1992), 「백대부(百大夫)」(4권)(1993), 「원숭이 울음소리(猿嘯)」(5권)(1995), 「궁예기(弓裔記)」(6권)(1996), 「2년 후(二年後)」(7권)(1997), 「순옥 할머니의 신세타령」(1998), 「반딧불(蛍火)」(9권)(2000), 「산사전기(算土傳寄)」(1996) 등이 있다. 특히 『바다의 백성(皐の民)』은 해상왕 장보고의 전설을 그린 장편소설이다.

김찬정 金贊汀, 1937~

1937년 교토 출생. 재일한국인 2세로서 논픽션 작가이다. 조선대학교를 졸업했고 잡지사 기자 등을 거쳐 저작 활동을 했다. 주요 저서로서 『우키시마마루 부산항으로 향하지 못하고(浮島丸釜山港へ向かわず)』(1994), 『통곡의 두만강(慟哭の豆満江)』(2000), 『불꽃은 어둠의 건너편으로－전설의 무희·최승희(炎は闇の彼方に－伝説の舞姫·崔承喜)』(2002), 『재일 격동의 백년(在日, 激動の百年)』(2004) 등이 있다.

김창생 金蒼生, 1951~

1951년 오사카 이카이노 출생. 오사카 조선고급학교를 졸업했다. 주요 저서로서 『나의 이카이노(わたしの猪飼野－在日二世にとっての祖国と異国)』(1982), 『이카이노발 코리안 노래(イカイノ発コリアン歌留多)』(1999), 『붉은 열매－김창생작품집(赤い実－金蒼生作品集)』(1995), 『제주도4·3사건(済州島四·三事件)』(6권)(2004), 『바람 목소리(風の声)』(2020) 등이 있다.

김태생 金泰生, 1924~1986

1924년 제주도 출생. 5세 때 일본 건너가 오사카(大阪) 이카이노(猪飼野)에서 숙모 집에서 성장한다. 어머니와 다름없었던 숙모와의 인연은 김태생 문학의 주된 테마였다. 결핵을 앓았으며 1955년 말에는 『문예수도(文芸首都)』의 야스타카 도쿠조(保高德藏)를 방문하고 그곳에서 기타 모리오(北杜夫), 모리 레이코(森礼子) 등과 친분을 맺기도 한다. 대표작으로 『나의 인간지도(私の人間地図)』(1985), 『나의 일본지도(私の日本地図)』(1978), 『뼛조각(骨片)』(1977), 『붉은 꽃·어떤 여자의 생애(紅い花·ある女の生涯)』(1993), 『나그네 전설(旅人伝説)』(1985) 등이 있다.

김하일 金夏日, 1926~2023

1926년 출생. 한센병을 앓은 가인(歌人)이다. 노래집으로 『황토(黄土)』(1986), 『야요이(やよい)』(1993), 『도라지의 시(トラジの詩)』(1987), 『점자와 함께(点字とともに)』(1990), 『베 짜는 소리(機を織る音)』(2003) 등이 있다.

김학영 金鶴泳, 1938~1985

본명은 김광정(金廣正). 1938년 군마현(群馬県) 출생. 1945년 신마치(新町)소학교에 입학하면서 야마다(山田)라는 일본성을 사용하였고 재학 중에는 중이염으로 두 번에 걸쳐 수술을 받았다. 1958년 도쿄대학 이과대에 입학하면서 한국 성 '김'을 사용했고 대학원까지 마친다. 1965년 도쿄대학교 문학부계열 동인지『신사조(新思潮)』에 참가하였고, 그곳에「도상(途上)」(1966)을 발표한다. 1966년 처녀작『얼어붙은 입(凍える口)』을 발표하면서 〈문예상(文芸賞)〉에 입선된다. 주요 작품으로「완충용액(緩衝溶液)」(1967),「유리층(遊離層)」(1968),「탄성한계(弾性限界)」(1969),「눈초리의 벽(まなざしの壁)」(1969),「알콜램프」(1973),「외등이 없는 집(軒灯のない家)」(1973),「자갈길(石の道)」(1973),「여름의 균열(夏の亀裂)」(1974),「향수는 끝나고, 그리고 우리들은(郷愁は終り, そしてわれらは)」(1983) 등이 있다. 작품집『김학영작품집성(金鶴泳作品集成)』(1986)과『얼어붙은 입(凍える口)』(2004) 등이 있다.

김향도자 金香都子, 1945~

1945년 오사카 이쿠노(生野) 출생. 1967년부터 1983년까지 백두학원건국(白頭学院建国)소학교에서 근무하면서 1975년 오사카시립 텐노지(天王寺)중학교에서 강사로 근무한다. 주요 저서로『이카이노 뒷골목 지나가셔(猪飼野路地裏通りゃんせ)』(1988) 등이 있다.

남시우 南時雨, 1926~2007

재일조선문학회 위원장과 조선대학교 교장 등을 역임했다. 조선어 창작을 주장했으며 시집으로『봄소식』(1953),『조국에 드리는 노래』(공저, 1956 / 1957),『조국의 품 안으로』(1959 / 1960), 평론집『주체적 예술론』(1984) 등이 있다.

노진용 盧進容, 1952~

1952년 효고현(兵庫県) 출생. 조선 고급학교를 졸업했다. 시집『붉은 달(赤い月)』(1995) 등을 출간했다.

다치하라 마사아키 立原正秋, 1926~1980

본명은 김윤규(金胤奎). 1926년 경북 안동 출생. 11세 때 일본으로 건너가 와세다대학 법률학과를 다니다 제적된다. 첫작품은 니와 후미오(丹羽文雄)의『문학자』에 게재된「늦여름 혹은 이별곡(晩夏或は別れの曲)」(문학자, 1951)이며,「8월의 오전과 4개의 단편(八月の午後と四つの短篇)」(근대문학, 1960)으로 1961년 제2회 〈근대문학상(近代文学賞)〉을 수상한다. 1964년『다키기노(薪能)』(1964)와 1965년『쓰루기가사키(剣ヶ崎)』(1965)가 〈아쿠타카와상(芥川賞)〉 후보, 1965년「옻나무 꽃(漆の花)」(1965)이 〈나오키상(直木賞)〉 후보에 올랐다. 그리고 1965년「하얀 양귀비(白い罌粟)」(1965)로 제55회 〈나오키상〉을 수상했다. 대표작으로『꽃의 생명(花のいのち)』(1967),「광야

(曠野)」(1972), 『검과 꽃(劍と花)』(1968), 『꿈은 마른 들판을(夢は枯野を)』(1974), 『귀로(帰路)』(1980), 『그해 겨울(その年の冬)』(1980) 등이 있다.

마쓰모토 도미오 松本富生, 1937~2018
1937년 경남 출생. 1943년 일본으로 건너간다. 메이지(明治)대학 영미문학과를 졸업하였고, 「들장미의 길(野薔薇の道)」로 제63회 〈문학계 신인상(文学界新人賞)〉을 수상했다. 저서로서 『들장미의 길(野薔薇の道)』(1990), 『바람이 통하는 길(風の通る道)』(1995), 『통곡의 요사사강－탁류를 삼킨 남자(慟哭の余笹川－濁流を呑む男)』(1999), 『사랑은 이해의 별명(愛は理解の別名なり)』(2004), 『은애의 인연(恩愛の絆)』(2006) 등이 있다.

박경남 朴慶南, 1950~
1950년 돗토리현(鳥取県) 출생. 에세이스트. 리츠메이칸(立命館)대학 사학과를 졸업하였고 라디오 텔레비전 구성작가로 활동한다. 주요 저서로서 『꿈이여! 경남씨와 말한다(クミョ!キョンナムさんと語る)』(1984), 『둥근달이 나오면(ポッカリ月が出ましたら)』(1992), 『언젠가 만날 수 있어(いつか会える)』(1995), 『목숨만 잊지 않는다면(命さえ忘れなきゃ)』(1997), 『나 이상도 아니고, 나 이하도 아닌 나(私以上でもなく, 私以下でもない私)』(2004), 『상냥함이라고 하는 강함(やさしさという強さ)』(2013) 등이 있다. 1992년 〈청구문화장려상(青丘文化奨励賞)〉을 수상했다.

박경미 ぱくきょんみ, 1956~
1956년 도쿄 출생. 번역시집 『지구는 둥글다(地球はまあるい)』(1987), 『달 위를 뛰어넘고(月なんかひとっとび)』(1990), 『처음의 처음－아기와 함께(はじめのはじめ－あかちゃんといっしょに)』(1990), 『정원의 주인(庭のぬし)』(1999) 등이 있고, 시집으로 『수프(すうぷ)』(1980), 『그 아이(そのコ)』(2003), 『고양이가 아기 고양이를 데려온다(ねこがねこ子をくわえてやってくる)』(2006), 『혼자서 가라(ひとりで行け)』(2021) 등이 있다.

박동염 朴東廉, 1927~
1927년 제주도 출생. 10세 때 일본으로 건너간다. 저서로서 『친구와 사랑, 그리고 어머니(友と愛, そして母)』(2001), 『볕은 하늘을 지나(陽は中空を過ぎて)』(2005) 등이 있다.

박수남 朴壽南, 1935~
1935년 출생. 저널리스트이자 작가, 영화감독. 도쿄 조선고등학교를 졸업하고 고마쓰가와(小松川) 사건의 범인으로 여겨진 사형수 이진우의 구명 운동으로 이름을 알린다. 편저서로 『죄와 죽음과 사랑과(罪と死と愛と)』(1963), 『이진우전서간집(李珍宇全書簡集)』(1979), 『또 하나의 히로시마(もうひ

とつのヒロシマ)』(1983), 『아리랑의 노래(アリランのうた)』(1991) 등이 있다.

박원준 朴元俊, 1917~1972
필명은 북재창. 평양고등보통학교 출신으로 김사량의 후배이며 도시샤(同志社)대학에서 수학했다. 해방 이후 『해방신문』 편집국장, 가나가와 조선중고등학교 교장, '문예동' 부위원장 등을 역임했고 총련 탈퇴 이후에는 잡지 『조선문학』 창간(1969), 삼일서방과 신흥서방을 설립했다. 주요작품으로 「김양의 일(金嬢のこと)」(1948), 희곡 「군중」(1949), 「탈출」(1965) 등이 있다.

박중호 朴重鎬, 1935~
1935년 홋카이도(北海道) 무로란(室蘭) 출생. 그곳에서 고등학교를 졸업하고 고베외국어대학(神戸外大)을 거쳐 도쿄외국어대학(東京外国語大学)을 졸업한다. 조총련계 언론사인 〈조선신보사〉, 〈조선통신사〉에서 근무했으며 1988년 「회귀(回歸)」로 제22회 〈홋카이도신문문학상〉을 수상했다. 저서로서 『영목(澪木)』(1989), 『개의 감찰(犬の鑑札)』(1989), 『소멸된 나날들』(1995), 『일본 마을의 엽전(にっぽん村のヨプチョン)』(2003), 작품으로 「밀고(密告)」(1987), 「아저씨(アジョシ)」(1990), 「저 멀고 먼 곳으로はるかなるものへ」(1992), 「산다화(山茶花)」(2000) 등이 있다.

사기사와 메구무 鷺沢萠, 1968~2004
1968년 도쿄 출생. 조치(上智)대학 러시아학과를 다녔다. 조모가 한국인이었다. 1987년 「강변 길(川べりの道)」로 〈문학계 신인상〉을 수상하였으며, 「어린 벚꽃잎 날들(葉桜の日)」이 〈아쿠타가와상(芥川賞)〉 후보, 「진짜 여름」이 〈미시마상(三島賞)〉 후보, 『달리는 소년(駆ける少年)』(1992)으로 〈이즈미 교카상(泉鏡花賞)〉을 수상했다. 주요 작품집으로 『소년들의 끝나지 않는 밤(少年たちの終わらない夜)』(1989), 『돌아가지 못하는 사람들(帰れぬ人びと)』(1989), 『개나리도 꽃, 사쿠라도 꽃(ケナリも花, サクラも花)』(1994), 『F 낙제생(F落第生)』(1996), 『그대는 이 나라를 사랑하는가(君はこの国を好きか)』(1997), 『실연(失恋)』(2000), 『나의 이야기(私の話)』(2002), 『웰컴 홈(ウェルカム・ホーム!)』(2004), 『뷰티풀 네임(ビューティフル・ネーム)』(2004) 등이 있다.

서경식 徐京植, 1951~2023
1951년 교토 출생. 와세다대학 문학부를 졸업했다. 1995년 『아이의 눈물(子どもの涙)』(1995)로 제34회 〈에세이스트 클럽상〉을 수상했다. 주요 저서로 『길고 엄한 도정(長くきびしい道のり)』(1988), 『반난민의 위치에서부터(半難民の位置から)』(2002), 『디아스포라 기행(ディアスポラ紀行)』(2006), 『재일조선인은 어떤 사람?(在日朝鮮人ってどんな人?)』(2012), 『식민지주의의 폭력(植民地主義の暴力)』(2013) 등이 있다.

성미자 成美子, 1949~

1949년 가나가와현 요코하마 출생. 평론가이자 에세이스트이다. 주요 작품집으로『동포들의 풍경(同胞たちの風景)』(1986),『가부키초 찐따라 행진곡(歌舞伎町ちんじゃら行進曲)』(1990),『재일 2세 어머니로부터 재일 3세 딸로(在日二世の母から在日三世の娘へ)』(1995),『파친코 업계 보고서(パチンコ業界報告書)』(1998),『바람소리(パラムソリ)』(2006),『우즈 강가까지―나의 영국 인문 기행 (ウーズ河畔まで―私のイギリス人文紀行)』(2021) 등이 있다.

성윤식 成允植, 1930~

1930년경 경남 대구 출생. 1941년 일본으로 건너간다. 저서로는『조선인부락(朝鮮人部落)』(1973),『바다를 건너면 나의 고향(海を渡ればわがふる里)』(1979),『어머니의 항아리(オモニの壷)』(1985) 등이 있고, 작품으로는 분단 상황, 민족학교와 한국전쟁, 베트남전쟁 파병을 소재로 한「어머니」,「변모」,「벽」,「갈라놓은 것」,「강은 흐른다」,「라이터의 등」등이 있다.

성율자 成律子, 1933~

1933년 후쿠이현(福井県) 출생. 저서로는『어머니의 해협(オモニの海峡)』(1994),『이국의 청춘(異国の青春)』(1976),『이국으로의 여행(異国への旅)』(1979),『하얀 꽃 그림자(花影)』(1982) 등이 있고, 평전으로『조선사의 여인들(朝鮮史の女たち)』(1986),『흰 살구꽃처럼(白あんずの花のように)』(1989) 등이 있다.

송민호 宋敏鎬, 1963~

1963년 출생. 심장외과 의사. 1997년『유리이카』의 신예 시인으로 뽑혔으며 시집으로『브룩클린(ブルックリン)』(1998),『야곱슨의 유언(ヤコブソンの遺言)』(1998),『판토마임 호랑이(パントマイムの虎)』(2002),『진심을 다해 포장을 여는 곳(真心を差し出されてその包装を開いてゆく処)』(2011) 등이 있으며 〈나카하라 추야상(中原中也賞)〉을 수상했다.

신유인 申有人, 1914~1994

본명은 신현섭. 1914년 전남 곡성 출생. 1920년 일본으로 건너가 1940년 도호(東宝) 뉴페이스로 합격해 영화에 출연하기도 한다. 1978년부터 시 잡지『코스모스』의 동인으로 활동했으며 대표작으로 1975년『낭림기(狼林記)』를 비롯한『상승(長承)』,「강계(江界)」,「가면극의 발라드」,「손가락이 짧은 어머니여」등이 있다.

신인홍 申仁弘, 1921~

1921년 제주도 출생. 1943년 일본으로 건너간다. 저서로서『천지유정(天地有情)―수당야화(水堂夜

話)』(1988) 등이 있다.

쓰카 고헤이 つかこうへい, 金峰雄, 1948~2010
본명은 김봉웅, 1948년 후쿠오카현(福岡県) 출생. 게이오대학 철학과를 중퇴했으며 1974년 「아타
미 살인사건」으로 제18회 〈기시다 구니오(岸田国男) 희곡상〉을 수상했다. 1982년 「가마타 행진곡
(蒲田行進曲)」으로 제86회 〈나오키상〉, 제28회 〈키네마순보상(キネマ旬報賞)〉 각본상, 1983년 제
6회 〈일본 아카데미상〉 최우수 각본상을 수상했다. 1990년에는 「비룡전(飛龍伝)」으로 제42회 〈요
미우리(読売) 문학상〉 희곡상을 수상하기도 했다. 대표작으로 『초급혁명강좌 비룡전(初級革命講座
飛龍伝)』(1977), 『전쟁에서 죽지 못했던 아버지를 위하여(戦争で死ねなかったお父さんのために)』
(1976), 『아타미 살인사건(熱海殺人事件)』(1975), 『딸에게 말하는 조국(娘に語る祖国)』(1990), 『장
미호텔(薔薇ホテル)』(1996) 등이 있다.

안후키코 安福基子,1935~
1935년 경상도 출생. 5세 때 일본으로 건너가 시가현립(滋賀県立) 다카시마(高島)고등학교를 졸업
한다. 재일 2세들의 고뇌를 그린 「뒤늪(裏沼)」(1959)으로 제1회 〈백엽상〉을 수상하였고 각종 지면에
소설, 르포, 수필 등을 다수 발표한다. 저서로서 『아카사카(赤坂) 마계』(1994), 『파도의 군상』(2010)
등이 있다.

어당 漁塘, 1919~2006
1919년 서울 출생. 호세이(法政)대학 법문학부를 졸업하고 조선어 사용을 주장했으며 재일조선인 문
화와 교육사업에 헌신한다. 허남기, 박삼문과 함께 『재일조선문화연감 1949년판』을 간행하였고 전
조선대학교 역사지리학과 과장을 역임했다. 저서로서 『조선 민족문화와 원류』(1981), 『조선 신풍토
기』(1948) 등이 있다.

양석일 梁石日, 1936~2024
1936년 오사카 이카이노(猪飼野) 출생. 고등학교 시절 김시종, 정인과 동인지 『진달래』, 『열도』에서
활동했고, 이후 조총련 가입, 인쇄사업 실패를 겪으며 경제적 파탄을 겪는다. 도쿄에서 택시기사 생
활을 하면서 『토군회(土軍の會)』를 만들어 본격적인 시 창작을 시작했다. 단편집 「광조곡(狂躁曲)」
(1981)과 「택시기사의 일지(タクシードライドー日誌)」(1984), 「기사 최후의 반역」(1987) 등을 집
필하면서 소설가로서 명성을 얻는다. 대표작으로 「족보의 끝(族譜の果て)」(1989), 「밤의 강을 건너
라(夜の河を渡れ)」(1990), 『아시아적 신체(アジア的身体)』(1990), 『이제 국가를 넘어서』(1991),
『남성의 성해방(男の性解放)』(1992), 「자궁 속의 자장가(子宮の中の子守歌)」(1992), 『단층해류(断
層海流)』(1993), 「밤을 걸고(夜を賭けて)」, 『돌아오는 봄(めぐりくる春)』(2010), 『내일의 바람(明

日の風)』(2010), 『Y씨의 망상록(Y氏の妄想録)』(2010), 『위대한 때를 찾아서(大いなる時を求めて)』(2012), 『영혼의 흉터(魂の痕)』(2020) 등이 있다. 그의 대표작 『피와 뼈(血と骨)』(1998)는 〈야마모토슈고로상(山本周五郎)〉을 수상하였고 최양일 감독에 의해 영화로 제작되었다.

여라 麗羅, 1924~2001

본명은 정준문, 1924년 경남 함양 출생. 1943년 일본 육군에 특별지원병으로 입대하여 조선 북부에서 해방을 맞이한다. 그 후 남조선 노동당 위원으로 활동하다 체포된 뒤 1948년에 일본으로 건너간다. 한국전쟁 당시 연합군 사령부의 통역으로 종군하였다. 1973년 「르방그섬의 유령」으로 제4회 〈선데이 매일〉 신인상〉을 수상한다. 저서로서 『내 주검에 돌을 쌓아라(わが屍に石を積め)』(1977), 『오오 산하여(山河哀号)』(1979), 『사쿠라코는 돌아왔는가(桜子は帰ってきたか)』(1983), 『영령의 몸값(英霊の身代金)』(1986), 『현해탄 살인행(玄界灘殺人行)』(1986), 『신라천년 비보전설(新羅千年秘宝伝説)』(1994), 『단층한류(断層寒流)』(1994) 등이 있다.

오임준 吳林俊, 1926~1973

본명은 오득식, 1926년 경남 출생. 4세에 도일하여 1944년 일본 육군 이등병으로 입대하여 만주에서 복무했다. 1960년대 후반 총련을 이탈해 집필 활동에 전념했다. 작품으로 『기록없는 수인(記録なき囚人)』(1969), 『조선인으로서의 일본인(朝鮮人としての日本人)』(1971), 『조선인 속의 '천황'(朝鮮人のなかの《天皇》)』(1972), 『보이지 않는 조선인(見えない朝鮮人)』(1972), 『끊이지 않는 가교(絶えざる架橋)』(1973), 『해협(海峡)』(1973), 『전설의 군상(伝説の群像)』(1974) 등이 있다.

원수일 元秀一, 1950~

1950년 오사카 출생. 첫 작품 「이카이노 이야기」(1987)는 드라마화 될 정도로 호평을 받았다. 주요 작품으로 『AV・오딧세이(AV・オデッセイ)』(1997), 『올나잇 블루스(オールナイトブルース)』(2004), 『이카이노 타령(猪飼野打令)』(2016) 등이 있다.

원정미 元静美, 1944~

1944년 오사카 출생. 아동문학 작가이다. 주요 저서로 『우리학교의 회오리바람(ウリハッキョのつむじ風)』(1985), 민화집 『이야기 할멈(おはなしハルマンさま)』(1996) 등이 있다.

유묘달 庾妙達, 1933~1996

1933년 경남 출생. 교토여자대학 사학과를 졸업했다. 시집으로 『이조추초(李朝秋草)』(1990), 『이조백자(李朝白磁)』(1992), 『청춘윤무(青春輪舞)』(2001) 등이 있다. 조선의 도자기, 풍습, 풍경, 인심 등을 통해 자신의 시심과 재일의 신세를 노래했다.

유미리 柳美里, 1968~

1968년 일본 가나가와현(神奈川県) 출생. 1984년 고등학교를 중퇴한 후, 극단 도쿄 키드브라더스를 거쳐 1988년 청춘오월당을 결성한다. 1993년 「물고기 축제(魚の祭)」로 제37회 〈기시다 구니오(岸田国士) 희곡상〉을 수상하면서 문학적 출발을 알린다. 최초의 소설집 「풀하우스(フルハウス)」(1996)로 제24회 〈이즈미 교카상(泉鏡花賞)〉과 제18회 〈노마 문예신인상〉을 수상한다. 1997년 「가족 시네마(家族シネマ)」로 제116회 〈아쿠타카와상〉을 수상했으며 미혼녀의 출산과 연인의 죽음을 그린 『명(命)』(2000), 『혼(魂)』(2001), 『생(生)』(2001) 시리즈를 내놓았다. 주요 작품으로 『타일(タイル)』(1997), 『골드러시(ゴールドラッシュ)』(1998), 『여학생의 친구(女学生の友)』(1999), 『남자(男)』(2000), 『돌에서 헤엄치는 물고기(石に泳ぐ魚)』(2002), 『고양이 집(ねこのおうち)』(2016), 『키우는 사람(飼う人)』(2017), 『JR시나가와역 다카나와출구(JR品川駅高輪口)』(2021) 등이 있다. 이 밖에도 아사히신문과 동아일보에 공동 연재했던 할아버지의 일대기를 그린 작품 『8월의 저편(8月の果て)』(2004) 등이 있다.

윤민철 尹敏哲, 1952~

1952년 와카야마현(和歌山県) 출생. 〈재일한국양심수동우회〉 회장을 역임했다. 저서로서 시집 『불의 목숨(火の命)』(1992), 『μ의 기적(μの奇蹟)』(2002) 등이 있다.

윤자원 尹紫遠, 1910~1964

1910년 울산 출생. 1942년 '윤덕조'란 이름으로 『월음산(月陰山)』을 출판했고, 1950년에는 『민주조선』, 『신일본문학』, 『문예』 등에 작품을 발표했다. 『38도선(38度線)』(1950)을 비롯해 「폭풍(嵐)」, 「장안사(長安寺)」, 「밀항자의 무리(密航者の群)」 등으로 일제강점기부터 해방 이후 조선인들의 삶을 그렸다. 간행물로 『재일조선인작가 윤자원 미간행작품집(在日朝鮮人作家尹紫遠未刊行作品選集)』(2022), 『월경의 재일조선인작가 윤자원의 일기가 전하는 것』(2022) 등이 있다.

윤재현 尹在賢, ?~?

생몰연대 불명. 전쟁 중 중경(重慶)에서 광복군과 조선임시정부에서 근무했다. 알마대학에서 유전학 전공했으며 오하이오주립대학에서 박사학위를 취득했다. 1966년부터 보스턴대학 교수로 재직했으며 저서로 『우리 임시정부』(1948), 『동토의 청춘(凍土の青春)』(1979) 등이 있다.

윤학준 尹學準, 1933~2003

1933년 경북 출생. 1953년 일본으로 건너가 호세이대학(法政大学)에서 문학부를 졸업한다. 호세이대학 국제문화학부 교수를 역임했으며 1960년대 중반까지 총련에서 활동하다 이탈했다. 대표 저서로 『온돌 야화(オンドル夜話)』(1983), 『타향살이 노래(タヒャンサリの歌)』(1996), 『조선의 시 심

(朝鮮の詩ごころ)』(1992), 『역사투성이의 한국(歴史まみれの韓国)』(1993), 『한국양반소동기(韓国両班騒動記)』(2000) 등이 있다.

이금옥 李錦玉, 1929~2019
1929년 미에현 출생. 조선인학교 교원을 엮임했고 『민주조선』, 『조선화보』 등의 편집에 종사한다. 재일여성문학자의 선구자로서 동시를 발표했다. 조선의 옛이야기 「삼년 고개」, 「줄어들지 않는 볏단」 등을 일본어로 번역했다.

이기승 李起昇, 1952~2021
1952년 야마구치현(山口県) 출생. 1975년 후쿠오카대학(福岡大学) 상학과를 졸업했다. 1976년 서울대학교 재외국민연구원에서 한국 역사를 배웠고 1981년 민단중앙본부에서 근무하기도 했다. 1985년 「잃어버린 도시(ゼロはん)」로 〈군상신인문학상〉을 수상했다. 저서로는 『호접(胡蝶)』(2013), 『진달래(チンダルレ)』(2018), 『귀신들의 축제(鬼神たちの祝祭)』(2019) 등이 있다.

이명숙 李明淑, 1932~
1932년 오사카(大阪) 출생. 시집으로 『어머니(オモニ)』(1979), 『망향(望郷)』(2005) 등이 있다.

이소동 李泝東, 1922~
경남 창녕 출생. 1925년에 일본으로 건너간다. 작품으로 『나의 성지(私の聖地)』(1998) 등이 있다.

이순일 李淳馹, 1961~
1961년 출생. 저서로서 1996년 『또 한 명의 역도산(もう一人の力道山)』, 『푸른 투구부(青き闘球部)』(2007), 『럭비를 읽다(ラグビーをひもとく)』(2016), 『초입문 럭비 보는법(超入門ラグビーのみかた)』(2016) 등이 있다.

이승순 李承淳, ?~
서울 출생, 서울대 음대를 졸업하고 무사시노음악대학(武蔵野音楽大学) 졸업 후, 피아니스트로 활동하면서 『여행자의 슬픈 구절(旅人の悲しい節)』로 한국에서 시인으로 등단한다. 대표작으로 『지난날을 벗어내고(過ぎた月日を脱ぎ棄て)』(1997), 『귀를 기울여 들어봐요(耳をすまして聞いてみて)』(2000), 『풍선 속에 갇힌 초상화(風船に閉ざされた肖像畵)』(2003), 『그렇게 조용히 웅크리고 있다(そのように静かに蹲っている)』(2010) 등이 있다.

이양지 李良枝, 1955~1992

1955년 야마나시현(山梨県) 출생. 1975년 와세다대학 사회학부에 입학하고 한 학기를 마치고 중퇴하는데 이 무렵부터 한국의 가야금에 매료된다. 지성자 선생님의 지도로 한국 무용도 배우기 시작한다. 1988년 서울대학교 국문학과를 졸업하고 1988년 이화여자대학교 무용학과 대학원을 졸업한다. 소설 「나비타령(ナビ・タリョン)」(1982), 「해녀(かずきめ)」(1983), 「각(刻)」(1985)이 〈아쿠타가와상〉 후보에 올랐고 1989년 「유희(由熙)」(1889)로 제100회 〈아쿠타카와상〉을 수상했다. 그 밖의 작품으로 「오빠(あにごぜ)」(1983), 「그림자 저쪽(影絵の向こう)」(1985), 「갈색의 오후(鳶色の午後)」(1985), 「Y의 초상화(來意)」(1986), 「푸른 바람(青色の風)」(1986), 「후지산(富士山)」 등이 있다.

이오 겐시 飯尾憲士, 1926~2004

오이타현(大分県) 출생. 한국인 아버지를 두었으나 해군병학교 시험에 탈락하면서 자신이 재일한국인임을 알게 된다. 이러한 사실은 작가의 청춘시절을 우울하게 만들었고 인간적으로 성숙하는 계기가 된다. 1978년 「바다 건너의 피(海の向うの血)」(1978)로 제2회 〈스바루(スバル) 문학상〉 가작에 당선된다. 세 작품 「불꽃(炎)」(1964), 「서울의 위패(ソウルの位牌)」(1980), 「양 눈의 사람(隻眼の人)」(1981)이 각각 〈아쿠타카와상〉 후보에 올랐다. 그 밖의 작품으로 『가이몬 산(開聞岳)』(1985), 『자결(自決)』(1982), 『원망(怨望)』(1993) 등이 있다.

이용해 李龍海, 1954~

1954년 후쿠이현 출생. 인권운동가이며 시인이다. 시집에는 『서울(ソウル)』(1994), 『붉은 한글 강좌(赤いハングル講座)』(1998), 『제도의 무지개(制度の虹)』(1999) 등이 있다.

이은직 李殷直, 1917~2016

1917년 전북 출생. 16세에 일본으로 건너갔고 조선장학회 이사로서 육영사업에 종사했다. 대표작으로 〈아쿠타가와상〉 후보에 오른 장편소설 「흐름(ながれ)」(1939)를 비롯해 『춘향전』(1948), 『탁류(전3권)(濁流)』(1968), 『조선의 새벽을 바라며(전5권)(朝鮮の夜明けを求めて)』(1997), 『이야기 「재일」(物語「在日」)』(2002~2003) 등이 있다.

이정자 李正子, 1947~

1947년 동북지방 미에현(三重県) 우에노시(上野市) 출생. 노래집으로 『봉선화의 노래(鳳仙花のうた)』(1984), 『나그네 타령－영원한 나그네(ナグネタリョン－永遠の旅人)』(1991), 『어린잎이 난 벗나무(葉櫻)』(1997), 에세이집 『뒤돌아보면 일본(ふりむけば日本)』(1994), 「봉선화 노래」(2003), 『맞바람 언덕(マッパラムの丘)』(2004) 등이 있다. 고등학교 교과서에 노래가 실리는 등 대표적인 가인이다.

이주인 시즈카 伊集院静, 1950~2023

1950년 야마구치현(山口県) 출생. 릿쿄(立教)대학 문학부를 졸업했다. 광고대리점에서 근무하였으며 프리 CF디렉터, 콘서트 연출을 하였다. 1989년 「산넨자카(三年坂)」(1989) 발표하면서 작가로 데뷔했으며 1992년 「수월(受け月)」(1992)로 〈나오키상〉을 수상하였다. 주요 작품으로 『유방(乳房)』(1990), 『해협(海峡)』(1991), 『산마루 소리(峠の声)』(1992), 『기관차 선생(機関車先生)』(1994), 『아즈마다리(あづま橋)』(1993) 등이 있다.

이회성 李恢成, 1935~2025

1935년 가라후토(樺太) 마오카(真岡) 출생. 1947년 오무라수용소에 수감되기도 했고 삿포로시(札幌市)에 정착한다. 홋카이도에서 고등학교를 마치고 와세다대학교 노문과를 졸업했다. 조총련 중앙교육부와 조선신보사에서 근무하기도 했으며 1969년 「또다시 이 길을(またふたたびの道)」(1969)로 제12회 〈군상신인문학상〉을 수상했다. 수상을 계기로 『군상(群像)』, 『문학계(文学界)』, 『신조(新潮)』 등의 중앙문예지에 많은 작품을 발표하게 된다. 재일코리안 작가로서는 처음으로 「다듬이질 하는 여인(砧をうつ女)」(1972)이 제66회 〈아쿠타카와상〉을 수상한다. 대표작으로 「가야코를 위하여(伽倻子のために)」(1970), 「큰바위 얼굴(人面大岩)」(1972), 「죽은 자가 남긴 것(死者の遺したもの)」(1970), 「우리 청춘의 길목에서(われら青春の途上にて)」(1970), 「청구의 하숙집(青丘の宿)」(1971), 「백 년 동안의 나그네(百年の旅人たち)」(1994) 등이 있다.

임전혜 任展慧, 1937~

1937년 도쿄 출생. 1977년 호세이대학대학원 인문과학연구과 박사과정 수료(문학박사). 주요 논저로 「조선시대의 다나카 히데미쓰(朝鮮時代の田中英光)」, 「조선통치와 일본 여자들(朝鮮統治と日本の女たち)」, 공동편집 『김사량전집(金史良全集)』(1965), 『조선문학선1(朝鮮文学選1)』, 저서 『일본에서 조선인문학의 역사-1945년까지』(1994) 등이 있다.

장두식 張斗植, 1916~1977

1916년 경남 창원 출생. 1923년 일본으로 건너간다. 김달수 등과 문학 동인잡지 활동을 하였고 『민주조선(民主朝鮮)』 발행에 참여한다. 주요 저서로서 『운명의 사람들(運命の人々)』(1950), 『어느 재일한국인의 기록(ある在日朝鮮人の記録)』(1966), 『일본 속의 조선인(日本の中の朝鮮人)』(1969), 『데릴사위(婿養子)』(1963) 등이 있다.

장혁주 張赫宙, 1905~1997

본명은 장은중, 1905년 경북 대구 출생. 1919년 경주의 계림보통학교를 졸업 1920년 15세의 나이로 결혼했다. 1926년 대구고보 졸업 후에는 무정부주의자들과 가깝게 지내며 진우연맹(眞友聯盟)에서 활동한다. 소설 「아귀도(餓鬼道)」(1932)가 『개조(改造)』 현상소설에 2등에 입상하면서 빛을 보게 된다. 「가토 기요마사(加藤淸正)」(1939)를 집필했고 1942년부터는 일본의 국책에 협력하는 모습을 노골적으로 보여준다. 1944년에 노구치 미노루(野口稔)란 이름으로 『이와모토 지원병(岩本志願兵)』을 출판하기도 했다. 1930년 문단에 등단한 이후 1945년 8월까지 장편 15편, 중·단편 60여편, 기타 90편, 단행본 30권이라는 놀라운 창작력을 보여주었다.

정귀문 鄭貴文, 1916~?
1916년 경북 출생. 1960년대부터 『현실과 문학』, 『히가시오사카문학(東大阪文学)』, 『행인사가(行人思家)』 등의 잡지에 작품을 발표했다. 소설집으로서 『고국 조국(故国祖国)』(1983), 『투명의 거리(透明の街)』(1984) 등이 있다.

정승박 鄭承博, 1923~2001
1923년 경북 안동 출생. 9세 때 일본으로 건너간다. 고학으로 고등소학교를 졸업하고 강제노동수용소에 수용되었다 탈출한다. 1970년 일본에서 차별받으면서 살아온 지난날을 고발하기 위해 『농민문학(農民文学)』지를 중심으로 문학 활동을 시작한다. 1970년대 재일 잡지 『삼천리』에 「쓰레기장(ゴミ捨て場)」(1994), 「통나무 다리(丸木橋)」(1994)를 발표하였고 1971년 「벌거벗은 포로(裸の捕虜)」(1971)는 〈아쿠타가와상〉 후보에 오른다. 대표작으로 「쫓기는 나날들(追われる日々)」(1970), 「벌거벗은 포로(裸の捕虜)」(1971), 「빼앗긴 말(奪われた言葉)」(1994), 「쓰레기장(ゴミ捨て場)」(1994), 「어느 날의 해협(ある日の海峽)」(1993), 「내가 만난 사람들(私の出会った人々)」(1993), 「단애(斷崖)」(1994), 「솔잎 장수(松葉売り)」(1994) 등이 있다. 1993년 『정승박저작집 전6권(鄭承博著作集)』(1993)이 출간되었다.

정윤희 鄭閏熙, 1951~
1951년 출생. 재일 문예동인지 『나그네(ナグネ)』(1983) 창간호에 소설 「어둠 속으로부터(闇の中から)」(1984)를 발표하면서 작품 활동을 시작했다. 『민도』, 『우리생활』, 『호르몬 문화』, 『신일본문학』과 같은 문예지를 통해 작품을 발표하였고 1996년 「한여름의 꿈」이 한국에 번역 소개되기도 했다. 2022년 『청춘의 궤적(青春の軌跡)』(1993)이 출간되었다.

정인 鄭仁, 1931~
1931년 오사카 이카이노 출생. 김시종, 양석일과 함께 동인잡지 『진달래』, 『카리온』에 일본어 시를 발표하였다. 시집으로 『감상주파(感傷周波)』(1981) 등이 있다.

정장 丁章, 1968~

1968년 교토 출생. 오사카외국어대학 중국어학과를 졸업했다. 시집으로『민족과 인간과 사람(民族と人間とサラム)』(1998),『마음소리(マウムソリ：心の声)』(2001),『활보하는 재일(闊歩する在日)』(2004),『시비(詩碑)』(2016) 등이 있다.

정청정 鄭清正, 1924~

1924년 경북 출생. 1941년 후쿠오카현(福岡県) 요시즈미(吉隈) 탄광에 강제 연행되어 일본으로 가게 된다. 저서로서『원한과 고국(怨と恨と故国と)』(1984) 등이 있다.

조남철 趙南哲, 1955~

1955년 히로시마현(広島県) 출생. 1979년 조선대학교를 졸업하였다. 대표작으로『연작시 바람의 조선(連作詩 風の朝鮮)』(1986),『나무의 부락(樹の部落)』(1989),『광주 사람들(光州の人びと)』(1984),『따뜻한 물(あたたかい水)』(1996),『굿바이 아메리카(グッバイアメリカ)』(2003) 등이 있다.

조영순 趙榮順, 1955~

1955년 도쿄 출생. 아오야마학원(青山学院) 여자단기대학 영문학과를 졸업했다.『봉선화』,『수필 춘추』의 동인이며 주요 저서로서『봉선화가 피었다(鳳仙花, 咲いた)』(2005) 등이 있다.

종추월 宗秋月, 1944~2011

1944년 사가현(佐賀県) 출생. 시집으로『종추월 시집(宗秋月詩集)』(1971),『이카이노·여자·사랑·노래(猪飼野·女·愛·うた)』(1984), 에세이집으로『이카이노 타령(猪飼野タリョン)』(1986),『사랑해(サランへ)』(1987) 등이 있다. 소설로는『이카이노 태평 안경(猪飼野のんき眼鏡)』(1986),『꽃불(華火)』(1990) 등이 있다.

최석의 崔碩義, 1927~2021

경남 사천 출생. 리쓰메이칸(立命館)대학 문학부를 졸업했다. 저서로서『방랑 천재 시인 김삿갓(放浪の天才詩人金笠)』(2001),『노란색 개(黄色い蟹)』(2005),『한국 역사기행(韓国歴史紀行)』(2006) 등이 있다.

최선 崔鮮, 1918~1968

본명은 최인박. 1918년 평안도 출생. 오산중학교에서 수학했고 1936년에 일본으로 건너간다. 해방 이후 '조선문화교육회' 회장, '건청' 문화부장, 민단 도시마 연합지부 부단장, 조선장학회 이사 등을 역임한다.『문교신문』(1947),『백엽』(1958)을 창간하였고 민단으로부터 정권처분과 제명처분을 받고 남

북을 넘어 재일조선인 문화육성에 진력했다. 유고집으로 김경식 편『배리에 대한 반항(背理に対する反抗)』(1968) 등이 있다.

최실 崔實, 1985~
1985년 출생.『지니의 퍼즐(ジニのパズル)』(2016)로 제59회 〈군상신인문학상〉 수상, 제33회 〈오다사쿠노스케상(小田作之助賞)〉 수상.『pray human』(2020)으로 제33회 〈미시마유키오상(三島由紀夫賞)〉 후보에 오른다.

최용원 崔龍源, 1952~
1952년 나가사키현(長崎県) 출생. 시집으로는『우주개화(宇宙開花)』(1982),『새는 노래했다(鳥はうたった)』(1993),『여행(遊行)』(2003),『인간의 종족(人間の種族)』(2009),『먼 훗날 꿈의 모양은(遠い日の夢のかたちは)』(2017) 등이 있다.

최일혜 崔一惠, 1942~
1942년 출생. 시집으로『나의 이름(わたしの名)』(1979) 등이 있다.

최화국 崔華國, 1915~1997
1915년 경북 경주 출생. 시집으로『당나귀의 콧노래(驢馬の鼻歌)』(1980),『고양이 이야기(猫談義)』(1984),『피터와 G(ピーターとG)』(1988) 등이 있다. 한국에서도 시집『윤회의 강』(1977)이 출판되었다.

하기 루이코 萩ルイ子, 1950~
오사카 출생. 대표 시집으로『어린 시절 친구들(幼友達)』(1987),『백자(白磁)』(1992),『나의 길(わたしの道)』(2001),『사랑의 미로(愛の迷路)』(2007),『도깨비 불(鬼火)』(2021) 등이 있다.

한구용 韓丘庸, 1934~
1934년 일본 교토(京都) 출생. 아동문학가로서 활동하였다. 사리코(サリコ) 아동문학회를 주재했으며 작품에는「해변의 동화(海べの童話)」(1973),「서울의 봄에 안녕을(ソウルの春にさよならを)」(1976),「잿빛 비의 병사(灰色の雨の兵隊)」(1986) 등이 있다.

허남기 許南麒, 1918~1988
1918년 경남 출생. 1939년 일본으로 건너가 니혼대학(日本大学)을 졸업했다. 해방 후에는 조선인학교 교장, 재일'문예동'위원장, 조총련 부위원장을 역임했다. 1988년까지 많은 작품을 남겼는데 대표

작으로 『조선 겨울이야기(朝鮮冬物語)』(1949), 『화승총의 노래(火縄銃のうた)』(1951), 『거제도(巨濟島)』(1952) 등이 있다.

현월 玄月, 1965~
1965년 오사카 출생. 주요 작품으로 제122회 〈아쿠타카와상〉 수상작 「그늘의 집(蔭の棲みか)」(2000)을 비롯해 「타국의 사생아(異境の落とし児)」(1998), 「무대 배우의 고독(舞台役者の孤独)」(1998), 「젖가슴(おっぱい)」(1999), 「나쁜 소문(悪い噂)」(2000), 「섬광(繊光)」(2001), 「초열(焦熱)」(2002), 『야마다 타로라고 합니다(山田太郎と申します)』(2005), 『권족(眷族)』(2007) 등이 있다.

후카사와 가이 深沢夏衣, 1943~2014
1943년 니가타현(新潟県) 출생. 재일한국인 2세이다. 1992년 소설 「밤의 아들(夜の子供)」(1992)로 제23회 〈신일본문학상〉 특별상을 수상한다. 주요 저서로서 『밤의 아들(夜の子供)』(1992), 잡지 『군상』에 발표한 「팔자타령(パルチャ打鈴)」(1998) 등이 있다.

후카자와 우시오 深沢潮, 1966~
1966년 도쿄 출생. 2012년 소설 『가나에 아줌마(金江のおばさん)』로 〈여성을 의한 여성을 위한 R-18문학상〉을 수상했다. 대표 작품으로는 『런치하러 갑시다(ランチに行きましょう)』, 『반려의 편차치(伴侶の偏差値)』(2014)나 『인연을 맺은 사람(縁を結うひと)』(2016), 『애매한 생활(あいまいな生活)』(2017), 『버젓한 아버지에게(ひとかどの父へ)』(2018) 등이 있다.

황영치 黃英治, 1957~
1957년 일본 기후현(岐阜県)에서 재일 2세로 태어났다. 일본에서 2004년 「기억의 화장(記憶の火葬)」(2007)로 〈노동자문학상(労働者文学賞)〉, 2015년 소설 「아바타(あばた)」로 제41회 〈부락해방문학상(部落解放文学賞)〉을 수상했다. 주요 저서로는 『기억의 화장(記憶の火葬)』(2007), 『저 벽까지(あの壁まで)』(2013), 『전야(前夜)』(2015), 『무섭다 무서워(こわいこわい)』(2019) 등이 있다.

재일디아스포라 작가 소개는 『신일본문학-특집 재일 작가의 전모』(신일본문학회, 2003년 5·6합병호), 김훈아, 『재일조선인여성문학론』(작품사, 2004), 모리타 스스무·사카와 아키(森田進·佐川亜紀) 편, 『재일코리안시선집』(토요미술사출판판매, 2005), 송혜원, 『'재일조선인문학사'를 위하여』(소명출판, 2019) 등 재일코리안 작가를 소개한 자료를 토대로 재구성했음을 밝힌다－편자.

필자 소개

김환기 金煥基, 1964~

경북 문경에서 태어나 동국대학교 일어일문학과를 졸업하고 일본 다이쇼(大正)대학원에서 석·박사학위를 받았다. 현재 동국대학교 일본학과 교수이며 일본학연구소 소장을 맡고 있다. 대표 저서로는 『야마모토 유조의 문학과 휴머니즘』, 『시가 나오야』, 『재일디아스포라문학』, 『브라질(Brazil) 코리안문학선집』, 『아르헨티나(Argentina) 코리안문학선집』, 『월경문학과 글로컬리티』, 『글로벌리더가 말하는 한국』이 있고 역서로서 『암야행로』, 『일본 메이지 문학사』, 『일본 다이쇼 문학사』, 『일본 쇼와 문학사』, 『일본 불교문학의 이해』, 『火山島』(12권), 『전후〈재일〉문학론』 등이 있다.

오노 데이지로 小野悌次郎, 1941~2007

일본 오이타현(大分県)에서 태어나 오이타현립 다케다(竹田)고등학교와 국학원(国学院)대학 문학부를 졸업하고 와세다(早稲田)대학에서 국문학을 전공했다. 『노가미 야에코의 문학(野上彌生子の文学)』, 『교사의 전쟁체험 기록(教師の戰爭體驗の記錄)』, 『존재의 원기 김석범 문학(存在の原基金石範文学)』, 『궁핍한 마을 소년(渴いたむら·少年)』 등의 저서가 있다.

이소가이 지로 磯貝治良, 1937~

일본 아이치현(愛知県)에서 태어나 아이치대학 경제학과를 졸업했다. 1977년부터 '재일조선인 작가를 읽는 모임'을 주재하고 문예지 『가교(架橋)』를 발행 중이다. 『시원의 빛－재일조선인문학론(始原の光－在日朝鮮人文学論)』, 『전후 일본문학 속의 조선한국(前後日本文学のなかの朝鮮韓国)』, 『일본의 벽(日本の壁)』, 『〈재일문학론〉(〈在日〉文学論)』 등의 저서가 있다.

하야시 고지 林浩治, 1956~

일본 사이타마현(埼玉県)에서 태어나 국학원(国学院)대학 문학부를 졸업했다. 『재일조선인 일본어문학론(在日朝鮮人日本語文学論)』, 『다양한 전후(さまざまな戰後)』, 『전후 비일문학론(戰後非日文学論)』, 『되는 대로(まにまに)』 등의 저서가 있다.